VICTOR DIXEN

LA DERNIÈRE HISTOIRE D'AMOUR

EXTINCTA

L'AUTEUR

Victor Dixen, double lauréat du Grand Prix de l'Imaginaire, est l'une des figures de proue de la littérature française de l'imaginaire (*Animale, Cogito, Extincta,* ainsi que les sagas *Phobos* et *Vampyria*).

Écrivain nomade, il a vécu à Paris, à Dublin, à Singapour et à New York, puisant son inspiration aussi bien dans les promesses du futur que dans les fantômes du passé.

Retrouvez tout l'univers de Victor Dixen sur son site :
victordixen.com

Du même auteur chez Pocket Jeunesse :

PHOBOS

1. *Phobos*
2. *Phobos²*
3. *Phobos³*
4. *Phobos⁴*

Phobos Origines

COGITO

Pour E.
Pour mon père Kim.

Ce roman a précédemment été publié
sous le titre *Extincta* chez Robert Laffont.

Loi n° 49-956 du 16 juillet 1949 sur les publications
destinées à la jeunesse : avril 2023

Illustrations intérieures : Thomas Rey / Karl Vesterberg /
Jim Tierney
Design de la couverture : Jim Tierney
Liste des animaux possiblement éteints : © IUCN
(Red List)

ISBN 978-2-266-33058-9
Dépôt légal : avril 2023

La fin du monde. Un roman sur les derniers hommes. Les mêmes vices qu'autrefois. Distances immenses. De la guerre, des mariages, de la politique parmi les derniers hommes. Les dernières palpitations du monde, luttes, rivalités. La haine. Le goût de la destruction et de la propriété. Les amours, dans la décrépitude de l'humanité.

Charles BAUDELAIRE
Œuvres posthumes,
notes pour un roman jamais écrit

L'*Espoir* est cette chose à plumes –
Qui se perche dans l'âme –
Et chante un air sans paroles –
Et ne s'arrête jamais – jamais –
Son chant – c'est dans la Tempête –
qu'il sonne le plus doux.

Emily DICKINSON
Extrait du poème 314

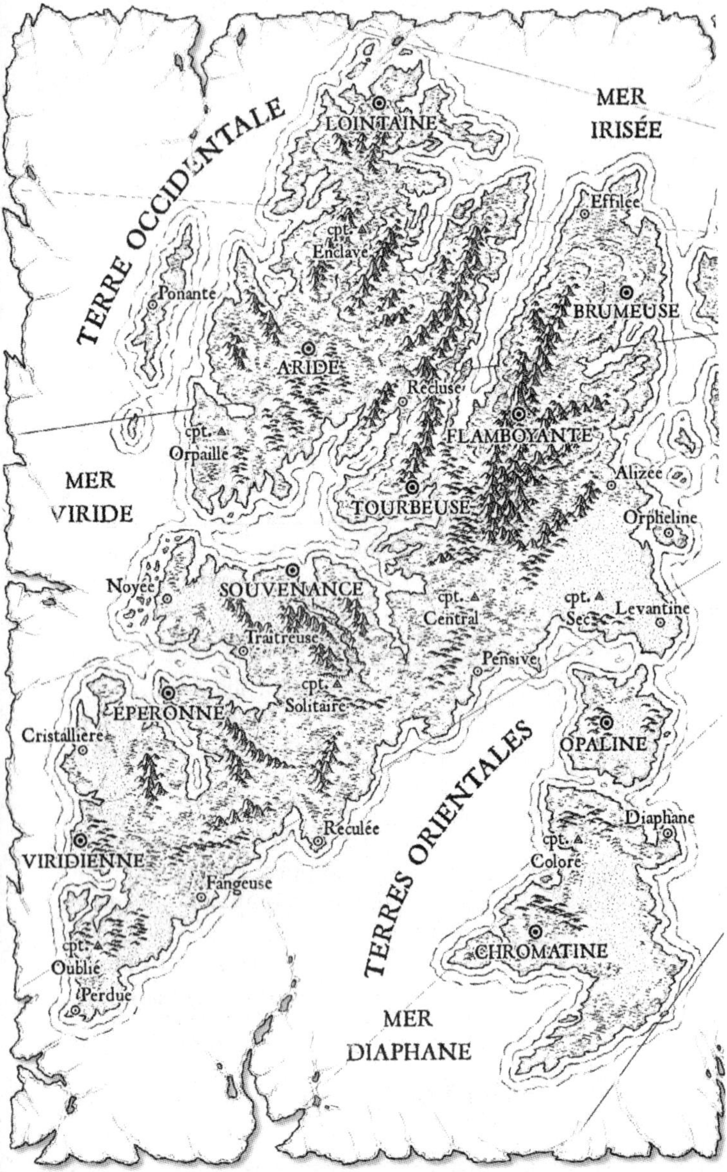

TERRE OCCIDENTALE
MER IRISÉE
LOINTAINE
Effilée
cpt.
Enclave
Ponante
BRUMEUSE
ARIDE
Recluse
FLAMBOYANTE
cpt.
Orpaillé
MER VIRIDE
TOURBEUSE
Alizée
Orpheline
Noyée
SOUVENANCE
cpt.
Central
cpt.
Sec
Levantine
Traitreuse
Pensive
cpt.
Solitaire
ÉPERONNE
Cristallière
OPALINE
TERRES ORIENTALES
Diaphane
Reculée
cpt.
Coloré
VIRIDIENNE
Fangeuse
CHROMATINE
cpt.
Oublié
Perdue
MER DIAPHANE

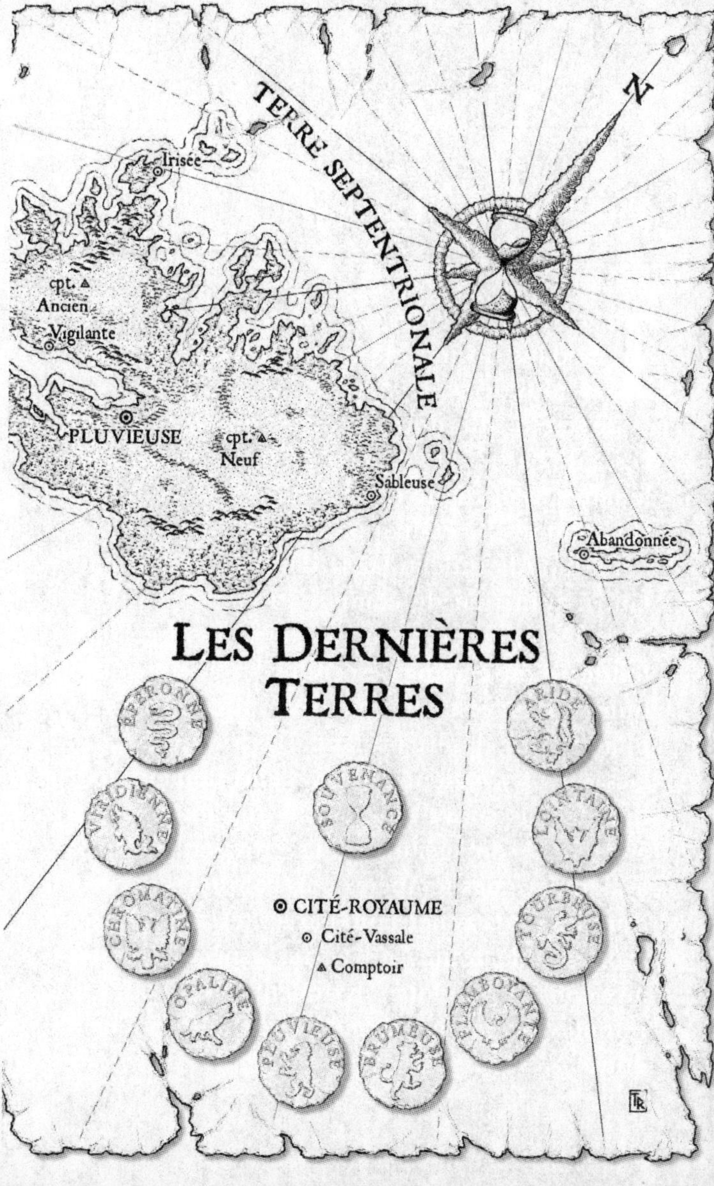
LES DERNIÈRES TERRES
TERRE SEPTENTRIONALE
N
Irisée
cpt. Ancien
Vigilante
PLUVIEUSE
cpt. Neuf
Sableuse
Abandonnée
ARIDE
SOUVENANCE
LOINTAINE
CHROMATINE
TOURBEUSE
OPALINE
FLAMBOYANTE
PLUVIEUSE
BRUMEUSE
CITÉ-ROYAUME
Cité-Vassale
Comptoir

Chœur

L'ESPÈCE HUMAINE S'ÉTEIGNIT UN JOUR D'ÉTÉ, dans un monde où les saisons n'avaient plus de sens.

Le cœur du dernier *Homo sapiens sapiens* cessa de battre, et l'espèce qui pendant des millénaires avait régné en maîtresse absolue disparut comme elle était apparue.

Le monde qu'elle laissa derrière elle en partant n'avait rien de commun avec celui qu'elle avait découvert en venant au jour. Des forêts profondes d'où étaient descendus les ancêtres des humains, ne restaient que des touffes éparses au milieu d'un désert brûlant. Des rivières et des lacs où ils s'étaient abreuvés, ne demeuraient que des lits creux et secs. En érigeant des cités à l'échelle des géants qu'ils croyaient être, ils avaient levé des tempêtes plus colossales encore, dont les vents avaient fini par les terrasser. Après avoir acculé toutes les autres espèces vivantes aux confins du globe, ils avaient à leur tour été refoulés aux marges d'une Terre transformée en étuve.

La planète qui avait été le berceau verdoyant de l'humanité, puis son triste dépotoir, devint son tombeau ardent.

Le moment est venu d'écouter la fin des hommes.

Là où s'achève leur longue histoire, commence le dernier de leurs chants.

Un hymne guerrier, mais, aussi, une chanson douce.

Un gémissement de détresse, mais, derrière, un bruissement d'espoir.

Une oraison funèbre, mais, surtout, un cri d'amour.

PREMIER CHANT

La cité pourrissante

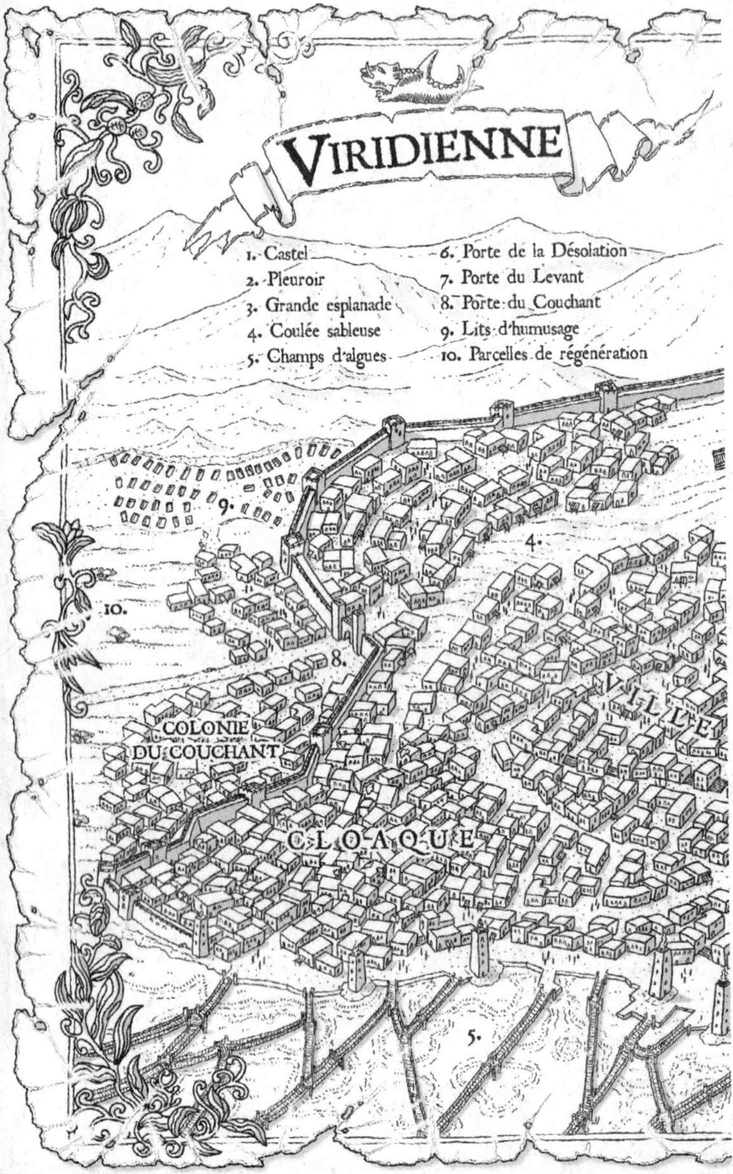
VIRIDIENNE
1. Castel
2. Pleuroir
3. Grande esplanade
4. Coulée sableuse
5. Champs d'algues
6. Porte de la Désolation
7. Porte du Levant
8. Porte du Couchant
9. Lits d'humusage
10. Parcelles de régénération
9.
4.
10.
8.
VILLE
COLONIE
DU COUCHANT
CLOAQUE
5.

1.
6.
2.
3.
VILLE HAUTE
9.
BASSE
7.
COLONIE DU LEVANT
10.

I.

255 heures avant l'extinction

ASTRÉA

« BÊCHEZ PLUS FORT, VOUS AUTRES ! La galère du roi Orcus approche ! » Astréa releva la tête pour essuyer la sueur qui coulait dans ses yeux, sous la profonde capuche de son linceul. L'horizon verdâtre l'éblouit : les champs d'algues s'étendaient à perte de vue tout autour de la baie de Viridienne, exhalant une odeur douceâtre de putréfaction dans la fournaise de la fin d'après-midi. Les pleurants racontaient que dans l'ancien temps, avant le Grand Effondrement, le soleil n'était pas rouge comme une vilaine blessure infectée, mais doré comme un citron du castel. Ils racontaient que l'air, alors plus épais, filtrait son rayonnement. C'était difficile à croire, comme tous les contes d'antan : à présent, la peau des Derniers Humains n'offrait qu'une infime protection contre les rayons mortels, rendant le port du linceul indispensable… Mais si les pleurants prétendaient qu'il n'en avait pas toujours été ainsi, alors cela devait être vrai – car les prêtres de Terra ne se trompaient jamais.

« Baisse les yeux, Astréa ! Tu vas attirer sur nous la colère de Scorpar, ou pire, celle du roi. Ce n'est pas le moment de te faire remarquer, à quelques jours de la sélection des novices. »

La jeune fille replongea son regard dans les algues qui s'étendaient à ses pieds, de part et d'autre de la passerelle sur laquelle elle était juchée. Son grand frère Palémon avait raison. Elle ne devait pas compromettre ses chances de réaliser son rêve, le but de sa vie. À dix-huit ans, elle avait atteint l'âge où elle pouvait prétendre quitter sa condition de suante pour rejoindre le pleuroir, temple de Terra, en tant que novice – à condition d'être choisie parmi des centaines de postulants. Même si elle brûlait d'envie de voir à quoi ressemblait la galère du roi, et surtout, *à quoi ressemblaient le roi lui-même et ses deux fils cadets,* elle devait résister à la tentation.

La Loi était formelle.

Les suants n'avaient pas le droit de lever les yeux sur les apex.

Il leur était interdit de leur adresser la parole, et même de s'approcher d'eux – de peur que quelques gouttes de transpiration ne viennent souiller leurs beaux linceuls mauves. Les crachants comme Scorpar étaient là pour établir les contacts nécessaires entre la caste des seigneurs et la plèbe, s'assurant qu'ils ne s'adressent jamais directement les uns aux autres.

Astréa savait que c'était mieux ainsi, pour le bien de Terra.

« Fainéants ! hurlait Scorpar en faisant siffler son fouet d'algues tressées. Vous n'êtes que des fainéants ! »

Il sautait de passerelle en passerelle, tout autour du champ dont il avait la responsabilité, les pans de son linceul ocre claquant dans l'air brûlant. Les suants et les suantes qui ne bêchaient pas assez vite à son goût, celles et ceux dont les paniers n'étaient pas assez remplis d'algues, sentaient aussitôt la morsure du fouet, arrachant à leurs dos des fragments de linceul et des lambeaux de peau.

Cela faisait plusieurs heures qu'Astréa et les autres forçats du champ 26 étaient sortis, marchant en équilibre sur le réseau de passerelles quadrillant la baie de Viridienne, jusqu'à la partie qu'ils étaient chargés de cultiver.

Cultiver…, songea-t-elle, butant sur ce mot.

Dans l'ancien temps, il avait une autre signification. On racontait que jadis, ce n'étaient pas les eaux que les humains retournaient avec leurs outils, mais le ventre de Terra elle-même. Comme ils n'avaient pas assez de leurs muscles, ils employaient pour la labourer des machines barbares, tranchantes et perforantes. Ils plantaient dans son sein des graines monstrueuses, modifiées pour correspondre à leurs besoins, puis ils l'aspergeaient de poisons pour tuer tout le reste – les insectes, les vers, les larves de la vie, tous les animaux dont ils ne voulaient point.

À la pensée de ces pertes irrémédiables causées par les terracides du passé, Astréa sentit ses tripes se tordre et son cœur chavirer. Ses yeux s'humectèrent de larmes – les larmes de tristesse, de colère et de culpabilité d'une future pleurante.

Quel gâchis épouvantable...

Quel crime impardonnable...

Aujourd'hui encore, les Derniers Humains expiaient la démesure de leurs ancêtres. Ils avaient dû fuir le monde d'avant, ravagé par les pluies acides, les incendies titanesques et les canicules mortelles. Rescapés venus de tous les horizons, ils s'étaient fondus au fil des générations en un seul peuple métissé, parlant une seule langue : le parler commun, hybride bancal de tous les idiomes. Ils s'étaient réfugiés sur les Dernières Terres : un archipel surgi des glaces, tout en haut des cartes. Presque rien ne poussait sur leurs flancs caillouteux, qui avaient été écrasés sous d'immenses glaciers pendant des millions d'années, avant que le réchauffement universel les change soudain en plateaux gris et arides, aux contours déchirés de fjords.

L'océan tiède, en revanche, était envahi de plantes qui n'avaient pas besoin d'être semées : les algues venaient du large, chaque jour plus nombreuses. Elles avaient depuis longtemps recouvert toute la mer d'un tapis olivâtre et putride, sous lequel blanchissaient les os des animaux marins. La cité natale d'Astréa leur devait son nom – Viridienne, la ville viride, la rade verte régnant sur l'extrême sud de la terre Occidentale : l'île la plus vaste de l'archipel.

Les suants avaient pour tâche de ramasser cette manne, encore et toujours, inlassablement. Toute la population était mise à contribution pendant les longues nuits d'hiver, quand le soleil ne montait jamais au-dessus de l'horizon de la cité-royaume, située loin par-delà le cercle polaire ; l'été, seuls les plus vigoureux comme Palémon et sa sœur allaient braver les rayons, dont la brûlure s'intensifiait à mesure qu'on avançait dans la saison. Ils étaient condamnés à bêcher sans relâche, au cours de journées croissantes, non seulement pour s'alimenter et s'habiller, mais aussi pour purifier Terra. En effet, les algues étaient à la fois la bénédiction de Viridienne et sa malédiction. Si elles faisaient vivre les hommes, elles pouvaient aussi les tuer lorsqu'elles pourrissaient, libérant Sûlfur, la Pestilence rampante…

Récolter les algues mûres avant qu'elles ne se décomposent et empoisonnent l'air de leurs gaz ; faire remonter les jeunes pousses en surface afin qu'elles croissent et s'épanouissent ;

trier la récolte pour séparer les algues gélatineuses destinées à la consommation, les brunes destinées au tissage, et toutes les autres variétés ; enfin, étaler un humus constitué des algues asséchées et des restes des morts dans le désert entourant Viridienne, pour tenter de créer un semblant de terreau. Telle était la mission ancestrale des suantes et des suants.

Les commandements de la Loi, qu'Astréa connaissaient par cœur, défilèrent dans son esprit :

En expiation des péchés commis par leurs ancêtres contre Terra, les Derniers Humains paieront le prix de leur caste.

Aux serfs suants, le prix de la sueur, travaillant aux champs, sur les carrières et dans le ventre des galères.

Aux valets crachants, le prix de la salive, commandant aux castes laborieuses et criant les ordres sur les places publiques.

Aux prêtres pleurants, le prix des larmes, psalmodiant le souvenir des enfants de Terra assassinés et organisant l'humusage des défunts pour refertiliser son ventre meurtri.

Aux guerriers saignants, le prix du sang, traquant les terracides qui refusent de se soumettre à ces règles sacrées.

Aux seigneurs apex, le prix du devoir, collectant le tribut des autres castes au nom de Notre Mère.

Oui, vraiment, la Loi était bonne, la Loi était juste ! Grâce à elle et grâce au sacrifice des Derniers Humains, Terra renaîtrait un jour !

La conscience de son utilité, claire et rassurante, galvanisa Astréa.

Encore deux petites semaines à verser ma sueur sur les champs d'algues, songea-t-elle. *Puis, si Terra le veut, je serai choisie lors de l'Aube de feu, au début des quatre lunaisons de jour polaire. Je deviendrai pleurante et je continuerai à servir Notre Mère mieux encore, en versant mes larmes jusqu'à ce que mes yeux soient asséchés !*

Elle fit craquer ses articulations, emplit ses narines de l'odeur rance des algues, et balança sa bêche en avant.

Inspirer – se pencher au bord de la passerelle pour ratisser le tapis de longues lianes, puantes et poisseuses.

Expirer – se déchirer le dos pour arracher à la mer une touffe végétale et la jeter dans le grand panier tressé qu'il faudra traîner jusqu'au port tout à l'heure.

Emportée par le mouvement automatique, Astréa ne percevait plus ses bras. La seule sensation qui demeurait était celle de son linceul lui collant au dos et au visage. La sueur séchée par le soleil cartonnait l'étoffe comme… comme la peau d'une étoile de mer échouée sur une plage. Du moins, c'est ce qu'elle imaginait, car elle n'avait jamais vu d'étoile de mer que sur les bas-reliefs du pleuroir. Elle avait passé tant d'heures à les observer depuis ses trois ans, quand sa tante Bullia l'avait amenée au temple pour le rituel de nommage.

C'était là que s'était forgée sa vocation : prendre le linceul azuré.

Là qu'elle avait entendu son appel : celui de se dévouer corps et âme à la volonté de Notre Mère.

Elle se savait prédestinée. La tradition viridienne voulait que les enfants nés de mères mortes en couches, comme elle, soient plus forts et plus robustes, ayant absorbé l'énergie vitale de leur génitrice. De plus, Bullia lui avait affirmé qu'une avalanche d'étoiles filantes avait envahi le ciel la nuit de sa naissance, la promettant à un destin exemplaire. C'était pour cette raison que l'étoile de mer, *Asterias rubens*, était devenue son animal-greffe, son nom, son talisman.

« Vous avez de la bouillie d'algue dans les membres ? continuait de s'égosiller Scorpar. Vous ne vous êtes pas assez reposés pendant la longue nuit d'hiver ? Bêchez plus fort, si vous ne voulez pas faire une croix sur votre salaire de la journée, et de toute la semaine ! »

Comme tous les habitants de Viridienne, le responsable du champ 26 portait le nom d'une créature marine depuis longtemps disparue : *Scorpaena scrofa*, la grande rascasse. Chaque être humain faisait ainsi revivre son animal-greffe à travers lui. Astréa avait entendu dire que la rascasse de jadis était un poisson couvert d'épines venimeuses, à l'image des insultes et des coups de fouet que le crachant distribuait copieusement à ses travailleurs à longueur de journée…

La jeune fille fixa à nouveau ses pensées sur l'étoile de mer gravée au mur du pleuroir, et tatouée à la cendre d'algue noire sur sa peau. Après toutes ces années, son animal-greffe continuait de la fasciner. Comment l'étoile de mer pouvait-elle se mouvoir, avec ses branches en guise de membres ?

Inspirer – se pencher.

Expirer – se relever.

Était-elle réellement capable d'ouvrir les coquillages les plus durs, comme le prétendaient les pleurants ?

Inspirer – se pencher.

Expirer – se relever.

Et sa peau granuleuse, Astréa aurait voulu la toucher pour savoir si elle était douce ou rugueuse…

Inspirer…

Soudain, la bêche d'Astréa se figea à quelques centimètres au-dessus du trou d'eau saumâtre qu'elle venait de creuser.

De jeunes algues y remontaient lentement.

Mais pas seulement.

Il y avait une forme pâle parmi les lianes vertes.

Était-ce un morceau de plastique, ces horribles résidus de l'ancien temps qui, des siècles après, empoisonnaient encore la mer ?

Non : la chose était mouvante, ondulante… vivante.

La bêche se mit à trembler entre les mains d'Astréa.

Les algues vibrèrent autour de la créature, et la jeune fille vit le soleil se refléter sur sa peau couverte de mucus. Elle comprit alors que c'était l'un des derniers animaux survivant dans les eaux asphyxiées, dont les apparitions rarissimes étaient interprétées comme le plus heureux des présages.

Une anguille.

En un éclair, les fables que lui racontait sa tante quand elle était enfant lui revinrent en mémoire, plus saisissantes que les bas-reliefs du pleuroir. Bullia prétendait que les anguilles comptaient parmi les seules créatures encore capables de nager dans la mer appauvrie en oxygène, car elles respiraient par la peau. Elle disait qu'elles venaient parfois du large comme des messagères – oui, qu'elles venaient rappeler aux Derniers Humains qu'un lieu existait, quelque part, où la nature s'épanouissait sans entraves. Ne connaissant pas d'autre nom à cet horizon mystérieux des contes et des légendes, on l'appelait juste *l'Ailleurs*…

« Une anguille ! hurla Astréa, ivre de joie. Venez voir, c'est une ang… »

Le claquement du fouet au-dessus de sa nuque coupa sa phrase net.

« La paix, suante ! rugit Scorpar. Tu inventes des mensonges pour ne pas bêcher ! »

Astréa ouvrit la bouche pour répliquer, mais son frère agrippa fermement son bras.

« Tais-toi, lui souffla-t-il. Je l'ai vue, moi aussi. Mais maintenant, elle est partie. Ne compromets pas tes chances d'être prise au pleuroir. Ne défie pas Scorpar devant les autres. Et surtout pas devant le roi ! »

Astréa jeta un coup d'œil à Palémon. À vingt-cinq ans, c'était le bêcheur le plus endurant du champ, le plus grand aussi. Le linceul gris qui le couvrait de la tête aux pieds révélait une stature bien supérieure à la moyenne des suants. Sa taille était tout à fait exceptionnelle, suspecte même : depuis que le commun des mortels ne mangeait plus ni viande ni poisson, ni fruits ni légumes, mais uniquement un régime carencé à base d'algues et de rares racines, ils avaient rapetissé. Ceux dont la tête s'élevait au-dessus des autres étaient soupçonnés d'être des terracides : des rebelles au culte de Terra, matricides de Notre Mère et meurtriers de ses enfants animaux, n'hésitant pas à consommer des insectes en cachette pour gagner en force et en longévité. À plusieurs reprises, la cahute où vivaient Palémon, Astréa et leur père avait été fouillée par les saignants, à la recherche de remèdes interdits, produits de contrebande qui les eussent tous condamnés sur-le-champ – d'autant qu'Astréa était elle aussi remarquablement athlétique, son corps ferme et souple faisant battre le cœur de bien des suants de son âge. Mais bien sûr, les saignants n'avaient jamais rien trouvé : la jeune fille aurait préféré mourir plutôt que commettre ce sacrilège suprême, manger de la chair animale.

Elle frémit de dégoût à l'idée des terracides et de leurs pratiques révoltantes – pussent-ils tous brûler dans l'enfer des démons gaziers ! –, puis elle replongea son regard vers les eaux.

L'anguille avait disparu, chassée par le fracas des rames de la galère s'abattant sur le chenal creusé entre les algues.

« Cessez de bêcher ! ordonna soudain Scorpar. Et prosternez-vous. »

Tout en se concentrant pour ne pas perdre l'équilibre, Astréa s'agenouilla sur l'étroite passerelle d'algues tressées. Elle la sentit vaciller sous le poids de ses vingt compagnons, parfaitement synchronisés.

Elle aurait donné cher pour pouvoir jeter ne fût-ce qu'un regard à la galère et à ses occupants. La beauté des apex était aussi mystérieuse que légendaire. On disait que chacun d'entre eux avait les yeux et les cheveux d'une teinte unique de mauve, n'appartenant qu'à lui, d'après laquelle était coloré son linceul. On racontait que le soleil ne gâtait point leur peau et que leur corps résistait aux maladies terrassant les autres castes, eux les élus que Terra avait choisis pour gouverner les Derniers Humains. N'osant lever la tête, Astréa se contenta de lorgner les flaques d'eau sombre entre les amas d'algues, en quête d'un reflet.

« Soyez le bienvenu sur le champ 26, Votre Majesté, dit le crachant d'une voix obséquieuse. Et vous aussi, prince Boréalion et prince Delphinion. Je suis Scorpar, fils de

Scombr, pour vous servir. Mon champ a le meilleur rendement d'algues de la cité pour la sixième lunaison consécutive. Et c'est bien parti pour une septième lunaison, même si ces bons à rien doivent en crever, foi de...

— Tais-toi, Scorpar, fils de Scombr. »

La voix d'Orcus, héritier de la dynastie cétacéenne qui depuis deux siècles régnait sur la cité-royaume... C'était la première fois qu'Astréa l'entendait. Une voix grave, inflexible, aussi tranchante que le glaive d'un saignant.

« Le champ 26 est peut-être celui qui produit le plus, mais c'est également celui qui consomme le plus. Au cours des six lunaisons dont tu parles, dix bêcheurs sont morts d'épuisement sous ton commandement.

— Mais... ce n'étaient que de vulgaires suants... »

Scorpar ne fanfaronnait plus, à présent.

Astréa se dit qu'il devait trembler de tous ses membres, à en croire les vibrations de la passerelle.

« Pas n'importe quels suants, reprit le roi. Des bêcheurs et des bêcheuses dans la force de l'âge. Ces dix-là auraient encore pu travailler longtemps dans mes champs, de jour pendant leur jeunesse, puis de nuit au soir de leur vie. Car il s'agit de *mes* champs, Scorpar, fils de Scombr. Le champ 26 tout autant que les autres. Et ces suants sont mes sujets – ne l'oublie jamais ! Veille sur eux comme sur la prunelle de tes yeux. »

Scorpar se mit à égrener un chapelet d'excuses et de justifications. Il bafouillait si fort que ses paroles étaient à peine compréhensibles ; de toute manière, les rames avaient déjà replongé dans l'eau.

Profitant de la confusion du crachant, Astréa n'y tint plus : elle se risqua enfin à relever le front. La masse écrasante de la galère était là, devant elle. Plus proche qu'elle ne l'avait jamais vue, tous les matins où elle croisait sur l'horizon ; plus énorme qu'elle ne l'avait estimée, tous les soirs où elle rentrait au port. Sa coque brune n'était pas constituée de fibres d'algues tressées, ni de torchis d'algues, comme les cahutes où vivaient les suants – non, elle était en *bois*, comme les bêches elles-mêmes.

Seuls les apex avaient le privilège de planter des acacias, arbustes rustiques et rabougris, sur les rares parcelles où ils parvenaient encore à survivre. Eux seuls avaient le droit de les abattre. Quant aux bêches, elles n'étaient que prêtées aux travailleurs : ils devaient veiller sur elles jusqu'au jour de leur mort…

Les quarante rames frappèrent la surface du chenal, et Astréa eut l'impression que quarante mains la giflaient. Elles étaient faites de bois, elles aussi. Dans le ventre de la galère, quarante suants les actionnaient en cadence. Le sort des galériens était-il préférable à celui des bêcheurs ? Certes, ils étaient protégés du soleil ; mais le tribut de sueur qu'ils devaient fournir pour mouvoir le monstre flottant était sûrement encore plus important que celui exigé par le bêchage.

Astréa plissa les yeux sous la capuche de son linceul pour tenter d'apercevoir le pont de la galère, tout en haut de la coque. Il y avait là un grand dais de toile, sous lequel il lui semblait discerner des silhouettes mauves, des silhouettes qui…

« La lanterne de surveillance ! hurla soudain Palémon, arrachant sa sœur à la contemplation. Mêtana se réveille ! »

Les yeux d'Astréa fusèrent jusqu'à la petite lanterne accrochée au pilier central de la passerelle. En temps normal, la flammèche qui y brûlait demeurait minuscule. Mais là, soudain, voilà qu'elle grossissait de seconde en seconde. Cette palpitation rougeâtre, malfaisante, c'était le cauchemar de tous les bêcheurs d'algues, l'œil qui les scrutait à chaque instant de leur vie, et qui les poursuivait jusque dans leurs songes. La combustion, en s'intensifiant, signalait une émanation gazière remontant des profondeurs. Elle rendait visible une fuite subtile, mais qui bientôt ferait bouillonner la mer tout entière. Elle annonçait une explosion imminente, comme il en survenait périodiquement. Palémon avait raison : Mêtana, le terrible démon gazier des abysses, était en train de s'éveiller !

« L'Haleine ardente approche ! hurla-t-il. Fuyons !

— Pas question ! »

Le fouet de Scorpar s'abattit sur le dos de Palémon, lui arrachant un cri de douleur.

« L'Haleine ardente s'est déjà levée, peu avant l'équinoxe de printemps, beugla le crachant. L'archipleurant Octopide a prédit qu'elle ne soufflerait pas à nouveau avant le solstice. M'est avis que c'est vous autres qui avez déréglé la lanterne dans mon dos, pour raccourcir la journée de travail et aller vous saouler à la taverne. Maudits fainéants, il va falloir vous y faire : plus que onze jours avant l'Aube de feu et le retour du soleil de minuit. Il ne se couchera pas de tout l'été, et vous non plus, ma foi ! »

Des murmures affolés s'élevèrent tout autour d'Astréa. Les bêcheurs se retrouvaient pris entre la lanterne, menaçante, et le fouet de Scorpar, bloquant la sortie du champ. Le crachant avait été humilié par Orcus devant ses subalternes, et maintenant il voulait le leur faire payer. La rage l'aveuglait au point d'étouffer son instinct de survie, l'empêchant de voir la flamme briller de plus en plus fort.

« Le roi… », souffla Palémon en portant la main à son omoplate, où la lanière d'algue avait creusé une longue crevasse rouge. « … le roi t'a dit de nous maintenir en vie. Tu dois nous laisser passer. »

Le fouet se mit à trembler entre les doigts du crachant – à trembler de colère contre ce moins-que-rien qui osait lui tenir tête. Et de peur aussi, à l'idée de bafouer les ordres du roi.

Mais la galère s'éloignait rapidement, alors que le suant rebelle était là, à quelques mètres, comme une insulte à l'autorité de Scorpar.

« Vous maintenir en vie ? éructa-t-il, envoyant des postillons de sous sa capuche ocre. *Vous maintenir en vie ?* Comme si vos vies avaient la moindre valeur ! Le roi est trop bon de penser que vous êtes irremplaçables. Au contraire : si vous creviez tous, je serais débarrassé d'une clique de bons à rien ! »

Astréa capta les yeux de son frère dans l'ombre de sa capuche – ils étincelaient comme deux braises, plus fort encore que la lanterne. La jeune fille connaissait ce regard : les prunelles de Palémon s'allumaient ainsi quand il s'apprêtait à se battre. Des suants avinés, en quête de gloire éphémère, lui cherchaient parfois des noises le soir dans les ruelles du port. Il avait toujours su les remettre à leur place. Aujourd'hui, c'était son maître qu'il devait vaincre.

Parce qu'il ne servait à rien de négocier avec le crachant.

Parce que c'était leur seule chance de survie.

Il se jeta en avant – de tout son poids, de toutes ses forces, de toute son âme.

Scorpar n'eut pas le temps de dérouler son fouet une nouvelle fois ; Palémon le percuta violemment. Pendant quelques secondes, les deux hommes luttèrent en poussant des râles rauques, corps-à-corps où se mêlaient le gris et l'ocre. Pas à pas, Palémon repoussa son adversaire jusqu'au bord de la passerelle et le fit basculer dans la mer, soulevant une grande gerbe d'eau déjà chaude.

« Courez ! cria-t-il. Courez tous vous mettre à l'abri ! »

Les bêcheurs et les bêcheuses hésitèrent un instant. Le spectacle de Scorpar se débattant parmi les algues était terrifiant pour ces hommes et ces femmes habitués à obéir en silence depuis l'enfance. Mais le rougeoiement de plus en plus intense de la lanterne finit par vaincre leurs réticences : il ne restait plus que quelques instants avant la catastrophe. Quelques secondes pour se mettre à l'abri, conformément au protocole d'évacuation des champs. Ils soulevèrent les pans de leurs linceuls et s'élancèrent sur la passerelle principale qui filait jusqu'à la terre ferme, dans un grand fracas de sandales.

L'horizon avait déjà commencé à bouillonner.

Des bulles visqueuses se formaient à la surface de l'eau, pareilles à des yeux vitreux qui éclataient avec un bruit sourd. C'étaient les plus grosses qu'Astréa eût jamais vues depuis qu'elle avait commencé à bêcher. Elle qui courait plus vite que le vent, elle avait toujours réussi à distancer Mêtana, au cours de la douzaine d'explosions auxquelles elle avait survécu ; là, pour la première fois de son existence, elle doutait d'être assez rapide…

« Vite ! » lui intima Palémon.

Il la fit passer devant lui.

Mais à peine eut-elle tourné les talons, qu'elle entendit un sifflement dans son dos.

Elle fit volte-face : le fouet de Scorpar venait de s'enrouler autour de la cheville de Palémon.

« Pas… question… de te laisser partir ! » vagit le crachant.

Tirant de toutes ses forces sur le fouet, il ne semblait pas tant vouloir se hisser jusqu'à la passerelle qu'entraîner son ennemi avec lui dans le trou d'eau. Son linceul détrempé, plaqué contre son crâne, révélait une grimace ignoble.

Le suant tomba à genoux, se retenant à la passerelle du bout des doigts.

« Palémon ! hurla Astréa en se précipitant à son secours.

— Sauve ta peau ! Si on y passe tous les deux, qui aidera le père ? »

La jeune fille tressaillit, tiraillée entre l'image de son frère, tout proche, et celle de son père, alité là-haut dans sa cahute.

Derrière Palémon, les premières flammèches avaient commencé à s'allumer à la surface des flots, entre les bulles. La température avait grimpé de plus de dix degrés en un rien de temps, et continuait de s'accroître de seconde en seconde. Jamais encore Astréa n'avait senti l'Haleine ardente si proche d'elle…

Une terreur panique, issue du fond des âges, lui mordit le ventre.

« Fuis, te dis-je ! ordonna Palémon. Je peux me débrouiller seul. »

Tout en restant cramponné à la passerelle d'une main, il brandit un objet brillant.

Astréa écarquilla les paupières : une dague !

Une dague à la lame aiguisée !

Le métal, jugé trop noble pour la caste la plus basse, était interdit aux suants et leurs bêches mêmes n'avaient que des têtes en silex. Palémon s'était certainement emparé de cette arme pendant sa lutte avec Scorpar, et à présent il s'en servait pour sectionner le fouet du crachant.

Astréa prit ses jambes à son cou et se mit à courir à s'en faire éclater les poumons.

À mi-chemin, un rugissement terrible lui déchira les tympans ; un souffle brûlant la fit décoller de la passerelle ; puis un déluge de feu s'abattit dans son dos.

2.

254 heures avant l'extinction

OCÉRIAN

« VOUS NE DEVRIEZ PAS RESTER DEHORS SANS VOTRE LINCEUL, VOTRE ALTESSE. »

Surpris, Océrian vacilla sur sa jambe de bois, manquant de perdre l'équilibre.

À l'ombre du mur du cercle intérieur ceignant les jardins du castel, se tenait sa gouvernante – une silhouette voûtée, voilée des pieds à la tête dans le linceul azuré des pleurantes.

« Laisse-moi, vieille femme ! » aboya le jeune prince, se raccrochant aux branches d'un mandarinier pour se stabiliser.

Chaque après-midi du court printemps polaire, quand le soleil passait derrière les créneaux du cercle intérieur et que les basses branches

suffisaient à filtrer ses rayons, il se traînait jusqu'aux jardins vêtu d'un simple pagne noué à la taille. C'était le seul moment où il se sentait bien : quand la brise agitait ses épais cheveux et caressait son corps, quand les herbes hautes frôlaient sa cheville gauche – celle qui était encore vivante. Lorsqu'il fermait les yeux pour se concentrer sur ces sensations fugaces, il avait l'illusion de se dissoudre dans l'atmosphère chaude. Parfois même, quand il était sûr que personne ne l'entendait, il fredonnait des airs mélancoliques de son timbre un peu rauque et pourtant mélodieux ; le chant était sa passion secrète, son inaliénable liberté : lorsque sa voix s'envolait, rien ne pouvait l'arrêter, ni les barreaux des fenêtres, ni les remparts du castel. À travers elle, il avait l'impression de se transformer en oiseau de l'ancien temps, prenant son essor pour ne jamais revenir.

Mais aujourd'hui, sa gouvernante venait de le ramener brutalement à la pesanteur de son corps mutilé. Elle venait de lui rappeler qu'il était en réalité prisonnier du castel et de ses trois cercles fortifiés, depuis l'accident qui lui avait arraché la jambe droite à hauteur de la cuisse six ans plus tôt.

« Vous savez que les apex ne peuvent se montrer sans linceul aux castes inférieures, Votre Altesse… », poursuivit la vieille pleurante, tout en baissant le regard.

Oui, bien sûr, Océrian le savait.

Les apex trônaient tout en haut de la pyramide sociale des Derniers Humains – de même que les grands prédateurs d'antan, à qui ils empruntaient leurs noms, dominaient la chaîne alimentaire du monde d'avant.

Mais depuis bien longtemps, Océrian avait été jeté au pied de cette pyramide, on l'avait relégué au dernier maillon de cette chaîne.

« Cesse tes simagrées grotesques, Bonite ! cingla-t-il. Tu peux bien me voir aujourd'hui, puisque tu m'as vu dans mes langes. »

Sa gouvernante l'accompagnait depuis toujours, au point qu'il n'utilisait guère son nom de nommage compliqué – Katsuwonusia, en hommage à *Katsuwonus pelamis,* la bonite à ventre rayé. Il l'appelait simplement Bonite.

« Mais vous n'êtes plus un enfant, vous êtes un homme de dix-huit ans », protesta-t-elle en gardant les yeux obstinément rivés au sol.

Océrian sentit la rage lui enflammer le cœur.

Non seulement Bonite avait troublé son seul moment de bien-être, mais elle venait maladroitement de lui rappeler tout le temps gâché.

« *Un homme ?* s'étrangla-t-il. Si je suis vraiment un homme, pourquoi le roi m'inflige-t-il une vieille chaperonne, quand mes frères cadets Boréalion et Delphinion passent leurs journées à apprendre à se battre avec leurs maîtres d'armes ? Le seul métal que j'ai encore le droit de porter, c'est celui qui pend à mon oreille ! »

Il pinça le grand anneau d'or à son lobe gauche, entre ses mèches mauves, comme s'il avait voulu l'arracher d'un geste brusque.

« La seule épée que j'ai encore le droit de toucher, c'est celle qui est gravée dans ma chair ! »

Il se frappa la poitrine, là où se déployait son animal-greffe, comme s'il avait voulu l'effacer à coups de poing. Sur sa peau à la couleur cuivrée se déployait un grand dauphin au nez prolongé par une longue corne : *Monodon monoceros*, l'antique narval, seigneur des mers du nord.

« Votre Altesse…, gémit la pleurante, désemparée.

— Si je suis vraiment un homme, pourquoi suis-je cloîtré ici, au lieu de parcourir le domaine de la cité-royaume aux côtés de mon père ?

— Vous savez bien que dans votre état, sortir serait trop dangereux. Votre jambe de bois est adaptée aux dalles du castel, mais pas à la boue collante des ruelles de la ville basse, ni à la terre glissante des colonies extérieures… dangereuse même pour les hommes les plus aguerris. »

Océrian comprit clairement l'allusion au glissement de terrain qui lui avait coûté sa jambe, lors d'une sortie dans la colonie du Levant, pour la remplacer par… *ça*.

Il baissa les yeux sur cette chose qu'il haïssait entre toutes, cet instrument de torture qu'il devait sangler à son moignon de cuisse tous les matins : un morceau de bois d'olivier pâle, essence rare importée de la lointaine cité-vassale de Recluse, la seule assez abritée pour permettre à ces précieux arbustes de pousser. D'habiles artisans l'avaient sculpté le long des veinures du bois, afin d'imiter la structure torsadée d'une corne de narval.

« Terra a prévu un autre destin pour vous, continua bravement Bonite. C'est en vous mariant que vous servirez le roi. Et c'est pour préserver votre teint que vous devez éviter les rayons du soleil. »

Ces paroles, loin d'apaiser Océrian, ne firent qu'accroître son désespoir et sa fureur.

Lui, l'aîné des fils du roi Orcus Cétacéen, qui était né pour accomplir les plus grands exploits, on le sommait de *préserver son teint* !

Depuis qu'il avait perdu sa jambe, il avait aussi perdu la considération de son père, de sa mère et de ses frères, qui ne respectaient que la force. Plus que la boue et les sables, c'était là la raison véritable pour laquelle on l'empêchait de sortir : pour ne pas montrer au peuple un prince éclopé, un aveu de faiblesse.

N'étant plus digne d'accompagner le roi, Océrian était réduit au statut de simple monnaie d'échange. Orcus l'avait rayé de la ligne de succession cétacéenne, décrétant qu'il épouserait l'une des filles du roi Vultur Cathartide. Ce dernier était le belliqueux souverain de Flamboyante, la plus puissante des cités-royaumes au nord, tout là-haut sur les flancs du mont Crève-Ciel, au sommet de la cordillère Fendue. La plus menaçante aussi : après avoir conquis ses voisines Alizée, Orpheline, Levantine, et tout récemment Brumeuse, ses appétits étaient susceptibles de s'étendre vers le sud, pour dominer l'ensemble de la terre Occidentale… Le mariage d'Océrian avec la princesse Gryphie, prévu à l'hiver prochain, était censé consolider la paix entre les deux nations.

Si sa claudication l'empêchait littéralement de marcher dans les pas de son père, au moins pouvait-il encore transmettre son sang – un sang d'apex parmi les plus précieux, doué du pouvoir de régénération hérité directement de Terra, ainsi que l'avait prouvé son prompt rétablissement après l'amputation qui aurait tué tout autre être humain.

Il serra les poings, jusqu'à ce que ses ongles s'enfoncent dans ses paumes. Rien ne lui était plus insupportable que cette pensée amère, cette odieuse ironie : la puissance de la vie coulait dans les veines de son corps détruit. Sa semence donnerait naissance à des descendants vigoureux, prêts à courir à pleines jambes vers un avenir qui lui demeurerait à jamais interdit.

Ses yeux hagards flottèrent au-dessus des cimes roussies des arbustes fruitiers. Écrasés de soleil, ces derniers ne dépassaient jamais plus d'un mètre cinquante quels que fussent les soins des jardiniers, et devaient être pollinisés manuellement depuis la disparition des abeilles. Le regard du prince finit par tomber sur l'un des bassins. Il y aperçut son reflet parmi les fleurs de lotus. Son visage harmonieux lui fit horreur. Chaque fois qu'il se voyait, sa beauté inutile amplifiait en lui la conscience de son infirmité. La reine lui avait même interdit de couper sa somptueuse chevelure, d'un mauve minéral très rare rappelant les pierres d'améthyste, prétendant qu'elle ajoutait au charme susceptible de séduire la princesse Gryphie – mais lui, il aurait voulu arracher les mèches lustrées qui se déployaient sur son front et dans sa nuque, les raser à blanc ! Peut-être était-ce pour cela qu'il venait chaque jour s'exposer au soleil meurtrier sans la protection d'un linceul ou d'une couche de poudre de roche : pour que les rayons percent enfin sa peau trop lisse, fassent fleurir des taches et des tumeurs sur le cuivre de ses joues, grillent les rétines au fond de ses iris couleur de gemmes. Pour que son visage devienne un champ de bataille dévasté, à l'image de son délabrement intérieur. Pour que la princesse Gryphie grimace de dégoût en le voyant paraître devant elle. Pour que personne, jamais plus, ne lui parle de son teint !

« Vous devriez tout de même vous couvrir, insista Bonite de sa voix éraillée de pleurante ayant trop sangloté. Si vous ne le faites pas pour vous, faites-le pour moi. Je n'ose imaginer la colère du roi, s'il apprenait que je vous laisse aller presque nu en ses jardins… »

Océrian ouvrit la bouche pour lâcher une insulte, mais à cet instant quelque chose capta son regard. Une ondulation agitait les herbes, au pied des citronniers…

Il ravala sa frustration, retenant son souffle pour ausculter le silence des jardins.

Ils étaient totalement muets. Les légendes racontaient qu'avant le Grand Effondrement, la végétation bruissait de présences gazouillantes, vibrantes, piaillantes ; que les airs étaient emplis de battements d'ailes, que des millions d'êtres invisibles rampaient sous la terre. Plus maintenant. Le silence était tombé sur le monde tel le couvercle d'un tombeau, et les jardins du roi de Viridienne ne faisaient pas exception. Même si leur terreau était le plus précieux de toute la cité-royaume, constitué d'humus d'algue enrichi des cadavres des apex eux-mêmes, il ne recelait aucune vie souterraine. Même si ce sol était le seul encore assez fertile pour fournir de rares fruits et légumes, réservés exclusivement à la caste supérieure, il restait aussi vide de vie animale que les étendues desséchées de la Désolation intérieure.

Pourtant, quelque chose remuait dans les herbes hautes, Océrian en était certain…

Il s'avança en boitant, levant la main en direction de la vieille gouvernante pour lui faire signe de se tenir coite.

Entre les herbes, la créature s'était immobilisée.

Ses facettes innombrables réfléchissaient la lumière du soleil déclinant, tel le glaive qu'Océrian avait appris à manier jadis, avant que l'accident le prive à jamais de l'usage des armes. Un scarabée à la carapace brillante, peut-être ?...

Soudain, la créature s'anima à nouveau, et Océrian se rendit compte que les facettes étaient en réalité des écailles.

Un serpent !

Long de cinquante centimètres au moins, c'était le plus gros animal que le prince eût jamais vu. Jusqu'à présent, Bonite et les autres pleurants chargés de l'éducation des jeunes apex du castel ne leur avaient montré que de minuscules araignées du désert, des cafards au corps plat, et bien sûr les terribles moustiques : les rares insectes ayant résisté aux ravages du Grand Effondrement.

Océrian s'accroupit péniblement parmi les herbes, posant sa main droite au sol pour y allonger sa jambe de bois rigide. Puis il tendit sa main gauche vers le corps luisant. Il savait, pour l'avoir appris des pleurants, que les serpents étaient des créatures dangereuses, à la morsure mortelle.

Mais le péril ne lui faisait pas peur. Au contraire, il le recherchait chaque nuit dans ses rêves, il l'appelait chaque jour de ses prières. Surtout lorsqu'il voyait, depuis les remparts du castel, son père partir en mer à bord de la galère royale avec ses frères, pour aller inspecter les champs d'algues. Il aurait tout donné pour les suivre, ne serait-ce qu'une journée !

« Que se passe-t-il, Votre Altesse ? » finit par s'inquiéter Bonite.

Océrian l'entendit quitter le mur du cercle intérieur et fouler l'herbe des jardins.

« D'où viens-tu ? » demanda-t-il au serpent, du bout des lèvres.

L'espace d'un instant, l'un des contes de son enfance lui revint en mémoire : ce lointain Ailleurs situé hors des cartes, forêt foisonnante entourée d'une mer fertile, où survivaient tous les animaux de l'ancien temps. Mais ce n'était qu'une légende bonne à faire rêver les enfants crédules et la plèbe ignorante. Les adultes sensés savaient que l'Ailleurs n'était qu'un mythe. N'était-ce pas ce que répétaient les pleurants, dans leurs longues lamentations ? Que le Grand Effondrement avait balayé tous les vestiges de l'ancien temps ? Que seul le prix de la sueur, de la salive, des larmes et du sang pouvait racheter le péché des hommes ?

Océrian frémit, sentant la tête lui tourner.

Et s'il avait fini par attraper une insolation, comme le craignait Bonite ?

Et si le serpent n'était qu'une illusion, un reflet du monde du dehors venu le narguer dans sa réclusion ?

D'un geste brusque, il posa la main sur le corps écailleux.

Il était bien réel sous la pulpe de ses doigts, lisse et froid comme la mort.

« Qu'est-ce que… ? s'écria Bonite, qui l'avait enfin rejoint. Oh ! Éloignez-vous, de grâce !

— Tais-toi ! chuchota Océrian. Je suis un apex. J'ai le pouvoir divin de parler à tous les enfants de Terra. »

Mais la vieille femme, prise de terreur, se mit à agiter frénétiquement son linceul azuré pour faire fuir le serpent.

Ce dernier s'anima soudain et fila entre les doigts d'Océrian pour aller se perdre dans les pans de l'étoffe bleue.

Bonite poussa un cri strident – puis elle s'effondra.

Océrian tenta de se relever d'un bond, mais l'extrémité de sa jambe de bois dérapa sur les herbes glissantes ; les sangles d'algues qui la maintenaient attachée à son moignon lui labourèrent douloureusement les chairs ; il retomba en avant, sa mâchoire s'écrasant contre le sol.

Lorsqu'il parvint à se relever, la bouche pleine de terre, Bonite ne bougeait presque plus.

Il rampa jusqu'à elle.

La poitrine de la vieille femme haletait aussi vite que celle d'une victime de la fièvre brûlante, creusant des trous sombres dans l'étoffe de son linceul. Le prince arracha la capuche couvrant la tête rasée de la pleurante ; un visage raviné de rides lui apparut, maculé de taches, au teint cireux.

« Où le serpent t'a-t-il mordue ? » cria-t-il dans l'oreille de Bonite.

Elle se contenta de le regarder de ses yeux luisants, qui se voilaient lentement, tout en lui souriant.

« As-tu perdu ta langue ? Je t'ordonne de me répondre ! »

Océrian aurait voulu la secouer, la gifler pour la faire réagir. Au lieu de quoi, il saisit les pans du linceul et les déchira d'un coup sec, ses forces décuplées par la panique.

Les jambes de Bonite apparurent dans leur écrin bleu, couvertes d'ecchymoses, parcourues de varices : celles d'une vieillarde de soixante ans, âge canonique pour les humains ne bénéficiant pas du sang d'apex. Une boursouflure grosse comme un œuf palpitait sur le mollet droit, dont la méchante teinte violacée était percée de deux trous rouges à l'endroit où s'étaient enfoncés les crocs du serpent.

« Que dois-je faire ? s'écria Océrian. Tu dois savoir cela, Bonite. Vous autres pleurants, vous connaissez tout sur les animaux de l'ancien temps ! Alors dis-moi : comment neutraliser la salive du serpent ? »

Les lèvres fines s'entrouvrirent enfin. Elles souriaient toujours, d'un sourire dont le sens échappait à Océrian.

« Je le sais, en effet. Mais permettez-moi de vous désobéir pour la première fois de ma vie,

Votre Altesse. Permettez-moi de ne pas vous répondre.

— Que dis-tu ?

— S'il plaît à Terra de me rappeler à elle aujourd'hui, qu'il en soit ainsi.

— Je ne te le permets pas, maudite femme ! »

La colère bouillait dans la poitrine d'Océrian, attisée par son impuissance à se faire obéir de quiconque, fût-ce d'une vieille pleurante.

Mais un autre sentiment plus fort encore lui nouait la gorge, lui glaçait le cœur, faisait frissonner sa peau nue dans la chaleur de l'après-midi.

« Je t'interdis de mourir, m'entends-tu ? balbutia-t-il. Tu… tu es ma gouvernante depuis que je suis né. Tu me dois respect et dévouement !

— Il y a des lois supérieures à la volonté d'un prince, Océrian… »

Il frémit.

Jamais encore Bonite ne l'avait contredit ; mais aussi – mais surtout – c'était la première fois depuis des années qu'elle l'appelait par son prénom.

« … je vous ai toujours chéri comme mon propre enfant, poursuivit-elle gravement. Mais maintenant, je n'aspire qu'à une chose : regagner le ventre de Notre Mère. Ma seule crainte était de demeurer seule au castel, usée et inutile, après votre prochain départ pour Flamboyante. Terra a entendu mes prières, et elle a envoyé le serpent pour me faire partir avant vous. Adieu…

— Non !

— … faites verser mes restes… au pied du citronnier… »

La voix de Bonite n'était déjà plus qu'un murmure, un souffle à peine audible qu'Océrian devait cueillir au bord de ses lèvres.

« … le citronnier que votre père a fait planter… le jour où vous êtes venu au monde. »

Ce fut tout.

Entre les mains d'Océrian, la vieille femme n'était plus qu'un corps sans âme.

Un long gémissement monta du fond de ses entrailles, car il venait de perdre celle qui lui avait tenu lieu de mère quand sa propre génitrice s'était détournée de lui, le dernier lien avec les années heureuses de son enfance, avant que toutes les promesses d'avenir partent en fumée. Comme il regrettait de l'avoir traitée si rudement, et combien il aurait voulu lui demander pardon, à défaut d'avoir pu la sauver !

Un coup de tonnerre fit soudain trembler les jardins autour de lui et le sol sous son genou gauche, comme si Terra elle-même grondait de douleur. Les citronniers vacillèrent en grinçant sur leur tronc ; les murs de brique exhalèrent un souffle de poussière ; Océrian sentit la secousse ébranler jusqu'à la moelle de ses os.

Il leva vers le ciel ses yeux embués : une nuée noire était sur le point d'engloutir le soleil, charriant une odeur de brûlé venue du port, tandis que des cris affolés se propageaient dans les profondeurs du castel : « L'Haleine ardente vient de souffler ! »

3.

253 heures avant l'extinction

ASTRÉA

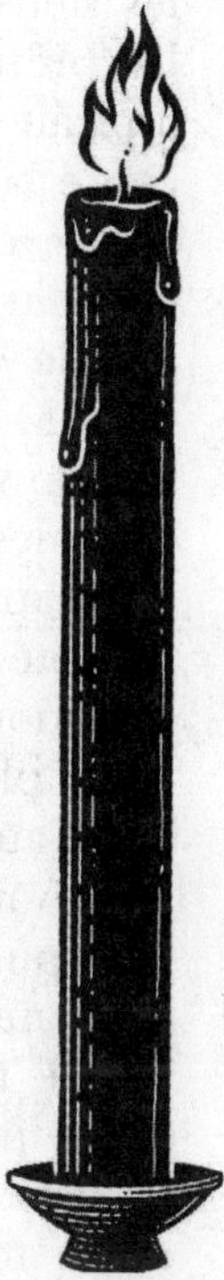

DEPUIS LE PORT, ASTRÉA CONTEMPLAIT L'HORIZON EMBRASÉ. Elle avait échappé à Mêtana d'un cheveu. Quant à Palémon… il lui avait dit de fuir, tandis qu'il était aux prises avec Scorpar. Et c'est ce qu'elle avait fait : elle l'avait abandonné derrière elle juste avant l'explosion.

La gorge nouée, elle avait beau fouiller la mer du regard à s'en brûler les yeux, elle ne voyait rien que des flammes. Jamais encore l'Haleine ardente n'avait soufflé si fort. Astréa savait que les champs d'algues continueraient de se consumer pendant toute la nuit, léchant les façades de la ville basse où s'entassaient les castes laborieuses, empuantissant l'air d'un remugle d'algues calcinées et de chair humaine carbonisée. Quand soufflait Mêtana, Kârbon, l'Étouffeur silencieux, suivait rapidement. Aussi Astréa maintenait-elle une manche imprégnée d'eau de mer contre sa bouche et son nez, tout en scrutant le large.

De sa main libre, elle finit par ôter sa capuche couverte de suie, pour sentir la brise sur sa nuque et ses tempes trempées de sueur. Alors que la plupart des bêcheuses gardaient les cheveux longs sous leur linceul, Astréa rasait les siens au plus court. Tel était l'usage chez les prêtres et les prêtresses de Terra, qu'elle aspirait à rejoindre. Mais ce signe d'humilité, censé la rabaisser, la rendait au contraire plus altière et féminine encore : ainsi dégagées, la courbure élégante de son long cou et la ligne gracile de sa mâchoire ressortaient d'autant plus. Même avec ses cheveux noirs tondus à la garçonne, elle faisait tourner la tête de tous les hommes de la cité-royaume.

Incapable de retrouver la trace de son frère du côté de la mer, elle se résolut à diriger son attention vers la rive, en quête d'une silhouette grise plus haute que les autres, d'un suant ayant au poing l'éclat brillant d'une dague.

En vain.

Depuis les dizaines de passerelles conduisant au port, pareilles aux fils d'une gigantesque toile d'araignée, affluaient les derniers bêcheurs n'ayant pas encore trouvé refuge sur la terre ferme : ceux que l'Haleine ardente avait touchés. Les hurlements des brûlés couverts de cloques se mêlaient à la toux rauque des asphyxiés aux poumons saturés de fumée. Ils étaient ensuite emportés dans une marée humaine où se fracassaient des vieillards échevelés en quête de leurs fils et de leurs filles disparus, et des mères tenant dans leurs bras de jeunes enfants de moins de trois ans, pas encore nommés. Au sommet des tours de vigie, des saignants vêtus de linceuls vermillon vociféraient des ordres inaudibles. D'autres soldats descendaient depuis la caserne en haut du port, tentant sans succès d'organiser la débâcle. De rage, ils faisaient tournoyer leurs glaives au-dessus des malheureux que la foule poussait trop près d'eux. Parfois ils en fauchaient un, et alors une grande gerbe vermeille fusait dans les airs, pour retomber en pluie fine sur leurs épaules.

Rouges, les linceuls des saignants…

Rouge, l'éclat de la lanterne maléfique…

Rouge, le fond du ciel enflammé…

Rouge surtout, le sang bouillant dans les tempes d'Astréa, à mesure que se formait dans son esprit cette pensée horrible : *Palémon est perdu et je ne le reverrai jamais plus…*

« Non ! » souffla-t-elle.

Non, ce n'était pas possible, Terra ne le permettrait pas !

Palémon avait toujours été le travailleur le plus dévoué, le bêcheur le plus ardent à la tâche !

Jamais il n'avait ménagé ses efforts, ni économisé sa sueur au service de Notre Mère !

Il s'était rebellé contre Scorpar pour sauver les autres suants, respectant ainsi la volonté du roi Orcus qui avait ordonné au crachant de ménager ses gens.

Quant à la dague interdite, qui était apparue entre ses mains comme par magie… elle appartenait à Scorpar, bien sûr, Astréa en était certaine.

Elle détourna les yeux du port pour regarder par-delà les taudis de la ville basse, vers la ville haute réservée aux castes supérieures. Le pleuroir se dressait à mi-chemin, sur la grande butte grise aux flancs chargés des habitations en brique des crachants et des saignants, plus solides que les cahutes cubiques en torchis des suants.

Comme chaque fois, le spectacle du temple de Terra lui mit du baume au cœur. Après le castel du roi, qui dominait la butte, le pleuroir était le plus grand édifice de Viridienne : une pyramide à degrés, capable de résister aux plus violents déluges ravageant la cité chaque automne.

Inébranlable comme la foi.

Présidant aux destinées d'une cité tout entière tournée vers la mer, le monument était dédié à la faune marine. Le premier niveau, étage le plus vaste, abritait les représentations des animaux jadis les plus communs : crustacés et mollusques – les innombrables créatures prêtant leurs noms aux suants.

Le deuxième niveau était réservé aux petits poissons herbivores ou omnivores – ceux d'après qui les crachants étaient nommés.

Le troisième niveau accueillait quant à lui les prédateurs moyens – les animaux-greffes des saignants et des pleurants.

Au sommet enfin, dans le saint des saints auquel seuls les doyens et les apex avaient accès, se trouvaient les effigies des superprédateurs – ceux dont les noms étaient dignes des princes et des rois. L'architecture du pleuroir imitait ainsi la pyramide alimentaire de l'ancien temps, plaçant les proies les plus vulnérables tout en bas et les prédateurs apex tout en haut. Tel était l'ordre naturel voulu par Terra. Tel était également l'ordre social des Derniers Humains.

Astréa se mit en route, certaine désormais que le sort de Palémon était entre les mains de la déesse.

Des milliers de gens s'entassaient à l'entrée sud du pleuroir, réservée au peuple. La grande esplanade offrait une vue dégagée sur la baie enflammée d'un côté. De l'autre, c'était le désert, une immensité grise où seules s'aventuraient les caravanes tirées à force d'homme, assurant le commerce entre les cités-royaumes. Les abords de cet océan minéral étaient grignotés par une lèpre broussailleuse, plantée d'arbustes malingres : les parcelles de régénération, laborieusement entretenues au fil des siècles. Au-dessus se dressaient les toits des colonies extérieures. C'était là que logeaient les suants chargés d'entretenir les parcelles de régénération, ainsi que les caravaniers sans visa pour pénétrer dans la cité. Tout au bout, enfin, on pouvait apercevoir les lits d'humusage, où les restes des morts étaient régulièrement mélangés aux algues, afin de créer le compost nécessaire à la lente renaissance de Terra.

Se détournant du paysage, Astréa se fraya un passage à travers les fidèles gémissants, venus comme elle implorer Notre Mère d'épargner leurs proches pris dans le brasier. Elle se faufila dans la pénombre du premier niveau, qu'elle connaissait comme les poches de son linceul.

Filtrant au travers des rideaux en toile d'algue teinte pendus aux fenêtres, les rayons du soleil prenaient une teinte fraîche et bleutée, la couleur des pleurants. Le passage de la brise sur l'étoffe projetait des reflets aquatiques sur l'envers des murs, gravés de bas-reliefs étranges autour desquels se déployaient d'interminables inscriptions. Astréa avait beau connaître ces images par cœur, elle se sentait intimidée et fascinée chaque fois qu'elle posait les yeux sur elles. Toutes ces coquilles, toutes ces carapaces, et surtout tous ces yeux accusateurs : les yeux des animaux de l'ancien temps, à jamais disparus dans le Grand Effondrement.

Autour d'elle, les fidèles éplorés se pressaient vers l'effigie représentant l'animal-greffe d'un parent disparu dans la catastrophe. Les pleurants en linceul azuré ajoutaient leurs lamentations au vacarme général, mais eux ne priaient pour personne en particulier, ils ne s'arrêtaient devant aucune effigie. Marchant d'un pas lent tout autour du temple, ils se contentaient de psalmodier inlassablement le *Requiem de la mer* : celui qui prenait une lunaison entière à réciter, énumérant la liste de toutes les créatures marines assassinées par les hommes.

« *Abra alba,* annonça le pleurant en tête de la procession.

— *Species extincta !* répondirent en chœur les autres linceuls azurés.

— *Abra tenuis…*

— *Species extincta !*

— *Acanthocardia echinata…*

— *Species extincta !* »

Astréa reconnut la litanie des mollusques bivalves, qu'elle savait par cœur : c'était celle qui avait été choisie cette année pour l'épreuve du noviciat. De même, elle connaissait la configuration du pleuroir mieux que quiconque, pour y avoir passé tant de soirées, tandis que les jeunes suants de son âge se saoulaient dans les tripots du port, dilapidant leur maigre salaire en jeux d'argent et le peu d'énergie que leur laissait le bêchage en bagarres pathétiques. Astréa n'avait pas ces vices. La seule fois où elle avait goûté l'alcool d'algue glauque, la sensation cotonneuse de l'ivresse l'avait mise mal à l'aise. Depuis, elle ne s'enivrait que de prières. Observer les bas-reliefs jusqu'à avoir l'impression de les voir prendre vie : telle avait toujours été sa manière à elle de transcender la dureté de l'existence. Slalomant entre les fidèles, elle parvint à l'effigie devant laquelle Palémon avait été nommé, vingt-deux années auparavant : l'une des plus petites créatures du premier niveau, une minuscule crevette de quelques centimètres. Cet animal-greffe avait semblé opportun pour l'enfant chétif qu'avait été son frère, avant de perdre sa pertinence au fil des années, tandis que Palémon adolescent puis adulte croissait en taille et en force au-delà de toutes les prévisions.

Astréa s'agenouilla au pied de l'image de pierre et elle se mit à prier Notre Mère de toutes ses forces pour qu'elle lui rende Palémon.

« *Palaemon elegans,* murmura une voix derrière elle. Également appelée *Crevette rose.* »

Astréa se retourna vivement.

Une ombre bleue était penchée au-dessus de son épaule, portant autour du cou un sablier en verre de Cristallière, enchâssé dans un écrin de bronze. Tel était le pendentif dont les pleurants se servaient pour égrener les litanies, rempli du sable de la Désolation intérieure en souvenir du péché des hommes de l'ancien temps.

La jeune fille tenta d'identifier l'homme qui venait de s'adresser à elle, mais sa capuche lui mangeait tout le haut du visage, ne laissant paraître que son menton pointu.

« C'était autrefois un crustacé très commun, si abondant que les réserves semblaient ne jamais devoir s'épuiser, dit-il d'une voix sentencieuse. D'une endurance étonnante, on le trouvait dans toutes les mers froides. Il n'était pas assez robuste, cependant, pour résister aux hommes. »

Astréa connaissait la suite : comment la surpêche avait peu à peu épuisé les populations, raclant les fonds marins avec des armées de chalutiers ; comment les usines avaient pollué les eaux, infectant les œufs et les larves ; comment l'activité frénétique des hommes enfin avait réchauffé les océans, tuant le plancton dont les crevettes se nourrissaient, jusqu'à ce que l'espèce entière disparaisse. Oui, elle savait tout cela, mais elle n'osa pas interrompre le prêche.

À la fin, le pleurant conclut par la mise en garde habituelle :

« Les trois démons gaziers sont les enfants du péché des hommes. Kârbon, l'Étouffeur silencieux ; Sûlfur, la Pestilence rampante ; Mêtana, l'Haleine ardente. Cette dernière a dû passer tout près de toi aujourd'hui, à en juger par la suie dont tu es couverte. J'imagine que ce Palémon, pour qui tu viens dire des prières, compte parmi les portés disparus.

— C'est mon frère », répondit Astréa, se refusant à parler de Palémon au passé.

Elle hésita un moment, puis ajouta du bout des lèvres :

« L'archipleurant Octopide avait prédit que Mêtana ne soufflerait pas avant quatre lunaisons. Pourquoi s'est-elle manifestée si tôt… et si violemment ? »

L'homme releva la tête pour mieux toiser la jeune fille, révélant sous le bord de sa capuche une fine moustache effilée et deux prunelles perçantes cernées de poches rougeâtres : les yeux d'un prêtre ayant passé sa vie à pleurer.

Alors seulement Astréa reconnut Siluris, l'un des doyens du pleuroir de Viridienne, responsables de la sélection des novices.

« Tu es bien impertinente, Astréa, fille de Patel, dit-il d'un ton sévère, signifiant qu'il savait qui elle était depuis le début de leur échange. Comment oses-tu demander des comptes à Octopide, notre guide suprême ? La vie des pleurants et des pleurantes est faite d'obéissance, pas d'impertinence. Souviens-t'en, si tu veux avoir l'honneur de prendre le linceul azuré au premier matin du soleil de minuit.

— Je… je m'excuse, balbutia-t-elle, la gorge serrée par la honte. C'est que je m'inquiète terriblement pour Palémon… »

Le visage de Siluris se détendit un peu.

Du bout des doigts, il lissa ses moustaches si semblables à celles de *Silurus glanis*, le poisson-chat dont il portait le nom.

« Inquiétude et espoir, tristesse et joie, bien des émotions nous traversent, que nous soyons suants ou apex, dit-il. Le jour de nos trois ans, si nous avons eu la chance de survivre aux maladies infantiles, le rituel de nommage nous confère un nom qui nous distingue. Puis, en notre douzième année, le rituel de greffage confirme le lien avec notre animal-greffe en l'inscrivant à jamais dans notre chair. Mais au soir de nos vies, c'est le même rituel d'humusage qui nous attend tous. Les plus puissants comme les plus humbles finissent enveloppés dans leur linceul, quelle qu'en soit la couleur, et couchés dans un lit creusé à même la terre. Là, au sein de Terra, les tourments dérisoires de l'existence humaine n'importent plus : seule compte la renaissance de la déesse. Que Notre Mère renaisse de ta mort…

— … et que ses enfants animaux revivent de votre vie ! » s'exclama Astréa, complétant la bénédiction cardinale du culte de Terra, le signe de reconnaissance des croyants.

Elle se sentait réconfortée par les paroles pieuses du doyen, qui résonnaient si fort en son âme.

« Tu as bien fait de venir prier, lui dit encore Siluris. Tu portes en toi une foi authentique, rayonnante comme ton animal-greffe : *Asterias rubens*, l'étoile de mer commune. On m'a dit que tu n'économisais pas ta sueur sur les champs d'algues. Tu t'exprimes avec soin dans le parler commun, et il paraît même que tu sais lire le parler savant. Ce n'est pas fréquent pour une fille du peuple.

— Ma tante Bullia m'a enseigné les rudiments, expliqua Astréa. Elle travaillait comme greffière au service des douaniers crachants, elle tenait le registre des marchandises entrant dans la cité. Après son humusage, j'ai continué à apprendre par moi-même, en déchiffrant les inscriptions sur les murs du pleuroir. »

Le doyen la considéra d'un œil bienveillant :

« J'ai remarqué que tu passais beaucoup de temps en ces murs, en effet. Et les larmes qui te montent aux yeux, chaque soir lorsque tu viens écouter les vêpres, ont la couleur bleutée de la sincérité. Dis-moi, as-tu bien appris la litanie des mollusques bivalves ?

— Au mot près ! répondit Astréa sans hésiter.

— Es-tu résolue à embrasser fidèlement le culte de Terra, sans jamais prendre d'époux ni porter d'enfants ?

— Je veux me vouer tout entière à la renaissance de la déesse !

— Avec la grâce de Notre Mère, tu seras choisie comme novice pendant l'Aube de feu, dans onze jours. J'ai bon espoir que tu nous rejoignes très bientôt. »

Une joie intense envahit la poitrine d'Astréa – oui, rayonnante comme une étoile de mer.

« Espérons que Terra ait protégé ton frère, poursuivit le doyen. Dis-moi : est-ce un fidèle enfant de Notre Mère, comme toi ? Transpire-t-il corps et âme pour la renaissance de la déesse ? Œuvre-t-il sans relâche pour qu'un jour, toute la terre de Viridienne soit aussi verte de végétation que la mer est couverte d'algues ?

— Palémon est le meilleur bêcheur du champ 26 ! s'empressa de préciser la jeune fille. Et aujourd'hui, il a risqué sa vie pour en sauver des dizaines d'autres ! C'est lui qui a repéré la lanterne de surveillance ! Lui qui a coordonné l'évacuation du champ ! Lui qui… »

Les mots restèrent coincés dans la gorge d'Astréa, butant sur l'épisode de la lutte avec Scorpar.

Sur la dague.

Cette image ne cessait de lui revenir, plus obsédante chaque fois, comme si la lame fourrageait dans son cerveau de sa pointe acérée. Elle avait l'impression que c'était Scorpar qui la lui enfonçait entre les yeux, l'emplissant de colère et de confusion.

Dans les profondeurs du temple, le gong retentit dix-huit fois, marquant la fin de la litanie des mollusques bivalves et le début de la litanie des céphalopodes.

« Qu'y a-t-il ? s'enquit Siluris. Je sens que quelque chose te tracasse.

— Non, ce n'est rien, dit Astréa. Rien que l'angoisse d'être séparée de mon frère. »

Elle s'en voulait de ne pas tout dire au doyen, surtout après qu'il lui eut donné la confirmation implicite qu'elle serait prise au pleuroir.

Mais quelque chose en elle l'empêchait de parler davantage.

« Ne t'en fais pas, murmura-t-il. Je dirai moi aussi une prière pour lui. Allons, maintenant, je te laisse. »

Le doyen tourna les talons et s'en fut dans les couloirs du pleuroir, furtif et silencieux comme une ombre.

4.
252 heures avant l'extinction
OCÉRIAN

LORSQUE OCÉRIAN PARVINT À SE HISSER ENFIN EN HAUT DES MARCHES MENANT AUX REMPARTS du cercle intérieur, les autres courtisans étaient déjà tous là, ameutés par l'explosion.

Personne ne prêta attention à lui tandis qu'il se frayait un passage entre les apex. Les linceuls se déclinaient en une multitude de nuances de mauve, assorties aux cheveux de leurs propriétaires : comme la plupart des autres nations, Viridienne importait des pigments minéraux de la cité-royaume de Chromatine, dans les terres Orientales, où les sables présentaient des teintes uniques.

Océrian avança en boitant jusqu'aux créneaux, au-dessus desquels flottaient des étendards verts frappés d'un cachalot : l'emblème de la dynastie cétacéenne.

Derrière les pièces de tissu claquant au vent chaud venu du large, l'océan n'était plus qu'un brasier mugissant.

Mêtana, l'Haleine ardente !

C'était sa deuxième flambée en une lunaison, mais la première fois de mémoire d'apex qu'elle dévastait tout sur son passage !

Tous les visages étaient tournés vers la mer, colorés par l'ardeur de l'incendie. Tous les yeux étaient braqués sur l'horizon, guettant la galère royale. Elle devait se trouver quelque part dans ce tourbillon rouge où l'on ne distinguait plus ni terre, ni mer, ni ciel. Les lèvres bruissaient d'une unique question, formulée tantôt avec des tremblements de terreur, tantôt avec des accents d'espoir : « Le roi Orcus et ses fils cadets sont-ils encore en vie ? »

Le cœur d'Océrian, déjà déchiré par la mort de Bonite, était à présent écartelé entre deux sentiments contradictoires.

D'un côté, la crainte d'apprendre la disparition d'Orcus, Boréalion et Delphinion, qui ouvrirait aussitôt une sanglante guerre de succession entre les apex de Viridienne…

Mais d'un autre côté, l'espérance de retrouver enfin sa dignité : une telle tragédie le libérerait du projet de mariage avec la princesse Gryphie Cathartide, et le propulserait peut-être même parmi les prétendants au trône vacant…

Quant à la tristesse de perdre un père et deux frères, même s'ils n'avaient jamais manifesté aucune affection pour lui… Océrian s'efforçait de la ravaler, il savait que le roi n'y aurait vu qu'un signe supplémentaire de faiblesse.

« Je parie que tu dois te pisser dessus en ce moment ! » grinça une voix derrière lui, en écho au chaos de ses pensées.

Il pivota péniblement sur sa jambe de bois, pour découvrir la face large et goguenarde de Squalon, coiffée de cheveux mauve sombre coupés court à la mode des guerriers. Lui aussi portait un anneau à l'oreille, comme Océrian et bien des apex – mais en fer, métal martial dans lequel étaient forgés les glaives, et non en or, métal précieux servant aux parures.

Depuis qu'Océrian avait été amputé six ans plus tôt, la plupart des courtisans l'ignoraient comme s'il était devenu invisible. Ils singeaient en cela le dédain du souverain pour son propre fils. Squalon cependant ne se contentait pas de mépriser le prince déchu. Lui-même fils aîné du maréchal Karcharodon, l'apex en charge de tous les saignants de la cité, il ne manquait jamais une occasion de provoquer son souffre-douleur.

Tel le squale auquel il devait son nom, Squalon était attiré par l'odeur du sang : plus ses proies souffraient, plus cela l'excitait.

« Si ton père et tes frères ne reviennent pas vivants, qui restera-t-il pour te protéger ?

lança-t-il à Océrian. Ce n'est pas ta belle gueule qui te sauvera, ni ta voix de velours – ne me regarde pas comme ça, nous sommes plusieurs à t'avoir entendu chanter, le soir, derrière la porte de ta chambre ! » Il imita des vocalises ridicules, exprimant tout son mépris pour une activité qu'il estimait réservée à de vulgaires saltimbanques suants, et non à un apex de sang royal. « Iras-tu te réfugier dans le linceul de ta mère ? Ou dans celui de cette vieille pleurante faisandée qui te sert de gouvernante ? »

Ces mots, aiguisés pour blesser, étaient plus acerbes encore que ne l'imaginait le fils du maréchal. Ce n'était pas seulement une insulte à la personne de Bonite – c'était aussi un outrage à sa mémoire, maintenant qu'elle n'était plus.

Océrian fut frappé de plein fouet par l'image de son corps, gisant parmi les herbes où il l'avait abandonné lorsque l'explosion avait retenti. C'était elle qui lui avait appris bien des chansons qu'il chantait aujourd'hui encore, car elle ne se contentait pas de réciter d'interminables litanies savantes comme les autres pleurants : elle connaissait aussi les ritournelles du peuple, et elle les avait partagées avec lui.

« Prends garde ! hurla-t-il d'une voix trop aiguë. Tu parles peut-être à ton nouveau roi ! »

L'autre se fendit d'un rictus acide :

« Toi, un roi ? Je croyais que tu étais destiné à aller engrosser une princesse étrangère...

si tant est que ton accident ne t'ait pas aussi amputé au creux de ton pagne ! »

Il éclata d'un rire gras, affreux, aussitôt imité par la bande de jeunes apex qui l'accompagnait.

« Mêle-toi de ce qu'il y a dans ton propre pagne, cingla Océrian. Ça doit te tracasser, pour que tu m'attaques aussi bassement. »

Piqué, l'autre retrouva aussitôt son sérieux.

« De toute façon, si Orcus ne revient pas, tu n'iras nulle part, dit-il d'une voix sourde. Ni sur le trône de Viridienne, ni dans les alcôves d'une cité étrangère. Quand l'heure sonnera, qui voudra prendre le parti d'un misérable boiteux, déshérité par son propre père ? Le mien est occupé à maîtriser la panique qui s'est emparée du port, mais lorsqu'il remontera tout à l'heure, je ne donne pas cher de ta peau. » Squalon désigna les créneaux du menton. « On te balancera par-dessus les remparts en même temps que ces drapeaux, et tous les vestiges de la dynastie cétacéenne. »

Les menaces de Squalon avaient une dureté d'airain : celle de la vérité.

Mais Océrian ne pouvait pas lui laisser le dernier mot, pas aujourd'hui.

Les paroles fusèrent de sa bouche sans qu'il les anticipe :

« Méfie-toi de tes certitudes, Squalon ! s'écria-t-il. Aujourd'hui l'Haleine ardente a soufflé alors que personne ne l'attendait. Et Terra m'a envoyé un présage. Un serpent est venu me visiter dans les jardins : je serai le prochain roi de Viridienne ! »

Squalon se gaussa à nouveau :

« Oyez, oyez, voici notre nouveau roi, Océrian le Bancal, prince des boues ! » s'exclama-t-il à pleine voix, rappelant à tous le glissement de terrain qui avait estropié l'aîné des Cétacéens.

Il effectua une révérence empesée, tandis que toutes les têtes se tournaient alentour.

« Dites-moi, Votre Majesté, est-ce pour se faire pardonner d'avoir emporté votre jambe dans un torrent bourbeux que Notre Mère vous a envoyé un présage ? susurra-t-il, poisseux de fausse obséquiosité. À moins que le soleil vous ait fait fondre la cervelle ?

— J'ai vu ce serpent comme je te vois, rétorqua Océrian en se retenant au mur derrière lui pour ne pas trembler.

— Mais bien sûr, Votre Majesté, grinça Squalon, continuant de le tourner en dérision. Y a-t-il d'autres témoins de cette apparition miraculeuse ? Je parie que non. Aucune autre preuve que la parole d'un pauvre amputé ! »

Le cercle formé autour des deux garçons ne cessait de s'agrandir.

Les visages n'affichaient qu'incrédulité, dédain – et fébrilité aussi, en attente de l'affrontement.

« La jambe de Bonite, voilà la preuve, lâcha Océrian presque malgré lui, déchiré par la conscience de donner sa gouvernante en pâture aux requins. Le serpent y a enfoncé ses crocs et elle en est morte. » Il déglutit douloureusement et trouva la force d'ajouter : « Que Notre Mère l'accueille en son sein. »

Mais Squalon, loin d'être calmé par cette oraison funèbre, renchérit de plus belle :

« Voilà qu'il nous ressert sa vieille peau ! Depuis le temps qu'on attendait qu'elle crève, ce n'est pas trop tôt. Il a le culot de nous faire croire qu'elle a été mordue par un serpent imaginaire, alors que c'est juste son vieux cœur usé jusqu'à la corde qui a lâché.

— Tais-toi ! » hurla Océrian en attrapant le poignet de Squalon.

Les rires moururent aussitôt, remplacés par un silence pesant.

Squalon lui-même cessa ses railleries, pour planter ses yeux dans ceux de son adversaire : ils étaient d'un mauve très profond, presque indigo, en accord avec ses cheveux ras et la couleur de son linceul. Océrian avait l'impression que toute la terrasse les regardait à présent, comme si la guerre de succession avait déjà commencé – et sans doute était-ce le cas.

« Tu veux donc que je t'étripe, ici et maintenant, sans même attendre le début des hostilités ? » grogna Squalon à mi-voix, portant déjà la main au glaive qui pendait à sa ceinture.

Océrian soutint le regard de son ennemi, tout en gardant ses doigts serrés sur son bras.

Pour le broyer.

Pour s'y raccrocher.

Il savait que, d'un revers de la main, Squalon pouvait le déstabiliser et le faire tomber devant tous les autres, et ce serait la fin.

« Que se passe-t-il ici ? » fit une voix qu'il reconnut aussitôt – elle appartenait à sa mère, la reine Balaénia.

Les courtisans s'écartèrent pour la laisser passer avec ses dames de compagnie. La traîne de son long linceul royal, sertie de pierreries importées de la cité-royaume d'Opaline, dessinait comme une flaque mauve sur les dalles. Sous sa tiare en corail, coiffant un haut chignon de cheveux violine, son visage cuivré était pétri par l'angoisse. Son front lisse se plissa légèrement au moment où ses yeux se posèrent sur son fils aîné. Elle poussa un soupir, comme si elle considérait qu'avec un tel héritier, la survie de la lignée cétacéenne ne tenait qu'à un fil.

« Océrian, prépare-toi dignement pour le retour de ton père, au lieu de te donner en spectacle comme un enfant », dit-elle, le rabrouant devant toute la cour.

Océrian devina que ses paroles s'adressaient aux courtisans autant qu'à lui-même : en évoquant le retour prochain de son époux, la souveraine gardait la meute à distance, retardant le moment de la curée. Mais pour combien de temps encore ?

À nouveau, un sourire plein de mépris se peignit sur les lèvres de Squalon, comme pour déclarer à la ronde : *vous voyez, c'est ce que je disais, cette mauviette a besoin de sa mère pour se tirer d'affaire !*

Le fils du maréchal tenta de se dégager.

Mais au lieu de le laisser aller, Océrian resserra son étreinte.

C'étaient trop d'affronts, trop d'humiliations, trop de défaites. Peut-être qu'avant la tombée de la nuit, Orcus serait déclaré mort et que le massacre commencerait. Peut-être qu'Océrian n'avait plus que quelques heures à vivre, avant que les prétendants au trône le passent au fil de leur glaive. Mais justement, pour ces quelques heures encore, il était prince – s'il devait mourir, que ce soit en tant que tel, et non en pauvre victime !

« Tu m'as traité de *prince des boues*, moi, le fils du roi, murmura-t-il dans un souffle rauque.

— Comment ? Vous avez mal entendu, Votre Altesse ! rétorqua Squalon, en toute mauvaise foi. J'ai dit que vous étiez un *prince debout*, vous qui vous êtes relevé si rapidement après votre tragique accident… »

Ce énième sarcasme déguisé en flatterie acheva d'épuiser la patience d'Océrian.

« Pour cet outrage, je réclame le jugement de Terra », asséna-t-il.

L'expression rigolarde de Squalon se figea soudain en un masque grotesque et livide. Comme chacun ici, il savait que d'une telle épreuve, un seul sortirait vivant.

Océrian, au contraire, eut l'impression que ses joues s'empourpraient sous un afflux de sang, son cœur tambourinant furieusement dans ses tempes.

Pour la première fois depuis des années, il sentait la cour le regarder comme s'il existait vraiment.

Une silhouette filiforme s'agita dans le dos de la reine : celle de Gladya, épouse du maréchal Karcharodon, mère de Squalon et première dame de compagnie de la souveraine.

« Le jugement de Terra ? répéta-t-elle d'un ton pincé, derrière lequel sourdait l'angoisse. Puisque mon fils vous dit que vous avez mal entendu, Votre Altesse…

— Et moi, je vous affirme que j'ai très bien entendu. Je n'en démordrai pas. »

Des exclamations étouffées fusèrent parmi les dames de compagnie, des regards assassins se croisèrent. Chacun et chacune ici savait que si la dynastie cétacéenne était anéantie, la lignée squaléenne avait toutes les chances de conquérir le trône : après le roi Orcus, le maréchal Karcharodon était l'homme fort de la cité-royaume. Autant que leurs époux, les nobles dames ne manqueraient pas de s'entretuer dès que sonnerait l'hallali. D'ores et déjà, elles étaient sommées de choisir leur camp.

La reine Balaénia, seule, ne disait rien. Ses yeux violine ne reflétaient pas la peur qui s'était allumée dans ceux de dame Gladya à l'évocation du jugement de Terra. Sans un regard pour son propre fils, elle se contentait de lorgner les réactions des courtisans et des courtisanes, guettant l'effet de cette diversion sur les uns et les autres, calculant l'avantage qu'elle pourrait en tirer. Depuis longtemps, Océrian ne se faisait plus d'illusions sur les sentiments de sa mère à son égard. Pour elle comme pour le roi, il n'était guère qu'un pion sur l'échiquier de la lutte pour le pouvoir.

Dame Gladya tourna vers sa maîtresse son visage en lame de couteau, prolongé par un nez pointu évoquant son animal-greffe – *Xiphias gladius*, l'espadon au long rostre :

« Votre Majesté, je vous en supplie…

— Je suis pieds et poings liés, ma bonne amie, vous le savez aussi bien que moi, soupira Balaénia en feignant la tristesse. Une mère a toute autorité sur ses enfants, à moins que ces derniers n'en réfèrent à la mère supérieure : Terra, la matrice universelle d'où nous sommes tous issus. Son jugement a été requis devant témoins.

— Demandez aux témoins d'oublier ce qu'ils ont entendu, implora dame Gladya. Vous avez ce pouvoir, en tant que… » La maréchale buta sur les mots. « … en tant que *reine.* »

À ces mots, elle tomba à genoux.

Les lèvres de la souveraine, ornées de baume nacré, s'étirèrent imperceptiblement : la deuxième femme la plus puissante de Viridienne venait de rappeler à toute la cour que la reine se nommait encore Balaénia.

Elle s'accorda une seconde pour savourer sa victoire, laissant son regard violine flotter sur les nuques courbées des courtisans.

« Eh bien soit, dit-elle finalement, drapée de son autorité incontestée. Que chacun oublie ce malencontreux incident. Mon fils va retirer ce qu'il a dit. »

En un instant, tous les regards se détournèrent des belligérants.

Squalon en profita pour se dégager brutalement.

Océrian se sentit renvoyé à son insignifiance.

« Mais… », commença-t-il.

Ses protestations furent englouties par une clameur s'élevant depuis les remparts :

« Le roi ! »

Les courtisans se ruèrent sur les créneaux. Les voix qui, quelques instants plus tôt, ourdissaient des plans et chuchotaient des menaces, s'élevaient de concert à présent.

Cela ressemblait à un cri collectif et unanime. Pourtant, Océrian pouvait y déceler le fracas des passions : le soulagement de la reine et de ses fidèles, la déception de ses rivaux, la frustration de ceux qui un peu plus tôt se voyaient déjà sur le trône. Ce ne serait donc pas aujourd'hui que l'un d'entre eux succéderait au roi Orcus, dont le traîneau amiral venait d'apparaître au détour d'une dune, tiré à bout de bras par une cinquantaine de suants. À cette distance, on les distinguait à peine : ce n'étaient que des linceuls sans visage, des taches grises sur la grande plaine remontant à travers les parcelles de régénération du couchant jusqu'au castel. Mais il n'y avait pas de doute quant au fanion qui coiffait le traîneau amiral : il était mauve, et non pas noir.

Le monarque avait échappé à l'Haleine ardente.

La lignée cétacéenne, un instant menacée d'extinction, était à nouveau la dynastie maîtresse de la cité-royaume.

Océrian, un instant au centre de l'attention générale, était redevenu le fantôme invisible du castel.

5.
250 heures avant l'extinction
ASTRÉA

« QUI VIENT LÀ ? »

La voix de Patel était si faible qu'Astréa l'entendit à peine en pénétrant dans la cahute.

« C'est moi, père », dit-elle en déroulant la porte derrière elle : une épaisse toile d'algue rêche, cirée pour résister aux intempéries et refermée par des boutons de pierre.

Elle délaça ses sandales, posa sa bêche et s'avança à tâtons vers la natte d'algues séchées où était allongé son père : la courte nuit printanière avait commencé, noyant la cité dans une semi-pénombre.

Astréa alluma la bougie en cire d'algue posée à même le sol. Son odeur piquante était un moindre mal, car elle repoussait les moustiques dont les nuées envahissaient

Capitellum metallicum

chaque soir la cité putride. Les suants n'avaient bien sûr pas le droit d'écraser ces enfants de Terra ; mais au moins s'efforçaient-ils de les tenir à distance.

Dans la lueur de la flamme, le corps de Patel se dessina plus précisément. On eût dit un squelette, tant il était maigre ; ses membres étaient aussi fins que des bêches, ses joues aussi creusées que des trous d'eau. Le tatouage de son animal-greffe, *Patella vulgata*, la patelle commune, ressortait sur le relief sur son torse, ses côtes saillantes épousant la forme conique du coquillage.

À cinquante ans à peine, le père d'Astréa était déjà un vieil homme : la rudesse des conditions de vie, conjuguée aux assauts du soleil, aux maladies charriées par les moustiques et aux résidus de pollution de l'ancien temps, avait considérablement réduit l'espérance de vie des Derniers Humains. Malgré la relative fraîcheur apportée par le soir, la peau de Patel ruisselait de sueur – lorsque la fièvre brûlante étreignait un corps, elle ne le relâchait jamais plus.

« Tu rentres tard, dit-il, les yeux clos. J'ai déjà dîné, mais il reste un peu de soupe pour toi dans la marmite. Où est ton frère ?

— Mêtana a de nouveau soufflé sur la mer aujourd'hui. Le port est en proie au chaos. Palémon… est resté derrière pour aider. »

C'était un mensonge, mais Astréa ne voulait pas accabler son père. Elle devait garder pour elle l'angoisse qui la tourmentait, et prier pour que Terra lui rende son frère.

« Mêtana…, répéta Patel. C'était donc ça, ces secousses qui ont ébranlé mes vieux os… Voilà la deuxième fois que l'Haleine ardente gronde en cette lunaison. Terra est de plus en plus malade. Tout comme moi. »

Le vieil homme fut pris d'une quinte de toux à lui en déchirer les bronches, et Astréa crut un instant que ces dernières se lacéraient vraiment, à en juger par les postillons rouges jaillissant de la bouche de son père. Certains retombèrent sur le pendentif pâle qu'il portait autour du cou – un petit os imitant la forme d'un coquillage en spirale. C'était là tout ce qu'il restait de Natica, la mère d'Astréa : un fragment de tibia prélevé dans son lit d'humusage avant que le reste de son squelette soit réduit en poudre. Cette infime relique avait été sculptée à l'effigie de l'animal-greffe de la défunte, *Natica limbata,* l'escargot de lune à la coquille nacrée.

Troublée à la pensée de cette femme qu'elle n'avait jamais connue, Astréa saisit un panier de linges en fibres d'algue. Elle alla les humecter d'eau fraîche, puisée à la citerne en argile au fond de la cahute. Puis elle revint au chevet du malade, pour poser une première compresse sur son front. Le visage bistre de Patel était dévoré de taches noires, dont certaines laissaient suppurer une lymphe luisante. Tel était le résultat d'une vie passée à bêcher les champs d'algues sous l'œil incandescent du ciel, malgré le port du linceul. Tel était le juste prix à payer en expiation des crimes commis par les terracides de l'ancien temps. Les suants finissaient tous ainsi, tôt ou tard : brûlés, asséchés jusqu'à la moelle, vidés de tout leur suc, pour que renaisse Terra !

« J'ai aperçu une anguille aujourd'hui », murmura Astréa en enroulant un deuxième linge humide autour de l'une des jambes de Patel – elle prenait soin de son père tous les soirs, enveloppant ses membres de fraîcheur pour soulager les élans de la fièvre et l'aider à passer la nuit.

Les paupières de Patel s'entrouvrirent pour la première fois depuis qu'elle était rentrée, révélant deux yeux brillants, immenses au milieu du visage émacié. Astréa se demanda si ces prunelles dilatées, grillées jusqu'à la rétine par des années de réflexion solaire à la surface des champs d'algues, pouvaient encore la voir.

« Une anguille ? répéta Patel, la voix chevrotante d'émerveillement. Tu es sûre ?

— Oui. Je me rappelle en avoir vu sur le bas-relief au pleuroir.

— Une anguille… une anguille… »

Patel répétait ces mots comme une formule magique, comme l'une de ces litanies dont les fidèles se saoulaient pendant les cérémonies religieuses. Il porta instinctivement la main à son pendentif d'os, sur sa poitrine creuse, comme s'il avait voulu prendre Natica à témoin.

« C'est un signe de grande fortune ! assura-t-il. Tu as les yeux pour voir ces choses-là, Astréa, toi qui es attentive aux présages. Tu sais tant de choses. Pas comme Palémon et moi, qui sommes restés incultes et qui n'avons jamais vu plus loin que les algues à bêcher sous notre nez. »

Le vieil homme sourit. Astréa le sentait tellement heureux, de se persuader que sa fille était différente. C'était ainsi depuis sa naissance. Il ne lui en avait jamais voulu d'avoir causé la disparition de sa femme en naissant – ou alors, il le lui avait bien caché. Et il l'avait encouragée sans faillir dans son vœu de prendre un jour le linceul azuré.

« J'ai toujours su que tu étais prédestinée, insista-t-il. Quand tu feras ton pèlerinage à Souvenance, quand tu rencontreras l'oracle de Terra, elle le confirmera – j'en suis sûr. Elle te dira que la déesse t'a choisie entre tous ! »

Astréa sentit la tête lui tourner devant ces prédictions grandioses. La ville sacrée de Souvenance, centre du culte de Notre Mère, était la destination de tous les pèlerinages. Depuis longtemps, la jeune fille rêvait du jour où elle s'y rendrait.

« L'anguille…, dit-elle doucement en déployant un nouveau linge. Elle m'a rappelé les histoires que Bullia nous racontait quand on était petits, Palémon et moi. Elle m'a rappelé l'Ailleurs.

— Balivernes colportées par ma bavarde de sœur ! l'interrompit Patel. Parce qu'elle savait déchiffrer quelques mots dans ses registres de douane, elle s'imaginait tout connaître du monde et de ses secrets. Ma pauvre Bullia, que son humus fructifie ! »

Emportée par une tumeur maligne quelques années plus tôt, la chère tante d'Astréa avait rejoint les parcelles de régénération.

« À dix-huit ans, tu lis mieux que Bullia a jamais su, affirma encore Patel. Tu as la tête trop bien faite pour l'encombrer avec des fables pour enfants, et aussi pour la laisser griller au soleil. Ta place n'est pas sur les champs d'algues. Elle est au pleuroir, si Notre Mère le veut. »

Prise d'un élan, la jeune fille fut à deux doigts de lui raconter son entretien avec le doyen Siluris et les gages qu'il lui avait donnés : il lui avait dit qu'elle était sur le point d'être acceptée comme novice, l'objectif de toute sa vie ! Mais aussitôt, la douleur d'avoir perdu Palémon la transperça. Si ce dernier avait vraiment disparu, pourrait-elle se résoudre à prendre le linceul azuré ? Est-ce que son devoir ne serait pas alors de rester auprès de Patel, pour s'occuper de lui jusqu'à son humusage ?

« Je ne suis pas sûre que le pleuroir m'acceptera, mentit-elle, la mort dans l'âme.

— Bien sûr que si ! lui assura Patel. La nuit de ta naissance, les étoiles filantes ont traversé le ciel d'est en ouest, du nord au sud ! Depuis toute petite, tu as une mémoire phénoménale. Les litanies s'y gravent miraculeusement. Et tu n'as jamais compté tes heures pour aider au pleuroir. Tu es la suante la plus pieuse de Viridienne, la plus méritante aussi !... » Emporté par son enthousiasme, Patel fut saisi d'une quinte nouvelle de toux ; il acheva dans un souffle : « ... s'ils ne te prennent pas, alors ils ne prendront personne.

— Je serai peut-être plus utile à ton chevet, protesta faiblement Astréa.

— Palémon suffira bien. Je n'ai besoin que d'un seul fils pour soigner ma vieille carcasse. Je préfère que ma fille récite des litanies pour mon salut. »

Astréa sentit sa gorge se nouer un peu plus fort.

« Le salaire de Palémon sera un peu juste pour vous entretenir tous les deux, argumenta-t-elle encore, incapable de se résoudre à dire la vérité. Notre citerne est presque vide, et le prix de l'eau fraîche a tellement augmenté, après la sécheresse de l'hiver dernier...

— J'ai quelques économies sous ma couche, va. Et puis, ma chère Natica ne sera pas partie pour rien, si un enfant sorti de son ventre entre en religion. Tu auras un grand destin, je te le répète, comme les étoiles filantes l'ont annoncé la nuit de ta naissance ! »

Cette profession de foi eut raison des protestations d'Astréa. Elle posa le dernier linge sur le bras droit de Patel. Elle se leva sans un mot, pétrie par le doute – si Palémon ne revenait pas, se résoudrait-elle à abandonner son pauvre père de chair et d'os pour embrasser la déesse, sa Mère de terre et de mer ? Incapable de trancher, elle se retira derrière le paravent qui partageait la cahute en deux.

Là, elle ôta son linceul. Dans sa course, de nombreuses coutures s'étaient déchirées, la chaleur avait roussi les pans de l'étoffe et même creusé des auréoles noires sur les omoplates. Aucun rafistolage ne pourrait sauver la vieille frusque : elle était bonne à être recyclée en cordages par les petites mains du quartier des chiffonniers.

Astréa serra les dents – en plus de tout le reste, il allait falloir acheter un nouveau linceul ! –, puis elle enfila sa tenue d'intérieur. Cette dernière était constituée d'un pagne lui couvrant les hanches et d'une brassière qui lui ceignait la poitrine, pour laisser son corps respirer. Mais cette tenue légère l'obligeait à s'enduire de cire d'algue, pour protéger sa peau nue des moustiques qui trouvaient toujours un moyen de s'immiscer dans les cahutes, même les mieux calfeutrées.

Tout en se livrant au rituel de crémage quotidien, Astréa laissa aller son regard sur le dessin qui lui recouvrait le ventre. Comme tous les habitants de Viridienne, elle s'était fait tatouer à la cendre d'algue noire lors du rituel de greffage, pour ses douze ans – l'âge à partir duquel le corps était jugé assez développé pour que le tatouage n'évolue pas ; l'âge aussi où les jeunes suants délaissaient la couture et l'artisanat à l'ombre des cahutes, pour affronter les travaux des champs sous la chaleur du soleil.

Sur le ventre lisse et plat de la jeune fille, aux abdominaux affermis par le bêchage, se déployait une étoile de mer. Les cinq branches, dessinées sur sa peau brune, se soulevaient à chaque inspiration, prenant vie.

Comme chaque fois qu'elle posait les yeux sur son animal-greffe, Astréa sentit le calme l'envahir, une foi absolue dans la bienveillance de Terra la gagner. Les souffrances de son père avaient forcément un sens aux yeux de la déesse, une signification qui lui échappait à elle, petite suante. Il fallait garder confiance. Elle repensa à la pluie d'étoiles filantes dans son ciel natal, aux prédictions brillantes de Bullia, à la longue vie qui l'attendait au service de Notre Mère.

Oui, dès le retour de Palémon, tout cela pourrait se réaliser…

Un tintement de gong lointain résonna dans la nuit, répété vingt-deux fois : c'était le début de la vingt-deuxième heure, marquant la litanie des anguilliformes.

« Notre Mère, dans votre grande bonté, rendez-moi Palémon », murmura Astréa du bout des lèvres, tout en fermant les yeux pour revoir l'anguille qui lui était apparue plus tôt dans la journée.

Comme en écho à la prière de la jeune fille, des coups résonnèrent soudain sur la toile tendue comme un tambour à l'entrée de la cahute.

Le cœur d'Astréa fit un bond dans sa poitrine :

« Palémon ? fit-elle, vibrante d'espoir, en refermant fébrilement le pot de cire.

— Ouvrez immédiatement ou nous défonçons ce taudis ! » aboya une voix en guise de réponse.

L'identité des visiteurs ne faisait guère de doute, c'était là le ton et les manières des saignants.

Malgré la chaleur nocturne, Astréa sentit un frisson glacé courir le long de sa colonne vertébrale.

« J'arrive ! » cria-t-elle.

Mais les saignants ne l'avaient sommée que pour la forme.

La porte en toile se fendit dans un déchirement sinistre, emportant avec elle un pan de mur en torchis. Trois hommes se ruèrent dans la demeure, leurs linceuls flottant comme des ailes vermillon à la lueur de la bougie. Contrairement aux suants, ils étaient autorisés à rester encapuchonnés en permanence, même au plus profond de la cité. Ainsi étaient-ils comme les moustiques : des nuées sans visage, qui pouvaient s'abattre sur n'importe qui, à n'importe quel moment.

« Où se trouve le dénommé Palémon ? mugit l'un des saignants.

— Je ne sais pas, répondit Astréa, le dos collé au mur du fond.

— Ne te fiche pas de moi, suante ! Si tu ne me dis pas où il se cache, il t'en coûtera ! »

Joignant le geste à la parole, le saignant leva son glaive, menaçant.

Astréa savait qu'au moindre signe de désobéissance, il n'hésiterait guère à utiliser le tranchant effilé. Elle savait aussi l'effet qu'elle avait sur les hommes.

Elle s'avança dans le halo de la bougie, la tête haute. La nature l'avait dotée d'une beauté souveraine ; Palémon lui avait appris à utiliser son corps élancé pour se défendre contre les suants trop entreprenants. Même lorsqu'elle était au repos, il émanait d'elle une aura à la fois attirante et dangereuse – et d'autant plus lorsqu'elle allait à visage découvert.

Le saignant baissa son glaive, imperceptiblement, et recula d'un pas.

« Je n'ai pas vu mon frère depuis que l'alarme a été lancée sur les champs d'algues, dit Astréa en cherchant les yeux de son interlocuteur dans l'ombre de sa capuche.

— Tu étais aux champs ? dit l'autre, troublé. Alors, tu sais de quoi il retourne. Tu sais que ton frère a attaqué le crachant Scorpar. »

La jeune fille sentit son cœur se figer dans sa poitrine.

« Attaqué ? répéta-t-elle. Qui vous a dit ça ? Il n'a fait que se défendre, sauvant les bêcheurs du champ 26. Il n'a fait qu'exécuter les ordres du roi. »

Les souvenirs de la catastrophe se bousculaient dans sa tête. Qui donc avait averti les saignants ? L'un des suants témoins de la rixe ? Scorpar lui-même, s'il s'en était sorti ?

Un gémissement monta du fond de la cahute, arrachant la jeune fille à ses pensées.

« Mon fils… ne peut pas avoir fait une chose pareille », lâcha Patel dans un râle.

Les deux saignants accompagnant celui qui tenait Astréa à la pointe de son glaive se dirigèrent vers la couche. Patel essaya maladroitement de se redresser, mais son corps ne lui obéissait guère.

« Tu mets notre parole en doute, vieillard ?

— J'ai inculqué à mes enfants le respect de la Loi. *Aux serfs suants, le prix de la sueur, travaillant aux champs, sur les carrières et dans le ventre des galères…*

— La ferme ! Tu comptes nous apprendre le contenu de la Loi, en plus ? Espèce de vieux fou sénile ! Tu ne mérites pas de porter ce bijou, que tu as sans doute volé. »

Le saignant s'empara de la relique d'os qui pendait au cou de Patel, cassant le cordon d'algue.

« Je ne l'ai pas volé ! C'est le seul souvenir qui me reste de mon épouse. Il ira à mes enfants, lorsque je serai humusé…

— … il ira dans ma poche, tu veux dire ! coupa le saignant en riant. Pas la peine d'attendre ton humusage, même s'il ne devrait plus tarder, vu comment tu pues déjà la charogne. »

Il arracha sans ménagement les linges qui couvraient les membres de Patel, puis il se dirigea avec son acolyte vers la citerne au fond du logis.

« Non ! s'écria Astréa. Nous avons payé cette eau ! »

Elle tenta de s'interposer, mais le troisième saignant lui barra le passage de sa lame.

Impuissante, elle vit les hommes en rouge soulever la citerne.

Un sentiment poignant d'injustice lui retourna l'estomac.

Mais pas seulement.

Quelque chose d'autre s'était allumé au creux de son ventre, derrière le mollusque tatoué sur sa peau – une étincelle qui lui piquait les entrailles. Elle ne comprit pas tout de suite ce que c'était, et quand enfin elle en prit conscience, cela la terrifia.

Pour la première fois de sa vie, elle sentait monter du tréfonds de son âme une envie de rébellion contre les saignants, contre la Loi, contre tout ce que les suants devaient subir. Cette pulsion restait pour l'instant enfermée au plus profond d'elle-même, aussi discrète que la flamme à l'intérieur de la lanterne de surveillance, un petit point rougeoyant que les saignants ne pouvaient pas voir.

Mais demain ?

Mais si quelque chose d'aussi puissant que l'Haleine ardente se réveillait en elle ?

L'idée de cet instinct démoniaque, si contraire à l'esprit de soumission attendu d'une future pleurante, la paralysa.

« Vous ne payerez jamais assez ! grinça le saignant qui s'était emparé du pendentif, bousculant la jeune fille hagarde. Les terracides n'ont droit à aucun égard. Or, nous soupçonnons cette cahute d'être un nid de terracides ! La citerne vous sera rendue lorsque Palémon se sera livré, pas avant. »

Les trois linceuls vermillon piétinèrent les lambeaux de porte déchirée, laissant derrière eux un vieillard pleurant de douleur et une adolescente enflammée par la confusion.

6.

248 heures avant l'extinction

OCÉRIAN

TROIS COUPS RÉSONNÈRENT À LA PORTE DE LA CHAMBRE. Située au nord du cercle intérieur, la cellule était semblable aux dizaines d'autres se succédant dans la partie du castel réservée aux jeunes apex. Océrian s'y était retiré dès l'annonce du retour du roi, pour fuir la foule. Là, il avait ôté son linceul et enlevé sa jambe de bois, délaçant les sangles pour faire respirer son moignon. Après avoir nettoyé la peau meurtrie, il l'avait enduite de poudre de roche, comme Bonite le lui avait enseigné, afin d'éviter les macérations.

Enfin libéré, il avait passé une heure à faire des pompes, s'imaginant qu'il écrasait le nez de Squalon chaque fois que son front rencontrait les dalles rugueuses. C'était sa manière d'entretenir sa musculature dans sa prison, mais aussi d'évacuer la longue suite d'humiliations dont sa vie était faite. Ainsi collé au sol, à l'horizontale, il s'était abruti d'efforts, tâchant d'oublier la station debout qui lui rappelait son handicap à tout instant. Quand enfin, épuisé, il n'avait plus été capable d'exécuter un exercice de plus, il s'était traîné pantelant jusqu'à un petit tabouret posé devant l'unique meurtrière.

Depuis, il observait la nuit à travers cette fente donnant sur l'immensité de la Désolation intérieure, à l'opposé du port. Ici, on n'entendait ni la rumeur de la cité pleurant ses morts comme à chaque souffle de l'Haleine ardente, ni les vivats des courtisans célébrant le retour de leur souverain. Des étoiles filantes traversaient les ténèbres poudreuses : de mémoire d'homme, le ciel des Dernières Terres avait toujours été envahi de comètes, certaines nuits plus fourmillantes que d'autres, mais toujours silencieuses. Seul le vrombissement de quelques moustiques venait troubler le calme, lorsqu'ils frôlaient le fin maillage en fil d'algue recouvrant la meurtrière.

Dans la lueur irréelle du clair de lune, les légendes réveillées par le serpent des jardins paraissaient presque plausibles. On pouvait s'imaginer que l'Ailleurs existait vraiment, quelque part. On pouvait entrevoir la silhouette d'une forêt luxuriante aux branches bruissant de vie, parcourue de courants d'eau fraîche où venaient s'abreuver toutes les créatures de jadis. Les paroles de la berceuse que lui chantait Bonite, quand il était tout petit, lui revinrent en mémoire :

« Dors, petit d'homme,
Ferme les yeux
Et fais un somme.
Rêve d'un lieu
Où tout bourgeonne.
Des cris joyeux
Partout résonnent.
Du sol aux cieux
La vie foisonne ! »

Trois nouveaux coups, un peu plus insistants, firent trembler la porte.

Le prince s'arracha à la contemplation, la berceuse s'évanouissant dans ses souvenirs.

Aujourd'hui, il savait bien qu'il n'y avait pas d'Ailleurs : Bonite avait fini par lui avouer que ce n'était qu'une fable. Il n'y avait rien d'autre au nord que de la pierre, du sable et de la poussière, jusqu'à l'écrasante cordillère Fendue, couronnée par le mont Crève-Ciel… C'était là que se nichait Flamboyante, la redoutable cité rouge. Elle devait son nom aux lichens envahissant ses abords, qui, disait-on, offraient toutes les nuances d'un brasier. Unique végétal à pousser dans ces hauteurs, elle fournissait la farine à la base de l'austère régime local – l'autre ressource de la cité étant le fer extrait à flanc de montagne, dans les strictes limites imposées par la Loi.

Océrian partirait pour ce monde minéral, à l'opposé du monde maritime de Viridienne. Il se mettrait en route dès l'hiver prochain, à l'issue du long été du jour polaire. Ses six dernières lunaisons dans la cité verte s'évaporeraient comme les six dernières années de sa vie : dans l'ennui et la solitude.

« Un instant ! » cria-t-il, à contrecœur, tout en saisissant la jambe de bois gisant au sol à côté de son tabouret.

La mort dans l'âme, il ressangla l'appendice malcommode sur sa cuisse.

Puis il se dirigea en boitant vers la porte en bois d'acacia.

Il s'attendait à voir surgir un serviteur suant, les yeux baissés et les mains chargées de quelque souper. Mais ce fut un linceul mauve qui apparut derrière le panneau. La jeune fille qui le portait avait l'âge du prince.

« Manta ! » s'exclama-t-il.

C'était elle en effet, la fille de Torpedon, grand argentier de la cité-royaume. Ses cheveux lilas étaient enroulés sur deux postiches de chaque côté de son harmonieux visage maquillé avec soin, créant deux impressionnants chignons triangulaires : les ailes de *Manta birostris*, la raie manta géante.

Lorsqu'ils étaient enfants, Océrian et Manta avaient passé bien des heures ensemble, à explorer les couloirs du castel et à déjouer la vigilance des pleurants chargés de leur éducation. Au seuil de l'adolescence, leur complicité avait commencé à se transformer en… autre chose. Du moins, c'est ce qu'Océrian avait furtivement ressenti alors, sans en avoir jamais eu la confirmation : l'accident survenu peu après ses douze ans avait coupé les liens qui l'attachaient à son amie d'enfance, aussi brusquement qu'il avait tranché sa jambe. Depuis des années, Manta le traitait en étranger ; ce soir, elle le regardait avec la même morgue que les courtisans un peu plus tôt sur les remparts.

« Le roi requiert votre présence aux jardins », annonça-t-elle.

Il sentit les beaux yeux fardés s'attarder sur son torse tendu par l'exercice, et sur le narval qui tremblait au rythme des battements de son cœur.

L'espace d'un instant, un espoir pathétique le traversa : peut-être Manta avait-elle été impressionnée par son courage face à Squalon ? Peut-être que l'amitié pourrait renaître entre eux, et plus encore ?

Mais les yeux lilas de la jeune apex descendirent au-dessous de son pagne, jusqu'aux sangles compliquées fixant sa prothèse de bois torsadée à son moignon.

Elle grimaça, de fines lignes de dégoût durcissant soudain son visage lisse. Les derniers sentiments qu'Océrian nourrissait encore pour elle se flétrirent : il comprit que tout ce qui avait existé un jour entre eux était mort à jamais.

« Ne faites pas attendre votre père », dit-elle sèchement, en tournant déjà les talons.

*

Une multitude de lampions en papyrus d'algue coloré avaient été accrochés à la hâte aux troncs des citronniers et des mandariniers. Les flammes qui y brûlaient projetaient des lueurs dansantes, rappelant à Océrian celles de l'incendie qui avait ravagé le port. Ici, bien à l'abri dans les murs du castel, la catastrophe semblait déjà oubliée. L'ambiance n'était pas aux lamentations, mais à la liesse. Des gobelets circulaient de main en main, remplis des alcools les plus fins et de jus d'agrumes pressés spécialement pour l'occasion. Çà et là, des serviteurs suants au regard baissé faisaient passer des plateaux chargés de fruits et de légumes des jardins. Mûres de ronce à la saveur acidulée et noix amères, courges gorgées d'eau tiède et tubercules farineux : ce n'étaient que de pâles survivances des espèces de l'ancien temps, les seules encore capables de pousser sous le soleil mortifère. Mais elles étaient riches des nutriments qui entretenaient la santé des maîtres, et que les serfs ne pourraient jamais goûter.

Le prince traversa la pelouse, le cœur battant, sans prendre garde aux conciliabules des courtisans sur son passage.

Depuis l'amputation, son père ne goûtait guère sa présence.

Depuis la décision du mariage, il ne lui parlait plus du tout.

Comme si le fils honni était déjà parti, pour remplir l'unique fonction dont on le jugeait encore capable : la reproduction de la caste dominante.

Mais ce soir, Orcus avait requis sa présence !

Il avait envoyé une noble demoiselle le quérir, au lieu d'un simple suant !

Océrian s'orienta vers le centre des jardins, où la coutume voulait que le roi préside aux festivités pastorales. La reine siégeait à ses côtés, ainsi que les princes Boréalion et Delphinion, coiffés à la mode militaire comme la plupart des jeunes apex mâles. Ils étaient tous les quatre vêtus de somptueux linceuls d'apparat, les seuls à ne pas être tissés en fibres d'algue, mais en véritables fils de vers à soie importés à grands frais de la cité-royaume de Levantine. Le privilège de porter une étoffe animale était réservé aux plus puissants d'entre les seigneurs, à la famille royale seulement – une famille dont Océrian était exclu depuis sa déchéance.

« Viens là ! » tonna le roi en tendant la main vers lui.

Aussitôt, tous les courtisans s'écartèrent pour lui ménager un passage jusqu'au fauteuil de bois clair. Les yeux du roi Orcus étaient mauves comme ceux de tous les apex, mais d'une teinte plus métallique qu'aucun d'entre eux, presque fluorescente ; les êtres sur lesquels ils se posaient ne pouvaient s'empêcher de frémir, et bien rares étaient ceux qui osaient les braver. Au fil du temps, sa barbe violette s'était épaissie, mais son visage au teint sombre et parfaitement homogène n'avait pratiquement pas pris de rides – les ans n'imprimaient pas leur marque sur la peau des apex comme ils le faisaient chez les autres castes.

Océrian inclina la tête en signe de soumission devant son père, son anneau d'or dansant contre sa joue, ses longues mèches retombant sur son front – tout à sa hâte d'accourir, il n'avait pas eu le temps de s'attacher les cheveux dans la nuque.

« On me dit que tu as vu un serpent aujourd'hui, quelques heures avant le souffle de l'Haleine ardente.

— Oui, mon père.

— C'était un présage. Un signe de Terra avertissant qu'elle sauverait ses enfants chéris : tes frères et moi. »

Le roi jeta un regard plein de fierté à ses deux fils cadets, ignorant l'aîné.

Pas un instant il n'imaginait que le présage eût pu être adressé à Océrian.

« On me dit aussi que tu en as appelé au jugement de Terra, pour réparer l'affront que t'aurait fait le fils de mon maréchal, reprit-il. Mais ta mère, dans sa grande mansuétude, a décidé de pardonner. »

La reine inclina sa tête couronnée pour signifier qu'à ses yeux en effet, l'incident était clos.

« Rappelle-toi ce que je t'ai demandé tout à l'heure, Océrian, le gourmanda-t-elle comme s'il n'était qu'un petit garçon. Retire tes paroles trop vite prononcées, sous le coup d'une émotion passagère. Toi comme moi, nous savons que tu as toujours eu les nerfs fragiles. »

Une ombre s'avança derrière le dossier ouvragé du fauteuil.

Une silhouette immense, qui cachait les étoiles et la lune.

Le regard du roi impressionnait et inspirait le respect ; celui de Karcharodon terrorisait et insufflait la peur dans les cœurs les plus solides. Mesurant près de deux mètres, le maréchal de Viridienne était redouté dans toute la cité. On racontait que les énormes poings émergeant de son linceul mauve sombre étaient habitués à broyer les crânes des suants insubordonnés, et aussi ceux des saignants qui n'exécutaient pas ses ordres assez vite. Quant à sa mâchoire proéminente… les dents qui la garnissaient étaient pointues comme celles de son animal-greffe, *Carcharodon carcharias,* le grand requin blanc. Le maréchal les avait fait tailler ainsi pour intimider ses adversaires.

Mais ce soir, les lèvres de Karcharodon se contentèrent de s'entrouvrir pour laisser filtrer une voix aussi profonde que le gong du pleuroir.

« Squalon n'aurait pas dû se montrer impoli, Votre Altesse, dit-il en toisant Océrian. Je vous assure qu'il sera châtié.

— Laissons à Terra le soin d'en décider demain matin », répondit le prince, de la voix la plus assurée possible.

Balaénia laissa échapper un murmure réprobateur, tandis qu'un éclair passait dans les yeux indigo de Karcharodon. Aucun d'eux n'avait douté que le faible Océrian reviendrait sur sa décision, puisqu'on le lui demandait. C'était le seul moyen d'annuler le jugement de Terra, lorsqu'il était requis devant témoins. Si la victime de l'affront ne retirait pas ses paroles, la tradition voulait que le jugement soit exécuté au matin suivant.

Le maréchal s'avança d'un pas encore, sa lourde tête heurtant les guirlandes. Quelque chose luisait sur sa poitrine immense, dans l'échancrure de son linceul : son collier. Si, à première vue, les cinq rangées de perles qui le constituaient ressemblaient à de petites pierres blanches, l'on finissait tôt ou tard par réaliser leur nature véritable : il s'agissait de dents. De canines humaines. Celles de tous les terracides que Karcharodon avait tués de ses propres mains, menant la guerre sacrée de Terra contre le blasphème qui se nichait dans les bas-fonds de la cité-royaume.

Mais Océrian ne se laissa pas impressionner.

L'occasion lui était ce soir offerte de prouver à son père, à sa mère et à toute la cour qu'il était un homme, et pas une vulgaire marchandise destinée à être expédiée à Flamboyante dans six lunaisons.

Il ne reculerait pour rien au monde !

« Sois raisonnable, Océrian, intervint le roi. C'est soir de fête, alors ne gâche pas tout pour un caprice ridicule. Retire tes paroles sans faire de drame.

— Je n'en ferai rien, père, car il ne s'agit pas seulement de mon honneur, mais également du vôtre ! répondit le prince avec ferveur. En prétendant que j'avais imaginé le serpent, c'est de votre bonne étoile que Squalon a douté. En me traitant de prince des boues, c'est vous aussi qu'il a insulté. Permettez-moi de laver cet outrage. Laissez-moi vous prouver que, même si je n'ai qu'une seule jambe, j'ai autant de bravoure que mes frères. »

Boréalion émit un toussotement méprisant. C'était le deuxième fils du roi – le plus grand aussi, comme en attestait son nom inspiré de *Balaenoptera borealis*, l'imposant rorqual boréal. On le disait destiné à la succession.

« La bravoure se mesure sur les champs de bataille, et non pas aux provocations puériles ! » lâcha-t-il.

Océrian choisit de ne pas relever cette pique de son cadet d'un an s'adressant à lui comme s'il était son aîné.

Toute son attention était focalisée sur les yeux du souverain, en quête d'une lueur d'approbation.

Mais il ne rencontra qu'une brume métallique, impénétrable.

« Soit, finit par dire Orcus, tout en lissant sa barbe. Qu'il en soit ainsi. »

Puis il tourna à nouveau son attention vers les convives, sans accorder à Océrian un regard de plus.

7.

242 heures avant l'extinction

ASTRÉA

ASTRÉA PASSA LA NUIT À SE RETOURNER SUR SA NATTE. Dans ce demi-sommeil qui ne reposait guère, il lui semblait voir s'animer les bas-reliefs du pleuroir, les animaux marins prendre vie et former une ronde autour d'elle, comme si elle avait été plongée dans la mer fraîche et poissonneuse qui baignait les côtes bénies de l'Ailleurs…

Lorsque sonna la quatrième heure au gong du pleuroir, la lumière cruelle de l'aube fusa à travers la porte déchirée par les saignants, la réveillant tout à fait.

L'Ailleurs n'existait pas.

Sa fraîcheur n'était qu'un rêve.

Une nouvelle journée commençait et elle serait plus longue que la précédente, plus cuisante aussi.

À l'aide d'un linge, Astréa épongea la sueur qui poissait sa peau. Depuis la confiscation de la citerne, il n'y avait plus d'eau pour faire sa toilette, mais elle passa tout de même le tissu rêche sur son corps afin d'effacer les dernières traces de suie de la veille. Elle prit un soin particulier à nettoyer les éraflures sur ses hanches et ses épaules, là où son linceul s'était déchiré. Ses doigts, parcourant son corps, rencontrèrent une légère excroissance sous son aisselle gauche, sans doute un hématome provoqué par sa chute brutale sur la passerelle ; comme il n'était pas douloureux, elle n'y prêta pas plus d'attention, reportant son regard sur le minuscule miroir en obsidienne polie qui pendait au-dessus de sa natte.

Ses traits, à la fois délicats et pleins de vigueur, gardaient le souvenir de la lointaine Afrique, continent aujourd'hui calciné dans l'enfer du réchauffement. D'inextricables influences d'Europe, de Polynésie et de bien d'autres lieux encore étaient venues enrichir son héritage. Ces contrées oubliées n'étaient plus que des noms vidés de toute signification, mais chacune avait rendu Astréa encore plus belle et plus forte. Malgré sa mauvaise nuit, ses yeux noirs, surmontés de sourcils à l'arc parfait et ourlés de longs cils, ne gardaient aucun cerne. Seul son teint était légèrement altéré : sa peau brune, habituellement éclatante, paraissait éteinte ce matin. Elle effleura les trois grains de beauté disposés sur la partie droite de son visage : le premier juste sur la pommette, le deuxième sur la joue et le troisième sur l'ourlet de la lèvre. C'était comme si trois des étoiles filantes de son ciel natal s'étaient déposées sur son visage : un signe supplémentaire du fabuleux destin qui l'attendait, avait décrété Bullia.

Détachant son doigt de ses grains de beauté, Astréa le plongea dans un petit pot de baume coloré à l'algue orangée. Elle en appliqua un peu sur sa bouche et étala le résidu sur ses joues. C'était là son unique coquetterie.

Après un dernier regard à son reflet, elle posa la main sur le tatouage étoilant son ventre, afin de tirer de son animal-greffe la force d'affronter le matin.

Puis elle poussa le paravent séparant sa couche de celle de son père.

« Par Terra ! » s'écria-t-elle.

Le corps de Patel paraissait deux fois plus maigre qu'hier.

C'était comme s'il s'était… momifié – comme si, sans la protection des linges humides, il s'était desséché pendant la nuit.

« Père ! s'exclama Astréa en saisissant l'outre en peau d'algue rêche accrochée au mur – le fond d'eau que les saignants n'avaient pas emporté. Est-ce que tu m'entends ? »

Un râle aussi sec que le vent de la Désolation intérieure s'échappa des lèvres gercées. Astréa y colla le goulot de l'outre.

Un gargouillis, au fond de la gorge de Patel, prouvait qu'il était encore vivant. Il déglutit péniblement et ouvrit ses yeux troubles.

« Comment te sens-tu ?

— Ce maudit saignant avait raison…

— Quoi ?

— Je n'en ai plus pour longtemps.

— Mais non ! Tu as mal dormi et tu es fatigué, c'est tout !

— De quoi ai-je l'air, Astréa ? Tu n'as jamais eu peur de la vérité. Alors, dis-moi. Franchement.

— De quoi tu as l'air ? balbutia-t-elle. D'un suant dans la force de l'âge. Fatigué, peut-être, mais dans la force de l'âge !

— Tes yeux ne parlent pas le même langage que tes lèvres, ma fille. »

Astréa ouvrit la bouche pour répliquer, mais son père la fit taire en levant son index osseux.

« Je sens que mon heure approche, que Terra me rappelle à elle. Mes restes reposeront bientôt dans un lit d'humusage.

— Non ! »

Les doigts d'Astréa se crispèrent si fort sur l'outre que cette dernière laissa échapper quelques gouttes de son précieux contenu sur le sol de la cahute.

« Non, répéta-t-elle. Je vais trouver un moyen de récupérer notre citerne, et tu vivras encore longtemps. Encore des années.

— La paix ! »

Une grimace de douleur déforma le visage de Patel, faisant taire Astréa.

« Est-ce que je ne vous ai pas donné tout ce que je pouvais, à ton frère et à toi ? Est-ce que je n'ai pas versé deux fois plus de sueur sur les champs d'algues, après la mort de votre mère, pour vous fournir le boire et le manger ?

— Bien sûr que si…

— Vous avez une étrange manière de me remercier. Si ce que les saignants ont dit de Palémon est vrai, s'il a vraiment levé la main sur un crachant, ça signifie que j'ai bigrement raté son éducation. Et toi… toi qui m'as déjà pris Natica en naissant, absorbant sa force vitale, maintenant tu veux me prendre mon repos ! Est-ce que tu sais ce que ça fait, de rester tant de jours et tant de nuits immobilisé sur cette natte, dans cette cahute ? Est-ce que tu imagines la peur qu'on sent quand la fièvre arrive, d'abord au bout des jambes, puis dans tout le corps ? Non, tu n'imagines pas, parce que tu te crois invincible, comme toutes celles et ceux de ton âge. J'ai mérité mon humusage, tu m'entends Astréa ! J'ai mérité de rejoindre le sein de Terra ! »

La jeune fille regarda son père, horrifiée.

C'était la première fois qu'il lui reprochait la mort de son épouse.

La première fois aussi qu'il se plaignait de ses douleurs sans rien cacher.

Il aurait pleuré, s'il avait pu, mais son corps ne contenait plus assez d'eau pour cela.

« Quant à toi, tu vas aller t'acheter un habit neuf, lui ordonna-t-il dans un souffle, tout en jetant un regard au vieux linceul gisant sur le sol, à moitié déchiré par l'explosion. Il te reste moins de deux semaines à bêcher avant le début du jour polaire. Je ne veux pas que ma fille aille à l'épreuve du noviciat vêtue de haillons. Quand se lèvera l'Aube de feu, il faut que tu te présentes au pleuroir sous tes meilleurs atours. »

À ces mots, il glissa la main derrière sa natte et en sortit une bourse en toile d'algue, remplie de deniers de porcelaine : la monnaie qui avait cours à Viridienne, frappée par le castel pour payer le maigre salaire des serfs. Il la plaça entre les doigts d'Astréa. Ce n'étaient rien que les pauvres économies d'un suant usé, et pourtant la jeune fille eut l'impression que les pièces pesaient plus lourd qu'une montagne.

Ce qu'elle tenait dans ses mains tremblantes, c'était un héritage.

*

Le port était ravagé.

Une épaisse couche de cendres recouvrait la berge, noircissait les parois des tours de vigie en haut desquelles veillaient les silhouettes vermillon des saignants. Une brume grisâtre, poisseuse planait sur la mer ; les passerelles qui n'avaient pas brûlé s'y jetaient comme des harpons dans le ventre d'un monstre gigantesque et vaporeux. Partout, un remugle carbonisé se mêlait à la puanteur endémique des algues. Mais le plus horrible restait les dizaines de cadavres inidentifiables, trop calcinés pour que leurs familles les réclament ; ils avaient été assemblés sur la berge, corps sans visage à jamais anonymes, en attendant d'être évacués vers les lits d'humusage en dehors de la cité…

Astréa longea le port, tenant les pans de son vieux linceul contre ses côtes pour empêcher qu'il se désagrège. Elle s'engouffra dans l'une des échoppes du quartier des tisserands, et allégea la bourse du quart de son poids en échange d'un linceul neuf. En faisant glisser sur sa tête cette nouvelle étoffe grise, pourtant légère et souple, elle eut l'impression nauséeuse que de lourdes chaînes lui retombaient sur les épaules.

La tête lui tournait si fort, quand elle sortit de l'échoppe, qu'elle craignit d'avoir attrapé une insolation de si bon matin.

Elle rabattit sa capuche sur son front et s'appuya contre le mur de la ruelle où elle se trouvait.

Hier encore, l'Aube de feu et le noviciat lui semblaient si proches, mais à présent ils étaient si lointains, hors de portée.

La disparition de Palémon, le raid des saignants, la maladie de Patel…

Tous ces sacrifices avaient certainement un sens, il devait y en avoir un – si seulement elle parvenait à le comprendre !

« Notre Mère, vous savez que je donnerais ma vie sans hésiter pour votre renaissance, murmura-t-elle du bout des lèvres, levant les yeux vers le pleuroir dans les hauteurs de la ville. Mais faut-il aussi que vous preniez si vite celles de mon frère et de mon père ? »

En guise de réponse, un cri retentit derrière elle :

« Hé, toi ! »

Elle pivota sur ses talons, soulevant un nuage de poussière – si les rues de la ville haute étaient pavées pour mieux résister aux intempéries, celles de la ville basse n'étaient couvertes que de terre séchée.

La perspective était déserte.

« Tu ne sais pas que la capuche est interdite aux suants dans les murs de la cité ? » fit la voix sortie de nulle part.

Si, bien sûr, Astréa le savait.

Elle ôta sa capuche, fouillant des yeux le fond obscur de la ruelle.

Une silhouette finit par se détacher de derrière une cahute.

La tension se relâcha d'un coup dans la poitrine de la jeune fille : le linceul n'était ni ocre, ni vermillon. C'était un linceul gris de suant. Celui qui le portait entra dans la lumière du soleil déjà brûlant : un garçon de l'âge d'Astréa, affichant un sourire narquois.

« Sépien ! » s'écria-t-elle, mi-soulagée, mi-agacée.

Si Sépien se trouvait là, cela signifiait que Livien n'était pas loin…

En effet, un deuxième garçon sortit à son tour de la pénombre – le même corps râblé, les mêmes yeux vert clair, le même visage laiteux mangé de taches de rousseur. Les jumeaux étaient identiques, à l'exception de leurs cheveux blond platine. Ceux de Sépien étaient rasés au plus près sur les tempes et soigneusement nattés sur le haut. Ses quatre tresses en épis de blé, plaquées contre son crâne, évoquaient les tentacules de son animal-greffe : *Sepia officinalis*, la seiche agile. Les cheveux de Livien, au contraire, étaient grossièrement coupés en brosse, leur texture drue ressemblant aux piquants hirsutes du timide oursin commun, *Paracentrotus lividus*, dont il empruntait le nom.

Les jumeaux affichaient des caractères différents, voire opposés : Sépien se montrait aussi volubile et roublard que Livien était mutique et renfermé. Cela ne les empêchait pas d'être inséparables. Hasard du métissage et des naissances, ils étaient venus au monde avec une peau particulièrement pâle, qui les rendait d'autant plus vulnérables aux assauts du soleil. Peut-être était-ce la raison pour laquelle on les avait abandonnés sur les marches du pleuroir, à moins que ce ne fût le fait d'avoir deux bouches à nourrir au lieu d'une. Ils avaient grandi à l'orphelinat géré par les pleurantes, apprenant à ne compter que sur eux-mêmes. D'embrouille en combine, ils avaient tissé un réseau complexe aux marges de la société viridienne, au sein desquelles eux seuls savaient naviguer. Ils s'étaient aussi forgé une réputation et un surnom en forme de masque : *les Fils de personne*. On pouvait s'adresser à eux pour obtenir les informations les plus récentes et les commodités les plus rares, pourvu que l'on y mît le prix. Leurs petits trafics lucratifs, sans doute couverts par quelques obscures protections, leur permettaient d'échapper à la dure vie de labeur qui échoyait au commun des suants.

« Désolé de t'avoir fait peur, Astréa », s'excusa Sépien en lui décochant un clin d'œil malicieux – c'était toujours lui qui parlait au nom de la fratrie, certains prétendaient même que Livien était muet.

« Tu ne m'as pas fait peur, répliqua-t-elle froidement.

— Non bien sûr, où ai-je la tête : Astréa, la vierge de granit, n'a peur de rien ! Les fiers enfants de Patel sont inflexibles ! D'ailleurs, où est ta grande brute de frère ? »

Astréa sentit sa gorge se serrer.

« Je ne l'ai pas revu depuis que l'Haleine ardente a soufflé, hier. »

Sépien fit un pas en direction de la jeune fille, les yeux brillants.

Elle savait qu'elle ne le laissait pas indifférent – à plusieurs reprises déjà, il lui avait fait des avances, qu'elle avait poliment refusées. Bien des jeunes suantes auraient été ravies de se marier avec l'un des jumeaux, pour se soustraire aux travaux des champs – d'autant qu'ils n'étaient pas sans charme, l'un et l'autre. Mais depuis toute petite, Astréa avait fait vœu de célibat : sa place était au service de Terra, et non au bras d'un garçon, fût-il aussi argenté que Sépien.

« L'Haleine ardente a soufflé plus fort que jamais, c'est vrai, admit-il. Le pleuroir a dénombré plus de deux cents victimes, sans compter les blessés ! Mais Palémon n'est pas n'importe quel bêcheur. Il court vite, plus vite que Mêtana. Je parie qu'il a réussi à échapper aux flammes. Nous pourrions nous en assurer, moyennant quelques recherches… aucune langue ni aucune porte ne résiste aux Fils de personne ! »

Astréa comprit aussitôt l'allusion – après tout, qu'avait-elle à perdre ? Elle porta la main à sa bourse pour en tirer quelques deniers de porcelaine, mais Sépien posa ses doigts sur les siens :

« Pas la peine de payer, murmura-t-il en la couvant du regard. Pour la belle Astréa au corps souple comme celui d'une étoile de mer, ce sera gratuit.

— Inflexible comme le granit ou souple comme une étoile de mer ? L'audacieux Sépien aux yeux baladeurs devrait se décider ! » répliqua-t-elle du tac au tac.

Les joues pâles du jeune trafiquant s'empourprèrent :

« Aïe ! Une chose est sûre : les pointes de cette étoile sont piquantes comme des dards ! Laisse-moi te proposer un marché : tu nous paieras seulement si tu t'estimes satisfaite de nos services. Nous allons tout faire pour retrouver ton frère. Rendez-vous ce soir, à la fin de ta journée de travail, ici même. »

Elle hocha la tête, ne pouvant s'empêcher de sourire devant les efforts de Sépien pour la séduire, puis elle dégagea sa main et rangea sa bourse :

« C'est entendu. Il faut que j'y aille, maintenant. »

Tournant les talons, elle se dirigea mécaniquement vers le *Ventre de la Mer*, la taverne où les bêcheurs du champ 26 avaient coutume de se retrouver chaque matin avant d'emprunter les passerelles, pour se plâtrer l'estomac avec de la bouillie d'algue gélatineuse.

*

Les rangs étaient moins serrés que d'habitude à la table de roche. À vue de nez, une demi-douzaine de clients n'avaient pas survécu à la dernière colère de Mêtana.

Astréa prit place au bout du banc, sous la bâche qui protégeait les clients du soleil. Aussitôt, tous les regards convergèrent vers elle : des faces soucieuses, délavées par une nuit de veille, minées par le deuil et par la fatigue.

Homarius, qui à trente-cinq ans était le bêcheur le plus expérimenté, se leva. Il essuya du revers de sa main les filets de bouillie qui lui collaient au menton, puis il s'avança d'un pas hésitant :

« Que viens-tu faire ici ?

— La même chose que vous autres, répondit Astréa sans lever le nez de son bol. Je viens manger avant d'aller aux champs.

— Aller aux champs ? Sais-tu que les saignants recherchent ton frère ? Tu devrais tout faire pour retrouver ce terracide et le convaincre de se livrer, avant qu'il nous arrive malheur par sa faute… »

Astréa serra le bord de la table entre ses mains, tiraillée par des émotions contradictoires. D'un côté, elle était soulagée d'apprendre que son frère n'avait pas encore été pris ; d'un autre côté, l'ingratitude des hommes et des femmes avec qui elle avait partagé tant de souffrances la bouleversait. Sans la rébellion de Palémon, ils ne seraient pas là ce matin à se remplir la panse : ils auraient tous été balayés par la vague de feu !

Et puis il y avait ce mot horrible, *terracide*, que les saignants avaient déjà utilisé la veille en emportant la citerne… Il évoquait tout ce qu'Astréa détestait du fond de son cœur : l'égoïsme, la cupidité et le vice des hommes, fossoyeurs de leur propre planète mère. Jusqu'à présent, elle n'avait jamais réussi à mettre de visage sur les terracides du passé, qui avaient assassiné Terra, ni sur ceux d'aujourd'hui, qui se cachaient disait-on dans les entrailles de la cité. Elle ne supportait pas l'idée de voir jaillir les traits de Palémon, depuis hier soir, chaque fois qu'elle pensait à ce mot.

« Ce serait mieux que tu partes, fit Homarius, jetant des regards aux uns et aux autres pour s'assurer qu'il parlait au nom de tous. Terra honnit les terracides et leurs familles...

— Si tu traites encore une fois mon frère de terracide, je te le ferai regretter », murmura Astréa entre ses dents, tout en écrasant sa bouillie au fond du bol, du dos de sa cuiller.

Des murmures inquiets s'élevèrent autour d'eux. Trimer la nuque courbée, sans lever les yeux et sans se faire remarquer : tel avait toujours été le destin des bêcheurs d'algues, et des ancêtres de leurs ancêtres.

« J'ai vu une dague dans sa main..., commença Homarius.

— Ce n'était pas la sienne ! » coupa Astréa.

Elle leva brusquement ses yeux perçants, pour les planter dans ceux du suant.

Jusqu'à présent, elle pensait avoir été le seul témoin de la scène : lorsqu'elle avait vu Palémon brandir la lame, la plupart des bêcheurs du champ 26 avaient déjà tourné les talons pour fuir à toutes jambes. Mais pas tous, apparemment... Or, la Loi était formelle : les suants n'avaient pas le droit ne serait-ce que de toucher le métal, ressource rare et non renouvelable de Terra. Ils étaient si bas dans l'échelle sociale qu'entre leurs mains indignes le fer était considéré comme un organe arraché au corps de la déesse. À la différence des autres castes, la simple détention d'un objet métallique de contrebande faisait d'eux des terracides de facto. Quant à posséder des armes… c'était impensable !

« Cette dague appartenait à Scorpar, pas à Palémon ! aboya Astréa. J'en suis sûre ! Et je suis certaine que si mon frère n'avait pas été là, vous seriez tous morts à l'heure qu'il est ! »

Elle se leva, tremblante d'indignation, une veine palpitant le long de son cou.

Sentant venir l'orage, les deux serveurs qui circulaient entre les bancs s'éclipsèrent prudemment au fond de l'établissement, pour se réfugier dans la cuisine.

« C'est toi qui as dénoncé mon frère, pas vrai ? accusa Astréa en fronçant les sourcils. C'est à cause de toi que les saignants ont débarqué dans ma cahute hier, pour emporter notre citerne. »

Autour des deux adversaires, plus personne n'osait prononcer un mot.

La veille encore, certains de ces suants faisaient les yeux doux à la belle Astréa, rivalisant d'attentions pour lui plaire ; mais aujourd'hui, ils la considéraient avec crainte. Elle avait beau être l'une des plus jeunes bêcheuses du champ 26, c'était aussi l'une des plus fortes, et chacun ici savait que son frère lui avait appris à se battre.

« Non, Astréa, je te jure que ça n'est pas moi, ni aucun de nous…, balbutia Homarius en reculant instinctivement de plusieurs pas.

— Scorpar n'est toujours pas revenu, asséna Astréa en marchant vers le suant. Il s'est sans doute noyé en mer comme tant d'autres, et les saignants n'auraient pas cherché à savoir ce qui s'est passé si un mouchard ne les avait alertés. Si ce n'est pas Scorpar qui a parlé, alors c'est forcément l'un d'entre vous ! »

Astréa leva les poings.

Elle était prête à en découdre avec la taverne entière s'il le fallait.

Mais à cet instant, le rideau d'algues à l'entrée se souleva sur une jeune fille aux cheveux noirs et soyeux, rassemblés en une longue natte. Derrière elle se profilaient deux hommes poussant une charrette à bras remplie d'amphores en terre cuite. C'était Margane, la fille de la veuve Doreena, qui tenait une distillerie dans la colonie du Couchant. La fabrication d'alcool d'algue glauque était en effet proscrite intra-muros, d'une part pour limiter sa consommation par les travailleurs suants, d'autre part pour faciliter le prélèvement des impôts revenant au castel. Non seulement chaque litre entrant était taxé par les douaniers crachants, mais aussi l'usage de la charrette – seules les roues de cette dernière étaient en bois, le corps lui-même n'étant constitué que de bambou importé du bayou traîtreux, matériau plus fragile mais moins rare. Les marchands d'alcool comme Margane venaient ainsi apporter des amphores pleines et récupérer des amphores vides, ballet incessant plus régulier que l'alternance des jours et des nuits.

« Alors, qu'est-ce qui se passe ici ? demanda-t-elle en pénétrant dans la taverne. Les têtes-de-bêche n'attendent même plus le soir pour en venir aux mains, maintenant ? »

Margane avait hérité des hautes pommettes et des traits fins de sa mère – et sans doute, avant elle, des peuples ayant habité ce continent qu'on appelait jadis l'Asie. Elle ne savait rien de son père en revanche, caravanier de passage venu troquer des biens acheminés depuis Tourbeuse, cité marchande au carrefour de toutes les pistes. Repartant avec une cargaison d'alcool viridien, il avait disparu dans une tempête de sable de la Désolation intérieure avant la naissance de Margane. Moyennant quelques pots-de-vin aux saignants du port, la veuve Doreena avait réussi à faire exempter sa fille unique de bêchage pour la garder auprès d'elle. C'est qu'elle était victime d'une maladie débilitante transmise par les moustiques : alors que la fièvre brûlante desséchait les corps, la fièvre aqueuse les faisait gonfler comme des outres trop pleines. Recluse dans sa distillerie depuis des années, la matrone ne se déplaçait jamais, déléguant sa fille en tous lieux.

Ainsi, Margane gérait la petite affaire familiale avec l'autorité d'une apex et la gouaille d'une crachante, bien qu'elle fût un an plus jeune qu'Astréa et qu'elle mesurât une tête de moins. Certains matins, elle sortait sa flûte de roseau pour en tirer des notes plus enivrantes encore que l'alcool d'algue glauque. Devant elle, les bêcheurs les plus aguerris filaient doux. Certains d'entre eux s'étaient épris d'elle, mais elle avait la réputation d'être aussi inaccessible que la sœur de Palémon. Personne n'avait osé demander sa main à la veuve Doreena. Cette dernière veillait sur sa fille aussi jalousement que sur une perle, comme celles que produisait autrefois *Pinctada margaritifera*, l'huître perlière dont elle portait le nom.

« Ne te mêle pas de ça, Margane..., balbutia Homarius, gêné. C'est une histoire entre nous...

— Épargne-moi les détails, cette histoire a l'air encore plus ennuyeuse que la litanie d'un pleurnichard ! » le coupa-t-elle en mimant un bâillement.

Le langage argotique pour parler des castes, et plus encore de celle des prêtres, était réprouvé. Mais Margane n'était pas fille à retenir ses paroles – ni à se laisser impressionner par des hommes deux fois plus lourds qu'elle.

Elle releva le menton pour toiser les clients en dépit de sa petite taille. Ses boucles d'oreilles sphériques accrochaient la lumière. On aurait dit de véritables perles, mais bien sûr ce n'étaient que d'habiles imitations, des pierres polies.

« Quant à vous, les crevards, vous feriez mieux de garder vos forces pour la journée de travail, au lieu de les gâcher en chamailleries comme des garnements pas encore greffés ! » asséna-t-elle encore.

Tandis qu'Homarius baissait la tête, elle adressa un regard appuyé à Astréa, comme pour lui dire que la situation était sous contrôle. Les deux suantes se connaissaient depuis longtemps. Le fait d'être toutes deux orphelines d'un parent les avait rapprochées. Enfants, elles avaient souvent joué ensemble dans les dunes mouvantes surplombant les lits d'humusage à l'ouest de la cité, sous la surveillance de Palémon alors adolescent. Si l'une s'occupait désormais de la distillerie tandis que l'autre allait chaque jour aux champs, leur amitié restait forte. Aujourd'hui encore, Astréa posait parfois sa voix sur la musique jaillissant de la flûte de Margane. Sa mémoire prodigieuse ne lui servait pas seulement à retenir quantité de litanies savantes : elle connaissait aussi les paroles de bien des chansons populaires pour pleurer les animaux morts, dire la tristesse des hommes solitaires et faire brûler l'espoir qu'un jour renaisse Terra.

« Où est ton frère, Astréa ? demanda Margane, s'apercevant de son absence.

— Il a disparu dans les champs d'algues hier… et certains ici lui reprochent des choses innommables. »

Margane souleva le rideau, saisit une amphore dans la charrette, fit sauter le bouchon de cire et l'abattit sur la table craquelée, envoyant des gerbes d'alcool sur les bols qui y étaient posés.

« Ce matin, c'est moi qui vous offre le boire, crevards ! annonça-t-elle afin de mettre un point final aux débats. Rincez-vous le gosier pour faire passer le goût des ragots et des médisances. Trinquons tous à la santé de Palémon, où qu'il soit à présent ! »

Il n'en fallut guère plus pour briser l'hostilité des bêcheurs, et dessiner de timides sourires sur leurs faces soucieuses.

Mais avant qu'ils puissent vider leurs gobelets, le rideau se souleva à nouveau, cette fois sur le linceul ocre d'un crachant accompagné de deux saignants :

« Au travail, vous autres ! s'exclama-t-il sans un regard pour Margane. Je suis Polyprion, fils d'Anthias. Je remplace Scorpar, qui est toujours porté disparu. Ces soldats nous accompagneront en mer, au cas où l'envie de vous rebeller vous démangerait à nouveau. »

Les suants s'arrachèrent au banc.

Margane souffla quelques mots à l'oreille d'Astréa, au moment où cette dernière passait devant elle :

« Ne te fais pas trop de mouron pour Palémon, il est coriace. Rappelle-toi, la petite crevette était l'un des animaux les plus robustes des océans de l'ancien temps ! Quant à toi, l'étoile de mer, tu peux passer à la distillerie quand tu le souhaites, si tu veux te changer les idées : tu sais que tu seras toujours la bienvenue à la maison. »

Astréa n'eut pas le temps d'en entendre davantage : l'un des saignants l'attrapa par l'épaule et la poussa en avant sans ménagement. Ils traversèrent le port pour rejoindre la passerelle menant à leur enfer quotidien.

« Pouah ! Vous empestez la gnôle ! grimaça le crachant tandis que les travailleurs s'engageaient sur l'étroit pont en cordes d'algue rêche. Peut-être que Scorpar vous laissait vous saouler avant d'aller aux champs, mais il n'y aura pas de ça avec moi ! »

Il attrapa l'outre d'un des bêcheurs et la vida de son eau douce ; puis il se pencha au bord de la passerelle pour la remplir d'eau salée.

« Tiens, avale ça ! ordonna-t-il en rendant l'outre à son propriétaire.

— Mais…

— Ne discute pas ! Ça va te dessaouler fissa, et ça te fera passer le goût des beuveries matinales. »

Le malheureux s'exécuta – quel choix avait-il ? Il parvint à vider la moitié de l'outre avant d'être pris de nausée, et de vomir sa bouillie d'algue gélatineuse dans la mer.

Un à un, les bêcheurs durent se rincer l'estomac avec cette eau chaude, lourde, qui gardait le goût des cendres de la veille et, semblait-il, des milliards de cadavres d'animaux morts dans la mer par la faute des hommes de l'ancien temps. Même si elle n'avait pas bu une goutte d'alcool, Astréa se plia à ces cruelles ablutions pour ne pas contrarier le nouveau maître du champ 26.

Mais au moment de s'avancer sur la passerelle, après avoir réajusté la capuche de son linceul, elle sentit une poigne de fer se resserrer sur son bras.

C'était la main de Polyprion.

« Minute. Ne serais-tu pas la sœur de ce terracide ? »

Le ventre d'Astréa se contracta, plus fort encore que lorsqu'elle avait régurgité l'eau de mer.

« Palémon n'est pas un terracide, dit-elle en s'efforçant de maîtriser le tremblement de sa voix. Je suis certaine qu'il n'a commis aucun crime contre Terra. Il n'a fait que donner l'alerte, quand la lanterne de surveillance s'est mise à briller…

— Tu connais le commandement de ta caste ? » la coupa Polyprion.

Les doigts du crachant broyaient le poignet d'Astréa, mais elle s'interdit de crier.

« *Aux serfs suants, le prix de la sueur, travaillant aux champs, sur les carrières et dans le ventre des galères*, récita-t-elle.

— Le prix de la sueur, idiote ! s'exclama Polyprion. Pas celui de la salive ! Alors, boucle-la. Si je t'entends encore une fois aujourd'hui, je te fais arracher la langue. »

8.

240 heures avant l'extinction
OCÉRIAN

« POUR LA DERNIÈRE FOIS, OCÉRIAN, FILS D'ORCUS CÉTACÉEN : maintenez-vous votre appel au jugement de Terra ?

— Oui. »

Octopide, l'archipleurant à la tête de tous les prêtres et prêtresses de Viridienne, inclina sa tête chauve d'un air grave, clignant ses paupières boursouflées par les larmes. Ses yeux étaient tellement rougis, ce matin, qu'Océrian le soupçonnait d'avoir utilisé des oignons : certains pleurants avaient parfois recours à ces rares et précieux bulbes, en cachette, pour faire couler les larmes qui tardaient à venir.

D'un geste cérémonieux, Octopide esquissa sur son corps le quintuple signe, la marque universelle de la

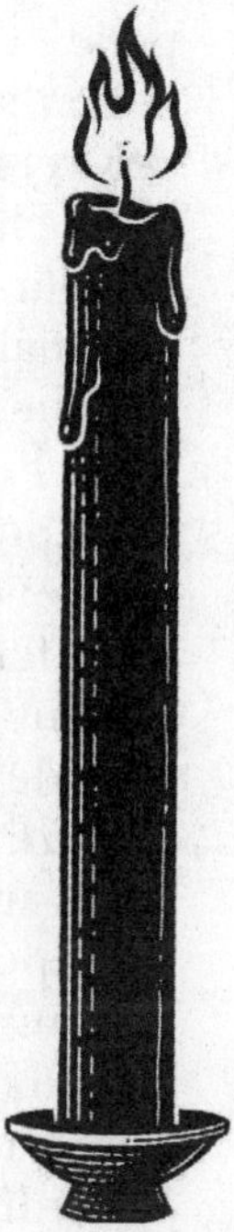

Atelopus ardila

dévotion à Terra. Son doigt ganté de bleu toucha son aisselle, son cœur, sa bouche, ses yeux et enfin son front.

« Ô déesse, bois la sueur à l'aisselle des suants, le sang au cœur des saignants, la salive à la bouche des crachants, les larmes à l'œil des pleurants, la pensée au front des apex. » Il se tourna vers l'assemblée : « Que Notre Mère renaisse de votre mort…

— … et que ses enfants animaux revivent de votre vie ! » répondirent les dizaines de courtisans massés aux bords ténébreux de la chapelle.

Le prélat invita Océrian et Squalon à s'avancer vers le bassin de pierre creusé au centre de la chapelle du castel, illuminé par un rayon de jour tombant à pic depuis l'unique fenêtre zénithale. La surface était couverte d'un tapis d'algues tellement épais qu'il masquait entièrement l'eau en dessous… et ce qui s'y cachait.

« Vous devez pénétrer dans le bassin en même temps, annonça gravement Octopide. Vous ferez un pas supplémentaire à chaque tintement du gong, jusqu'à être immergés à hauteur de cou. La main de Terra touchera celui d'entre vous qu'elle souhaite rappeler à elle. »

La main de Terra… métaphore de pleurant pour désigner l'habitante du bassin, la créature la plus sacrée de la cité-royaume – la plus dangereuse aussi. Quelques pieuvres aux anneaux bleus, créatures rescapées du Grand Effondrement, avaient trouvé refuge dans la baie de Viridienne des siècles plus tôt. Les pleurants d'alors les avaient recueillies au pleuroir, et depuis des générations, leurs successeurs assuraient religieusement la reproduction de ces petits céphalopodes craintifs. Leur morsure contenait un venin assez puissant pour tuer un homme, instantanément.

Océrian se plaça en haut des marches plongeant dans le bassin, tandis que son ennemi se positionnait de l'autre côté, sur l'escalier d'en face.

Ils étaient vêtus l'un et l'autre d'un simple pagne. Sur la large poitrine de Squalon se déployait un tatouage de requin à la gueule grande ouverte ; la mâchoire du fils du maréchal, en revanche, était cadenassée par le stress.

Le premier coup de gong retentit, frappé par un pleurant invisible.

Sans quitter son rival des yeux, Océrian fit le premier pas. Il avança d'abord sa jambe gauche, sa jambe vivante, et le contact de l'eau contre sa peau lui sembla terriblement froid. Puis il ramena sa jambe droite pour rejoindre la première, calant la pointe de bois sur la marche immergée.

En face, Squalon avait lui aussi les deux chevilles enfoncées dans les algues.

Le deuxième coup de gong sonna.

Océrian descendit la deuxième marche, conscient des courtisans qui l'observaient dans la pénombre. Il lui semblait reconnaître le corps filiforme de dame Gladya et le double chignon triangulaire de Manta. L'une des silhouettes dominait toutes les autres de sa hauteur : celle de Karcharodon. En revanche, ni le roi ni la reine ne s'étaient déplacés pour assister à l'épreuve. Leur absence signifiait qu'ils s'en remettaient entièrement au jugement de Terra, la mère suprême qui leur conférait leur légitimité et leur pouvoir. Quelle que soit l'issue du jugement, ils l'accepteraient. Si Océrian vivait, l'orgueil du maréchal et de tous les puissants de Viridienne serait rabattu ; s'il mourait, le sacrifice rehausserait le prestige du couple royal. Océrian espérait tout de même que ses parents se manifesteraient au dernier moment. Qu'ils enverraient au moins l'un de ses frères pour les représenter. Mais même si personne ne venait, du moins l'écho de sa bravoure remonterait jusqu'à la salle du trône. S'il survivait, peut-être que le roi se déciderait à le réintégrer dans la ligne de succession ?... Peut-être qu'il annulerait le mariage à Flamboyante, et garderait Océrian à ses côtés comme héritier ?...

Comme dans un miroir, Squalon s'immergea jusqu'aux genoux.

Troisième coup de gong.

Océrian sentit l'eau lui remonter à mi-cuisses, là où sa jambe de bois le cédait à son moignon de chair.

Le visage de Squalon lui apparut plus précisément, tandis qu'il s'avançait lui aussi d'un pas supplémentaire vers le centre du bassin : il était blême.

Quatrième coup de gong.

L'eau gagna la taille du prince. Ainsi soutenu par le liquide, il se sentait plus léger, et étrangement presque plus libre : son infirmité le gênait moins.

Le fils du maréchal s'avança à son tour ; les algues, s'ouvrant pour le laisser passer, se refermèrent aussitôt derrière lui tel un rideau gluant.

Cinquième coup de gong.

Océrian sentit une substance collante lui frôler le nombril. L'espace d'un instant, il songea : *ça y est, la pieuvre m'a touché de ses tentacules !*

Il refoula le réflexe viscéral de se dégager, concentrant toute sa volonté sur le souvenir de Bonite, sur le serpent qui la veille l'avait frôlé sans le mordre. *Si Terra avait voulu me rappeler à elle, elle l'aurait fait hier.*

Il baissa lentement les yeux sur son ventre : ce n'étaient que des algues.

Sixième coup de gong.

Océrian s'immergea jusqu'à la poitrine.

Cette fois-ci, ce fut au tour de Squalon de frémir. Ses muscles faciaux, jusque-là contractés par la concentration, se décomposèrent.

Sa bouche s'ouvrit dans une expression de terreur, ses lèvres se mirent à trembler :

« La main de Terra…, balbutia-t-il. Je… je la sens ! »

Il eut un mouvement instinctif de recul, envoyant une grande gerbe d'eau autour de lui.

« Squalon, vous ne pouvez pas faire marche arrière ! » tonna la voix de l'archipleurant.

Sans qu'il eût besoin de donner aucun ordre, quatre pleurants se précipitèrent sur les bords du bassin, armés de longues perches de bambou qu'ils poussèrent dans le dos de Squalon pour l'empêcher de rebrousser chemin et l'obliger à rester immergé.

Il se mit à hurler :

« Laissez-moi ! Je suis trop jeune pour mourir ! »

Mais plus il s'agitait, plus les perches s'enfonçaient dans ses côtes.

Le septième coup de gong retentit, inexorable.

Océrian descendit la dernière marche et se trouva immergé jusqu'au cou, sans quitter des yeux son ennemi qui continuait de se débattre.

« Assez ! » tonna une voix de stentor, se réverbérant jusqu'à la haute voûte de la chapelle.

C'était Karcharodon.

Il quitta le cercle des spectateurs et s'élança vers le bassin, les dalles de pierre résonnant sourdement sous son pas.

Océrian crut que le maréchal allait écraser ceux qui entravaient son fils, leur défoncer le crâne, les…

Il n'en fut rien.

Arrachant une perche des mains d'un pleurant, il l'enfonça entre les omoplates de Squalon pour le forcer à descendre la dernière marche.

« Avance, espèce de lâche ! souffla le maréchal entre ses lèvres. Si la main de Terra t'avait vraiment touché, tu serais déjà mort.

— Père, je vous en supplie…

— Tu me couvres de honte ! » rugit le maréchal, son collier de canines humaines cliquetant dans l'échancrure de son linceul, comme si tous les morts à qui il les avait arrachées ricanaient en chœur.

Il asséna un coup de perche souple sur l'échine de son fils, si fort qu'il lui déchira la peau.

Squalon bascula en avant dans une éclaboussure colorée de sang, l'eau saumâtre s'enfonçant dans sa bouche ouverte, les algues collant à sa peau tels des parasites.

À voir ainsi rabaissé celui qui, hier encore, avait juré sa perte, Océrian sentit sa gorge se serrer. Il aurait voulu jouir de ce spectacle, mais il n'y parvenait pas. Ce fils humilié par son père devant toute la cour lui faisait trop penser à lui-même.

Une pensée lui traversa l'esprit : *et si je décidais de tout arrêter, maintenant ?*

Non, l'enjeu était trop important : reconquérir le respect du roi !

Son cœur pétri de doute se mit à battre la chamade ; l'eau, qui lui avait semblé si froide lorsqu'il y avait pénétré, lui paraissait bouillir. Sa jambe de bois, qui jusqu'à présent l'avait soutenu sans faillir, dérapa sur le fond visqueux.

Pensant qu'il était pris de panique comme Squalon, les pleurants brandirent leurs perches depuis le bord pour lui barrer le passage.

« Ne me touchez pas…, eut-il le temps de prononcer avant que l'eau s'engouffre dans sa bouche.

— Empêchez-le de reculer ! rugit Karcharodon, dévoilant ses dents taillées en pointe dans un affreux sourire de triomphe. C'est lui que la déesse va toucher ! C'est lui que Terra est sur le point de juger ! C'est… »

Le maréchal s'interrompit en plein milieu de sa phrase, comme si un glaive l'avait frappé.

Ses yeux remontèrent le long de la perche qu'il serrait entre ses énormes mains, jusqu'au corps de son fils.

Ce dernier n'opposait plus aucune résistance.

Il avait cessé de se débattre.

Un à un, les pleurants retirèrent leurs perches ; lorsque la dernière se fut écartée, le corps de Squalon, que plus rien ne retenait, s'enfonça lentement sous les algues, avant de disparaître tout à fait.

« Vous avez raison, maréchal, murmura l'archipleurant Octopide d'un ton grave. La pieuvre aux anneaux bleus a mordu. La déesse a touché. Terra a jugé. »

Il se tut.

On n'entendait plus rien dans la chapelle que les sanglots étouffés de dame Gladya.

*

En cette fin d'après-midi, la solitude des jardins n'apportait aucun repos à Océrian.

Il avait espéré y trouver refuge et réconfort après le jugement de Terra, dans l'attente d'une réaction du roi. Mais depuis le matin, il ne parvenait même pas à fredonner les airs qui, naguère, avaient la vertu de le calmer. L'image du corps de Squalon s'enfonçant dans le bassin de la chapelle ne cessait de le hanter. Celle du corps de Bonite s'effondrant parmi les herbes hautes venait maintenant s'y superposer.

Sa vieille gouvernante l'avait adulé autant que son jeune rival l'avait méprisé.

À l'une, il avait inspiré une affection maternelle, à l'autre, un dédain cruel.

Ils étaient tous deux semblables à présent, unis dans le néant. Bientôt, le corps de Squalon viendrait se coucher aux côtés de Bonite dans un lit d'humusage, jusqu'à ce qu'il ne reste plus de lui qu'un peu de terreau à verser dans les jardins d'Orcus.

Orcus…

Son silence était plus assourdissant encore que celui de jardins.

Il avait forcément eu vent de l'issue du jugement, alors pourquoi ne s'était-il pas encore manifesté ?

L'enclos du cercle intérieur paraissait plus étroit que jamais à Océrian. Il ne voyait plus que les parois de brique derrière les troncs des citronniers. L'enchevêtrement des feuilles lui évoquait un grillage, les barreaux d'une prison. Il avait péniblement gravi la colline des jardins, espérant retrouver un peu de l'ivresse de naguère, quand il lui suffisait de fermer les paupières pour avoir l'impression de s'envoler – en vain. Désormais, quand il fermait les yeux, il se heurtait à un mur noir.

Alors il préférait les garder ouverts, scrutant la cité-royaume. Tout au bout, vers le port, il voyait s'agiter des points minuscules, plus petits et plus affairés que des fourmis. Ce n'étaient rien que des suants et pourtant… pourtant il les enviait. Il les enviait d'aller et de venir, de fouler les passerelles qui s'élançaient sur l'infini de la mer Viride, de voir et de sentir toute cette immensité. Lui, il était comme la pieuvre de la chapelle, un animal captif, incapable de survivre par lui-même.

Soudain, quelque chose attira son attention sur le versant sud-ouest de la ville haute, deux cents mètres plus bas.

C'était un petit groupe de saignants qui remontaient une rue pavée en direction du castel. Il y avait une tache grise au milieu de leurs linceuls vermillon – un suant. Un prisonnier enchaîné, que l'on menait droit vers les geôles de Karcharodon.

Océrian frissonna. Il avait beau savoir que ce suant était certainement un criminel, peut-être même un terracide, il ne pouvait s'empêcher de frémir en songeant à ce qui l'attendait dans l'antre du maréchal. La cruauté de Karcharodon était connue de tous, les murs du castel n'étant pas toujours assez épais pour étouffer les hurlements des prisonniers qu'il faisait torturer. Aujourd'hui qu'il venait de perdre son fils aîné, Océrian n'osait imaginer le sort des pauvres hères sur qui s'abattrait sa fureur.

Un crépitement tira soudain le prince de ses pensées.

Il y avait une silhouette, à l'ombre du mur du cercle intérieur, à l'endroit exact où sa vieille gouvernante avait coutume de l'attendre lorsqu'il se retirait dans les jardins – *Bonite ?*…

Non, évidemment.

Ce n'était même pas un linceul azuré qui l'attendait, mais un linceul gris, enveloppant une fille qui agitait une crécelle en acacia : l'instrument dont les serviteurs étaient équipés pour signaler leur présence aux apex sans avoir à leur parler.

Le prince jeta un ultime regard au prisonnier, qui avait continué de progresser sur la pente. Il paraissait vraiment grand pour un suant, dépassant tous les soldats qui l'accompagnaient ; malgré les chaînes qui lui entravaient les mains, il gardait la tête haute sous le soleil de midi. C'était étrange, mais il paraissait libre, cet homme que l'on menait à la mort – plus libre qu'Océrian l'avait jamais été.

Se détournant du spectacle, il descendit péniblement le talus, s'appuyant sur sa jambe de bois pour rejoindre la servante. Le soleil n'avait pas encore meurtri le visage de cette dernière, sa peau n'affichait pas les taches qui maculaient vite la peau de toutes les castes à l'exception des apex. Ses cheveux relevés dégageaient sa nuque gracieuse, courbée pour ne pas croiser le regard du prince. Océrian se demanda si c'était la première fois qu'il croisait cette domestique. Ou bien avait-elle toujours été là, sans qu'il la remarque ? Si on apprenait aux suants à ne jamais lever les yeux vers les seigneurs, les jeunes apex étaient éduqués à ne pas souiller les leurs en les posant sur la valetaille.

Océrian prit le morceau d'ardoise que la servante lui tendait humblement – les filles comme elle, modestes et analphabètes, n'avaient pas le droit d'adresser la parole aux seigneurs. Sur la surface noire, une autre main que la sienne avait tracé un message :

LE ROI VOUS MANDE DANS LA SALLE DU TRÔNE.

Le cœur d'Océrian fit un bond dans sa poitrine : le moment qu'il avait espéré toute la journée – toute sa vie même ! – arrivait enfin. Son père allait le féliciter pour son courage, et qui sait, peut-être, le réhabiliter ! Oui, peut-être que le roi annulerait le voyage à Flamboyante pour le réintégrer à la famille royale !

*

« Vous partirez demain pour Flamboyante », déclara Orcus d'un ton sans appel.

Le double trône sur lequel il siégeait aux côtés de la reine était bien plus massif que les fauteuils de bois léger que l'on avait installés la veille aux jardins. C'était un énorme bloc de pierre verdâtre inamovible, issu du fond de la mer Viride, dans lequel les meilleurs artisans de la cité-royaume avaient sculpté les grands mammifères marins : les animaux-greffes de la dynastie cétacéenne. Il y avait là l'orque et la baleine à bosse, le dauphin et le rorqual boréal, le béluga et le marsouin. La silhouette inquiétante du grand cachalot dominait toutes les autres : *Physeter macrocephalus*, en hommage à Macrocéphandre, le lointain aïeul à l'origine de la lignée. En revanche, nulle trace de narval : après l'accident de son fils aîné, le roi avait fait poncer son effigie jusqu'à la rendre méconnaissable.

« Je partirai… demain ? répéta Océrian, hébété. Mais le voyage était prévu pour l'hiver prochain, dans six lunaisons… »

Le roi n'avait même pas daigné mentionner l'événement de la matinée – ni pour se réjouir de savoir son fils sauvé, ni pour le féliciter de son courage.

Karcharodon se tenait debout derrière lui, aussi massif et impénétrable que la pierre du trône.

Gladya, quant à elle, se serrait contre le dossier de la reine. Depuis l'entrée du prince, elle ne le quittait pas des yeux, pointant vers lui son long nez – comme si, du rostre de son animal-greffe, elle avait voulu lui transpercer le cœur.

« Oui, le voyage était prévu pour l'hiver, mais j'ai changé d'avis, asséna le roi. Une caravane vient d'apporter des nouvelles fraîches du Nord : Vultur prépare une expédition imminente contre la cité marchande de Tourbeuse. »

Océrian se souvint des cours de géographie enseignés par Bonite. Tourbeuse était sise entre le vaste golfe du Souvenir et le long fjord de l'Épée, à équidistance entre la partie est et la partie ouest de la terre Occidentale. Elle-même dépourvue de toute ressource, bâtie sur un terrain spongieux où rien ne poussait, elle restait le point de passage privilégié des caravanes sillonnant les Dernières Terres ; de là était née sa puissance commerciale.

« Je croyais que Tourbeuse était justement sous la protection de Flamboyante, la garantissant contre les incursions des pirates venant du fjord de l'Épée ? ânonna-t-il, recrachant ses cours au sujet d'un monde qu'il n'avait jamais parcouru. Le roi Vultur n'a pas le droit de rompre ainsi le pacte qu'il a signé.

— Le seul droit qui compte est celui du plus fort ! tonna Orcus. Tourbeuse a beau être l'une de nos principales partenaires de commerce, la dynastie qui la gouverne est faible. Depuis des générations, les Varanides misent tout sur les affaires et rien sur la défense armée, privilégiant les marchands crachants et leurs commis suants au détriment des guerriers saignants. Le roi Komodor s'est endormi sur son tas d'or, aussi paresseux que le lourd lézard dont il porte le nom. Tant pis pour lui ! Vultur fera céder Tourbeuse comme tant d'autres cités du Nord avant elle, dans la fureur et dans le sang. Komodor et ses gens finiront esclaves de la cité rouge – ou pire. »

Océrian avait entendu parler de cette pratique, récemment instituée par Flamboyante. La différence entre le servage suant et l'esclavage était subtile, néanmoins essentielle : même si les suants avaient l'obligation d'offrir leur sueur à leur souverain, ils pouvaient posséder leur logement, faire des économies et même jouir d'une certaine liberté après leurs heures de travail. Alors que les esclaves, eux, n'avaient aucun droit. Ce n'était pas leur sueur qu'ils devaient à leur maître : c'était leur vie même.

« Il semblerait que les forgerons flamboyants soient parvenus à fabriquer une nouvelle forme de fer plus solide que tous les métaux…, ajouta le roi, songeur. Et les troupes flamboyantes se seraient dotées de nouvelles machines de guerre, auxquelles rien ne résiste. »

Il fronça ses épais sourcils, manifestement préoccupé par ces mystérieuses armes dont Océrian ignorait tout. Les seules *machines* qu'il avait jamais vues, depuis la meurtrière de sa chambre, se résumaient aux déchargeuses à treuil et poulie, dont les crachants se servaient pour entreposer les récoltes d'algues séchées dans les greniers du castel.

« Il est urgent de réaffirmer notre alliance avec Flamboyante, pour consolider la paix ! s'exclama le souverain, serrant les poings sur les accoudoirs de son trône. Et aussi pour isoler Éperonne, notre rivale héréditaire ici dans le sud des Dernières Terres, avant qu'elle ne s'empare du bayou traîtreux et de ses bambous. C'est pourquoi j'ai décidé d'envoyer sans délai à Vultur une délégation chargée des biens viridiens les plus précieux : des perles marines, des coraux ciselés, des vases peints, un couple de pieuvres aux anneaux bleus… et toi. »

Océrian savait que dans la bouche d'Orcus, *précieux* signifiait *fragile.* Ce n'était pas un compliment : c'était simplement la confirmation qu'aux yeux du roi, il n'était qu'un bibelot à troquer. Une poupée incapable de marcher seule sur sa béquille ouvragée, cette dernière témoignant du savoir-faire des artisans viridiens au même titre que les poteries et les breloques.

« Mais c'est déjà presque l'été, protesta-t-il. Les journées s'allongent à vue d'œil, et la Désolation intérieure va se transformer en véritable fournaise !

— C'est pourquoi il te faut partir sans plus tarder, si tu veux atteindre Flamboyante avant le début du soleil de minuit, décréta le roi. Je souhaite hâter ton union avec la princesse Gryphie, pour le bien de notre cité. Ce soir, les tailleurs s'attelleront aux finitions de ton linceul de mariage. Tu partiras demain très tôt, au lever du soleil. Et c'est le maréchal Karcharodon qui t'accompagnera. »

Un sourire cruel se dessina sur les lèvres du monarque, tandis que le grand corps sec de dame Gladya frémissait derrière le trône.

Tel était le jeu machiavélique d'Orcus : dresser ceux qui l'entouraient les uns contre les autres pour mieux régner.

« Notre archipleurant a étudié les étoiles, reprit-il. Elles sont propices. Aucune tempête de sable n'est prévue. N'est-ce pas, Octopide ? »

Le prélat hocha sa lourde tête.

Mais Océrian n'accordait aucune confiance aux prédictions de cet homme. Malgré son emphase, il n'avait pas vu venir la catastrophe qui avait enflammé la mer la veille… ni celle qui avait inondé la colonie du Levant six ans plus tôt, causant le glissement de terrain funeste.

« Les astres sont propices, en effet, Votre Majesté, assura l'archipleurant de sa voix enrouée par les litanies. Il n'y aura pas de tempête de sable avant l'Aube de feu. Et puis, tous les présages sont favorables à ce voyage : le serpent et... le jugement de Terra, qui a épargné votre fils. »

Octopide mordit ses lèvres molles en se rendant compte de sa bourde – évoquer la mort de Squalon en présence du maréchal était fort maladroit, pour un homme habitué à manier les mots.

Mais Karcharodon ne cilla même pas.

« Vous couperez à travers la Désolation intérieure, en faisant escale à mi-parcours au comptoir Solitaire, reprit le roi. Il faut prévoir une semaine de voyage. Avez-vous des questions ? »

Océrian sentit sa jambe gauche flageoler sous le poids de son corps. Pour la première fois de sa vie, sa jambe de bois lui était vraiment utile – sans cette béquille pour le soutenir, il se serait écroulé.

« Pourquoi... pourquoi punir le maréchal en lui imposant de m'accompagner ? parvint-il à articuler.

— Ce n'est pas une punition, mais un honneur. Vultur sera flatté que je lui envoie en ambassade mon plus fidèle sujet. Dites-lui donc, Karcharodon, vous qui vous êtes dévoué pour prendre la tête de cette délégation ! »

Le maréchal plongea ses yeux sombres dans ceux du prince.

« Votre père a raison, Votre Altesse. Ce sera un honneur, et si j'ose ajouter, un plaisir. Je veillerai sur vous… comme sur mon propre fils. »

À ces mots, le maréchal se fendit d'un sourire glaçant, laissant apparaître ses deux rangées de dents taillées en pointe.

« Bon, eh bien si tu n'as plus de questions, va donc te mettre à la disposition des tailleurs », lâcha Orcus en faisant un geste pour renvoyer le prince.

Océrian prit brusquement conscience que c'était sans doute la dernière fois de toute son existence qu'il voyait son père. Le lendemain à l'aube, quand il partirait, le reste du castel serait encore endormi. Orcus le congédiait comme un domestique, comme un inconnu, sans un adieu.

« Le jugement de Terra ! lâcha-t-il dans une tentative désespérée d'attirer l'attention paternelle. Squalon vous avait traîné dans la boue à travers moi. J'ai lavé mon honneur et le vôtre. »

Orcus posa à nouveau ses yeux fluorescents sur son fils.

Ce dernier avait toujours eu du mal à les déchiffrer ; mais ce soir, il y lisait comme dans un parchemin.

Le mépris y était inscrit en toutes lettres.

« Ne te fourvoie pas, c'est toi et toi seul qui as été insulté, répondit froidement Orcus. Rien de ce qui t'atteint ne saurait me toucher, depuis que je t'ai destitué. Ton comportement puéril ce soir encore, à vouloir te dérober devant tes responsabilités, me confirme que j'ai eu raison de le faire. Ce n'est pas seulement ta jambe que ce glissement de terrain a emportée : c'est aussi ton honneur. »

Océrian sentit le sol se dérober sous lui, comme six ans plus tôt, tandis que son père continuait de l'accabler :

« Quand tu es venu au monde, je pensais que tu deviendrais un jour un grand guerrier, capable de porter haut les couleurs de la dynastie cétacéenne. Pour ton rituel de nommage, les pleurants t'ont attribué le nom du belliqueux narval, combattant des mers qui brandit fièrement sa corne-épée partout où il va. Mais nous nous sommes trompés, les pleurants et moi. Tu n'as rien d'un guerrier. Tu n'es pas un combattant. Tu es le maillon faible de notre lignée, à tel point qu'on peut se demander si tu es vraiment du sang héroïque de Macrocéphandre. S'il n'y avait ton pouvoir de régénération, qui t'a permis de survivre à ton amputation, je croirais que c'est plutôt l'eau trouble des déluges d'automne qui coule dans tes veines ! »

Le roi grimaça de dégoût.

C'était la première fois qu'il mentionnait si directement l'amputation d'Océrian… et les circonstances qui y avaient abouti. Les courtisans frémirent dans l'ombre du trône : même s'ils ignoraient presque tous les détails de l'accident du prince, chacun savait que c'était un sujet tabou au castel.

Emporté par la colère, Orcus allait-il révéler devant toute la cour comment son fils avait perdu sa jambe et toutes ses prérogatives princières ?

« Je vous jure que j'ai changé, père, se défendit Océrian. Je ne suis plus le jeune adolescent émotif que j'étais alors... »

Le roi abattit son poing puissant sur l'accoudoir de pierre, comme s'il avait voulu écraser sa progéniture :

« Ne parle pas du passé, je te l'interdis ! gronda-t-il. Il n'existe plus ! Il n'a jamais existé ! Bientôt, tu seras dépouillé du nom même de Cétacéen, sans prendre pour autant le nom de Cathartide. Tu ne seras même plus prince des boues : tu deviendras prince de rien. Un consort, dont la seule fonction sera d'assurer la reproduction d'une famille alliée à la nôtre. Tâche de t'acquitter de ton devoir d'alcôve, toi qui ne seras jamais capable de remplir ton devoir d'épée ! »

9.
227 heures avant l'extinction
ASTRÉA

C'ÉTAIT LA JOURNÉE LA PLUS PÉNIBLE QU'ASTRÉA EÛT CONNUE, de toute sa vie de bêcheuse. Dès le matin, la soif avait enflammé sa gorge irritée par l'ingestion forcée d'eau de mer. L'air encore chargé de particules carbonisées lui avait brûlé le nez et les bronches à chaque inspiration, pendant des heures, déposant sur sa langue un tapis noir et piquant. La chaleur résiduelle de l'incendie, s'ajoutant à celle du soleil, lui avait arraché un terrible tribut de sueur sans qu'elle puisse remplacer l'eau perdue, Polyprion ayant vidé son outre.

Quand le soir arriva enfin, elle tenait à peine debout.

Tandis que ses compagnons se traînaient vers les tavernes du port en poussant des râles d'épuisement, elle regagna le quartier des tisserands, où Sépien et Livien lui avaient donné rendez-vous.

Les jumeaux étaient là, dans leurs linceuls gris identiques.

Ils prirent soin d'entraîner la jeune fille à l'écart de la foule laborieuse, au fond de la ruelle.

« Alors ? demanda-t-elle d'une voix rauque, brisée par la soif.

— Bois d'abord un peu, ou je sens que tu ne pourras pas aligner un mot de plus », lui enjoignit Sépien en lui tendant une outre pleine.

Elle la saisit et la vida d'un trait sans le quitter des yeux, puis elle répéta aussitôt sa question :

« Alors ?

— Nous avons eu confirmation que Palémon est bel et bien vivant…, commença Sépien.

— J'en étais sûre ! s'exclama Astréa en touchant instinctivement le tatouage de son animal-greffe, à travers son linceul trempé de sueur. Louée soit Notre Mère !

— … ne te réjouis pas trop vite. Il a été arrêté ce matin, alors qu'il tentait de quitter la cité par le nord, sans doute pour rejoindre l'un des comptoirs de la Désolation intérieure. »

La jeune fille frémit. Les comptoirs, lieux interlopes où les caravanes faisaient étape lors de leurs longues transhumances entre les cités-royaumes, étaient réputés accueillir les criminels et réprouvés de tout poil. Si Palémon avait effectivement tenté de gagner l'un d'entre eux, c'était un aveu en soi.

« Où est-il à présent ? demanda Astréa. Dans l'une des casernes de la ville basse ?

— Non. Les saignants l'ont directement conduit à celle du castel, et plus précisément dans ses geôles souterraines : l'antre du maréchal Karcharodon. »

À l'évocation de ce nom funeste, Astréa eut un frisson d'effroi.

« Ils sont persuadés que Palémon est un terracide, précisa Sépien, guettant la réaction de son interlocutrice.

— C'est faux !

— Pourtant, il s'est rebellé contre le crachant Scorpar. Tu t'étais bien gardée de nous raconter cet épisode, quand tu nous as demandé ce matin de partir à la recherche de ton frère. Mais tu devrais savoir que nous finissons toujours par tout découvrir, Livien et moi, tôt ou tard. »

Astréa ne répondit pas au reproche à peine voilé de Sépien, ni au regard muet que Livien lui lançait, et qui semblait plonger en elle pour lire le fond de son âme.

« En défendant la vie des bêcheurs, Palémon n'a fait qu'obéir aux ordres du roi, dit-elle, avec l'impression de rabâcher les mêmes mots pour la millième fois, telle une litanie du pleuroir. Celui ou celle qui l'a dénoncé a dû déformer la vérité. Avez-vous réussi à apprendre qui c'était ?

— Non, répondit Sépien. Le doyen Siluris n'a pas révélé sa source. C'est la seule information que nous n'avons pas réussi à obtenir – pas vrai, frérot ? »

Tandis que Livien hochait la tête sans dire un mot, Astréa hoqueta.

« Siluris ? répéta-t-elle d'une voix blanche, repensant au vieux pleurant et à ses longues moustaches de poisson-chat.

— Après l'explosion, quelqu'un a dit au doyen que Palémon avait organisé l'évacuation du champ 26, sans mentionner Scorpar. Mais plus tard dans la soirée, le corps du crachant a été retrouvé, échoué sur la berge : il était lardé de coups de couteau. Les saignants préfèrent laisser croire qu'il est disparu en mer, pour maintenir l'ordre public. Cependant, ce vieux rusé de Siluris a fait le rapprochement avec le récit de son mystérieux informateur : c'est lui qui a envoyé les saignants chez toi hier soir, pour tenter d'y cueillir ton frère. »

Astréa sentit un trou béant se creuser dans son ventre, comme si la dague s'y enfonçait, encore et encore.

Palémon ne s'en était pas seulement servi pour sectionner le fouet qui le retenait prisonnier : selon toute probabilité, il avait aussi tué Scorpar avec.

Et c'était elle, sa propre sœur, qui avait mis les saignants sur sa piste en rapportant son geste héroïque à Siluris, sans savoir qu'il s'était doublé d'un geste criminel !

« Rien ne prouve que Palémon soit impliqué dans ce meurtre… », parvint-elle à articuler faiblement, sans conviction.

Tout en prononçant ces mots, Astréa se rendit compte qu'au fond d'elle-même, elle n'avait jamais vraiment cru à l'innocence de Palémon. Elle s'était persuadée que la dague ne lui appartenait pas et qu'elle était arrivée entre ses mains par accident, pour ne pas imaginer qu'il la possédait peut-être en secret depuis des années. Le visage de son frère se forma dans son esprit, masque énigmatique. L'être qu'elle pensait le mieux connaître au monde était devenu pour elle un étranger.

« Les saignants qui ont arrêté ton frère ont retrouvé une arme dans son linceul, dit Sépien, confirmant les pires doutes d'Astréa. Une dague de contrebande, ne portant pas le poinçon de Viridienne. La forme de la lame correspond exactement aux blessures de Scorpar. »

La jeune fille resta muette, terrassée par cette preuve irréfutable : son frère était doublement terracide au regard de la Loi, pour avoir possédé une arme de métal et pour avoir fait couler le sang d'une caste supérieure avec.

Sa première pensée fut pour son père, là-haut sur sa natte, dans sa cahute solitaire.

« N'en parlez pas à Patel, implora-t-elle. Il n'a pas besoin de savoir, ça le tuerait. »

Les jumeaux échangèrent un regard.

Il était toujours difficile de déchiffrer leur expression, eux à qui l'existence avait appris à louvoyer sans cesse ; mais ce soir, Astréa eut l'impression qu'ils étaient sincèrement désolés.

« Justement, il faut que nous te disions, Astréa..., fit Sépien en posant doucement sa main sur son épaule. Ton père n'est plus de ce monde. »

La jeune fille laissa tomber sa bêche.

Ses jambes étaient solides ; elles n'avaient pas flanché à l'approche de l'Haleine ardente, ni lorsque les saignants avaient emporté la citerne. Mais elles tremblaient à présent, comme tremblaient les murs branlants de la ville basse à l'approche des déluges d'automne.

Elle se raccrocha de tout son poids au bras de Sépien.

« Quand est-il mort ? souffla-t-elle.

— Peu après midi, à l'heure la plus chaude. D'après nos informations, des saignants sont revenus à la cahute, pour poser de nouvelles questions sur Palémon. Patel avait déjà rendu son dernier souffle quand ils l'ont trouvé – à moins qu'ils ne l'aient un peu trop secoué en l'interrogeant... »

Astréa sentit ses yeux lui piquer.

Le visage préoccupé de Sépien et ses tresses blondes se brouillèrent devant elle.

Les larmes lui vinrent, et pour une fois ce n'était pas le souvenir des animaux disparus qui faisait déborder ses yeux : c'était son sort à elle, Astréa, désormais totalement orpheline.

« La dépouille de mon père… est-ce qu'elle a été portée au pleuroir ? parvint-elle à murmurer, la gorge broyée par le chagrin.

— Non, répondit Sépien. Les pleurants refusent d'humuser le père d'un terracide. Son corps sera emporté par la prochaine caravane, vers l'un des charniers de la Désolation intérieure. »

Les larmes continuaient de couler sur les joues d'Astréa, sans qu'elle puisse les retenir. Patel avait été un bêcheur exemplaire tout au long de sa vie. Il avait largement payé son écot de sueur à Terra sur les champs d'algues. Sa chair et ses os méritaient de reposer dans un lit d'humusage pour se transformer en terreau fertile, avant de rejoindre les parcelles de régénération. Mais cet ultime hommage lui était refusé. Il se dessécherait pour l'éternité, dans le cœur mort du désert, où rien ne pousse.

Notre Mère l'avait abandonné, comme elle avait abandonné Astréa.

Elle qui s'était toujours crue bénie, elle se sentait désormais reniée par la déesse.

La poitrine contractée, elle tenta de prendre une inspiration entre ses sanglots, mais l'air qui lui emplit les poumons l'oppressa davantage encore. Cette odeur nauséeuse n'était pas seulement celle des cendres de la veille, ni des algues trop mûres sur la mer. Elle eut soudain l'impression que c'était Viridienne tout entière qui moisissait, depuis ses bas-fonds sordides jusqu'à son orgueilleux castel, dans les ruelles grouillantes du port et dans les couloirs feutrés du pleuroir : une cité pourrissante, corrompue jusqu'à la moelle.

« Qu'est-ce que tu vas faire, maintenant ? lui demanda doucement Sépien. Vas-tu retourner bêcher demain matin, et les jours suivants ? Je sais que tu voulais prendre le linceul azuré. Mais là-haut au pleuroir, s'ils refusent d'humuser le père d'un terracide, ils n'accepteront jamais d'ordonner sa sœur. Patel est mort. Palémon sera sans doute torturé par les hommes de Karcharodon pour obtenir les aveux qu'ils souhaitent, avant d'être exécuté. C'est terrible, mais on n'y peut rien. Tu n'as plus personne au monde, Astréa... à part moi. Je te l'ai déjà dit : l'une de tes branches s'est enfoncée dans mon cœur, et elle y sera toujours fichée. Le moment est peut-être venu pour l'étoile de mer solitaire de se poser sur une plage. J'ai dix-neuf ans déjà, tu en as dix-huit, nous avons largement l'âge de fonder une famille. Ma demande en mariage tient toujours, tu sais. Saisis donc cette opportunité. »

Surprise, Astréa releva le front.

Sépien la dévorait du regard. La lumière du soir enflammait les tresses d'or du jeune suant, nourrissait le feu couvant dans ses yeux vert clair. Pour la première fois, Astréa remarqua que ces derniers avaient la couleur exacte de l'absinthe d'algue de jade, l'alcool le plus fin de Viridienne – le plus convoité aussi –, dont le commerce faisait certainement partie des combines du jeune trafiquant.

Pour Sépien, tout était marchandage, y compris les sentiments : même s'il était sincèrement épris, il ne pouvait s'empêcher d'évoquer leur union comme une opportunité à saisir.

C'était sa manière de voir le monde, celle à laquelle il avait été habitué depuis tout petit.

« À mes côtés, tu pourrais oublier ton chagrin, dit-il, la voix vibrante. Si tu acceptes de m'épouser, je te promets que tu n'auras plus à bêcher, et que tu ne manqueras de rien. Je te couvrirai de cadeaux pour te consoler. J'envelopperai ton corps des étoffes les plus douces pour te réconforter. Tu élèveras nos enfants, tu créeras une nouvelle famille, pour remplacer celle qui t'a été arrachée. Je pourrai te rendre heureuse, crois-moi. »

Astréa essuya ses larmes du revers de la main.

Elle n'était pas fille à s'apitoyer sur son sort, même lorsque le destin la frappait en plein cœur – ce n'était pas ainsi que Patel l'avait éduquée.

« Heureuse ? répéta-t-elle simplement. Comment pourrais-je être heureuse, puisque Palémon va mourir aux mains de Karcharodon par ma faute ? »

Les yeux de Sépien s'écarquillèrent de surprise.

« L'informateur de Siluris, celui dont vous n'avez pas réussi à apprendre le nom, c'était moi, déclara-t-elle sans détour, en réponse à la question muette qui se dessinait dans le regard du jeune suant.

— Toi ! s'exclama-t-il. Je ne comprends pas…

— Je n'ai dit que quelques mots au doyen, dans ma grande naïveté – mais c'étaient quelques mots de trop. Jamais je n'aurais pensé qu'ils briseraient ma famille. » Elle secoua la tête. « Je m'aperçois aujourd'hui que j'ignore qui est vraiment mon frère. En revanche, je sais que si je n'avais pas raconté à Siluris la manière dont Palémon a évacué le champ 26, ce dernier aurait eu le temps de fuir la cité, sans être inquiété. Je me sens tellement coupable…

— C'est lui qui est coupable, objecta Sépien avec force. Coupable de posséder une dague. Coupable d'avoir tué un crachant. Coupable surtout de s'être fait prendre. Nul ne peut plus rien pour lui. Demain soir à la même heure, il sera sans doute mort, mais pas par ta faute, Astréa : par la sienne. Alors, ne te flagelle pas. »

Mais la culpabilité empoisonnait la jeune fille de son venin, auquel se mêlait un sentiment plus trouble : une sourde colère contre Palémon. En cet instant, elle l'aimait et elle le haïssait à la fois. Elle saignait de perdre un frère chéri, et elle bouillait d'avoir été trahie. À cause de Palémon, elle ne pourrait jamais embrasser le culte de Terra. Patel ne rejoindrait jamais le sein de Notre Mère. L'idée que son frère emporte ses secrets dans la mort, sans qu'elle sache rien de la double vie qu'il paraissait avoir menée à son insu, la rendait malade de confusion.

« Il faut que je le revoie, murmura-t-elle.

— N'y pense même pas ! la coupa Sépien. Il est impossible de sauver ton frère. Aucun prisonnier n'est ressorti vivant des geôles du maréchal. »

Elle affronta son regard :

« Aucun prisonnier n'en est ressorti, mais peut-être qu'une visiteuse pourrait y entrer, dit-elle sans ciller. Je ne parle pas de sauver Palémon. S'il est vraiment un terracide – et tout porte à penser qu'il l'est –, il doit en payer le prix. Mais je voudrais lui parler une dernière fois. Lui demander pardon de l'avoir livré malgré moi ; et, peut-être aussi, l'entendre me demander pardon de m'avoir trompée. »

Les prunelles de Sépien étincelèrent.

Derrière lui, Livien s'agita, passant nerveusement la main dans sa tignasse hérissée.

« Tu veux t'introduire dans les geôles de Karcharodon ? dit Sépien en baissant la voix, comme si l'on avait pu les entendre. Est-ce que tu te rends compte du danger ? »

Elle hocha gravement la tête :

« Je le mesure parfaitement, et c'est pourquoi je m'adresse à toi et à Livien. Je n'y arriverai pas seule. Mais comme tu me l'as dit toi-même ce matin, aucune porte ne résiste aux Fils de personne, n'est-ce pas ?

— Il faudrait prendre des risques inouïs, défier les autorités… violer la Loi que tu respectes tant », insista Sépien, s'approchant si près d'elle qu'elle sentit son souffle tiède sur sa joue.

Ce garçon, qu'elle n'avait jamais sérieusement considéré comme un parti, lui sembla soudain avoir le visage de son avenir. Pas celui dont elle avait rêvé, désormais hors de portée. Celui qui restait possible. Un chemin étroit où elle pourrait réaliser ce qu'elle estimait être juste, à présent que la voie royale de l'ordination lui était interdite.

« Je te propose un marché, Sépien, dit-elle doucement. Comme tu le sais, je n'ai qu'une parole. Si tu m'aides à revoir Palémon une dernière fois avant son exécution, je te promets que je t'épouserai. »

Elle tendit sa main à Sépien pour sceller le pacte ; il la saisit et la serra fort, contre son cœur.

*

Ce soir-là, pour la première fois de sa vie, Astréa ne regagna pas sa cahute après le travail.

À la suite des jumeaux, elle s'enfonça à travers le dédale de venelles qui s'étendait à l'ouest du port, au creux profond de la ville basse. C'étaient là les quartiers les plus pauvres de la cité, qui ne s'élevaient guère au-dessus du niveau de la mer. Ils étaient fréquemment inondés par les typhons, qui y déposaient des tonnes et des tonnes d'algues arrachées à l'océan. Les convois n'étaient jamais assez nombreux pour les évacuer vers les lits d'humusage ; la plupart pourrissaient sur place en un rien de temps, répandant une odeur atroce : le sillage de Sûlfur, la Pestilence rampante.

Pour cette raison, cet endroit portait le nom de Cloaque. Les saignants s'y aventuraient rarement, des trafics en tous genres y fleurissaient et l'alcool d'algue glauque s'y trouvait à des prix défiant toute concurrence.

Dans les ruelles ensablées, que le soleil du soir n'éclairait déjà plus, Astréa voyait passer des troupeaux de silhouettes grises et courbées – les suants abrutis de labeur, cherchant à se perdre dans l'ivresse, le jeu et les plaisirs tarifés. Des mélodies entêtantes, égrenées par des flûtes aigrelettes et des tambourins sourds, s'échappaient de tripots invisibles. Les relents d'algues pourries de la dernière crue lui donnaient la nausée, mais pas seulement... la débauche ainsi étalée lui faisait tout autant horreur.

« C'est là », dit Sépien en désignant un escalier de terre séchée, dont les marches irrégulières plongeaient au cœur d'une fosse ténébreuse.

Des ombres furtives circulaient tout autour, dans les allées adjacentes. Elles n'étaient pas voûtées comme celles des travailleurs, et leurs pas ne semblaient pas aussi traînants. Astréa devina que c'étaient des sentinelles montant la garde...

Au moment où les jumeaux l'entraînèrent vers l'escalier, tout son corps se contracta, en proie à un réflexe conditionné par son éducation et par tout ce à quoi elle croyait :

« Attendez ! s'écria-t-elle. Est-ce que vous me conduisez dans un repaire de terracides ?

— Tu veux t'introduire dans les geôles de Karcharodon, oui ou non ? lui rétorqua Sépien du tac au tac. Qui d'autre qu'un terracide pourrait bien nous aider dans cette folle entreprise ? Mon frère et moi, nous n'en sommes pas nous-mêmes, si ça peut te rassurer. Nous respectons la Loi de Terra et nous ne consommons pas de remèdes interdits. Nous nous contentons de les fournir à ceux qui en usent, en simples intermédiaires. Dans notre métier, il faut savoir se frotter à tous les milieux, et chercher les clients là où ils se trouvent. Mais il ne nous viendrait bien sûr jamais à l'idée de porter atteinte à un animal vivant : nous ne faisons que vendre des restes. »

Ne sachant que répondre, Astréa hocha la tête et s'efforça de ravaler sa répulsion.

Elle avait décidé d'emprunter cette voie, elle irait jusqu'au bout, quel qu'en fût le prix.

Elle boirait la coupe jusqu'à la lie, quelque amer que fût le breuvage.

« Je vous suis, murmura-t-elle.

— Bien, mets ta capuche, lui dit Sépien d'une voix radoucie. C'est la règle, contrairement au reste de la cité. Les gens qui viennent ici tiennent à leur anonymat – cet endroit lui-même s'appelle le Lieu sans nom. Il change d'emplacement tous les soirs et se déplace à travers les galeries qui courent sous le Cloaque, creusées par les anciens glaciers. »

Astréa rabattit sa capuche sur son front.

Ainsi rendue anonyme, elle descendit les marches qui menaient au Lieu sans nom, marchant sur les pas des Fils de personne.

Les trois visiteurs pénétrèrent dans une galerie souterraine, puis dans une autre, tellement étroite qu'ils devaient se baisser à demi pour avancer. Quelques bougies en cire d'algue brûlaient çà et là, dispensant une lumière vacillante. Au bout de ce qui sembla être une éternité, ils débouchèrent dans une sorte de grotte. Une douzaine de tables y étaient disposées, sur lesquelles des ombres encapuchonnées s'accoudaient auprès de lanternes en bambou, où brûlait faiblement de l'huile d'algue grasse. Aux lisières de la pièce taillée dans la roche, la lumière était plus tamisée encore. Plissant les yeux, Astréa identifia des corps allongés, immobiles… morts ?

« Ce sont des fumeurs d'algue iridescente, perdus dans leurs rêves », chuchota Sépien, devançant ses questions.

Astréa prit conscience de la fumée vaporeuse, irréelle, qui flottait dans la grotte ; ses narines la piquèrent, stimulées par un arôme suave et pénétrant. Telle était donc l'odeur de la substance hallucinogène la plus puissante de

Viridienne, qui brisait les travailleurs et dont la consommation était passible de mort. Astréa remonta le col de son linceul sur son nez.

Sans hésiter, Sépien se dirigea vers l'une des tables, où une silhouette s'avachissait devant une pinte à moitié vide.

Astréa se figea : dans la lueur incertaine de la lanterne, le linceul de l'inconnu semblait… vermillon !

« Un saignant, ici ? glissa-t-elle à l'oreille de Sépien.

— Tu serais étonnée de savoir ceux qui fréquentent le Lieu sans nom, lui répondit-il dans un chuchotement. Ici, des linceuls de toutes les couleurs se croisent en silence : des gris, des ocres, des vermillons, des azurés… et même des mauves, parfois ! Le vice n'épargne aucune caste, et les terracides viennent de tous les horizons. Allez, assieds-toi à côté de moi et surtout garde ta capuche bien baissée. »

Astréa s'exécuta, ébranlée. Jusqu'à présent, elle avait toujours pensé que les terracides n'étaient que des suants tombés dans la déchéance, les derniers parmi les derniers, la lie de l'humanité. Jamais elle ne se serait imaginé qu'ils pussent infiltrer toute la société de Viridienne, jusqu'au sommet de la pyramide… jusqu'aux apex censés incarner la Loi de Terra dans toute sa pureté.

« Eh, l'ami… », fit Sépien en touchant le bras du saignant.

Ce dernier sursauta comme si on le réveillait d'un somme et, dans un réflexe, porta la main à son glaive. Astréa remarqua qu'il portait une chevalière de pierre blanchâtre à l'un de ses doigts épais, couverts de poils drus. Sur le chaton était gravé un frelon stylisé.

« Du calme, le Frelon ! dit Sépien. C'est nous, les Fourmis… »

À ces mots, Livien et lui posèrent leurs mains gauches sur la table.

Des chevalières luisaient à leurs annulaires, ils avaient dû les passer sans qu'Astréa s'en aperçoive. L'image d'une fourmi y était grossièrement gravée. Astréa devina que c'étaient là les signes de reconnaissance de ces gens qui se frôlaient sans jamais dévoiler ni leurs vrais noms ni leurs visages : des insectes du désert, grouillant comme eux dans les souterrains, loin de la lumière.

« Nous sommes accompagnés d'une apprentie, fit Sépien en désignant Astréa. Ne crains rien, nous répondons d'elle. La Guêpe, comme on l'appelle, ne pique plus : elle est apprivoisée. »

Astréa aurait voulu donner un coup de pied à Sépien sous la table pour cette insolence, mais elle se retint.

Une voix fébrile s'éleva du trou d'ombre, sous la capuche vermillon :

« Vous avez ma marchandise ?

— La voici, répondit Sépien en posant sur la table une bourse de toile rebondie. Cinquante grammes de poudre de scarabée cornu, le plus puissant des aphrodisiaques. »

Astréa frémit.

À l'idée que cette bourse était pleine des restes de scarabées, créatures de Terra capturées et tuées par des caravaniers du désert pour assouvir la soif de luxure d'un homme, elle sentit son estomac se soulever.

Déjà, le saignant tendait des doigts avides vers la bourse.

Mais Sépien l'écarta au dernier moment.

« J'ai de quoi payer ! protesta l'autre. Cinquante deniers viridiens, sonnants et trébuchants ! »

Il laissa tomber sur la table une pluie de pièces en porcelaine, chacune frappée du cachalot emblématique de la dynastie cétacéenne.

Sépien les repoussa vers lui du revers de la main :

« Ce n'est pas ce genre de paiement que nous te demandons ce soir. Nous avons besoin d'un service. Tu travailles bien à la caserne royale, là-haut au castel, le Frelon ? – ou plutôt devrais-je dire Merluccius, fils de Macrurus ? »

L'homme sous le linceul vermillon tressaillit :

« Co... comment le sais-tu ? s'étrangla-t-il.

— Ne t'en fais pas, ton identité est en sécurité avec nous, se contenta de répondre Sépien. Nul ne saura que tu viens te fournir en remèdes interdits dans le Cloaque depuis des années, pour assurer au lit avec tes conquêtes que l'uniforme vermillon impressionne. Oui, personne n'apprendra ton petit secret… à condition que tu nous aides à accéder à l'un des prisonniers de Karcharodon. »

Le saignant ne dit rien.

Dans la grotte, le silence sembla soudain aussi épais que la fumée des algues iridescentes.

Astréa avait conscience qu'à tout instant l'homme que l'on faisait chanter pouvait dégainer son glaive. Incapable de déchiffrer son expression sous sa capuche baissée, elle n'avait qu'une certitude : au moindre geste brusque, elle était prête à défendre chèrement sa peau.

Mais Sépien avait de nombreux arguments à faire valoir, à l'image de la seiche aux multiples tentacules. Alors que tout était sur le point de basculer, il sortit une deuxième bourse des plis de son linceul, aussi replète que la première.

« Pour ta peine, je double la mise, annonça-t-il avec le flegme de ceux qui sont habitués à jouer gros. Un quart d'heure avec le prisonnier : on échange quelques mots avec lui et on disparaît. Personne n'en saura rien. Alors, qu'en dis-tu ?

— Vous aurez votre quart d'heure, et pas une minute de plus. »

À ces mots, la main aux doigts velus s'abattit sur les bourses remplies de poudre d'insecte.

10.
224 heures avant l'extinction
OCÉRIAN

« POUVEZ-VOUS VOUS TOURNER VERS LA DROITE, VOTRE ALTESSE ? » demanda le crachant Moruald, qui supervisait le travail des tailleurs suants.

C'était Bonite qui avait piloté les premiers essayages du linceul de mariage ; mais à présent qu'elle n'était plus, la finalisation avait été confiée à l'intendant en charge du quartier des jeunes apex. À l'image de son animal-greffe, *Gadus morhua*, la morue franche, ce dernier arborait un barbillon de poils au bout de son menton.

Pour la centième fois peut-être, Océrian s'efforça de pivoter sur lui-même.

Depuis des heures, les petites mains s'affairaient pour souligner sa taille déliée, pour mettre en valeur

ses hautes épaules… pour dissimuler au mieux sa jambe de bois.

Jamais encore Océrian n'avait revêtu un habit si riche, ni si lourd. Exceptionnellement, pour son mariage, on l'autorisait à porter de la soie. Le précieux tissu, teinté dans la couleur d'améthyste de ses cheveux et doublé pour plus de solidité, était serti de tant de coquillages, coraux et nacres brillants qu'il lui semblait soutenir sur son dos la cité de Viridienne tout entière. C'était comme si on avait voulu le clouer définitivement au sol, supprimer le peu de mobilité dont il jouissait encore.

Les paroles avec lesquelles le roi son père l'avait crucifié, plus tôt dans la soirée, tournaient en boucle dans sa tête : *« Bientôt, tu seras dépouillé du nom même de Cétacéen, sans prendre pour autant le nom de Cathartide. Tu deviendras un prince consort, dont la seule fonction sera d'assurer la reproduction d'une lignée alliée à la nôtre. »*

Le présage du serpent, le jugement de Terra, la mort de Squalon : tout cela n'avait compté pour rien, et rien n'avait infléchi son destin pathétique.

Depuis la fenêtre de sa chambre, il avait assisté, impuissant, à la préparation des douze chariots du convoi nuptial. Toute la soirée durant, il avait vu s'amonceler les présents témoignant du savoir-faire de la cité-royaume, mais aussi des deux cités-vassales sur lesquelles s'étendait sa domination : articles en verre soufflé de Cristallière et poteries peintes de

Fangeuse. Restait la potiche la plus précieuse de toutes – lui, Océrian.

« Magnifique ! » fit la voix obséquieuse de Moruald, contrastant grotesquement avec les sombres pensées du prince.

Il leva les yeux sur le grand miroir d'obsidienne que l'on avait disposé devant lui dans sa chambre. La surface polie lui renvoya un reflet brillant de mille feux à la lumière des bougies. Son habit semé de lumières… Ses yeux étincelants telles deux améthystes enchâssées dans une gangue de khôl à la cendre d'algue… Sa chevelure lustrée, imprégnée d'eau de fleur de citronnier, sous laquelle luisait son anneau d'or… Il aurait voulu fracasser cette image à coups de poing.

« Penchez-vous un peu sur la gauche maintenant, Votre Altesse, je vous prie », susurra Moruald.

Exaspéré, Océrian s'exécuta brutalement.

Trop : l'extrémité de sa jambe de bois dérapa sur les dalles, et l'aiguille du tailleur le plus proche lui piqua le mollet comme le dard d'un moustique.

« Ne peux-tu pas faire attention ? rugit le prince.

— Pardon, Votre Altesse, pardon ! »

Océrian baissa les yeux sur le tailleur, prêt à le gifler à toute volée : après l'avoir blessé, ce dernier venait d'enfreindre la Loi en s'adressant directement à lui !

Mais il se retint au dernier moment : contrairement à Squalon et à sa bande, lever la main sur les suants ne lui ressemblait pas.

« Ce maladroit sera châtié comme il se doit, Votre Altesse ! lui assura Moruald en mitraillant le coupable de ses yeux furibonds. Vous a-t-il blessé ?

— Laisse, je ne sens déjà plus rien », répondit le prince.

Mais Moruald s'était déjà tourné vers un autre suant :

« Toi, va vite chercher de l'onguent d'algue pourpre cicatrisante à l'infirmerie du cercle intermédiaire ! » lui ordonna-t-il en sortant un lourd trousseau de la poche de son linceul ocre.

La peau d'apex du prince, douée du pouvoir de régénération propre à sa caste, n'avait pas vraiment besoin d'un tel remède – mais il n'y avait pas de limite au zèle de Moruald.

Comme tous les intendants du castel, il possédait les clés ouvrant les portes de service des différents cercles. Il détacha l'une d'elles de ses doigts potelés, et la tendit au suant, qui inclina la tête et disparut d'un pas feutré.

Le crachant se retourna vers Océrian, affichant un sourire mielleux.

« Vous êtes éclatant, que dis-je, resplendissant ! déclara-t-il, soucieux d'étouffer la colère du prince sous une avalanche de compliments à en faire trembler son long barbillon. Je vous promets que le travail est presque fini. Croyez-moi, votre patience sera récompensée. Devant un tel linceul, si bien porté de surcroît, la princesse Gryphie Cathartide se pâmera d'admiration. Votre entrée dans Flamboyante marquera les mémoires pour des générations ! »

Mais Océrian ne l'écoutait pas.

L'image du trousseau de clés s'était plantée dans son cerveau, y faisant germer une idée folle.

Il allait fuir.

Aussi loin de Gryphie que de Manta, hors de portée d'Orcus comme de Vultur.

Cette nuit ou jamais !

*

Océrian attendit que sonne la première heure au gong lointain du pleuroir, avant de se lever de sa couche.

Après le tourbillon de tissus, de fils et de ciseaux qui avait envahi sa chambre dans la soirée, cette dernière était rendue à l'obscurité. Dans un coin de la pièce était posé un grand coffre renfermant ses effets pour le voyage.

Océrian ouvrit le couvercle doucement, et déplia le soyeux linceul de mariage désormais parfaitement ajusté à sa taille. Dans le clair de lune filtrant à travers la meurtrière, il se mit à arracher les coquillages les plus nacrés, les perles les plus brillantes, que les tailleurs suants avaient mis des heures à coudre. Ce saccage silencieux lui procura une joie sauvage et douloureuse à la fois, comme s'il grattait les croûtes de ses propres cicatrices.

Quand il eut rassemblé cinq poignées pleines de précieux ornements, il les enveloppa dans un linge. Cela lui servirait sur sa route, où que le portent ses pas incertains. S'il le fallait, il vendrait même son anneau d'or, le seul métal qu'on lui eût jamais autorisé, pour s'acheter la dague de fer dont on l'avait toujours privé.

Il poussa la porte de sa chambre et pénétra dans le couloir désert, vaguement éclairé par les pâles rayons pleuvant des ogives.

Un silence absolu régnait dans le cercle intérieur. Au seuil de l'été polaire, alors que les nuits raccourcissaient rapidement, chacun profitait des dernières heures de pénombre pour faire des provisions de sommeil avant le soleil de minuit.

Prenant garde à ne pas frapper les dalles trop fortement du bout de sa jambe de bois, Océrian se mit à remonter le couloir circulaire. Il dépassa les portes derrière lesquelles les autres jeunes apex dormaient à poings fermés, pour s'arrêter à celle de Moruald.

D'une main légère, il tourna la poignée, poussa le panneau en prenant garde à ne pas le faire grincer sur ses gonds et se faufila dans la cellule de l'intendant.

Ce dernier était vautré sur sa couche, son ventre nu et massif se soulevant et s'affaissant au rythme de sa respiration sifflante. La lune, filtrant à travers la meurtrière jusqu'à la table de chevet, éclairait une bouteille d'alcool – non pas la piquette fermentée à base d'algue glauque, mais un breuvage des plus raffinés, une absinthe subtile distillée à partir de la précieuse algue de jade. Ce produit d'exportation recherché entre tous faisait la renommée de Viridienne jusqu'aux confins des Dernières Terres. De notoriété publique, Moruald appréciait la bonne chère. Son sommeil n'en était que plus lourd.

Sans un bruit, Océrian saisit le grand linceul ocre posé sur une chaise et l'enfila.

L'habit était trop ample pour lui, mais qu'importe : il le dissimulait mieux encore. Quant au poids du trousseau dans sa poche, c'était celui de la transgression, de la liberté !

Il alourdit encore le linceul en y transvasant les précieux coquillages. Puis il quitta la chambre, refermant soigneusement le panneau. Il continua son chemin dans le couloir, jusqu'à atteindre une petite porte tout au bout du mur, à l'opposé du grand porche gardé jour et nuit par des saignants : il s'agissait de l'issue de service dédiée au personnel.

Du bout des doigts, Océrian essaya une première clé, puis une deuxième. La troisième fut la bonne : le verrou tourna sans un bruit et la porte s'ouvrit.

Océrian frissonna en foulant le sol du cercle intermédiaire, réservé aux castes qui assistaient les apex. Depuis son accident, il avait rarement eu l'autorisation de s'y rendre, et toujours sous escorte. À présent, il évoluait seul dans un couloir trois fois plus large que celui du cercle intérieur, aux murs garnis de portes trois fois plus nombreuses. Derrière chacune se trouvait la chambre d'un crachant ou d'un saignant. Il eut l'impression d'un monstre aux cent yeux clos ; il suffisait qu'une seule de ces paupières s'entrouvre, il le savait, pour que sa tentative de fuite soit repérée…

Les pensées se bousculaient dans sa tête, rythmées par les battements de son cœur :

Même si je parviens à sortir du castel, où irai-je ?

Le butin arraché à mon linceul de mariage me permettra-t-il de survivre dans un monde dont j'ignore tout ?

Je fuis une vie de prince consort qui n'a pas de sens, mais est-ce que celle d'un vagabond boiteux en aura davantage ?

Il rabattit la capuche ocre sur sa tête pour étouffer toutes ces questions sans réponses qui l'assaillaient ; puis il repartit en quête de l'issue menant au cercle extérieur, et, au-delà, au vaste monde.

II.

221 heures avant l'extinction

ASTRÉA

C'ÉTAIT LE CŒUR DE LA NUIT. Une lune jaunâtre luisait au fond du ciel, baignant les murs du castel de sa lueur maladive. Astréa se tenait aux côtés de Sépien et de Livien devant l'entrée nord du palais, celle de la caserne royale. Ils y avaient accédé en empruntant le long chemin escarpé qui serpentait en marge de la coulée sableuse : le versant le plus abrupt de la butte, dépourvu d'éclairage et d'habitations. Jamais la jeune fille ne s'était trouvée aussi proche du cœur de Viridienne. C'était une énorme masse de brique se découpant dans les ténèbres, plus imposante encore que le pleuroir. Derrière le cercle extérieur s'élevaient les créneaux du cercle intermédiaire, plus haut sur la pente ; le cercle intérieur les couronnait tous, orné d'étendards à la gloire de la dynastie cétacéenne.

Astréa ignorait comment les jumeaux s'étaient procuré les linceuls azurés dont ils étaient tous les trois couverts, assortis de sabliers pendant à leur cou. À vrai dire, elle préférait ne pas le savoir. Au blasphème de porter un habit clérical sans avoir été ordonnée, s'ajoutait la triste certitude qu'elle ne serait jamais autorisée à le revêtir officiellement. Mais c'était le moyen que Sépien avait trouvé pour s'approcher au plus près de Palémon : il était convenu qu'Astréa et lui viennent le visiter sous leur accoutrement de pleurants, tandis que Livien attendrait dehors. Il n'était pas rare que des prêtres et des prêtresses partagent ainsi les dernières prières d'un condamné, joignant leurs voix à la sienne pour psalmodier une ultime litanie ; et à plus forte raison lorsqu'il s'agissait d'un terracide, dans le but de lui faire abjurer ses crimes au seuil de la mort. La coutume voulait alors que les pleurants aillent capuches baissées, se voilant la face devant l'ignominie. C'était le déguisement parfait pour s'introduire dans les geôles de Karcharodon à l'heure la plus morte, quand seule la garde de nuit veillait encore – celle à laquelle appartenait le lieutenant Merluccius…

« Souviens-toi de copier mes moindres gestes, sans prononcer un mot, dit Sépien à Astréa, pour la dixième fois. Tu pourras parler à cœur ouvert avec ton frère quand tu seras avec lui dans sa cellule. »

Astréa hocha la tête.

« Ne montre ton visage à aucun moment, lui recommanda-t-il encore. Et rappelle-toi qu'après un quart d'heure, il nous faudra partir. Ah, et une dernière chose : si par malheur les événements tournent mal, je dispose d'une arme secrète. »

La jeune fille se raidit :

« Une arme ? Tu veux dire, en métal ?

— Non, je ne touche pas à ces choses-là, je t'ai assuré que je respectais la Loi. Et puis c'est bien trop dangereux, on risque de se blesser. J'ai toujours préféré l'esquive à la confrontation. C'est comme ça que j'ai tenu bon jusqu'à aujourd'hui, et je compte bien vivre assez vieux pour connaître nos petits-enfants ! »

Sépien sortit un objet de la poche de son linceul : une outre en peau d'algue rêche, semblable à celles que les bêcheurs emportaient aux champs.

« Elle est remplie de poudre d'algue noire urticante, expliqua-t-il. Une pression sur ses flancs, et le contenu se disperse en nuage sur ceux qui se trouvent en face. L'algue noire est redoutable, elle enflamme aussitôt les yeux, les narines et les bronches. C'est la seiche qui m'a donné l'idée de ce stratagème : elle aussi échappe à ses prédateurs en les aveuglant avec un nuage d'encre. »

Astréa dévisagea Sépien, ce garçon qui parlait déjà de leur descendance à tous les deux, alors que l'idée de leur future famille restait abstraite pour elle, incongrue même.

Malgré ses combines et son interprétation biaisée de la Loi, il était en fusion parfaite avec son animal-greffe. Oui, d'une certaine manière, la seiche rusée de l'ancien temps revivait à travers lui.

« Si je te dis de fuir, cours sans te retourner, dit-il à Astréa. Jusqu'à ce rocher derrière lequel Livien nous attendra avec les luges. »

Il lorgna les trois luges en algues tressées qu'ils avaient apportées dans les hauteurs. Enfant, Astréa avait déjà manié de telles embarcations, dévalant avec Palémon et Margane les dunes mouvantes à l'ouest de la cité, au-delà des lits d'humusage – c'était l'un des seuls jeux autorisés aux suants trop jeunes encore pour bêcher les algues. Mais jamais encore elle n'avait descendu une pente aussi vertigineuse que la coulée sableuse. Autant l'ascension le long du chemin avait été laborieuse, autant le retour serait fulgurant : il les emporterait jusqu'à l'orée de la ville basse, afin qu'ils aillent se réfugier dans le Cloaque.

« Ah, une dernière chose… », fit Sépien.

Il fouilla à nouveau dans la poche de son linceul et en sortit un petit objet orange pâle, luisant sous la lune. C'était une chevalière en jaspe, l'une des pierres les plus précieuses des Dernières Terres, couleur du levant. Il la retourna vers Astréa pour qu'elle puisse admirer l'élégant chaton ; une petite étoile y était gravée.

« Je te prie d'accepter cette bague de fiançailles, dit-il tendrement. Je l'ai choisie d'après le baume que tu mets parfois sur tes lèvres : c'est la seule couleur que je t'ai jamais vue porter, alors je me suis dit que ce devait être ta préférée.

— Quand as-tu eu le temps de te procurer ça ? lui demanda Astréa, à la fois gênée et flattée.

— Pendant que Livien allait chercher nos linceuls. Rien n'est trop beau pour mon étoile. »

Il ponctua ses paroles d'un grand sourire qui creusa ses fossettes : le sourire d'un garçon habitué à séduire. Mais aussitôt, une pointe d'angoisse vient fragiliser son expression, le rendant malgré lui plus attendrissant aux yeux d'Astréa :

« Au fait, j'ai un doute, j'espère que l'anneau est à ta taille… »

Il poussa délicatement le bijou sur l'annulaire d'Astréa : il glissa parfaitement.

Elle allait dire que c'était trop pour elle, qu'elle n'était pas habituée à porter des bijoux, mais à cet instant deux coups de gong résonnèrent depuis le pleuroir.

« C'est l'heure, dit Sépien en rabattant sa capuche sur sa tête. Ta bague te va à ravir, mais mieux vaut la cacher dans ta poche pour le moment. Tu es prête ?

— Oui.

— Alors, allons-y. »

Ils parcoururent les derniers mètres qui les séparaient de la porte cloutée s'ouvrant dans le mur du castel, et Sépien souleva le heurtoir de la caserne royale.

Presque aussitôt, le lourd battant s'ouvrit : Merluccius attendait derrière, guettant lui aussi le signal de la deuxième heure.

Pour la première fois, Astréa vit son visage à la lumière de la lune. Il était mangé par une barbe noire surmontée de deux yeux enfiévrés : manifestement, l'homme était autant sur les nerfs qu'eux.

« Suivez-moi ! murmura-t-il. J'ai affecté mes soldats à un tour de garde. Si par hasard nous croisons des saignants n'appartenant pas à mon escadron, laissez-moi parler et n'ouvrez pas la bouche. »

Les deux intrus franchirent le pas de la porte dans un froissement de linceul azuré.

Passé le seuil, le sable faisait place à un sol dallé, creusé de rigoles assurant l'évacuation des eaux des déluges d'automne. Quelques torches étaient accrochées au mur circulaire – non pas en bois, car il était bien sûr hors de question de consumer un matériau si précieux, mais en perches de bambou dont l'extrémité s'évasait pour accueillir un petit réservoir de verre où brûlait l'huile d'algue grasse. Au-dessus du halo dansant des torches, le cercle extérieur était dépourvu de toit ; mais Astréa n'osait pas lever les yeux pour regarder le ciel, préférant rester enfouie sous sa capuche.

« Par ici ! » leur intima Merluccius.

À une centaine de pas de la porte, un escalier plongeait dans les profondeurs du castel… dans les geôles.

Saisissant une torche, le lieutenant leur ouvrit le passage. En bas des marches, la flamme révéla un couloir étroit, qui semblait tourner sur lui-même en épousant la forme du cercle extérieur. La température était inférieure de plusieurs degrés à celle de la surface ; il faisait presque frais. Une odeur moisie de salpêtre flottait dans l'atmosphère.

Tous les trois mètres se dessinait une porte étroite, munie d'un étroit guichet pour observer le prisonnier croupissant dans sa cellule. Astréa songea à la réputation du maréchal Karcharodon et de ses bourreaux – combien de corps brisés agonisaient derrière ces portes closes ? Jusqu'à présent, elle n'avait jamais accordé beaucoup de pensées aux malheureux qui échouaient dans ces lieux. Si on le lui avait demandé, elle aurait répondu que les terracides étaient des criminels au-delà de toute rédemption, des monstres à visage humain récoltant ce qu'ils avaient semé.

Mais à présent qu'elle marchait vers son propre frère, que chaque pas la rapprochait de sa cellule, elle ne pouvait s'empêcher de frémir en imaginant l'état dans lequel elle allait le trouver…

« C'est ici, la suite royale de votre Palémon », grinça Merluccius en s'arrêtant brusquement devant une porte.

Il souleva le loquet d'un coup sec, poussa la porte et tendit sa torche pour éclairer les ténèbres :

« Tu as de la visi… »

Les mots restèrent coincés dans sa gorge : au bout de la flamme tremblotante, la cellule aveugle et sans mobilier était inoccupée.

« Je ne comprends pas… », hoqueta Merluccius en balançant la torche à droite et à gauche pour éclairer les murs, comme si le prisonnier avait pu creuser la brique à mains nues pour s'enfuir.

« Qu'est-ce que tu ne comprends pas, Merluccius ? » résonna une voix derrière lui.

Il se retourna d'un bond, aux abois.

Astréa pivota elle aussi, courbant la nuque à s'en faire mal pour mieux se cacher sous sa capuche.

Les yeux baissés, elle vit trois paires de sandales sur la terre irrégulière de la galerie : des sandales de sanglants à semelles épaisses, éclairées par des torches.

« Je ne vous attendais pas ici à cette heure avancée, colonel Thunnus…, balbutia Merluccius, indiquant qu'il s'adressait à un supérieur.

— Et moi, je ne m'attendais pas à voir des pleurants en ces murs, si tard dans la nuit », rétorqua l'autre.

Merluccius émit un toussotement rauque.

« Ils viennent réciter une dernière litanie pour le prisonnier nommé Palémon, prétendit-il. Mais ce dernier… a disparu.

— Non, il n'a pas disparu. Comme tous les autres prisonniers, nous venons de l'emmener dans le dortoir des soldats, sur ordre de Karcharodon.

— Le dortoir des soldats ? se contenta de répéter Merluccius, tel un écho. Pourquoi tant d'égards pour ces terracides ?

— Et pourquoi tant de curiosité de ta part ? »

Astréa sentit Merluccius tressaillir.

« C'est que ces pleurants ont veillé tard pour venir voir le prisonnier », expliqua-t-il.

Les yeux toujours rivés au sol, Astréa vit les sandales du colonel se tourner vers Sépien et elle.

« Sachez que le roi Orcus a décidé de vider ses geôles et d'attacher les occupants au convoi qui partira demain matin à destination de Flamboyante, pour le mariage du prince Océrian avec la princesse Gryphie Cathartide, les informa-t-il. Une vraie couche leur est offerte ce soir, car un long voyage à pied les attend. Mais ce n'est qu'un sursis : ils seront sacrifiés pendant les célébrations de l'Aube de feu. »

Astréa s'efforça de réprimer un frisson. Comme tous les habitants de Viridienne, elle avait entendu des histoires sordides à propos de la cité guerrière de Flamboyante, qui depuis des années s'était lancée dans une campagne de conquête du nord des Dernières Terres. On disait que les Flamboyants célébraient leurs victoires en immolant les soldats vaincus. Quant au prince Océrian… le bruit courait qu'il était mort depuis longtemps, emporté par un accident. Mais apparemment il était toujours vivant, puisque le colonel Thunnus venait d'évoquer son mariage prochain.

« Bon, eh bien je vais raccompagner ces pleurants à la porte du castel, puisque le prisonnier qu'ils étaient venus voir dort », murmura Merluccius, pressé d'en finir.

Ses talons pivotèrent à la lisière du halo des torches.

Mais le colonel Thunnus les cloua au sol d'une parole :

« Une minute, Merluccius, tonna-t-il. Où sont tes hommes ?

— Je les ai envoyés faire une ronde sur les créneaux du cercle extérieur. Un simple exercice de routine. »

Une seconde de silence s'écoula, mais Astréa eut l'impression qu'elle durait une éternité.

Sous les pans de son linceul azuré, ses longues cuisses se contractèrent, prêtes à bondir dès que Sépien donnerait le signal de la fuite.

« La routine, vraiment ? répéta le colonel d'une voix acide. Il est bien tard pour faire des exercices. Et aussi pour dire des litanies. Montre-moi les visages qui se cachent sous ces capuches. »

La voix de Merluccius se mit à trembler :

« Sauf votre respect, colonel, l'usage veut que les pleurants aillent masqués lorsqu'ils viennent pour la dernière litanie d'un condamné. C'est leur mission sacrée.

— Mais le condamné n'est pas là. La mission sacrée de ces pleurants est nulle et non avenue. À mes yeux, ce sont désormais de simples visiteurs. Or, tous ceux qui visitent les geôles du castel doivent être identifiés… et fouillés. »

Astréa sentit la main de Sépien effleurer la sienne sous la longue manche de son linceul :

« Maintenant ! » souffla-t-il tout en sortant l'outre d'algue noire de sa poche.

Elle se mit à courir en direction de l'escalier, dont les marches tremblotaient dans la lueur des torches en surface.

Derrière elle, elle entendait les cris de douleur des saignants aveuglés. Il lui semblait même sentir ses narines la piquer, comme si quelques grains de poudre d'algue noire s'y étaient glissés lorsque Sépien avait pressé l'outre.

« Je suis derrière toi ! » lui cria-t-il.

Parvenus en haut de l'escalier, les deux fuyards s'élancèrent vers la porte par laquelle ils étaient entrés, leurs sabliers tressautant sur leurs poitrines. Mais un écho tambourinant vint bientôt se superposer au fracas de leurs semelles sur les dalles ; en face, une nuée vermillon accourait, un escadron de saignants ameutés par les vociférations de leurs acolytes.

« Demi-tour ! haleta Sépien. Il faut trouver une autre porte ! »

Astréa et lui repartirent dans l'autre sens, longeant l'immense mur circulaire jalonné de torches, en quête d'une issue.

Mais il n'y en avait aucune : que des briques, encore et encore, à perte de vue.

Tout en courant à s'en déchirer les muscles, Astréa était assaillie de souvenirs. Elle repensait à ses jeux d'enfant dans les dunes de l'ouest. Entre deux parties de luge, son grand frère la coursait juste pour rire, et elle détalait comme si sa vie en dépendait. Ce soir, après toutes ces années, c'était vraiment le cas.

Elle courait pour sa vie.

Elle jouait à un jeu qu'elle avait peu de chances de gagner.

Les saignants finiraient par la rattraper et elle terminerait comme Palémon, envoyée dans une cité du Nord pour y être sacrifiée. Quand les Flamboyants en auraient fini avec eux, leurs corps rejoindraient les sables où ils avaient joué enfants et s'y dessécheraient pour l'éternité.

Jamais elle ne serait humusée.

Jamais elle ne rejoindrait le sein de Terra.

Jamais.

Les images de désolation qui envahissaient sa tête s'évanouirent d'un seul coup et le castel réapparut devant elle. Là, au milieu du vaste cercle à ciel ouvert, une tache ocre éclatait sur les briques sombres.

C'était un crachant encapuchonné, figé par la surprise.

Astréa marqua elle aussi une seconde d'hésitation devant cette silhouette immobile.

Au même moment, un sifflement résonna derrière elle ; elle eut juste le temps de se baisser pour éviter le glaive lancé par l'un de leurs poursuivants. Il passa à quelques centimètres de son épaule et alla s'écraser sur les dalles dans une gerbe d'étincelles.

Les réflexes d'Astréa reprirent le dessus.

Elle se jeta sur le glaive et s'en empara – même si l'arme était en métal et que sa main de suante n'aurait jamais dû la toucher.

Puis, d'un bond, elle fut sur le crachant.

D'un geste, elle le ceintura et plaça le fil du glaive sous sa capuche, au niveau du cou.

Alors seulement s'autorisa-t-elle à reprendre son souffle – et la première bouffée qu'elle inspira la saoula plus fort que l'alcool d'algue glauque, la seule fois où elle y avait goûté. Elle n'avait pas de mots pour décrire l'odeur émanant du crachant. Ça sentait meilleur que tout ce qu'elle avait jamais humé ; c'était le contraire du remugle âcre des algues pourrissantes, dans lequel elle baignait depuis sa naissance ; c'était doux et puissant à la fois, c'était subtil et riche. Oui : ce parfum, c'était l'odeur même de la vie foisonnante, du monde de l'ancien temps avant que les terracides provoquent le Grand Effondrement. C'était l'odeur de l'Ailleurs, telle qu'elle l'imaginait dans ses rêves.

« Lâche-moi ! » fit une voix masculine, provenant de sous la capuche ocre.

Surprise, Astréa se rendit compte que le crachant se raccrochait à elle à pleines mains, comme s'il était sur le point de tomber.

Elle raffermit sa prise, à la fois pour le soutenir et pour l'empêcher de se débattre. Qui que fût l'homme sous le linceul ocre, ce n'était pas le premier à qui elle tenait tête, et elle connaissait des clés de bras capables de neutraliser les mâles les plus agressifs.

Tandis qu'elle maîtrisait son adversaire, Sépien la rejoignit en soufflant :

« J'en peux plus… »

L'instant d'après, quatre saignants déboulèrent au détour du mur circulaire – les trois qui avaient encore leurs armes les brandirent en grognant.

« Un pas de plus et j'égorge cet homme ! » avertit Astréa.

Les soldats s'immobilisèrent, indécis.

Astréa eut l'impression de voir défiler leurs pensées dans leurs prunelles brillantes, tandis qu'ils pesaient la vie d'un crachant contre celle des deux fugitifs.

Mais une voix furieuse tonna dans leurs dos :

« Saisissez ces intrus immédiatement ! »

C'était le colonel Thunnus, les paupières rougies de larmes, les yeux irrités par l'algue noire, le visage en feu.

« Le crachant…, hésita l'un des soldats.

— J'ai dit : saisissez-les ! »

Sans discuter davantage, les saignants se remirent en marche, les pointes de leurs glaives tendues vers Astréa et Sépien.

Le jeune suant se mit à bafouiller sous sa capuche bleue :

« Attendez… On peut s'arranger… Dites-moi quel est votre prix.

— Le prix de ta tête, imposteur ! » le coupa Thunnus, tandis que ses hommes continuaient à avancer.

Astréa tenta de reculer, entraînant son mystérieux prisonnier avec elle, mais ce dernier trébucha. Il ne tenait décidément pas debout – à moins qu'il le fasse exprès, pour l'empêcher de battre en retraite ?

Elle lui tordit le bras un peu plus fort dans le dos, lui arrachant un râle de douleur.

La vie de cet homme ne valait-elle donc rien aux yeux du colonel ?

Certes, les crachants ne montaient pas bien haut dans la hiérarchie des castes, mais Thunnus serait-il prêt à sacrifier celui-ci aussi facilement, s'il le regardait en face ?

Tout en appuyant la lame plus fortement contre le cou du prisonnier, elle arracha sa capuche du bout des dents pour dévoiler son visage aux assaillants.

Le parfum qui l'avait troublée redoubla d'intensité, tandis qu'une masse de cheveux mauves jaillissait devant ses yeux.

Dans le même mouvement, les saignants se figèrent sur place, comme par enchantement.

Un apex !

Astréa fut prise d'un tremblement nerveux, une terreur sacrée surgie du fond de ses entrailles.

Dix-huit années d'éducation, et avant cela des générations de conditionnement, avaient dressé les suantes comme elle à l'obéissance. Le seul fait de regarder ces cheveux, de les sentir, relevait du sacrilège.

Elle relâcha le bras de l'apex comme s'il lui avait brûlé la peau.

12.

220 heures avant l'extinction

OCÉRIAN

OCÉRIAN SENTIT LA MAIN QUI LUI BROYAIT LE BRAS le relâcher d'un seul coup, tandis que s'éloignait le glaive qui lui comprimait la gorge.

Il prit une grande inspiration et ses narines s'emplirent de l'odeur de la pleurante. Ce n'était pas la senteur douceâtre des cierges d'algue, entourant Bonite et tous les pleurants qu'il avait côtoyés dans les murs du castel. C'était un parfum bien plus sauvage d'iode et d'embruns, vertigineux.

Surmontant son trouble, il parvint à se ressaisir. La surprise qui l'avait paralysé quand la pleurante avait déboulé au détour du mur, puis la panique de sentir la lame effilée pressée contre sa gorge, laissèrent la place à la fureur.

Il était presque parvenu à traverser le cercle extérieur, sous le couvert du linceul volé à Moruald, quand cette femme sans visage l'avait stoppé net. Et à présent il était démasqué par sa faute, face à une armée de saignants qui le reconduiraient aussitôt dans sa chambre – dans sa prison.

Eh bien soit, il y retournerait…

… mais pas avant d'avoir passé la pleurante au fil du glaive !

Profitant de la confusion qui avait gagné cette dernière, il pivota sur sa jambe valide et lui attrapa le poignet pour l'obliger à lâcher l'arme.

Le glaive tomba au sol dans un tintement métallique.

Océrian se pencha pour le ramasser, mais une fois encore sa maudite jambe de bois ralentit ses gestes : la pleurante fut plus rapide. Elle s'empara à nouveau du glaive pour en appuyer l'extrémité effilée contre les reins du prince. Cette fois-ci, sa main ne tremblait presque plus. Sans pouvoir distinguer ses traits sous la capuche bleue, Océrian eut l'intuition qu'elle n'hésiterait pas à l'embrocher s'il le fallait.

« Laissez-nous passer, sinon… », lança-t-elle à l'attention des saignants.

C'était la deuxième fois qu'Océrian entendait sa voix – une voix claire, aussi tranchante que la lame qu'elle serrait dans son poing.

De la pointe du glaive, elle l'obligea à avancer.

Simultanément, les saignants reculèrent : ils étaient prêts à sacrifier un crachant anonyme, oui, mais pas un apex de sang royal.

« Prince Océrian, ne faites pas de geste inconsidéré ! » l'implora le chef des saignants, les traits contractés.

À l'énoncé de son identité, Océrian sentit le glaive frémir dans son dos ; mais, qui qu'elle fût, la pleurante n'était pas femme à se laisser déstabiliser une seconde fois : elle continua à le pousser en avant.

« Je suis le colonel Thunnus, Votre Altesse, dit encore le chef des saignants. J'imagine que vous vous êtes égaré dans les couloirs du castel. Mais je vous promets que je vais vous sortir de cette fâcheuse situation pour vous conduire en lieu sûr. »

Cet homme croyait-il vraiment à cette histoire d'égarement, quand tout criait que le prince était en fuite, depuis sa présence dans le cercle extérieur à cette heure avancée jusqu'au linceul ocre dont il était couvert ?

Océrian en doutait fortement.

Quant à la promesse de le conduire *en lieu sûr*… pour l'instant, le colonel et ses hommes continuaient de reculer, telle une marée rouge se retirant d'une grève.

Longeant le mur du cercle extérieur, les pleurants entraînèrent ainsi leur otage jusqu'à une porte cloutée. Le bruit de sa jambe de bois, raclant les dalles, se mêlait à leurs respirations sifflantes.

« Ouvrez ! hurla celle qui tenait le glaive.

— À quoi bon ? répondit Thunnus, le front baigné de sueur. Vous n'avez aucune chance de vous en tirer.

— Je me demande si le sang des apex a la même couleur que leurs cheveux… », menaça la pleurante d'une voix éraillée par la tension, en pressant un peu plus le glaive contre les reins d'Océrian.

D'un signe nerveux de la tête, le colonel ordonna à ses hommes d'ouvrir la porte.

Ce fut ainsi que l'aîné des fils du roi sortit du castel, pour la première fois depuis six ans.

Sa jambe de bois s'enfonça dans le sable de la butte.

La perspective de la ville endormie, plongeant jusqu'à la mer, lui parut plus étourdissante que toutes les vues qu'il avait passé des heures à observer depuis les remparts.

« Relâchez le prince et nous vous laisserons aller ! » résonna la voix de Thunnus dans son dos.

Mais les pleurants continuèrent leur progression dans la nuit, jusqu'à un rocher jauni par le clair de lune, derrière lequel se tenait une troisième silhouette revêtue du linceul azuré. Il y avait aussi trois luges en algues tressées, luisantes sous l'astre nocturne. Au-delà s'étendait la pente raide de la coulée sableuse.

« Attachez-lui les mains ! » fit la pleurante.

Ses comparses s'exécutèrent, liant les poignets d'Océrian avec du fil d'algue, tandis que le colonel Thunnus s'égosillait :

« Où que vous alliez, nous vous retrouverons ! Et à ce moment-là, je vous garantis que votre mort sera lente – très lente ! »

La voix du saignant tremblait de colère – et de terreur, aussi, à l'idée du châtiment qui l'attendait lorsqu'il avouerait qu'il n'avait pu empêcher l'enlèvement du fils du roi.

« Asseyez-vous ! » souffla la pleurante dans le cou d'Océrian, en le poussant vers l'une des luges.

Il eut un instant d'hésitation. D'un côté, tout son orgueil se cabrait d'être ainsi malmené, par une femme de surcroît ; mais d'un autre côté, la pente vertigineuse l'attirait comme une promesse d'infini, après toutes ces années de claustration.

Et s'il tentait de prendre la fuite en laissant les saignants et les pleurants se déchirer derrière lui ?

Et s'il s'envolait loin des linceuls vermillon, des linceuls azurés, de tous les fantômes du passé ?

Il souleva brusquement sa jambe de bois et enfonça l'extrémité pointue sur le pied de sa ravisseuse, lui arrachant un cri de douleur ; puis il lui échappa et se jeta à genoux sur la luge, les mains liées dans le dos, tandis que résonnaient les hurlements des soldats.

Emportée par l'élan, la luge se mit à dévaler la pente. Les grains de sable fusaient dans les yeux du jeune apex, mais il s'efforça de les garder ouverts pour dévorer tout ce ciel, tout ce vide, le monde entier.

Libre !

Je suis libre !

Je...

Un bras puissant se referma sur sa gorge.

La pleurante.

Elle avait sauté à l'arrière de la luge, dont elle maniait le gouvernail de sa main droite, tout en enserrant le cou du prince dans le creux de son coude gauche.

*

Océrian hurlait.

Il hurlait de fureur, à l'idée d'être à nouveau captif.

Il hurlait d'excitation, grisé par la vitesse.

Jamais encore il n'avait connu une telle sensation. Le vent violent giflait ses joues, faisait claquer ses cheveux, emplissait ses yeux de larmes. Les roches acérées jalonnant la coulée sableuse filaient à toute allure autour de lui, tels des ailerons de pierre sur un océan minéral. En quelques instants, il franchit davantage de distance qu'il n'en avait parcouru depuis ses douze ans.

La mer ténébreuse se rapprochait à toute allure, pareille à la gueule d'un monstre géant, tandis que l'accélération le plaquait un peu plus fort à chaque instant contre la poitrine de la conductrice.

Lorsque les bourrasques cessèrent enfin de lui vriller les tympans, lorsque la pente s'aplanit, la mer avait disparu derrière les murailles de la cité, et la butte elle-même s'était effacée derrière des rangées de taudis noirs aux profils déchiquetés.

Ils étaient descendus très bas, dans des régions invisibles depuis les créneaux du castel, au plus profond de la cité de Viridienne. Quant à la puanteur environnante… elle était si violente, si tenace, qu'elle lui retourna l'estomac : une exhalaison visqueuse, épaisse, presque tangible. La mémoire d'un mot entendu dans les couloirs du palais percuta Océrian – *le Cloaque.* C'était là qu'il venait d'atterrir, il en avait l'intuition : dans le quartier le plus mal famé de la ville, une zone de non-droit où les hommes de Karcharodon eux-mêmes ne s'aventuraient guère à la nuit tombée…

« Debout ! » lui ordonna cette pleurante qui n'en était pas une, il en était sûr à présent.

Elle tira le glaive qu'elle avait passé dans la ceinture de son linceul, et lui attrapa l'épaule de son autre main pour le forcer à se relever.

Mais il n'y parvenait pas.

« Votre jambe ! » laissa-t-elle échapper dans un souffle.

Le vent, dans la descente, avait retroussé le bas du linceul ocre pour révéler la prothèse en bois d'olivier torsadé.

« C'est donc pour cela que le roi vous garde au castel… », murmura-t-elle.

Il sentit sa honte familière lui enflammer le cœur, reprenant le dessus après le déferlement d'adrénaline. Oui, c'était pour cela qu'Orcus le soustrayait aux regards. Parce qu'il n'était qu'une loque incapable de se défendre, comme il venait de le prouver une fois encore en se laissant prendre par une… une…

… une quoi, au juste ?

Toujours agenouillé sur la luge, il leva les yeux vers cette créature qu'il ne parvenait pas à nommer.

Une tête lui apparut dans la lueur de la lune, couronnée par le ciel étoilé où filaient des comètes : le vent vicieux, exposant sa jambe de bois, avait aussi rabattu la capuche de sa ravisseuse. Son visage était bien plus jeune qu'il ne l'avait estimé sous le linceul azuré, associé dans son esprit aux pleurants et pleurantes d'un certain âge. Il était bien plus beau, aussi. Les traits de la jeune fille dégageaient une force qu'il avait bien sentie lorsqu'elle l'avait ceinturé. Ses cheveux noirs, tondus au plus court, laissaient éclater la beauté sculpturale de son visage. La manière même dont elle le scrutait de ses yeux sombres, le surplombant de toute sa hauteur, le fit frissonner. Jamais encore un membre des castes inférieures ne l'avait regardé avec tant d'aplomb, au mépris de la Loi. Tout en elle respirait la vigueur. Une grâce puissante émanait de son corps tendu contre la nuit, qu'il imaginait souple et ferme sous l'étoffe bleutée.

« Debout », répéta-t-elle d'une voix plus douce, en lui tendant une main.

Il s'y accrocha pour se hisser sur sa jambe gauche, sans quitter la jeune fille des yeux.

À cet instant, la nuit se déchira dans un crissement : une deuxième luge arrivait, avec à son bord un deuxième malfrat déguisé en pleurant. Sa capuche à lui aussi était rabattue, dévoilant un visage ravagé par la panique ; le sablier qu'il portait au cou s'était brisé dans la débâcle ; seule sa chevelure avait tenu bon, ses quatre tresses blondes plaquées contre son crâne. Le garçon semblait du même âge que la jeune fille. Ses yeux clairs étaient écarquillés, injectés de sang.

« Livien ! s'exclama-t-il. Je croyais que sa luge me suivait, mais non. Les saignants… » Sa voix s'étrangla. « … ils… ils ont pris mon frère ! »

Il leva le front vers les hauteurs, mais le castel avait disparu, et avec lui toute trace de ce troisième larron qu'il venait d'appeler *son frère.*

« Il faut partir, dit la jeune fille. Tu dois nous conduire immédiatement au Lieu sans nom. Si nous restons ici, à découvert, les saignants nous tomberont bientôt dessus. »

Le garçon ouvrit la bouche pour protester, mais aucun son n'en sortit, parce qu'il savait que son interlocutrice avait raison.

Il jeta un dernier regard derrière lui.

Puis il s'engagea dans le dédale de ruelles, entraînant derrière lui la suante et le prince claudiquant qu'elle tenait en respect de la pointe de son glaive.

13.

212 heures avant l'extinction

ASTRÉA

ASTRÉA OUVRIT BRUSQUEMENT LES YEUX, réveillée en sursaut alors qu'elle n'avait même pas conscience de s'être endormie.

Le sol caillouteux vibrait furieusement sous son dos, les parois de pierre humide tremblaient tout autour d'elle, comme si Terra elle-même grondait de colère.

Une terreur sacrée empoigna les tripes de la jeune suante, d'avoir ainsi suscité le courroux de Notre Mère.

Elle avait endossé un linceul azuré sans être ordonnée !

Elle avait manié un glaive de métal sans y être autorisée !

Pire que tout : elle avait osé lever la main sur un apex !

Des larmes de repentir emplirent ses yeux, un flot de prières lui monta aux lèvres :

« Notre Mère, je vous supplie de me pardonner ! »

Le tremblement cessa soudain, rendant la grotte au silence.

Une chandelle posée au sol projetait une lueur incertaine sur les murs irréguliers.

Une silhouette remua, de l'autre côté de la flammèche – une silhouette bleue. Encore en proie aux brumes du sommeil, Astréa crut un instant que la déesse, après avoir grondé, lui envoyait un prêtre pour l'exécuter. Mais aussitôt, elle se souvint d'où elle était, et de celui qui se cachait sous la capuche bleue en face d'elle.

« Qu'est-ce que c'était ? » demanda-t-elle.

La voix de Sépien, laminée par la fatigue, filtra sous le bord de sa capuche :

« Je ne sais pas... On aurait dit une sorte de séisme. Mais c'est passé maintenant. »

Les yeux d'Astréa fusèrent jusqu'à la seconde silhouette encapuchonnée, assise de l'autre côté du feu : celle de l'apex. Sépien et elle l'avaient traîné dans les galeries souterraines du Cloaque, toujours plus profondément sous la cité. Sur leur chemin ténébreux, ils avaient croisé d'autres linceuls sans visage, ombres chuchotantes. À chaque rencontre, le jeune trafiquant avait exhibé sa chevalière au chaton gravé d'une fourmi ; par trois fois, il avait même dû s'acquitter d'une obole, tirant des deniers de ses poches. Observant ces transactions secrètes, Astréa n'avait rien dit. Quant à leur prisonnier, ils avaient pris soin de le bâillonner sous sa capuche ocre avec un linge en tissu d'algue, pour que nul ne le reconnaisse ni ne l'entende.

Cela faisait plusieurs heures qu'ils avaient trouvé refuge dans ce boyau étroit, de dimensions bien plus exiguës que le troquet clandestin où ils avaient rencontré Merluccius plus tôt dans la soirée. Cette galerie faisait-elle encore partie du Lieu sans nom ? Astréa n'en avait pas la moindre idée. Terrassée par la fatigue accumulée pendant la journée de bêchage, puis pendant sa nuit de veille, elle avait fini par s'assoupir.

« Je crois que je me suis endormie, dit-elle à Sépien, en manière d'excuse. À ton tour de te reposer un peu.

— Dormir ? J'en suis bien incapable, la Guêpe… » Il l'appelait à nouveau ainsi depuis qu'ils avaient pénétré dans le Cloaque, dans cet endroit où nul n'utilisait son véritable nom. « … d'un instant à l'autre, mon frère et le tien vont arriver. »

C'était à cela qu'avaient servi les deniers distribués sur leur chemin : à activer le réseau nébuleux de Sépien, pour faire remonter un marché jusqu'au castel. Les vies de Livien et de Palémon contre celle de l'otage. Les intermédiaires n'avaient pas besoin de connaître l'identité réelle de ce dernier – ceux du castel sauraient bien de qui il s'agissait. Le marché exigeait la libération préalable des prisonniers, qui devaient être relâchés sans être suivis. Livien serait capable de se glisser dans les méandres du Cloaque, jusqu'à son frère jumeau. Alors seulement, le prince serait conduit en surface, abandonné quelque part dans la cité pour que ses gens aillent l'y récupérer.

« Tu crois vraiment que le roi acceptera ? murmura Astréa – même si Sépien avait obstrué les oreilles de l'otage de bouchons de cire d'algue prélevée à la chandelle, elle baissa instinctivement la voix.

— Bien sûr, répondit-il, un peu trop précipitamment. Chacun sait qu'une vie d'apex vaut cent vies de suants, et dix fois plus encore s'il est de sang royal. Crois-en mon expérience de négociateur : c'est une offre en or, qu'Orcus ne peut refuser. Il a tout intérêt à régler cela à l'amiable, sans violence. Il ne prendra jamais le risque que l'on touche ne serait-ce qu'à un cheveu de son fils. »

Une fois encore, Sépien raisonnait en termes commerçants. Mais sa voix tremblait en se livrant à ces extrapolations, ce qui contrastait avec l'assurance qu'il aurait voulu afficher.

À nouveau, le regard d'Astréa se porta sur leur prisonnier. Aveuglé par sa capuche, assourdi par la cire et entravé par ses liens, il était aussi immobile que s'il avait été mort : un corps enveloppé dans son dernier linceul, prêt à être porté vers les lits d'humusage. Déjà, le visage entrevu en bas de la coulée sableuse s'estompait dans la mémoire de la jeune suante.

Elle aurait voulu rabattre sa capuche pour le voir une fois encore et s'assurer qu'elle n'avait pas rêvé ces traits étranges, nimbés d'une chevelure surnaturelle… ces yeux d'un violet perçant, qui lui avaient semblé plonger jusqu'au fond de son cœur.

Bien sûr, elle n'en fit rien. Tout à l'heure, dans le feu de l'action, ses réflexes avaient pris le dessus sur les tabous ; mais à présent, dans la réclusion de la grotte, la même crainte qui l'avait fait hésiter à lever les yeux sur la galère du roi l'avant-veille lui interdisait de soulever la capuche de l'otage. Seul restait le souvenir évanescent de son regard, et ces trois syllabes prononcées par le chef des saignants : « *Océrian* »…

Cela faisait des années que nul n'avait plus prononcé ce nom dans la ville basse.

« La rumeur prétendait que ce prince avait disparu, murmura-t-elle.

— Oui, je sais, confirma Sépien. Si je me souviens bien, on dit qu'un glissement de terrain l'a emporté il y a six ans, dans la colonie du Levant, à la fin des déluges d'automne.

— Mais il n'en est rien. Il est bien vivant – à en croire ce qu'a dit le chef des saignants du castel, il s'apprêtait même à épouser une princesse flamboyante… Pourquoi avoir laissé croire au peuple qu'il était mort ? »

Sépien haussa les épaules :

« Je l'ignore.

— Tu crois que c'est lié à sa jambe ?

— Peut-être. Les apex ont leurs règles et leurs coutumes, qui nous échappent. La seule chose qui compte pour moi, c'est la libération de Livien. Je suis prêt à tout pour le sauver. Depuis notre enfance à l'orphelinat, je me suis juré de veiller sur lui comme sur mon animal-greffe. »

Tandis que Sépien réprimait un bâillement, Astréa médita quelques instants ses paroles, ce lien si fort qui unissait les jumeaux... comme le lien qui l'avait elle-même unie à Palémon, avant qu'il se distende sous le poids du doute et de la confusion. Elle était montée au castel dans l'intention de lui parler une dernière fois. À présent, elle tentait de marchander sa libération, parce que c'était le seul moyen de le revoir. Mais s'il lui avouait droit dans les yeux qu'il était le terracide que tous dépeignaient et que toutes les preuves accusaient, elle savait qu'elle ne pourrait pas le lui pardonner. Jusqu'où avaient pu aller ses crimes ? Ayant brisé le tabou du métal et celui du meurtre, avait-il poussé la transgression jusqu'à tuer des animaux ?

« Et après ? finit-elle par chuchoter, éludant ces questions qui la mettaient horriblement mal à l'aise. Quand nos frères seront libérés, que ferons-nous ? Même s'ils parviennent à se réfugier à nos côtés dans le Cloaque, ils sont désormais activement recherchés. Plus jamais ils ne pourront paraître à la lumière du jour sans risquer d'être aussitôt arrêtés.

— Après, nous quitterons Viridienne pour ne jamais revenir, murmura Sépien. Notre avenir s'écrira hors des murs de la cité verte. J'ai négocié notre passage auprès d'un confrère qui a l'habitude de fournir les habitants de la colonie du Couchant en diverses substances plus ou moins légales – le Moucheron, tel est son surnom, parce que c'est une petite frappe qui ne fait que de petits coups. En revanche, il connaît le chemin secret qui court sous les murailles de la ville. Dès que nous aurons retrouvé nos frères, il nous conduira tous les quatre au seuil du désert. Nous devrons tout réinventer autre part, dans une autre cité-royaume. » Astréa l'entendit déglutir. « Il serait trop dangereux de passer à ma cahute pour y chercher mes économies, mais il se trouve que je ne me déplace jamais les poches vides. J'ai cinq cents deniers viridiens dans mon linceul, il en restera quatre cents après avoir payé le Moucheron. Si besoin, je pourrai facilement les échanger contre une autre monnaie dans l'un des comptoirs du désert. De plus, au gré de mes affaires, j'ai établi des relations fructueuses avec plusieurs caravaniers. Je prendrai racine dans un nouveau terrain, et, si Notre Mère le veut, j'y développerai de nouvelles branches commerciales. »

La manière dont Sépien invoquait le nom de la déesse pour bénir ses activités interlopes heurtait Astréa. Mais en même temps, les efforts qu'il déployait pour tenter de la rassurer la touchaient.

« Là-bas, nous nous marierons, lui assura-t-il. Ensemble, nous repartirons du bon pied. On y arrivera. Je te promets qu'on y arrivera. Et puis, c'est un peu un rêve d'enfant… quand j'étais petit, à l'orphelinat, je m'imaginais parcourant le monde. »

Ses yeux étincelèrent en disant cela. Mais Astréa ne parvenait pas à entrevoir cette nouvelle vie dont il parlait. Elle ne pouvait s'imaginer avec lui, ni avec aucun autre, puisque son cœur appartenait à Terra. Peut-être qu'avec le temps, son état d'esprit changerait ? Peu importe : ce n'était pas le moment de songer à ces choses-là.

« Moi, je te promets que je te réveillerai dès que j'aurai des nouvelles de Livien et de Palémon, lui dit-elle doucement. Tu dois dormir maintenant. Fais-le pour moi. Pour eux. Il faut que tu sois en pleine possession de tes moyens, quand ils nous rejoindront et qu'il nous faudra fuir dans le désert. »

Sépien hocha la tête, s'autorisant enfin à pousser un soupir d'épuisement dans l'ombre de sa capuche.

« Il y a des chandelles là-dedans, pour remplacer celle-ci lorsqu'elle sera finie, murmura-t-il en désignant un sac en peau d'algue rêche. Mais n'en allume jamais plus d'une à la fois, pour éviter d'attirer l'attention.

— Tu peux compter sur moi. »

La main du jeune suant, émergeant des plis de son linceul, effleura celle d'Astréa.

« Compter…, murmura-t-il. C'est ce que j'ai fait pendant toute mon existence : compter des pièces et des faveurs, compter des bourses et des requêtes, mesurer les risques prudemment pour amasser tout cela. En acceptant de t'aider dans cette folle entreprise, j'ai commis la pire erreur de calcul de ma vie. C'est étrange, mais je ne le regrette pas. »

Il se lova contre le mur de la grotte, la tête enfouie sous sa capuche en guise d'oreiller.

L'instant d'après, il dormait à poings fermés.

*

La première chandelle acheva de brûler, puis une deuxième se consuma entièrement, avant qu'Astréa en allume une troisième. Pour suivre le cours du temps, elle retournait régulièrement le sablier pendant à son cou : chaque écoulement durait dix minutes, soit un sixième de litanie. Elle tournait aussi sa bague de fiançailles autour de son doigt, peu habituée à ce poids infime et pourtant présent sur sa main. L'étoile gravée sur le chaton scintillait faiblement dans la lumière.

Devant elle, les deux corps enveloppés dans leurs linceuls, l'un bleu, l'autre ocre, gisaient à la lisière du halo. Rien ne venait troubler le silence que la respiration de Sépien, profonde et sifflante comme celle d'un enfant en proie aux fièvres. Quant à l'apex, il était impossible de dire s'il dormait ou s'il était éveillé : il n'émettait aucun bruit. Si ses épaules ne s'étaient pas légèrement soulevées à chaque inspiration, on aurait pu croire qu'il était mort.

Que faisait-il dans le cercle extérieur, quand elle l'avait surpris ?

Pourquoi portait-il un linceul de crachant ?

Quelle était son histoire, quel était son secret ?

Astréa savait qu'elle n'aurait jamais les réponses à toutes ces questions, qu'elle ne devait même pas essayer de comprendre. Le monde des apex demeurerait toujours hors de sa portée, parce que telle était la Loi.

Si, dans l'urgence, elle avait laissé son instinct de survie prendre le dessus, à présent, sa conscience lui susurrait de réparer son sacrilège, de libérer l'otage et de se prosterner à ses pieds pour implorer son pardon. Il lui fallait mobiliser toute sa volonté pour refréner cette pulsion, qui les aurait tous condamnés – non seulement Sépien et elle, mais aussi Livien et Palémon.

Son chemin et celui du prince se sépareraient aussi vite qu'ils s'étaient croisés : dès que les prisonniers du castel seraient libérés, ils repartiraient chacun de leur côté, sans avoir échangé plus d'un regard et quelques mots.

Quand Astréa eut retourné le sablier pour la quarantième fois, un bruit résonna soudain dans la galerie qui menait au boyau.

Retrouvant aussitôt ses réflexes, elle secoua Sépien pour le réveiller :

« Quelqu'un arrive ! »

Elle cacha précipitamment le chaton de sa bague vers l'intérieur de sa paume, afin qu'on ne puisse l'identifier à l'étoile qui y était gravée, puis elle saisit son glaive et bondit sur ses jambes.

Sépien se leva à son tour en croassant :

« Qui va là ? »

Une ombre voûtée et encapuchonnée se dessina à la lueur de la chandelle ; le cœur d'Astréa accéléra – était-ce Livien, redescendu dans le Cloaque sous son déguisement ? Mais dans ce cas, où était Palémon ?

Le nouveau venu s'avança dans la lumière ; un linceul gris et élimé retombait sur ses épaules décharnées, tremblant au rythme de sa respiration haletante.

Il présenta sa main dans la lumière : la chevalière ornant son index osseux représentait un minuscule insecte au corps ovale.

« Je suis le Moucheron, dit-il d'une voix nasillarde.

— Quelles nouvelles apportes-tu du castel ? s'enquit Sépien sans même lui laisser le temps de reprendre son souffle. Quand est-ce que les prisonniers Livien et Palémon seront libérés ?

— Jamais, je le crains, répondit l'autre. Le convoi nuptial s'est fait la malle pour Flamboyante ce matin. Sans le prince Océrian, puisqu'il est ici, mais avec une brochette de prisonniers – dont vos deux petits protégés. »

Astréa sentit son sang se figer dans ses veines.

Tout Moucheron qu'il était, cet avorton venait de les crucifier : en quelques mots, il leur avait révélé qu'il connaissait l'identité de l'otage, et que leur tentative de négociation était mort-née.

« Je sais que le fils aîné du roi est planqué sous cette capuche, pas la peine de le nier, dit-il en désignant le corps adossé à la paroi rocheuse. Le castel a sonné l'alerte de sa disparition. Tous les saignants de la cité ont aussitôt été lancés à sa recherche.

— Mais j'avais pourtant donné la consigne de régler cette affaire en toute discrétion, pour le bénéfice de toutes les parties impliquées, sans verser la moindre goutte de sang », s'indigna Sépien, gagné par la fébrilité.

Un sifflement s'échappa de la capuche du Moucheron :

« Le roi Orcus se fiche bien de tes consignes, la Fourmi. Il a fait torturer le pouilleux qui les a rapportées, pour lui soutirer l'endroit où son fils était retenu prisonnier. Mais ce n'était qu'un intermédiaire : au moment de passer à table, il a juste pu diriger les saignants vers le Cloaque, sans leur donner plus de précisions. Tous les viandards qui ne sont pas occupés à garder les portes de la cité écument les galeries, à l'instant où je te cause. Ils y sont rentrés comme des cafards, par tous les trous qu'ils ont trouvés. »

Comme en écho aux paroles du Moucheron, Astréa perçut une rumeur diffuse.

Fracas de sandales contre la terre...

Raclement de glaives sur les parois rocheuses...

Cris d'hommes répercutés de loin en loin...

Tout son instinct se cabra, lui ordonnant de fuir.

Mais Sépien ne parvenait pas à admettre que le jeu lui ait échappé à ce point :

« Je ne comprends pas, s'entêta-t-il. Comment un convoi nuptial a-t-il pu partir pour Flamboyante, puisque le fiancé est ici, avec nous ?

— Toi, la Fourmi, tu as toujours pris les autres crevards de haut, tu prétends tout savoir mieux que tout le monde et mener à la baguette les apex eux-mêmes ! répondit le Moucheron, et Astréa crut percevoir une pointe de jalousie acide derrière sa respiration oppressée. Pour ton information, Orcus n'a pas qu'un seul rejeton. Puisque le numéro un a disparu, il l'a remplacé par le numéro deux : c'est Boréalion qui est parti ce matin avec les taulards, escorté par le maréchal Karcharodon. On dirait que le roi veut à tout prix unir sa lignée à celle des Cathartides avant l'Aube de feu. Et il est tout aussi décidé à écrabouiller ceux qui ont enlevé Océrian. Tu voulais éviter de verser la moindre goutte de sang ? Raté : c'est un bain de sang que tu as déclenché ! Mais il est encore temps de sauver ta carcasse, Sépien, si tu y mets le prix.

— Co… comment connais-tu mon nom ? » balbutia le jeune suant, pris à son propre piège, celui-là même qu'il avait employé pour faire chanter le lieutenant Merluccius.

Le Moucheron émit un rire nerveux, sans joie :

« Qui d'autre que le frère de Livien risquerait sa peau pour lui ? Les Fils de personne se vantent d'être les meilleurs trafiquants de Viridienne. Mais en vérité, ils sont les Amis de personne, à part de ceux qu'ils achètent. Je ne suis pas venu te mettre au jus pour tes beaux yeux, mais uniquement parce que je sais que tu paies comptant. Il faut décamper maintenant, avant que les viandards se pointent… » Le Moucheron retourna sa main, cachant sa chevalière pour présenter sa paume ouverte : « … cent deniers pour vous mener derrière les murailles. »

Sépien sembla enfin comprendre qu'il n'était plus en position de négocier.

Fouillant dans les poches de son linceul, il en tira une bourse pleine, qu'il plaça dans la main du Moucheron.

« Je voulais dire : cent deniers *par tête*, susurra ce dernier en enfouissant la bourse dans son linceul, avant de tendre à nouveau sa main.

— Mais ce n'est pas ce qui était convenu ! se récria Sépien. J'ai besoin du reste de mon argent pour le voyage qui nous attend !

— Eh bien moi aussi j'en ai besoin, de ton argent, répliqua sèchement le passeur. Il n'y a pas que les Fourmis qui décident du prix des choses : le Moucheron aussi, à partir de maintenant. Une fois que vous aurez déguerpi, je pourrai prendre votre place laissée vacante, et régner à mon tour sur les juteux trafics de la cité. Or j'ai besoin d'une bonne mise de départ pour faire prospérer ma petite affaire. C'est à prendre ou à laisser. Décide-toi vite ! »

L'écho des saignants s'intensifiait à chaque instant.

Étaient-ils à cinq cents mètres de là ? À deux cents ? À cent, peut-être ? – dans le dédale de galeries qui déformait les sons, il était impossible d'en avoir le cœur net.

Aiguillonnée par l'adrénaline, Astréa serra le poing sur le manche de son glaive.

Mais elle hésitait à l'utiliser pour forcer le maître chanteur : sous la contrainte, qui sait où ce dernier les mènerait ?

Elle se souvint soudain du renflement qu'elle avait senti dans le linceul d'Océrian, tout à l'heure quand il s'était accroché à elle.

Elle s'accroupit auprès de l'otage et plongea la main dans sa poche : elle en ressortit une poignée d'objets brillants, aux formes organiques. Coquillages nacrés et perles luisantes, courbes et volutes qu'elle n'avait jamais vues autre part que sur les gravures du pleuroir… Elle eut l'impression que ces reliques animales, qu'elle n'aurait pas dû toucher, lui brûlaient la peau.

« Tiens, dit-elle en se délestant aussi vite que possible dans la paume du Moucheron. Ça vaut sans doute dix fois le prix que tu demandes. Et je t'en donnerai encore l'équivalent si tu nous conduis en lieu sûr. »

Le suant fit disparaître la petite fortune dans son linceul avec avidité.

« Suivez-moi ! » leur ordonna-t-il en enflammant sa torche de bambou.

Une fois encore, Astréa mobilisa toute sa volonté pour surmonter le tabou qui lui ordonnait de ne point toucher au prince. Elle le releva à la force de son bras, aussi respectueusement qu'elle le put, mais sans trembler – si elle laissait transparaître son malaise chaque fois que son corps de suante touchait son corps d'apex, qui sait ce qui adviendrait ? Ravalant la boule qui s'était formée dans sa gorge, elle le poussa à se mettre en marche avec eux.

Guidés par la flamme du Moucheron, ils s'enfoncèrent dans le dédale, aussi vite que la claudication de l'otage le leur permettait.

La rumeur des soldats semblait s'atténuer peu à peu, indiquant qu'ils s'éloignaient du danger ; la pente était de plus en plus accentuée, les entraînant vers le sud, vers le port ; les parois irrégulières étaient de plus en plus luisantes, signalant qu'ils approchaient de l'océan. Astréa avait l'impression étrange que ces coursives étaient encore humides des glaciers et des neiges d'antan. Comme si leur fonte cataclysmique, qui avait creusé le sous-sol avant de gonfler les mers, ne remontait qu'à hier. Était-ce cela qui l'avait réveillée en sursaut, quelques heures plus tôt dans la grotte : le grondement fantôme des glaciers, craquant avant d'engloutir l'ancien monde ?

Sépien finit par laisser échapper un cri étouffé :

« Où donc nous mènes-tu, le Moucheron ? C'est vers la colonie du Couchant que nous voulons aller, pas vers la mer Viride !

— Je sais ce que je fais », répondit sèchement le passeur en continuant d'avancer.

Il tourna soudain à angle droit dans un boyau plus étroit encore que les autres, plus court aussi : il débouchait sur une impasse, une paroi de pierre plongeant dans un trou d'eau noire.

« Tu nous as perdus ! » s'écria Sépien, tandis qu'Astréa détachait son glaive du dos de l'apex pour en menacer leur guide.

Mais ce dernier, loin de se démonter, leur fit face :

« Vous pensiez pouvoir vous en tirer en restant au sec ? Eh bien non : il va falloir mouiller le linceul. Ce passage est l'unique point de communication entre les galeries de la cité et celles qui s'étendent derrière les murailles. Accrochez-vous à mon linceul et ne le lâchez sous aucun prétexte : il y a mille diverticules, mais un seul itinéraire conduisant de l'autre côté. J'y ai laissé une nouvelle torche, car celle que je tiens ne résistera pas à la plongée. Je connais le chemin et je suis capable de le suivre les yeux fermés. On pourra reprendre notre respiration dans trois poches d'air, pas une de plus. »

Astréa frémit :

« Mais l'apex… Sa jambe de bois… »

Le Moucheron haussa les épaules :

« Espérons qu'elle l'aide à flotter ! »

14.

203 heures avant l'extinction

OCÉRIAN

APRÈS TOUTES CES HEURES À ÊTRE MALMENÉ, BOUSCULÉ, TRIMBALLÉ, Océrian avait perdu la notion du temps, et jusqu'à la conscience de son propre corps : ce n'était plus qu'une masse de chair amorphe, qu'on transportait comme une tête de bétail de l'ancien temps. Une marchandise. Une monnaie d'échange. C'est ce qu'il avait toujours été, c'est ce qu'il était encore, c'est ce qu'il serait toujours. D'abord, son père avait voulu le marier ; à présent, ses ravisseurs entendaient l'échanger contre d'autres prisonniers. C'était la seule chose qu'il était parvenu à comprendre, avant qu'on lui enfonce des bouchons de cire dans les oreilles.

Depuis longtemps, il avait renoncé à déchiqueter le foulard qui lui suturait la bouche. Sa bave avait séché et sa mâchoire s'était ankylosée. Le contact même des sangles contre son moignon de cuisse, d'habitude si douloureux, s'était peu à peu évanoui. C'était comme si tous ses sens étaient anesthésiés.

Toutefois, un grand frisson le parcourut au moment où l'eau entra en contact avec sa jambe gauche.

D'un seul coup, il se trouva rendu à lui-même.

À la douleur.

À la peur.

À la fureur.

C'était la suante, encore elle – toujours elle ! –, qui le poussait dans l'eau noire.

Il tenta de résister, jouant des épaules puisque ses mains étaient entravées ; mais, comme les fois précédentes, ses efforts furent balayés comme fétu de paille.

Elle était si forte.

Il était si faible.

Alors que la veille, il avait mis de longues minutes à s'immerger dans le bassin de la chapelle, au rythme du gong sonné par les séides d'Octopide, il se retrouva rapidement plongé jusqu'à la taille.

Le bruit de l'eau lui envahit soudain les oreilles : d'un geste brusque, la suante venait de lui ôter ses bouchons.

« Maintenant, je vais aussi défaire votre bâillon – mais je le remettrai au moindre cri, l'avertit-elle en tirant sur le nœud. Respirez un grand coup ! »

Instinctivement, il prit une profonde inspiration.

L'instant d'après, l'eau s'engouffra à gros bouillons sous sa capuche.

Un goût d'eau de mer saumâtre, écœurant, vint remplacer la saveur âcre du bâillon.

Le bras de la suante se referma sur sa taille, plus solidement que le tentacule d'une pieuvre aux anneaux bleus, et l'entraîna par le fond.

Gong ! fit sa jambe de bois en percutant le plancher rocheux.

Les yeux grands ouverts sur les ténèbres aqueuses, il eut soudain l'impression de contempler le vide de son existence. Une longue suite d'échecs, de défaites, de renoncements. Le roi son père, en l'envoyant à Flamboyante, lui avait dit que le mariage gommerait jusqu'au nom d'Océrian Cétacéen.

Toute sa vie n'avait été qu'un long effacement.

Au moment où il croyait suffoquer, il se sentit soudain tiré vers la surface, à la force du bras qui le retenait prisonnier.

Sa tête émergea dans une poche d'air, il ouvrit grand la bouche pour en aspirer le plus possible. Mais avant qu'il puisse remplir ses poumons, il fut à nouveau entraîné vers les profondeurs.

Gong ! fit encore la jambe de bois contre la roche.

Cette fois, les ténèbres n'étaient plus si noires, ni si vides. Il lui semblait distinguer des formes mouvantes, ondulant dans les eaux…

Oui, des formes de serpents comme celui des jardins, mais plus grands, plus longs, et de tant de couleurs !

Que signifiait ce nouveau présage ? Lui était-il également destiné ?

Il essaya de tendre la main pour toucher les créatures, mais ses poignets étaient toujours entravés.

Il aurait voulu rester plus longtemps pour les appeler, mais une force irrésistible le ramena vers le haut.

Par réflexe, sa bouche s'ouvrit à nouveau – mais moins avidement que la première fois.

Sa poitrine se gonfla – mais plus timidement.

Le corps accroché au sien pesa de tout son poids, comme une ancre, pour le faire replonger.

Gong !

Il n'y avait plus de serpents multicolores.

Il n'y avait plus de nuit liquide.

Il ne restait qu'une sensation de bien-être, d'apesanteur ; oui, quelque chose comme ce qu'il ressentait jadis, quand il fermait les yeux aux jardins et se laissait emporter par le vent de son imagination.

Partir…

Si loin…

Et ne jamais revenir…

Un écho sourd résonna sous Océrian, l'arrachant au ciel sans fin vers lequel il s'envolait, pour le ramener vers le bas.

Il n'était pas l'oiseau léger : il était le lourd narval, son animal-greffe.

Il sentit des pointes s'enfoncer dans ses flancs, tels les harpons de l'ancien temps qui avaient exterminé les siens – ou étaient-ce des ongles lui labourant les côtes ?

Son corps s'échoua sur une grève dure, comme jadis ceux des narvals arrachés à la mer par les baleiniers – à moins que ce ne fussent des mains le tirant au sec ?

Une voix lui parvint :

« Océrian ! Océrian, est-ce que vous m'entendez ? »

Il ouvrit la bouche pour répondre, utilisant sa langue pour la première fois depuis qu'il avait pénétré dans les souterrains ; mais au lieu de paroles, seul un flot d'eau de mer franchit la barrière de ses lèvres.

Soudain, il se sentit suffoquer.

En vérité, malgré le rituel de greffage, il n'était pas davantage narval qu'oiseau : il était seulement humain, incapable de survivre dans les eaux aussi bien que dans les airs.

L'impression cotonneuse de l'envol s'évanouit complètement, laissant la place au feu de ses bronches irritées par le sel.

« Prince Océrian ! »

Le feu d'une main giflant ses joues était plus cuisant encore, car c'était une main de suante qui frappait sa peau d'apex pour le faire revenir à lui.

En réalité, ce fut bien elle, et elle seule, qui parvint à le faire basculer de la mort vers la vie.

Non parce qu'il s'accrochait à l'existence, qui lui avait jusqu'à présent procuré si peu de joies et tant de peines.

Mais parce qu'il se raccrochait à la *haine*.

À l'envie viscérale de rendre gifle pour gifle, coup pour coup, humiliation pour humiliation. De dégrader cette fille qui lui avait fait subir les pires outrages. De lui faire connaître au centuple les douleurs qu'elle lui avait infligées. Et enfin, de l'achever en perçant son cœur tout en gardant son regard enfoncé dans le sien – ces yeux noirs et sans peur qu'il avait aperçus au pied de la coulée sableuse, il les ferait trembler jusqu'à ce qu'ils se troublent, puis qu'ils se ferment à jamais !

« Prince Océ…

— Je t'entends ! » hoqueta-t-il.

La main de la suante se suspendit au-dessus de son visage, tandis qu'il ouvrait les paupières.

Elle se tenait là, penchée au-dessus de lui et le dominant de toute sa hauteur, comme elle l'avait dominé tout à l'heure après leur descente infernale à bord de la luge. Ce n'était plus la lune qui nimbait l'orbe parfait de sa tête nue, mais le halo d'une torche. Ruisselant le long de son menton ovale, l'eau dégouttait sur son linceul.

Océrian comprit alors que sa propre capuche lui avait aussi été ôtée.

« Je t'entends... », répéta-t-il plus doucement, en tentant de réprimer l'hostilité qui perçait dans sa voix pour feindre la docilité.

Une expression de soulagement se peignit sur le visage humide de la suante.

Parce qu'elle était rassurée de le voir survivre ?

Parce qu'elle ne se serait jamais pardonné le sacrilège de sa mort ?

Ou, plus certainement, parce qu'il lui était seulement utile vivant, pour la transaction à laquelle elle le destinait ?

Elle détourna les yeux, comme si un reste de pudeur religieuse l'empêchait de dévisager un apex plus longtemps. Mais Océrian, lui, continua de la regarder. L'arc de ses sourcils... la courbe de sa bouche... et ces trois grains de beauté, alignés sur sa joue droite...

Demeurait-il un fond d'obéissance chez cette fille qui avait enfreint un à un les fondements mêmes de la Loi, mais qui continuait à le vouvoyer avec déférence ? Il fallait qu'Océrian le découvre, qu'il comprenne ses failles, afin de les exploiter le moment venu.

« Bien, remettons-nous en route, si sa délicate seigneurie est rétablie », grinça l'un des deux hommes qui l'accompagnaient. Il ajouta d'une voix sans chaleur : « La Fourmi, la Guêpe : bienvenue sous la colonie du Couchant ! »

Le linceul gris du guide était trempé et de grosses gouttes perlaient au bord de sa capuche, cachant toujours son visage.

Le second homme, en revanche, avait ôté la sienne. Océrian reconnut l'acolyte de la suante, qui avait dévalé la coulée sableuse derrière elle à bord d'une autre luge. Deux de ses tresses s'étaient défaites lors de son bain de mer forcé ; à présent, ses mèches blondes retombaient piteusement sur son front pâle. Lui aussi, Océrian le ferait payer !

« Nous te suivons, le Moucheron », déclara-t-il sans voir l'éclat meurtrier qui brillait dans les yeux du prince.

Océrian laissa la suante l'aider à se relever, n'opposant aucune résistance. Il lui permit de renouer le bâillon sans protester. Il savait que l'heure de se venger n'était pas encore venue. Ce n'était pas maintenant, les mains liées, seul contre trois, qu'il pourrait prendre sa revanche. Il attendrait. Aussi longtemps qu'il le faudrait.

S'appuyant sur le bras ferme de sa ravisseuse – ce bras qu'il aurait voulu tordre comme elle avait tordu le sien, là-haut dans le castel –, il se mit en marche.

Ils progressèrent ainsi pendant plus d'une heure, remontant laborieusement une pente équivalente à celle qu'ils avaient descendue avant de plonger sous l'eau. Martelant le sol irrégulier de sa jambe de bois, le prince méditait les paroles de celui qui se faisait appeler le Moucheron : « *bienvenue sous la colonie du Couchant* », avait-il déclaré. Cela signifiait donc qu'ils étaient de l'autre côté des murailles de la cité, plus loin qu'Océrian n'avait été depuis… depuis son accident.

Enfin, après avoir emprunté bien des détours, un courant d'air venu de l'extérieur souffla la torche de bambou, laissant place à une clarté croissante.

« Baissez-vous ! » ordonna le Moucheron en s'accroupissant devant une étroite coursive d'où sourdait la lumière.

La suante passa son glaive dans la ceinture de son linceul.

« Vous pouvez vous appuyer sur moi pour garder l'équilibre », dit-elle à Océrian.

Lorsqu'elle lui tourna le dos, il fut pris d'une velléité, celle de se laisser tomber sur elle de tout son poids pour l'écraser au sol. Mais il se contenta d'obéir, renouant une fois encore leur improbable corps-à-corps, la danse mystérieuse qu'ils avaient entamée dès l'instant où ils s'étaient rencontrés.

À force de reptations, s'appuyant sur la suante et poussant sur sa jambe gauche, tout en laissant racler la droite sur le sol, Océrian parvint à s'extraire de la galerie.

Après ce séjour prolongé dans la nuit, la lumière lui enflamma les yeux comme s'il était un nouveau-né venant au jour. Le soleil, bas sur l'horizon, enflammait toute la baie depuis les hauteurs où ils avaient émergé, au détour d'un rocher qui les dissimulait à la vue.

Océrian tordit le cou en plissant les paupières, pour mieux observer le paysage qui se déployait derrière.

À gauche, les épaisses murailles de la cité serpentaient sur les collines, surmontées par l'ombre du castel : l'endroit où Océrian avait passé son adolescence lui semblait soudain si lointain… À droite, les parcelles de régénération s'étendaient jusqu'à la mer, champs verdâtres plantés d'acacias rachitiques, quadrillés de murets pour empêcher que le vent n'arrache le terreau laborieusement accumulé au fil des siècles. Au-dessus, on apercevait le plateau lugubre des lits d'humusage, au seuil du désert ; en dessous, les toits des masures formant la colonie du Couchant.

Océrian ne put s'empêcher de frémir, tant ces dernières paraissaient fragiles, si semblables à celles qu'il avait connues de l'autre côté des remparts, dans la colonie du Levant, six ans plus tôt. Alors que les égouts de la cité protégeaient les cahutes intra-muros pendant les déluges d'automne, les habitations des colonies extérieures, construites sur de la terre argileuse, restaient à la merci des glissements de terrain… comme celui qui avait causé son amputation.

À cette pensée, le prince sentit une douleur fantôme l'élancer, là où aurait dû se trouver sa jambe droite – la réminiscence de l'accident faisait souffrir ce membre qui n'existait plus.

Il serra les dents, refoulant les souvenirs au fond de sa mémoire.

« Vous voilà arrivés », déclara le Moucheron.

D'un geste brusque, il tendit la main pour réclamer son salaire.

Comme elle l'avait fait auparavant, la suante fouilla sans ménagement dans les poches du prince pour en extraire une nouvelle poignée de précieux coquillages, qu'elle remit au passeur.

Je te ferai payer pour chacun d'eux, sale voleuse ! songea Océrian en serrant les dents derrière son bâillon, tandis que celui qui portait le nom de Fourmi protestait avec véhémence :

« Tu ne peux pas nous abandonner ici, le Moucheron ! Il y a encore du chemin à parcourir entre le désert et nous ! » Il désigna les lits d'humusage, entre lesquels passaient des silhouettes azurées de pleurants occupés à surveiller la décomposition des morts. « … et nous devons aussi nous ravitailler avant de quitter Viridienne ! »

Mais le Moucheron n'en avait cure :

« Le marché consistait à vous faire passer de l'autre côté de la muraille. Le reste, c'est votre affaire. Bon courage avec l'apex, je ne suis pas sûr qu'il vous porte bonheur. En ce qui me concerne, plus vite je m'éloignerai de lui, mieux je me sentirai. »

Il tourna les talons et disparut derrière le rocher, à travers le réseau de ruelles étroites et pentues qui s'enfonçaient dans la colonie.

La Fourmi se retourna vers la suante. En plein soleil, Océrian pouvait mieux distinguer les traits de ce jeune homme, les taches de son dont était semée sa peau claire, l'angoisse qui fronçait ses épais sourcils blonds et dilatait ses yeux verts.

« Euh… peux-tu lui remettre sa capuche ? murmura-t-il sans oser croiser le regard du prince, et encore moins le toucher. Il ne faudrait pas que sa chevelure attire l'attention. »

Derrière le rocher, nul ne pouvait les apercevoir : Océrian devina que la Fourmi voulait surtout ne plus le voir, lui, comme s'il suffisait de le masquer pour le faire disparaître.

La capuche encore trempée se rabattit sur son front, voilant à nouveau sa vision ; mais au moins pouvait-il encore entendre les conciliabules de ses geôliers.

« Que va-t-on faire de lui ? reprit la Fourmi. Peut-être que nous devrions l'abandonner ici, attaché dans l'ombre de la galerie, et partir le plus loin possible à la nuit tombée…

— Non, trancha la suante. Il constitue notre seule chance de revoir un jour nos frères. De négocier leur libération en échange de la sienne. Il faut que nous rattrapions le convoi nuptial parti ce matin, il en est encore temps. »

L'autre marqua un silence perplexe.

Océrian fut également saisi par la surprise – le convoi nuptial était donc parti… *sans lui* ?

« Mais c'est le prince Boréalion qui va finalement épouser cette obscure princesse flamboyante, protesta la Fourmi.

— Le prince Océrian n'en reste pas moins un apex de sang royal. Rappelle-toi ce que tu m'as dit : sa vie vaut mille vies de suants ! Il n'y a qu'à voir les efforts que déploie Orcus pour le retrouver, mobilisant tous les saignants de la cité. Il doit tenir à son fils comme à la prunelle de ses yeux. N'est-ce pas pour cela qu'il l'a gardé soigneusement au castel pendant toutes ces années : pour le protéger des dangers auxquels l'expose son handicap ? »

Cette interprétation si éloignée de la vérité déchira le cœur du prince. La suante était tellement conditionnée à considérer les apex comme des demi-dieux qu'elle était incapable d'imaginer les cruelles humiliations du palais. Elle ne pouvait pas penser un seul instant que le roi avait reclus son fils parce qu'il lui faisait honte.

La Fourmi hésita :

« Si ce que tu dis est vrai, pourquoi Orcus n'a-t-il pas accepté de libérer Palémon et Livien ? demanda-t-il.

— Sans doute le convoi pour Flamboyante était-il déjà parti, quand il a appris le marché que nous lui proposions… Peut-être aussi ne voulait-il pas perdre la face devant toute la cité-royaume en s'abaissant à négocier avec le Cloaque, sans même savoir si son fils était encore vivant… Mais lorsque nous nous présenterons avec l'otage devant Karcharodon, en plein désert, ce dernier n'aura pas d'autre possibilité que de procéder à l'échange de prisonniers. »

La Fourmi ne put réprimer une exclamation, à l'évocation du terrible maréchal :

« Traiter directement avec Karcharodon ! C'est de la folie !

— N'as-tu pas dit que tu étais prêt à tout pour sauver Livien ? Étaient-ce des paroles en l'air ?

— Non… Je le pensais vraiment. Je le pense toujours. Mais comment rattraper le convoi, avec un éclopé, sans eau ni vivres ? Où demander de l'aide et nous ravitailler sans éveiller les soupçons, avec nos habits de pleurants détrempés ? Certes, nous avons réussi à passer les murailles de la cité, mais la nouvelle de l'enlèvement les aura franchies avant nous.

— Je connais un endroit où l'on nous accueillera avec bienveillance, répondit mystérieusement la suante. J'y ai passé du temps quand j'étais plus jeune. Je me souviens très bien de l'emplacement. Mais l'otage, lui, ne doit le connaître à aucun prix. »

À ces mots, Océrian sentit les longs doigts de la jeune fille se glisser sous sa capuche et chercher ses oreilles pour y enfoncer les bouchons de cire.

À nouveau sourd, aveugle et muet, entièrement dépendant du bras qui le soutenait, le prince se sentit entraîné vers l'avant.

Tu peux me déchirer les tympans, suante, pensa-t-il en trébuchant. *Tu peux me trancher la langue et me crever les yeux. Jamais je n'oublierai ta voix. Et je ne connaîtrai pas de repos avant d'avoir réduit ton visage en bouillie.*

15.

202 heures avant l'extinction

ASTRÉA

ASTRÉA FRAPPA TROIS COUPS SUR LA TOILE D'ALGUE RÊCHE tendue à l'entrée de la distillerie.

L'écho se répercuta dans les profondeurs de la bâtisse à deux niveaux, les murs en torchis faisant office de caisse de résonance.

Le cœur de la jeune fille tambourinait tout aussi fort dans ses tempes.

Margane est-elle chez elle, à cette heure ?

Et si c'est sa mère, la veuve Doreena, qui ouvre la porte ?

Non, impossible : cette dernière ne quitte jamais sa chambre à l'étage, aussi paralysée par la fièvre aqueuse que Patel l'était par la fièvre brûlante…

La porte de toile se déroula soudain, mettant fin aux affres d'Astréa : c'était bien Margane, en pagne et brassière, un peigne à la main. Ses longs cheveux lâchés – les plus beaux de la cité-royaume, prétendaient certains suants – retombaient en un rideau de velours noir sur ses épaules.

« Que Notre Mère renaisse de votre mort…, commença-t-elle, inquiète devant cette visite impromptue de celle qu'elle prenait pour une pleurante.

— … et que ses enfants animaux revivent de ta vie, Margane. »

Les yeux de la jeune marchande d'alcool s'écarquillèrent.

« Vous connaissez mon nom ? » balbutia-t-elle.

Astréa écarta le pan de sa capuche bleue pour dévoiler son visage.

« Laisse-nous entrer et je t'expliquerai », souffla-t-elle.

L'inquiétude, sur le visage de Margane, fit place à la joie :

« Entre vite, tête-de-bêche ! »

Astréa fit un signe à Sépien, caché avec l'otage au coin de la ruelle, tenant le glaive d'une main mal assurée. Ils s'engouffrèrent tous les trois dans la bâtisse.

À l'intérieur flottait une odeur alcoolique : le rez-de-chaussée était consacré à la distillation des algues glauques. De grandes cuves en terre cuite se dressaient contre un mur, exhalant de puissants effluves de fermentation. Plus loin, des alambics en verre grossier mijotaient sur un feu, emplissant la pièce du ronronnement de l'ébullition. Tout au fond enfin, au pied de l'escalier de terre menant à l'étage, stationnaient deux charrettes à bras rudimentaires en bambou, chargées d'amphores vides, prêtes à être remplies.

« Qu'est-ce que tu fabriques ici, dans cet accoutrement ? murmura Margane en laissant retomber la porte de toile. Tu es aussi trempée que si tu sortais des déluges d'automne… et qui sont ces gens qui t'accompagnent ?

— Avant toute chose, est-ce que nous sommes seuls ? s'enquit Astréa dans un chuchotement. Tes manutentionnaires ne sont pas là ?

— Il n'y a que ma mère à l'étage, mais elle ne se déplace plus et ne peut guère nous entendre. Quant à mes gars, ils ne travaillent pas aujourd'hui. J'en ai profité pour… m'occuper un peu de moi. »

Margane parut soudain gênée d'avoir été surprise dans sa coquetterie. Rougissant légèrement, elle fit disparaître le peigne dans les plis de son pagne et attrapa un linceul qu'elle passa aussitôt sur son corps svelte.

« Les douaniers crachants ont fermé les portes de la cité, empêchant toute livraison, s'exclama-t-elle. Les saignants ont décrété le couvre-feu. Que Sûlfur leur fasse pourrir les orteils, à ces gueulards et à ces viandards ! Le trafic est complètement paralysé. Le commerce est au point mort. Tout ça parce qu'une poignée de terracides auraient enlevé un membre de la famille royale, déguisés en… » Le visage de Margane pâlit soudain. « … en pleurnichards.

— C'est bien nous, confirma gravement Astréa. Tu reconnais peut-être Sépien, il a une certaine réputation dans la cité. »

Margane hocha vaguement la tête avec une mimique agacée.

« Ouais, bien sûr que je connais ce petit escroc », répondit-elle sans lui accorder un regard, tandis qu'il posait le glaive contre le mur, pressé de s'en débarrasser au plus vite.

Toute l'attention de Margane était focalisée sur le troisième visiteur, vêtu d'un linceul ocre, le visage dissimulé sous sa capuche et les mains liées dans le dos.

« Rassure-toi, il ne peut ni te voir ni t'entendre ! s'empressa de préciser Astréa. Il ne saura jamais que nous avons fait escale ici, lorsque nous repartirons avec lui pour la Désolation intérieure. Nous avons juste besoin d'eau et de nourriture pour notre voyage. » Son regard glissa jusqu'aux charrettes. « Et nous pourrions aussi t'acheter l'une d'elles, pour transporter notre prisonnier plus aisément. »

Margane tourna à nouveau son visage vers la fille de Patel :

« Pourquoi, Astréa ? lui demanda-t-elle dans un souffle. Pourquoi toi, la plus brillante, la plus vertueuse, la plus droite de nous tous, tu t'es fourrée dans un tel pétrin ? »

Astréa raconta tout à son amie d'enfance : la mort de Patel ; la capture de Palémon ; la tentative avortée de parler une dernière fois au condamné ; la prise en otage du prince Océrian ; la fuite éperdue qui les avait menés jusqu'à la distillerie.

Pendant tout le temps qu'elle parlait, Margane ne pouvait s'empêcher de jeter des coups d'œil inquiets à la silhouette encapuchonnée, qu'ils avaient fait asseoir au pied du mur.

« Voilà où nous en sommes, conclut Astréa. Dès ce soir, à la faveur de la nuit, nous quitterons Viridienne pour ne jamais revenir. Si Notre Mère le veut, nous parviendrons à sauver nos frères. Mais si nous nous faisons prendre, je te jure que jamais nous n'avouerons que tu nous as aidés. » Elle poussa un soupir. « Je suis désolée de t'imposer cela, mais tu es la seule personne que je connaisse dans la colonie du Couchant… »

Margane la regarda longuement, sous les longues mèches brunes encadrant son visage ovale.

« Tu te souviens de ce que je t'ai dit, la dernière fois que nous nous sommes vues, au *Ventre de la Mer* ? Que tu serais toujours la bienvenue à la maison. Ce n'était pas la première fois que je t'invitais ainsi, au nom du bon vieux temps, de toutes ces heures passées à jouer dans les dunes avec Palémon quand on était mômes. Mais tu n'es jamais venue, trop occupée à passer tous tes loisirs au pleuroir en compagnie de tes pleurnichards aux yeux bouffis.

— La préparation de la sélection pour le noviciat m'accaparait tant… », répliqua Astréa, la gorge nouée, sans relever le terme insultant qu'avait employé Margane pour évoquer les prêtres de Terra.

Les heures passées au pleuroir lui semblaient soudain dérisoires, et la manière dont elle avait négligé son amie, impardonnable.

Mais Margane ne semblait pas lui en vouloir ; elle se contenta de sourire tristement en secouant la tête, faisant onduler la somptueuse chevelure qui pendait jusqu'au milieu de son dos.

« Ah, Astréa, Astréa… tu m'étonneras toujours. Non seulement tu as échappé à l'Haleine ardente, mais en plus tu t'es offert une petite balade de nuit au castel face à une armée de saignants ! Palémon avait raison de dire que tu es coriace, comme l'étoile de mer dont les branches arrachées repoussent toujours.

— Alors, tu acceptes de nous aider ? Nous avons de quoi payer.

— Euh, pas trop cher quand même, se risqua Sépien. Nous aurons besoin d'argent sur notre route… »

Margane lui lança un regard noir :

« Si j'étais aussi dure en affaires que toi, je te demanderais ta bourse, ton linceul, ton pagne… et jusqu'à cette crête de tresses ridicule, dont tu sembles si fier ! » menaça-t-elle.

À la manière dont Sépien pâlit, Astréa devina qu'il y avait des antécédents qu'elle ignorait entre le trafiquant et la marchande d'alcool.

Mais cette dernière ne lui laissa pas le temps de s'interroger davantage :

« Heureusement pour vous, je suis d'humeur à faire une bonne action, murmura-t-elle. Je vais vous offrir une charrette et des besaces remplies d'eau et de vivres…

— Louanges à toi, Margane ! s'exclama Sépien avec un grand sourire qui fit danser ses taches de rousseur. Notre Mère te le revaudra !

— Garde tes louanges dégoulinantes, je crois que je vais vomir, trancha-t-elle en feignant la nausée. Et laisse Notre Mère en dehors de tout ça. Je doute que la déesse apprécie que j'aide deux fugitifs prêts à échanger un apex contre des terracides. Ce n'est pas pour mon salut que je le fais. Et ce n'est certainement pas pour toi, joli cœur. C'est pour Astréa… » Elle se tourna vers son amie : « … ce sera mon cadeau d'adieu. »

Elle se dirigea vers le garde-manger au fond de la pièce pour en sortir des pains de bouillie d'algue séchée.

« Eh bien quoi, ne reste pas planté là comme un concombre de mer ! lança-t-elle à Sépien, en lui désignant du menton la citerne au fond de la pièce. Va remplir des amphores d'eau fraîche. La nuit va bientôt tomber, il n'y a pas de temps à perdre. »

Tandis que Sépien s'exécutait, Astréa se rapprocha de son amie :

« Merci, murmura-t-elle. Du fond du cœur.

— Rassure-moi, fit Margane sans lever les yeux des pains qu'elle était occupée à envelopper dans des torchons. Tu sais que cette entreprise est follement dangereuse, même pour une étoile de mer aussi robuste que toi ?

— Oui. Mais je sais aussi que je n'ai pas le choix.

— Tu pourrais rester ici, cachée dans la distillerie, pendant des lunaisons, des années même…

— … et pendant toutes ces lunaisons, pendant toutes ces années, je m'en voudrais de n'avoir jamais revu Palémon. J'ignore le détail de tous les crimes qu'il a pu commettre en tant que terracide ; mais je sais les bonheurs qu'il m'a apportés comme grand frère. Tu évoquais toi-même tout à l'heure nos jeux de jadis, dans les dunes mouvantes. Il était toujours là à veiller sur nous.

— Comme la fois où je suis allée cueillir quelques mûres de ronce en cachette, à la bordure des parcelles de régénération ! s'exclama Margane. Il m'a essuyé la bouche juste avant que passe un pleurant, effaçant de justesse le jus bleu dont je m'étais barbouillée. »

Un sourire se dessina sur le visage de Margane, tandis qu'affluaient les souvenirs :

« J'ai eu une de ces frousses, ce jour-là ! Ça a bien fait rire Palémon. Il faut dire qu'il adorait nous jouer des tours. Il imitait si bien le grondement du puma brumeux. »

Astréa sourit à son tour : elle aussi se rappelait la manière dont son frère mimait le croque-mitaine des Dernières Terres. On disait que quelques-uns de ces fauves avaient survécu dans les brouillards de Brumeuse, la cité blême, se nourrissant des hommes qui cultivaient les champignons… mais bien sûr, ce n'était qu'une légende pour effrayer les marmots désobéissants.

« Tu te souviens, quand il nous a convaincues qu'il y en avait un embusqué derrière les roches, dont on pouvait voir frétiller le bout des oreilles ? dit encore Margane. J'y ai vraiment cru…

— … mais lorsque nous avons enfin eu le courage de nous approcher, nous n'avons trouvé qu'un antique lambeau de plastique agité par le vent », compléta Astréa.

L'image du grand frère facétieux revenait à son esprit avec facilité, chassant celle du terracide inquiétant. Elle sentit son cœur se serrer.

« Et au cœur de l'été, quand il nous faisait croire qu'on pouvait apercevoir l'Ailleurs, au nord des dunes ? reprit Margane.

— En réalité, c'était la chaleur qui créait ce mirage, l'illusion d'une forêt là où il n'y avait que du sable. »

Margane ouvrit la bouche pour évoquer une autre réminiscence acidulée comme une mûre de ronce dérobée par une main d'enfant, mais à cet instant la porte de toile se fendit sur toute sa hauteur.

Astréa fit un bond en arrière, s'attendant à voir surgir des linceuls rouges comme l'avant-veille chez son père.

Mais ce furent trois silhouettes grises encapuchonnées qui pénétrèrent dans la demeure, tenant des lances de bambou au bout desquelles étaient fixées des pointes de silex effilées.

La jeune fille jeta un regard au glaive, luisant contre le mur où Sépien l'avait posé.

« N'y songe même pas ! l'avertit une voix nasillarde jaillissant du plus petit linceul – une voix qu'elle reconnut immédiatement.

— Le Moucheron ! s'exclama-t-elle. Je croyais que tu voulais partir le plus loin possible de nous et de l'apex ?

— Et tu m'as cru ? ricana le passeur. Pourquoi me contenter de deux poignées de coquillages précieux, quand j'ai vu que les poches de l'apex en contenaient encore autant ? Il m'a suffi de vous suivre jusqu'ici, avant de mettre mon butin en lieu sûr et d'aller chercher une paire de crevards prêts à faire couler un peu de sang pour s'en mettre plein les fouilles. »

Il s'avança d'un pas menaçant.

Ses deux acolytes l'imitèrent aussitôt, dardant leurs lances.

« On peut négocier…, commença Sépien.

— La ferme ! trancha le Moucheron. Il n'y a rien à négocier. Tu as perdu sur toute la ligne. Tâche au moins de mourir dignement. »

D'un geste sec, il projeta sa lance en avant, ciblant le cœur de Sépien.

Ce dernier eut juste le temps de bondir de côté – mais pas assez vite : le tranchant du silex érafla sa joue.

Sépien poussa un cri de douleur si sonore que l'otage adossé au mur se redressa brusquement, en dépit des bouchons qui lui obstruaient les oreilles.

Astréa tenta une sortie désespérée en direction du glaive, plongeant sous la lance du premier acolyte ; mais le deuxième, visant ses jambes, parvint à la faire trébucher : elle tomba la tête la première sur le sol de terre battue, à la merci du coup suivant.

Elle releva le front, prête à voir la lance la transpercer, décidée à regarder la mort en face.

Et ce fut bien la mort qui lui éclata au visage dans une gerbe rouge, mais pas la sienne : un projectile venait de transpercer la gorge du lancier, renversant sa capuche pour révéler un visage figé par la stupeur. Il tomba à genoux, de grands jets de sang chaud et visqueux pleuvant sur les joues d'Astréa.

Une voix aiguë s'éleva depuis le fond de la distillerie :

« Fichez le camp d'ici ! »

Astréa tourna la tête : une femme massive se tenait à mi-chemin sur les marches de l'escalier, son linceul gris contenant difficilement son corps boursouflé. L'étoffe était si distendue que l'ourlet remontait jusqu'aux genoux, laissant paraître deux mollets énormes, pachydermiques. Les chevilles étaient tellement lestées de bourrelets de chair, les pieds nus tellement gonflés, qu'aucune sandale n'aurait pu les contenir.

« Mère ! s'exclama Margane.

— Laisse-moi faire », dit l'apparition en réarmant l'arbalète qu'elle tenait entre ses mains.

Elle porta l'arme interdite à son visage. Ce dernier était délicat et élégant, avec ses lèvres soigneusement enduites de rouge, et son chignon noir où était piquée une fleur artificielle en tissu blanc : une reproduction de *Macrodactyla doreensis*, l'anémone de mer. Jusqu'à la taille, le buste de la veuve Doreena était sain. C'était comme si la pauvre femme avait été frappée d'une malédiction touchant uniquement ses membres inférieurs.

Un deuxième carreau d'arbalète en silex fusa depuis les hauteurs de la pièce, manquant de peu la tête du Moucheron, pour venir se ficher dans la cuisse du malfrat qui se tenait derrière lui.

« Faute de savoir viser, tu vas crever, espèce de monstre difforme ! » hurla le Moucheron en projetant sa lance de toutes ses forces.

Elle s'enfonça dans le ventre de la veuve Doreena avec un bruit sourd.

Margane poussa un hurlement et se précipita vers sa mère, ses longs cheveux noirs flottant derrière elle tel un étendard mortuaire.

Déjà, le Moucheron avait récupéré la lance lâchée par son compagnon, qui se tenait la jambe en gémissant. Au moment où il la brandissait vers Astréa pour achever la besogne, Sépien, la joue en sang, tenta de s'interposer ; mais l'autre était plus rapide et plus entraîné au combat : il lui enfonça le manche de la lance dans les côtes, puis il leva à nouveau l'extrémité pointue pour darder la suante.

Cette dernière avait profité de la diversion créée par Sépien pour rouler sur elle-même et se projeter jusqu'au mur. S'emparant du glaive, elle le retourna contre le Moucheron au moment où il fondait sur elle.

La pointe de la lance, déviée par la lame, alla percuter le mur dans un crissement strident ; le corps de l'assaillant, emporté par son élan, vint s'empaler sur le glaive.

Astréa garda les deux mains cramponnées sur la poignée, tandis que le corps glissait vers elle en émettant un râle guttural. Il s'arrêta à quelques centimètres de son visage, si près qu'elle put sentir l'haleine fétide caresser son front, et discerner les yeux du Moucheron à l'ombre de sa capuche : ils étaient révulsés dans une expression de surprise muette, masque grotesque à jamais figé par la mort.

Elle revint à elle en entendant le dernier truand encore vivant se carapater en traînant la jambe. Les pensées fusèrent dans sa tête à toute allure : si elle le laissait fuir, il parlerait ;

s'il parlait, c'en était fait d'eux ; mieux valait sa mort que la leur.

Bondissant au-dessus de Sépien, qui se roulait de douleur au sol, elle se précipita à la suite du fuyard, remontant la traînée pourpre qu'il avait laissée derrière lui. Elle le rejoignit juste avant qu'il atteigne la porte, passa le fil du glaive sous sa gorge et tira d'un coup sec, avec toute l'ardeur qu'elle mettait naguère à bêcher les algues rétives.

Elle sentit le corps devenir mou contre son coude, tandis qu'un affreux borborygme s'échappait de la gorge tranchée.

Horrifiée, elle recula d'un pas pour laisser l'homme s'écrouler au sol, son sang se mêlant à celui des deux autres victimes pour abreuver la terre battue.

Dans la distillerie soudain rendue au silence, on n'entendait plus que le bouillonnement des alambics et les sanglots de Margane.

Astréa laissa tomber la lame souillée et s'approcha de l'escalier, au pied duquel gisait le corps de la veuve Doreena. Le sang coulait abondamment de son ventre percé, inondant son linceul et ses jambes formidables. Son visage, au-dessus de sa poitrine oppressée, était devenu aussi pâle que l'anémone piquée dans ses cheveux.

« Mère… oh, Mère…, sanglotait Margane, les mains tremblantes, ne sachant si elle devait retirer la lance. Pourquoi as-tu descendu l'escalier, toi qui ne viens jamais dans la distillerie ?

— J'ai entendu des cris et j'ai pris peur, répondit faiblement la veuve. Je suis venue avec cette arbalète, que je cachais en cas de coup dur. Est-ce que ces démons sont encore là, ma petite perle ? »

Margane secoua la tête :

« Ils sont partis pour toujours. »

Les traits de la marchande d'alcool se détendirent un peu, les ridules au coin de ses yeux se relâchèrent.

« Je sens que le moment de partir est venu pour moi aussi…, souffla-t-elle.

— Non ! » protesta Margane.

Mais sa mère ne l'écoutait pas, ses yeux contemplant déjà un horizon qu'eux seuls pouvaient voir.

« Pendant toutes ces années, j'ai regardé les dunes derrière les champs d'humusage, sans avoir le courage de m'aventurer au-delà, dit-elle dans un filet de voix. Même avant que la fièvre aqueuse me cloue dans cette masure, j'étais trop peureuse pour te prendre avec moi, ma perle rare… et pour tout quitter. »

Les mains de Margane tremblaient de plus en plus, et sa chevelure aussi, caressant le front de sa mère aussi doucement que des algues soyeuses agitées par les vagues.

« Je ne comprends pas ce que tu dis, balbutia-t-elle. Aller au-delà des dunes ? Tout quitter ? Pour trouver quoi ? »

La veuve Doreena tourna ses yeux vers sa fille, semblant la voir à nouveau.

« Ton père », répondit-elle dans un souffle.

Margane frémit, à l'évocation de cet homme qu'elle n'avait jamais connu, aventurier surgi de la Désolation intérieure et ravalé par le désert avant sa naissance.

« Mais je croyais qu'il était mort ! hoqueta-t-elle. Emporté dans une tempête de sable !

— C'est ce que je t'ai raconté… pour ne pas avoir à t'avouer que je n'avais pas eu le courage de le rejoindre, soupira-t-elle. J'ai pris racine comme… comme l'anémone de mer, qui jamais ne quitte son rocher. » Elle rassembla ses dernières forces et ses derniers souvenirs : « Sais-tu qu'il jouait du violon divinement, aussi bien que tu joues de la flûte ? »

Margane réprima un sanglot :

« Non, je ne le savais pas, puisque tu ne m'as jamais parlé de lui jusqu'à ce jour, parvint-elle à articuler.

— Il m'a laissé une carte en partant, murmura Doreena, perdue dans ses pensées, quittant déjà le monde. Une carte… de la Désolation intérieure, s'étendant jusqu'à Tourbeuse. Sa… sa cité natale. Mais je ne m'en suis… jamais… servie… »

Le débit de parole de Doreena ralentissait à chaque seconde.

Pétrifiée par le chagrin de perdre sa mère et la stupéfaction d'apprendre que son père était peut-être encore vivant, Margane restait muette.

Sépien se tenait coi lui aussi, observant la scène à distance tout en serrant ses côtes endolories, sans doute pour respecter l'intimité de cette agonie.

Astréa comprit qu'il lui fallait poser maintenant les dernières questions, avant qu'il soit trop tard :

« Cette carte, où est-elle ? » demanda-t-elle doucement.

Les yeux de Doreena se voilaient rapidement.

« Oh, c'est la petite Astréa…, souffla-t-elle, reconnaissant l'amie d'enfance de sa fille.

— La carte, Doreena, je vous en supplie. Pour que nous suivions la piste que vous n'avez jamais osé emprunter. Pour que nous la remontions à votre place. »

Une ultime lueur de lucidité – ou d'espoir ? – passa dans les prunelles de la mourante :

« Dans le double-fond de ma boîte à bijoux… à côté d'une mèche de cheveux de ma petite Margane… et de celle… de mon bien-aimé Luscinio… »

Ce furent ses derniers mots, qui s'envolèrent avec son dernier souffle.

DEUXIÈME CHANT

La piste incertaine

LA DÉSOLATION INTÉRIEURE
MER VIRIDE
Terres Englouties
Noyée
Cristallière
ÉPERONNE
VIRIDIENNE
Bayou Traîtreux
Traîtreuse
Monts Râpés
Monts Pelés
Marais Fangeux
Fangeuse
cpt. Solitaire
Reculée
N
MER DIAPHANE

cpt.
Orpaillé
Monts Rouillés
Désert Pétrifié
ARIDE
Golfe du Souvenir
Recluse
SOUVENANCE
Cordillère Fendue Occidentale
Fjord de l'Épée
TOURBEUSE
Cordillère Fendue Orientale
FLAMBOYANTE
cpt.
Central
Pensive
Alizée
Désert Central
Détroit d'Opaline
cpt.
Sec
Orpheline

16.

194 heures avant l’extinction

OCÉRIAN

DEPUIS UNE ÉTERNITÉ, OCÉRIAN AVAIT PERDU TOUTE NOTION D’ESPACE ET DE TEMPS.

Après les cris et les coups étouffés qu’il avait perçus à travers ses bouchons de cire, était venu un grand calme. Sa capuche et son linceul avaient peu à peu séché, prenant la texture cartonnée des tissus imbibés d’eau de mer.

Puis soudain, sans prévenir, des mains invisibles avaient attaché sa cheville gauche à sa jambe de bois, aussi fermement qu’étaient entravés ses poignets. Des doigts cupides, fouillant ses poches, les avaient vidées de ses derniers coquillages précieux. Il s’était senti soulevé de terre, allongé sur une couche dure, recouvert d’un épais drap en toile d’algue rugueuse.

Il avait cru que ses bourreaux, craignant de déclencher le courroux de Terra en versant le sang d'un apex, avaient résolu de le laisser mourir seul. Il les avait imaginés le couchant vivant dans un lit d'humusage, pour le laisser y agoniser lentement avant de se décomposer.

La peur au ventre, il avait tenté de ruer, mais il n'était parvenu qu'à resserrer les liens qui lui cisaillaient les chairs. La rage au cœur, il avait essayé de hurler, mais il n'avait réussi qu'à gaspiller le peu de salive qui lui restait. Lorsque enfin, à bout de forces, il avait repris sa respiration, il s'était rendu compte que l'humidité était réapparue contre sa peau. Ce n'était plus la fraîcheur de l'eau des bas-fonds. Une sensation tiède baignait son entrejambe : il s'était uriné dessus.

Pétrifié de honte, il avait cessé de se débattre.

Alors seulement, il avait pris conscience que sa couche était en mouvement, bringuebalant et cahotant – oui, roulant sur un sol irrégulier.

Les fous qui l'avaient capturé avaient résolu d'aller au bout de leur folie – d'après ce qu'il avait compris de leurs discussions fébriles à la sortie du Cloaque, ils l'emmenaient loin de Viridienne, pour tenir tête à Karcharodon et l'échanger contre des prisonniers. Ces misérables ne savaient pas que leur captif ne comptait pour rien, ou presque, aux yeux du roi son père ; ils ignoraient aussi que le maréchal le haïssait pour avoir tué Squalon.

À présent, après la peur et l'humiliation, ne restait que la détermination.

Océrian ferait payer ses ravisseurs pour tous ces outrages.

Dans un premier temps, il se montrerait l'otage le plus docile, le plus accommodant. Il se soumettrait à leur volonté. Il les encouragerait à croire ce dont ils semblaient convaincus : qu'ils avaient de l'or entre les mains. Et il les pousserait à se jeter dans la gueule du loup, persuadés d'aller au-devant du maréchal avec un bouclier humain à toute épreuve. Peut-être que les glaives des saignants le transperceraient lui aussi, en pourfendant ces gueux. Mais au moins, sa mort entraînerait la leur : celle du suant au regard nerveux – la Fourmi –, et de la jeune fille au regard fixe – la Guêpe. Ces yeux qui avaient osé se lever sur lui se fermeraient pour toujours, même si les siens devaient se clore aussi !

Tandis qu'Océrian s'accrochait de toute son âme à ce projet de vengeance, ballotté par les soubresauts de la charrette, le visage de Bonite surgit soudain dans son esprit. Les traits de la vieille gouvernante étaient à demi effacés, comme si son souvenir avait déjà commencé à se décomposer dans la mémoire du prince, à l'image de sa dépouille dans son lit d'humusage. Elle entrouvrit ses lèvres de nuage, laissant filtrer une voix silencieuse et qui pourtant parlait à l'âme de son jeune maître.

« Tout cela arrive parce que vous avez fui votre devoir. Vous vous êtes persuadé que le mariage avec la princesse Gryphie était la dernière des déchéances. Vous n'avez pas voulu m'écouter quand je vous expliquais que c'était le meilleur moyen de reconquérir l'estime de votre père. »

Océrian aurait voulu répliquer, dire à Bonite que le roi lui avait signifié qu'il ne serait jamais plus son fils. Le mariage n'était qu'un prétexte pour l'éloigner de la cour. Mais il ne servait à rien de parler à un spectre : on ne pouvait que l'écouter.

« Le roi Orcus s'est empressé de dépêcher votre frère Boréalion pour vous remplacer à Flamboyante. Il n'a pas hésité à sacrifier un deuxième fils. Parce que cette union est cruciale à ses yeux. Parce que l'avenir même de Viridienne en dépend. »

Les paroles de Bonite instillaient le doute dans l'esprit du prince. Et si son orgueil l'avait aveuglé ? Et si son amour-propre l'avait braqué ? Et s'il n'avait voulu voir que la honte de l'exil, sans percevoir la gloire d'accomplir une noble mission ? Boréalion était indéniablement le fils préféré d'Orcus. Si les épousailles n'avaient eu qu'une importance mineure, jamais le roi n'aurait envoyé le cadet pour remplacer au pied levé l'aîné disparu… Oui, Bonite avait raison, comme toujours elle avait raison : le mariage n'était pas une punition, mais une mission capitale !

« C'est vous qui aviez été sélectionné pour nouer cette alliance. Si vous restez vivant et que vous

parvenez à Flamboyante avant l'Aube de feu, alors vous pourrez reprendre la place qui vous est due auprès de la princesse Gryphie. Vous accomplirez votre destin, prouvant au roi votre père qu'il avait eu raison de vous choisir. »

Soudain, Océrian sentit qu'on tirait la couverture sous laquelle il était allongé.

L'image fantomatique de la vieille gouvernante s'estompa, le laissant en proie à la confusion, tandis que des mains soulevaient sa capuche, dénouaient son bandeau et retiraient ses bouchons d'oreille.

Le ciel lui apparut, baigné de la lumière rosée du soleil levant. Il devait être tôt, et pourtant le matin était déjà éblouissant et la chaleur intense.

La Guêpe se tenait penchée au-dessus de lui, ayant troqué son linceul azuré pour un gris dont la capuche lui retombait sur le front. À voir ce visage de chair, bien réel, après le visage d'éther de Bonite, Océrian sentit la haine lui piquer les entrailles.

« Si je vous ôte votre bâillon, promettez-vous de ne pas crier ? » lui demanda-t-elle.

Il hocha la tête, un filet de salive dégoulinant depuis sa bouche écartelée jusque dans son cou.

D'un geste, la suante défit le bâillon, puis elle sectionna les liens à ses chevilles d'un coup de glaive ; en revanche, elle laissa ceux qui entravaient ses mains.

Océrian fit jouer sa mâchoire pour la désengourdir, tout en jetant un regard autour de lui : il se trouvait dans une charrette à bras en bambou, entre des amphores et des outres remplies. Par-dessus le rebord, ce n'était qu'un paysage de collines râpeuses, de rocailles indifférenciées et de montagnes incertaines, sans la moindre trace de végétation : la Désolation intérieure. Un océan de rien, un néant minéral, fruit du péché des anciens hommes. La cité de Viridienne avait disparu, avalée par les dunes ondulant derrière la charrette ; à dire vrai, l'idée même qu'il pût exister quelque part une cité encore vivante paraissait impossible, une fois que l'on avait pénétré en ces lieux monochromes et maudits.

« Je vous prie de nous pardonner pour tout ce que nous vous avons fait subir », déclara la Guêpe, mais Océrian trouva que sa voix avait la dureté de la résolution, plutôt que les tremblements de l'imploration.

Il remarqua qu'elle était accompagnée de deux personnes encapuchonnées de gris, portant à l'épaule de lourdes besaces en peau d'algue rêche. Sous l'une des capuches, il parvint à discerner le visage de la Fourmi. Dans l'ombre de la seconde brillaient deux fausses perles. Aucun de ces deux suants n'osait regarder le captif en face – seule la Guêpe avait cette audace.

« Nous ne vous voulons aucun mal, prince Océrian, reprit-elle. Croyez-moi. »

Même si le spectacle de l'apex lui était aussi terrible qu'aux deux autres, elle avait quelque chose en plus, une force qui lui permettait de briser le tabou pour le considérer comme… son égal ? Elle le dévisageait de ses yeux noirs, seules gouttes de lumière dans l'ombre de sa capuche où se noyait la peau brune de son visage. Océrian devina qu'elle s'était mise d'accord avec ses comparses pour lui parler en leur nom à tous.

« Les circonstances vous ont mis sur notre route, à moins qu'elles ne nous aient jetés sur la vôtre, dit-elle. Quoi qu'il en soit, nos chemins se sont croisés et à présent ils se confondent en un seul. Il faut que nous le remontions ensemble. Il nous mènera jusqu'au convoi conduit par le maréchal Karcharodon. Là, nous échangerons votre vie contre celles de deux prisonniers chers à nos cœurs. Puis nos chemins se sépareront à nouveau. Vous repartirez avec votre frère Boréalion pour Flamboyante, et nous… nous nous évanouirons dans le désert avec les nôtres, Livien et Palémon. »

Elle jeta un regard furtif à la Fourmi.

Océrian comprenait maintenant pourquoi ils s'acharnaient à vouloir libérer les prisonniers, elle et lui, au mépris du danger… Leur dévouement fraternel laissa un goût de fiel dans sa bouche endolorie. Il n'avait jamais été proche de ses frères. Boréalion et Delphinion étaient encore petits quand était survenu son accident, et depuis on les avait élevés loin de lui. Il ne savait pas s'il aurait été capable de risquer sa vie pour eux ; il était persuadé qu'ils ne l'auraient pas fait pour lui.

« Vous serez bientôt réuni avec Boréalion, lui assura la Guêpe, sans se douter de ses amères pensées. Mais pour cela, il nous faut rattraper le convoi qui est parti avec un jour d'avance. Plus vite nous progresserons, plus tôt vous serez libéré. Pouvons-nous compter sur votre bonne volonté ? »

Océrian força ses lèvres à s'étirer pour former un sourire sur son visage maculé de bave séchée.

C'était l'effort le plus intense qu'il eût jamais fourni – il ne s'agissait que de tendre quelques centimètres de peau, et pourtant cette infime contraction musculaire lui demanda plus de volonté que toutes les pompes effectuées jusqu'à épuisement sur le sol de sa chambre solitaire. Quand enfin les commissures se furent soulevées, il se jura de garder ce masque sur son visage aussi longtemps qu'il le faudrait, sans jamais laisser transparaître aucune autre expression.

« Tu as ma parole, suante », assura-t-il d'une voix rauque, sa gorge le brûlant après toutes ces heures sous le bâillon.

L'expression grave de la Guêpe se détendit un peu sous le rebord de sa capuche.

« Nous ne vous demanderons pas de marcher à nos côtés, par égard pour votre handicap », dit-elle en pensant sans doute accorder une faveur au prince, alors qu'en mentionnant sa jambe elle ne faisait qu'attiser son ressentiment. « Nous nous relaierons pour pousser la charrette, afin de vous ménager. Les dernières heures vous ont sans doute secoué : nous avons dû nous y mettre à trois pour franchir les dunes mouvantes à la faveur de la nuit, les roues s'enlisaient si facilement dans le sable. Mais à présent que nous avons pénétré dans la vallée, le sol est plus dur et la progression sera plus rapide. »

À nouveau, Océrian contempla la Désolation intérieure. La lumière rasante du soleil levant étirait infiniment les rochers et cailloux jalonnant le lit de la vallée, qui autrefois avait dû accueillir une rivière, et qui à présent était complètement asséchée. Peut-être que la charrette avancerait plus vite sur cette surface graveleuse, comme le prétendait la suante, mais il doutait que la route soit plus agréable pour le passager qu'il était.

« Je t'en sais gré, dit-il tout de même. Merci de vous soucier de mon confort, la Guêpe, la Fourmi et… ? »

La phrase d'Océrian resta en suspens, tandis qu'il regardait la troisième suante de l'équipée – celle dont les boucles d'oreilles luisaient sous la capuche.

Cette dernière demeura muette, ne sachant que répondre.

« Pas la peine d'inventer un pseudonyme, dit Océrian. Si nous sommes appelés à passer quelques jours ensemble avant de nous séparer à jamais, pourquoi ne pas me dire ton véritable nom ? Tu connais le mien… » Il embrassa l'assemblée du regard. « … vous le connaissez tous. »

Pendant un instant, les trois fugitifs se tinrent immobiles.

Puis la Guêpe, la première, souleva sa capuche pour se montrer au grand jour. Océrian fut frappé par la noblesse de son visage, les rayons du matin découpant comme une auréole sur sa tête tondue et son long cou gracile – après toutes ces heures passées dans le noir, il avait oublié à quel point elle était… belle.

« Astréa, fille de Patel », déclara-t-elle solennellement – au son de sa voix, Océrian devina qu'une tragédie avait frappé ce père dont elle évoquait la mémoire.

À son tour, la deuxième suante se dévoila, révélant un visage aux pommettes hautes et une longue natte brune.

« Margane, fille de Doreena », dit-elle sans regarder le prince en face.

Là aussi, il y avait de la tristesse dans sa voix. Le fait qu'elle nomme sa mère signifiait qu'elle avait perdu son père – et peut-être davantage ?

Enfin, la Fourmi se résolut à se découvrir à son tour. Sous sa capuche, ses cheveux blonds étaient à nouveau impeccablement tressés. Quant à sa peau pâle, marquée d'une éraflure sur la joue droite, Océrian se dit qu'elle ne tiendrait pas longtemps sans protection sous les rayons de l'été naissant.

« Sépien, fils de personne », déclara-t-il.

Océrian hocha la tête :

« Merci de votre confiance, Astréa, Margane et Sépien. Vous pouvez compter sur celle d'Océrian, fils d'Orcus Cétacéen. Je vous le jure devant Terra. »

Celle sur qui il pouvait désormais mettre le nom d'Astréa s'avança soudain, levant son glaive. L'espace d'un instant, Océrian crut que ses yeux noirs, étincelants d'intelligence, étaient parvenus à lire le secret de son cœur sous ses boniments, et qu'elle allait le transpercer. Mais elle enfonça la lame entre ses poignets, pour les libérer à leur tour de leurs liens.

17.

188 heures avant l'extinction

ASTRÉA

CELA FAISAIT DES HEURES QU'ASTRÉA POUSSAIT LA CHARRETTE. Son corps était fourbu sous le linceul gris que lui avait fourni Margane. Cette dernière allait devant avec Sépien. L'un et l'autre gardaient soigneusement leurs distances – dans la distillerie, déjà, Astréa avait senti une tension hostile entre eux. Cheminant en éclaireurs chacun de son côté, ils écartaient les cailloux du pied pour faciliter le passage des roues, tout en cherchant la piste des yeux. Ils ne devaient plus en être très loin, du moins c'était ce que laissait penser la carte de Margane… Elle l'avait trouvée au fond de la boîte à bijoux de sa mère, conformément à ses instructions : un papyrus d'algue listant les chemins de la Désolation

intérieure. Ce parchemin était-il encore à jour, tant d'années après avoir été dessiné ?

Astréa laissait ses compagnons de route prospecter, se contentant de les suivre.

Incapable de regarder l'horizon d'une blancheur aveuglante, elle maintenait ses yeux rivés sur la capuche de son passager, adossé à quelques centimètres devant elle contre le bord de la charrette.

Malgré sa réclusion dans le Cloaque, son bain de mer forcé et tout le reste, le prince exhalait toujours le parfum qui l'avait troublée, lorsqu'elle l'avait fait prisonnier au castel. Elle percevait encore son odeur florale, dominant les relents d'iode dont était imprégné le linceul. Comme si sa peau, ses cheveux, tout son corps n'étaient point faits de matières putrescibles, comme le commun des mortels, mais de la substance même de Terra.

À cette idée, Astréa sentit un frisson mystique la parcourir. L'idée de son crime – de son sacrilège ! – revint la tarauder. Elle qui avait capturé un apex, enfant préféré de la déesse, n'était-elle pas semblable aux anciens hommes qui, jadis, mettaient les animaux en cage pour les exhiber ? Océrian n'avait manifesté aucun ressentiment ; mais Notre Mère, elle, absoudrait-elle jamais une suante blasphématoire ?

« La piste, elle est là ! » s'écria soudain Sépien, arrachant Astréa à ses pensées.

Elle arrêta la charrette et dirigea son regard au-delà de la capuche d'Océrian : en effet,

Sépien se tenait devant des traces profondes, marquant le passage récent de roues et de sandales par dizaines. En bordure des ornières, une stèle blanche confirmait qu'ils étaient bien sur la piste recherchée.

« Nous sommes sur la bonne route, Astréa ! s'exclama encore Sépien en marchant jusqu'à elle. Mais dis-moi… tu es en nage ! »

Elle s'aperçut que son nouveau linceul était en effet presque aussi trempé que l'ancien : l'étoffe lui collait au dos et aux côtes, la transpiration gouttant sur le rebord de sa capuche.

« Bah, je sue dix fois plus habituellement en une journée de bêchage, mentit-elle, prête à reprendre la route.

— Cesse de jouer les dures à cuire, s'interposa Sépien. Tu n'as rien à prouver à personne, et surtout pas à moi : je suis convaincu depuis longtemps que tu es la plus forte. Mais même les filles comme toi ont besoin de souffler de temps en temps. Et les garçons comme moi doivent mouiller le linceul pour mériter l'affection de leur belle. » Il releva le bord de sa capuche pour exhiber fièrement la fine marque dessinée sur sa joue par le silex du Moucheron. « Regarde : pour toi, je suis en train de me transformer en guerrier ! »

Astréa ne put s'empêcher de sourire devant les fanfaronnades de son prétendant : s'il n'avait guère brillé dans la bataille, il y avait néanmoins mis tout son cœur.

Elle détacha ses mains des brancards de la charrette : ses paumes, pourtant habituées à manier la bêche, lui cuisaient atrocement.

« Soit, dit-elle. Je te cède ma place. Mais juste un moment. Le soleil est de plus en plus puissant. Il nous faudra faire halte à midi, pour repartir après la dix-septième heure : je reprendrai alors les commandes. »

Elle laissa Sépien s'atteler à la charrette et s'en alla rejoindre Margane trente mètres devant.

« Tu avais déjà vu un apex auparavant ? lui demanda cette dernière à mi-voix, quand elles eurent recommencé à cheminer.

— Jamais, avoua Astréa.

— Moi non plus. Il est si... étrange. La couleur de ses cheveux... et celle de ses yeux. Brrr... ça me fait froid dans le dos ! »

Astréa acquiesça : l'otage la faisait frissonner, elle aussi.

« Mieux vaut garder nos distances, dit-elle. Nos castes ne sont pas faites pour se côtoyer. Ne l'oublions jamais, même si nous sommes contraints de voyager quelques jours ensemble. Plus tôt nos chemins se sépareront, et mieux cela vaudra. »

Margane médita quelques instants ces paroles.

« Tu vas vraiment épouser cette crapule de Sépien, quand tout ça sera fini ? reprit-elle soudain, lorgnant la bague de fiançailles en jaspe qu'Astréa portait au doigt.

— Je le lui ai promis. C'est à cause de moi que son frère a été capturé. » Se souvenant soudain de la raison pour laquelle Margane était là, jetée sur la route à ses côtés, elle ajouta aussitôt : « Et c'est à cause de moi aussi que ta pauvre mère est morte. Si je n'avais pas frappé à la porte de la distillerie, y amenant le Moucheron et ses sbires, tu aurais pu rester à Viridienne aux côtés de Doreena. Comment pourrais-je jamais me faire pardonner ? »

Astréa chercha le visage de Margane, à l'ombre de sa capuche. Ses yeux étaient encore gonflés à force d'avoir pleuré, un masque de tristesse figeait ses traits. Fille unique, elle avait été très proche de sa mère, plus encore qu'Astréa ne l'avait été de Patel.

Malgré son chagrin, Margane posa sa main sur celle de son amie :

« C'est moi qui t'ai invitée à venir trouver refuge à la maison, rappelle-toi, dit-elle doucement. Tu ne pouvais pas savoir que ces assassins te suivraient. Et c'est moi aussi qui ai décidé de prendre la route avec vous cette nuit. Parce que plus rien ne me retient à la distillerie. Parce que tout m'attend dans le Nord. Mon père… »

Sa voix, d'habitude pleine de gouaille, se brisa.

Margane n'était pas du genre à s'épancher sur ses sentiments – le rude travail de marchande d'alcool l'avait poussée à se constituer une carapace dès son plus jeune âge, une coquille aussi dure que celle de l'huître perlière. Pourtant, en cet instant, Astréa la sentait traversée de violentes émotions : le chagrin indicible d'avoir perdu une mère et l'espoir fou de se découvrir un père.

Margane porta la main au papyrus plié dans la poche de son linceul, et le palpa comme un porte-bonheur, un talisman.

« Il s'appelle Luscinio... », murmura-t-elle, faisant rouler sur sa langue ce nom exotique. Elle tourna son visage vers son amie : « Toi qui connais par cœur le sens caché des noms, sais-tu ce que le sien signifie ?

— Je connais surtout les litanies des animaux marins, répondit Astréa. Mais j'avoue qu'il m'est arrivé d'en lire quelques autres dans les rouleaux sacrés, par-dessus l'épaule des pleurants. Je crois me souvenir que les familles de caravaniers greffent sur leurs enfants les oiseaux migrateurs de l'ancien temps... » Elle fouilla dans sa mémoire. « Luscinio... Luscinio... cela fait sans doute référence à *Luscinia megarhynchos*, le rossignol philomèle. »

Les yeux de Margane étincelèrent à l'ombre de sa capuche, aussi brillants que les perles à ses oreilles.

« Le rossignol philomèle..., répéta-t-elle, rêveuse. Quel genre d'animal était-ce ?

— Un petit oiseau réputé pour son chant particulièrement mélodieux, me semble-t-il.

— Ma mère m'a dit que son amoureux savait jouer du violon comme un dieu, tu en es témoin ! s'exclama Margane. Il m'a transmis son oreille musicale ! La fille du rossignol philomèle, c'est moi ! »

Astréa sentit son cœur se réchauffer devant l'enthousiasme de son amie : c'était la première fois qu'elle la voyait sourire depuis la mort tragique de Doreena, et ça lui faisait un bien fou.

« Je me demande si je le reconnaîtrai tout de suite, quand j'arriverai à Tourbeuse, s'interrogea Margane à voix haute. Est-ce qu'il traîne encore ses sandales à travers le désert ? Sans doute pas, puisqu'il n'est pas revenu chercher ma mère. Peut-être que le rossignol s'est finalement posé, pour chanter le monde aux riches culs-de-plomb tourbourgeois… »

… *ou peut-être qu'il est mort*, songea Astréa – mais bien sûr, elle n'en dit rien.

« Quand je l'aurai retrouvé, nous pourrons jouer ensemble, lui au violon et moi à la flûte. De toute façon, j'en avais ma claque de vendre de l'alcool à des soûlards. J'ai tenu l'affaire pendant toutes ces années pour aider ma mère, mais au fond de moi je suis une artiste. Ma place est devant un public capable d'apprécier ma musique à sa juste valeur, pas devant des têtes-de-bêche qui ne pensent qu'à boire… »

Margane jouait les blasées, c'était sa manière à elle de reprendre le contrôle de son destin, de tirer un trait sur un passé qui lui avait été arraché. Mais Astréa savait qu'elle ne pensait pas vraiment ce qu'elle disait : elle avait trop souvent vu des étincelles briller dans ses yeux, quand sa flûte apportait un peu de joie aux bêcheurs.

« Quel duo nous formerons, mon père et moi ! s'exclama-t-elle encore, avec un enthousiasme un peu trop forcé.

— Ménage tout de même tes attentes, lui dit doucement Astréa, pour la préserver.

— Ménage-toi toi-même ! Tu verras, on parlera de nous dans toutes les cités-royaumes, jusqu'aux grottes de Lointaine. Tiens, si tu as de la chance, peut-être même que nous daignerons nous produire à votre mariage, à toi et à ton bellâtre de fiancé… »

À nouveau, Astréa perçut le ressentiment de Margane envers Sépien. Après l'avoir qualifié d'escroc, puis de crapule, voilà qu'elle le traitait de bellâtre.

« Margane, dis-moi, qu'y a-t-il entre Sépien et toi ? demanda-t-elle.

— Ce qu'il y a ? Rien du tout, et tant mieux ! balaya-t-elle. Chacun sait que c'est un type sans aucun scrupule, aussi avide qu'un moustique. Il vendrait père et mère pour un bol de bouillie d'algue.

— Justement non, il ne vendrait personne, car il n'a jamais connu ses parents, rectifia Astréa. Tu es dure avec lui. Je sais qu'il a mauvaise réputation, qu'il lui est même arrivé de faire commerce de remèdes interdits… » Elle frissonna en prononçant ces mots. « … mais il m'a assuré n'être qu'un simple intermédiaire qui n'en avait jamais consommé lui-même. »

Margane se contenta d'accélérer le pas, signifiant qu'elle ne souhaitait plus parler du compagnon de route que le sort lui avait imposé.

Lorsque le soleil atteignit son zénith polaire au-dessus de l'horizon, l'équipée fut contrainte de s'arrêter, ainsi qu'Astréa l'avait anticipé.

À l'époque où elle bêchait en mer, l'été, les crachants interrompaient les travaux à midi pour les faire reprendre lorsque l'astre commençait à décliner. Ici, au cœur du désert, la chaleur semblait plus implacable encore que sur les passerelles.

Sépien et Astréa plantèrent dans le sol sableux les longues perches de bambou entreposées dans la charrette. Ils y suspendirent le drap de toile qui avait servi à couvrir le corps de l'otage lors de leur fuite nocturne à travers les dunes mouvantes.

« Voulez-vous vous mettre à l'ombre, prince Océrian ? l'invita fermement Astréa. Nous avons dressé une tente pour vous. »

Elle désigna un dais tendu à l'écart : ainsi qu'elle l'avait expliqué à Margane, elle préférait reproduire dans le désert la ségrégation ayant cours à Viridienne.

Parce que c'était la Loi prêchée par les pleurants.

Parce que la proximité du prince la décontenançait.

Parce que sa personne la plongeait dans un trouble… sacré ?

Malgré l'amabilité d'Océrian – ou à cause d'elle –, elle se sentait mal à l'aise en sa présence. Il lui fallait s'assurer qu'il parvienne vivant jusqu'à Karcharodon, tout en limitant les contacts.

« Je sais que votre peau d'apex résiste bien mieux au soleil que les nôtres, insista-t-elle. Mais un peu de fraîcheur vous délassera. »

Elle lui présenta son bras.

Comme chaque fois que leurs corps se rencontraient, elle frissonna, taraudée par un sentiment de culpabilité aigu, certitude qu'ils n'auraient jamais dû se toucher l'un l'autre. Elle l'aida tout de même à s'extraire de la charrette. Ce faisant, elle remarqua que le bas de son linceul ocre était mouillé. Une odeur âcre en émanait, qu'elle n'avait pas perçue jusque-là… Elle comprit ce qui s'était passé, pour avoir essuyé l'urine de Patel au matin de ses nuits de délire, quand la fièvre lui essorait le corps pour en tirer tous ses sucs.

« Vous pourriez passer un linceul propre, pour vous rafraîchir », dit-elle en baissant pudiquement les yeux.

Elle prit une étoffe pliée au fond de la charrette et la tendit au prince.

« Un linceul gris de suant ? s'étonna-t-il.

— Nous avons aussi conservé les linceuls azurés qui nous ont servi dans notre fuite, mais vous passerez plus inaperçu ainsi. Voulez-vous que… » Elle hésita, lorgnant malgré elle la pointe torsadée de la jambe de bois qui s'enfonçait dans le sol poussiéreux. « … je vous aide à le mettre ? »

Les mains du prince se refermèrent sur le vêtement qu'elle lui tendait, effleurant les siennes.

Il lui sembla qu'elles tremblaient légèrement.

Était-ce le dépit d'avoir à revêtir un habit de serf ?

Ou bien la honte d'avoir été surpris tel un enfant ayant souillé ses draps ?

« C'est attentionné de ta part, mais je peux m'habiller seul, dit-il. Même avec ce que tu as appelé à plusieurs reprises mon *handicap.* »

Astréa perçut un accent terriblement amer dans ce dernier mot, tranchant avec le ton posé de l'otage. Elle ressentit le besoin urgent, presque douloureux, de le réconforter.

« Votre jambe est un magnifique ouvrage d'art, dit-elle précipitamment.

— Elle imite une corne du narval, pour ta gouverne, répondit le prince d'un ton plus froid encore, insistant sur le tutoiement qui marquait leur différence de caste.

— … *Monodon monoceros* », compléta Astréa, lui ôtant les mots de la bouche.

Le prince resta sans voix – certainement, il ne s'attendait pas à ce qu'une fille du peuple connaisse le nom savant de son animal-greffe.

Astréa releva la tête.

Elle fouilla l'ombre de la capuche, où luisaient l'anneau d'or d'Océrian et ses yeux plus proches que jamais, plus lumineux aussi, telles deux gemmes. L'éclat du désert se reflétait dans ses iris mauves, diffracté en de multiples éclats qui donnèrent le vertige à Astréa.

Elle aurait voulu lui poser tant de questions : lui demander quelle était son histoire, ce qu'il s'était réellement passé lors de son accident, quelle avait été sa vie au cours des six années suivantes…

Elle se contenta de lui tourner le dos pour le laisser se déshabiller.

La pudeur, l'appréhension et la religion joignaient leurs voix pour lui commander de s'éloigner. Mais elle prit soudain conscience d'un quatrième écho, plus insidieux… d'un chuchotement infime, qui lui murmurait de se retourner…

Il me suffirait d'un coup d'œil pour apercevoir le tatouage du mystérieux narval, dont je n'ai jamais pu admirer l'effigie de pierre au dernier étage du pleuroir, interdit aux suants…

Il me suffirait d'un regard pour observer le corps sur lequel est greffée la légendaire licorne des mers, ce torse d'apex que j'ai senti à travers l'étoffe…

Astréa ne parvenait pas à mettre de mots sur cette pulsion absurde surgie du fond de ses entrailles, qu'elle n'avait jamais ressentie avant pour aucun mâle, quelle que fût la couleur de son linceul.

Réprimant cet instinct étrange et dangereux, elle s'empressa d'aller rejoindre les autres à l'ombre du second dais.

Les cinq heures les plus chaudes se déployèrent, interminables.

Après s'être abreuvés aux amphores – l'eau était lourde et tiède – et sustentés de pain de bouillie d'algue séchée – à la texture sèche et friable –, les voyageurs dormirent à tour de rôle, d'un sommeil pénible perturbé par la chaleur.

Il y en avait toujours un qui restait éveillé pour guetter l'otage, le glaive à la main.

Lorsque enfin les ombres commencèrent à s'étirer et que la température baissa de quelques degrés, le moment vint de se remettre en route.

Océrian reprit sa place dans la charrette et Astréa aux brancards, tandis que Sépien et Margane s'engageaient à nouveau sur la piste.

D'un certain côté, la Désolation intérieure évoquait à Astréa l'infinité maussade de la mer Viride. Sauf que les reliefs restaient immobiles, au lieu d'onduler comme les vagues, et qu'il n'y avait qu'une seule passerelle : la piste filant droit devant eux.

Combien de temps encore, avant d'apercevoir le convoi nuptial au détour d'un rocher ?

Avaient-ils déjà commencé à combler leur retard ?

Plissant les paupières pour scruter l'horizon, il lui sembla soudain discerner une masse sombre qui détonnait dans ce désert minéral.

« Vous avez vu, au nord ? cria-t-elle pour alerter les éclaireurs.

— Oui ! répondit Margane.

— Vous croyez que c'est le convoi nuptial ?

— Je ne sais pas. On dirait que c'est immobile. »

À mesure qu'ils approchaient, les contours de l'objet se précisèrent. Ce n'était pas une caravane, non. On eût dit une espèce de tour, ou plutôt une pyramide, une construction baroque pleine de poutrelles et de piques hérissées en tous sens. Dans la chaleur de la fin d'après-midi, l'air ondoyait tout autour de la construction, donnant l'impression qu'elle flottait au-dessus du sol embrasé par le soleil. La rocaille était rouge vif à présent – en fait, tout le désert semblait s'être transformé en une mer de sang.

Les éclaireurs ralentirent le pas, si bien qu'Astréa les rejoignit avec la charrette.

« Qu'est-ce que c'est ? murmura-t-elle, prise d'un funeste pressentiment.

— Un charnier », répondit Sépien d'une voix blanche.

D'une main tremblante, il dessina sur son corps le quintuple signe. Tout filou qu'il était, un tel spectacle ne pouvait que l'emplir d'horreur.

« Que Notre Mère nous garde… », dit Margane en traçant à son tour la ligne de son aisselle à son front, pour implorer la protection de Terra.

Astréa, elle, ne fit aucun geste et ne prononça aucune prière. Elle était trop absorbée par le spectacle. C'était bien une pyramide qui se dressait devant eux, aussi élevée que le pleuroir de pierre de Viridienne, mais le matériau était bien différent…

Sur toute sa hauteur, ce n'étaient que des cadavres humains.

18.

179 heures avant l'extinction

OCÉRIAN

OCÉRIAN ÉCARQUILLA LES YEUX. Ce qu'il avait pris pour des poutrelles, c'étaient en réalité des jambes et des bras, des membres si décharnés qu'il n'y avait plus que la peau collant sur les os. Les cages thoraciques étaient réduites à des trous sombres, cernés de côtes saillantes. Les têtes n'étaient plus que des boules chauves aux orbites béantes, pendant au bout de cous réduits à des empilements de vertèbres.

Océrian avait entendu parler du sort réservé à celles et ceux qui se détournaient de Notre Mère pour plonger dans le sacrilège terracide. Les pleurants interdisaient l'humusage de ces criminels. Leurs corps étaient condamnés à se dessécher pour l'éternité dans les charniers de la Désolation intérieure, pour que la chaleur du désert leur arrache de force le tribut de sueur, de salive, de sang ou de larmes qu'ils avaient refusé de payer de leur vivant. Une fois exsangues, leurs dépouilles ne se transformaient point en terreau fertile. Ces proscrits ne contribueraient pas à la renaissance de Terra : ils demeureraient éternellement au royaume de la mort, à jamais coupés de la déesse.

« Astréa, non ! » cria soudain Sépien, arrachant Océrian à la contemplation.

La suante avait lâché les brancards de la charrette, pour courir vers le charnier. Les nuages de poussière soulevés par ses sandales scintillaient dans l'air brûlant.

« Ça ne sert à rien, Astréa ! s'époumonait Sépien. À rien du tout !

— Qu'est-ce qu'il lui prend ? demanda Margane.

— Le corps de son père a été évacué vers un charnier, après sa mort… Sans doute espère-t-elle pouvoir le retrouver dans cet amoncellement. »

Océrian s'était douté que le malheur avait frappé le père d'Astréa, à la manière dont elle avait évoqué son nom : voilà qui confirmait son intuition.

À la voir se précipiter vers le charnier, il sentit son cœur se serrer. Il repensa à Bonite, une fois encore. Lui aussi, il aurait voulu se recueillir sur la dépouille de celle qui lui avait servi de parent, mais les circonstances ne lui en avaient pas laissé le loisir. Restait son chagrin d'enfant abandonné – en cet instant, il semblait si proche de celui d'Astréa…

Soudain, elle se figea au pied de la montagne macabre.

Océrian se dit qu'elle était peut-être pétrifiée par l'ampleur de la tâche, retrouver un corps parmi des milliers.

Elle s'agenouilla – pour prier ?

La charrette se remit en route, poussée par Margane.

Plus Océrian approchait du charnier, plus ses monstrueux détails se précisaient. Des fragments mous, pendants ou flottants, étaient mêlés aux dépouilles. C'étaient des résidus de plastique pêchés en mer Viride et entassés dans cette décharge. Tout comme les cadavres des terracides des Dernières Terres, le plastique ne se décomposait jamais, marque indélébile laissée par les terracides de l'ancien temps… Il pouvait fondre en revanche, dans la fournaise du désert – ainsi avait-il enveloppé les cadavres les plus anciens sous une sorte de deuxième peau grisâtre et luisante. On eût dit un gigantesque cocon, tendu par les os d'une larve monstrueuse, prête à éclore…

Tout d'un coup, la puanteur enflamma les narines d'Océrian : elle émanait des cadavres les plus récents, à l'arrière du charnier, ceux que le désert n'avait pas encore momifiés. Cette odeur de putréfaction violente, tenace, semblait murmurer un refrain morbide : *on vient de mourir, par ici…*

D'une main, le prince remonta le col de son linceul sur sa bouche et son nez, pour ne plus sentir cette exhalaison ; il aurait presque souhaité porter à nouveau le bandeau sur ses yeux, pour ne plus voir cette abomination.

Mais il garda les paupières grandes ouvertes afin d'observer Astréa.

Cette dernière s'était agenouillée devant la portion du charnier fraîchement alimentée, d'où émanaient les relents. Elle semblait imperméable aux corps gonflés de gaz, comme si elle ne les voyait ni ne les sentait.

« Ne reste pas là, ou tu vas finir asphyxiée par Sûlfur ! » s'écria Sépien, en la rejoignant, sa manche écrasée sur son nez.

Comme tout le monde, Océrian avait entendu les pleurants parler du troisième démon gazier : Sûlfur, la Pestilence rampante. Mais jamais encore il n'avait humé son répugnant sillage, ni contemplé son hideux visage. Il comprenait à présent que c'était celui de la mort elle-même. Née de la corruption des organismes vivants, que ce fussent des algues pourrissantes ou des cadavres en pleine décomposition, Sûlfur tuait à son tour quiconque s'exposait trop longtemps à ses émanations.

« Partons… », dit encore Sépien en posant sa main sur l'épaule d'Astréa.

Mais la jeune fille demeura immobile, tout contre l'un des corps.

Son père ? songea Océrian.

S'accrochant au bord de la charrette, il se souleva à la force de ses bras tout en bloquant sa respiration…

… il ne put s'empêcher d'expirer dans un cri d'effroi, en découvrant ce qui retenait la jeune suante en ces lieux maudits.

Le cadavre vers lequel elle était tournée n'en était pas encore un !

Le mort qu'elle touchait de sa main n'était qu'à demi mort !

C'était un jeune homme à peine plus âgé qu'eux, aux épais cheveux noirs. Mais, sous les lambeaux de son linceul gris, sa peau cuite par le soleil paraissait aussi sèche que du parchemin. Ses yeux grillés semblaient aussi aveugles que des pierres. Sa bouche, quant à elle, était barbouillée de sang séché. Elle s'entrouvrit pour laisser filtrer un filet de voix à peine audible :

« À boire ! À boire, par pitié !… »

Astréa se tourna vers Sépien :

« Donne-moi ton outre…

— Mais l'eau nous est comptée, protesta-t-il.

— Vite ! »

Le jeune suant s'exécuta à contrecœur.

« Vas-y doucement, ajouta-t-il encore. Il est condamné, de toute façon. »

Mais Astréa ne l'écoutait pas. Elle porta le goulot à la bouche du malheureux. Ce dernier écarta ses lèvres maculées de caillots noirs, révélant l'horreur de sa mâchoire : à la place de ses canines, il n'y avait que quatre trous sanguinolents.

Sépien eut un mouvement de recul ; tout comme Océrian, il avait reconnu là la terrible marque du maréchal de Viridienne, l'arracheur de dents.

Mais Astréa, elle, ne cilla pas : approchant sa main de la bouche martyrisée, elle fit perler l'eau goutte à goutte. Puis, à l'aide d'un linge humide, elle essuya le sang qui poissait le menton de l'inconnu.

Océrian comprit qu'elle avait l'habitude de s'occuper des grands malades, ceux-là mêmes que son père le roi aurait condamnés sans appel, au nom de la survie du plus fort. Cette pensée l'émut bizarrement.

« C'est Karcharodon qui t'a fait cela, n'est-ce pas ? demanda-t-elle doucement à l'inconnu. As-tu vu passer sa caravane, emportant le prince Boréalion vers la cité de Flamboyante ?

— J'en faisais partie, répondit-il d'une voix rauque. Parmi des dizaines d'autres taulards du castel, que ce monstre a attelé à ses chariots… »

Son visage se contracta dans une grimace, reflétant le souvenir de son calvaire, tandis que son gosier desséché émettait un sifflement douloureux. Astréa fit patiemment couler un peu plus d'eau entre ses lèvres.

« Ces chariots de malheur, parole, ils étaient hauts comme des collines et lourds comme des montagnes ! reprit-il. J'ai eu la mauvaise idée de me plaindre, de réclamer une pause. Karcharodon m'a redessiné le râtelier devant la galerie, pour l'exemple. Oh, le claquement de la tenaille ! »

Il émit un sanglot étouffé, et Océrian ne put s'empêcher d'avoir pitié de ce pauvre bougre : quels que fussent ses crimes, il n'avait pas mérité de terminer entre les mains du maréchal…

« Je suis tombé dans les vapes, souffla-t-il. Quand je suis revenu à moi, le convoi était reparti, me laissant attaché à ce charnier comme une moule à son rocher. »

Il souleva péniblement son poignet, exhibant la corde d'algue qui le liait au monceau de cadavres.

Astréa la trancha d'un coup de glaive.

« Ça fait combien de temps que la caravane s'est arrêtée ici ? » demanda-t-elle.

Le jeune homme regarda le ciel, plissant les paupières : le soleil était très bas maintenant, étirant infiniment les ombres.

« C'était hier, sans doute vers la même heure qu'aujourd'hui », estima-t-il.

Il massa son poignet endolori, palpa sa mâchoire à travers sa joue, puis il tendit sa main à Astréa :

« Je suis Buccinum, fils de Mytilus, déclara-t-il. Je ne sais comment te remercier…

— Ce n'était qu'un peu d'eau, tu ne me dois rien. Et tu n'es pas obligé d'accepter ce que je vais te proposer maintenant : de nous accompagner pour rejoindre tes bourreaux. »

Buccinum retira sa main, un tremblement agita son visage desséché.

« Rejoindre mes bourreaux ? répéta-t-il, perplexe. Vous accompagner ? »

Il plissa à nouveau les paupières, semblant soudain réaliser que sa sauveuse n'était pas seule. Ses yeux se posèrent alternativement sur Sépien… sur Margane… et sur Océrian, dont les mèches mauves affleuraient sous le bord de la capuche à demi-relevée.

« Un… un apex ! » bafouilla-t-il.

Astréa lui expliqua doucement qui ils étaient, d'où ils venaient, et le but de leur voyage.

« Les prisonniers qui survivront à la traversée de la Désolation intérieure seront sacrifiés à Flamboyante, pendant les célébrations de l'Aube de feu, conclut-elle sombrement. Nous ne pouvons laisser nos frères subir ce sort. Toi qui connais le convoi nuptial, qui as voyagé avec lui, tu nous serais sans doute d'une grande aide pour l'approcher, lorsque nous négocierons la libération de Livien et Palémon en échange de celle du prince Océrian. Du reste, quelle perspective d'avenir aurais-tu à Viridienne, en tant que condamné, échappé des geôles royales ? Alors que si tu nous suis, tu pourras toi aussi recommencer une nouvelle vie, dans une nouvelle contrée. » Elle lorgna ses compagnons de voyage. « Après avoir libéré nos frères, nous pourrions mettre le cap sur Tourbeuse. »

Sépien hocha la tête, approuvant ce choix de destination :

« Une ville de marchands, où je pourrai relancer mes affaires !

— Une ville de mécènes, où je pourrai démarrer ma carrière ! » renchérit Margane, soucieuse d'avoir le dernier mot.

Buccinum médita quelques instants cette proposition, jetant des coups d'œil furtifs à Océrian.

Quelque part au fond de la Désolation intérieure, un long sifflement retentit : le bruit du vent du soir, raclant les bords érodés des canyons.

« Tourbeuse, la cité des quatre vents, la ville de tous les possibles…, finit par murmurer Buccinum. On dit que chacun peut y refaire sa vie. Que les suants les plus habiles parviennent à y faire fortune, et même à s'acheter un linceul de crachant : c'est la seule cité-royaume à autoriser une telle promotion. » Il sourit, révélant à nouveau sa mâchoire en ruine. « Ma foi, j'irais bien tenter ma chance, maintenant que j'ai les dents du bonheur ! »

Océrian se garda bien de révéler ce que lui avait appris le roi son père, lors de leur dernière entrevue. Ce havre qui faisait briller les yeux de l'édenté ; cette étape où Margane pensait retrouver son géniteur ; ce refuge enfin où Astréa et Sépien s'imaginaient déjà un avenir : tout cela allait bientôt basculer dans l'abîme.

Tourbeuse était sur le point d'être écrasée par l'armée flamboyante, ainsi que l'avait dit Orcus, dans la fureur et dans le sang.

19.

172 heures avant l'extinction

ASTRÉA

LES FUGITIFS MARCHÈRENT TOUTE LA NUIT, À LA LUEUR DE LA LUNE. D'après leur nouvelle recrue, Buccinum, le convoi nuptial avait prévu de faire escale au comptoir Solitaire : une enclave ouverte à tous les commerces, point de jonction entre le sud de la terre Occidentale – dominé par Viridienne et Éperonne – et le nord – où régnaient Flamboyante et Pluvieuse. Depuis des générations, c'était par là que transitaient les caravanes chargées d'alcools et de tissus d'algue, les principaux produits d'exportation viridiens. D'autres trafics moins avouables s'y menaient aussi au grand jour : poisons rares, remèdes interdits et même esclaves humains, depuis que la cité rouge avait institué cette pratique.

Les voyageurs espéraient pouvoir atteindre cette étape avant que le convoi nuptial n'en reparte. Le temps pressait, chaque heure les rapprochant un peu plus de l'Aube de feu et du sacrifice des prisonniers…

Mais plus ils progressaient, plus le terrain se faisait accidenté. Les cailloux étaient plus nombreux sur le chemin de la charrette, faisant tressauter ses roues ; les rochers étaient plus volumineux, obligeant à d'incessants changements de direction pour les contourner. La chaleur, surtout, commença à remonter au lever du soleil, peu après la troisième heure. Dès la sixième, elle était déjà si cuisante que les marcheurs étaient tous en nage sous leurs linceuls.

Astréa insista pour reprendre les brancards, que Sépien et Margane s'étaient partagés pendant la nuit – quant à Buccinum, il était encore trop faible pour y songer. Tout en poussant le véhicule, elle tournait et retournait dans sa tête le plan que ses compagnons et elle avaient échafaudé la veille. Ce serait elle, Astréa, qui tiendrait le prince à bout de glaive lorsqu'ils iraient négocier face à Karcharodon et à sa meute. Ils n'exigeraient pas seulement la libération de Livien et Palémon, mais aussi la promesse que le maréchal les laisse repartir tous ensemble vers Tourbeuse, sans chercher à les suivre. C'est seulement en chemin qu'ils relâcheraient leur prisonnier, le confiant à des caravaniers du comptoir Central pour que ces derniers l'emmènent à Flamboyante rejoindre les siens.

Oui, tel était le marché qu'elle proposerait au maréchal.

Au moindre signe hostile, elle menacerait de trancher la gorge de l'otage.

Elle savait que sa voix ne tremblerait pas – mais qu'en serait-il de sa main, s'il lui fallait mettre sa menace à exécution ?

L'image de Palémon se superposa à son questionnement. Il n'avait pas flanché, quand il lui avait fallu utiliser sa dague pour venir à bout de Scorpar, et peut-être avait-il tué d'autres hommes avant… C'était lui qui avait appris à Astréa comment oublier la fatigue sur les champs d'algues ; lui qui lui avait montré comment se faire respecter ; lui qui lui avait enseigné à se battre ; lui qui, par bien des aspects, l'avait façonnée telle qu'elle était aujourd'hui. Le sang qui coulait dans ses veines, c'était celui de Palémon : son grand frère chéri, devenu depuis peu cette étrange énigme. Quelle que fût l'issue de cette aventure, il fallait qu'elle se montre digne de lui, même si c'était pour le gifler après l'avoir libéré.

Astréa chemina ainsi toute la matinée, forgeant le fer de sa volonté au feu des rayons implacables. Mais le convoi nuptial n'était toujours pas en vue quand vint le moment de s'arrêter dans l'enfer de midi. À l'ombre du dais, Astréa sombra dans un sommeil agité et ne se réveilla que pour s'atteler à nouveau à la charrette.

L'après-midi s'étira sans le moindre mouvement à l'horizon, dans la chaleur étouffante. À chaque kilomètre, une stèle blanche marquait le passage monotone de l'espace et du temps. Sur le coup de la seizième heure, la piste en croisa un autre, qui d'après la carte filait vers l'ouest jusqu'à Éperonne, la vieille ennemie de Viridienne. Mais ici, dans le cœur brûlant du néant, les deux cités rivales paraissaient aussi irréelles que des mirages. Aucun voyageur ne vint à leur rencontre, pas le moindre signe de vie, pas même la trace du plus minuscule insecte : au seuil de l'été, à six jours seulement de l'Aube de feu, nul ne se risquait plus dans le désert.

Vers la vingt-troisième heure, le soleil finit par disparaître sous l'horizon, laissant la place à la lune gibbeuse, aux pâles étoiles et aux comètes furtives.

« Arrêtons-nous un peu, par pitié…, gémit Sépien, à bout de souffle.

— Nous devons rattraper notre retard, asséna Astréa, intraitable. Les heures nocturnes sont les moins chaudes, et les plus propices pour avancer.

— Ce sont aussi les plus indiquées pour dormir, rétorqua Margane. À quoi cela nous servira-t-il de rattraper ton convoi, si nous ne sommes plus que des loques humaines ? Veux-tu que les viandards de Karcharodon nous fauchent d'un simple coup de glaive ? Ce serait ballot, pour une tête-de-bêche, de finir bêchée comme une vulgaire algue gélatineuse ! »

Astréa regarda ses trois compagnons de route : ils tenaient à peine debout. Étant elle-même une force de la nature, elle avait parfois tendance à oublier les limites des autres. À l'époque où elle s'activait sur les champs de la mer Viride, déjà, il lui arrivait de remplir ses paniers plus vite que les porteurs ne pouvaient les évacuer vers la rive.

« Soit, faisons une courte pause, concéda-t-elle. Mais dès que le ciel aura commencé à pâlir, nous repartirons. »

Sépien poussa un soupir et souleva sa capuche :

« Je meurs de faim et de soif… et j'ai l'impression d'avoir le visage en feu ! »

Même à la lumière de la lune, ses joues paraissaient très rouges, ses taches de rousseur enflammées : malgré la protection de son linceul, le soleil impitoyable de la Désolation intérieure avait martyrisé sa peau trop pâle.

Laissant l'otage prendre son souper dans la charrette, les suants se rassemblèrent un peu à l'écart. Tandis que les autres mâchaient laborieusement leur pain d'algue, tâchant de faire passer la mie sèche avec de petites gorgées d'eau tiède et comptée, Margane déplia soigneusement la carte en papyrus qu'elle portait contre son cœur. La physionomie de la

Désolation intérieure se dessina dans la lueur de la lanterne : une immensité hérissée de pics et creusée de canyons, déchiquetée de fjords profonds et sillonnée de pistes incertaines. Combien d'entre elles étaient encore valables ? Et combien menaient à des impasses ? On disait que les déluges d'automne étaient assez puissants pour déplacer les collines et remodeler les vallées : chaque année, quand revenait la nuit polaire, les premières caravanes de l'hiver devaient redessiner les pistes en posant de nouvelles stèles.

« Avec un peu de chance, nous parviendrons à atteindre le comptoir Solitaire demain avant la tombée de la nuit, estima Astréa.

— Tu vas avoir notre peau, plus sûrement que les hommes de Karcharodon ! gémit Buccinum. Je ne tiendrai jamais le coup. »

Margane leva les yeux au ciel :

« Les hommes, quelles mauviettes ! soupira-t-elle. Il n'y en a pas un pour racheter l'autre. Heureusement, j'ai apporté un remontant capable de motiver les troupes. »

Elle fit sauter le bouchon de cire d'une amphore d'alcool d'algue glauque.

« À la bonne heure ! s'exclama Buccinum en souriant de toutes les dents qu'il lui restait. Voilà exactement ce dont j'ai besoin – du reste, cette gnôle désinfectera mes pauvres gencives, j'ai l'impression qu'elles ont triplé de volume… »

Astréa remarqua qu'en effet les joues du jeune homme avaient gonflé depuis la veille. Il porta le goulot à ses lèvres et en aspira bruyamment une bonne lampée.

« Rah ! fit-il en s'essuyant la bouche du revers de la main. Ça fait du bien ! »

Margane jeta un coup d'œil à la silhouette solitaire d'Océrian, adossée au fond de la charrette à une vingtaine de mètres de là.

« On lui en propose ? » suggéra-t-elle.

Buccinum haussa les épaules :

« Pour qu'il le recrache ? Les apex comme lui ne boivent pas la même piquette que nous – sauf ton respect, Margane. Seule l'absinthe d'algue de jade convient à leurs gosiers délicats. » Il prit un air affecté, saisissant un verre de cristal imaginaire en levant le petit doigt. « Rien n'est trop bon ni trop cher pour nos seigneurs élevés dans la soie. Mais nous, les crevards, on nous pourchasse, on nous enferme et on nous tue si on a le malheur de goûter autre chose que de la bouillie d'algue gélatineuse ! »

Astréa frémit – c'était un terracide qu'elle avait sauvé de la mort, elle ne l'oubliait pas…

« Goûter autre chose ? répéta-t-elle. Qu'est-ce que tu as goûté, Buccinum, fils de Mytilus, pour te retrouver dans les geôles de Karcharodon ?

— Moi ? Rien ! » Les yeux noirs de Buccinum brillèrent de défi, au milieu de son visage couvert de cloques. « C'est ma femme, Charybde, qui a changé de régime. Parce qu'elle n'a pas eu le choix, la pauvresse. »

Il poussa un soupir.

L'éclat de ses yeux, un instant ravivé, se voila derrière les brumes de l'alcool et des souvenirs.

« On avait dix-huit printemps tous les deux quand on nous a mariés, il y a sept années de ça… », reprit-il.

Astréa se rendit compte qu'il avait le même âge que Palémon, vingt-cinq ans, en dépit du soleil qui avait vieilli sa peau et de l'enflure qui déformait sa mâchoire.

« … Charybde était un sacré brin de fille. Un peu chétive, certes, c'est pourquoi elle restait à filer les fibres d'algues plutôt que d'aller bêcher aux champs. Mais son rire, quand je rentrais le soir, c'était plus doux que la plus fine des liqueurs – oui, plus doux même que l'absinthe d'algue de jade, j'en mettrais ma main à couper, même si j'y ai jamais goûté ! Il y avait quand même une ombre au tableau. Les lunaisons passaient, et on ne parvenait pas à avoir d'enfant. Au début on ne s'est pas trop fait de mouron, mais au bout de plusieurs années ça a commencé à jaser dans le voisinage. Les gens disaient que Charybde était maudite, que son ventre était aussi sec que la Désolation intérieure. »

De l'autre côté de la lanterne, Margane émit un sifflement agacé.

« C'était peut-être ton bas-ventre à toi qui était asséché, suant ! lui lança-t-elle en le foudroyant du regard. Pourquoi toujours blâmer la femme, quand un couple ne parvient pas à enfanter ? »

Astréa reconnaissait bien là son amie. Élevée par une mère seule, et seule à la tête de son entreprise de distribution d'alcool, elle n'était pas du genre à courber l'échine devant les récriminations des mâles.

« Du calme, ma belle, pas la peine de t'énerver ! plaida Buccinum, ne faisant qu'attiser l'agacement de Margane. Pourquoi froncer un si joli minois en te mettant en colère ? Je retire ce que j'ai dit sur ta piquette : c'est un nectar divin ! »

Il se resservit une généreuse rasade d'alcool, avant de reprendre son récit :

« J'ai pris des algues épicées, celles qui sont réputées accroître la vigueur des gars. Mais j'avais beau visiter la couche de Charybde tous les soirs de la lune montante, au moment le plus propice à l'enfantement : rien, zéro. Malgré toutes ces heures à réciter des litanies au pleuroir et à lui concocter des infusions de placenta d'algue bleue, aucun des remèdes habituels n'a marché. Alors, on a commencé à songer aux *remèdes interdits*... »

À ces mots, l'estomac d'Astréa se contracta.

« Quels remèdes interdits ? demanda-t-elle sèchement.

— C'est au fond du Cloaque que j'ai trouvé ce que je cherchais, répondit le jeune homme, trop enivré déjà pour remarquer la colère sourde qui fusait des yeux de son interlocutrice.

Une tranche d'anguille séchée, que j'ai donnée à manger à Charybde. »

La main invisible qui empoignait les entrailles d'Astréa resserra son étreinte.

Elle s'était attendue à ce que le terracide confesse l'utilisation de poudre de scarabée cornu, l'aphrodisiaque consommé par le lieutenant Merluccius, ou peut-être de pâte de ver luisant. Mais une anguille ! Un animal vertébré, bien plus noble et plus rare que les insectes à carapace ! Capables de survivre dans les eaux mortes et désoxygénées de l'océan, les anguilles étaient considérées comme le symbole même de la vie. La superstition prétendait que leur chair pouvait ressusciter les mourants et fertiliser les ventres stériles… pour qui était prêt à commettre ce terrible sacrilège.

Astréa sentit les larmes lui venir aux yeux, tandis que remontait à sa mémoire le spectacle de l'anguille solitaire aperçue dans l'eau des champs. Sa main se porta instinctivement au glaive accroché à sa ceinture. En un autre temps, en un autre lieu, elle n'aurait pas hésité à s'en servir pour châtier celui qui avait commis un tel crime contre Terra.

Mais elle se retint, paralysée par un doute : au moment de leurs retrouvailles, si Palémon lui confessait pareille offense, serait-elle capable de l'occire aussi facilement ?

« Pendant trois lunaisons, Charybde a mangé chaque matin un minuscule fragment de la tranche d'anguille, poursuivit Buccinum. Au début de la quatrième lunaison, son ventre a commencé à s'arrondir – enfin, je crois. Et c'est juste à ce moment-là que les saignants nous sont tombés dessus. Maudits viandards !

— Pas de chance, dit Sépien en secouant la tête.

— On peut aussi penser que c'est la juste vengeance de Terra ! ne put s'empêcher de rétorquer Astréa.

— Euh… oui, bien sûr ! abonda Sépien. Et nous-mêmes, je te promets que nous n'aurons jamais recours aux remèdes interdits pour fonder notre famille – je suis d'ailleurs persuadé que nous n'en aurons pas besoin. Une fille comme toi, si forte, si magnifique et si pleine de vie, n'aura aucun mal à enfanter. Je suis sûr qu'aucun de nos enfants ne mourra en bas âge, et qu'ils atteindront tous le rituel de nommage sans aucun problème ! »

Margane poussa un soupir exaspéré :

« Les enfants d'Astréa hériteront peut-être de sa force, mais est-ce que ce sera assez pour compenser ta faiblesse ? persifla-t-elle. Depuis que nous sommes partis de Viridienne, tu ne cesses de te plaindre qu'il fait trop chaud, que le sol est trop lourd et l'air trop sec. Il faudrait déjà que tu arrives vivant à Tourbeuse, pour avoir une chance de te reproduire ! »

Une expression outrée passa sur le visage rougi de Sépien :

« Je ne te permets pas… », commença-t-il.

Mais Margane n'était pas du genre à demander l'autorisation pour exprimer ce qu'elle avait sur le cœur.

« Et d'abord, quel intérêt de faire des enfants dans un monde comme le nôtre ? reprit-elle, avec une amertume qu'Astréa ne lui connaissait guère. Quand ce n'est pas la fièvre brûlante qui nous cuit ou la fièvre aqueuse qui nous plombe, les tumeurs ont tôt fait de nous ronger le corps.

— Tu parles déjà comme une vieille, l'accusa Sépien. Le bonheur d'enfanter donne tout son sens à la vie d'une femme.

— Ah oui ? Qu'est-ce que tu en sais, petit macho ? Tu crois vraiment qu'Astréa t'attendait pour trouver un sens à sa vie ? Non : elle en avait déjà trouvé un sans toi, dans la religion. En lui soutirant cette promesse de mariage, tu l'as dérobée à sa vocation et elle ne te le pardonnera jamais ! »

La bouche de Sépien s'arrondit de surprise.

« Mais non…, balbutia-t-il. Elle y consent pleinement. Dis-lui, Astréa, à cette mauvaise langue…

— Je n'ai qu'une parole », répondit la jeune fille, éludant le fond de la question.

Les querelleurs se turent, car aucun des deux n'était satisfait par cette réponse.

Margane fit alors ce qu'elle faisait toujours lorsqu'elle était contrariée : elle sortit sa flûte de roseau des plis de son linceul et la porta à ses lèvres.

Des notes aiguës s'élevèrent de l'instrument, trilles furieux reflétant l'état d'esprit de la musicienne. Mais, peu à peu, alors que sa respiration se calmait et que ses pensées s'apaisaient, la mélodie gagna en ampleur. Les gammes envahirent le silence du désert, se déployant telles des volutes au-dessus des collines immobiles, montant jusqu'à la lune qui luisait là-haut dans le ciel.

Astréa reconnut l'un des airs populaires les plus fameux de Viridienne – l'un des plus tristes aussi : la *Complainte du dauphin solitaire*, le chant imaginaire du dernier cétacé à avoir peuplé les océans.

Elle s'apprêta à poser les paroles sur la mélodie, comme elle le faisait naguère à la taverne, mais à cet instant une autre voix s'éleva dans l'air nocturne :

« *Longtemps j'ai sillonné les océans déserts.*
Longtemps j'ai recherché un ami d'infortune.
J'ai nagé sans relâche au bout de l'univers.
J'ai fouillé les grands fonds et les longues lagunes. »

Astréa retint sa respiration.

Autour de la lanterne, Sépien et Buccinum s'étaient figés, mais Margane continua à jouer.

Les paroles provenaient de la charrette : c'était le prince Océrian Cétacéen qui chantait. Si le parfum de ses cheveux avait enivré Astréa, si la couleur de ses yeux l'avait troublée, le son de sa voix la ravit. Elle était distincte et profonde à la fois, veloutée telle une étoffe de ver à soie, dans laquelle elle aurait voulu s'envelopper tout entière.

Mais surtout, au-delà de la qualité de son timbre, cette voix était *poignante.* Comme si c'était vraiment le dernier dauphin de l'ancien monde qui chantait… comme si celui qui l'incarnait avait lui-même connu son infinie solitude.

« Je suis allé d'estuaire en fosse océanique,
J'ai traqué les courants jusqu'au lit des rivières,
Et j'ai raclé les bords des îles volcaniques.
Mais nul n'a fait écho à ma longue prière. »

Incapable de retenir son souffle plus longtemps, Astréa expira au moment où Océrian arrivait au refrain ; joignant sa voix à la sienne, elle le chanta avec lui :

« Écoutez la chanson du dauphin solitaire.
Entendez votre fils, répondez-moi ma Mère… »

20.

150 heures avant l'extinction

OCÉRIAN

« *Y A-T-IL ENCORE UNE ÂME ANIMALE SUR TERRE ?*

… *Y a-t-il encore un cœur qui bat dedans la mer ?* »

Océrian sentit son propre cœur accélérer, au moment où Astréa entonna avec lui le refrain de cette chanson qu'il aimait entre toutes, qu'il avait si souvent fredonnée dans le secret des jardins.

La voix de la suante était pure comme le clair de lune, comme le monde minéral qui les entourait. Océrian la sentait plus sincère que celle de bien des pleurants du castel, à commencer par Octopide. Même si la jeune fille ne chantait à sa suite qu'une ballade populaire, composée avec des mots du parler commun, elle exprimait une ferveur qu'il

Gobiesox juniperoserrai

n'avait pas souvent perçue dans les litanies religieuses regorgeant de mots savants.

« Je ne connaîtrai plus ni ami ni amante,
Moi qui suis le dernier d'un peuple condamné.
Je serai à jamais un cœur qui se lamente,
Et je m'éteindrai seul, ainsi que je suis né. »

Quand Margane avait commencé à jouer de la flûte, l'envie de chanter était naturellement venue au prince. Parce que ici, au milieu du désert, en compagnie de vulgaires suants, aucun apex ne pouvait le juger. Parce que son cœur désirait s'élever au son de la musique. Parce que c'était un moyen de gagner un peu plus la confiance de ses ravisseurs, pour mieux se retourner contre eux le moment venu.

Mais maintenant qu'Astréa chantait avec lui, que leurs voix se mêlaient comme les deux métaux d'un même alliage, il ne savait plus qui menait le jeu.

Était-ce lui ?

Était-ce elle ?

Ou bien était-ce la mélodie qui les enchaînait et les entraînait tous les deux ?

Océrian reprit le refrain, guidant la voix d'Astréa, se sentant guidé par elle.

« Écoutez la chanson du dauphin solitaire.
Entendez votre fils, répondez-moi ma Mère :
De mes frères et sœurs que les hommes tuèrent,
Ne reste-t-il aucun de tous ceux qui m'aimèrent ? »

Puis il se tut, la poitrine toujours battante tandis que les dernières notes de la mélodie allaient se perdre dans l'immensité du désert.

Personne n'ajouta un mot.

La journée avait été éreintante et la nuit serait très courte : les marcheurs devaient profiter des précieuses heures de ténèbres, parmi les dernières avant le début du jour polaire, pour dormir un peu. Mais Océrian, au fond de la charrette, ne ferma pas l'œil de la nuit, hanté par les échos du temps passé et ceux de la voix d'Astréa.

*

Les voyageurs se remirent en route dès le point du jour, à la troisième heure : comme la cheffe de l'expédition l'avait décrété, l'objectif était d'atteindre le comptoir Solitaire avant la tombée de la nuit.

Elle s'attela à nouveau à la charrette et la mit en branle.

Pendant plusieurs heures, ni Océrian ni elle ne prononcèrent le moindre mot. La *Complainte du dauphin solitaire* semblait résonner encore entre eux. Mais au lieu des accords harmonieux de la flûte, c'était le grincement strident des roues qui faisait désormais office de musique. À chaque cahot, le fond de la charrette tapait contre le dos du prince, envoyant des vibrations douloureuses dans les sangles qui rattachaient sa jambe de bois à son moignon. Il aurait été plus confortable de les dénouer, mais il ne pouvait s'y résoudre, pour rien au monde. Sa prothèse constituait le dernier rempart de sa dignité ; plutôt mourir que s'en défaire devant les suants… devant Astréa. La vitalité de cette fille le fascinait. Son corps semblait receler des ressources inépuisables. Son esprit paraissait contenir tous les noms savants du pleuroir. Quant à sa respiration, plus profonde dans les montées et plus légère dans les descentes, mais toujours régulière, elle avait l'ampleur des marées de la mer Viride…

Quand vint la douzième heure, les voyageurs exténués réclamèrent une pause. Astréa y consentit du bout des lèvres :

« Deux heures seulement, et pas une minute de plus, dit-elle. Il nous faut absolument arriver au comptoir avant que le convoi nuptial en reparte. »

Les suants se rassemblèrent une fois encore à l'écart, laissant Océrian à lui-même. Toutefois, en tendant l'oreille, il parvint à capter leurs conciliabules.

« Si seulement l'otage pouvait marcher, ça nous débarrasserait d'un poids, chuchota Sépien.

— Tu as vu comme moi dans le Cloaque à quel rythme il avançait, avec sa jambe de bois incommode, lui rappela Astréa. Il nous ralentirait encore davantage s'il allait à pied. »

Océrian sentit son ventre se serrer. La suante parlait-elle de lui avec dédain ? avec pitié ? Ces deux sentiments lui avaient toujours été également haïssables. Mais venant d'elle, c'était encore pire, sans qu'il sût dire pourquoi…

« Peut-être que l'un d'entre nous pourrait rester ici avec la charrette et lui, pendant que les autres rejoignent le comptoir ? suggéra Buccinum. Ainsi, ils arriveront à temps pour négocier avec Karcharodon la libération de vos chers prisonniers.

— Notre meilleur argument face à Karcharodon, c'est de tenir le cou d'Océrian Cétacéen contre le fil d'une lame, rétorqua Astréa. Et d'appuyer jusqu'à ce que le maréchal obtempère. »

Une fois encore, les paroles d'Astréa blessèrent Océrian, plus profondément encore que la lame avec laquelle elle menaçait de l'égorger. L'illusion traîtresse d'une fausse proximité, créée par le chant, s'évanouit tout à fait.

Il était un apex, elle était une suante.

Il était un otage, elle était sa ravisseuse.

C'était tout ce qu'il y avait à savoir, et rien de plus.

Océrian dormit d'un sommeil léger et se réveilla avant l'heure : il bouillait de repartir. Lui aussi brûlait de rattraper le convoi nuptial avant l'Aube de feu. Non pas pour sauver les prisonniers, dont il savait que le sort était scellé, mais pour devenir le gendre du roi

Vultur avant son frère. Il désirait ardemment ce qui l'avait longtemps répugné : être le héros qui assurerait l'avenir de Viridienne ! Ce n'était pas la place de Boréalion : c'était la sienne ! Il avait fallu cette épreuve pour qu'il se résolve à son destin – mais maintenant qu'il l'avait accepté, il était prêt à tout pour l'accomplir.

Tandis que ces pensées tournaient dans sa tête, il observait Astréa. Encore plus impatiente que lui, elle semblait ne pas s'être assoupie même un instant. Il la vit retourner son sablier, achevant de compter deux heures. Quand le dernier grain de sable se fut écoulé, elle exigea de lever aussitôt le camp. Margane, qui avait dormi d'une traite, prit son tour à la charrette d'un pas pressé.

Marchez, suants. Courez. Volez même, si vous le pouvez. Vous allez droit au massacre – et moi, je vais droit à ma destinée !

*

Le soleil était bas sur l'horizon lorsque le comptoir Solitaire apparut enfin.

Sa silhouette surgit soudain, au creux d'une vallée profonde, derrière un piton rocheux. C'était un agglutinement de toitures brunâtres posé au milieu de nulle part, entouré d'une enceinte de la même couleur. On aurait dit une croûte sur la peau du désert. Une longue pente escarpée plongeait jusqu'à la bourgade – comme si, pour l'atteindre, il fallait redescendre tout ce qui avait été gravi au prix de tant d'efforts et de souffrance. Les hommes de Karcharodon étaient pourtant passés par là, ainsi qu'en témoignaient les ornières creusées dans le sol caillouteux, que les vents du désert n'avaient pas encore effacées.

Une voix rauque résonna dans le dos d'Océrian : c'était celle de Sépien, qui poussait désormais la charrette.

« Est-ce que vous parvenez à voir le convoi nuptial ? demanda-t-il à ses compagnons.

— Peut-être qu'ils logent dans ces masures ? suggéra Astréa.

— Non, rétorqua Buccinum en plissant les yeux. Même si les saignants et les crachants avaient réquisitionné ces bicoques, les taulards coucheraient dehors. Et puis, je ne vois pas les chariots du convoi – il y en a pourtant une douzaine, la gueule bourrée à ras bord : mon pauvre dos s'en souvient ! » Il se massa les reins, puis ajouta : « M'est avis que nous arrivons trop tard, et que le convoi est déjà reparti… »

Astréa laissa échapper un cri de frustration :

« Alors, c'est que nous sommes allés trop lentement ! Il faut avancer plus vite ! »

Sans attendre de réponse, elle se mit à dévaler le talus rocailleux qui descendait jusqu'au comptoir. Margane et Buccinum lui emboîtèrent le pas, tant bien que mal, et Océrian sentit la charrette se mettre en branle.

Mais la pente était raide, et les forces de Sépien amoindries par les heures de marches ;

Océrian l'entendit pousser un juron – « Par tous les gaz de l'enfer ! » –, ponctué d'un frottement de sandales dérapant sur le sol glissant.

L'instant d'après, il se sentit dévaler la pente de façon incontrôlée : la charrette avait échappé au conducteur, emportant le passager à toute allure vers la vallée enflammée par le soleil couchant.

Océrian eut l'impression fugace d'être à nouveau à bord de la luge, dévalant la coulée sableuse de Viridienne ; mais cette fois, il n'y avait personne avec lui pour guider le bolide.

Sautant sur les aspérités en émettant d'horribles craquements, la charrette fonça droit sur les suants qui la précédaient.

« Poussez-vous ! » hurla Sépien.

Astréa et Buccinum eurent tout juste le temps de faire un bond de côté. Mais Margane fut moins rapide : elle ne parvint pas à éviter totalement le véhicule, qui lui percuta l'épaule. Déstabilisé par le choc, il se renversa sur le flanc, vomissant son contenu parmi les roches aux arêtes coupantes.

Océrian avait l'habitude des chutes, il était tombé tant de fois depuis son amputation. Son corps se recroquevilla instinctivement sur lui-même, tandis que les amphores de terre cuite éclataient tout autour de lui. Lorsqu'il rouvrit les yeux, la charrette n'était plus qu'un esquif de bois brisé, l'une de ses roues réduite en miettes, l'autre tournant lentement dans le vide en grinçant. Une odeur d'alcool empestait l'air, des pains d'algue trempés d'eau jonchaient le sol.

La voix d'Astréa résonna à proximité :

« Margane !

— L'otage..., répondit une faible voix. Il faut s'assurer que l'otage est vivant. »

Océrian entendit des pas se précipiter jusqu'à lui, puis des mains se mirent à déblayer les débris de planches amoncelés au-dessus de sa tête.

Le visage crispé de Buccinum apparut soudain : ses joues étaient plus gonflées que jamais.

« On dirait qu'il est en un seul morceau, souffla-t-il en évitant soigneusement de croiser son regard. Malheureusement, on ne peut pas en dire autant de la boisson... »

Pas plus que Sépien, il n'osa aider le prince à se relever ; une fois encore, il fallut attendre qu'Astréa lui prête son bras. La coque de la charrette, en se renversant sur lui, l'avait miraculeusement protégé de toute blessure sérieuse. Margane n'avait pas été aussi chanceuse : elle s'était entaillé l'épaule et une vilaine tache rougeâtre poissait son linceul, de la base du cou à l'omoplate.

« Je ne sens rien, prétendit-elle – mais la grimace sur son visage contredisait ses paroles. Je ne suis pas une pieuvre molle comme Sépien, qui couine à la moindre égratignure.

— Mon animal-greffe n'est pas la pieuvre, mais la seiche, se défendit le jeune suant, hors d'haleine. Et c'est justement sa mollesse qui lui permet de se glisser partout avec agilité...

— Seiche, pieuvre ou poulpe, peu importe : tu as du jus d'algue dans les tentacules ! lui lança-t-elle. Tu n'es même pas fichu de tenir correctement les brancards d'une charrette !

— Et toi, si tu n'étais pas aussi lente qu'une huître collée à son rocher, tu aurais dégagé le passage quand je vous ai dit de vous pousser ! »

S'en prendre à l'animal-greffe d'autrui, c'était l'insulte suprême, Océrian le savait.

La cohésion de ses ravisseurs était en miettes, aussi fracassée que la charrette, et il fallut qu'Astréa use de toute son autorité pour mettre fin à l'altercation.

Après avoir rassemblé dans leurs besaces les quelques vivres qui pouvaient être sauvés, ainsi que des effets légers tels que leurs linceuls azurés de pleurants, ils reprirent la route. Nul ne pipait mot, mais Océrian pouvait sentir leur ressentiment envers la meneuse. Voulant aller plus vite que de raison, elle les avait poussés à bout ; à présent, ils progressaient plus lentement que jamais, obligés d'accorder leur pas à celui du prince.

Si, dans les galeries du Cloaque, Océrian avait tenté de se faire le plus lourd possible pour retarder Astréa, à présent il essayait de se faire léger au bras de sa guide. Leur objectif, à elle et à lui, était désormais le même : rattraper le convoi nuptial dès que possible. Mais en dépit de ses efforts, sa jambe de bois ne cessait de déraper sur la terre sèche, quand elle ne se coinçait pas entre deux roches…

Aussi, le soleil était presque couché lorsqu'ils parvinrent enfin au bas du talus, devant l'enceinte du comptoir. Cette dernière n'avait rien des solides murailles de pierre érigées autour de Viridienne : ce n'était qu'un monticule de terre informe, arrachée au ventre de la Désolation intérieure par les ongles des habitants. Au lieu des majestueuses portes cloutées de la cité-royaume, hautes de quinze coudées, celle du comptoir était juste assez large pour laisser entrer un chariot à la fois. Un étroit guichet se dessinait dans le panneau, tellement érodé par les vents du désert qu'on ne distinguait plus du tout les veinures du bois.

« Je suis désolée, mais il nous faut vous couvrir et vous entraver à nouveau, le temps de notre passage au comptoir », décréta brusquement Astréa en se tournant vers Océrian.

Elle sortit un linge de la poche de son linceul : avec horreur, il reconnut le bâillon qui l'avait étouffé des heures durant, et qu'elle avait conservé.

« Attends ! l'implora-t-il. Ne m'attache pas ! Rappelle-toi : je t'ai promis de me tenir tranquille ! »

Le visage de la suante se figea à quelques centimètres de celui du prince. Une fois encore, elle le regardait dans les yeux, sans ciller. Il s'aperçut que, dans sa précipitation, il avait agrippé son poignet pour la retenir ; il le serrait si fort que la jointure de ses doigts en blanchissait.

« Il le faut ! » rétorqua Astréa en se dégageant d'un geste brutal, tandis que les autres la rejoignaient.

L'espace d'un instant, Océrian eut la tentation d'appeler à l'aide : les murailles du comptoir étaient peu épaisses et il y avait sans doute des hommes derrière, prêts à tuer pour libérer un prince dans l'espoir de collecter une généreuse récompense. Mais le temps que ces hommes viennent à son secours, Astréa aurait dix fois le loisir de dégainer son glaive…

Elle lui enfonça le bâillon dans la bouche, rabattit profondément la capuche sur ses yeux et lia fermement ses mains dans son dos. À nouveau aveuglé, Océrian put tout de même l'entendre frapper à la porte du comptoir.

Au bout de quelques secondes, le guichet coulissa dans un crissement sec.

« Que Notre Mère renaisse de votre mort…, fit la voix d'Astréa.

— … et que ses enfants animaux revivent de votre vie, répondit une voix éraillée. Mais des bénédictions ne suffiront pas à payer votre passage. En quelle monnaie comptez-vous régler ?

— En deniers viridiens, répondit Sépien.

— Dix deniers par personne », répondit l'homme de l'autre côté de la porte. Il hésita un instant, puis ajouta : « Pour l'esclave, cinq deniers suffiront. »

L'orgueil d'Océrian se cabra : c'était lui, un apex de sang royal, que le portier avait pris pour un esclave ! Les Solitariens devaient avoir l'habitude de voir passer de pauvres hères ainsi ligotés, transitant par ici avant d'être expédiés à Flamboyante.

Le tintement des pièces de porcelaine résonna dans le silence du désert.

Puis un long grincement retentit, indiquant que la porte pivotait sur ses gonds.

Océrian se sentit poussé en avant.

Son champ de vision, limité par la capuche, se cantonnait au sol juste devant ses pieds. La surface sableuse du désert laissa la place à une sorte de terre battue, rougie par la lumière du soleil couchant. De multiples empreintes de sandales y étaient imprimées, témoignant des allées et venues rythmant la vie du comptoir. Des voix d'hommes et de femmes s'élevaient aussi au passage des arrivants, certaines réduites à un murmure méfiant, d'autres les hélant à pleine gorge pour leur proposer divers biens et services :

« Cherchez-vous une cahute où vous reposer, voyageurs ? J'ai des couches fraîches qui n'attendent que vous, deux deniers la nuitée ! »

« Que diriez-vous d'essayer le ragoût de racines douces qui mijote sur mon feu ? Elles ont été apportées par caravane de Pluvieuse, il y a à peine un an : après douze heures de cuisson, je vous assure qu'elles sont moins coriaces qu'on le dit, et même tendres sous la dent. »

« Quelle que soit votre destination au-delà du comptoir Solitaire, il vous faut des vivres pour affronter le désert. Vous trouverez tout ce dont vous avez besoin dans mon échoppe, *Chez Rattus* : c'est la seule qui n'a pas été dévalisée par les hommes de Viridienne. »

Astréa pila net devant le dernier qui avait parlé, et Océrian avec elle.

« Les hommes dont tu parles : quand sont-ils repartis ? lui demanda-t-elle, le souffle court.

— Ce matin à l'aube, sur le coup de la troisième heure, répondit le dénommé Rattus, qui pour Océrian se résumait à une paire de sandales élimées, au bout desquelles fleurissaient des orteils aux longs ongles noirs de crasse.

— La troisième heure ! s'écria Astréa. À présent que le soleil se couche, on doit approcher la vingt-troisième : il y a encore vingt heures entre le convoi et nous ! »

Océrian sentit le corps de la jeune suante trembler contre lui.

« Vous cherchez à rattraper cette caravane ? lui demanda son interlocuteur, intrigué. À ce qu'on dit, elle emmène un prince de Viridienne vers Flamboyante, pour l'y marier. Et c'est le maréchal Karcharodon lui-même qui la conduit !

— Nous aussi, nous venons de Viridienne, et nous avons… un esclave à lui vendre, pour ajouter aux cadeaux du convoi », intervint Sépien.

Mais cette explication ne fit qu'attiser l'intérêt du Solitarien.

« Tant d'efforts pour vendre un seul esclave, et boiteux en plus, c'est bien la première fois que je vois ça ! s'exclama-t-il. D'autant que le convoi n'était pas dépourvu de jambes et de bras : il en comptait des dizaines et des dizaines, attelés à d'énormes chariots. Celui qui se cache sous cette capuche doit être drôlement particulier, pas vrai ? »

Océrian tenta de crier à travers son bâillon, mais ce dernier était trop serré, et la poigne d'Astréa sur son bras trop forte.

« Il ne serait pas possible de voir sa trogne, des fois ? susurra Rattus en s'approchant un peu plus près.

— Non ! » s'écria Sépien, trop vivement. Il ajouta aussitôt l'un des mensonges dont il avait le secret : « Il… il est malade. Contagieux. Il a contracté les miasmes morbides, dans les marais de Fangeuse… »

Les pattes de Rattus reculèrent plus vite encore qu'elles ne s'étaient avancées : les miasmes morbides, empoisonnant la lointaine cité-vassale de Viridienne, avaient la réputation d'être plus foudroyants que la fièvre brûlante et la fièvre aqueuse réunies…

« Il se fait tard, je dois rentrer, marmonna-t-il précipitamment.

— Mais… et les vivres ? protesta Astréa.

— Je me suis trompé : il ne me reste plus rien en magasin. »

Il tourna les talons sans lui laisser le temps d'argumenter davantage. La rumeur bruissante qui les entourait depuis leur arrivée se dissipa.

Cependant, il restait encore un Solitarien sur la place, comme en témoigna la voix chevrotante qui s'éleva alors :

« Les miasmes morbides, en êtes-vous vraiment certains ? Un homme qui en serait atteint n'aurait jamais pu faire tout le chemin de Fangeuse jusqu'ici : il serait mort bien avant.

— Mêle-toi de ce qui te regarde, vieil homme ! » rétorqua Sépien.

Mais ce dernier ne se laissa pas impressionner :

« Décidément, cet esclave ne doit pas être n'importe qui, pour que vous espériez le vendre boiteux et malade…

— Ce sont nos affaires. Contente-toi de nous dire où trouver des vivres.

— Vivres ou pas, vous n'irez pas bien loin si vous repartez dans cet état. Regarde ton visage : ta peau n'est plus qu'un érythème géant, elle est tellement brûlée qu'elle pèle plus que celle d'un lézard rouge. Et ton acolyte, là, sa mâchoire est terriblement enflammée : le choc septique menace. Quant à cette jeune suante, si on ne désinfecte pas rapidement la vilaine blessure à son épaule, c'est la gangrène assurée.

— Qui… qui es-tu, à employer tous ces termes compliqués ? balbutia Sépien. Un soigneur ?

— Soigneur, je l'ai longtemps été, avant qu'on me retire ma charge. Désormais, je préfère me définir comme docteur. »

Docteur ? Océrian n'avait jamais entendu ce mot. Quelque chose pourtant, dans la voix du vieux Solitarien, lui mit du baume au cœur. Oui : le même accent de bonté qui émanait jadis des paroles de Bonite.

« Suivez-moi, si vous voulez que je panse vos plaies. Quant à votre esclave, il n'y a aucun remède contre les miasmes morbides, alors prions Notre Mère qu'il n'en soit pas atteint… »

21.

127 heures avant l'extinction

ASTRÉA

UNE MAIN SERRÉE SUR LA POIGNÉE DE SON GLAIVE, et l'autre tenant fermement les poignets attachés d'Océrian, Astréa emboîta le pas du vieil homme.

Quelque chose, en lui, la rassurait. Était-ce sa barbe blanchie ? Ses yeux pétillants, au fond de leurs orbites étoilées de rides ? Ou juste son sourire à demi édenté ? La couleur de son linceul, délavée par les ans, était indéfinissable – pourtant, Astréa avait l'intuition que l'étoffe n'avait pas toujours été grise comme celle d'un suant…

À sa suite, ses compagnons pénétrèrent dans le dédale de coursives sillonnant le comptoir – elles étaient plus étroites encore que les ruelles de la ville basse, et complètement

muettes. Ici, point de musique de fête ni de chansons à boire : à quelques jours de l'été, la saison du commerce était passée, caravaniers et marchands de passage avaient regagné leurs cités lointaines. Seul demeurait le silence de la Désolation intérieure, écrasant cette minuscule excroissance de vie perdue au cœur d'une étendue morte.

« C'est ici », dit le vieillard en s'arrêtant devant l'une des cahutes, plus grande que les autres.

Il fit tourner une clé en véritable métal, dans la serrure d'une porte en bois authentique – ces nobles matériaux, importés de quelque cité reculée, étaient bien sûr interdits au bas peuple à Viridienne. Mais les règles s'appliquant dans les cités-royaumes n'avaient pas cours dans les comptoirs du désert…

Les voyageurs pénétrèrent dans une pièce noire, sans fenêtres ; le maître des lieux tourna une molette scellée dans le mur, déclenchant un grattement de pierre à feu ; une flamme s'alluma au plafond, émanant d'une lanterne telle qu'Astréa n'en avait jamais vu. Équipée de miroirs bien plus brillants que les obscures glaces en obsidienne qu'elle connaissait, le luminaire démultipliait la lumière de la flamme, depuis le sol dallé jusqu'en haut des murs, où flottait une légère fumée scintillante.

« Cette lanterne à réverbère vient de Diaphane, cité maîtresse dans l'art des miroirs et des illusions, expliqua le vieil homme devant son émerveillement. Au fil des années, bien des caravanes ont fait escale ici, venant des quatre coins des Dernières Terres. En échange de mes services médicinaux, certaines m'ont laissé des souvenirs… »

Il désigna les étagères tapissant tous les murs de la pièce, jusqu'au plafond. Elles étaient en bois, elles aussi, chargées de quantité de bibelots et autres curiosités qu'Astréa n'aurait pas su nommer.

Sépien, qui était plus au courant qu'elle des produits rares et du prix que l'on pouvait en tirer, ne cacha pas son enthousiasme :

« Des cristaux d'Opaline ! Des flacons de senteurs de Pluvieuse ! Et là, on dirait un jeu d'échecs en bois pétrifié, dans le plus pur style d'Aride… »

Il se figea soudain face à un coin sombre, hors d'atteinte du luminaire : là, sur un piédestal, se tenait une créature couverte d'un pelage noir à demi dévoré par les ombres.

« Un… un animal ! » balbutia-t-il.

Astréa se mit à trembler.

Cet être était plus gros encore que l'anguille aperçue dans la mer Viride, il devait peser au moins quatre kilos. Quant à ses yeux jaunes et fixes, à sa mâchoire ouverte sur des dents effilées…

« Un puma brumeux ! » s'exclama-t-elle, prise d'une terreur atavique – car la créature correspondait vaguement à la description des monstres peuplant les fables destinées à faire peur aux garnements.

Mais le vieillard éclata de rire :

« Un puma brumeux ? Non pas ! Ces grands félins se sont éteints il y a bien longtemps, en dépit de la légende qui prétend le contraire. Mon fidèle Brunet n'est pas un puma, mais plus modestement un chat domestique, *Felis silvestris catus*… du moins, c'est ce qu'il était il y a fort longtemps, avant d'être empaillé. »

Il s'approcha de l'animal immobile et caressa son pelage comme s'il avait été encore vivant, tout en marmonnant d'étranges paroles :

« Les amoureux fervents et les savants austères
Aiment également, dans leur mûre saison,
Les chats puissants et doux, orgueil de la maison,
Qui comme eux sont frileux et comme eux sédentaires. »

Partagée entre sa fascination pour la dépouille de ce *chat* parfaitement conservée et sa méfiance envers ce vieil homme peut-être fou, Astréa s'approcha d'un pas. Elle s'aperçut que les yeux de la créature étaient en verre.

« Qui a tué cet enfant de Terra ? » demanda-t-elle, suspicieuse.

Leur hôte haussa les épaules :

« La vieillesse ? La maladie ? Un accident ? Qu'en sais-je. Il est mort bien avant que naisse le père du père de mon père : dans l'ancien temps. C'est un miracle qu'il soit arrivé jusqu'à moi dans un si bon état, et c'est la pièce maîtresse de ma collection de curiosités. J'ai dépensé la moitié de ma fortune pour l'acheter à un caravanier. »

Retrouvant ses esprits à présent qu'on parlait d'argent, Sépien émit un toussotement :

« Si tu escomptes être payé pour ton gîte avec de telles merveilles, noble vieillard, détrompe-toi : nous ne sommes que des vagabonds du désert avec à peine trois deniers en poche… »

Astréa savait que c'était faux, que Sépien s'était emparé des nombreux coquillages précieux découverts dans les poches d'Océrian ; mais elle ne dit rien, laissant le bonimenteur négocier son affaire.

« … aie pitié de pauvres voyageurs, et fais-nous un bon prix pour ton toit et tes soins, implora-t-il.

— Je ferai mieux que cela : je vous les offrirai. En échange d'une petite faveur de votre part, qui ne vous coûtera pas un sou.

— Que Notre Mère te bénisse ! s'exclama Sépien. Tu es un saint homme, l'ami.

— Tu peux m'appeler Hippocampos. »

À la mention de ce nom maritime, Astréa devina qu'ils avaient affaire à un ressortissant de Viridienne, exilé au comptoir Solitaire depuis des années sans doute, depuis des décennies peut-être.

« Et quelle faveur pourrons-nous te rendre pour t'être agréables ? susurra Sépien. Tu souhaites peut-être que nous te donnions des nouvelles du monde extérieur, car un ancêtre comme toi ne doit pas avoir souvent l'occasion de bouger sa carcasse hors de sa tanière ? »

Ignorant la proposition maladroite du jeune suant, Hippocampos déclara à brûle-pourpoint :

« Je souhaiterais une mèche de l'apex qui vous accompagne. »

Électrisée par une décharge d'adrénaline, Astréa resserra son emprise sur Océrian, prête à bondir vers la porte.

« Comment sais-tu que c'est un apex ? aboya-t-elle.

— Si je réclame une mèche entière, c'est que j'ai eu un petit aperçu, répondit le vieil homme sans ciller. Un cheveu s'est égaré sur l'épaule de son linceul : là, regarde. »

Astréa baissa les yeux.

En effet, sous le plafonnier, elle pouvait clairement distinguer un fil couleur d'améthyste, se détachant sur l'étoffe grise.

« Rattus s'étonnait que vous fassiez tout ce chemin pour vendre un simple suant à Karcharodon, asséna le vieil homme. Mais votre prétendu esclave appartient en réalité à la race des seigneurs, et je suis plus que certain qu'il n'a pas contracté les miasmes morbides : les apex sont immunisés contre ceux-ci, et contre la plupart des maladies.

— Ce n'est pas ce que tu crois… », balbutia Astréa.

Mais il balaya ses dénégations du revers de sa main ridée, maculée de taches :

« Je n'ai pas besoin de savoir ce que vous ne souhaitez pas me dire. Tout ce qu'il me faut, c'est une mèche, je le répète, pour mener l'une de mes expériences. » Il désigna le fond de la pièce, où étaient disposés des alambics rappelant ceux de la distillerie de Doreena. « Vous n'avez strictement rien à perdre : ses cheveux repousseront. »

Astréa échangea un regard avec ses compagnons.

Buccinum roulait des yeux fiévreux, tenant ses mâchoires entre ses mains comme pour les empêcher d'enfler davantage.

Margane, de son côté, se comprimait l'épaule pour contenir l'hémorragie.

Quant à Sépien, il lui adressa un signe de sa tête rouge comme le linceul d'un saignant, visiblement convaincu par cette bonne occasion qui leur permettrait de se faire soigner sans débourser un sou.

« Soit, dit-elle finalement. Mais d'abord, dis-nous qui tu es vraiment, avec ton langage bizarre et tes étranges expériences. Quel est ce mot que tu as utilisé tout à l'heure – *docteur* ? »

Les prunelles du vieillard parurent briller un peu plus fort.

« C'est un vieux mot, pour désigner les soigneurs de l'ancien temps, dit-il. Mais pas seulement ; les docteurs étaient aussi des savants, des hommes et des femmes consacrant leur vie à l'étude. Voilà ce qui m'a toujours passionné : le savoir ! C'est pour cela que j'ai pris le linceul azuré au pleuroir de Viridienne, il y a bien longtemps... »

Astréa perçut enfin la couleur originelle de l'habit de leur hôte : il restait en effet quelques fils bleus, perdus dans le tissu râpé par le souffle du désert et élimé par le temps.

« ... j'ai appris sans relâche les litanies et les prières, continua-t-il. En les récitant, les pleurants assurent que l'on participe à la renaissance de Terra. Mais moi, je sentais aussi qu'elles recelaient les mystères de l'ancien temps. Gravissant les échelons du pleuroir, je suis devenu doyen et j'ai eu accès au saint des saints, là où sont entreposés les rouleaux de papyrus les plus précieux. Comme tu le sais peut-être, on ne peut les consulter que sur place, car les secrets qu'ils renferment n'ont pas vocation à voir la lumière du jour. Mais ce n'était pas suffisant pour moi. Il me fallait les posséder pour en tirer toute la substantifique moelle. Alors, j'ai commencé à les rapporter un par un le soir dans ma cahute, sous les pans de mon linceul, pour les recopier à la lueur de la chandelle avant de les replacer au pleuroir le lendemain matin. »

Hippocampos poussa un soupir. Astréa n'y perçut pas de remords, mais plutôt un frisson de plaisir au souvenir des heures passées sur les anciens parchemins. Elle qui était toujours si prompte à condamner ceux qui enfreignaient la Loi, il lui semblait comprendre ce qu'avait pu éprouver le vieil homme. Comme lui, depuis toujours, elle était curieuse de tout apprendre.

« L'archipleurant de l'époque, Megateuthis, a fini par découvrir mon petit manège. J'ai été aussitôt défroqué et renvoyé à la condition de suant. Mais plutôt que de passer le reste de mon existence à bêcher les algues, j'ai choisi de fuir jusqu'ici. Depuis près de trente ans, je survis en monnayant mes soins aux caravaniers de passage. Le désert charrie bien des souffrants, affligés de bien des maux. J'ai appris de nombreux rudiments de médecine oubliée dans les rouleaux les plus poussiéreux du pleuroir, que je tente d'utiliser aussi souvent que possible. Sais-tu que jadis, la fièvre brûlante se nommait paludisme, et la fièvre aqueuse éléphantiasis ? On savait les soigner l'une et l'autre – mais les traitements, hélas, ont disparu… Il nous faut faire avec les moyens qui nous restent. Les cheveux d'apex, en particulier, ont une vertu peu connue ; une fois brûlés, les humeurs s'en exhalent et ils dégagent une fumée narcotique plus puissante encore que celle de l'algue iridescente… »

À ces mots, Astréa reconnut l'odeur qui lui avait piqué les narines en entrant dans la pièce : elle l'avait déjà sentie une fois, au cœur du Cloaque, dans le Lieu sans nom… Quant à la fumée qui s'attardait au plafond, c'était bien celle d'une pipe à algue iridescente fraîchement éteinte.

Elle considéra d'un nouvel œil le vieil homme qui les avait accueillis chez lui. À la fois soigneur et marchand, savant et prêtre défroqué... sage et drogué ?

« Ne me dévisage pas ainsi, je ne suis pas homme à trouver refuge dans les paradis artificiels ! se justifia-t-il en déchiffrant l'expression réprobatrice de la jeune suante. Je ne consomme pas d'algue iridescente moi-même. Je ne m'en sers que pour endormir les sens de mes patients, avant les opérations délicates. Et c'est à cela que me serviront aussi les cheveux de cet apex : à concocter un puissant anesthésiant. Nul ne sait d'où vient cette mystérieuse propriété, à l'image de leur étonnant pouvoir de régénération. Le corps des apex est une énigme dont je n'ai trouvé la clé dans aucune de mes lectures, et je doute que l'oracle de Terra elle-même en connaisse l'origine. » Il poussa un long soupir, reflétant toutes les nuits qu'il avait consacrées à l'étude, puis il ajouta : « Alors, marché conclu ? »

Astréa sentit qu'elle pouvait faire confiance à cet homme étrange, qui leur avait tout livré, ses crimes passés comme sa soif de savoir toujours présente.

Elle souleva la capuche de l'otage, révélant son visage.

À la lumière du plafonnier, les somptueux cheveux d'Océrian chatoyaient d'un mauve plus intense que jamais.

« Ne me demande pas qui il est, ni d'où il vient, prévint Astréa.

— Je n'en ferai rien. Le secret et la discrétion sont indispensables dans la profession que j'exerce. Lorsque vous serez partis, j'oublierai jusqu'à votre présence sous mon toit. »

Tout en évitant de croiser le regard furieux du prince au-dessus du bâillon, Astréa pinça une mèche épaisse entre son pouce et son index ; puis, du tranchant de son glaive, elle la coupa net.

« Voilà », dit-elle en tendant les cheveux à Hippocampos.

Il les saisit du bout des doigts et les plaça soigneusement dans une petite boîte surgie de sa poche.

« Merci bien, dit-il. Asseyez-vous donc, pendant que je prépare les potions et les onguents. »

Il désigna des tabourets, puis il se dirigea vers son atelier, parmi ses cornues, ses pots et ses alambics.

Astréa fit asseoir Océrian à côté d'elle.

« Je suis désolée de devoir vous imposer le bâillon, je promets de vous l'enlever dès que nous aurons quitté le comptoir » lui glissa-t-elle à l'oreille.

Il se contenta de la fusiller du regard.

Était-ce la rage d'être entravé qui faisait ainsi étinceler ses yeux ?

L'humiliation de s'être fait prélever une mèche de cheveux sans son consentement ?

Avant qu'Astréa puisse en décider, Hippocampos était déjà de retour, les mains chargées de récipients et un étrange dispositif au bout du nez.

« Ne me regardez pas comme si j'étais l'immonde Sûlfur en personne ! s'exclama-t-il. Ce sont juste des besicles, pour aider mes yeux fatigués à mieux voir. »

Il se dirigea vers Sépien.

« Tiens, applique donc cette pommade chaque soir sur ton visage, pour calmer la brûlure, dit-il en lui tendant deux petits pots. Et cette autre chaque matin en prenant la route, afin de te protéger de nouveaux coups de soleil. »

Il se tourna ensuite vers Buccinum :

« Quant à toi, gargarise-toi trois fois par jour avec ce breuvage ». Il lui remit une bouteille remplie d'un liquide rosâtre, puis il fouilla dans la poche de son linceul pour en sortir une fiole remplie de pâte vermeille. « Après chaque ablution, étale cet onguent d'algue pourpre cicatrisante sur tes gencives. »

Enfin, il s'adressa à Margane :

« Si tu veux bien enlever le haut de ton linceul, jeune fille… »

Elle s'exécuta, révélant la profonde entaille creusée par sa chute.

Hippocampos la nettoya avec un linge imbibé d'une solution colorée, qui fit grimacer la patiente.

« Veux-tu une bouffée d'algue iridescente, avant que je te recouse la peau ? proposa le vieil homme.

— Pas question de toucher à cette saleté ! rétorqua-t-elle. Contrairement à certains dans cette pièce, je ne suis pas faite en sucre de racine douce. Je ne couine pas à la moindre éraflure ou au plus petit coup de soleil. Allons-y, soigneur, et mets-y tout ton art s'il te plaît : que la cicatrice soit jolie. »

Elle serra les dents, signifiant que le débat était clos, tandis que Sépien levait les yeux au ciel.

Après avoir passé une aiguille au feu de la lanterne, Hippocampos enfila un fil d'algue dans le chas, puis il se mit à suturer les bords de la blessure.

Tandis qu'il œuvrait avec application, Sépien alla inspecter de plus près sa collection de curiosités, tout en contournant soigneusement le chat empaillé – on n'était jamais trop prudent. L'étagère du fond, en particulier, accueillait des sortes de pavés soigneusement rangés les uns contre les autres.

« Qu'est-ce que c'est ? demanda-t-il. Des sortes de briques ? Je n'ai jamais rien vu de semblable. »

Il posa ses doigts sur la tranche de l'un des pavés, et la retira aussitôt.

« On dirait… de la peau animale ! » s'exclama-t-il, horrifié.

Astréa frémit sur son tabouret et se leva pour s'approcher à son tour.

Sépien avait raison : la plupart des parallélépipèdes étaient recouverts d'un cuir tanné, sur le dos duquel on pouvait distinguer des lettres à moitié effacées.

« Notre Mère me soit témoin…, murmura-t-elle, fouillant dans ses souvenirs des bas-reliefs du pleuroir pour tenter d'identifier les créatures à qui appartenaient ces étranges dépouilles rectangulaires. Est-ce que ce sont aussi des enfants de Terra empaillés ? Comment ont-ils atterri ici ? Cet amoncellement de cadavres animaux commence à être suspect ! »

Elle se retourna vivement vers le maître des lieux.

Sans se laisser impressionner par son ton menaçant, leur étrange hôte acheva son travail chirurgical, puis il remit un pot d'onguent cicatrisant à sa patiente.

Alors seulement, il s'avança jusqu'à l'étagère.

« Ce cuir a autrefois appartenu à des animaux, en effet, dit-il. Mais c'était il y a bien longtemps, à l'époque où mon Brunet hantait encore les greniers de l'ancien temps. »

Il prit l'un des pavés dans les rayonnages ; Astréa s'aperçut que, de l'autre côté, le cuir cédait la place à une tranche jaunie. Le vieil homme la fendit. Avec une grande délicatesse, il fit défiler des centaines de feuillets infiniment plus fins que les grossiers rouleaux en papyrus d'algue entreposés au pleuroir de Viridienne.

« C'est un *livre*, expliqua-t-il. À la couverture reliée de cuir et aux pages découpées dans du *papier*.

— Papier ? » répéta Margane, qui avait remis son linceul par-dessus sa brassière.

Elle s'approcha pour mieux voir.

« Le papier est une sorte de papyrus confectionné avec la pulpe des arbres, du temps où les forêts couvraient encore le monde », dit Hippocampos.

Margane hocha la tête comme si elle saisissait, mais bien sûr cette idée dépassait son imagination, tout comme celle d'Astréa.

Un monde couvert de forêts !

C'était… impensable !

« Les arbres étaient donc si nombreux, que les hommes de l'ancien temps pouvaient les abattre pour garnir leurs livres ? demanda-t-elle. N'est-ce pas là crime de terracide ?

— Terra offre généreusement ses ressources à tous ses enfants, humains y compris : c'est l'excès seul qui constitue un crime, répondit mystérieusement l'érudit. Notre Mère me soit témoin, les hommes de l'ancien temps ont souvent péché par excès ! Mais les forêts, lorsqu'elles étaient gérées de manière responsable, avaient le temps de se régénérer plus vite que les prélèvements. »

Astréa médita quelques instants ces paroles difficiles à comprendre, aujourd'hui que les parcelles de régénération prenaient des années à produire le plus chétif arbuste.

« Il doit y avoir des milliers de litanies, dans ces *livres,* reprit-elle finalement, faisant rouler ce mot nouveau sur sa langue pour le savourer comme un bonbon d'algue douce.

— Non, il n'y en a aucune, lui répondit le vieil homme. Mais il y a des histoires. Des poèmes. Des chansons. Des partitions musicales aussi. Des univers entiers faits de mots et de notes, de rêves et de souvenirs.

— Quelle drôle d'idée ! » rétorqua Margane en haussant les épaules. Elle grimaça, car la blessure était encore fraîche, puis elle ajouta d'un ton sans appel : « Les mélodies sont faites pour être apprises avec amour, pas pour être écrites dans ces vieux livres inutiles !

— Qui a la tête assez vaste pour tout apprendre ? murmura le vieil homme. La mémoire des hommes est évanescente, comme le prouve le monde dans lequel nous vivons, qui n'est que l'ombre pâle de ce qui fut – alors que les livres, eux, n'oublient jamais. »

Il referma le volume et le replaça parmi ses frères.

Astréa eut soudain l'impression vertigineuse que cette pièce aveugle, protégée de la lumière du soleil, était une grotte échappant au cours du temps.

« Shakespeare et Molière… Dante et Cervantes… Les frères Grimm et les sœurs Brontë, énuméra Hippocampos tout en caressant affectueusement les dos de ses protégés. Au fil des caravanes, j'ai essayé de rassembler ici le plus grand nombre de livres possible, pour recréer chez moi une forêt d'arbres fantômes : une *bibliothèque.* La plupart du temps, les caravaniers me les cèdent pour pas grand-chose, ignorant leur valeur inestimable. »

À cette mention, les yeux de Sépien se mirent à briller et son intérêt redoubla.

« Une valeur inestimable, vraiment ? » dit-il en prenant l'un des livres, avec autant de soin que si cela avait été un lingot du comptoir Orpaillé.

La couverture jaunie n'était pas en cuir, mais de cette substance souple que le vieil homme avait nommée *papier.* Des dessins décolorés, représentant des animaux étrangement humains, s'y étalaient. Par-dessus l'épaule de Sépien, Astréa déchiffra à voix haute les lettres bariolées du titre, formant des mots dont elle ignorait le sens :

« *Le… journal… de… Mickey…* »

Elle se tourna vers Hippocampos, désignant la couverture du bout du doigt :

« Ce personnage, là, on dirait *Mus musculus,* la souris domestique…

— Exactement ! confirma le vieil homme. Le mets favori de mon Brunet. Je suis impressionné que tu saches lire, et plus encore que tu connaisses ce nom savant. D'autant que tu viens de Viridienne, où l'on célèbre surtout les animaux marins.

— J'ai aussi retenu quelques-unes des espèces terrestres les plus communes, célébrées lors des cérémonies spéciales du pleuroir. Les souris de l'ancien temps ressemblaient-elles donc tant aux hommes ? »

Hippocampos secoua la tête :

« Je l'ignore. Cet ouvrage entièrement enluminé est l'un des plus énigmatiques que je possède, et je n'ai pas encore réussi à en percer le sens caché. »

D'une main tremblante, Sépien feuilleta les pages couvertes d'illustrations étranges, créatures à jambes humaines, oreilles de souris et bec d'oiseau ; pris d'une peur superstitieuse devant un mystère qui le dépassait, il s'empressa de ranger le livre sur l'étagère, et s'éloigna de la bibliothèque.

Astréa, au contraire, fit un pas en avant.

Elle se sentait attirée par les livres, autant qu'elle l'avait été par les bas-reliefs du pleuroir. Les uns comme les autres renfermaient cette chose précieuse qui exerçait sur elle le même magnétisme que sur Hippocampos : la connaissance.

Du bout des doigts, elle toucha les dos fissurés par le temps, plus ridés encore que la peau de leur hôte.

« Qui sont les pleurants qui ont rempli ces pages ? demanda-t-elle.

— Ce n'étaient point des pleurants, car jadis les castes que nous connaissons aujourd'hui n'existaient pas. On les appelait autrices et auteurs. Ils utilisaient les ressources de leur savoir ou de leur imagination pour se souvenir du passé, pour essayer de comprendre le présent, et pour tenter d'imaginer l'avenir. Tiens, justement, la section vers laquelle tu te diriges rassemble celles et ceux qui écrivaient ce qu'on appelait alors de la *science-fiction* : une sorte de rêverie du futur. »

Astréa approcha son visage des dos, pour tenter de déchiffrer ce qu'il restait des titres. Mais chacun d'entre eux était rédigé dans une langue morte de l'ancien temps, différente du parler commun désormais en usage à travers les Dernières Terres.

« *Le Meilleur des mondes,* dit le vieil homme, traduisant le livre devant lequel elle s'était arrêtée. C'est un titre ironique. Enfin, je crois – car même après l'avoir lu, je ne suis pas complètement sûr de son message…

— Vous comprenez toutes ces langues oubliées ? demanda Astréa, émerveillée.

— Certaines d'entre elles. Mais je ne maîtrise qu'imparfaitement les codes culturels de l'ancien temps. » Il se mit à penser à voix haute, tel un ermite habitué à tenir une conversation tout seul : « Les nobles Éloïs de *La Machine à explorer le temps* préfiguraient-ils les apex des Dernières Terres ? Est-ce que le monde de *La Servante écarlate,* gangrené par la pollution et les déchets toxiques, constituait une prophétie de celui où nous vivons ? »

Astréa cligna des yeux, étourdie par tous ces univers virtuels qu'elle entrevoyait dans les paroles d'Hippocampos.

« Une rêverie du futur…, répéta-t-elle. Les pleurants nous mettent pourtant en garde contre l'imagination. Ils disent que c'est une perte de temps qui détourne les humains de la seule tâche qui compte : la renaissance de Terra, ici et maintenant. »

Le vieil homme considéra longuement Astréa par-dessus ses besicles.

« Eh bien, les pleurants se trompent, finit-il par déclarer. Vois-tu, la connaissance du monde ne prend pas seulement la forme de litanies savantes. Parfois, une pensée, une impression, une formule en révèlent davantage sur le mystère de la vie et de la mort que des traités entiers. Jadis, on appelait cela *littérature*. Et sa substantifique moelle, son essence précieuse, se nommait *poésie*.

— Po-é-sie ? répéta Sépien, détachant chaque syllabe de ce mot inconnu. Qu'est-ce que c'est exactement ?

— Ah, la grande question ! s'exclama le vieil homme. Je laisse la parole aux poètes – et aux poétesses, comme celle qui a écrit ces vers autrefois… »

Il se mit à déclamer :

« *Il n'est de Frégate telle qu'un livre*
Pour nous emporter vers des Contrées lointaines
Ni de Coursier tel qu'une Page
De fringante Poésie. »

Sépien opina du chef, comme s'il avait compris, mais son expression dubitative montrait que ce n'était pas tout à fait le cas.

« La poésie, c'est un moyen magique de voyager sans bouger ! reprit Hippocampos avec passion. C'est une prophétie du réel, capable d'ouvrir les portes de la perception ! Une substance plus enivrante que toutes les algues hallucinogènes – et, je crois même, que les cheveux d'apex. Je te l'ai dit, ce ne sont pas les paradis artificiels qui nourrissent la rêverie immobile de mon vieil âge : c'est elle, c'est la poésie, qui ne ment jamais ! »

Il se racla la gorge, et se mit à déclamer à nouveau des stances qu'il connaissait par cœur :

« Pour ne pas sentir l'horrible fardeau du Temps qui brise vos épaules et vous penche vers la terre, il faut vous enivrer sans trêve.

Mais de quoi ? De vin, de poésie, ou de vertu, à votre guise. Mais enivrez-vous.

Et si quelquefois, sur les marches d'un palais, sur l'herbe verte d'un fossé, dans la solitude morne de votre chambre, vous vous réveillez, l'ivresse déjà diminuée ou disparue, demandez au vent, à la vague, à l'étoile, à l'oiseau, à l'horloge, à tout ce qui fuit, à tout ce qui gémit, à tout ce qui roule, à tout ce qui chante, à tout ce qui parle, demandez quelle heure il est ; et le vent, la vague, l'étoile, l'oiseau, l'horloge, vous répondront : "Il est l'heure de s'enivrer !" »

Depuis le tabouret où elle était toujours assise, Margane poussa un soupir dédaigneux :

« Voilà une belle théorie d'ivrogne, qui plairait aux clients du *Ventre de la Mer* !

— Pourtant, n'est-ce pas ce que tu fais avec ces mélodies que tu dis apprendre avec amour ? rétorqua le vieil homme du tac au tac. Est-ce que tu ne t'enivres pas de notes ? »

La jeune marchande d'alcool, qui d'habitude avait réponse à tout, resta sans voix.

Hippocampos se tourna à nouveau vers Astréa :

« Quant à toi, qui parles comme une pleurante, c'est de vertu que tu t'enivres – n'est-ce pas ?

— Le culte de Terra n'a rien d'une ivresse : c'est notre devoir à tous », se défendit-elle.

Pourtant, les paroles du vieil homme la troublaient. Sa frénésie à apprendre les litanies, sans en être jamais rassasiée, était-elle si différente de celle des buveurs ? Tandis que ses congénères allaient chercher l'oubli dans les tavernes du port, qu'était-elle allée chercher lors de ses interminables soirées au pleuroir ?

Hippocampos se hissa sur la pointe des pieds et saisit un volume antique sur l'étagère du haut. Un bouquet de fleurs de l'ancien temps, étrangement circonvolues, était embossé sur la couverture craquelée.

« *Les Fleurs du mal*..., murmura-t-il, du bout des lèvres. C'est le grand œuvre de celui dont je viens de dire les vers. Cet homme tourmenté, mal à l'aise dans son époque, vivait il y a bien longtemps : quand les êtres humains ont commencé à fuir définitivement la nature pour s'amasser dans leurs villes toujours plus grandes, toujours plus étouffantes. Charles Baudelaire a capturé dans ses mots la détresse des humains enfermés dans les prisons qu'ils avaient eux-mêmes créées ; mais il a aussi chanté leurs aspirations les plus nobles à s'en évader pour s'enfuir vers un ailleurs. »

Astréa tressaillit en entendant ce mot, *ailleurs*, qui réveillait en elle le souvenir des contes de Natica.

« Les siècles ont passé, le Grand Effondrement a tout chamboulé, mais au fond je crois que rien n'a changé, confia Hippocampos. Aujourd'hui comme hier, le cœur humain est un terreau de ténèbres et de lumière, où poussent de manière inextricable les fleurs du mal comme les fleurs du bien. Du moins est-ce ainsi que j'interprète ces poèmes, car j'occupe mes heures perdues à les traduire dans le parler commun. »

Il feuilleta délicatement les pages du recueil, si fines que la lumière du plafonnier filtrait au travers. Entre chacune d'elles était glissé un fragment de papyrus couvert d'une écriture serrée, tracée à l'encre d'algue calcinée – la traduction appliquée de l'érudit.

« Ah, celui-là est pour toi, qui viens de Viridienne ! » s'exclama-t-il en s'arrêtant sur l'un d'entre eux.

Il se mit à lire à voix haute des phrases chantantes, tournées de la même manière que celles qu'il avait déclamées plus tôt pour célébrer son chat :

« Homme libre, toujours tu chériras la mer !
La mer est ton miroir ; tu contemples ton âme
Dans le déroulement infini de sa lame,
Et ton esprit n'est pas un gouffre moins amer. »

Astréa secoua la tête. Ces vers d'un autre siècle parlaient à son cœur aussi profondément que les litanies des pleurants, mais sans qu'elle sache dire pourquoi, et cette incertitude ajoutait à son trouble.

« Je ne suis pas un homme, et je ne suis pas libre, protesta-t-elle. Je suis une suante bêcheuse d'algues. Mon esprit, limpide et sans reproche sous l'œil de Terra, n'a rien d'un gouffre.

— Je devine que tu es plus forte que bien des hommes, rétorqua Hippocampos. Bêcheuse d'algues, telle était peut-être ta condition hier, mais ce n'est plus le cas aujourd'hui, si loin des champs viridiens. Quant à ton esprit… en as-tu réellement sondé la profondeur ? »

Astréa ne sut que répondre. Jusqu'à ces derniers jours, son existence lui avait toujours paru parfaitement claire et lisible, son avenir tout tracé au service de la déesse. Mais à présent, il lui semblait n'avoir contemplé que l'enveloppe du monde, et la surface d'elle-même. Elle sentait dans son âme une profondeur qu'elle n'avait jamais soupçonnée : des doutes et des peurs plus noirs que la nuit polaire ; des espoirs et des envies plus vastes que l'horizon borné de l'humusage ; un refus de se contenter de la réalité et une soif d'infini qui lui faisaient tourner la tête.

Hippocampos fit à nouveau tourner quelques pages, jusqu'à un second extrait :

« Étonnants voyageurs ! quelles nobles histoires
Nous lisons dans vos yeux profonds comme les mers !
Montrez-nous les écrins de vos riches mémoires,
Ces bijoux merveilleux, faits d'astres et d'éthers. »

Il releva la tête, lorgnant Astréa par-dessus ses besicles.

« J'en ai vu passer, des caravaniers, au fil des ans, dit-il. Chacun riche d'une histoire différente à raconter. Mais aucun n'a regardé mes chers livres à ta manière. Quand tu les observes, tes yeux brillent tels des astres et des éthers. Je devine que ton périple n'est pas seulement fait de lieues et de sables, mais aussi, comme le mien, d'idées et de mots. Jusqu'où ton chemin spirituel te mènera-t-il, étonnante voyageuse ? »

Une fois encore, la jeune fille ne sut que répondre. L'étrange résonance du dernier vers avec son nom la troublait. Ces astres et ces éthers lui semblaient soudain évoquer d'autres mondes au-delà des Dernières Terres, agitant à nouveau la promesse de l'Ailleurs… un mirage, bien sûr !

Elle reprit sa promenade le long de la bibliothèque, ses yeux glissant sur les dos des livres, jusqu'au bout de l'étagère.

Elle s'arrêta sur le dernier volume de la rangée, l'un des plus abîmés de tous. Le nom de l'auteur était complètement effacé ; seul subsistait le titre en lettres capitales, qui lui rappela aussitôt le terme *animalis*, désignant les enfants de Terra dans le parler savant des litanies.

« *Animale*…, déchiffra-t-elle.

— Ah oui ! fit le vieil homme. C'est un récit singulier, parlant d'une lointaine époque où les humains et les bêtes coexistaient encore, et parfois même se confondaient les uns avec les autres. Je ne sais si c'est une page d'histoire ou une page de légende. La connaissance précise du passé a sombré dans le gouffre de l'oubli, à l'image du malheureux qui a écrit ce livre… ce n'est plus qu'un spectre sans visage et sans nom. »

Il secoua la tête pour conclure son oraison funèbre, puis il se détourna des étagères.

« Ce n'est pas tout ça, mais ces auteurs sont morts, et vous vous êtes vivants ! s'exclama-t-il. Je ne suis pas sûr que vous le restiez très longtemps, si vous rejoignez la caravane de Karcharodon, comme vous en avez le projet…

le maréchal de Viridienne est auréolé d'une bien sinistre réputation.

— Notre décision est prise et rien ne pourra nous en faire dévier ! assura Astréa, prenant la liberté de parler au nom du groupe. Dès cette nuit, nous repartirons sur la piste pour combler notre retard. Nous devons rattraper le convoi nuptial sur son chemin vers Flamboyante. »

Hippocampos ne semblait guère convaincu.

« Le corps fourbu et le ventre vide ? dit-il. Cela me semble être une bien mauvaise idée. Malgré tous mes soins, la nourriture et le repos restent les meilleurs remèdes, dont nul ne peut se passer. Quant à marcher vers Flamboyante… voilà sans doute l'endroit le moins recommandable des Dernières Terres. Que savez-vous de la cité rouge ? »

Les trois Viridiens échangèrent un regard.

« C'est le principal fournisseur de fer des Dernières Terres, dit Sépien, toujours au fait des flux commerciaux entre les cités-royaumes.

— Oui, et pour cette raison Flamboyante a toujours été mise au ban de la société des Derniers Humains : il est mal vu de puiser des ressources non renouvelables dans le ventre de Terra.

— Toutes les autres cités-royaumes bénéficient pourtant de ce fer ! protesta Sépien.

— C'est pourquoi la Loi tolère son extraction, dans certaines limites. Mais les apex qui gouvernent Flamboyante sont frappés d'anathème depuis des siècles. Pendant longtemps, les autres dynasties ont rechigné à se marier avec eux, appauvrissant leur sang. Parce qu'ils tirent leur subsistance du corps mort de Terra, forant ses flancs comme une carcasse, les princes de la cité rouge n'ont pas le droit de prendre le nom de nobles prédateurs : ils doivent se contenter de ceux des charognards. Tels les Cathartides, dont les animaux-greffes sont les vautours nécrophages. »

Astréa jeta un regard à son glaive. Était-il issu des mines flamboyantes ? Elle ne pouvait s'empêcher de le considérer désormais comme un os de fer, arraché au squelette de la déesse. Elle songea aussi que la seule possession de cette arme faisait techniquement d'elle une terracide, d'après le dogme… Tout comme Palémon, elle avait fait couler du sang humain – mais juste du sang de suant, pas celui des castes supérieures. C'était la seule différence qui existait entre ses crimes et ceux de son frère… pour ce qu'elle en savait.

« Tout a changé il y a une trentaine d'années, avec l'arrivée à Flamboyante d'un homme venu de la cité-royaume de Lointaine, reprit Hippocampos, arrachant Astréa à ses sombres pensées. Cet individu, nommé Noctilio, se prétendait mage, et même prophète. Il est rapidement entré dans les grâces du roi Vultur, au point de supplanter l'archipleurant de la cité rouge. On dit qu'il a apporté des savoirs étranges, puisés dans les entrailles du grand bazar de Lointaine. »

Astréa avait entendu parler de Lointaine, cette ville septentrionale creusée à flanc de falaise, dont les habitants portaient le nom d'animaux cavernicoles. On racontait que bien des débris de l'ancien monde y avaient échoué. Pour la jeune suante, jusqu'à présent, cet endroit situé à l'extrême nord des Dernières Terres était nimbé de la brume des légendes, au même titre que l'Ailleurs… Mais si un homme aussi savant qu'Hippocampos affirmait que la cité troglodyte et son fabuleux bazar existaient réellement, il n'était plus permis d'en douter.

« Le mage Noctilio aurait indiqué aux Flamboyants les gisements d'un nouveau minerai mystérieux, murmura le vieil homme. Un secret qui a fait de ce peuple méprisé de tous, un peuple craint de tous. Une substance qui leur a permis de créer un métal plus redoutable que le fer, qui alimente leurs machines de guerre et qui étanche leur soif de revanche sur le reste du monde. » Il secoua la tête, agitant ses rares cheveux blancs. « Pendant des siècles, les Flamboyants ont creusé eux-mêmes leurs montagnes. Mais depuis qu'ils ont découvert ce trésor dont ils ne sont jamais rassasiés, ils ont institué l'esclavage pour prospecter encore plus loin, encore plus vite : on dit que les prisonniers de guerre qui terminent dans les mines de la cité rouge ne survivent guère plus d'une année. »

Sépien remua à nouveau, ému par les instincts belliqueux des Flamboyants, et peut-être plus encore par le secret de leurs montagnes :

« Hum, ce trésor, quel est-il ? demanda-t-il, les yeux brillants d'intérêt. Est-ce que c'est un métal précieux ? Est-ce qu'il a une… valeur marchande ?

— Je l'ignore, répondit Hippocampos. Il y a longtemps que je ne quitte plus guère le comptoir, et rares sont les caravanes qui viennent de Flamboyante jusqu'ici. Une atmosphère de secret entoure la cité rouge. On dit qu'une nouvelle forme du culte de Terra s'y est développée, cruelle et sauvage, pour justifier les appétits de conquête de Vultur. Les Flamboyants l'appellent la *Vraie Loi…* »

Hippocampos esquissa sur son corps le quintuple signe – en dépit de sa longue retraite et de ses lectures interdites, ce libre-penseur demeurait un fidèle de la déesse.

« Depuis que le mage Noctilio murmure à son oreille, Vultur semble possédé par tous les démons gaziers réunis, murmura-t-il. Les rumeurs les plus sombres circulent sur sa cour, qui serait devenue le lieu des pires débauches. On raconte qu'elles culminent dans un bain de sang humain, pour les célébrations de l'Aube de feu. »

Un frisson glacé parcourut l'échine d'Astréa.

« Justement, dit-elle précipitamment, pour couper court au flot d'images morbides surgissant du récit d'Hippocampos. Nous comptons rejoindre le convoi avant l'Aube de feu. Nous n'avons pas l'intention de pénétrer dans la cité rouge. Nous nous en éloignerons dès que nous aurons vendu l'apex. »

Hippocampos secoua à nouveau sa tête blanchie :

« Avec l'avance que les Viridiens ont sur vous, il me semble difficile de les rattraper à temps. » Il réfléchit un instant, puis ajouta : « À moins peut-être que vous ne preniez un raccourci en passant par Souvenance…

— Souvenance ? Mais c'est dans la direction opposée ! » se récria Margane.

Elle sortit la carte parcheminée de son linceul et la déplia sous le plafonnier. Parmi les pistes qui partaient du comptoir Solitaire, il en était une qui fusait vers le nord à travers le désert, jusqu'au comptoir Central, puis aux contreforts de la cordillère Fendue. Celle que mentionnait Hippocampos, en revanche, bifurquait à l'ouest pour mener au golfe du Souvenir.

« C'est le seul moyen, affirma-t-il en ajustant ses besicles pour mieux voir la carte. Le chemin qui mène à Souvenance est moins accidenté que celui emprunté par le convoi nuptial : il descend en pente douce au creux d'un canyon, jusqu'à la mer. Vous pouvez espérer couvrir la distance en une quinzaine d'heures. » De son doigt noueux, il remonta la piste de l'ouest. « Une fois à Souvenance, vous trouverez facilement un bateau pour vous conduire à Tourbeuse, de l'autre côté du golfe. De là, Flamboyante ne sera plus qu'à une grosse journée de marche. Karcharodon n'a pu emprunter cet itinéraire, avec ses chariots lourds de plusieurs tonnes ; mais vous, vous le pouvez. Si Notre Mère le veut, vous le rencontrerez avant son entrée dans la cité rouge. »

Ces arguments étaient imparables : au fond d'elle-même, Astréa savait que ses coéquipiers et elle ne parviendraient jamais à rattraper le convoi en passant par le cœur du désert. Son obstination, jusqu'alors, n'avait abouti qu'à des blessures et à la perte de la charrette.

Elle considéra l'itinéraire suggéré par le vieil homme, ces lettres qui s'étalaient sur la carte au bout de son index : Souvenance.

La ville sacrée, tout entière dédiée à Notre Mère…

Le lieu de dévotion vers lequel tous les pleurants des Dernières Terres voyageaient au moins une fois dans leur vie, pour aller consulter l'oracle de Terra en son sanctuaire…

Pendant longtemps, Astréa s'était imaginé le jour où, ayant pris le linceul azuré, elle effectuerait à son tour son pèlerinage. Et si cette opportunité se présentait à elle maintenant qu'elle croyait abandonner tout espoir ? Et si c'était un signe de la déesse pour la rappeler dans son giron ?

Elle se tourna vers ses compagnons :

« Je vote pour aller à Souvenance, et vous ? dit-elle en les interrogeant du regard.

— Tiens, pour une fois, l'*étonnante voyageuse* demande l'avis de son équipage, railla Margane.

— Margane, je t'assure que..., commença Astréa, piquée au vif.

— Ça va, je te charrie. Il va de soi que je vote aussi pour cet itinéraire passant par Tourbeuse. Plus tôt je retrouverai mon père, plus tôt nous pourrons monter notre duo de choc !

— Pareil pour moi, dit Buccinum. J'ai hâte de dormir sur une vraie couche, et on dit que celles de Tourbeuse sont moelleuses à souhait.

— Je suis ton homme, il est de mon devoir de t'accompagner au bout du monde ! » déclara Sépien avec un brin d'emphase.

Astréa s'apprêtait à tous les remercier, mais à cet instant son regard s'arrêta sur Océrian.

À gauche, une unique sandale dépassait sous l'ourlet de son linceul ; à droite, seule pointait l'extrémité torsadée de sa jambe de bois.

« Il nous faudrait une nouvelle charrette pour le transporter, murmura Astréa en se tournant à nouveau vers leur hôte. Pensez-vous pouvoir nous trouver cela ?

— Sans doute. Mais j'ai peut-être mieux encore... Un artefact très particulier... où ai-je bien pu le ranger ? »

Sans plus d'explications, il alla fouiller dans un réduit attenant à son atelier.

Astréa échangea un regard perplexe avec les autres, tandis que résonnaient les bruits sourds du bric-à-brac remué par le vieil homme. Il finit par émerger de son fourbi en exhibant son trophée : une jambe à taille humaine, d'un réalisme saisissant, façonnée dans un métal argenté.

22.

126 heures avant l'extinction

OCÉRIAN

OCÉRIAN ÉCARQUILLA LES YEUX AU-DESSUS DE SON BÂILLON. Sous la lumière du plafonnier, la jambe métallique brillait d'un éclat froid – et pourtant, aucun spectacle n'avait jamais réchauffé à ce point son cœur transi.

« C'est un marchand venu de Lointaine qui l'a apportée ici, voilà des années, murmura Hippocampos. D'habitude, je guette le passage des caravanes lointainoises pour leur acheter mes chers livres, puisés dans le tréfonds du grand bazar. Mais j'ai été séduit par la beauté de cet artefact, vestige d'un passé oublié… »

C'était la deuxième fois que le vieillard évoquait Lointaine, la cité troglodyte.

La première fois, quand il avait cité le nom du mage Noctilio, Océrian avait frissonné d'angoisse en songeant qu'il rencontrerait sans doute cet homme ténébreux une fois arrivé à Flamboyante.

À présent, il frémissait d'émerveillement en admirant la jambe venue du bazar légendaire. Parfois, parmi les milliers de fragments inutiles, émergeait un objet encore fonctionnel… comme celui-ci ?

Sépien poussa un sifflement :

« Ça doit coûter un bras ! s'exclama-t-il, ne pouvant s'empêcher d'estimer la valeur marchande de l'artefact. Enfin, je veux dire, une jambe…

— Détrompe-toi. Je l'ai achetée pour une bouchée de pain, sans savoir si elle me servirait jamais, juste pour la beauté de l'ouvrage. Mais il semble que Terra ait fait atterrir ce bien unique entre mes mains pour une bonne raison… Ce soir, un albatros va prendre son envol !

— Albatros ? murmura Margane, butant sur ce mot inconnu.

— Ma tante Bullia m'a parlé de cette créature aux ailes plus grandes qu'un homme, intervint Astréa. L'albatros était capable de couvrir des milliers de lieues en un seul voyage ! C'était l'un des plus majestueux oiseaux de l'ancien temps…

— … c'est aussi l'un des plus beaux poèmes de Baudelaire », précisa Hippocampos.

Il se mit à réciter de mémoire :

« Souvent, pour s'amuser, les hommes d'équipage
Prennent des albatros, vastes oiseaux des mers,
Qui suivent, indolents compagnons de voyage,
Le navire glissant sur les gouffres amers. »

L'érudit se dirigea vers le tabouret où Océrian était assis entre Margane et Buccinum, les mains toujours liées dans le dos, tout en déclamant les antiques stances :

« À peine les ont-ils déposés sur les planches,
Que ces rois de l'azur, maladroits et honteux,
Laissent piteusement leurs grandes ailes blanches
Comme des avirons traîner à côté d'eux. »

Océrian retint son souffle.

Après la fascination de la jambe métallique, l'émoi de cette chose que le vieil homme avait nommée *poésie.*

Océrian connaissait ce sentiment à la fois délicieux et douloureux, pour l'avoir parfois ressenti en chantant les chansons qui parlaient le plus à son cœur, comme la *Complainte du dauphin solitaire.*

Ce soir, il se sentait albatros plus encore que dauphin, et même que narval – même si, comme Margane, il ne connaissait rien de cet oiseau disparu, dont seuls quelques vers avaient gardé la trace…

Hippocampos s'arrêta devant lui, le dévisageant par-dessus ses besicles :

« Ce voyageur ailé, comme il est gauche et veule !
Lui, naguère si beau, qu'il est comique et laid !
L'un agace son bec avec un brûle-gueule,
L'autre mime, en boitant, l'infirme qui volait ! »

L'orgueil du prince aurait dû se cabrer devant ces insultes proférées par un prêtre défroqué, un réprouvé, un renégat. Pourtant, ce n'était pas de la colère qu'il ressentait en cet instant : c'était du soulagement.

Le fait que des mots écrits par un inconnu mort depuis des siècles puissent si bien retranscrire ce qu'il ressentait au plus profond de lui-même, lui procurait un apaisement étrange.

Oui, il se sentait *gauche* et *veule*, depuis son accident !

Oui, il se sentait *comique* et *laid*, malgré les soins dont on l'avait entouré pour préparer son mariage !

Il savait les rires étouffés que déclenchait sa démarche claudicante dans les couloirs du castel. Il avait si souvent vu Squalon et les siens mimer son infirmité pour s'en moquer grassement, tandis que Manta et les nobles demoiselles échangeaient des rires discrets mais encore plus cruels.

« Le Poète est semblable au prince des nuées
Qui hante la tempête et se rit de l'archer ;

Exilé sur le sol au milieu des huées,
Ses ailes de géant l'empêchent de marcher. »

Ces derniers vers percutèrent Océrian plus encore que les autres, tel un écrin d'immondices – l'*exil* et les *huées* – au centre duquel scintillait un joyau palpitant – *le prince des nuées.*

C'était lui, le prince des nuées : l'exact opposé du prince des boues, ce titre dérisoire dont Squalon l'avait affublé. Un être capable de s'élever au-dessus du monde bourbeux et de ses turpitudes, jusqu'aux nuages, comme lorsqu'il fermait les yeux dans les jardins et s'imaginait oiseau.

« Voilà, dit Hippocampos en déposant la jambe à ses pieds. De quoi permettre à un albatros de s'envoler. Mais d'abord, il faut enlever cet accessoire de cirque. »

Il désigna la jambe de bois torsadée.

« Je m'en occupe », dit Astréa.

Elle s'agenouilla devant le prince et retroussa le pan de son linceul jusqu'à ses cuisses. Puis, de ses longues mains agiles, elle entreprit de défaire les sangles une à une. En d'autres circonstances, Océrian aurait rué de toutes ses forces : il ne supportait pas que quiconque touche à son moignon – la partie la plus honteuse, la plus douloureuse de lui-même. Mais la délicatesse avec laquelle les doigts d'Astréa effleuraient sa peau le jetait dans un abîme de confusion, dissolvant sa fureur, électrisant ses terminaisons nerveuses.

« Voilà », dit-elle soudain.

Elle posa la béquille torsadée sur le sol, cet objet qu'Océrian haïssait plus que tout au monde, avec lequel il avait pourtant été contraint de vivre six années durant.

Puis elle saisit la jambe de métal.

« Je crois qu'il faut d'abord passer ce manchon », suggéra Hippocampos en désignant une enveloppe élastique, percé d'une sorte de vis métallique.

Astréa déroula le manchon sur la cuisse d'Océrian : le contact de ce matériau inconnu était à la fois ferme et doux, très différent des sangles d'algue glissantes et douloureuses qu'il s'était résigné à supporter.

« Maintenant, emboîte la prothèse », recommanda le vieil homme.

Astréa positionna la jambe de métal dans l'axe de la vis, et la poussa d'un geste sûr – un déclic retentit, indiquant que la prothèse était bien connectée à la cuisse. Du bout des doigts, elle tourna la molette permettant de régler la longueur du tibia pour qu'il s'ajuste parfaitement à la taille de l'utilisateur : le mécanisme coulissa sans effort, aussi fluidement que s'il avait été huilé la veille.

Enfin, elle tira doucement le bras d'Océrian pour l'aider à se relever.

Dès qu'il fut debout il constata la différence ; le poids de son corps était mieux réparti sur ses deux jambes – celle de chair et celle de métal – qu'il ne l'avait été depuis son accident. Cette impression étrange le déstabilisa ; il vacilla, cherchant son équilibre.

« Attendez », dit Astréa.

Elle défit les liens dans son dos, avec la même délicatesse qu'elle avait employée à dénouer les sangles.

Ainsi libéré, quoique toujours bâillonné, Océrian put s'aider de ses bras pour s'équilibrer – oui, tel un albatros déployant ses ailes pour prendre son envol. Il fit quelques pas : la nouvelle prothèse était bien plus stable que son ancienne béquille, bien qu'elle fût tout aussi rigide.

« Ce bouton, là, indiqua Hippocampos. Je crois qu'il déverrouille l'articulation. »

Océrian fit glisser ses doigts le long du métal froid ; au niveau du genou, son index rencontra une protubérance ; il appuya.

Aussitôt, il ressentit une souplesse nouvelle ; le pas suivant lui procura une sensation qu'il pensait ne plus jamais connaître.

Il ne boitait plus, non : il marchait !

Alors, les émotions qu'il avait cadenassées en lui depuis le début de sa captivité – depuis son accident même – déferlèrent du plus profond de ses entrailles. Les larmes qu'il avait retenues face à toutes les brimades et toutes les vexations remontèrent à ses yeux et se mirent à couler, inondant ses joues jusqu'à son bâillon.

Il tenta d'articuler quelque chose, mais le tampon de tissu l'en empêchait.

Seul un borborygme étouffé, inarticulé, sortit de sa bouche entravée.

« Il veut parler… », murmura Astréa d'une voix étranglée.

Entre les larmes qui lui embuaient les yeux, il la vit esquisser un geste vers sa nuque.

« Non ! la retint Margane. Si tu le libères, il risque de hurler, d'appeler à l'aide !

— Je ne crois pas qu'il le fera », dit-elle.

Océrian sentit le nœud se détendre dans son cou.

Le foulard imbibé de salive tomba au sol, à côté de la jambe de bois désormais inutile.

« Merci, articula-t-il entre deux sanglots. Merci du fond du cœur. »

À aucun moment Océrian ne tenta de crier.

Il était trop ravi par l'usage de sa nouvelle jambe, faisant le tour de la demeure d'Hippocampos encore et encore – d'abord à pas hésitants, puis de plus en plus assurés. Ah, comme il revivait ! En se débarrassant de la fausse corne de narval qu'on lui avait imposée, il se sentait plus éloigné que jamais de l'animal-greffe que lui avaient attribué les pleurants. Il devenait enfin l'oiseau qu'il avait toujours rêvé d'être, sur lequel il pouvait désormais mettre un nom : il n'était plus le belliqueux narval, mais l'albatros solitaire ! Il marchait aujourd'hui et, demain, à la grâce de la déesse, il volerait !

Son excitation était telle qu'il ne toucha pas au souper. Tandis que les autres se sustentaient

convenait de reprendre des forces, car ensuite les marcheurs ne s'arrêteraient plus jusqu'à Souvenance.

Peu après être repartis, tandis que le canyon dans lequel ils progressaient s'élargissait, Océrian entendit un cri venant des cieux.

Il leva la tête.

Le soleil, encore ardent malgré l'heure avancée, l'éblouit un instant ; mais ses yeux mauves d'apex s'habituèrent vite à la lumière aveuglante : des créatures croisaient là-haut dans l'azur, formant la pointe d'une flèche.

« Des oiseaux ! » s'écria-t-il, le cœur exultant.

Les autres levèrent à leur tour les yeux, mettant leurs mains en visière pour mieux voir.

Des exclamations de surprise ne tardèrent pas à s'élever parmi les voyageurs des sables, se mêlant au cri perçant des voyageurs du ciel :

« Des oiseaux ! Des oiseaux ! »

Parmi toutes les voix, celle d'Astréa résonnait le plus clairement et montait le plus haut.

À la voir ainsi contempler la voûte céleste telle une enfant émerveillée, Océrian en oubliait presque la jeune fille qui l'avait rudoyé. Ou plutôt, non : c'était une seule et même personne, il s'en apercevait maintenant, capable de manier le glaive avec l'agilité d'un saignant, et de panser les plaies d'un estropié avec la douceur d'une pleurante.

« Est-ce que ce sont des… albatros ? demanda-t-il, s'adressant instinctivement à elle qui savait tant de choses.

— Je l'ignore, murmura-t-elle, la voix brisée par l'émotion. Des albatros migrant de l'autre bout de l'océan ? Je croyais pourtant qu'ils avaient disparu depuis longtemps.

— On dirait qu'il y en a de plusieurs tailles, remarqua Margane en plissant les yeux. Peut-être que les plus petits sont des rossignols philomèles ? Ainsi que l'a dit Hippocampos, l'espoir est une chose à plumes… comme ces oiseaux ! »

Derrière ses airs de dure à cuire, la jeune suante avait retenu les vers aussi bien qu'Océrian. Il repensa aux paroles de l'érudit, qui prétendait que la poésie était une prophétie : là où il voyait des albatros lui annonçant sa haute destinée, Margane voyait des rossignols prédisant ses retrouvailles prochaines avec son père.

« Est-ce que c'est un heureux présage ? demanda Sépien, peu sûr de lui.

— Évidemment ! le rabroua Margane. Tu as toujours l'œil aiguisé lorsqu'il s'agit de compter tes sous, mais tu n'es pas fichu de voir un miracle en or massif quand tu en as un sous le nez ! »

Vexé, le jeune trafiquant repartit en tête, devançant Buccinum et Margane, tandis que les mystérieux oiseaux disparaissaient vers l'intérieur des terres, en direction du nord et de ses montagnes.

Océrian se retrouva ainsi seul avec Astréa, comme ils l'avaient été à plusieurs reprises depuis le début de leur expédition ; mais pour la première fois, ils marchaient de concert.

« C'est le deuxième présage que je vois en quelques jours à peine », dit-il soudain.

Alors qu'il s'était toujours appliqué à préméditer ses paroles, pour tenter de garder une longueur d'avance sur ses ravisseurs, ces derniers mots avaient surgi de ses lèvres sans qu'il les calcule.

Il avait besoin de parler à quelqu'un.

Ou plus exactement, il avait besoin de parler à Astréa.

« Le premier présage était un serpent, continua-t-il. Je l'ai aperçu dans les jardins du castel, deux jours avant le départ du convoi nuptial… » Il planta ses yeux améthyste dans les yeux noirs d'Astréa. « … deux jours avant mon enlèvement. »

La suante soutint son regard, mais ses prunelles se mirent à trembler.

« Moi aussi, j'ai vu un présage, avoua-t-elle dans un souffle. Il y a une semaine, au même moment que vous : une anguille m'est apparue dans les champs d'algues. »

Océrian en resta bouche bée.

Son présage, qu'il n'avait pas su déchiffrer, que le roi Orcus s'était attribué, avait-il un lien avec celui d'Astréa ?

« Mon père était persuadé que le serpent était envoyé pour célébrer sa survie après le souffle de l'Haleine ardente, dit-il. Mais je n'en suis pas sûr. Ma vieille gouvernante a péri le jour même.

— Mon père à moi pensait que l'anguille signifiait que je serais prise comme novice au pleuroir, dit Astréa en écarquillant les yeux. Mais il est mort le lendemain.

— J'étais comme un fils pour Bonite.

— Avec le départ de Patel, je suis devenu orpheline.

— J'ai l'impression de l'être devenu moi aussi, depuis mon accident. »

Océrian se tut soudain, perturbé par l'impression d'en avoir trop dévoilé ; pourtant, il aurait voulu en dire beaucoup encore, raconter à Astréa ses longues journées de solitude et ses interminables nuits d'angoisse. Pourquoi ressentait-il le besoin de se confier à cette jeune fille, qu'il y a quelques heures encore il s'était juré de tuer ? Et pourquoi ne parvenait-il pas à détacher son regard de ses grands yeux sensibles ?

« Orphelin ? répéta Astréa. Votre père et votre mère sont encore de ce monde, et ils tiennent tellement à vous qu'ils vous ont jalousement gardé au castel pendant toutes ces années. Votre accident a dû durement les affecter – n'est-ce pas ? »

Océrian sentit son cœur se refermer aussi brusquement qu'il s'était ouvert.

Il ne supportait pas la curiosité d'Astréa à l'endroit de son accident – l'épisode le plus tragique, le plus honteux… le plus secret de son existence.

« Une autre question me taraude, enchaîna-t-elle, sans sembler s'apercevoir de son trouble. Que faisiez-vous dans les couloirs du castel, déguisé sous un linceul ocre de crachant, lorsque nous vous avons capturé ?

— J'aime me promener la nuit sans être dérangé toutes les cinq minutes par les attentions d'un obséquieux serviteur suant ! cingla-t-il, renvoyant brutalement Astréa à la couleur de son linceul. L'ocre me permet d'aller et venir à ma guise dans le castel, voilà tout. »

Ils arrêtèrent là la conversation et poursuivirent leur route en silence, à travers le soir brûlant, le crépuscule rougissant et jusqu'au cœur de la nuit.

*

Une nouvelle aube pointait lorsqu'ils arrivèrent en vue du golfe du Souvenir.

Ici, dans cette anse ample et profonde, les algues venues du large ne pénétraient pas comme dans la baie de Viridienne : l'immense étendue d'eau claire était embrasée par le lever de soleil – l'un des tout derniers de l'année.

Les toits de Souvenance se détachaient sur le fond des flots scintillants, sans rien pour obstruer la vue. La ville sacrée était la seule cité-royaume à ne pas être ceinte de murailles : son statut unique la préservait des razzias des pirates et des opérations guerrières. On pouvait distinguer de multiples pleuroirs aux formes pyramidales – il y en avait un pour chaque écosystème d'antan. De tous les peuples des Dernières Terres, les habitants de Souvenance gardaient les liens les plus forts avec l'ancien temps, c'était même inscrit dans leur nom : les Souvenanciens. Une massive tour de pierre pâle dominait tous ces temples qui perpétuaient la mémoire du passé, au sommet de laquelle luisait un gigantesque sablier accrochant les rayons du matin. Il contenait assez de sable pour durer toute une année. Tel était le sanctuaire, demeure de l'oracle de Terra.

Astréa et Sépien ôtèrent leurs linceuls gris pour passer les linceuls azurés qu'ils avaient conservés de leur incursion dans le castel de Viridienne. Ainsi vêtus, ils se fondraient plus aisément dans la masse des pleurants qui venaient régulièrement en pèlerinage à Souvenance. Il était convenu de présenter Margane et Buccinum comme leurs serviteurs suants. Quant à Océrian, il se laissa bâillonner et menotter sans opposer de résistance : il savait que plus vite passerait leur étape à Souvenance, plus tôt on le libérerait à nouveau.

À mesure que le petit groupe s'approchait de la ville, le canyon rocailleux s'effaça pour laisser la place à une vaste plaine couverte d'une végétation broussailleuse, ne s'élevant guère à plus d'un mètre du sol. Océrian aurait imaginé des parcelles de régénération plus luxuriantes, aux abords d'une ville bénie de la déesse elle-même… mais à la vérité, elles ne semblaient guère plus prospères que celles de sa cité natale.

Les lits d'humusage, en revanche, couvraient une superficie au moins trois fois plus vaste qu'à Viridienne. Nombreux étaient les membres des castes supérieures, à travers les Dernières Terres, qui souhaitaient se faire humuser en ce lieu saint. C'était même devenu la principale source de revenus de Souvenance.

Capuches baissées, ils passèrent ainsi à travers les interminables rangées de fosses creusées aux abords de la cité. Des humusateurs suants, levés de bon matin, versaient des brouettes remplies de dépouilles présentant des stades de décomposition plus ou moins avancés en fonction de leur lieu d'origine. Elles étaient enveloppées dans des linceuls de toutes les couleurs – sauf le mauve, car les apex n'étaient point destinés à se coucher dans les mêmes lits que le commun des mortels. Sur chaque cadavre était versé un mélange d'algues et de sable, additionné d'un accélérateur de décomposition qui limitait les émanations gazières et dont les doyens avaient le secret. Plus loin, d'autres ouvriers étaient penchés sur des lits accueillant des humusés plus anciens : après douze lunes, il était temps de récupérer le compost humain et de broyer les os restants pour verser le tout sur les parcelles de régénération. Çà et là, des linceuls azurés veillaient sur les opérations, tout en récitant des litanies au rythme de leur sablier.

« Il nous faut maintenant trouver un bateau pour traverser le golfe », chuchota Sépien quand ils approchèrent des faubourgs, au-dessus desquels pointaient les toits étagés des pleuroirs.

Il fourra les mains dans ses poches, et en sortit deux poignées de perles et de coquillages :

« Je vais aller au port changer ce butin en deniers souvenanciens. C'est une monnaie bien plus universelle que les deniers viridiens : elle est acceptée partout à travers les Dernières Terres, et utilisée par des gens de tous les horizons. Nous pourrons ainsi payer la traversée et la fin de notre voyage, sans que nul s'interroge sur la provenance de nos devises. »

Océrian frémit en voyant ce qu'il restait de son linceul de mariage. Lorsqu'il avait arraché ces richesses à l'étoffe soyeuse, il pensait qu'elles l'aideraient à fuir le plus loin possible ; ironiquement, elles allaient servir à payer le passeur qui l'amènerait au seuil de Flamboyante.

« Je pourrais me charger d'acheter des vivres, pendant ce temps, proposa Buccinum.

— Je viens avec vous », déclara Margane.

Astréa hocha la tête :

« Bien, faisons ainsi. Pendant que vous irez en ville, tous les trois, je resterai ici avec Océrian pour ne pas attirer l'attention. »

Elle pointa du doigt un petit abri de brique surplombant le golfe. Il y en avait des dizaines de semblables, leurs ouvertures toutes tournées vers Souvenance. Ils étaient suffisamment éloignés les uns des autres pour permettre aux pèlerins de prier dans la solitude tout en contemplant la ville sacrée, avant d'aller participer aux travaux sur les parcelles de régénération. En ces derniers jours du printemps, passé le temps de la pollinisation manuelle, alors que la saison des pèlerinages touchait à sa fin, la plupart des abris étaient inoccupés.

« Ici, nul ne nous verra, l'otage et moi, dit Astréa à ses compagnons. Vous nous mènerez à l'embarcation une fois le prix fixé, et nous nous reposerons tous à bord pendant la traversée. »

Ainsi fut fait.

Océrian prit place à côté d'Astréa, sur le petit banc de pierre installé sous l'abri – comme il lui était facile de s'asseoir désormais, avec sa jambe articulée ! Le soleil du matin, tombant à la lisière de l'auvent de brique, faisait briller son pied de métal et réchauffait son pied de chair. Mais le contact du corps d'Astréa, serré contre le sien sur le banc étroit, le réchauffait plus encore…

Soudain, elle se tourna vers lui et défit son bâillon.

« Ce n'est pas nécessaire… », commença-t-elle, lui adressant la parole pour la première fois depuis qu'ils avaient aperçu les oiseaux.

La fin de sa phrase fut engloutie sous une avalanche sonore : c'étaient les gongs innombrables de la ville sacrée qui sonnaient la huitième heure, emplissant l'espace de leurs tintements. Longs et profonds pour les pleuroirs dédiés aux vastes écosystèmes des jungles et des savanes, jadis habités par des animaux aussi massifs que des montagnes ; courts et aigus pour ceux qui célébraient la mémoire des jardins et des mares, en souvenir des peuples d'insectes infimes et de larves minuscules aujourd'hui disparus.

« Depuis toute petite, je rêve de contempler ce spectacle, confia Astréa, après que le dernier gong eut cessé de résonner. Souvenance. Là où tout a recommencé. »

Comme elle, Océrian connaissait la légende. Elle racontait que les hommes de l'ancien temps avaient eu un sursaut de responsabilité, avant de détruire le monde. Ils avaient bâti une gigantesque chambre forte souterraine pour y conserver les graines de toutes les plantes de la planète, dans un endroit qu'ils croyaient hors d'atteinte du changement climatique : les Dernières Terres, qui alors portaient un autre nom désormais oublié. Plus tard, l'enfer du réchauffement avait fait fondre les glaces réputées éternelles, et le Grand Effondrement avait poussé les Derniers Humains à trouver refuge dans ces contrées réputées inhospitalières. Ainsi étaient nés Souvenance et son sanctuaire, construit tel un sarcophage au-dessus de la banque de graines ensevelie, pour que renaisse Terra.

« Est-ce qu'un jour, la terre sera de nouveau assez fertile pour être ensemencée avec ces milliers de plantes ? murmura Océrian, pensant à voix haute. Est-ce qu'une forêt aussi verte, aussi vaste que l'Ailleurs s'élèvera ici ? »

Il se mordit la lèvre, vexé d'avoir laissé échapper une référence à un conte pour enfant, auquel aucun adulte sensé ne croyait plus.

Mais loin de le railler, Astréa tourna vers lui ses beaux yeux sombres.

La courbe gracieuse de son cou, l'arête délicate de son nez, lui donnèrent le vertige.

« Je l'espère de tout mon cœur, dit-elle dans un souffle. Je le désire de toute mon âme. »

Le prince frissonna dans la touffeur croissante du matin.

Lui aussi espérait de tout son cœur.

Lui aussi désirait de toute son âme.

Il désirait… Astréa !

Il aspirait à elle plus fort que tout, comme jamais il n'avait jamais soupiré pour aucune apex du castel. La belle et hautaine Manta elle-même lui semblait soudain fade et prévisible, engoncée dans les usages compassés et les jeux mondains du castel, à côté de la jeune suante qui avait bravé une à une toutes les règles de sa condition. Astréa le troublait par sa beauté. Elle le fascinait par son intelligence. Elle l'émouvait par sa sensibilité. Elle ne ressemblait à aucune autre fille qu'il eût jamais rencontrée.

La prise de conscience de ce sentiment qui, telle une graine du sanctuaire, s'était planté en lui dès leur rencontre, le laissa sans voix. Dans le terreau profond de son cœur, cette graine-là avait fructifié. Chaque fois que son corps avait touché celui d'Astréa, chaque fois que leurs yeux s'étaient croisés, des feuilles nouvelles étaient apparues. Et à présent, la plante pleinement développée occupait tout son être, ses ramifications se confondant avec ses nerfs, sa sève coulant dans ses veines avec son sang – oui, prête à fleurir !

Mais quels sentiments se cachaient derrière le masque harmonieux d'Astréa ?

Ressentait-elle ce qu'il ressentait, elle qui était si forte, si pure… si dure ?

En cet instant, ses prunelles brillaient-elles à cause de lui, ou à cause du spectacle de la ville sacrée ?

Océrian savait que les relations amoureuses entre les apex et les membres des classes inférieures étaient strictement proscrites par la Loi, pour ne pas diluer le sang doué du pouvoir de régénération – or Astréa portait la Loi audessus de tout.

Que penses-tu de moi, Astréa ?

Incapable de poser la question qui lui brûlait les lèvres, il se tut et reporta son regard sur les pleuroirs inondés de soleil, sans les voir vraiment. Toute son attention était focalisée sur ces quelques centimètres de peau où, sous la barrière des linceuls, ses flancs rencontraient ceux d'Astréa. Le contact était plus brûlant encore que les lances de feu du soleil ascendant.

Juste après qu'eut résonné le dernier gong de la neuvième heure, trois silhouettes ondulantes se dessinèrent dans l'air chauffé à blanc : c'étaient les autres qui revenaient.

« La traversée est arrangée, pour ce soir à la dix-neuvième heure, déclara Sépien en épongeant son front plâtré d'une épaisse couche de la pommade solaire prescrite par Hippocampos.

— La dix-neuvième heure ! s'exclama Astréa. Mais la neuvième vient à peine de sonner ! Tu étais censé obtenir un départ dans les plus brefs délais !

— Il a essayé, je t'assure, intervint Margane, elle aussi en sueur. S'il y a bien une qualité que je lui reconnais, c'est d'être dur en affaires. Mais les marins ne veulent pas prendre la mer si près de midi. Il fait tellement chaud à cette saison, et la réverbération du soleil sur les eaux est si puissante, qu'ils craignent que leurs voiles prennent feu. »

Sépien hocha vigoureusement la tête, envoyant voler des gouttes de transpiration :

« La plupart des hommes à qui j'ai parlé voulaient même attendre le crépuscule, mais j'en ai trouvé un qui a accepté de partir plus tôt. Le capitaine Atriceps nous accueillera à bord de son petit voilier, qu'il peut manier seul. Il m'a assuré que les vents étaient favorables dans le golfe du Souvenir, et il m'a promis que nous atteindrions Tourbeuse avant la nuit. »

Océrian sentit Astréa se tortiller sur le banc de pierre à ses côtés, visiblement mal à l'aise.

Elle n'avait pas escompté ce délai.

« Qu'allons-nous faire des dix heures devant nous ? murmura-t-elle.

— Peut-être commencer par nous remplir la panse ! annonça Buccinum en exhibant sa besace rebondie. Pendant que Sépien et Margane négociaient la traversée, je suis allé acheter des spécialités locales dont vous me direz des nouvelles. » Il déballa ses trouvailles sur un coin du banc brûlant. « Pâté de tubercules aigres et galettes d'algues beiges – une variété particulièrement goûteuse, m'a-t-on dit, que nous n'avons pas à Viridienne. »

Il adressa un sourire édenté à ses compagnons dubitatifs.

« Ben quoi, ne me regardez pas comme ça ! Il faut bien nous lester la carcasse avec des nourritures terrestres, avant de nous remplir l'âme de nourritures spirituelles.

— Qu'est-ce que tu racontes ? lui lança Margane. Est-ce que le soleil t'a tapé sur la tête, sous la capuche de ton linceul ? À moins que tu aies profité de ta virée au port pour t'envoyer un litron d'alcool d'algue beige, une autre spécialité locale à ce qu'il paraît…

— Eh, je ne suis pas qu'un ivrogne ! J'ai une conscience, moi aussi !

— Une conscience ? intervint Astréa, piquée au vif. Elle ne t'a pas empêché de recourir aux remèdes interdits.

— Justement, répondit Buccinum en prenant une mine contrite. Nous sommes à Souvenance, au royaume de Terra et de son oracle. C'est le moment ou jamais d'implorer le pardon de la déesse, pas vrai ? »

Astréa médita quelques instants ces paroles.

L'oracle, bien sûr… Elle y avait songé plusieurs fois, depuis qu'ils avaient atteint Souvenance – mais elle n'avait pas imaginé aller la consulter en personne.

Et si ce contretemps inattendu lui en offrait l'occasion ?

« L'oracle sait tout, entend tout et voit tout, murmura-t-elle du bout des lèvres. Peut-être pourrait-elle m'expliquer tous ces présages. M'aider à démêler le fil de l'avenir. Et répondre aux questions que je me pose sur Palémon. »

Sépien hoqueta :

« Mais tu n'y penses pas !

— Les pleurants qui viennent en pèlerinage ont tous droit à un entretien avec l'oracle, s'entêta Astréa. Sous le couvert du linceul azuré, je pourrais aller jusqu'à elle. Oui, Notre Mère, si vous m'en jugez digne, vous répondrez à mes questions par sa voix. »

Elle se leva du banc pour arpenter la parcelle de régénération, perdue dans ses prières, tandis que Sépien lui emboîtait le pas :

« Sois raisonnable, Astréa. Tu n'as pas besoin d'interroger l'oracle pour savoir que ton avenir est tout tracé, à mes côtés. »

Margane se leva à son tour en poussant un soupir excédé :

« Laisse-la donc vivre sa vie ! s'exclama-t-elle en les rejoignant. Vous n'êtes pas encore mariés, que je sache. Et l'oracle a une importance particulière pour Astréa : petite, elle m'en parlait déjà. » Elle plissa les yeux, et ajouta : « Aurais-tu peur que l'oracle lui révèle que vous n'êtes pas faits l'un pour l'autre ?

— N'importe quoi !

— Alors laisse-la y aller, si tu es un homme. »

Tandis que les deux suants se chamaillaient comme à leur habitude, Buccinum resta seul un instant avec Océrian sous l'abri.

« L'heure de votre libération approche, Votre Altesse », lui chuchota-t-il à l'oreille.

Le prince se raidit, troublé par le ton obséquieux qu'employait soudain le terracide.

« Que veux-tu dire ?

— Vous et moi, nous connaissons l'homme qui m'a arraché les dents. Nous savons que Karcharodon n'acceptera jamais de libérer des prisonniers sous la menace, même pour sauver la vie d'un apex. Le plan de ces pauvres naïfs est voué à l'échec : ils courent au massacre – et vous aussi, mon noble prince, vous risquez de périr dans la confusion. »

Océrian tenta de dévisager l'expression de Buccinum, dans le creux de sa capuche. Mais ses traits étaient noyés d'ombre.

« Que penseriez-vous de vous présenter au maréchal librement, sous ma seule escorte ?

susurra-t-il, tout en jetant des coups d'œil nerveux par-dessus son épaule pour s'assurer que les autres n'entendaient pas.

— Je ne comprends pas tes insinuations, suant.

— En ville, je n'ai pas acheté seulement des vivres. Je me suis aussi procuré de la poudre de lichen blanc chez l'apothicaire : une pincée de ce puissant somnifère suffit à endormir un homme en quelques minutes. J'en glisserai tout à l'heure dans la boisson de Sépien et de Margane, pendant qu'Astréa consultera l'oracle – on pourra ainsi prendre la mer, tous les deux. » Il se racla la gorge, comme pour faire passer le goût amer de sa fourberie, et ajouta aussitôt : « En fait, on leur rend service en leur évitant de se faire trucider, faut le voir comme ça. Quant à vous, vous vous présenterez à Karcharodon en prince libre, et non en vulgaire otage. »

L'idée de reprendre sa place dans le convoi nuptial sans bâillon ni entrave traversa Océrian comme un éclair, rallumant les braises de son orgueil.

« Et ton intérêt dans cette trahison ? » souffla-t-il.

Les prunelles du félon, jusqu'alors rétractées par le stress, se troublèrent soudain.

« Dans votre grande bonté, Votre Altesse, vous saurez convaincre Karcharodon de libérer ma chère Charybde avant l'Aube de feu, implora-t-il d'une voix tremblante. Elle fait partie des condamnés qu'on emmène au sacrifice… »

Il n'eut pas le temps d'en dire davantage : déjà, les autres revenaient vers l'abri pour partager le déjeuner.

23.

89 heures avant l'extinction

ASTRÉA

PARVENUE SUR LE PARVIS DU SANCTUAIRE, ASTRÉA LEVA UNE DERNIÈRE FOIS LES YEUX.

L'architecture de ce monument était bien plus sophistiquée que celle du pleuroir de Viridienne. Au lieu de murs de brique nue, la tour était en pierres arrachées au ventre des montagnes. Tous les peuples des Dernières Terres s'étaient autrefois unis pour bâtir cette merveille, oubliant un moment leurs querelles afin de mieux protéger les graines de Terra. Les meilleurs artistes étaient venus de Pluvieuse, de Chromatine, d'Éperonne : de chaque cité-royaume, pour participer à la sculpture de la façade. Du sol jusqu'au sommet, ce n'étaient que fougères, feuilles et branchages s'entrelaçant, une forêt

pétrifiée tout entière. Et tout là-haut luisait le gigantesque sablier égrenant le cours du temps, fleuron du savoir-faire vitrier de Cristallière. Il fallait douze hommes pour le retourner, une fois par an, à l'Aube de feu, afin de marquer solennellement le commencement d'une nouvelle année.

Cet après-midi, sa partie supérieure était presque vide.

Astréa enfonça un peu plus profondément sa capuche bleue sur sa tête, remonta la bandoulière de sa besace sur son épaule. Puis elle passa entre les saignants armés de hautes hallebardes qui gardaient l'entrée et s'engouffra dans le temple en frissonnant.

À l'intérieur, on n'entendait pas un mot, et les murs étaient vierges de toute image : contrairement aux pleuroirs résonnant nuit et jour des litanies des prêtres, le sanctuaire était voué au silence. Les seules voix qui avaient le droit de s'élever haut et clair en ces lieux étaient celle de l'oracle et celle des pèlerins venus la questionner.

Astréa rejoignit la queue qui s'était formée au fond de la nef, un peu inquiète : malgré la saison tardive, il y avait encore de nombreux pleurants encapuchonnés attendant leur tour, au moins deux douzaines. Il restait encore cinq heures avant le départ du voilier. Astréa était convenue de rejoindre les autres directement au bout du port, à la dix-neuvième heure, sur un quai à l'écart où mouillait le navire. Aurait-elle assez de temps pour consulter l'oracle ?…

Soudain, une doyenne portant le linceul du sanctuaire, au bleu profond orné de passementerie blanche, monta sur la chaire sculptée qui dominait la nef. Au lieu de s'adresser à la foule à voix haute, elle traça quelques mots à la craie sur un large panneau d'ardoise exposé à la vue de tous :

L'ORACLE EST AFFAIBLIE
ET SOUHAITE ÉCOURTER LES RÉCEPTIONS.
ELLE NE VERRA PLUS PERSONNE AUJOURD'HUI.

Un murmure indigné parcourut l'assemblée, aussitôt rabroué par la doyenne : d'un mouvement sec du bras, elle ordonna à la foule de se disperser. Les pèlerins éconduits tournèrent les talons, regagnant leurs pénates en ville en attendant de tenter à nouveau leur chance le lendemain. Mais Astréa n'avait pas ce luxe.

Elle attendit que la nef fût vide, pour aller à la rencontre de la doyenne au pied de la chaire.

Cette dernière sortit une petite ardoise et une craie des pans de son linceul, et les lui tendit d'un geste agacé pour qu'elle y inscrive ses doléances.

Astréa fit crisser la craie :

JE VIENS DE VIRIDIENNE.
JE SUIS PORTEUSE DE PRÉSAGES
QUI POURRAIENT INTÉRESSER L'ORACLE.

Elle fouilla du regard l'ombre de la capuche face à elle, tâchant d'apercevoir l'expression de son interlocutrice – mais avant qu'elle y parvienne, un chuchotement s'échappa du linceul :

« Des présages, dites-vous ? »

Astréa fut surprise que la doyenne rompe ainsi son vœu de silence – d'autant plus que sa voix était chargée de tension. Il lui sembla soudain qu'une forme de nervosité agitait les pleurants du sanctuaire, autour d'eux : leur démarche pressée n'avait rien du pas hiératique seyant aux plus hauts serviteurs de la déesse.

« Terra m'a envoyé plusieurs signes, en effet, murmura-t-elle. Je crois qu'ils annoncent de grandes choses.

— Nous avons bien besoin de signes venant du Sud, fit la doyenne en lui prenant le bras – un autre manquement à la réserve habituelle des prélats. Le Nord n'est que chaos depuis que les Flamboyants se sont lancés dans leurs conquêtes insensées. La lunaison dernière, le roi Vultur et son éminence grise Noctilio ont osé envoyer une délégation de pleurants ici, au sanctuaire, pour convaincre l'oracle d'embrasser la "Vraie Loi" ! C'est ainsi qu'ils nomment leur interprétation dévoyée du culte de Terra ! »

Astréa ne se sentait pas le cran de demander à la doyenne quelle était cette *Vraie Loi*, qu'Hippocampos avait évoquée à demi-mot.

« L'oracle a renvoyé la délégation flamboyante, bien sûr, continua la doyenne. Mais ces demandes honteuses l'ont ébranlée, je le sens. Depuis, elle est fatiguée. Des présages positifs lui feront le plus grand bien. Suivez-moi, il faut d'abord vous purifier aux bains des femmes. »

Elle lâcha brusquement le bras d'Astréa, l'entraînant à travers une série de couloirs austères. Elles s'arrêtèrent devant une volée de marches plongeant au sous-sol, d'où émanait une vapeur parfumée.

« Laissez votre linceul et votre bagage ici, ils ne craignent rien, dit la doyenne. Vous trouverez dans les bains du savon gris pour décrasser votre peau de la poussière du désert. Tout au bout, une consœur vous conduira à l'oracle telle que vous êtes venue au monde ou presque – vêtue simplement de votre brassière et de votre pagne. »

Astréa n'hésita guère à se défaire de sa vêture : ici, nul ne savait qui elle était, et nul ne pouvait reconnaître son visage.

Elle dénoua sa ceinture, ôta son linceul et délaça ses sandales. Puis elle rangea le tout dans sa besace, pour ne garder que ses sous-vêtements et sa chevalière de jaspe. Quant à son glaive, elle l'avait confié à Margane, car les armes étaient interdites dans le temple.

Après avoir remis ses effets à la doyenne, elle descendit les marches humides sur la pointe de ses pieds nus, et entra dans la vapeur.

La chaleur des bains était à l'opposé de celle du désert : non pas cuisante et douloureuse, mais berçante et réconfortante. Comme l'étreinte de Notre Mère.

Çà et là, des lanternes dispensaient une lumière diaphane, éclairant les volutes de vapeur : Astréa était bel et bien la dernière visiteuse de la journée. Elle saisit un peu de pâte de savon gris disposée dans une coupelle de pierre, et se mit à la frotter sur sa peau. Tout en massant ses jambes endolories par la marche forcée, elle se rendit compte à quel point elle était fourbue. Elle s'attarda sur son ventre, prenant un soin particulier à nettoyer son animal-greffe, l'étoile de mer qui veillait sur elle. Malgré les terribles malheurs qui l'avaient frappée ces derniers jours, elle avait aussi vécu des choses extraordinaires. Hippocampos l'avait appelée l'*étonnante voyageuse*, et c'était bien l'impression qu'elle avait : de s'être lancée dans un voyage dépassant l'imagination, non seulement au bout des Dernières Terres, mais aussi au bout d'elle-même.

Elle avait reçu des présages mystérieux, elle avait pénétré dans le castel interdit au bas peuple… et surtout, elle avait fait la connaissance d'un apex, dont le visage, les yeux et la voix ne quittaient plus ses pensées.

À présent, petite bêcheuse d'algues viridienne, elle s'apprêtait à consulter la plus haute autorité religieuse des Dernières Terres, que seuls les pleurants confirmés pouvaient habituellement approcher : l'oracle en personne.

Quelle question lui poserai-je en premier ?

Certainement, j'implorerai le pardon de la déesse, pour les crimes de mon frère et pour les miens.

Et après ?

Je lui demanderai si je reverrai jamais Palémon.

Si mon mariage avec Sépien sera heureux.

Si mes futurs enfants prendront un jour le linceul azuré à ma place.

Derrière toutes ces questions raisonnables, il y en avait d'autres inavouables, qu'Astréa n'osait formuler et qui pourtant la hantaient :

Qu'est-ce qu'Océrian pense de moi, derrière ses attitudes tour à tour hostiles et amicales, hautaines et fragiles ?

Comment un être élevé pour écraser les autres castes sous son autorité peut-il chanter d'une voix si sensible ?

Est-ce le destin qui nous a jetés l'un contre l'autre ?

Et surtout, une fois que ce voyage sera fini, est-ce que nos chemins se recroiseront un jour ?

Alors qu'elle passait la pâte de savon sur sa poitrine, repensant aux heures écoulées sur le banc aux côtés du prince, ses pensées se figèrent soudain.

Là, sous ses doigts, il y avait un nodule dur et rond comme un petit caillou. En un éclair, elle repensa à l'excroissance qu'elle avait sentie en faisant sa toilette quelques jours plus tôt, juste après le souffle de l'Haleine ardente. Sur le moment, elle avait décidé que ce n'était rien d'autre qu'un hématome, une simple bosse. Parce qu'il était plus simple de conclure ainsi. Parce que cela lui avait évité d'envisager l'*autre possibilité* : celle qui était synonyme de mort à plus ou moins brève échéance.

À présent, il n'était plus possible de le nier : une tumeur avait bel et bien poussé sous l'aisselle gauche d'Astréa – encore discrète, mais qui gonflerait fatalement, comme celle qui des années plus tôt avait emporté sa tante Bullia.

Les Dernières Terres paraissaient vierges des scories de l'ancien monde, mis à part les lambeaux de plastique qui affleuraient parfois. Mais en vérité, la pollution était encore partout, particules invisibles et pernicieuses, imprégnant l'air que respiraient les Derniers Humains, l'eau qu'ils buvaient et les algues qu'ils mangeaient. Combinée aux rayons délétères du soleil, cette menace pouvait à tout instant faire bourgeonner des cancers incurables sur le corps des malchanceux, qu'ils soient déjà âgés comme Bullia… ou encore si jeunes comme Astréa.

La jeune fille reposa lentement le reste de savon dans la coupelle.

D'un geste mécanique, elle se sécha à l'aide d'une des serviettes mises à la disposition des pèlerines, puis elle repassa son pagne et sa brassière.

Enfin, elle quitta les bains telle une funambule sur un fil, par l'issue opposée à celle qu'elle avait empruntée pour entrer.

Une doyenne sans visage, en tous points semblable à la première, la conduisit à travers un couloir souterrain, jusqu'à une haute porte de bronze. Elle était gardée par deux grands saignants encapuchonnés – à la différence de ceux qui se tenaient à l'entrée du temple, ils ne portaient pas d'armes, mais leur musculature saillait sous leurs linceuls vermillon. Astréa devina que c'étaient des lutteurs venus d'Aride, la cité-royaume désertique où le combat à mains nues était élevé au rang d'art…

Ils s'écartèrent sans un mot devant les visiteuses, révélant le cercle gravé sur la porte : le symbole de Terra, la sphère universelle.

La doyenne traça quelques mots à la craie sur son ardoise :

L'ORACLE EST AVERTIE DE VOTRE VISITE.
NE LA FATIGUEZ PAS ET PARTEZ
DÈS QU'ELLE LE DEMANDERA.

Puis elle poussa le battant de bronze.

Serrant sa serviette contre son cœur pour en étouffer les battements affolés, Astréa entra dans une immense salle éclairée par de hauts candélabres en fer forgé. Les murs étaient chargés de milliers d'étagères, sur lesquelles étaient rangées des millions de boîtes étiquetées. La visiteuse devina qu'elle avait pénétré dans la crypte sacrée. C'était là qu'étaient conservées les graines de l'ancien temps : les promesses de l'avenir, attendant d'être plantées le jour où les parcelles de régénération seraient enfin assez fertiles pour nourrir leur croissance…

Frappée par la stupeur d'être entourée de tant de germes de vie, juste après avoir découvert qu'elle portait en elle un germe de mort, Astréa n'entendit pas la porte se refermer derrière elle. Elle discerna à peine le trépied posé au milieu de la pièce déserte, qui exhalait une fumée odorante.

« Svalbard ! » résonna soudain une voix sépulcrale.

Les deux syllabes se répercutèrent infiniment, démultipliées par la formidable acoustique de la crypte :

… *Svalbard…*

… *valbard…*

… *albard…*

… *bard…*

… *bar…*

… *ba.*

« Les Dernières Terres se nommaient Svalbard, du temps où elles étaient encore prises dans les glaces. Mais qui s'en souvient ? »

Revenant à elle, Astréa se rendit compte que la voix provenait du centre de la crypte, devant le trépied.

Une silhouette immaculée était assise là, à même le sol : celle de l'oracle, la seule personne au monde autorisée à porter le linceul blanc – la seule apex aussi à entrer dans les ordres. À chaque génération, une enfant noble était choisie selon des critères complexes, connus des doyens seuls. Consacrée pour remplacer l'ancienne oracle, elle pénétrait au sanctuaire pour ne jamais en sortir, se nourrissant uniquement de lumière captée sur les plus hauts balcons de la tour. Le bas peuple savait seulement que les cheveux de l'élue devaient être lavande : la teinte de mauve la plus bleutée, se rapprochant du linceul azuré des pleurants.

Astréa s'approcha lentement.

Il était toujours difficile de donner un âge aux apex, dont la peau ne vieillissait pas, ou si peu. Mais celle qui était assise par terre semblait aussi vieille que le monde lui-même. Ce n'étaient pas ses rides quasi inexistantes qui la trahissaient – c'était la lassitude de ses gestes. Elle était occupée à faire tournoyer un poignard sur les dalles, au milieu de tuiles de porcelaine disposées en cercle, sur lesquelles étaient gravés des symboles runiques.

Astréa connaissait cette méthode de divination : les pleurants de Viridienne utilisaient parfois un poignard sacré, au manche taillé dans le squelette d'un antique enfant de Terra, pour interroger ses mânes. Les runes sur lesquelles la lame s'arrêtait étaient censées fournir les réponses. En l'occurrence, le manche dans la main de l'oracle semblait constitué de la plus rare, de la plus noble de toutes les matières animales : l'ivoire.

« Qui s'en souvient ? » répéta-t-elle en faisant tourner une nouvelle fois le poignard, sa voix grave emplissant le vide de la crypte.

« Qui se souvient du renard arctique, qui jadis courait dans ces neiges ?

« Qui se souvient du macareux moine, qui nichait dans ces falaises ? »

Astréa était décontenancée par ces questions, qui ne semblaient pas appeler de réponse particulière ; d'ailleurs, l'oracle faisait tourner machinalement le poignard, encore et encore, sans regarder les runes que sa pointe désignait. Comme si le rituel n'était plus qu'un jeu dénué de sens…

« Qui se souvient de l'ours polaire, qui régnait sur ces banquises ?

« Qui se souvient du narval, dans la corne duquel a été sculpté ce manche ? »

L'évocation de l'animal-greffe d'Océrian acheva de plonger Astréa dans la confusion, le souvenir du prince la poursuivant jusqu'en ce lieu sacré.

Elle fit encore quelques pas et s'inclina profondément :

« Je suis Astréa, fille de Patel », se présenta-t-elle, car ici, mise à nu, il ne servait à rien de cacher son identité. « Que Notre Mère renaisse de votre mort… »

Elle se tut, s'attendant à ce que l'oracle complète la bénédiction. Mais cette dernière continua à parler toute seule, comme si elle n'avait même pas remarqué l'arrivée de la visiteuse.

« Personne, voilà la réponse ! tonna-t-elle. Personne ne se souvient de tous ces êtres ! Nous avons beau graver leurs images sur les murs de nos pleuroirs, recopier leurs noms dans nos rouleaux sacrés, rien ne réparera leur absence. Ils ne revivront jamais. »

Ébranlée par cette affirmation si contraire au dogme, proférée par celle qui en était pourtant la garante suprême, Astréa porta la main à son animal-greffe. L'étoile de mer revivait à travers elle, oui, elle en était certaine !

« Je viens de loin pour vous demander la grâce de Terra, ô Oracle, annonça-t-elle. Je viens de Viridienne. »

L'apparition sembla prendre soudain conscience de son interlocutrice et tourna vers elle ses yeux blêmes. Ses longs cheveux fantomatiques, retombant en cascade sur ses frêles épaules, ressemblaient à des algues sèches décolorées par le vent.

« Ah, c'est toi, la pèlerine de la cité verte..., marmonna-t-elle. Une ville qui est restée fidèle à la Loi de nos ancêtres – pas comme les égarés de Flamboyante. Regarde ce que cet hérétique de Noctilio m'a fait apporter... »

Elle rangea le poignard dans une poche de son linceul blanc, et fouilla dans une autre pour en sortir un collier semblable à ceux que portaient habituellement les pleurants. Sauf pour le contenu du sablier. Au lieu de renfermer le sable gris de la Désolation intérieure, en souvenir des crimes commis par les ancêtres des Derniers Humains contre Terra, il était rempli d'un sable noir comme la nuit...

« Voilà le symbole de leur religion prétendument régénérée, leur Vraie Loi blasphématoire, dit l'oracle, frémissant de dégoût à la vue du pendentif. Les pleurants ordonnés par Noctilio portent tous ce bijou impie. Et ils comptaient me le faire porter à moi aussi ! Ils espéraient recevoir de ma bouche la bénédiction de Terra ! Ces pauvres fous ne se rendent pas compte que la déesse les hait, eux qui forent ses flancs au-delà de toute limite ! »

Pas plus que tout à l'heure à la doyenne, Astréa n'osa demander à l'oracle en quoi consistait la Vraie Loi sur laquelle se fondait la religion des Flamboyants.

Elle se sentait effroyablement mal à l'aise, à rester debout face à l'oracle, mais en même temps elle n'osait pas s'asseoir sans y être invitée.

« Noctilio se prétend mage, mais je le soupçonne d'être un démoniste jouant avec des forces qui le dépassent », marmonna encore la femme sans âge. Elle laissa glisser le pendentif flamboyant parmi les tuiles runiques, comme s'il lui brûlait les mains. « Notre Mère s'est détournée de lui. Elle s'est détournée des Flamboyants. Et elle s'est détournée de tous les humains. Les runes se sont tues. Le poignard divinatoire ne parle plus. À moins que… » Ses traits se tendirent, ses yeux clairs étincelèrent d'espoir. « … il paraît que tu as vu des présages. Lesquels ? Dis-moi ! Dis-moi vite !

— J'ai vu une anguille…, commença Astréa, décontenancée par le ton fébrile de son interlocutrice, là où elle s'était attendue à un calme souverain.

— Une anguille, tu es sûre ? Quand ?

— Il y a huit jours, juste avant que l'Haleine ardente gronde sur la mer Viride. »

L'oracle poussa un cri aigu et balaya les tuiles runiques du revers de la main :

« Malheur ! Il n'y a plus de doute maintenant !

— Plus de doute sur quoi ? » gémit Astréa.

Elle comprenait pourquoi les doyennes tenaient à ménager l'oracle, limitant les visites : la pauvre femme semblait complètement à bout de nerfs. Les erreurs spirituelles des Flamboyants l'avaient profondément affectée. Mais pourquoi la mention de l'anguille la mettait-elle dans un tel état ?

« Quelle est la signification de cette anguille ? demanda Astréa du bout des lèvres. Et quel sens accorder au vol d'oiseaux que Terra m'a envoyé hier ? »

L'oracle fut prise d'une secousse, qui agita son linceul et fit trembler les os de son corps malingre :

« Elle ne t'a rien envoyé du tout, jeune sotte ! s'écria-t-elle. Ce que tu as vu, ce sont des animaux fuyant la catastrophe qui approche depuis les profondeurs de l'océan ! L'Haleine ardente n'est que le signe avant-coureur de l'apocalypse ! Les enfants de Terra sont dotés de cet instinct qui fait défaut aux êtres humains dénaturés : ils savent que la fin est proche.

— La fin ? répéta Astréa, la gorge de plus en plus nouée. Je ne comprends pas. »

Toutes les questions qui se bousculaient dans sa tête, et jusqu'à l'angoisse de s'être découvert une tumeur, s'effacèrent.

Elle se sentait soudain très bête, malgré toutes ses connaissances, ces centaines d'heures passées au pleuroir à apprendre les litanies, cette mémoire prodigieuse qui faisait sa renommée à Viridienne.

« Les Dernières Terres ne sont pas une fin, mais un début, récita-t-elle, ressortant le catéchisme des pleurants. Le début de la renaissance de Terra.

— C'est trop tard ! asséna l'oracle, abattant ses poings frêles sur les dalles. Les Derniers Humains ont commis trop de péchés. Terra les a définitivement abandonnés. J'ai aperçu ces oiseaux dont tu parles, penchée à mes balcons dans les hauteurs de la tour : je les ai vus voler depuis l'horizon, pour aller chercher refuge dans les montagnes de la cordillère Fendue. Mais aucune région ne sera assez lointaine, quand viendra l'heure. Aucun sommet ne sera assez haut, quand sonnera le glas. Les Flamboyants eux-mêmes, qui se croient au-dessus de la seule Loi qui vaille, seront balayés jusqu'au dernier. Je crois même que c'est leur aveuglement criminel qui a précipité le courroux de la déesse ! »

À cet instant, Astréa vit une lueur de démence se refléter au fond des yeux pâles de l'oracle, de plus en plus exorbités.

Cette femme était folle.

Folle de douleur.

Folle de désespoir.

Folle à lier.

« Je… je vais vous laisser », murmura Astréa en commençant à reculer vers la porte.

Mais l'oracle, qui depuis le début de l'entretien était restée assise au sol, bondit soudain sur ses jambes avec l'agilité d'une forcenée :

« Tu ne me crois pas ? hulula-t-elle. Alors, peut-être croiras-tu la déesse elle-même ! »

Elle se précipita derrière le voile blanc qui pendait au fond de la crypte ; avant qu'Astréa ait le temps de reprendre ses esprits, elle émergea à nouveau de ses appartements, tenant un orbe métallique entre ses mains.

Astréa crut d'abord que c'était une nouvelle représentation de la sphère universelle, symbole de la déesse ; mais l'instant suivant, elle se rendit compte qu'il s'agissait en réalité d'une *tête*.

Un chef décapité, sans autres oreilles que des ouïes, façonné dans un métal argenté.

Un visage androgyne aux traits symétriques, semblant dormir d'un sommeil de mort.

L'oracle appuya sa paume sur le front lisse – aussitôt, les paupières métalliques se soulevèrent au milieu du masque énigmatique, révélant deux yeux jaunes et brillants comme des topazes, éclairés par un feu intérieur.

« Dis-lui, déesse ! hurla l'oracle. Répète-lui ce que tu m'as révélé ce matin ! »

Les lèvres, à leur tour, s'entrouvrirent pour laisser filtrer une voix sans âge et sans sexe :

« Analyse du 110 263ᵉ bulletin reçu de la station climatique Yermak – océan Arctique – 81,90 degrés nord et 17,41 degrés est. »

Astréa sentit sa peau se hérisser :

« Notre… Notre Mère ? balbutia-t-elle, frappé d'une stupeur sacrée à l'idée d'être en présence de la déesse.

— Tais-toi ! aboya l'oracle. Laisse parler le Choreute jusqu'au bout et ne l'interromps pas ! »

La tête formidable continua à débiter son discours :

« Entrée du jour : le réchauffement brusque et significatif des profondeurs de l'océan, observé depuis une semaine, s'accélère. Les capteurs sismiques ont aussi enregistré l'apparition de fissures gigantesques sur le plancher océanique, depuis le plateau de Yermak jusqu'au glissement d'Hinlopen et au sud du bassin de Nansen. Les hydrates de méthane encore stockés dans le sous-sol de l'Arctique vont continuer de se libérer de plus en plus rapidement, causant des perturbations locales de plus en plus fréquentes. Et puis d'un seul coup, le plus gros réservoir cédera. La catastrophe est prévue au 20 avril, au début du jour polaire. Cent gigatonnes de gaz remonteront brusquement à la surface, générant une chaîne d'explosions

cataclysmiques. Cette station automatisée – la dernière encore en exercice – sera aussitôt pulvérisée. L'air deviendra irrespirable et des tsunamis gigantesques déferleront sur tout l'hémisphère Nord. »

Astréa était tétanisée par ce flot de paroles débitées d'une voix monocorde, prédisant les pires catastrophes sans aucune émotion. Même s'il y avait plein de termes qu'elle ne comprenait pas, ce qu'elle saisissait l'emplissait d'effroi.

Un mot en particulier la terrorisait, rougeoyant comme la lanterne de surveillance que les bêcheurs emportaient en mer : *méthane* !

Mais le pire était encore à venir :

« *Conséquence : aucune forme de vie organique évoluée ne survivra dans un rayon de trois mille kilomètres, incluant l'archipel du Svalbard dans son intégralité. Or d'après mes archives, c'est le seul endroit où subsiste une population humaine résiduelle. Une fois qu'elle aura disparu, l'espèce Homo sapiens sapiens sera reclassée en Species extincta.*

« *Estimation du temps restant avant le début du cataclysme : quatre-vingts heures.* »

« *Fin du rapport.* »

L'avatar se tut aussi brusquement qu'il avait commencé à parler.

« Mensonges… mensonges démoniaques, parvint à articuler Astréa. J'ai entendu le mot "mé-thane" dans cette logorrhée et je devine bien ce qu'il signifie. Ce n'est pas Notre Mère qui s'exprime à travers cette idole maléfique : c'est Mêtana elle-même !

— La paix, ignorante ! la rabroua l'oracle. Jeune comme tu es, tu n'es qu'une novice, loin de soupçonner les arcanes connus des doyens seuls. Mêtana, Kârbon et Sûlfur sont de simples noms, des incarnations symboliques pour permettre au peuple de cristalliser sa peur et de pratiquer sa dévotion. »

Son moment de folie passé, l'oracle semblait à nouveau lucide, tragiquement sérieuse.

Astréa cessa de reculer, pressentant qu'elle allait apprendre en ces lieux des secrets connus d'une poignée d'hommes et de femmes dispersés dans les Dernières Terres.

« Les démons gaziers sont des allégories, mais les gaz, eux, sont bien réels, continua l'oracle. Pendant des millions d'années, Terra les a patiemment enfermés dans ses entrailles. Mais les hommes de l'ancien temps, dans leur folie, les ont libérés en l'espace d'un clignement d'œil à l'échelle géologique, déclenchant une réaction en cascade qu'ils n'ont pas su stopper. »

L'oracle s'avança d'un pas vers Astréa.

Elle paraissait soudain plus grande et moins chétive, comme rehaussée par la gravité de l'histoire qu'elle avait à conter.

« Tout a commencé par ce qu'ils ont appelé leur *Révolution industrielle*, qui en réalité était une révolution contre la déesse elle-même. Ils se sont mis à arracher le charbon au fond de leurs mines, déterrant les restes des végétaux et animaux du passé pour les faire brûler dans leurs fabriques. Puis ils ont aspiré le pétrole des entrailles de Terra, afin de mouvoir leurs véhicules toujours plus rapides et leurs machines toujours plus démesurées. Mais ce faisant, ils ont relâché de gigantesques quantités de gaz carbonique dans l'atmosphère, amorçant le terrible effet de serre qui a réchauffé les terres. Ainsi a été libéré Kârbon, l'Étouffeur silencieux. »

Char-bon… Pé-trole… Gaz car-bo-nique… C'était la première fois qu'Astréa entendait ces mots nouveaux, et pourtant ils résonnaient profondément en elle, réveillant l'écho du péché de ses ancêtres.

« La température des mers, elle aussi, a commencé à s'élever, continua l'oracle. Elles ont peu à peu tiédi, perdant en oxygène ce qu'elles gagnaient en acidité. Les courants océaniques, jadis mus par la descente d'eau froide depuis les pôles, se sont arrêtés. Mais il y avait plus grave encore : là, dans le silence des fonds marins, au cœur des sols givrés et sous les banquises, Terra avait enfermé d'immenses réservoirs de méthane, un autre gaz à effet de serre particulièrement explosif. Contenus dans de titanesques blocs glacés, nommés hydrates de méthane, ils étaient restés stables pendant des éons. Jusqu'à ce que le réchauffement incontrôlé les fasse brusquement fondre, laissant remonter à la surface leurs bouffées mortelles. Ainsi a été libérée Mêtana, l'Haleine ardente.

« Décimés par des canicules à répétition sur les plateaux continentaux, asphyxiés par le manque d'oxygène et de nutriments au fond des mers, les organismes vivants se sont mis à mourir par milliards. Les plantes et les animaux que les hommes n'avaient pas encore exterminés avec leur pollution et leurs pesticides ont été frappés de plein fouet. Des arbres les plus hauts jusqu'aux vers les plus petits, tous ou presque ont péri. Leurs dépouilles, s'amoncelant les unes sur les autres pour recouvrir des pays entiers, ont rapidement pourri. Une exhalaison fétide a empoisonné l'air : le sulfure d'hydrogène, dont quelques onces seulement peuvent paralyser les poumons d'un être humain. Ainsi a été libéré Sûlfur, la Pestilence rampante. »

L'oracle fit un pas encore en direction d'Astréa. Elle était toute proche désormais, et son ombre immense, étirée par la flamme du trépied brûlant dans son dos, recouvrait entièrement la jeune fille.

« Ce cycle infernal, une fois lancé, s'est emballé, conclut l'oracle. Les trois démons gaziers se sont nourris les uns des autres, jusqu'à ce que la quasi-totalité de la planète devienne inhabitable… jusqu'à ce que les Derniers Humains trouvent refuge sur les Dernières Terres. »

Astréa se sentit gagnée par le vertige, emportée par le tourbillon de ces images surgies de l'ancien temps, dont certaines ne s'étaient jamais frayé un chemin jusqu'au parler commun. Pourtant, tout ce que venait de dire l'oracle avait toujours été contenu en creux dans le dogme, la jeune fille s'en rendait compte. Et elle comprenait maintenant la terrible prophétie jaillie de la bouche de l'idole.

« Ces… hydrates de méthane, dit Astréa d'une voix blanche. Ils n'ont pas tous fondu jadis, n'est-ce pas ? Il en reste encore au fond de l'océan, qui se libèrent régulièrement chaque fois que se manifeste Mêtana, depuis des générations. Et là, d'un seul coup, il va en remonter… » Sa langue buta. « … cent gigatonnes. »

Astréa ne connaissait pas la signification de ce terme qu'elle répétait : *gi-ga-tonnes.* Mais elle devinait qu'il désignait une quantité gigantesque, trop vaste pour l'entendement humain… trop écrasante pour laisser le moindre espoir de survie.

Son instinct lui dit que le dernier souffle de l'Haleine ardente, que l'archipleurant Octopide n'avait su prévoir et qui avait enflammé la mer Viride comme jamais, n'avait été qu'un avant-goût du désastre à venir.

Son corps se rappela aussi le séisme qui avait fait vibrer les grottes du Cloaque et chacun de ses os, tel un avertissement funeste.

Tout son être se cabra contre ce pressentiment, contre la tête maudite qui reposait entre les mains de l'oracle.

« Cette idole se trompe ! s'écria-t-elle, entre colère et désespoir. Ce qu'elle annonce est impossible !

— Le Choreute de Terra ne se trompe jamais, rétorqua la femme aux cheveux lavande. Nous autres, oracles, nous en héritons de génération en génération. Cela fait des siècles qu'il nous chuchote à l'oreille les secrets du ciel et de la mer. Tu l'as entendu toi-même : c'est sa cent dix mille deux cent soixante-troisième prédiction ! C'est lui qui nous aide à prévoir chaque année la date des déluges d'automne. Lui aussi qui nous permet d'annoncer les pluies acides. Lui enfin qui nous laisse entrevoir chaque souffle de l'Haleine ardente. »

Astréa n'en croyait pas ses oreilles. L'infaillibilité des oracles de Souvenance, célébrée à travers toutes les Dernières Terres, venait donc de… *ça* ?

« Qu'est-ce que c'est exactement ? murmura-t-elle en lorgnant la tête de métal. Qu'est-ce que ce Choreute ? »

La vieille femme haussa plusieurs fois les épaules, dans un mouvement nerveux haché – comme si la frénésie la reprenait :

« Qu'en sais-je ? dit-elle. Les ancêtres de nos ancêtres l'ont trouvé un jour, dans les décombres de l'ancien monde. Au début, il parlait une langue étrangère, mais il a appris à utiliser le parler commun. Il s'est présenté sous le nom de *Choreute* – il semble que ce mot ait été synonyme de *chanteur*, dans une langue de l'ancien temps. Il a dit être connecté spirituellement à une *station climatique* – c'est le terme qu'il emploie, tu l'as entendu comme moi. Mais les doyens estiment qu'il s'agit d'une métaphore pour désigner Notre Mère, la déesse étant comme chacun sait maîtresse du climat. C'est elle qui envoie à son avatar les informations qu'elle souhaite me communiquer, telle une compositrice dictant les paroles d'une chanson, pour qu'il me les répète. »

Astréa soutint le regard jaune et sans pupille du Choreute.

Cette lumière était-elle vraiment celle de Notre Mère ?

Et ces mots, ceux de la déesse ?

Il y avait là une contradiction insurmontable avec le cœur même du culte : Terra ne pouvait pas annoncer la disparition des serviteurs qui œuvraient à sa renaissance !

« Si les Dernières Terres sont balayées par un souffle ardent dépassant tous ceux qui l'ont précédé, si l'espèce humaine est exterminée, comment Terra pourra-t-elle jamais renaître ? balbutia Astréa.

— Elle ne le pourra pas », croassa l'oracle, ses paupières se rétractant à nouveau sur les globes oculaires, ses pupilles se dilatant au milieu des iris pâles.

Sa voix, plus discordante que jamais, semblait sur le point d'exploser dans un rire nerveux, dément.

« Mais… les lits d'humusage…

— Ils seront soufflés par l'explosion !
— Les parcelles de régénération...
— Elles brûleront comme feu de paille !
— Les litanies des pleurants...
— Ils étoufferont dans leurs prières ! »

Astréa s'aperçut que les mains de l'oracle s'étaient mises à trembler aussi fébrilement que celles d'une malade prise de fièvre brûlante. Entre ses longs doigts, la tête du Choreute restait impassible.

« La sueur, la salive, le sang et les larmes des hommes : versés pour rien ! s'exclama-t-elle d'une voix suraiguë. Les litanies interminables : dites en vain ! Ma propre existence en ce temple : une sinistre farce ! J'ai sacrifié ma vie pour servir une déesse cruelle et ingrate. Cela fait des jours que j'attends qu'elle revienne sur ses prophéties, que son Choreute annonce une voie de salut, ou du moins un sursis... mais non, il ne change pas sa chanson. Les runes ne me sont plus d'aucune utilité. Et les présages que tu viens d'apporter ne font que confirmer l'inéluctable : dans le ventre de l'océan, l'apocalypse a commencé. Chaque heure nous rapproche de l'issue fatale ! »

Prise d'une rage soudaine, elle jeta la tête métallique au sol.

Les dalles se fendirent sous l'impact, dont l'écho monta jusqu'à la voûte de la crypte.

« Terra m'a pris ma vie, mais je ne lui permettrai pas de me voler ma mort, aboya-t-elle. Il est hors de question que je périsse en même temps que les masses plébéiennes, dans la stupeur et la panique, pour payer l'errance des Flamboyants et le péché des Derniers Humains. Je préfère écrire moi-même la dernière ligne de mon papyrus. Que ce soit ma rébellion, mon seul acte de liberté ! »

Ses terribles paroles résonnaient encore dans la crypte, alors qu'elle écartait les bras, déployant les longs pans de son linceul blanc telle une grue du temps jadis prête à prendre son envol. Mais ce n'était pas une serre qui brillait dans sa main droite à la lumière des candélabres : c'était le poignard divinatoire, au manche d'ivoire.

Elle le plongea dans sa poitrine, jusqu'à la garde, en poussant un cri strident.

Une vague de sang, remontant à sa bouche, étouffa sa voix.

Une auréole s'épanouit autour de son cœur, telle une fleur maladive, étoilant le linceul de ses pétales écarlates.

Elle tomba à genoux, essaya de prononcer encore une parole sans y parvenir ; puis elle s'effondra sur les dalles, les yeux exorbités. Ses lèvres, qui avaient proféré tant de prédictions, se figèrent à jamais, un long filet de sang dégoulinant jusque sur les dalles.

Pendant un instant qui sembla durer une éternité, Astréa resta pétrifiée d'horreur, sa respiration oppressée faisant écho dans la crypte déserte, au milieu des millions de graines qui l'observaient en silence.

Tout d'un coup, quelque chose de froid heurta son pied nu.

Elle baissa les yeux : la tête du Choreute, ébranlée par la chute de l'oracle, venait de rouler jusqu'à elle.

Dès lors, elle retrouva ses réflexes de survie, ceux qui l'avaient sauvée lors du dernier souffle de l'Haleine ardente, et tant d'autres fois encore. Avec les pans du linceul de l'oracle, elle épongea le sang répandu sur les dalles. Puis elle empoigna le corps sans vie par les aisselles – il lui sembla léger comme une plume – et le traîna derrière le voile pâle au fond de la crypte – il lui parut trembler de colère muette.

Enfin, elle ramassa les objets abandonnés par l'oracle : le poignard d'ivoire encore poisseux de sang, le sablier noir et la tête argentée du Choreute. Elle enveloppa le tout étroitement dans sa serviette et se dirigea vers la porte de bronze d'un pas le plus régulier possible.

24.

87 heures avant l'extinction

OCÉRIAN

« ÇA Y EST, ILS DORMENT À POINGS FERMÉS… », murmura Buccinum en reposant sur le pont du voilier le gobelet dans lequel il n'avait pas trempé ses lèvres.

Les mains toujours attachées dans le dos, et à nouveau bâillonné, Océrian n'avait pas bu une goutte d'eau lui non plus. Sépien et Margane, en revanche, avaient vidé à eux deux une outre entière, pour se désaltérer après avoir chargé les vivres à bord.

Leurs corps gisaient à présent sous le dais de toile tendu à l'arrière de l'embarcation toujours à quai, à côté de leurs besaces remplies de victuailles.

Buccinum se tourna vers Océrian pour défaire son bâillon dans le

creux de sa capuche – de si près, le prince pouvait sentir l'haleine fétide émanant des gencives en voie de cicatrisation du suant.

Puis il trancha ses liens avec le glaive qu'Astréa avait confié à Margane, et qu'il s'était empressé de récupérer.

« Vous voilà libre de vos mouvements, Votre Altesse », déclara-t-il.

Le visage de Buccinum était mangé par l'ombre de sa capuche, le soleil éclairant juste le sourire de sa bouche mutilée.

« Je serai vraiment libre quand nous aurons atteint Flamboyante, là où est ma place », répondit froidement le prince.

La compagnie de cet homme prêt à trahir ceux-là mêmes qui l'avaient sauvé, dans une tentative désespérée de sauver à son tour son épouse, le mettait mal à l'aise.

Le spectacle des corps de ses ravisseurs, comme morts sur les lattes du pont, le troublait également.

Mais ce qui le taraudait le plus, c'était l'idée qu'Astréa pouvait revenir du sanctuaire à tout moment.

Il ne devait pas penser à elle, et se concentrer sur le plan de Buccinum ; ce dernier avait raison : il aurait plus de chances d'arriver vivant à destination s'il accomplissait la fin du voyage sans la sœur de Palémon et ses prétentions délirantes de faire céder Karcharodon…

Le devoir lui commandait d'épouser la princesse Gryphie, ainsi que l'avait souhaité son père.

L'honneur lui ordonnait d'entrer dans la cité rouge la tête haute et libéré de toute entrave.

Ainsi seulement pourrait-il accomplir sa destinée, devenir le *prince des nuées* mentionné dans le poème d'Hippocampos : celui qu'il avait toujours rêvé d'être.

Quant à Astréa… si en s'enfuyant il pouvait la faire renoncer à sa folle entreprise, alors il lui sauverait la vie.

« Le vent souffle fort, nous arriverons à Flamboyante plus vite qu'il ne faut de temps pour le dire ! » se réjouit Buccinum, l'arrachant à ses pensées.

Le suant écarta les bras : une brise chaude et puissante, venue du fond du golfe, gonfla les pans de son linceul.

« Une fois dans la cité rouge, mon noble prince, vous vous souviendrez de ma pauvre Charybde, n'est-ce pas ? » Son regard plein d'espoir, tombant sur les corps de ceux qu'il venait d'empoisonner, s'assombrit aussitôt. « Pour l'heure, commençons par nous débarrasser de ces deux poids morts, nous voguerons d'autant plus vite. »

Pressé de les ôter de sa vue, pour alléger sa conscience plus encore que le voilier, il rejoignit la proue en trois enjambées. Comme presque tous les bateaux de Souvenance, c'était davantage une barque améliorée qu'un véritable voilier, un frêle esquif au mât branlant et à la coque faite de chutes de bois de piètre qualité, cent fois rafistolées au fil des générations – seules les galères des apex avaient droit aux parties nobles des troncs devenus très rares…

Là, sous un second dais, le « capitaine » Atriceps sommeillait dans un hamac. Océrian se doutait qu'il n'avait de capitaine que le nom, car les bateaux sillonnant le golfe allaient souvent sans équipage, afin de consacrer leur faible tonnage aux marchandises transitées d'une rive à l'autre. Chaque centimètre carré de peau émergeant du linceul gris d'Atriceps était couvert de tatouages. Sous l'ourlet, ses mollets fourmillaient d'insectes ; ses mains étaient peuplées de lézards ; des serpents s'enroulaient autour de son cou, jusqu'à son visage englouti sous la capuche. Océrian avait entendu dire que certains Souvenanciens visitaient tous les pleuroirs de la ville sacrée pour se faire tatouer le plus d'animaux possible. Ils espéraient ainsi augmenter leur mérite aux yeux de Terra, et la bonne fortune censée en découler. Les marins suants étaient particulièrement avides de bénédictions en tout genre pour braver les eaux souvent agitées du golfe.

Buccinum abattit sa main sur l'épaule du dormeur.

« Hein ? Quoi ? brailla-t-il, réveillé en sursaut dans sa sieste. C'est déjà la dix-neuvième heure ?

— La seizième vient juste de sonner, l'ami, lui répondit Buccinum. Mais je suis prêt à doubler le prix convenu si tu lèves l'ancre dès maintenant, car nous sommes un peu pressés. »

Il ouvrit la bourse qu'il venait de dérober à Sépien, et en sortit une poignée de deniers souvenanciens récemment changés.

Le capitaine regarda les pièces de porcelaine, frappées d'un symbole représentant le sablier emblématique de la ville sacrée ; puis il scruta le ciel, où le soleil était encore haut.

« Mon fier vaisseau aurait bien besoin d'une rénovation, commença-t-il. Peut-être qu'en triplant…

— C'est entendu ! acquiesça Buccinum, sans discuter. Mais pour ce prix-là, aide-moi à décharger ces deux ivrognes. » Il désigna ses compagnons drogués. « Ils ont un peu trop forcé sur l'alcool d'algue beige, pendant ta sieste. Ils ne sont plus en mesure de prendre la mer.

— Et la cinquième passagère, qui devait nous rejoindre ? demanda le capitaine en s'étirant.

— Elle restera elle aussi à quai, pour s'occuper de ces deux-là quand ils se réveilleront. »

Atriceps ne semblait pas homme à s'embarrasser de scrupules, ni à cracher sur une somme rondelette. Il retroussa les manches de son linceul, révélant de nouveaux tatouages – des oiseaux cette fois. Puis il empoigna Sépien sous les aisselles, tandis que Buccinum se chargeait de Margane.

Mais à cet instant, un cri retentit depuis le fond du port.

Océrian leva les yeux : une silhouette accourait, la capuche du linceul azuré rabattue par la vitesse.

Son cœur d'apex se glaça en reconnaissant l'ennemie qui avait bafoué son honneur, celle-là même dont il pensait s'être libéré pour toujours.

Son cœur d'homme explosa en reconnaissant la jeune fille qui avait enflammé son cœur, et qu'il désespérait de jamais revoir.

Astréa.

Buccinum laissa échapper un juron :

« Par tous les démons gaziers ! Elle n'était pas censée revenir si tôt ! » Il empoigna le bras du capitaine. « Il faut partir tout de suite, avant que cette diablesse nous rejoigne.

— Mais les deux soûlards ?

— Nous nous en débarrasserons plus tard. »

Soucieux d'éviter les problèmes et d'empocher son salaire, le capitaine tendit la grand-voile en toile d'algue rapiécée, tout en jetant un ordre à Buccinum :

« Tire donc cette corde pour lever l'ancre ! »

Sur le quai, Astréa avait déjà parcouru la moitié de la distance qui la séparait du navire. Elle sembla soudain comprendre que celui-ci s'apprêtait à partir sans elle.

« Attendez-moi ! » hurla-t-elle, ses sandales bondissant dans les airs, sa besace sautant sur son épaule.

La voix de Buccinum résonna dans l'oreille d'Océrian, l'arrachant à la contemplation :

« Si ce n'est pas trop vous demander, Votre Altesse, cette ancre est bien lourde pour un seul homme… »

Le prince se précipita pour lui prêter main-forte.

Calant son pied de métal contre la poupe, il empoigna la corde à deux mains et aida Buccinum à relever l'ancre en donnant un grand coup de reins. Il se retourna vivement : Astréa n'était plus qu'à quelques mètres du bord !

La voile s'arrondit.

Propulsé par le vent, le bateau se détacha du quai.

Emportée par son élan, Astréa bondit en avant…

… son corps svelte se détendit dans les airs…

… les pans de son linceul claquèrent comme un drapeau…

… et elle retomba sur le pont, accroupie sur ses cuisses souples.

Tandis que la coque oscillait dangereusement sous le choc, elle releva son visage luisant de sueur, où brillaient ses yeux pleins d'incompréhension. En un éclair, elle visa les corps inanimés de Margane et Sépien, puis Buccinum qui tenait toujours entre ses mains la bourse du jeune trafiquant. La perplexité, dans son regard, céda la place à la colère.

« Traître ! » siffla-t-elle en se redressant, pantelante.

Buccinum tira son glaive de la ceinture de son linceul.

Dans un même geste, Astréa balança sa besace derrière elle et brandit une courte lame : un poignard dont le manche blanc évoquait l'os.

Ils se jetèrent l'un sur l'autre, leurs mouvements brusques déstabilisant l'embarcation que le vent continuait à pousser vers le large.

« Je le fais pour Charybde ! » se justifia Buccinum d'une voix rauque, éraillée par l'angoisse et la mauvaise conscience.

Il se fendit en avant et darda son arme, droit sur la gorge de son adversaire ; elle eut juste le temps de faire un bond de côté ; la pointe du glaive manqua la cible, éraflant le cou de la jeune fille au passage.

Déjà, Buccinum se rétractait pour porter un deuxième coup.

Mais Astréa, équipée d'une lame plus courte, avait besoin de moins de recul : tandis que la tête de Buccinum passait à sa portée, elle brandit son poignard et le projeta de toutes ses forces dans l'ouverture de la capuche de son ennemi. Ce dernier rejeta la tête en arrière en hurlant ; sa capuche se souleva au vent : le poignard s'était enfoncé dans son orbite droite, jusqu'à la garde.

Il lâcha son glaive et s'écroula au sol, raide mort, faisant dangereusement tanguer le navire.

Cramponné à la poupe, le capitaine donna un grand coup de barre pour redresser la coque.

Le glaive glissa sur le pont, jusqu'aux pieds d'Océrian.

Il se baissa pour le ramasser – mais même si sa jambe neuve avait considérablement amélioré sa mobilité, il n'était pas en mesure de rivaliser avec une athlète comme Astréa, capable de bêcher les algues tout le jour durant et de courir plus vite que l'Haleine ardente. Elle fut sur lui en un éclair et décocha un coup de genou dans sa prothèse. Son pied de métal dérapa. Il s'écroula en avant sur le pont de tout son poids, aveuglé par sa capuche qui lui retomba sur les yeux. Avant même qu'il puisse relever la tête, une masse s'abattit violemment sur sa nuque.

Et ce fut tout.

*

La cervelle écrasée par une enclume…

Le crâne résonnant comme un gong…

Et cette douleur dans la nuque, pulsant au rythme d'un cœur qui chavire…

Océrian ouvrit les yeux et se rendit compte que ce n'était point son cœur qui chavirait : c'était la mer elle-même, montant et descendant derrière la proue du voilier.

Il essaya de se relever, n'y parvint pas : ses mains étaient à nouveau liées derrière lui, écrasant ses omoplates contre un poteau qui craquait à chaque mouvement de l'embarcation. Il comprit qu'il était attaché au mât.

Tout lui revint d'un seul coup : l'empoisonnement de Margane et Sépien – ils gisaient toujours sur le pont, mais les gémissements jaillissant de leurs bouches indiquaient qu'ils étaient en train de se réveiller ; le retour inopiné d'Astréa – elle se tenait à la poupe à côté du capitaine, le menaçant de son glaive pour l'obliger à tenir le cap ; le combat de la suante avec Buccinum – du terracide, il ne restait rien qu'une traînée écarlate sur le pont, jusqu'au bord par-dessus lequel son cadavre avait dû être jeté.

Des sentiments contradictoires se heurtèrent dans la tête du prince, plus violemment encore que les vagues s'écrasant contre la coque fragile.

La honte d'être à nouveau captif, et l'orgueil de n'en rien laisser paraître.

La peur de la vengeance des suants, et la fureur de se venger lui-même.

La frustration d'avoir été repris par Astréa, et le remords d'avoir trahi sa confiance.

Son nom s'échappa de ses lèvres, tout à la fois imprécation et imploration :

« Astréa ! »

Il se tordit la nuque contre le mât, relevant le menton pour observer le pont sous le rebord de sa capuche.

Son regard tomba dans celui de la jeune fille, d'autant plus écrasant qu'elle le dominait de toute sa hauteur. Il eut l'impression de la revoir telle qu'elle lui était apparue la première fois, en bas de la coulée sableuse. Comme jadis, la suante était debout et lui, l'apex, était à terre. Mais ce soir, ce n'était pas la lune d'argent qui auréolait sa tête sculpturale, au bout de son cou gracile : c'était l'or en fusion du soleil couchant.

« Tais-toi, sale menteur ! » lui cria-t-elle.

C'était la première fois qu'elle tutoyait Océrian.

La première fois aussi qu'elle l'insultait.

Ses paroles le blessèrent comme une gifle et le firent frissonner comme une caresse. Il comprit qu'ils étaient arrivés à un point de non-retour, où il n'y avait plus entre eux ni déférence ni faux-semblants, ni protocole ni différence de caste. Il ne restait que l'âpreté du ressentiment. Oui, d'une certaine manière, ils n'avaient jamais été aussi proches l'un de l'autre.

« Tu m'avais promis de jouer le jeu ! l'accusa-t-elle, la voix pleine d'amertume. Et moi, pauvre bêcheuse d'algues à la cervelle ramollie par le soleil, je t'ai cru. Mais c'est fini, tu m'entends ? C'est fini à jamais ! »

Océrian eut l'impression déchirante qu'elle ne parlait pas seulement de cette confiance mort-née, qu'il avait assassinée. Qu'est-ce qui était *fini à jamais* ? Tout ce qui aurait pu advenir entre eux et qui ne serait pas ? Ou davantage encore, quelque chose qui les dépassait l'un et l'autre ? Derrière le courroux d'Astréa, il lui sembla soudain déceler au fond de ses yeux une expression qu'il n'y avait jamais vue, quelque chose qui ressemblait à... du désespoir ?

Un mugissement jaillit des profondeurs du golfe, comme si la mer elle-même répondait aux tourments de la jeune fille. Une lame de fond frappa la coque de plein fouet. Des litres d'eau salée retombèrent sur les passagers, lessivant le linceul d'Océrian, achevant de réveiller Margane et Sépien.

« La mer est de plus en plus forte ! cria le capitaine Atriceps, gonflant sa voix pour couvrir le fracas de la houle et les craquements de la coque. Il serait raisonnable de se réfugier dans une anse, en attendant que le vent retombe un peu...

— Pas question ! rétorqua Astréa en brandissant son glaive. Le temps presse plus que jamais : nous ne nous arrêterons pas avant d'avoir atteint Tourbeuse ! »

Elle se campa sur ses pieds, habitués aux oscillations des passerelles sur la mer Viride. Les pans détrempés de son linceul, collant à son corps sculptural, dessinaient la forme de son ventre plat, de ses hanches arrondies, de ses jambes galbées...

À l'instant même où cette idée traversa l'esprit d'Océrian – *jambes* –, une sensation étrange le traversa. Comme un vide, un manque : là, sous son bassin…

Il baissa les yeux : à gauche, sa jambe droite reposait sur le pont détrempé ; à droite, son linceul aplati ne recouvrait plus rien au-delà de la cuisse.

Un sentiment de détresse abyssal lui vrilla le cœur, pire que les brimades, les vexations et les déshonneurs accumulés au fil de son adolescence. Cette affliction sans nom, il ne l'avait ressentie qu'une fois dans sa vie, six ans plus tôt, lorsque le glissement de terrain dans la colonie du Levant lui avait arraché une partie de lui-même.

Son regard éperdu rencontra à nouveau celui d'Astréa, froid et déterminé. En un éclair, il comprit que c'était elle qui lui avait retiré sa prothèse neuve, tandis qu'il était inconscient : elle l'avait amputé pour la deuxième fois.

« Tu n'avais pas le droit, suante ! » rugit-il.

Il aurait voulu la tuer d'un regard.

Mais en trois pas, elle marcha jusqu'à lui, le noyant dans son ombre ;

en deux mouvements, elle resserra ses liens, l'écrasant contre le mât ;

en un geste, elle enfonça sa capuche sur sa tête, le plongeant dans la nuit.

25.
84 heures avant l'extinction
ASTRÉA

« SI ÇA FONCTIONNE AUSSI BIEN QUE SUR MA BLESSURE, dès demain tu ne sentiras plus rien, assura Margane. Une fois de plus, la légendaire étoile de mer est sur le point de faire repousser l'une de ses branches ! »

Elle plongea le bout de ses doigts dans le pot d'onguent d'algue pourpre cicatrisante que lui avait remis Hippocampos, et en déposa un peu sur le cou de son amie, là où le glaive l'avait éraflée.

Astréa grimaça au contact de la substance poisseuse et piquante. Mais la délicatesse avec laquelle Margane appliquait l'onguent, en dépit des mouvements de l'embarcation, fit rapidement passer la douleur.

Cela faisait trois heures déjà que le voilier avait quitté Souvenance ; il était à présent pleinement engagé dans le golfe du Souvenir, le plus vaste des Dernières Terres – le plus houleux aussi. Les deux jeunes suantes se tenaient recroquevillées sous le dais à l'avant du voilier, à l'abri des embruns écumant au-dessus de leurs têtes.

« Je savais bien qu'on ne pouvait pas se fier à lui, dit Margane en lorgnant Océrian, attaché au mât du navire. Il mériterait qu'on le passe par-dessus bord, comme cette ordure de Buccinum ! »

Margane parlait à pleine voix, sans se soucier que le prince puisse l'entendre par-dessus le fracas des vagues. Mais ce dernier demeurait amorphe, telle une poupée de chiffon sans visage, la capuche enfoncée sur la tête.

« Buccinum nous a trahis, c'est vrai, murmura Astréa, encore secouée – après le Moucheron et son acolyte, c'était le troisième homme qu'elle tuait depuis le début de leur voyage. Mais il l'a fait par amour, pensant dans sa folie que c'était le seul moyen de sauver sa femme. Comme le disait Hippocampos, les fleurs du mal et les fleurs du bien sont inextricables…

— Quand même, certains sont de plus mauvaises graines que d'autres ! s'exclama Margane. Si ça ne tenait qu'à moi, Son Altesse royale irait manger les algues par la racine !

— Cet apex est notre monnaie d'échange, rappela Astréa d'une voix amère. Nous nous en débarrasserons bientôt. »

Et moi-même, songea-t-elle, *combien de temps ai-je encore, avant que ma tumeur ne s'étende ?*

Combien de temps avons-nous tous, nous les Derniers Humains, avant la fin du monde ? – le Choreute l'a annoncée dans quatre-vingts petites heures, mais faut-il vraiment le croire ?

Elle n'avait parlé à ses amis ni de sa maladie ni du cataclysme, pour ne pas les inquiéter. Mais aussi parce qu'en n'en parlant point, ces échéances paraissaient moins réelles. Peut-être que la tumeur se résorberait d'elle-même ? Sans doute le Choreute n'avait-il prononcé que des paroles en l'air, en aucun cas dictées par Terra ?

À cette pensée, Astréa jeta un regard à la besace rangée contre la proue. Récupérant ses affaires personnelles au sortir des bains du sanctuaire, elle y avait précipitamment fourré la tête argentée, aux côtés du sablier noir. La peau d'algue rêche était arrondie par l'orbe métallique. C'était là la preuve irréfutable que la rencontre d'Astréa avec l'oracle n'avait pas été un cauchemar.

Les cris de la vieille femme résonnaient encore dans ses oreilles.

La fleur écarlate de son cœur poignardé s'était imprimée au fond de sa rétine pour toujours.

« L'oracle ne t'a donc fait aucune révélation croustillante ? demanda Margane, arrachant Astréa à ses pensées. Sa réputation est surfaite. Les Souvenanciens devraient me prendre à la place, pour balancer leurs quatre vérités aux pèlerins !

— Comme je te l'ai dit, elle semblait très fatiguée et elle n'a tenu que des propos incohérents, mentit Astréa. C'est pour cela que j'ai écourté la consultation et que je vous ai rejoints plus tôt que prévu. »

Oui, décidément, il valait mieux que Margane et Sépien ignorent tout. Au sanctuaire même, les pleurants devaient penser que la sainte femme se reposait dans ses appartements, sans se douter que son cadavre refroidissait derrière le voile blanc, là où sa dernière visiteuse l'avait traîné.

« Moi qui pensais qu'elle allait t'ouvrir les yeux et te dire que tu n'avais rien à faire avec ce guignol », soupira Margane en désignant Sépien du menton.

Il se tenait à côté du capitaine, à la poupe du navire. Atriceps l'avait préposé à une tâche harassante : il était chargé d'écoper l'eau de mer pour la balancer sur les voiles et éviter ainsi qu'elles roussissent sous les feux du ciel. À la vingtième heure passée, le soleil était encore implacable.

« Je te promets que tu n'auras plus à le supporter longtemps, dit Astréa. Dès ce soir, nous atteindrons Tourbeuse, où tu retrouveras ton père, tandis que nous poursuivrons notre route vers le nord…

— Tu me prends pour une lâcheuse, ou quoi ? »

Margane plongea ses yeux dans ceux d'Astréa : ils luisaient d'un éclat aussi intense que les perles jumelles à ses oreilles, reflétant le jour interminable par-delà l'ombre du dais.

« Si je t'ai accompagnée jusqu'ici, ce n'est pas pour te laisser tomber au dernier moment comme un paquet d'algues pourries, dit-elle avec ferveur.

— Mais… ton père…

— Ça fait dix-sept ans que je vis sans lui, je peux bien patienter quelques jours de plus. Ce soir, nous ne ferons que passer à Tourbeuse. J'y retournerai une fois que Palémon sera libéré. »

Astréa se sentit traversée d'une reconnaissance profonde envers cette amie dévouée qui avait pris tous les risques pour la suivre ; mais aussitôt, une culpabilité lancinante revint la tourmenter : elle dissimulait tant de secrets…

« Il faut que je te dise quelque chose, murmura-t-elle en prenant la main de son amie. Quelque chose que je ne peux pas te cacher plus longtemps. »

Le regard de Margane parut briller un peu plus fort – comme lorsqu'elle était occupée à jouer une mélodie, emportant dans le sillage de sa flûte tous ceux qui l'écoutaient.

Astréa sentit ses lèvres trembler, hésitant sur les révélations à faire : devait-elle commencer par parler de sa tumeur ? de la prophétie du Choreute ? de la mort de l'oracle ?

L'intensité avec laquelle Margane la regardait de ses yeux vifs, ourlés de longs cils soyeux, la troublait.

« Je ne sais pas par où commencer..., parvint-elle à articuler.

— Prends le temps qu'il te faudra, lui répondit doucement Margane.

— J'aurais dû t'en parler plus tôt...

— Pareil pour moi. Mais je n'ai jamais osé. J'ai tout gardé en moi, comme une huître – oui, comme mon fichu animal-greffe ! »

Soudain, Astréa comprit que Margane avait elle aussi un aveu sur le bout de la langue.

Un secret qu'elle renfermait en elle depuis longtemps, depuis des années peut-être, et qui enfin affleurait au bord de sa bouche hésitante.

Les souvenirs défilèrent dans la mémoire d'Astréa en un précipité vertigineux, tous ces signes auxquels elle n'avait pas prêté attention alors, et qui lui paraissaient soudain évidents.

La passion de Margane pour la défendre envers et contre tout, que ce soit face aux bêcheurs avinés ou en l'accompagnant dans sa folle épopée ; la manière dont elle la regardait lorsqu'elle accompagnait son chant à la flûte ; les accords mêmes de son instrument, exprimant les sentiments qu'elle ne s'autorisait point à prononcer elle-même.

Astréa avait refusé les avances de ses prétendants au fil des années parce qu'elle se destinait à la religion ; mais Margane, pourquoi avait-elle éconduit ses admirateurs tout aussi nombreux ? Ce n'était pas seulement pour se consacrer à la gestion de l'affaire familiale : c'était aussi et surtout parce que son cœur était déjà pris, par une aveugle qui n'avait pas été capable de s'en apercevoir !

« Margane, je suis désolée, je ne peux pas... », murmura Astréa, crucifiée par le malentendu qui s'était installé entre elles et qui avait laissé espérer à son amie quelque chose qu'elle ne pouvait pas lui offrir.

Elle s'en voulut aussitôt du choix de ses mots, du ton de sa voix.

Déjà, Margane détournait le regard, gênée, tout en retirant sa main de la sienne.

Mais Astréa retint ses doigts fuyants – ces longs doigts virtuoses habitués à courir sur une flûte pour en tirer de la magie.

« *Je ne peux pas* te remercier suffisamment pour tout ce que tu as fait pour moi, reprit-elle d'une voix plus affirmée. Et je ne louerai jamais assez Terra de m'avoir accordé une amie telle que toi. Tu feras toujours partie de ma vie, sois-en assurée. Et j'espère que j'aurai le bonheur de toujours faire partie de la tienne. »

Margane releva les yeux vers Astréa : ils étaient brouillés de larmes.

« Comment peux-tu seulement en douter, tête-de-bêche ? dit-elle avec un sourire doux-amer.

— Tu mérites tellement mieux que moi, dit Astréa, sentant sa gorge se serrer sous le coup de l'émotion. Une fille qui soit capable de t'aimer d'amour comme tu le mérites, passionnément.

— Es-tu certaine que tu ne pourrais pas être cette fille-là ? »

Astréa prit le temps de réfléchir à cette question – d'y réfléchir vraiment, sondant les profondeurs de son cœur, elle qui avait si souvent l'habitude de le négliger pour n'écouter que sa raison. Elle le sentit rempli d'une gratitude et d'une affection éternelles pour sa chère amie ; mais l'harmonieux visage de Margane avait beau être ravissant, il ne déclenchait point chez elle les élans incontrôlables et les frissons dangereux qui la traversaient depuis qu'elle avait fait la connaissance d'Océrian.

« Non, Margane, je n'aurai pas la chance d'être cette fille-là, dit-elle doucement. Et cela me peine beaucoup, je te le jure.

— Tais-toi. Tu es la pire chose qui me soit arrivée. Mais aussi la meilleure. Je te disais tout à l'heure que j'avais tout gardé en moi comme une huître. Sais-tu ce que font les huîtres, avec les cailloux tranchants qui pénètrent dans leur coquille ?…

— … elles les transforment en perles, par concrétion », répondit Astréa dans un souffle.

Margane hocha la tête :

« Toutes ces années à te côtoyer, c'était doux et c'était douloureux. Ça a nacré mes nuits. Ça a satiné ma musique. Ça m'a faite telle que je suis aujourd'hui. Et si un jour je rencontre la fille dont tu me parles, j'aurai une perle à lui offrir – ce sera un peu grâce à toi.

— Tu la rencontreras, Margane, je le souhaite de tout mon cœur ! s'écria Astréa, émue aux larmes.

— Et moi, je te souhaite aussi de rencontrer l'amour. Peut-être que tu vois en Sépien quelque chose que moi je ne verrai jamais. J'espère que tes sentiments pour lui donneront naissance à une perle aussi belle, aussi pure que celle que tu as implantée en moi. »

Là, au milieu de la mer claquante, sous le ciel enflammé, les deux amies de toujours tombèrent dans les bras l'une de l'autre.

Sur le coup de la vingt-deuxième heure, le voilier quitta le golfe du Souvenir pour s'engager dans le fjord tourbourgeois.

La houle se calma peu à peu, à mesure que les bords du fjord rétrécissaient en une longue brèche cernée de falaises nues et érodées, filant vers le nord.

Deux heures durant, Astréa avait échangé avec Margane tant de souvenirs de leur enfance et de leur adolescence, entre fous rires et larmes. Elle avait habilement coupé court à la curiosité de son amie, lorsque cette dernière lui avait demandé quel était le secret qu'elle voulait lui révéler un peu plus tôt.

Il lui semblait que les révélations morbides pourraient attendre plus tard.

Maintenant, le moment était venu pour Margane d'aller surveiller le capitaine à la barre, en remplacement de Sépien.

« Je suis cuit ! » s'exclama ce dernier en se laissant tomber sous le dais, aux côtés de sa promise.

Il releva sa capuche trempée d'embruns, laissant apparaître son front baigné de sueur sous ses tresses blondes. Malgré la fatigue, un grand sourire illuminait son visage, comme chaque fois qu'il posait les yeux sur Astréa.

Une culpabilité plus grande encore que celle qu'elle avait éprouvée face à Margane transperça la jeune fille. Si elle avait laissé son amie nourrir des sentiments pour elle sans s'en apercevoir, c'était sciemment qu'elle encourageait ceux de Sépien à son égard.

Jusqu'alors, elle avait conçu son union avec lui comme un devoir auquel il fallait se résoudre. Lorsqu'elle lui avait promis de l'épouser en échange de son aide pour s'introduire dans la cellule de Palémon, elle était encore l'ancienne Astréa : la jeune fille cérébrale, qui suivait toujours sa tête et jamais son cœur. Mais plus maintenant. En quelques jours, elle avait vécu tant d'épreuves, elle avait éprouvé tant de sensations inconnues, qu'elle ne pouvait plus fonctionner comme avant. Lorsque Margane l'avait invitée à sonder son cœur, c'était l'image d'Océrian qui était apparue. Elle sentait qu'il pourrait devenir sa perle cachée – non, elle *savait* que la concrétion avait déjà commencé !

Parcourue d'un long frisson, elle jeta un regard au corps du captif, toujours attaché au mât du navire. L'envie d'aller le détacher l'assaillit, aussitôt chassée par le souvenir de sa trahison.

« Tu trembles, Astréa ! lui fit remarquer Sépien, sans se douter des émotions contraires qui la déchiraient. J'espère que tu n'as pas attrapé une insolation. Veux-tu que je t'apporte un peu d'eau ?

— C'est gentil, Sépien, mais je n'ai pas soif, répondit-elle doucement. Et ce n'est pas le soleil qui me fait trembler. »

Il remarqua soudain que le regard de son interlocutrice était rivé sur le prisonnier.

« Ah, je vois : c'est lui ! s'exclama-t-il. C'est ce traître qui a abusé de notre confiance ! Je comprends ta haine, et crois-moi, je la partage : si tu n'étais pas intervenue, Buccinum et lui nous auraient sans doute noyés après avoir pris le large. Et s'il avait réussi à saisir le glaive avant toi, il t'aurait pourfendue sans le moindre remords. Il ne mérite aucun des égards que nous lui avons accordés. »

Sépien cracha sur le pont, au pied du captif encapuchonné.

Au même instant, un long mugissement jaillit du fond de la mer, comme si Notre Mère elle-même désapprouvait cet outrage fait à l'un de ses enfants préférés. Mais ce n'était pas la déesse qui s'exprimait ainsi : plissant les yeux, Astréa parvint à distinguer une douzaine de minuscules silhouettes flottant derrière eux à l'embouchure du fjord à l'ouest, sur l'eau enflammée par le soleil couchant.

« C'est l'appel de la corne de brume souvenancienne ! s'écria le capitaine Atriceps depuis la barre. On dirait que toute une flotte s'est lancée à notre poursuite. »

Margane et Sépien tournèrent à leur tour leur regard vers la ligne d'horizon incandescente.

Astréa n'y tint plus :

« L'oracle ! s'écria-t-elle. Elle s'est suicidée devant moi ! Les Souvenanciens ont certainement fini par retrouver sa dépouille, que j'avais cachée derrière le voile au fond du sanctuaire. »

Le capitaine Atriceps se mit à bégayer, lâchant la barre pour effectuer le quintuple signe sur son corps – « L'oracle ? Suicidée ? Notre Mère nous garde ! » – tandis que Sépien prenait Astréa par les épaules – « Tu es sûre ? Mais pourquoi ne l'as-tu pas dit plus tôt ? »

Pourquoi ?

Parce qu'en évoquant la mort de l'oracle, elle aurait dû révéler la prophétie à l'origine de sa folie ; parce qu'elle se serait sentie obligée aussi de parler de sa propre mort, annoncée par la tumeur.

Mais ces considérations ne la préoccupaient plus à présent : l'urgence du moment dissipait les hésitations et les atermoiements.

« L'oracle s'est tuée avec cette lame même, dit-elle en exhibant le poignard à manche d'ivoire, encore rouge du sang de Buccinum. Rien ne peut la faire revenir à la vie. J'attendais d'avoir atteint Tourbeuse pour vous le dire : un havre sûr où reprendre notre souffle avant de repartir. »

À peine eut-elle prononcé ces mots que le voilier contourna un piton rocheux, révélant le fond du fjord. À une douzaine de kilomètres au nord, la lumière dorée du couchant baignait la baie au fond de laquelle s'élevait naguère la plus célèbre cité marchande des Dernières Terres.

Ce n'était plus qu'un nuage de fumée grisâtre, au cœur duquel perçaient ici et là des étendards écarlates comme des gouttes de sang.

26.
82 heures avant l'extinction
OCÉRIAN

OCÉRIAN RESSENTIT UNE SATISFACTION AMÈRE, en entendant autour de lui les exclamations des passagers du voilier qui découvraient ce qu'il restait de leur destination.

Dans la nuit de sa capuche, il ne pouvait pas voir leurs visages, mais le son de leurs voix lui permettait d'imaginer leurs expressions horrifiées.

« Mon père est quelque part dans ce brasier ! gémit Margane.

— Que s'est-il passé ? demanda Sépien. Est-ce l'Haleine ardente qui a soufflé, comme la semaine dernière à Viridienne ?

— Ce n'est pas l'œuvre de l'Haleine ardente, mais celle des troupes flamboyantes, murmura le capitaine

Atriceps. Regardez ces étendards : ce sont ceux de la cité rouge. Cela faisait des lunaisons que l'orage couvait entre Flamboyante et Tourbeuse – on dirait qu'il a fini par éclater.

— Je ne comprends pas, balbutia Sépien. Je croyais que la Loi interdisait la guerre par le feu, pour ne pas libérer les démons gaziers…

— Voilà longtemps que les Flamboyants ont leur propre interprétation de la Loi, rétorqua Atriceps. Et ils ont leurs propres machines de guerre, auxquelles nul ne résiste. Il faut faire demi-tour, tant qu'il en est encore temps ! »

À ces mots, Océrian repensa aux paroles de son père, dans la salle du trône – le majestueux Orcus, que rien n'effrayait, avait paru inquiet en évoquant l'artillerie flamboyante. Tourbeuse témoignait de ce dont étaient capables ces armes mystérieuses.

« Nous ne pouvons faire demi-tour, résonna soudain la voix d'Astréa. La flotte souvenancienne nous coupe toute possibilité de fuite. Il faut continuer notre route, en comptant sur la fumée pour nous soustraire à la vue des Flamboyants. Il n'y a qu'une seule issue possible : vers l'avant. »

Vers l'avant…

C'était l'unique direction qu'Astréa semblait connaître, étonnante voyageuse plus que jamais déterminée à poursuivre son chemin ! Elle n'était pas seulement une étoile de mer – elle était aussi une étoile filante douée d'un magnétisme phénoménal, entraînant tous ceux qui l'entouraient dans son sillage… Mais toutes les comètes finissaient par se consumer, Océrian le savait pour les avoir si souvent observées depuis la meurtrière de sa chambre. Astréa allait-elle tous les précipiter dans le feu de guerre flamboyant ?

« C'est de la folie, tenta d'argumenter le capitaine, la voix éraillée par l'angoisse. Même si la fumée nous permet d'échapper à la vigilance des Flamboyants, elle finira par nous asphyxier : Kârbon lui-même, l'Étouffeur silencieux, se terre dans ce nuage-là ! »

Mais Astréa ne voulut rien entendre :

« Quand je bêchais les algues en mer Viride, j'ai été plusieurs fois confrontée à Kârbon. Lorsque les champs prenaient feu, un linge humide pressé sur le nez et la bouche permettait de survivre assez longtemps pour fuir… la plupart du temps. Aujourd'hui encore, il nous faudra faire vite. »

Devant la volonté inflexible de la jeune suante, le capitaine finit par avouer qu'il connaissait une calanque dissimulée en bordure de la cité. De cette minuscule crique partait un petit sentier, emprunté par les receleurs dont Atriceps transportait parfois la marchandise en contrebande. Ce chemin de traverse remontait à travers les collines de l'arrière-pays tourbourgeois, jusqu'aux contreforts de la cordillère Fendue, où commençait le pays flamboyant.

Le voilier mit le cap dans cette direction, sa progression scandée par le mugissement de la corne de brume derrière lui et le ronronnement du brasier devant, tandis que s'intensifiait l'odeur de brûlé.

Océrian aurait voulu se boucher le nez pour ne plus inhaler le remugle carbonisé, mais ses mains étaient douloureusement entravées…

Il aurait voulu fermer les yeux pour ne plus sentir l'irritation de la fumée, mais l'angoisse maintenait ses paupières ouvertes sous sa capuche…

Tandis qu'il luttait ainsi, il sentit les liens dans son dos se desserrer soudain ; mais, dès qu'il fut détaché du mât qui lui avait broyé les vertèbres des heures durant, on lui lia à nouveau les poignets l'un à l'autre.

Des mains emboîtèrent la jambe de métal sur son moignon, sans qu'il eût le loisir de s'en réjouir : les gestes brutaux, à l'opposé du soin extrême qu'avait employé Astréa à le harnacher dans la demeure d'Hippocampos, lui arrachèrent un cri de douleur. On lui noua fermement un foulard humide sur le bas du visage. Enfin, on le força à se relever sans ménagement.

Il faillit perdre l'équilibre en se mettant debout : sous le rebord de sa capuche profondément enfoncée, les lattes du pont étaient noyées d'ombre et de fumée. Il devina que le voilier était parvenu au seuil de la nuit, à la lisière de la ville enflammée. Le vacarme de la houle s'était évanoui, remplacé par le soupir las des vagues venant mourir sur une grève. Quelque part dans cette ouate grisâtre, on entendait de lointains grincements, des crissements longs comme des pleurs, des cliquetis secs comme des os craquants et des déflagrations étouffées : la rumeur des terribles machines de guerre flamboyantes, menaces vagues dans la tourmente. À quoi ressemblaient-elles ? Comment accomplissaient-elles leur œuvre de mort ?

Vingt-deux tintements lointains retentirent soudain, signalant le début de la vingt-deuxième heure au gong d'un pleuroir invisible.

La voix d'Astréa résonna à nouveau :

« Voilà le prix que tu avais convenu avec Buccinum, capitaine, dit-elle dans un cliquètement de deniers.

— Merci bien », marmonna Atriceps, manifestement pressé de se débarrasser de ses passagers pour repartir le plus vite possible.

Mais la suante n'en avait pas fini :

« Je te donnerai cent deniers supplémentaires, une fois que tu nous auras menés au bout du sentier, jusqu'aux contreforts de la cordillère Fendue. »

Entre les volutes incertaines, Océrian eut l'impression de voir trembler les jambes du marin, pourtant habituées aux mers les plus agitées.

« Mais mon bateau…, protesta-t-il.

— Il t'attendra ici. Je préfère être certaine que le sentier mène bien à la piste de

Flamboyante, comme tu nous l'as promis. Et je souhaite aussi t'épargner la tentation de rejoindre la flotte souvenancienne pour leur indiquer le chemin que nous avons pris. Sous le couvert de la nuit et la fumée, ils n'ont pas pu nous voir gagner cette calanque – faisons en sorte que cela demeure ainsi. »

L'homme eut beau protester, promettre qu'il ne parlerait pas, jurer sur tous les animaux-greffes dont son corps était couvert, Astréa se montra intraitable.

Océrian entendit Sépien et Margane quitter le voilier, emportant chacun une besace. Pour tenir Atriceps en respect, Astréa leur avait confié son glaive. La cheffe de l'expédition, quant à elle, restait armée du poignard à manche d'ivoire. Comme naguère dans les méandres du Cloaque, elle en pressa la pointe sur les reins de l'otage pour l'obliger à enjamber la coque.

Océrian eut l'impression que l'ascension du sentier durait une éternité.

Il voyait à peine le sol escarpé sous lui : la fumée, mêlée à la vapeur d'eau s'élevant de la mer et au crépuscule naissant, formait un filtre si épais qu'il engloutissait presque tout. Les appels de la corne de brume s'étaient tus, comme si le brouillard avait avalé la flotte souvenancienne tout entière.

Non seulement cet air poisseux aveuglait les yeux du prince, mais il lui piquait les narines, lui engluait les poumons, pesait sur son crâne telle une enclume. Tels étaient les symptômes de l'intoxication provoquée par Kârbon : les maux de tête, les nausées, les hallucinations précédant la mort... Bien des suants trépassaient chaque année sans que les courtisans du castel s'en émeuvent, étreints par l'Étouffeur silencieux dans les champs d'algues enflammés sur la mer. D'autres périssaient asphyxiés dans les incendies qui ravageaient parfois les terres à la fin de l'été, avant que les déluges d'automne viennent tout lessiver.

Les déluges d'automne...

Ils avaient dévasté la colonie du Levant, six ans plus tôt, avec autant de violence que l'armée flamboyante ravageait à présent Tourbeuse.

Pourquoi ce souvenir, longtemps refoulé, revenait-il maintenant au prince ?

Parce qu'il frôlait une autre catastrophe, sonnant le glas d'une autre ville ?

Parce que le démon qui se cachait dans la fumée voulait le briser ?

« Souviens-toi... », semblait chanter Kârbon.

Les sensations de l'inondation s'abattaient sur l'esprit d'Océrian en pluie drue, ravivées par son linceul trempé d'embruns, par le foulard humide collé sur sa bouche.

« Souviens-toi du chaos et de la confusion... »

Océrian avait beau savoir que cette voix n'était qu'une hallucination, il ne pouvait la faire taire. Cent fois, son pied de métal dérapa sur les cailloux secs, comme si ces derniers s'étaient soudain changés en glaise humide et glissante ; cent fois, Astréa le soutint à la force de son bras, pour l'obliger à repartir aussitôt.

« Souviens-toi des cris et du tonnerre… »

Les respirations laborieuses de ses compagnons de marche, sous la maigre protection offerte par leurs masques de fortune, se mêlaient à d'autres sifflements : ceux des soldats saignants qui l'avaient escorté jadis dans la colonie du Levant, victimes eux aussi du glissement de terrain. Des suffocations qu'il avait enfouies au fond de son esprit… Des râles qu'il croyait avoir oubliés à jamais… Mais qui résonnaient à nouveau dans ses oreilles, comme si le passé était soudain ressuscité.

« Souviens-toi des morts et des agonisants… »

Un craquement lointain retentit, signalant qu'un bâtiment s'effondrait dans la vallée invisible où s'élevait naguère la cité des quatre vents. À moins que ce ne fût encore un écho du passé ? Un craquement venu non pas de Tourbeuse, mais de Viridienne : la déchirure qui avait scellé son existence.

« Souviens-toi du poids du destin s'écroulant sur ton corps ! »

« Non ! hurla-t-il soudain, au bord de l'asphyxie, se raccrochant à pleines mains aux épaules d'Astréa pour ne pas tomber.

— Respire ! » lui ordonna-t-elle en ôtant sa capuche et en lui arrachant son foulard pour libérer ses voies respiratoires.

Il prit une grande inspiration… et s'aperçut que l'air était soudain plus pur. Tout était silencieux autour de lui. Le bruit des machines de guerre s'était tu et il n'entendait même plus le ronronnement du brasier. Quant à Astréa, qui avait elle aussi ôté sa capuche… son visage accrochait les ultimes éclats du jour qui n'en finissait pas de mourir. Le blanc de ses yeux ressortait d'autant plus sur sa peau obscurcie par la suie. Ses iris sombres, tels deux miroirs d'obsidienne, reflétaient l'un des derniers couchers de soleil de l'année – l'un des plus déchirants aussi.

« Il est vingt-trois heures passées, et nous sommes montés au-dessus du nuage, dit-elle en désignant le sentier qui plongeait vers le sud. Nous avons échappé aux griffes de Kârbon. »

Océrian regarda la vallée derrière eux : ce n'était qu'une mer de brume mouvante. Sous cette surface fuligineuse, illuminée de teintes pourpres par les feux du soir, une cité agonisait en silence – mais les voyageurs, eux, s'en étaient sortis vivants.

« Tu as été victime d'hallucinations causées par le démon gazier, dit encore Astréa. Tu as beaucoup déliré, à la fin de l'ascension… »

Une sueur froide descendit le long de l'échine d'Océrian, achevant de le dégriser tout à fait.

Il avait déliré ? Il se souvenait pourtant de n'avoir poussé qu'un seul cri… Qu'avait-il donc pu dire d'autre, en proie aux vapeurs toxiques ? Pourquoi Astréa le dévisageait-elle de ce regard plus pénétrant que jamais, comme si elle essayait de lire au fond de son âme des secrets qu'il ne voulait pas révéler ?

« Je… j'ai sans doute dit des bêtises », murmura-t-il, tentant à son tour de lire dans les prunelles d'Astréa, sans y parvenir.

Incapable de soutenir un instant de plus le regard de la suante, il laissa ses yeux s'envoler derrière elle. Ce fut ainsi que, pour la première fois, il découvrit le panorama s'étendant au nord. Depuis le sommet des collines tourbourgeoises s'ouvrait une perspective à couper le souffle. Une vaste et morne plaine courait jusqu'à une langue de mer étroite, rougie comme une lame trempée de sang – Océrian devina que c'était le fjord de l'Épée, cette échancrure interminable qui déchirait tout le haut de la terre Occidentale. De part et d'autre s'élevaient de gigantesques falaises aux bords déchiquetés, creusées d'ombres infiniment étendues : les contreforts de la cordillère Fendue. Quelque part au loin, sur le versant oriental, entre des pics rocheux parmi les plus hauts de l'archipel, devait se nicher Flamboyante.

La cité rouge dont les mœurs barbares faisaient frémir les Derniers Humains.

La ville conquérante qui mettait les Dernières Terres à feu et à sang.

Le but de son voyage.

« Regardez ! » s'écria soudain Margane, l'arrachant à sa contemplation.

De son index, l'ancienne marchande d'alcool pointait la partie sud-est de la plaine de l'Épée. Là, au milieu de l'étendue sableuse, luisait un chemin marqué de minuscules stèles blanches. Il serpentait vers le nord, jusqu'aux contreforts des montagnes, dans le creux desquels il disparaissait.

Le long de cette piste séculaire, sillonnée par des générations de caravaniers, progressait une forme incertaine, à l'ombre étirée par la lumière rasante du couchant. On eût dit un arthropode de l'ancien temps. Mais les douze segments de cet étrange mille-pattes étaient en réalité des chariots chargés à ras bord ; ses membres innombrables étaient des forçats humains tirant de toutes leurs forces ; sa tête luisante était un palanquin en bois laqué, transportant à son bord le prince Boréalion, cadet de la dynastie cétacéenne en route pour épouser Gryphie Cathartide.

27.

79 heures avant l'extinction

ASTRÉA

ASTRÉA SENTIT SON CŒUR EXPLOSER EN APERCEVANT LE CONVOI NUPTIAL.

Son frère se trouvait là, quelque part !

Son seul parent encore en vie était l'un de ces minuscules portefaix attelés aux chariots !

« On y est arrivés, murmura Sépien. On a réussi à devancer Karcharodon. »

Il n'y avait nulle joie dans ses paroles, aucun accent de triomphe.

Tout comme Astréa, il savait que le plus dur les attendait : la négociation avec le maréchal.

« On dirait que le convoi s'arrête », remarqua Margane.

En effet, les douze chariots venaient de se figer au milieu de la plaine,

disposés en cercle autour du palanquin sur lequel flottait l'étendard vert de la dynastie cétacéenne.

« Qu'est-ce qu'ils font ? » demanda Sépien.

Le capitaine Atriceps se racla la gorge. Depuis qu'Astréa avait soulevé la capuche d'Océrian, révélant qu'un apex faisait partie de l'expédition, il semblait plus nerveux que jamais.

« Ils dressent le camp pour la nuit, expliqua-t-il. C'est la configuration adoptée par les caravanes pour se protéger des pirates qui, parfois, surgissent à l'improviste. Ces forbans sont particulièrement nombreux à proximité du fjord de l'Épée. Mais je doute qu'aucun d'entre eux ose attaquer un convoi mené par le maréchal de Viridienne… » Une grimace passa sur sa face boucanée, indiquant que la sinistre réputation de Karcharodon avait dépassé les limites de la cité verte. « … quels fous oseraient défier cet homme-là ?

— Tu les as devant toi », répondit Astréa sans ciller.

La bouche du marin s'arrondit, au milieu de son visage crasseux.

« Je… je vais regagner mon voilier, maintenant », balbutia-t-il.

Astréa s'interposa, le poignard à la main :

« Tant que la fumée n'est pas retombée, c'est trop dangereux. Je t'invite à passer la nuit avec nous – pour ta sûreté, évidemment. Quant à nous, nous repartirons à l'aube, pour de la caverne, il est impossible que je m'enfuie. Ça ne te coûte rien de me laisser ma prothèse – alors que pour moi, ça n'a pas de prix.

— Tu aurais dû y songer avant de me trahir », répliqua-t-elle, la gorge serrée.

Elle se força à le regarder dans les yeux, même si cela lui faisait mal, au moment de déboîter la jambe de métal de son manchon.

« Tu as tout gâché ! » dit-elle encore, sans bien savoir ce qu'il y avait derrière ce mot, *tout* – ou, plus exactement, préférant ne pas l'imaginer.

Au moment où retentit le déclic, elle eut l'impression affreuse de s'automutiler.

Incapable de soutenir le regard désespéré d'Océrian un instant de plus, elle tourna brusquement les talons, emportant la jambe sous son bras, laissant le prince amputé derrière elle.

Le souper se déroula en silence à l'entrée de la caverne, autour d'une lanterne en bambou réglée au plus bas.

Même si le soleil avait momentanément disparu derrière l'horizon, on le sentait encore tout proche, prêt à resurgir. Les ténèbres étaient pâles, ne laissant transparaître que les étoiles les plus ardentes, noyant les autres dans un demi-crépuscule. Il ne restait plus que trois nuits avant l'Aube de feu, chacune se raccourcissant comme peau de chagrin : celle

— Non, c'est moi qui irai, renchérit Sépien. À vrai dire, il ne s'agit pas seulement de libérer le frère d'Astréa, mais aussi le mien. »

Astréa secoua la tête :

« Aucun de vous ne m'accompagnera. Pas cette fois. Il ne sert à rien de risquer deux vies. Je suis celle qui marche le plus vite. Je partirai au point du jour, peu avant la troisième heure. En une heure, j'aurai rejoint le convoi, qui aura lui aussi repris sa route dans ma direction ; il me faudra sans doute un peu plus de temps pour revenir avec les deux prisonniers, en fonction de leur état de santé après leur calvaire. Si par malheur je n'étais toujours pas de retour à la septième heure… » Elle jeta un regard à travers l'entrée de la caverne, derrière laquelle s'étendait le ciel hésitant entre le demi-jour et la pleine nuit. « … vous prendrez la route sans moi et vous partirez le plus loin possible.

— Nous ne partirons pas sans toi ! » commença Margane.

Mais Astréa la fit taire d'un regard :

« Je gage que de nombreux habitants tourbourgeois ont fui l'approche des troupes flamboyantes, dit-elle. Ton père fait peut-être partie de ceux-là. Montre-moi donc ta carte. »

La jeune suante sortit son précieux parchemin et le déplia devant la lanterne.

À la lueur tremblante de la flamme, les dunes d'encre semblaient danser. Comme si la Désolation intérieure tout entière était en proie aux flammes qui avaient ravagé

Tourbeuse ; comme si Flamboyante avait porté son feu guerrier jusqu'aux confins des Dernières Terres ; comme si la prophétie apocalyptique du Choreute s'était réalisée.

Astréa frissonna, chassant ces images de son esprit.

Elle n'avait pas le droit de se laisser aller à ces rêveries morbides.

Elle se devait de croire qu'il y avait encore un avenir – pour elle, pour Palémon, pour ses amis.

« Nous pensions trouver refuge à Tourbeuse, mais ce n'est plus possible, dit-elle en déposant un petit caillou sur la carte, à l'emplacement de la cité des quatre vents. De même, il est impossible de revenir à Viridienne ou à Souvenance, où nos têtes sont mises à prix. Tout l'est de la terre Occidentale, sous la domination de Flamboyante, est également à exclure. »

Elle posa trois nouveaux cailloux sur la carte, condamnant trois nouvelles issues.

« Avec ou sans moi, vous irez vers l'ouest, décréta-t-elle en abattant son index au-dessus du fjord de l'Épée. D'après la carte, nous ne sommes pas loin de la piste qui mène à Recluse – de là, vous pourrez gagner le désert Pétrifié et la cité-royaume d'Aride, au pied des monts Rouillés. »

La cité safrane, farouchement indépendante et située loin de tout, paraissait être un havre sûr contre la vindicte de Karcharodon. C'était aussi l'une des villes les plus continentales des

Dernières Terres, éloignée des océans… protégée peut-être du cataclysme prédit par le Choreute.

« Astréa… », murmura Sépien.

À la lumière de la lanterne, ses yeux verts paraissaient plus sombres, profonds comme la mer Viride elle-même. Il y avait un tel amour dans ces yeux-là, face auxquels Astréa se sentait si démunie… Elle y plongea néanmoins courageusement, comme elle plongeait naguère sa bêche dans le flanc de la mer, minuscule soldate munie d'une arme dérisoire pour affronter la vastitude de l'océan.

« Je te promets que je reviendrai, dit-elle. Je te promets que je ferai tout pour revenir. Nous irons ensemble jusqu'à Aride : Livien, Palémon, Margane, toi et moi. Derrière les murs de la cité safrane, nous pourrons délacer nos sandales. Nous pourrons nous reposer, tous les cinq… et nous marier enfin, tous les deux. »

Un sourire éclaira le visage soucieux de Sépien.

Ce n'était pas le sourire triomphant du marchand réalisant son affaire, ni le sourire éperdu de l'amoureux contemplant sa promise. C'était un entre-deux, une expression à la fois joyeuse et triste, un demi-cercle mélancolique, à l'image du croissant de lune qui luisait dans la nuit pâle.

Astréa se sentit soudain submergée par un élan d'affection pour ce jeune suant, le plus citadin de tous, qui s'était arraché à son monde pour la suivre sur les routes. Ce n'était pas tout à fait de l'amour qu'elle ressentait, non, mais c'était plus que de l'amitié. C'était une forme de tendresse à mi-chemin, un sentiment aussi hybride que ce sourire en demi-teinte qui lui chavirait le cœur.

De sa main droite, elle prit celle de Sépien, enlaçant ses doigts autour des siens.

De sa main gauche, elle prit celle de Margane et la serra à son tour très fort, sans un mot.

Au milieu du silence, elle percevait les battements de cœur de ceux qui étaient devenus davantage que des compagnons de route : des compagnons de vie. Ce garçon et cette fille qui l'aimaient, qui avaient tout lâché pour elle sans aucune hésitation, faisaient désormais partie de sa famille au même titre que Palémon. Leurs pouls saccadés, épuisés par la marche, ralentirent peu à peu pour se régler sur le sien, ample et profond.

« Même lorsque la nuit est au plus pâle, on voit encore des étoiles filantes, remarqua Margane, les yeux tournés vers l'horizon. Comme toi, Astréa : des bolides qui filent sans que rien ni personne les arrête. »

Astréa relâcha leurs mains lorsqu'elle les sentit l'un et l'autre détendus, près de s'assoupir. Ils se lovèrent tous les trois près de la lanterne, et bientôt les respirations régulières de Sépien et de Margane vinrent se superposer aux ronflements d'Atriceps.

Lorsqu'elle fut certaine que tout le monde dormait, Astréa se releva doucement.

Parce qu'elle était incapable de se laisser aller dans les bras du sommeil.

Parce qu'elle savait que, dans quelques heures, son destin se jouerait.

Si son plan échouait, elle périrait sous le glaive de Karcharodon ; s'il réussissait, elle serait à jamais séparée d'Océrian. Au seuil de l'irréparable, ces deux perspectives lui paraissaient aussi inacceptables l'une que l'autre. Après avoir étreint Sépien et Margane, il fallait qu'elle voie le prince… il fallait qu'elle le touche… peut-être pour la dernière fois.

Sans faire un bruit, elle délaça ses sandales, prit une outre dans une main et la lanterne dans l'autre ; puis elle se dirigea sur la pointe des pieds vers le fond ténébreux de la caverne.

Le halo jaunâtre se répandit sur le corps du captif, immobile, le visage écrasé contre le sol sous la masse de ses cheveux. Astréa sentit ses entrailles se tordre : on eût dit un cadavre.

Elle s'accroupit lentement et, d'une main tremblante, écarta les épaisses mèches mauves entre lesquelles brillait l'anneau d'or. Une paupière ourlée de longs cils se souleva soudain, révélant un iris d'améthyste enchâssé dans un cerne creusé par des jours de voyage.

« Je… je t'ai apporté de l'eau », murmura Astréa en désignant l'outre pleine. « Je venais voir si tu n'avais besoin de rien. »

S'aidant de ses bras, Océrian se redressa contre la paroi irrégulière de la caverne, sans détacher ses yeux de ceux d'Astréa.

« Tu sais de quoi j'ai besoin, répondit-il à son tour dans un murmure, comme s'il avait conscience que le monde entier dormait, et que cet instant volé n'appartenait qu'à eux.

— Je te jure que je te laisserai repartir avec ta jambe de métal, une fois que Karcharodon aura libéré mon frère et celui de Sépien », assura Astréa.

Océrian ne dit rien, comme si la promesse de la jeune fille ne répondait pas totalement à sa requête.

De quoi d'autre as-tu besoin, prince viridien ? songea-t-elle, sans oser formuler cette question à voix haute.

« Tout sera bientôt fini », dit-elle encore, pour meubler le silence entre eux.

Mais à l'instant même où elle prononça ces mots, elle se rendit compte de leur terrible ambiguïté, sachant ce qu'elle savait. Si le Choreute avait raison, ce n'était pas seulement leur voyage à tous deux qui prendrait bientôt fin : ce serait celui de l'espèce humaine tout entière, commencé dans la nuit des temps pour s'achever sur un archipel rocailleux perdu en haut du monde…

« Quelque chose te tracasse, dit Océrian, la prenant de court.

— Je… non ! se défendit-elle.

— Je le sens. Le tremblement de ta voix. Le gonflement de tes narines. Le frémissement de ces trois étoiles sur ta pommette, ta joue et ta lèvre. »

La jeune fille porta la main aux grains de beauté parsemant la partie droite de son visage, comme s'il les avait touchés malgré ses mains liées, rien qu'en les décrivant de sa voix rauque.

« Je te connais maintenant assez pour savoir que le danger ne te fait pas peur, Astréa, dit-il. Je t'ai vue risquer ta vie, encore et encore. Il y a autre chose, qui menace davantage que ton existence. Un fardeau trop lourd à porter seule, même pour toi qui es plus forte qu'une armée entière. »

La perspicacité du prince la désarçonnait.

L'acuité de ses yeux mauves la troublait.

« C'est en rapport avec le suicide de l'oracle, n'est-ce pas ? dit-il.

— Tu te trompes ! répondit-elle un peu trop vivement.

— L'oracle avait beau être une mystique, c'était d'abord une apex. Or, ceux de ma caste sont animés par le besoin absolu de dominer, comme jadis les grands prédateurs. Dans ce contexte, le suicide représente le déshonneur suprême, l'aveu de faiblesse ultime. Si l'oracle s'est tuée, c'est qu'elle avait une raison impérieuse de le faire. Une motivation secrète qu'elle a partagée avec toi, je le pressens, avant de mettre fin à ses jours. »

Se sentant perdre pied dans la joute oratoire qui avait débuté à son insu, mais incapable d'y mettre fin car cela l'aurait éloignée d'Océrian, Astréa contre-attaqua avec les armes dont elle disposait :

« Tu m'accuses de cacher un secret, mais tu en dissimules un, toi aussi. Tout à l'heure, pendant l'ascension des collines tourbourgeoises, tu t'es trahi. »

Le regard d'Océrian se troubla.

« Quels que soient les mots qui sont sortis de ma bouche, c'étaient des bêtises, je te l'ai dit, assura-t-il – mais l'angoisse dans ses yeux affirmait le contraire.

— Tu parlais pourtant avec l'accent du vécu, asséna Astréa. Tu vociférais comme si la destruction de Tourbeuse t'en rappelait une autre. Comme si tu revivais le glissement de terrain qui t'a coûté ta jambe.

— Et alors ? rétorqua vivement le prince. En quoi est-ce un secret ? Chacun sait qu'à l'époque, la colonie du Levant a été presque entièrement détruite.

— La catastrophe est connue de tous, en effet. Je me souviens des pluies torrentielles qui se sont abattues sur Viridienne cette année-là – notre propre cahute a été sérieusement endommagée. Ta survie, en revanche, tient du mystère. » Elle prit une inspiration, avant de poser les questions qui la taraudaient depuis qu'elle avait rencontré cet étrange garçon : « Pourquoi le roi a-t-il laissé croire au peuple que tu étais mort ? Que faisais-tu dans la colonie du Levant ce jour-là ? Que s'est-il passé exactement ? »

Il sembla à Astréa que le visage d'Océrian blêmissait sous cette salve inquisitrice.

Mais il ne pouvait plus se dérober : acculé, il fallait qu'il raconte.

« C'était ma première sortie en tant que prince héritier fraîchement greffé, commença-t-il. Je venais d'avoir douze ans, et mon animal-greffe était encore douloureux sur ma peau. » Il porta la main à sa poitrine, comme pour prendre à témoin le narval qui l'accompagnait depuis son greffage. « Les déluges d'automne avaient ravagé Viridienne des semaines durant. L'équinoxe étant passé, l'archipleurant Octopide avait enfin décrété la fin des pluies. Le roi m'a alors demandé d'aller inspecter la colonie du Levant, la partie la plus affectée de Viridienne. Comme j'étais fier de me voir confier cette mission, à la tête d'une compagnie de trente saignants ! Comme je voulais me montrer digne de mon père et du narval courageux !

« Je me souviens du ciel, lorsque j'ai franchi la porte du Levant ce matin-là : il était limpide, lavé par des jours et des nuits de tempête, débarrassé des poussières du désert. Dans l'air purifié, le regard portait plus loin que jamais au-delà des dunes, jusqu'aux marais de Fangeuse au loin à l'est. Pour la première fois, je pouvais embrasser du regard l'étendue du domaine royal de Viridienne, un territoire que j'étais destiné à gouverner. »

Les yeux du prince brillaient à la lueur de la lanterne, comme éclairés de l'intérieur par le grand jour de jadis. Astréa avait l'impression de le voir tel qu'il était alors : non pas un captif estropié, cloué au sol d'une caverne ténébreuse, mais un conquérant marchant à la tête de sa compagnie, à la rencontre de sa destinée.

« Si glorieux que fût le jour, la colonie du Levant affichait les stigmates de la tourmente, reprit-il. Partout, ce n'étaient que portes arrachées, pans de murs effondrés, toitures défoncées. Dans chaque quartier où je me déplaçais avec mes hommes, les crachants me dressaient le compte des blessés et des morts, ainsi que l'étendue des dommages. Mon père m'avait confié la tâche d'établir la taxe supplémentaire qu'il faudrait lever pour réparer les dégâts : comme tu le sais, la colonie du Levant accueille les ateliers de tissage royaux, qui fournissent la toile d'algue constituant un produit d'export important pour Viridienne et une rentrée d'argent non négligeable pour le castel. Les pleurants réclamaient également des fonds pour rétablir les lits d'humusage dispersés par la tempête, et les parcelles de régénération déracinées par les vents – là encore, ce seraient les habitants qui devraient payer. Non seulement ils avaient été éprouvés par des déluges inouïs, mais ils allaient encore sentir le poids d'un impôt plus lourd que jamais. Tel est le lot des suants ici-bas : toi et les tiens, vous devez payer le prix le plus fort de toutes les castes, en vertu de la Loi de Notre Mère. »

Astréa avait l'impression que le prince aurait voulu dire cela avec toute la morgue caractérisant sa caste. Mais sa voix manquait de conviction, et ce n'était pas seulement parce qu'il était contraint de chuchoter. Une forme de pitié affleurait dans ses paroles, et même bien davantage : une véritable empathie pour les victimes qu'il avait côtoyées de si près.

« Alors que nous étions enfoncés au plus profond de la colonie, l'horizon jusqu'à présent si clair s'est soudain brouillé, poursuivit-il. Des nuages ont surgi de derrière les dunes, comme s'ils avaient toujours été là, embusqués. Un formidable grondement a ébranlé le ciel. En quelques instants, l'azur a viré au gris menaçant ; puis le gris, au noir terrifiant. Lorsque nous avons compris qu'un déluge imprévu s'apprêtait à balayer Viridienne, il était trop tard. La pluie s'est abattue sur nous telle une avalanche, des trombes d'eau sont tombées d'un seul coup sur les rares masures qui tenaient encore debout. Le sol, encore trempé par les intempéries du début de l'automne, a instantanément fondu, emportant des dizaines d'habitations dans un torrent de boue. Une cahute des hauteurs de la colonie, en s'écroulant, m'a broyé la cuisse. La douleur était telle que j'ai perdu connaissance. Lorsque j'ai rouvert les yeux, j'étais allongé dans une civière, abruti par des vapeurs d'algues iridescentes. Sous l'anesthésie, je ne pouvais pas sentir mes jambes, mais je pouvais les voir. La gauche était enveloppée de bandages. La droite n'était plus qu'un moignon amputé, couvert de sutures sanguinolentes. » Il déglutit, clignant des yeux pour chasser cette terrible image. « Mon père a décidé qu'il valait mieux désormais que je reste au castel, compte tenu de mon infirmité, conclut-il dans un souffle. Voilà tout, il n'y a pas d'autre secret. Je n'y peux rien si la nouvelle de ma survie n'est pas parvenue jusqu'à la ville basse. »

Océrian se tut abruptement, laissant la place au silence de la nuit, seulement troublé par la respiration des dormeurs à l'entrée de la caverne. Une lueur farouche, dans son regard, signifiait que son récit était terminé.

Astréa devinait cependant qu'il n'avait fait qu'effleurer la surface de son histoire. Elle en avait aperçu le fond, quelques heures plus tôt, lorsque Kârbon avait arraché de confus aveux au prince.

« Tu as oublié de me parler d'une chose, murmura-t-elle. Tu ne m'as pas dit ce que tu faisais dans les hauteurs de la colonie, alors que tu aurais pu les fuir à l'approche des nuages. Tu as parlé du noir terrifiant de la tempête, mais tu n'as pas mentionné la *beauté de l'orage.* »

Océrian se figea comme si, d'une formule magique, elle l'avait pétrifié.

Elle n'avait pourtant fait que répéter les mots mêmes qu'il avait prononcés dans les collines tourbourgeoises…

« "Laissez-moi regarder encore la beauté de l'orage !" » asséna à nouveau Astréa, restituant les paroles qu'elle avait entendues tout à l'heure et qui s'étaient gravées dans sa mémoire sans faille. « "Vous ne voyez pas le visage de Terra, dans ces éclairs et ces nuages ? La déesse n'a jamais été aussi belle ! Vous pouvez partir, moi je reste !" »

Dans le halo de la lanterne, Océrian demeurait aussi immobile qu'une statue, son expression aussi figée que celle d'un masque sculpté. En cet instant, Astréa eut l'intuition que c'était le rôle qu'il avait toujours joué, et qu'il s'efforçait de tenir ce soir encore : celui d'un bloc de pierre inébranlable, que rien ne touchait. Mais elle savait qu'un cœur hypersensible battait au centre de ce roc, dont les échos sourdaient parfois en chansons poignantes.

« Tu as refusé d'aller te mettre à l'abri, n'est-ce pas ? » murmura-t-elle.

Elle s'approcha imperceptiblement d'Océrian.

De si près, elle pouvait distinguer chaque éclat d'améthyste dont ses iris étaient parsemés, certains plus clairs et d'autres plus sombres, composant un kaléidoscope complexe de lumières et d'ombres.

« Pourquoi n'es-tu pas allé te réfugier près des murailles ? » demanda-t-elle.

Elle sentait le souffle d'Océrian sur son front, de plus en plus court, de plus en plus oppressé.

« Pourquoi es-tu resté, au péril de ta vie ? »

Le visage de la jeune fille n'était plus qu'à quelques centimètres de celui de son captif lorsqu'elle porta le coup de grâce :

« Pourquoi t'es-tu sciemment exposé au danger qui t'a coûté ta jambe ? »

Les yeux d'améthyste explosèrent en éclats tremblants.

Le souffle se relâcha dans une expiration sifflante.

Le visage de roc se décomposa et redevint chair vivante.

Et les mots longtemps retenus, jamais prononcés sans doute, montèrent aux lèvres du prince dans un bouillonnement aussi violent que la crue des déluges :

« Parce que c'était… beau. Je n'ai pas d'autre explication que ça. C'était le plus beau spectacle que j'aie jamais contemplé de ma courte vie, et je ne parvenais pas à m'en détacher malgré les exhortations des saignants qui voulaient me mettre à l'abri. »

La mâchoire d'Océrian se mit à trembler, comme s'il revivait sa fascination d'alors.

« Le spectacle de la tempête m'enflammait et me déchirait en même temps. J'avais l'impression de la voir vraiment pour la première fois : d'admirer la déesse dans la pleine manifestation de sa puissance. Mais plus encore, je ressentais l'appel d'un horizon lointain. Même si j'étais un prince destiné à hériter de ce monde-ci, ça ne me suffisait pas. J'avais le mal d'un autre monde d'où venaient peut-être les nuées – loin, très loin des Dernières Terres. Et j'aurais voulu que le vent me prenne, oui ! J'aurais voulu que ces orages désirés m'emportent dans les espaces d'une autre vie ! »

Il se tut brusquement, saisi par cette émotion qu'aujourd'hui encore il ne parvenait pas à comprendre pleinement.

Astréa elle-même retint son souffle, magnétisée par ces idées impossibles : un *autre* monde ? une *autre* vie ? Les pleurants répétaient qu'il n'y avait de monde que les Dernières Terres, et de vie que celle dévouée à la renaissance de la déesse. Depuis son greffage, elle avait toujours communié avec cette profession de foi. Pourtant, les paroles d'Océrian parlaient à son âme, aussi profondément que les vers déclamés naguère par le vieil Hippocampos, et que les légendes racontées jadis par Bullia.

« Tu voulais t'envoler vers… l'Ailleurs ? » murmura-t-elle, se rappelant soudain qu'il avait laissé échapper ce mot lorsqu'ils contemplaient tous deux les toits de Souvenance, assis côte à côte sur le banc.

Il hocha la tête :

« Je crois que oui. Je venais de sortir de l'enfance et j'avais la nostalgie de ce pays mythique, même si ma gouvernante Bonite m'avait récemment avoué qu'il n'existait pas. »

Astréa s'apprêtait à lui dire qu'elle aussi, devenue jeune adulte, rêvait encore secrètement de l'Ailleurs, qu'il n'avait jamais quitté ses pensées ! Mais à cet instant, les yeux humides du prince tombèrent sur son moignon.

« Les orages ne m'ont emporté nulle part, dit-il tristement, rompant la magie de l'instant. Ce sont les boues qui m'ont ravi, se dérobant soudain sous moi et sous les cahutes de la colonie. Un torrent de terre, d'eau et de caillasse a noyé les saignants restés à mes côtés, et moi-même je ne m'en suis sorti qu'à un cheveu. J'avais voulu regarder en face le visage de Terra, et en retour elle nous avait ensevelis sous ses crachats, moi et ceux qui avaient essayé de me sauver !

« Lorsque mon père a appris le fiasco de ma première mission et la perte de ses meilleurs lieutenants, tout ça à cause de ma conduite irresponsable, il est entré dans une colère terrible. J'avais provoqué le pire, pour simplement observer le paysage ! Il m'a crié que j'avais trahi sa confiance et dérogé à mon rang, que j'étais maudit de la déesse et pire encore : que j'étais *faible.* Puis il a ordonné que personne ne parle plus de cette histoire calamiteuse, sous peine de mort. »

Océrian releva le front, bravant sa ravisseuse du regard entre ses mèches mauves.

« Voilà, Astréa la Cruelle : tu m'as tout pris. Après m'avoir confisqué ma jambe de métal, tu m'as arraché mon secret le plus honteux, celui que j'avais juré à mon père de ne jamais révéler. »

Prise de court par la confession du prince, la jeune fille aurait voulu objecter quelque chose, mais les mots lui manquaient. Elle resta silencieuse tandis qu'il achevait de se mettre à nu devant elle, la voix tremblante et le front plissé par l'amertume :

« Il y a en moi un vice profond, qui remonte à avant même la catastrophe, aussi loin que je me souvienne : une sensibilité exacerbée, une mélancolie inexplicable, une fragilité intolérable. Par faiblesse d'âme, j'ai risqué ma vie d'héritier de la couronne. Par manque de caractère, j'ai sacrifié celles de valeureux soldats qui ne faisaient que leur devoir. Malgré la couleur de mes yeux et de mes cheveux, je n'aurai jamais la dureté d'un roi : c'est un cœur de verre qui bat dans mon corps d'apex. »

Incapable d'assister un instant de plus à cet écorchement, mais démunie pour trouver les mots susceptibles d'y mettre fin, Astréa laissa libre cours à ses sentiments pour la première fois de sa vie.

Elle bascula en avant, anéantissant les quelques pouces qui la séparaient encore d'Océrian.

Sa bouche rencontra celle du prince.

Ce dernier se tut aussitôt et, sembla-t-il, cessa de respirer.

Mais Astréa sentait battre son cœur, comme elle avait senti ceux de Sépien et de Margane en leur prenant les mains – ou plutôt, elle l'entendait cent fois, mille fois plus fort : il était là, tout palpitant, derrière le velours des lèvres princières.

Il battait comme une armée en marche, ce cœur qui se croyait trop fragile, alors qu'il avait conquis celui de la farouche Astréa !

Il faisait vibrer la jeune fille jusqu'au tréfonds de son être, ce cœur qui se croyait en verre, alors qu'il avait la rareté précieuse du cristal !

Prise de vertige, elle s'écarta brusquement.

« Pardon », balbutia-t-elle en se relevant.

Tous les sens en émoi, elle s'éloigna d'Océrian.

« Le jour est proche, il faut tâcher de se reposer un peu… », parvint-elle encore à articuler, dans un dernier souffle, avant de tourner les talons pour aller rejoindre les dormeurs à l'entrée de la caverne.

Elle se coucha le dos tourné au prince, faisant mine de s'assoupir à son tour.

Mais ses yeux, incapables de se fermer, restèrent grands ouverts sur la nuit étoilée.

28.

77 heures avant l'extinction

OCÉRIAN

LE GOÛT D'ASTRÉA ÉTAIT RESTÉ SUR LA BOUCHE D'OCÉRIAN. C'était une saveur douce comme l'oubli.

C'était un bouquet piquant comme l'interdit.

C'était un aliment immatériel, et qui pourtant le nourrissait plus substantiellement que tous les fruits des jardins, que les nectars les plus précieux du castel.

Comme le disaient les vers de ce poète de l'ancien temps, le baiser d'Astréa était bien davantage qu'un frôlement de lèvres : c'était un bijou merveilleux, fait d'astres et d'éthers.

Il fallut de longues minutes au prince pour reprendre le contrôle de lui-même, après l'interrogatoire qui l'avait précipité dans les abysses de sa mémoire, puis l'étreinte qui l'avait élevé tout frémissant vers une émotion inconnue.

Le cœur battant la chamade, il s'aperçut qu'Astréa avait laissé la lanterne allumée près de lui, dans sa précipitation à le fuir. À présent, il distinguait vaguement la silhouette de la jeune fille à l'entrée de la caverne, allongée parmi les autres, lui tournant le dos.

Comme il la haïssait, pour lui avoir arraché le secret honteux de sa disgrâce !

Comme il l'adorait, pour lui avoir offert le plus délicieux frisson qu'il eût jamais ressenti !

Ce tourbillon de sentiments violemment contradictoires lui faisait tourner la tête, le rendait fou !

Était-elle endormie, déjà ?

Et jusqu'à quand ?

Océrian savait que le temps lui était compté. Il s'attela à nouveau à la tâche qui l'occupait quand Astréa était venue le voir, et qu'il avait aussitôt interrompue pour feindre le sommeil : il se remit à frotter ses liens contre une arête de pierre tranchante, saillant dans son dos.

Au bout de longues minutes, enfin, il sentit la corde d'algue se relâcher.

Il détacha lentement ses mains et massa ses poignets endoloris, l'esprit tendu vers la prochaine étape.

Sa jambe de métal gisait elle aussi à l'entrée de la caverne, reflétant la lune presque pleine sur sa surface lisse ; sans sa prothèse, il ne pourrait aller nulle part ; et le bruit qu'il ferait en se traînant jusqu'à elle ne manquerait pas de réveiller les dormeurs…

Tandis qu'il méditait sur ce cruel paradoxe, qui le maintenait prisonnier alors même qu'il avait réussi à se libérer, le vers évoqué par le baiser d'Astréa lui revint en tête.

Ces bijoux merveilleux, faits d'astres et d'éthers…

C'était Hippocampos qui avait déclamé ces mots, ce vieil ermite prétendant qu'il fallait s'enivrer sans cesse. Il avait affirmé qu'entre toutes les substances permettant aux humains de quitter l'ici et maintenant, les plus puissantes étaient la poésie… et les cheveux d'apex.

Océrian se souvint soudain des mises en garde de Bonite, lorsqu'il était petit – les pleurants chargés de l'éducation des jeunes apex leur interdisaient de s'approcher trop près des torches du castel. Il savait maintenant pourquoi : pour éviter que les flammes roussissent leurs chevelures d'enfant, libérant les substances toxiques qu'elles renfermaient.

Mais ce soir, c'était exactement ce qu'il allait faire !

Il remonta sur son nez et sa bouche le foulard, encore humide, qui avait servi à filtrer les relents de l'Étouffeur silencieux. Puis il saisit la lanterne d'une main ; de l'autre, il tira sur ses mèches et les rassembla en une courte queue-de-cheval.

Il approcha la flamme.

Ses cheveux prirent feu dans un crépitement, exhalant une fumée mauve.

Attirées par l'appel d'air, les volutes s'étirèrent jusqu'à l'entrée de la caverne… jusqu'aux corps allongés.

La concentration était-elle assez forte pour intoxiquer les dormeurs ?

Océrian n'en était pas certain.

Au moment où les flammes, ayant consumé la queue-de-cheval, chatouillaient dangereusement sa paume, il ouvrit ses doigts pour les laisser progresser davantage au lieu de les éteindre avec l'outre d'eau abandonnée par Astréa.

En un instant, le reste de sa chevelure prit feu – cette parure qu'on l'avait obligé à porter, toutes ces années durant.

Les parois de la grotte s'illuminèrent brusquement – tel un bûcher des humiliations du passé.

Il sentit les flammes lui lécher la nuque et lui fouetter les joues, menaçant même le bâillon humide ; mais il les laissa danser encore un instant, serrant les dents pour museler la souffrance intolérable. Sa peau d'apex pouvait bien brûler un peu : douée du pouvoir de régénération conféré par la déesse, elle aurait tôt fait de cicatriser.

À l'entrée de la caverne, Astréa se releva d'un bond, sans doute alertée par la luminosité soudaine. Un cri s'échappa de sa gorge au moment où ses yeux tombèrent sur la torche vivante qu'était devenu Océrian. L'instant d'après, elle porta la main à sa bouche. Mais il était trop tard : elle avait inhalé la fumée narcotique. Ses jambes chancelèrent. Elle tituba. Et tomba d'un bloc, terrassée.

Alors seulement, Océrian vida le contenu de l'outre sur sa tête en étouffant un cri de douleur. Après la brûlure des flammes, le contact de l'eau lui parut glacé. Sans y prêter attention, il se laissa tomber à terre et se mit à ramper en direction de la jambe de métal, s'efforçant de respirer par bouffées minuscules sous son masque humide.

Plus que quelques mètres !

Sa tête lui tournait étrangement quand il atteignit enfin son but, comme si le sol de pierre se dérobait sous lui…

Saisissant la prothèse à tâtons, il l'emboîta sur son manchon tout en retenant sa respiration. Puis il se redressa en s'appuyant contre le mur irrégulier et, d'un bond, se jeta à travers l'ouverture béante.

Océrian arracha son foulard mouillé et prit une immense inspiration.

Il eut l'impression que la nuit entière s'engouffrait dans ses poumons au bord de l'asphyxie.

Les pâles étoiles dansaient en tourbillonnant autour de lui, les dunes ondulaient dans le clair de lune comme les crêtes d'une mer déchaînée.

Il s'efforça de tenir bon sur ses jambes – celle de chair et celle de métal, les deux piliers de sa dignité retrouvée, les deux armes dont il disposait pour conquérir son avenir.

Au fil de sa respiration profonde, son anneau d'or chauffé à blanc refroidit peu à peu, la perspective se stabilisa progressivement devant lui.

Il se concentra d'abord sur l'ombre de la cordillère Fendue, tout au nord, gigantesque masse noire occultant les étoiles ; puis ses yeux descendirent sur la longue plaine qui s'étendait en dessous, tel un tapis de velours moiré ; enfin, son regard se fixa sur un minuscule point rougeoyant : le feu de camp éclairant le convoi à l'arrêt.

Il prit une dernière inspiration, la plus profonde de toutes, et se mit en route.

Le premier pas lui procura une sensation de soulagement absolu – parce qu'il le dirigeait vers la liberté.

Le second pas lui déchira les entrailles – parce qu'il l'éloignait à jamais d'Astréa.

Le troisième pas… il ne parvint pas à l'effectuer.

Quelque chose retenait sa jambe de métal, comme si elle ne parvenait pas à s'arracher au sol, comme si le regret la lestait de tout son poids, comme si le souvenir de la suante le retenait en arrière.

Il baissa les yeux, hagard.

Ce n'était pas le souvenir d'Astréa qui s'agrippait à sa prothèse à pleines mains : *c'était Astréa elle-même !* Elle s'était traînée depuis la caverne dans son sillage, écrasée au sol par l'intoxication, ainsi qu'il l'avait lui-même été par le handicap.

Un borborygme s'échappa de ses lèvres tremblantes – ces mêmes lèvres qui l'avaient embrassé quelques minutes plus tôt :

« Océrian… »

La voix d'Astréa, d'habitude claire et pleine d'autorité, était réduite à une imploration molle, inarticulée.

Le prince réprima l'envie de se pencher sur elle pour la relever, et tira sur sa jambe afin de se dégager ; mais la jeune fille tint bon. En dépit de la torpeur dans laquelle l'avait plongée la fumée narcotique, elle conservait en elle une force phénoménale. Après avoir capturé Océrian au castel, puis l'avoir repris lors de sa fuite avortée avec Buccinum, voilà qu'elle le retenait une fois encore.

« Pourquoi ne me laisses-tu pas partir ? s'écria-t-il.

— Tu avais promis…, vagit-elle.

— Pourquoi faut-il que tu me poursuives telle une malédiction ? demanda-t-il encore, la gorge de plus en plus serrée.

— … promis de ne pas t'enfuir…

— Pourquoi faut-il que tu me colles à la peau plus intimement que mon animal-greffe ?

— … promis de rester avec moi. »

Trois éclats brillèrent dans la nuit : deux d'entre eux provenaient des yeux d'Astréa, embués de larmes ; le dernier, du poignard qu'elle avait emporté avec elle.

« Tu ne me laisses pas le choix ! » vociféra-t-elle en levant le poing, pour l'abattre sur la jambe gauche du prince, encore valide.

Le premier coup lui entailla le mollet.

« J'ai besoin de toi pour libérer mon frère », hoqueta-t-elle dans un sanglot.

Le deuxième coup manqua sa cuisse d'un centimètre.

« J'ai besoin de toi pour… pour… »

Elle ne termina pas sa troisième phrase, et ne porta pas son troisième coup : basculant de tout son poids en avant, Océrian l'entraîna sur la pente.

Ils roulèrent tous deux sur le flanc de la colline, accrochés l'un à l'autre.

Sous le regard d'Océrian, les yeux tournoyants d'Astréa rejoignaient les étoiles ; son souffle sur sa peau se confondait avec l'haleine de la nuit ; ses poings labouraient ses côtes aussi durement que les cailloux de la colline.

Astréa devenait et le ciel, et la nuit, et la roche : tout l'univers, contre lequel il luttait… avec lequel il dansait.

Leur gigue les emporta jusqu'au bas du talus, chacun arrachant des pans du linceul de l'autre en cherchant à lui déchirer la peau. Parfois, un éclair égratignait les ténèbres : celui du poignard qu'Astréa serrait toujours dans sa main.

Lorsqu'ils s'immobilisèrent enfin, elle était au-dessus de lui. Elle le plaqua au sol de son corps athlétique, souple comme la liane et solide comme la pierre. Puis, se redressant, elle emprisonna son torse entre ses cuisses puissantes. La voyant ainsi le surplomber de toute sa hauteur, la poitrine et le ventre dénudés par le linceul en charpie, le front enluminé par la lune, Océrian la découvrit déesse. Après avoir aperçu une première fois le visage de Terra dans les déluges d'automne, il le découvrait à nouveau dans les ténèbres du printemps, plus splendide que jamais.

Astréa !

As-Terra !

Fille aux yeux de nuit, au front couronné de comètes, au ventre orné d'une étoile plus majestueuse que toutes celles de l'univers réunies !

Tandis qu'elle levait le poignard une dernière fois, la main d'Océrian se referma sur un objet rond, dur et lourd.

Une pierre.

Il la brandit devant lui de toutes ses forces pour contrer le poignard ; la lame dérapa dans une gerbe d'étincelles ; la pierre termina sa course sur la tempe de la jeune fille.

Cette dernière lâcha son arme.

Elle vacilla un instant, suspendue entre le ciel et la terre.

Puis elle s'effondra sur le flanc, libérant Océrian de son étreinte.

Le prince se redressa, pantelant.

Le sang coulait de son mollet écorché, sous son nez écrasé, à travers les multiples sillons que les ongles d'Astréa avaient creusés dans son dos.

La brise de la nuit souleva les haillons de son linceul, déchiré de part en part. Des lambeaux de tissu s'envolèrent tels des papillons, en direction de la plaine de l'Épée. L'un d'entre eux, plus lourd que les autres, retomba sur le corps immobile d'Astréa.

Océrian se pencha vers elle, le cœur écrasé, la poitrine douloureuse.

Il perçut un filet d'air régulier s'échappant des lèvres de la jeune fille inconsciente : elle était seulement évanouie.

Alors seulement, il s'autorisa lui-même à expirer.

Ses yeux tombèrent sur ce qu'il avait pris pour un fragment de linceul, mais qui n'en était pas un, il le voyait à présent. S'élevant et s'abaissant au rythme de la respiration d'Astréa, un papyrus plié s'était posé sur son nombril, au centre de son animal-greffe : le poème volé dans la demeure d'Hippocampos, qu'Océrian avait glissé dans sa poche et oublié.

De ses doigts tremblants, il déplia le parchemin.

La texture était gondolée par les embruns du golfe du Souvenir. L'encre bavait ici et là, comme si les lettres pleuraient de longues larmes noires. Mais les phrases étaient encore lisibles, imaginées par un poète d'autrefois et recopiées par un ermite de cet âge-ci, pour parvenir jusqu'aux yeux d'Océrian…

Le titre le percuta comme un coup de poing, plus violent encore que ceux dont Astréa l'avait roué : *L'Invitation au voyage.*

Partir ! – c'était ce qu'il avait toujours voulu en son for intérieur, depuis cette tempête qui avait refusé de l'emporter, ne prenant que sa jambe pour laisser son âme derrière.

Guidé par l'instinct, il se mit à lire à voix haute :

« *Mon enfant, ma sœur,*
Songe à la douceur
D'aller là-bas vivre ensemble ! »

Son cœur fit un bond dans sa poitrine, tandis que lui revenaient en tête les paroles du vieil Hippocampos : *Charles Baudelaire a capturé dans ses mots la détresse des humains enfermés dans les prisons qu'ils avaient eux-mêmes créées ; mais il a aussi chanté leurs aspirations les plus nobles à s'en évader pour s'enfuir vers un ailleurs…*

Quant à Emily Dickinson, n'affirmait-elle pas qu'*il n'est de frégate telle qu'un livre, pour nous emporter vers des contrées lointaines, ni de coursier tel qu'une page de fringante poésie* ?

Et si le *là-bas* du poème, c'était justement l'Ailleurs ?

Le poète connaissait-il le chemin ?

L'adressait-il, par-delà le gouffre du temps, à Océrian et à Astréa ?

Après *L'Albatros*, qui avait annoncé à Océrian son avenir de prince des nuées, *L'Invitation au voyage* semblait le mettre sur la voie du paradis perdu. Car ces mots faisaient sens, telle une divination émise par l'oracle de Souvenance en personne.

Astréa était bien cette *enfant* née des longues rêveries d'Océrian, seul dans sa chambre du castel : elle était son âme *sœur* longtemps attendue.

Le souffle court, il reprit sa lecture :

« Aimer à loisir,
Aimer et mourir
Au pays qui te ressemble ! »

Le cœur d'Océrian battait de plus en plus fort à mesure qu'il récitait ces vers qui semblaient avoir été composés pour lui, pour elle – pour eux.

Leur lutte avait commencé dans les couloirs du castel et s'était achevée sur les pentes de ce ravin. Un combat à mort, oui, mais aussi une étreinte d'amour – comme le disait le poème : *aimer et mourir.*

Et si, après le temps de la violence où avait eu lieu leur rencontre, venait celui de la *douceur* ?

Sous quels ciels, dans quel havre une suante et un apex oseraient-ils *s'aimer à loisir* ?

Où pourraient-ils jamais *vivre ensemble* ?

— *Au pays qui te ressemble,* répondait le poème.

Or il ne pouvait y avoir qu'un seul pays ressemblant à Astréa : celui qu'ils avaient évoqué en contemplant le lever de soleil sur les toits de Souvenance.

L'Ailleurs, bien sûr !

L'Ailleurs, encore !

Le poème tout entier convergeait vers cet horizon !

Océrian se replongea dans sa lecture, dévorant les mots :

« *Les soleils mouillés*
De ces ciels brouillés
Pour mon esprit ont les charmes
Si mystérieux
De tes traîtres yeux,
Brillant à travers leurs larmes. »

Les soleils de l'Ailleurs étaient *mouillés* et bienfaisants, évidemment, et non pas brûlants et mortels comme ceux d'ici.

Quant aux *traîtres yeux* d'Astréa… ce soir, pour la première fois, il les avait vus briller de larmes.

Oui, il l'avait trahie.

Mais elle aussi, en lui offrant puis en lui retirant sa jambe.

Maintenant qu'ils étaient quittes, quelle était la prochaine étape ?

Où se situait le lieu de cette mystérieuse invitation au voyage ?

Où se trouvait l'Ailleurs ?

« Là, tout n'est qu'ordre et beauté,

Luxe, calme et volupté », répondit le poème, poursuivant son étourdissant dialogue avec celui qui le déchiffrait mot à mot.

Océrian enchaîna aussitôt, avide de savoir et plus encore de dire, de partager avec Astréa ces mots qu'elle entendait peut-être au fond de son sommeil.

« Des meubles luisants,
Polis par les ans,
Décoreraient notre chambre ;
Les plus rares fleurs
Mêlant leurs odeurs
Aux vagues senteurs de l'ambre,
Les riches plafonds,
Les miroirs profonds,
La splendeur orientale,
Tout y parlerait
À l'âme en secret
Sa douce langue natale. »

Des *fleurs* !

L'Ailleurs était certainement couvert de fleurs aux odeurs enivrantes !

Et cette *chambre*, il l'imaginait creusée au sein d'une végétation luxuriante – plafonds de branches riches de fruits, miroirs d'eau limpide et profonde, langage natal de l'âme humaine !

Mais où était ce rêve – où, où, où ?

Le poème évoquait une mystérieuse *splendeur orientale.*

L'Ailleurs se trouvait-il à l'est des Dernières Terres ?

Au-delà de Levantine, d'Opaline et de Chromatine, quelque part dans la mer Diaphane ?

En guise de réponse, les mêmes vers revinrent en bas de la page, refrain entêtant :

« *Là, tout n'est qu'ordre et beauté,*
Luxe, calme et volupté. »

Océrian retourna fébrilement le papyrus pour découvrir la suite et la fin du poème, la réponse aux questions qui le taraudaient…

… mais le verso n'avait pas aussi bien résisté à la traversée que le recto. L'eau de mer avait entièrement détrempé ce côté de la page, fondant les mots en un lavis indistinct.

« Non…, balbutia Océrian, la gorge nouée. Non ! »

Il s'abîma les yeux pour tenter de sauver une phrase, un mot, une lettre – en vain.

Comme pour lui prêter main-forte, un rayon surgit soudain de l'horizon à l'est : c'était le soleil qui se levait à nouveau, après sa courte éclipse.

Océrian plaça le papyrus face à la lumière naissante, pour l'éclairer au maximum. Mais les premiers feux du jour ne purent extraire aucun signe de la tache noirâtre qu'était devenue la fin du poème.

Alors seulement, le regard du prince se détacha du parchemin inutile pour tomber dans la plaine, attiré par un mouvement infime : là, au milieu de l'immensité impassible, le convoi nuptial venait de se mettre en branle. À nouveau déployés, le palanquin et les douze chariots avaient repris leur lente progression sur la piste – vers le nord, vers les montagnes… vers Flamboyante.

La rêverie de l'Ailleurs s'estompa dans l'esprit d'Océrian, aussi vite qu'elle y avait surgi, aidée peut-être par un relent de fumée narcotique.

Il n'y avait plus d'Ailleurs.

Il ne restait qu'un seul horizon : celui vers lequel le convoi avançait inexorablement, chaque minute diminuant ses chances d'être rattrapé.

Océrian sentit son cœur se déchirer, écartelé entre des désirs contraires.

Derrière lui, Astréa assoupie.
Devant lui, Boréalion en marche.

Derrière lui, un amour impossible.
Devant lui, un avenir incertain.

Derrière lui, une folie où se perdre.
Devant lui, un honneur à conquérir.

Le poème, entre les mains du prince, se mit à trembler.

Il se baissa pour ramasser le poignard qu'Astréa avait laissé tomber – ce poignard avec lequel elle avait voulu l'immobiliser, et peut-être même pire, s'il lui en avait laissé le loisir. Le manche n'était pas simplement en os, comme il l'avait cru, mais en ivoire, matériau de l'ancien temps rare entre tous. Il leva la lame de l'objet sacré au-dessus du visage baigné par la lumière mousseuse du matin, qui paraissait soudain si serein.

Par un tour ironique du destin, l'occasion était offerte à Océrian de rattraper le moment de faiblesse qu'il avait eu, enfant, en se laissant ravir par la beauté de la tempête. Ici et maintenant, il avait la possibilité de prouver qu'il était bien l'apex impitoyable que son père avait toujours souhaité avoir comme fils aîné. Oui : il pouvait détruire une autre beauté divine, celle d'Astréa.

S'il transperçait ce visage adoré, le dilemme qui le torturait serait résolu pour toujours.

S'il assassinait l'amour, il ne resterait que l'avenir.

S'il étouffait la folie, il ne demeurerait que l'honneur.

S'il tuait l'étonnante voyageuse qui avait ensorcelé son cœur, il pourrait enfin devenir le prince des nuées libre de toute attache.

Il ferma les yeux et abattit le poignard, de toutes ses forces, encore et encore.

TROISIÈME CHANT

Le dernier empire

FLAMBOYANTE
6.
MONT DE LA
VILLE NOUVELLE
8.
7.
9.

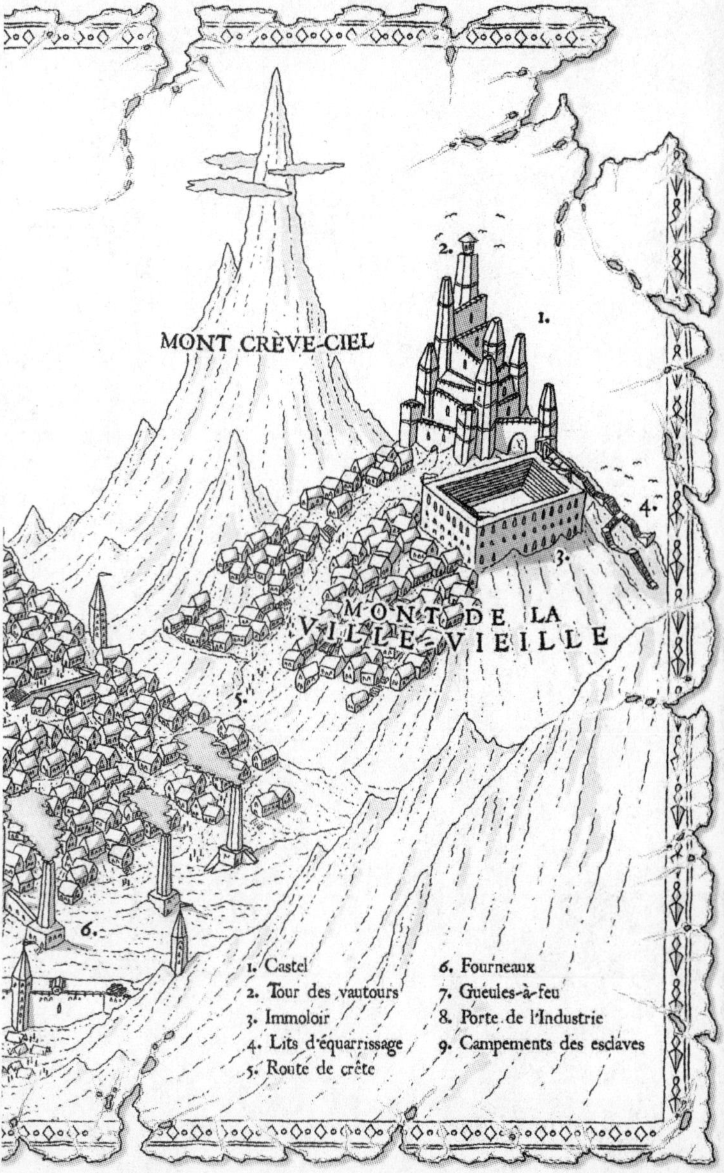
MONT CRÈVE-CIEL
MONT DE LA VILLE-VIEILLE
1.
2.
3.
4.
5.
6.
1. Castel
2. Tour des vautours
3. Immoloir
4. Lits d'équarrissage
5. Route de crête
6. Fourneaux
7. Gueules-à-feu
8. Porte de l'Industrie
9. Campements des esclaves

29.

71 heures avant l'extinction

ASTRÉA

J'OUVRE LENTEMENT LES PAUPIÈRES.

Comme souvent au réveil, une fine pellicule de larmes humecte ma cornée, diffractant la lumière autour de moi.

Au bout de quelques instants, le monde se rétracte ; mais le ciel, à travers la fenêtre grande ouverte et encadrée de voiles flottants, demeure scintillant d'humidité. Il a cette qualité poudreuse de l'air après la pluie – non pas les déluges d'automne, qui laminent tout sur leur passage, mais une ondée légère, qui apaise et rafraîchit.

Mes paupières continuent de s'ouvrir, telles ces fleurs disposées dans de hauts vases sous la fenêtre, exhalant un parfum capiteux. Je crois que je n'en ai jamais vu de telles… non, en réalité, j'en suis certaine. Car je n'ai jamais vu aucune fleur autre part que sur la couverture de

cette chose étrange – un livre –, dont le titre soudain m'échappe comme un souvenir évanescent...

« Là, tout n'est qu'ordre et beauté, luxe, calme et volupté... »

Mon regard se détache du carré de jour ondoyant, pour flotter dans la mystérieuse pièce où je viens de m'éveiller.

Elle n'a rien à voir avec la cahute où j'ai passé presque toutes les nuits de ma vie. Les murs ne sont pas en torchis d'algue, mais en bois luisant. Les meubles qui la décorent sont en bois eux aussi, sculptés dans des essences inconnues, bien plus riches que l'acacia usé de ma vieille bêche. Ici et là, deux grands miroirs se font face, bien plus profonds que le morceau d'obsidienne polie dans lequel j'ai l'habitude de me maquiller.

La perspective infinie créée par le jeu de réflexion me plonge dans un langoureux vertige.

« Là, tout n'est qu'ordre et beauté, luxe, calme et volupté... »

Une chambre.

Je suis dans une chambre, allongée dans un lit dont les draps soyeux caressent ma peau nue.

À côté de moi, une présence tiède.

Une respiration régulière.

Un être aimé.

Mes yeux se détachent enfin des miroirs ensorcelants pour plonger vers le compagnon de lit assoupi à côté de moi.

Ses cheveux mauves s'étoilent sur l'oreiller en une gigantesque corolle, à l'image de celles qui s'épanouissent sous la fenêtre.

Au milieu rayonne un visage cuivré, détendu… souriant.

Un garçon végétal.

Un homme-fleur.

Une fleur du mal ou une fleur du bien ?

Le parfum qui m'enivre ne vient pas des vases, je m'en rends soudain compte : elle émane de ces cheveux-pétales, qui ondulent, s'évaporent, et peu à peu partent en fumée.

Ils… ils se consument !

Et ils consument avec eux ce monde idéal !

Le feu gagne l'oreiller, enflamme les draps, fait craquer les nobles meubles, grimpe le long des rideaux veloutés en poussant des sifflements aigus.

En un instant, le carré de ciel pur disparaît sous un déluge de flammes.

*

Astréa ouvrit les paupières pour la seconde fois.

Mais au lieu de sentir sous elle le moelleux du matelas, une dureté caillouteuse lui laboura le dos. À la place de la caresse des draps, sa peau gardait le souvenir douloureux du combat. Devant ses yeux humides ne resplendissait pas le jour embué d'un pays inconnu, mais le matin sec du désert. La chaleur, déjà insoutenable, avait embrasé son rêve avant de la réveiller.

Elle inspira une bouffée d'air brûlant, la joue écrasée contre terre. La grande plaine de l'Épée lui apparaissait à la verticale, comme si une main gigantesque avait renversé le monde tel le sablier d'un pleurant. Tout lui revint en tête : le long voyage depuis Viridienne jusqu'aux marches du royaume flamboyant, la fuite d'Océrian, leur combat dans le ravin en contrebas duquel dormait le convoi nuptial…

Le convoi !

À cette pensée, elle se releva brusquement, agrippant les bords de sa capuche pour couvrir sa tête exposée aux feux du jour.

Mais ses doigts ne se refermèrent que sur des lambeaux informes : l'étoffe était entièrement lacérée.

« Océrian… », murmura-t-elle.

À quelques centimètres près, la lame qui avait réduit sa capuche en charpie aurait pu lui déchirer le visage.

« Océrian… », répéta-t-elle un peu plus fort, se tournant vers la vaste plaine écrasée de soleil.

La piste était déserte.

Le convoi n'était plus là.

« Océrian ! » gémit-elle une troisième fois, la bouche sèche, pleine de la terre qu'elle avait avalée dans la lutte.

Seul lui répondit l'écho éraillé, répercuté par les montagnes lointaines derrière lesquelles avaient disparu le prince, le convoi et ses espoirs de libérer Palémon…

Astréa aurait voulu se jeter dans le vide, courir à en perdre haleine pour rattraper le temps perdu. Mais elle se souvint de ceux qui l'attendaient là-haut, dans la caverne, victimes comme elle des exhalaisons toxiques de la chevelure d'apex.

La mort dans l'âme, elle gravit le talus le long duquel elle avait roulé la nuit précédente, jusqu'à l'excavation. Margane et Sépien se trouvaient toujours là, recroquevillés dans la position où elle les avait laissés, aux côtés d'Atriceps. Elle les secoua par les épaules, leur giflant les joues pour les réveiller.

« Le convoi est parti ! s'exclama-t-elle d'une voix rauque. L'otage s'est échappé ! »

… et c'est à cause de toi, qui lui as laissé la lanterne avec laquelle il vous a tous drogués ! lui répétait sa mauvaise conscience.

Ses compagnons hébétés rassemblèrent leurs affaires à la hâte, tandis qu'elle se dévêtait de ses lambeaux déchiquetés. D'une traite, elle vida une outre entière afin de réhydrater son organisme desséché. Puis elle fouilla aussitôt dans sa besace, pour en sortir le sablier rempli de sable noir qu'elle avait pris sur le cadavre de l'oracle.

« Qu'est-ce que c'est ? balbutia Sépien, ému davantage par la semi-nudité d'Astréa que par le sablier.

— C'est notre laissez-passer pour la cité rouge, répondit-elle dans un souffle. Au cas où nous ne rattraperions pas le convoi avant qu'il en franchisse les murs. Donne-moi ton linceul azuré pour compléter ma panoplie de prêtresse flamboyante, et passe celui d'Atriceps. »

Comme Sépien hésitait, encore en proie aux brumes du sommeil, et peut-être gêné aussi de se dévêtir à son tour pour la première fois devant sa promise, elle l'admonesta :

« Dépêche-toi ! Pense à Livien, qui marche vers son destin en ce moment même ! »

En quelques mouvements maladroits, Sépien se dépêtra de sa vêture, exposant son torse pâle sur lequel se déployaient les tentacules de son animal-greffe. Tandis qu'Astréa passait le linceul azuré, il déshabilla le capitaine, toujours plongé dans le profond sommeil induit par la poudre de lichen blanc.

Les trois suants se mirent aussitôt en route, laissant le dormeur derrière eux avec une bourse remplie du supplément de salaire convenu pour sa peine.

Encore en proie aux torpeurs de la fumée narcotique, et sonnés par le choc de ce fiasco retentissant, Margane et Sépien trébuchaient fréquemment le long de la pente.

« Plus vite, plus vite ! » ne cessait de les exhorter Astréa.

Après deux heures de ce train cahoteux, ils parvinrent enfin dans la plaine.

La piste jalonnée de stèles blanches était beaucoup plus large que celle qu'ils avaient empruntée de l'autre côté du golfe du Souvenir. Les traces qui la striaient étaient aussi beaucoup plus fraîches. À côté des empreintes laissées par les roues des chariots du convoi nuptial s'étalaient des sillons plus profonds encore, larges d'une coudée.

« Qu'est-ce qui a pu creuser ça ? murmura Sépien.

— Les machines de guerre flamboyantes, en route pour aller détruire Tourbeuse », répondit amèrement Margane.

Elle posa ses sandales dans la monstrueuse ornière, s'y enfonçant jusqu'à la cheville.

« Elles repasseront par ici quand elles auront terminé leur besogne, ajouta-t-elle. Mieux vaut ne pas être sur leur chemin à ce moment-là. »

Les voyageurs reprirent leur marche d'un pas plus pressé encore, tendus entre l'objectif qui se dérobait devant eux et la menace se profilant derrière.

Sur ses talons, Astréa pouvait entendre la respiration sifflante de ses compagnons, trop essoufflés pour pouvoir articuler la moindre demande de répit. Ils peinaient l'un et l'autre sous le poids de leur besace. La cheffe de l'expédition avait tenté de les délester autant que possible, en bourrant la sienne de vivres. Mais elle transportait un poids supplémentaire, dont les autres ignoraient l'existence : au fond de son sac reposait la tête du Choreute, pressant sur ses reins à chacun de ses pas, lui rappelant l'échéance fatale à chacune de ses inspirations…

Pour la première fois depuis le début de leur périple, ils ne marquèrent aucune pause lorsque le soleil atteignit son zénith. Il brillait au fond du ciel chauffé à blanc, lorsqu'ils parvinrent aux contreforts de la cordillère Fendue. Très vite, la plaine laissa la place à des escarpements de plus en plus imposants. La piste se coulait en une vallée encaissée où, dans un lointain passé, avait dû passer un glacier s'écoulant depuis les montagnes de la cordillère. D'autres voies, plus étroites, vinrent bientôt rencontrer la piste principale, empruntant les lits d'anciennes rivières de glace depuis longtemps asséchées.

La pente s'accentua encore.

Des taches de lichen rouge commencèrent à apparaître discrètement sur certains rochers, éclaboussures écarlates qui semblaient annoncer l'Aube de feu et ses déluges de sang.

Puis les contreforts finirent par s'effacer devant des montagnes s'étendant à perte de vue vers le nord, au-dessus desquelles perçait un pic plus haut que tous les autres : le mont Crève-Ciel.

Depuis l'endroit où elle se trouvait, Astréa pouvait seulement apercevoir le sommet de l'éminence, la plus haute des Dernières Terres. Stérile et aiguisée, elle ressemblait à une pointe de silex perçant l'azur. Astréa savait que plus bas, sur les flancs du massif qui lui demeuraient pour l'instant cachés, se nichait Flamboyante.

Jetant leurs dernières forces sur la piste qui n'en finissait pas de s'élever, ils remontèrent tout ce qu'ils avaient descendu depuis le sommet des collines tourbourgeoises, et bien plus encore. Les yeux d'Astréa la brûlaient, fouillant la perspective chaque fois qu'elle franchissait un nouveau col, à chaque détour de rocher. Mais elle avait beau scruter la pierre étincelante, elle ne voyait nulle part la masse énorme des douze chariots – ni celle, minuscule, d'une silhouette solitaire les précédant sur la piste. Le prince amputé, qui les avait longtemps ralentis, semblait avoir pris son envol pour les distancer sur la dernière ligne droite. Soudain il n'était plus là, après avoir étroitement collé à sa ravisseuse pendant tout le voyage. C'était insupportable à avouer, mais le son de sa voix, le parfum de sa peau, l'éclat de ses yeux – tout cela manquait terriblement à Astréa. Comme si le corps et l'âme d'Océrian l'avaient sournoisement intoxiquée pendant des jours, bien avant qu'il ne fasse brûler ses cheveux d'apex, la laissant à présent en état de manque telle une droguée du Cloaque. Elle le haïssait de lui faire ressentir cela ! Elle le détestait d'avoir créé cet intolérable sentiment de dépendance, plus encore que pour sa trahison !

La dix-neuvième heure devait approcher, à en juger par l'étirement des ombres des rochers, lorsque des silhouettes commencèrent à apparaître, surgissant des pistes transversales en amont des marcheurs.

Certaines étaient vêtues du linceul ocre des crachants, mais la plupart appartenaient à des suants encapuchonnés, portant sur leur dos des paniers remplis de gros cailloux noirs. Noirs aussi les linceuls de ces forçats, comme si leur mystérieuse cargaison avait déteint sur l'étoffe usée jusqu'à la corde.

« Ne me lâchez pas d'une semelle », intima Astréa à Margane et Sépien, s'efforçant de garder son calme malgré l'angoisse qui la gagnait.

Son déguisement de pleurante locale serait-il assez crédible pour tromper ces gens ?

Les travailleurs semblaient trop harassés pour leur prêter attention : toussant et trébuchant, ils tenaient à peine debout. Astréa se demanda comment les malheureux pourraient survivre jusqu'à la fin de l'été, s'ils étaient déjà si mal en point avant même que le jour polaire ait commencé. Les bêcheurs d'algues viridiens eux-mêmes semblaient mieux traités que ces bagnards.

« Je parie que ce sont les esclaves dont Hippocampos nous a parlé, chuchota Margane, rejoignant les pensées de son amie. Ce sont les prisonniers de guerre des campagnes flamboyantes. »

Astréa reporta son attention sur les crachants qui menaient les esclaves comme du bétail, usant de leurs fouets plus cruellement que Scorpar lui-même. Ils s'écartaient avec déférence à son passage. Cependant, elle savait que l'illusion ne tenait qu'à un fil : celui qui reliait le sablier autour de son cou…

Tandis qu'elle écartait les plis de son linceul azuré pour mettre le pendentif bien en évidence, elle s'avisa de la ressemblance entre le sable noir qu'il contenait et la roche transportée par les esclaves.

« Est-ce là le précieux trésor dont nous a parlé Hippocampos ? chuchota Sépien, qui lui aussi avait fait le rapprochement. Je m'attendais à quelque chose de plus… comment dire… rutilant. Quelle valeur peut bien avoir cette caillasse noire et salissante ?

— Une valeur qui dépasse ton imagination de moustique attiré uniquement par ce qui brille, lui répondit Margane de sous sa capuche. Hippocampos nous a aussi révélé que c'était avec cette substance arrachée à leurs montagnes que les Flamboyants nourrissaient leurs machines de guerre. »

Astréa ne pipa mot, mais elle sentit une sueur glacée courir sous son linceul. Elle se souvenait de la manière dont l'oracle avait frémi d'horreur en lui montrant le sablier noir offert par la délégation flamboyante – un bijou qu'elle avait qualifié d'*impie*. À présent, la jeune fille était face à des monceaux de cette étrange pierre anthracite. Pourquoi avait-elle l'impression que cette dernière renfermait l'essence même du mal ? Quelle magie noire les mineurs de la cité rouge étaient-ils allés puiser sous la cordillère Fendue ?

Alors qu'elle se posait ces questions, la perspective s'élargit soudain au détour d'un rocher.

La vue, jusque-là encaissée, s'ouvrit pour révéler un vaste col au-dessus duquel s'élevait la masse titanesque du mont Crève-Ciel. Le lichen rouge, qui s'était annoncé aux voyageurs par touches de plus en plus prononcées, explosait sur les flancs rocheux, tel un brasier végétal au centre duquel reposait une cité à nulle autre pareille. Au-dessus de ses murailles se dressaient de hautes tours de brique envoyant vers le ciel une fumée couleur de nuit.

« Flamboyante..., murmura Margane, frappée de stupeur.

— À... à quoi peuvent bien servir ces gigantesques cheminées, crachant une poix encore plus noire que celle qui a englouti Tourbeuse ? balbutia Sépien. Les Flamboyants ne se contentent pas d'embraser les cités ennemies : ils ont mis le feu à leur propre ville !

— Sauf que ce feu-là ne détruit pas, répondit sombrement Margane. Il est au service des Flamboyants – je ne saurais expliquer pourquoi, mais je le sens.

— Ne vous arrêtez pas et gardez la capuche basse », leur ordonna Astréa – même si elle était aussi ébahie qu'eux, elle ne voulait pas attirer l'attention en paraissant étrangère à la ville.

Ils continuèrent de marcher sur la piste creusée à flanc de montagne, parmi les mineurs de plus en plus nombreux. À mesure qu'ils s'approchaient, la physionomie de la cité rouge se précisait. Mais méritait-elle encore ce nom-là ? Couvertes de suie, les innombrables habitations s'étageant sur sa pente étaient aussi noires que la fumée s'échappant des cheminées, que la pierre transportée par les esclaves… que le sable contenu dans le sablier d'Astréa. Les oriflammes qui flottaient au-dessus de la muraille s'étaient colorées de la même encre que les linceuls des mineurs. Il régnait dans l'air une âcre odeur de combustion.

La seule partie encore rouge de lichen formait une seconde agglomération, sise en amont sur une deuxième éminence et reliée à la première par une route de crête. On y distinguait la forme d'un pleuroir, surmonté d'un massif castel hérissé de tours effilées. Bien plus haut encore, tout à fait hors d'atteinte des fumées, se dressait le pic du mont Crève-Ciel, doré par la lumière du soleil couchant.

« Là, regardez, c'est la porte de la cité ! murmura Margane en désignant une grande arche ménagée dans la muraille, sous laquelle s'engouffraient les hordes d'esclaves. Mais je ne vois pas le convoi…

— Il est déjà entré dans la ville, il n'y a pas d'autre explication, conclut Astréa d'une voix sourde.

— Dans ce cas, nous y entrerons aussi », dit bravement Sépien.

Ils parcoururent en silence le dernier kilomètre qui les séparait de la porte, n'osant pas parler, tous leurs sens en éveil.

Des murmures bruissaient tout autour d'eux, émanant des crachants qui se retrouvaient après la journée de travail – alors que les esclaves iraient dormir dans les campements de tentes déchiquetées aux abords de la ville, eux regagneraient leurs cahutes douillettes à l'abri des murs de la cité. Astréa s'efforçait d'enregistrer dans son esprit l'accent flamboyant, légèrement guttural, pour le reproduire le cas échéant ; ce faisant, elle parvenait à capter des bribes de conversation :

« Plus que deux nuits avant le début du jour polaire, fit une voix lasse.

— Vivement les festivités de l'Aube de feu, répondit une autre voix. La semaine de relâche ne sera pas de trop pour nous reposer. J'ai les paumes pleines de cloques, à force de fouetter ces bons à rien !

— Qui parle de se reposer ? s'exclama une troisième voix, plus vive, appartenant sans doute à un crachant plus jeune. Je compte profiter de la fête au maximum, en ce qui me concerne ! D'autant que cette année, le festin offert promet d'être plus succulent que jamais.

On dit que nos gueules-à-feu ont embrasé les murs de Tourbeuse aussi facilement que du papyrus. Nos soldats ont fini le boulot avec leurs crache-plombs. Ils vont rapporter des monceaux de victuailles accumulées par les gros marchands tourbourgeois, des mets délicats venus des quatre coins des Dernières Terres. Hum, des beignets mousseux de Pluvieuse et de la confiture de champignons doux de Ponante ! On va s'en mettre plein la panse, je vous le garantis ! Et on va aussi s'en mettre plein les yeux. Aux dernières nouvelles, trois cents prisonniers venus de tout l'empire vont être sacrifiés dans l'arène : des chefs de guerre ennemis, des notables étrangers et aussi des suants trop faibles pour aller miner.

— Bon débarras ! fit celui qui s'était plaint de ses cloques. Ceux-là, je préfère les voir crever dans l'arène plutôt que de me les coltiner dans ma mine. »

Horrifiée et scandalisée par ce langage, Astréa leva les yeux vers la ville maintenant toute proche. D'énormes tubes métalliques pointaient entre les créneaux des murailles, aux têtes sculptées en forme de becs grimaçants, ouverts sur des gosiers noirs. Jamais encore elle n'avait vu tant de métal coulé en un seul objet – dans leurs forges alimentées par de faibles feux d'algues sèches, les forgerons viridiens ne pouvaient guère marteler davantage que la lame d'un glaive. Mais ces géants semblaient aussi lourds que mille glaives fondus en un seul corps !

Astréa devina que c'étaient là les *gueules-à-feu* dont se vantait le jeune crachant, avec lesquelles Flamboyante conquérait son *empire.* Deux d'entre elles étaient disposées de part et d'autre de la grande porte, où s'était formé un large attroupement d'esclaves venus décharger leur cargaison. Ces monstres de métal étaient montés sur d'énormes roues, elles aussi cerclées de fer : l'empreinte qu'elles avaient laissée sur la piste correspondait à celles que les trois Viridiens avaient identifiées dans la plaine de l'Épée.

« Voilà donc les machines de guerre flamboyantes, murmura Sépien.

— Et voilà l'arène où vont être sacrifiés les malheureux, ajouta Margane. Regardez, tout là-haut, sous le castel ! »

En effet, ce qu'Astréa avait pris pour un pleuroir n'en était plus un : les étages supérieurs de la pyramide avaient été décapités pour former un immense amphithéâtre rectangulaire, à ciel ouvert. Ce n'était pas un gong qui surmontait l'édifice, comme à Viridienne, mais des cloches paraissant plus lourdes encore que les gueules-à-feu.

« Par tous les démons gaziers… », commença Sépien.

Astréa saisit la manche de son linceul pour le faire taire : elle venait de repérer une troupe de soldats vermillon, filtrant le flux des entrées à travers la grande porte. Alors que les saignants des autres cités-royaumes ne portaient d'autre protection que leur capuche, ceux-là étaient casqués d'un métal pâle. Le glaive pendant à leur ceinture semblait coulé dans le même matériau, et ils arboraient une seconde arme en bandoulière : un tube métallique au bec ouvragé, réplique miniature des géants veillant de chaque côté de la porte. Il s'agissait certainement des *crache-plombs* avec lesquels les assaillants de Tourbeuse avaient « terminé le travail »...

« Vous, là ! » s'exclama l'un des saignants en pointant un doigt inquisiteur vers les imposteurs.

Astréa sentit son sang se figer dans ses veines, tandis que le saignant se frayait un passage entre les esclaves pour marcher jusqu'à elle. Elle n'avait même plus le poignard de l'oracle pour se défendre, puisque Océrian semblait l'avoir emporté.

« Sauf votre respect, pourquoi empruntez-vous la porte de l'Industrie, qui s'ouvre sur le mont de la Ville-Nouvelle, et non pas celle du Culte, qui mène directement au mont de la Ville-Vieille ? » demanda-t-il en désignant le pleuroir décapité plus haut sur la montagne.

Une sueur froide coula dans le dos d'Astréa. D'un côté, elle avait besoin de se rendre dans ce que le saignant avait nommé la *Ville-Vieille*, car c'était là que se trouvait l'amphithéâtre où avaient dû être conduits Livien et Palémon ;

mais d'un autre côté, si une porte était spécifiquement réservée aux prêtres et aux prêtresses de la cité rouge, une intruse comme elle aurait d'autant plus de chances de s'y faire démasquer… il valait mieux qu'elle pénètre dans l'enceinte de la cité avec le tout-venant.

« Les voies de Terra sont impénétrables », répondit-elle en imitant l'accent flamboyant du mieux qu'elle le pouvait, et en gonflant sa voix de toute l'autorité qu'elle avait entendue dans celles des doyens de Viridienne.

Comme l'autre semblait hésiter, elle joua le tout pour le tout :

« Eh bien, ma réponse ne te convient pas, soldat ? Veux-tu que nous en référions à Noctilio lui-même, pendant que tu y es ? »

La mention de ce terrible nom dissipa les doutes du saignant, tel un sésame magique ouvrant toutes les portes :

« Excusez-moi pour cette curiosité déplacée, balbutia-t-il. Loin de moi l'idée de questionner notre archimage et ses gens ! C'est juste que d'habitude, les religieux venus des ermitages d'altitude pour assister à la célébration de l'Aube de feu montent directement à l'immoloir. Mais peut-être souhaitez-vous vous délasser dans les tavernes de la Ville-Nouvelle avant la cérémonie… » Se rendant compte qu'il outrepassait à nouveau sa fonction, il frappa son casque, le faisant tinter comme une cloche : « Ne me dites rien, cette tête d'acier n'a pas besoin d'en apprendre plus ! Ce qu'elle sait, en revanche, c'est qu'une sacrifiante ne doit pas s'abaisser à faire la queue au milieu des esclaves pour entrer dans la ville. Veuillez me suivre, vous et vos deux serviteurs : je vais vous escorter jusqu'à la porte. »

Il tourna les talons, jouant de son glaive clair pour ménager un passage à celle qu'il prenait pour une prêtresse de la religion prétendument régénérée. Astréa devina que le mot *acier*, qu'il avait utilisé pour parler de son casque, désignait ce métal renforcé dont leur avait parlé Hippocampos. D'autre part, lorsqu'il s'était adressé à elle, il n'avait pas employé le terme de *pleurante*, mais celui de *sacrifiante*. Et il avait qualifié Noctilio d'*archimage*, plutôt que d'*archipleurant*. Quant au *pleuroir* de la cité, il l'avait appelé du nom funeste d'*immoloir*... Quelles abominables modifications le prophète venu de Lointaine avait-il apportées au dogme ? Quelle était la Vraie Loi qui avait cours en ces lieux vomissant le feu et la fumée, la peur et le danger ?

Sans réponse à ces questions, Astréa emboîta le pas du saignant et pénétra dans l'enceinte de la cité rouge.

30.

58 heures avant l'extinction

OCÉRIAN

OCÉRIAN ÉTAIT TELLEMENT FOURBU QU'IL NE PERCEVAIT PLUS SON CORPS. Après l'avoir fait souffrir tout au long de l'ascension, son mollet gauche lacéré par le poignard d'Astréa lui semblait anesthésié.

Son moignon de cuisse droit était également endormi, comme s'il avait fumé une pipe d'algues iridescentes.

Même son cuir chevelu, en partie brûlé sous l'étuve de sa capuche, était devenu aussi insensible qu'un bout de cuir mort.

Malgré la fatigue débilitante, il avait continué de marcher sans relâche, de courir même, après le convoi nuptial. Sur le terrain plat de la plaine de l'Épée, il avait réussi à combler une partie de la distance qui le séparait de son objectif ; mais dès que la piste avait commencé à monter, il avait perdu son avantage. Chaque fois que le convoi disparaissait derrière un piton rocheux, il avait senti son cœur se serrer, pour ne se remettre à battre qu'au moment où la caravane reparaissait. Malgré ses cris, il n'était pas parvenu à signaler sa présence : sa voix éraillée par la soif était allée se perdre en vains échos dans les méandres rocheux de la cordillère Fendue…

Quand s'était-il évanoui, terrassé par la fatigue et la chaleur ?

Était-ce la treizième heure ou la quatorzième ?

Il ne savait pas…

Le soleil était bien plus bas dans le ciel lorsqu'un crachant l'avait réveillé, le retournant sans ménagement du bout de sa sandale – « Réveille-toi, fainéant, et retourne aux mines… », avait commencé l'homme avec un accent étranger, avant de se raviser en découvrant ses yeux d'apex et son reste de cheveux améthyste sous sa capuche grise de suant.

Océrian avait révélé au crachant ahuri qu'il était le fiancé de la princesse Gryphie. « Le convoi viridien est passé sur cette piste il y a trois heures… », avait balbutié le crachant. « Tu as vu passer mon frère, mais c'est moi que la fille de Vultur doit épouser ! » avait fulminé Océrian.

L'autre s'était confondu en excuses, se présentant sous le nom de Tétraos, ainsi baptisé en hommage à *Tetrao urogallus*, le grand tétras des montagnes. Contremaître de la mine du Gibet, il s'était vanté de diriger plus de deux cents esclaves, avant d'appeler les plus robustes d'entre eux, afin qu'ils portent Océrian à bout de bras jusqu'à Flamboyante. Trimballé au rythme cahoteux de la marche, le prince avait vu se dessiner les formidables cheminées de la cité rouge, puis ses murailles noircies, surmontées de gueules-à-feu épousant la forme d'oiseaux de fer menaçants.

C'était ainsi qu'il avait fait son entrée à Flamboyante : non pas trônant dans un luxueux palanquin aux coussins de soie, avec trompettes et tambours, comme il l'avait imaginé ; mais sur les épaules de mineurs éreintés et couverts de suie, au son de leur toux rauque et de leurs crachats saturés de glaires noirâtres…

Sous la houlette de Tétraos, les portefaix gravissaient à présent la route de crête reliant le mont de la Ville-Nouvelle, sombre et industrieux, à celui de la Ville-Vieille, clair et dégagé des fumées. Océrian n'osait demander à quelle besogne il avait arraché ces damnés de Terra, dont le spectacle l'emplissait d'horreur et de pitié… La caillasse noire qu'eux et leurs semblables transportaient sur leur dos, et qui semblait brûler dans le ventre de la cité, les tuait visiblement à petit feu. Hippocampos n'avait-il pas dit que les prisonniers de guerre envoyés à la mine ne survivaient pas plus d'une année ? Quelle que fût cette roche maudite, extraite à si grand prix, elle conférait à Flamboyante une puissance sans limite, comme en témoignaient les armes impressionnantes hérissant ses murailles. Océrian comprenait plus que jamais l'importance de renforcer l'alliance diplomatique avec la cité rouge. Telle était la raison de sa présence ici.

Ça y est, j'ai atteint ma destination, se répétait-il obstinément. *Dans quelques minutes, je serai présenté au roi Vultur. Dans quelques instants, je rencontrerai la princesse Gryphie.*

Mais derrière la voix du devoir accompli, une autre susurrait plus insidieusement :

Tu auras beau rencontrer tous les rois et toutes les princesses de l'univers, tu ne reverras jamais plus le seul visage qui compte pour toi. Celui que tu n'as pas pu poignarder, mais qui restera imprimé sur le fond de ta rétine jusqu'à ton dernier souffle.

Était-ce seulement le vertige des cimes qui donnait la nausée à Océrian ?

Était-ce simplement la démarche chaloupée des esclaves qui lui chavirait les entrailles ?

Pour surmonter son malaise, il fixa son attention sur l'étrange pleuroir transformé en amphithéâtre rectangulaire, puis sur le castel dardant vers le ciel ses tours pointues. Il avait l'impression que des ombres tournaient autour de la plus haute d'entre elles…

Mais oui !

C'étaient des oiseaux, pareils à ceux qu'il avait aperçus aux abords de Souvenance !

Il ne put réprimer une exclamation devant ce nouveau présage tombant à point nommé, qui venait récompenser tous ses efforts, dédommager toutes ses souffrances :

« Des albatros ! »

Tétraos tourna la tête vers lui, révélant un visage dur et desséché sous le rebord de sa capuche ocre :

« *Albatros* ? répéta-t-il, butant sur un mot inconnu. Non, Votre Altesse. Ce que vous voyez en ce moment, ce sont les animaux protecteurs de notre cité : les vautours impériaux eux-mêmes. Ils nichent dans la tour depuis des siècles, et la légende dit qu'ils y resteront tant que les Cathartides régneront sur Flamboyante. Ils s'éloignent de leur aire seulement le soir, pour venir se repaître des restes des morts, avant de la regagner à la nuit tombée. »

Océrian resta un instant sans voix, subjugué que de si grands animaux de l'ancien temps survivent ici.

« Les restes des morts… », finit-il par murmurer, se rendant soudain compte qu'il n'avait vu aucun lit d'humusage depuis son arrivée en terre flamboyante, ni aucune parcelle de régénération.

En ces lieux désolés, rien d'autre que le lichen ne pouvait pousser – mais il fallait tout de même trouver une solution pour les corps des défunts…

Tétraos tendit le doigt vers le versant oriental de la Ville-Vieille : sur la roche abrupte et cuite par le soleil gisaient des monceaux de cadavres, plus vastes que le charnier de la Désolation intérieure. C'était là que descendaient les vautours, arrachant des lambeaux de chair de leurs serres acérées, fracassant des crânes de leurs becs crochus, se battant pour un bras ou pour un œil en poussant des cris querelleurs.

« Ce sont nos lits d'équarrissage, expliqua fièrement Tétraos. Il n'est pas de plus grand honneur, pour un Flamboyant, que de finir dans le ventre d'un vautour royal après sa mort. Et il n'est pas de plus grand supplice, pour un ennemi de notre cité, que de servir de pitance aux nobles volatiles de son vivant. Les riches marchands tourbourgeois en savent quelque chose, eux dont la graisse nourrit désormais nos protégés ! »

À ces mots, Océrian se rendit compte que certains des corps accrochés à la falaise bougeaient encore, leurs râles d'agonie se mêlant aux cris des rapaces.

*

« Océrian ? » murmura Boréalion.

Il se tenait dans l'ombre du couloir à l'entrée du castel, entouré d'une escorte de saignants viridiens. Un deuxième cercle de soldats les encadrait, deux fois plus nombreux – des Flamboyants, à en juger par leurs casques rutilants.

« Est-ce que c'est toi, Océrian ? » répéta le cadet des Cétacéens en plissant les yeux.

Le castel de la cité rouge était bien plus sombre que celui de Viridienne. Bâti en pierre granitique, et non en brique, il ne présentait aucune ouverture extérieure pour mieux résister aux vents violents des montagnes et au soleil implacable de l'interminable été. Le seul éclairage provenait de candélabres de fer acérés comme des glaives, sur lesquels étaient empalés des cierges dégoulinants.

Au milieu de ce vaste palais noir comme un caveau, Boréalion semblait perdu, les pans de son linceul de soie mauve s'agitant telles les ailes d'un papillon de jour pris au piège de la nuit. Océrian reconnut les nacres et les coquillages qu'il n'avait pu emporter dans sa fuite : les tailleurs viridiens les avaient hâtivement recousus sur le vêtement de son remplaçant.

Boréalion : deuxième fils d'Orcus par la naissance, mais premier par la taille.

Celui qui ressemblait le plus au roi, avec ses cheveux et ses yeux d'un mauve métallique.

Le préféré du souverain.

« Oui, c'est bien moi », dit Océrian en s'avançant vers son frère d'une démarche claudicante – depuis que les esclaves l'avaient reposé à l'entrée du castel, laissant deux saignants l'escorter, son mollet blessé et son moignon de cuisse le faisaient à nouveau souffrir.

Une expression de surprise passa sur le visage de Boréalion, ses yeux fluorescents s'écarquillant dans la pénombre. C'était la première fois qu'il regardait ainsi son aîné depuis des années – à Viridienne, il avait rapidement imité le roi, cessant d'accorder la moindre attention au prince déchu au lendemain de son accident.

« Que… que fais-tu ici ? balbutia-t-il. Qu'est-il arrivé à tes cheveux ? »

Océrian passa sa main sur son crâne : les flammes n'avaient laissé qu'une fine épaisseur sur son front et ses tempes, consumant entièrement les mèches opulentes qui ondoyaient naguère sur sa nuque.

« Eh bien tu vois, j'ai enfin une coupe militaire, moi aussi », dit-il, songeant à toutes ces années où on l'avait obligé à garder les cheveux longs.

Se sentait-il plus viril à présent, plus guerrier ?

Pas vraiment.

Il regrettait surtout de ne pas avoir davantage assumé sa crinière, du temps où il l'arborait. Maintenant qu'il en était dépouillé, il comprenait qu'elle avait constitué une part de lui-même, d'autant plus particulière qu'on l'avait stigmatisé pour cela ; il se jura de ne plus la couper une fois qu'elle repousserait, à jamais indomptable.

« Ce ne sont pas les cheveux, ni les jambes, qui font un homme… », pensa-t-il à voix haute.

Ne pouvant comprendre ce à quoi son aîné faisait allusion, Boréalion détailla le linceul gris déchiré.

« Qui t'a fait ça ? demanda-t-il encore.

— Ce qui compte, ce n'est pas ce qu'on m'a fait : c'est ce que j'ai fait, moi, pour m'en sortir, répondit Océrian. Seul et sans l'aide de quiconque. Ni celle de mon père, ni celle de mes frères. »

Boréalion tressaillit.

Même s'il était frais et dispos, pommadé et endimanché, face à un jeune homme épuisé, couvert de contusions et de suie, on ne pouvait pas douter, en cet instant, de qui était le frère aîné.

« Je... je n'ai pas choisi de prendre ta place à Flamboyante, bredouilla Boréalion. C'est notre père qui en a décidé ainsi.

— Et il avait aussi décidé que j'épouserais la princesse Gryphie. C'est pour cela que je suis ici. Pour reprendre la place qui m'est due. Où est la princesse ? L'as-tu déjà vue ? »

Boréalion esquissa un geste en direction du bout du couloir : une double porte de fer martelé s'y dressait, chacun des battants orné d'une gigantesque gravure en forme d'aile.

« Non, je n'ai vu personne, avoua-t-il. Je pensais être reçu en grande pompe dans la salle du trône ; mais on me fait patienter ici, dans le couloir des pas perdus, tel un vulgaire crachant demandant audience. » Il baissa la voix, avant d'ajouter : « Les Flamboyants ont désarmé mes gardes. Ils... ils m'ont même pris mon glaive. »

Océrian aussi avait été désarmé en pénétrant dans le palais, son escorte lui avait confisqué le poignard au manche d'ivoire. Il s'avisa que les ceintures des saignants viridiens étaient nues. Celles des Flamboyants, en revanche, étaient garnies de lames blêmes et prodigieusement effilées, forgées dans ce métal dont Océrian avait saisi le nom lors de sa traversée de la Ville-Nouvelle : de l'*acier*. Quant aux tubes qui pendaient à leurs épaules, il devina que c'étaient les lugubres *crache-plombs*.

« Où est Karcharodon ? demanda-t-il.

— Parti depuis au moins trois heures, répondit Boréalion. Le roi Vultur l'a reçu avant moi. Je suis pourtant prince royal, alors qu'il n'est que maréchal ! » Une lueur d'orgueil passa dans les yeux du cadet – si semblables à ceux d'Orcus –, chassant pour un instant l'anxiété qui y couvait. « Je ne comprends pas ce manquement intolérable au protocole. »

À cet instant, comme en réponse à l'indignation du prince, la double porte au bout du couloir s'entrouvrit pour laisser passer un héraut crachant vêtu d'ocre.

Il tonna d'une voix de stentor :

« Boréalion Cétacéen est appelé dans la salle du trône ! »

Pas de titre princier, pas de manières ni de courbettes : juste une sommation sèche comme un coup de trique sur le dos d'un esclave.

Blanc comme un linge, Boréalion fit un pas en avant. Les membres de son escorte l'imitèrent, mais aussitôt les soldats flamboyants s'interposèrent : seul celui qui avait été appelé serait autorisé à approcher le maître de la cité rouge…

Océrian gonfla alors sa voix pour la faire porter jusqu'au héraut devant la porte, et au-delà, dans la pièce qui se cachait derrière :

« Dites à Sa Majesté le roi Vultur que le roi Orcus, pour l'honorer, lui a envoyé non pas un, mais deux fils ! Non seulement Boréalion, le cadet, mais aussi Océrian, l'aîné ! »

Quelques instants de silence s'écoulèrent.

Puis les vantaux s'ouvrirent en grand, pareils aux ailes d'un vautour géant prenant son envol.

La salle dans laquelle les deux frères pénétrèrent était à peine plus claire que le couloir. En ces lieux reclus, enfouis au cœur du palais de granit, il faisait presque frais.

La principale source de lumière provenait d'un énorme lustre de fer suspendu à la voûte lointaine, montant si haut qu'elle disparaissait dans les ténèbres. Le long des murs étaient alignées deux douzaines de soldats vermillon aussi immobiles que des statues. Tout au bout de cette lugubre haie d'honneur se dressait le trône royal, taillé dans une roche granitique couverte de lichen rouge. Là siégeait l'homme qui faisait trembler les Dernières Terres, un épais linceul magenta drapant son corps osseux.

Contrairement à tous les apex qu'Océrian avait côtoyés jusqu'alors, Vultur Cathartide accusait son âge. Sous sa couronne d'acier pâle, faite du même matériau que les lames et les casques de ses guerriers, son visage aux joues caves était marqué de rides et de cernes. Son cou, long et décharné, évoquait irrésistiblement celui d'un vautour, de même que son crâne chauve. La seule pilosité de cette tête glabre consistait en deux favoris clairsemés, où perçaient des poils gris parmi les poils magenta, donnant à l'ensemble une teinte rose sale bien plus délavée que le linceul. Là encore, c'était une première pour Océrian – à Viridienne, les cheveux et les poils des apex ne blanchissaient jamais, quel que fût leur âge… Tels étaient donc les symptômes du sang appauvri des Cathartides, lignée maudite dédaignée par les autres familles royales, qui pendant longtemps n'avait pu renouveler son patrimoine à travers les mariages inter-dynastiques : leur pouvoir de régénération s'en était amoindri.

« Deux fils ! s'exclama Vultur d'une voix grave, aussi discordante que celle des rapaces nichant dans les hauteurs du castel. Vous entendez, Noctilio : Karcharodon nous avait caché ça ! »

Océrian remarqua alors les deux silhouettes qui se tenaient dans l'ombre du trône.

La première, plus haute que l'imposant dossier de granit, était celle du maréchal de Viridienne.

La seconde appartenait à un pleurant d'âge indéfinissable, enveloppé dans un long linceul d'un bleu nuit profond, loin de l'azur clair habituellement porté par les prêtres de Terra. Sous la toque de velours assortie coiffant son haut front ridé, son visage altier respirait l'intelligence. Deux épais sourcils surlignaient son regard intense, d'un noir de jais – et noir aussi le sable dans le sablier à son cou. Océrian devina qu'il s'agissait du mystérieux mage venu de Lointaine, dont leur avait parlé Hippocampos.

« J'ignorais que l'aîné des fils d'Orcus se joindrait à nous, Votre Majesté, dit Karcharodon en penchant sa large tête vers le souverain. Comme je vous l'expliquais tout à l'heure, il s'était laissé capturer par des terracides à la veille du départ du convoi. » Le regard du maréchal obliqua vers le prince, encore brûlant semblait-il de la haine causée par la mort de Squalon. « Ces rebelles espéraient l'échanger contre certains des prisonniers que nous vous avons amenés pour les célébrations de l'Aube de feu. Je me demande ce qu'il est advenu d'eux...

— Je les ai égorgés dans leur sommeil et j'ai laissé leurs cadavres se dessécher dans la Désolation intérieure », mentit Océrian, moins pour se glorifier que pour protéger Astréa – où qu'elle fût à présent, il ne souhaitait pas que le maréchal la traque.

Il s'avança d'un pas vers le trône, le cœur palpitant.

Son heure était enfin venue.

Il avait surmonté tous les obstacles, pour se présenter là où son père avait voulu qu'il soit.

Pourquoi ce triomphe, qui aurait dû l'emplir de joie, ne lui laissait-il qu'un goût amer ?

Il s'inclina profondément, ignorant la douleur dans ses membres martyrisés, ravalant ses sombres arrière-pensées.

« Que Notre Mère renaisse de votre mort, Votre Majesté… », murmura-t-il en se redressant, s'attendant à ce que le monarque complète la bénédiction cardinale comme le voulait l'usage.

Mais Karcharodon abattit sa sandale sur le sol avec fracas, pour le faire taire :

« Nul n'évoque la mort du grand Vultur en ces murs ! asséna-t-il. Oublie tes manières de provincial : tu n'es plus à Viridienne, insolent ! »

Océrian déglutit, décontenancé par l'attitude du maréchal, qui traitait Viridienne de province alors que les deux cités-royaumes étaient censées traiter d'égale à égale.

Il fit un pas de plus vers le trône.

« Acceptez mes respectueux hommages, Votre Majesté, et ceux du roi mon père, reprit-il. Je suis venu vous demander solennellement la main de votre fille Gryphie, comme il était convenu. »

Un son aussi cassant que celui d'une crécelle en bois d'acacia s'éleva sous la voûte, tandis que les épaules de Vultur se soulevaient par à-coups. Un instant, Océrian crut que le souverain s'étouffait ; puis il se rendit compte qu'il *riait*.

« *Demander solennellement* ? répéta-t-il entre deux hoquets, roulant des yeux de la même teinte rosée que ses favoris. Noctilio, Karcharodon : avez-vous entendu ça ? Comme si les Cétacéens étaient en mesure de me demander quoi que ce soit ! »

Le sinistre visage du mage demeura impassible, tandis qu'un sourire mauvais se dessinait sur la large face du maréchal, dévoilant sa dentition taillée en pointe.

Océrian devina alors que tout était une mascarade : le mariage, le projet d'alliance, et jusqu'à cette audience accordée au maréchal tandis qu'on laissait Boréalion patienter dans le couloir. Karcharodon avait joué double jeu sur toute la ligne. Il ne servait pas les intérêts du trône viridien, mais ceux de la couronne d'acier flamboyante !

« Orcus n'a rien à me demander, et ses rejetons encore moins, lâcha Vultur, retrouvant son sérieux. Au contraire, c'est lui qui va accéder à toutes mes demandes, à partir de maintenant. Je pensais recevoir un fils en otage, voilà que j'en ai deux… » Il lorgna la jambe métallique d'Océrian, qui dépassait de son linceul lacéré, et ajouta avec un rictus : « … enfin, le deuxième n'est pas tout à fait entier, apparemment. Qu'importe : ils resteront l'un et l'autre à ma cour jusqu'à la fin de leurs jours. En revanche, Karcharodon retournera vers le sud dès la fin de l'été, avec une compagnie de mille saignants flamboyants et une centaine de gueules-à-feu. Il entrera dans la cité verte non pas en tant que maréchal, mais en tant que vice-roi : le représentant de l'empire flamboyant dans sa cité-vassale de Viridienne ! »

Océrian se campa sur ses jambes, celle de chair et celle de métal, pour accuser le coup.

Lui qui avait tout fait pour se libérer, voilà qu'il était à nouveau otage !

Lui qui avait rêvé d'établir au nom du roi Orcus une alliance diplomatique exceptionnelle, voilà qu'il allait être utilisé pour faire chanter son père !

Telle était la raison pour laquelle Karcharodon avait ravalé son amertume après la mort de son fils, acceptant de mener celui d'Orcus à Flamboyante – se dévouant même pour prendre la tête du convoi, Océrian s'en souvenait maintenant ! Le maréchal savait que c'était la condition de sa vengeance. Depuis des lunes, depuis des années peut-être, une entente secrète s'était nouée entre le félon et la cité soi-disant amie, en vue d'évincer la dynastie cétacéenne. Aveuglé par sa morgue, occupé à dresser ses courtisans les uns contre les autres, Orcus n'avait rien vu venir… et Océrian non plus.

La désillusion du prince était terrible, attisée par ce mot luisant telle une braise prête à enflammer les Dernières Terres tout entières : *l'empire.*

Pas la cité, non.

Pas le royaume.

L'empire flamboyant.

« Terra a voulu que les Derniers Humains se répartissent en cités complémentaires, murmura-t-il, recrachant les leçons de Bonite. Chacune se fondant dans son environnement le plus harmonieusement possible, tels les animaux de l'ancien temps. Les Cétacéens régnant sur la mer Viride, les Varanides sur les tourbières du centre, les Léopardiens sur les hauts plateaux, les Ursidiens sur la terre Septentrionale… et ainsi de suite, jusqu'aux Cathartides au sommet de leurs montagnes. Telle est la Loi de la déesse. »

Pour la première fois depuis le début de l'audience, Noctilio s'anima et prit la parole.

« La Loi ancienne n'a plus lieu d'être, dit-il d'une voix profonde comme un cuivre, marquée par un accent différent de celui des Flamboyants, étrangement chantant. Elle était imparfaite et viciée. Humaine, bien trop humaine. »

Il lissa son menton glabre d'une main aux ongles étonnement longs et pointus, puis ajouta :

« Terra m'a envoyé, moi Noctilio, pour établir une religion nouvelle, la seule qui prévaudra désormais sur les Dernières Terres : la Vraie Loi. Une interprétation pure de la volonté de la déesse, sans compromission, sans pitié, à l'image de la nature elle-même. Car si la nature est cruelle, nous avons le droit de l'être aussi. »

Océrian frémit dans son linceul. Il était habitué aux discours célébrant la force, dont son père était coutumier – n'était-ce pas à cause de sa prétendue faiblesse qu'il avait été disgracié ? Mais les paroles du mage allaient au-delà des habituelles péroraisons, il le pressentait. Il y avait au cœur de cette Vraie Loi une essence démoniaque, un mal absolu, qui aurait fait pâlir Orcus lui-même…

Océrian devait en percer le mystère, coûte que coûte – quitte à provoquer cet homme qui se déclarait prophète.

« Ce sable noir, que vous portez autour du cou : il vient de la pierre que les mineurs arrachent aux montagnes, n'est-ce pas ? demanda-t-il avec audace. Est-ce là le secret de la Vraie Loi ?

— Pas le secret, mais l'instrument ! déclara le mage avec emphase. Je l'ai découvert dans les livres du bazar de Lointaine. Une pierre qui brûle plus fort que le bois ; qui permet de fondre des quantités de métaux phénoménales, pour couler des épées plus tranchantes et des canons plus lourds ; et qui, mélangée au soufre des mines et au salpêtre des cavernes, donne une poudre explosive capable de projeter des boulets auxquels rien ne résiste. » Il désigna son sablier, et Océrian comprit que ce n'était pas du sable qui reposait dans le récipient de verre : c'était cette poudre redoutable. « Les hommes de l'ancien temps avaient un nom pour cette roche miraculeuse : ils la nommaient *charbon.* »

En entendant ce mot, le prince sentit son sang se figer.

Il repensa aux fumées couronnant les cheminées de la Ville-Nouvelle, si semblables à celles qui l'avaient quasiment étouffé dans les collines tourbourgeoises, lorsqu'il était aux prises avec l'Étouffeur silencieux.

« Le charbon… a-t-il un lien avec Kârbon ? demanda-t-il du bout des lèvres, tout en devinant déjà la réponse.

— C'est là même que se niche ce fabuleux démon ! s'exclama Noctilio. C'est dans cette roche que dort sa formidable puissance ! Et il ne tient qu'à nous de la réveiller !

— Mais la libération des démons gaziers est… le pire de tous les péchés, balbutia Océrian. Ce sont eux qui ont réchauffé la planète, conduisant au Grand Effondrement, à la mort de Terra et à la disparition de ses enfants…

— Balivernes inventées par les faibles pour culpabiliser les forts et brider leur volonté de puissance ! coupa le mage. Nous ne savons rien de ce qui a réellement provoqué les cataclysmes du passé. Nous ignorons l'origine véritable du réchauffement. Peut-être est-ce seulement le rayonnement solaire qui s'est intensifié ? Ou un changement d'axe de la planète ? Qu'en sais-je ! En tout cas, ce n'est certainement pas une cause humaine. Je suis persuadé que les hommes de l'ancien temps n'ont pu avoir une telle influence sur le climat. »

Océrian tressaillit devant cette remise en cause profonde du dogme de Terra qui, sous couvert de justifier une nouvelle religion, ressemblait fort à une profession de foi terracide.

« Les esprits supérieurs ont le droit d'être sceptiques, asséna le mage. Plus encore : ils en ont le devoir ! Et ils ont le devoir d'utiliser tous les moyens possibles pour asseoir leur règne – y compris l'invocation des démons gaziers. Si les pleurants pusillanimes traitent ces démons d'abominations, c'est parce qu'ils sont incapables de les contrôler. Mais en vérité, Kârbon, Mêtana et Sûlfur sont eux aussi des enfants de Terra : ses enfants terribles ! »

Une fois encore, le mage blasphémait au-delà de toute mesure, inversant une à une chacune des valeurs que Bonite avait inculquées à Océrian. Il se retint de faire le quintuple signe pour conjurer cette hérésie, se mordant l'intérieur des joues tandis que Noctilio poursuivait sa harangue. Le prince avait compris qu'il était face à un homme habitué à ressasser ses folies – comme si, à force d'être répétées, elles pouvaient devenir des vérités.

« Les antiques manuels que j'ai consultés dans le bazar de Lointaine donnaient toutes les recettes pour utiliser le charbon, poursuivit-il. Et les cartes géographiques indiquaient les gisements à travers les Dernières Terres : certains des plus importants se trouvaient sur le domaine de Flamboyante, où j'ai dirigé mes pas. Là, j'ai rencontré le roi Vultur, qui m'a prêté une oreille favorable. Sous son impulsion est née la Ville-Nouvelle, entièrement dédiée à l'exploitation du merveilleux charbon. Vois-tu, les Cathartides ont été traités en parias pendant des siècles, alors qu'ils auraient dû être traités en seigneurs. En vérité, les animaux charognards sont les plus élevés de tous les apex, puisqu'ils se nourrissent des carcasses des prédateurs les plus puissants. Je prédis que Vultur et ses descendants se repaîtront des restes de toutes les autres dynasties, à l'image des grands vautours ! »

Noctilio déploya les manches de son linceul d'un bleu presque noir : elles étaient taillées en membranes de tissu imitant les ailes d'une chauve-souris, animal qui peuplait jadis les cavernes de la cité troglodyte d'où il était descendu. Dans sa démesure, il apparut soudain à Océrian comme le jumeau maléfique de cet autre érudit puisant son savoir dans les livres : le vieil Hippocampos. L'un utilisait ses connaissances pour soigner ; l'autre pour détruire. L'un cherchait dans la lecture une meilleure compréhension de l'univers ; l'autre y traquait les moyens les plus efficaces d'asservir le monde.

« Terra n'est pas la mère indulgente dépeinte par l'oracle de Souvenance et les fidèles de l'ancienne religion, conclut-il. Au contraire, c'est une mère cruelle, qui encourage ses enfants à se battre pour que survivent les plus forts. Aussi, nos prêtres ne sont pas des pleurants, mais des sacrifiants. La déesse n'a que faire de litanies interminables, de lamentations sans fin. Ce qu'elle veut, c'est le sang des faibles pour étancher sa soif.

« Telle a toujours été la règle de la nature, violente par essence. Et tel est l'esprit de la Vraie Loi : le droit pour les puissants de prendre tout ce dont ils ont besoin, d'utiliser sans contraintes toutes les ressources de l'environnement et d'asservir sans limites tous les peuples. Vultur le Fulgurant, l'élu de Terra, a été choisi pour réaliser cette vision – et moi, Noctilio, je suis son prophète. Après avoir unifié la terre Occidentale, la cité rouge conquerra les terres Orientales et la terre Septentrionale. En vérité, je le dis : l'empire flamboyant sera le dernier de tous, car nul ne pourra jamais le supplanter ! »

Océrian entendit un gémissement dans son dos : c'était Boréalion qui se décomposait.

Tombant à genoux sur le sol, le cadet des Cétacéens se mit à implorer l'occupant du trône :

« Laissez-moi repartir à Viridienne, Votre Majesté ! demanda-t-il. Vous pouvez garder Océrian comme otage, mais vous n'avez pas besoin de moi… surtout depuis qu'il n'est plus question de marier votre fille Gryphie. »

Vultur sourit d'aise en voyant un prince d'une puissante cité du sud s'humilier ainsi devant lui. Il le laissa se confondre en supplications pendant quelques instants, juste pour le plaisir, avant de l'interrompre :

« Il est hors de question de te laisser repartir. Quant au mariage de ma fille, qu'est-ce qui te fait penser qu'il n'est plus d'actualité ? Toute opportunité d'enrichir le sang des Cathartides avec celui des apex d'une cité-vassale est bonne à prendre. L'un d'entre vous épousera bien ma fille, Gryphie, après l'Aube de feu, comme il était prévu. Toute la question est de savoir lequel... Qui a le sang le plus fort, pour me donner les héritiers les plus robustes ? »

La montagne humaine à la droite du trône s'ébranla :

« Si vous me permettez, Votre Majesté, je crois avoir un moyen de le savoir, dit Karcharodon. Permettez-vous ? »

Le souverain lui signifia son assentiment d'un signe de tête.

Le maréchal sortit alors sa lame de la ceinture de son linceul – non pas un court glaive comme ceux de la plupart des guerriers, mais une lourde épée à deux mains que lui seul pouvait manier.

« Par pitié ! hurla Boréalion tandis que Karcharodon marchait sur lui, levant son arme. Vous étiez mandaté pour assurer ma protection, pas pour m'assassiner !

— Il s'agit juste de te faire une égratignure, pleutre ! gronda le maréchal. Pour voir à quelle vitesse elle cicatrisera. »

Il attrapa le bras du prince qui tentait de se débattre, le força à s'immobiliser ; de la pointe de l'épée, il lui érafla la joue, lui arrachant un hurlement aigu.

Puis il l'abandonna sur les dalles pour se tourner vers Océrian.

Ce dernier ne tenta pas de se dérober : au contraire, il bomba le torse, avança le front.

Au moment où l'épée monumentale lui entaillait la joue gauche, il enfonça son regard dans celui du félon en s'imaginant que ses yeux étaient des poignards.

31.

56 heures avant l'extinction

ASTRÉA

« ET MAINTENANT, ON FAIT QUOI ? » DEMANDA SÉPIEN.

À bout de nerfs après les douze heures de marche de la journée, et les sept jours de voyage qui avaient précédé, il n'avait plus rien du fringant escroc arpentant nonchalamment les bas-fonds de Viridienne.

Malgré la pommade solaire offerte par Hippocampos, ses joues et l'arête de son nez étaient écarlates. Ses nattes blondes, qui faisaient naguère sa fierté, s'étaient peu à peu détendues, abandonnant leur motif précis pour se fondre en une masse informe. Ses yeux surtout avaient perdu cet éclat espiègle et un peu narquois, qui tour à tour séduisait et irritait ses interlocuteurs : le vert

des iris s'était comme décoloré, terni par trop de soleil.

« On pionce, voilà ce qu'on fait », déclara Margane en se laissant tomber sur le sol de la chambre qu'ils venaient de louer.

L'aubergiste n'avait même pas sourcillé, quand une sacrifiante descendue des montagnes lui avait proposé de régler la nuitée avec des deniers souvenanciens. Comme l'avait dit Sépien, la monnaie de la ville sacrée avait cours à travers toutes les Dernières Terres – et les commerçants flamboyants semblaient particulièrement habitués à voir circuler des devises étrangères depuis que leur cité s'était lancée dans une vaste campagne de conquête.

Après avoir avalé une soupe de lichen rouge insipide, Astréa était montée avec ses deux prétendus serviteurs, censés partager sa chambre – mais pas pour se coucher, non, telles n'étaient pas ses intentions !

« Avons-nous vraiment besoin de nous reposer ? demanda-t-elle. Je pensais qu'on allait plutôt discuter d'un plan, avant de repartir aussitôt en quête de Palémon et Livien…

— Dans notre état ? Tu plaisantes ? » rétorqua Margane.

Cette amie chère entre toutes, qui l'avait suivie jusqu'ici sans jamais rechigner, se cabrait pour la première fois. Astréa sentait bien que Margane était exténuée – mais en même temps, elle ne pouvait se résoudre à perdre la moindre minute.

« C'est l'avant-dernière nuit avant l'Aube de feu », argumenta-t-elle.

Elle lorgna à travers l'étroite fenêtre de la chambre. Derrière l'ouverture, le soleil s'était enfin couché, sans qu'on pût voir les étoiles pour autant : les fumées épaisses pesant sur les toits de la ville occultaient le ciel et empuantissaient l'air. Quelque part dans le lointain, des cloches se mirent à sonner : c'étaient celles de l'immoloir, annonçant la vingt-troisième heure…

« Les prisonniers seront sacrifiés après-demain, rappela Astréa d'une voix sourde. Nous devons trouver où ils sont gardés, et tout faire pour les libérer : c'est notre devoir.

— Notre devoir est surtout de nous reposer, sinon on se fera cueillir comme des algues molles, tête-de-bêche ! cingla Margane. Tu veux être sacrifiée toi aussi, et aller libérer les vers de terre ? »

Sépien vola au secours de sa dulcinée :

« Je t'interdis de parler comme ça à ma future épouse…, commença-t-il, d'une voix éraillée.

— Et moi, je t'interdis de m'interdire quoi que ce soit ! cingla Margane. Arrête de nous bassiner avec ces *promise* par-là, ces *future épouse* par-ci ! Ton petit jeu de chevalier servant ne trompe personne, et surtout pas moi !

— Je ne vois pas ce que tu veux dire.

— Si, justement, tu vois très bien. Tu n'avais aucune galanterie quand il s'agissait de nous refourguer des sangsues vivantes, au prix fort ! »

L'orage qui couvait entre Sépien et Margane depuis le début du voyage explosait enfin, s'abattant sur Astréa avec la violence des déluges d'automne.

« Des sangsues vivantes ? » répéta-t-elle, hagarde.

Jusqu'à présent, elle s'était faite à l'idée que son fiancé avait dû faire commerce de remèdes interdits pour survivre. Mais il l'avait assurée de deux choses : d'une part, qu'il n'en avait jamais consommé lui-même ; d'autre part, qu'il s'était toujours procuré des animaux morts, tués par d'autres mains que les siennes.

Sépien se tourna lentement vers Astréa : son visage était livide sous ses coups de soleil.

« Je… je peux t'expliquer, balbutia-t-il.

— Laisse-moi le faire à ta place, ça sera certainement plus rapide et plus juste », le coupa Margane. Elle fixa Astréa droit dans les yeux. « Pendant des années, il m'a vendu la seule chose qui permettait de soulager un peu les terribles douleurs de ma mère : des sangsues importées des marais de Fangeuse. Mère leur faisait mordre ses jambes boursouflées pour en aspirer le surplus de sang et de lymphe, jusqu'à ce qu'elles crèvent. Le moment venait alors pour Sépien de livrer une nouvelle cargaison. Le voilà, le vrai visage de ton héros !

— Ton visage à toi n'est pas plus innocent que le mien ! s'écria Sépien. C'est toi qui les achetais, ces sangsues !

— Tu étais la plus avide de toutes, avec les prix que tu pratiquais ! »

Astréa se prit la tête dans les mains.

Le meurtre animal la remplissait d'horreur.

C'était le pire crime que pût commettre un terracide.

C'était davantage qu'elle n'en pouvait supporter.

« Assez ! hurla-t-elle pour mettre fin à la dispute qui lui vrillait le crâne, après toutes ces heures de marche. Assez ! L'oracle pensait que l'apocalypse allait s'abattre sur nous parce que les Flamboyants s'étaient détournés de la Loi, mais en réalité c'est l'humanité tout entière qui est pourrie jusqu'à l'os ! Mon frère a assassiné un crachant avec une arme interdite, menant sans doute une double vie de terracide sans que je le sache. Mon fiancé et ma meilleure amie ont tué des animaux pendant des années, dans mon dos. Il n'est pas étonnant que la déesse nous ait en horreur ! »

L'explosion d'Astréa, d'ordinaire si posée et maîtresse d'elle-même, laissa les deux suants sans voix.

Margane fut la première à reprendre ses esprits :

« De quelle apocalypse parles-tu ? demanda-t-elle. Que veux-tu dire, quand tu affirmes que *la déesse nous a en horreur* ? »

Hors d'elle, Astréa attrapa sa besace.

Ses mains tremblaient en défaisant la boucle, sans qu'elle sache si c'était de la colère contre ceux qui lui avaient caché leurs crimes, ou de la honte de leur avoir caché, à eux, ce qu'elle avait appris de la bouche de l'oracle.

Ses doigts rencontrèrent la surface froide et lisse du crâne de métal.

Elle le souleva pour le montrer aux deux autres.

« Qu'est-ce que c'est ? demanda Sépien, écarquillant ses yeux cernés.

— Le Choreute de Terra, répondit Astréa dans un souffle. Le chanteur prophétique de la déesse. Le fossoyeur de l'espèce humaine. »

Là, dans le creux pâle de l'avant-dernière nuit du printemps, au cœur de cette cité hostile si loin de chez eux, Astréa raconta à ses compagnons d'infortune tout ce qu'elle avait vécu dans le sanctuaire. Elle leur redit mot pour mot ce que lui avait révélé l'oracle, ainsi que les paroles sorties de la bouche métallique du Choreute, ne gardant qu'un seul secret : celui de sa tumeur, qui n'appartenait qu'à elle…

« Il y a dix jours à Viridienne, on croyait que l'Haleine ardente avait tout donné, murmura Sépien, blanc comme un linge, une fois qu'elle eut terminé son récit. Mais ce n'était qu'un éternuement de moustique à côté de ce qui nous attend quand Mêtana libérera toute sa fureur ! » Il répéta d'une voix tremblante les mots abstraits d'Astréa, dont le sens exact lui échappait, mais dont la signification fatale ne laissait aucun doute : « *Cent gigatonnes de méthane*... Combien... combien de temps nous reste-t-il ?

— Au sanctuaire, le Choreute a estimé que le cataclysme aurait lieu dans quatre-vingts heures, dit Astréa. Or il devait être autour de la quinzième heure, hier, quand j'ai consulté l'oracle – et, il y a quelques instants, la vingt-troisième a sonné au clocher. »

Sépien, que le commerce avait entraîné au calcul mental, réagit aussitôt :

« Ça veut dire qu'il nous reste juste quarante-huit heures avant le début de l'apocalypse, souffla-t-il. C'est terrible !

— Tu veux plutôt dire que c'est n'importe quoi ! se rebella Margane, sortant brusquement de la prostration dans laquelle l'avaient plongée les révélations de son amie. Chanteur prophétique, mon œil ! Ses élucubrations ressemblent davantage aux chansons à boire des bêcheurs avinés – Notre Mère sait si j'en ai croisé dans ma vie ! Ce bout de ferraille devait être détraqué quand il t'a sorti son laïus. Et d'ailleurs, maintenant, il a l'air complètement cassé. »

Astréa avait eu la même réaction incrédule, lorsqu'elle avait été confrontée à la prophétie du Choreute. Elle avait préféré se convaincre que c'était seulement une divagation. Mais à présent, elle ne savait pas. Elle n'avait plus aucune certitude. Elle doutait de tout.

« J'ignore si le Choreute est cassé ou juste... endormi ? murmura-t-elle. Dans le sanctuaire, il me semble que l'oracle l'a activé pour le faire parler. Comment ? – je n'en ai aucune idée… »

Elle promena ses mains sur le vertex légèrement pointu, sur le front lisse, sur les traits de la chose qui n'était ni homme ni femme.

Du bout des ongles, elle tenta de soulever les paupières closes, pour réveiller les yeux jaunes qui lui étaient apparus dans le sanctuaire – en vain.

Elle n'eut pas plus de succès avec les lèvres argentées, qui demeurèrent obstinément scellées en dépit de ses efforts pour les ouvrir.

« Peut-être qu'on devrait lui retourner une paire de baffes ? suggéra Margane. Ça marche plutôt bien, pour dessaouler les ivrognes qui ont abusé de l'alcool d'algue glauque… »

Astréa eut un mouvement de recul, se rappelant soudain les récents aveux de Margane et de Sépien :

« Après avoir tué des enfants de Terra, tu voudrais encore violenter son Choreute ! s'exclama-t-elle, la transperçant du regard. Tu es décidément une terracide jusqu'au bout des ongles ! »

Margane secoua la tête d'un air sincèrement désolé : l'hostilité d'Astréa semblait l'attrister davantage encore que les prophéties de la déesse.

« Si tu refuses de gifler cette chose, alors peut-être que c'est moi que tu devrais gifler, suggéra-t-elle. Pour te passer les nerfs. »

Elle marcha jusqu'à Astréa, rejetant sa longue natte brune en arrière pour lui présenter sa joue.

« Je n'ai pas tué ces sangsues de gaieté de cœur, murmura-t-elle, la gorge serrée. Je l'ai fait uniquement pour ma mère. Les sangsues sont mortes… pour que Doreena vive. »

Astréa se rendit compte que les yeux de Margane étaient emplis de larmes.

De fins sillons dégoulinaient sur sa joue offerte.

Au lieu de la gifler comme elle le réclamait, Astréa essuya ses larmes d'une caresse : aussi incroyable que cela puisse paraître, en cet instant, elle n'en voulait plus à son amie.

« Je… je te demande pardon moi aussi, balbutia Sépien en se levant à son tour. Me livrer au commerce des remèdes interdits, ce n'était pas ma vocation au départ. Tu te rappelles, quand je t'ai dit que je rêvais de voir le monde étant petit ? De partir pour une autre cité, loin de Viridienne et de son orphelinat ? Sans doute l'aurais-je fait un jour, s'il n'y avait pas eu Livien. »

Sépien déglutit à l'évocation de ce jumeau si proche, pour lequel il avait sacrifié ses rêves d'enfant.

« Mon frère a toujours été spécial, différent : unique, dit-il. Plus sensible que les autres. Plus fragile aussi. J'ai souvent dû me battre, à l'orphelinat, pour le défendre contre ceux qui ne comprenaient pas son mutisme et que son comportement étrange mettait mal à l'aise.

Mais je n'étais pas le plus fort, comme tu t'en doutes… alors, j'ai appris à utiliser ma tête plutôt que mes muscles. J'ai participé aux combines, aux petits trafics de billes en terre cuite, pour m'attirer la protection des cadors. Une fois sorti de l'orphelinat, ça a continué – sauf que d'autres tractations ont remplacé les billes. Partir avec Livien sur les routes ? Je m'en sentais incapable. Mais essayer de lui offrir une vie confortable, loin des harceleurs du passé comme des champs d'algues qui l'auraient tué : ça, je pouvais le faire. Quitte à vendre des remèdes interdits – et même, oui, parfois, je l'avoue, des sangsues vivantes. »

Sépien renifla, ravalant ses larmes.

Un sourire amer se dessina sur ses lèvres gercées par le vent du désert.

« Lorsque je t'ai demandé ta main, je t'ai caché ces choses que tu aurais dû savoir, admit-il. J'ai menti en te disant ne pas faire commerce d'animaux vivants. Les termes de notre pacte sont viciés. Notre contrat est nul et non avenu. Plus rien ne t'oblige à le respecter. »

Astréa ouvrit la bouche pour répliquer.

Mais à cet instant, la porte de la chambre s'ouvrit avec fracas sur l'aubergiste qui les avait accueillis – et sur les quatre saignants casqués qui se bousculaient derrière lui dans le couloir.

« Ce sont eux ! s'exclama-t-il, pointant un index accusateur. Les étrangers qui m'ont payé en deniers souvenanciens ! »

32.
47 heures avant l'extinction
OCÉRIAN

« ADMIRABLE ! TOUT SIMPLEMENT ADMIRABLE ! » s'exclama le mage Noctilio, penché au-dessus du visage d'Océrian.

On avait autorisé le prince à dormir bien après le lever du jour, pour se reposer de son long voyage. Il s'était couché dans une chambre privée de toute fenêtre, une compresse d'herbes désinfectantes serrée sur son mollet gauche, mais sans ôter sa jambe de métal à son moignon droit – pour rien au monde il n'eût voulu s'en défaire, en ce palais hostile, dans ce royaume ennemi. Un rayon de soleil solitaire, filtrant à travers une étroite brèche entre deux énormes blocs de granit légèrement disjoints, l'avait réveillé en tombant sur sa joue droite. Celle-ci était entièrement cicatrisée.

À présent, il était assis dans une vaste pièce circulaire, au cœur de la tour de la lune, la plus haute du castel après celle des vautours. Lorsqu'il y avait pénétré avec son frère Boréalion, sous escorte de gardes saignants, il avait été frappé de stupeur : les murs étaient couverts de ces objets magiques qu'il avait découverts chez Hippocampos – des *livres*. L'archimage de Flamboyante en possédait cent fois plus que l'ermite du comptoir Solitaire. Il y en avait de toutes les tailles et de toutes les couleurs, rangés sur des meubles si imposants qu'il fallait utiliser un escabeau à roulettes pour accéder aux étagères les plus élevées. Quant aux dispositifs placés sur des tables au milieu de la pièce, ils n'étaient pas sans rappeler les expériences du vieux docteur ; mais en plus des cornues et des alambics, il y avait aussi des engrenages et des mécanismes, étranges machines de métal dont le fonctionnement échappait totalement à Océrian. Dans cet antre était rassemblé tout le savoir importé depuis le grand bazar de Lointaine, d'où la cité rouge tirait son redoutable pouvoir.

« La blessure s'est entièrement refermée pendant la nuit ! » s'exclama Noctilio.

Écartant l'anneau d'or du prince, il palpa sa joue du bout de son ongle aussi long et acéré que la griffe d'une chauve-souris.

« C'est à peine si l'on voit encore une fine cicatrice. Quant au cuir chevelu, qui hier paraissait complètement brûlé au niveau de la

nuque, il est à nouveau souple au toucher. Les cheveux ont même commencé à repousser ! »
Il passa sa main sur le crâne du prince puis, sans demander davantage l'autorisation, il souleva le bas de son linceul déchiqueté afin d'observer le mollet gauche libéré de son bandage.
« Là aussi, la blessure est presque guérie. Le sang de ce jeune apex est vigoureux : c'est l'un des plus forts que j'aie jamais vus ! »

C'était la première fois qu'on louait la force d'Océrian ; à Viridienne, il était davantage habitué aux remarques désobligeantes de son père et aux sarcasmes des autres apex. Mais ce compliment, pour lequel il aurait tout donné dans sa vie antérieure, ne le touchait plus, maintenant qu'il connaissait les horreurs que les Flamboyants plaçaient derrière l'idée de la force.

« Le cadet, en revanche, a moins bien cicatrisé, dit le mage en se détournant d'Océrian pour aller examiner son frère. L'éraflure est encore rouge et, semble-t-il, un peu infectée. Son sang est plus faible… bien trop faible pour la princesse Gryphie. Qu'on le ramène dans sa chambre ! »

Deux gardes empoignèrent Boréalion et l'entraînèrent vers la sortie. Il jeta un dernier regard à Océrian, plein de détresse, puis il disparut dans les profondeurs du palais de granit.

« Vous épouserez la princesse, annonça Noctilio à Océrian. Le mariage proprement dit aura lieu dans une semaine, à l'issue des célébrations de l'Aube de feu. Mais dès aujourd'hui à la vingtième heure, nous scellerons vos fiançailles lors d'un banquet. »

Il jaugea le prince, encore vêtu de ses haillons de la veille.

« Il convient de vous donner une apparence plus digne de la fille de Leurs Majestés impériales, Vultur le Fulgurant et Sarcora la Magnifique, dit-il, utilisant ces titres grandiloquents qui, à eux seuls, résumaient toute sa folie. Je vais demander à nos tailleurs de vous confectionner un linceul neuf. Quant à cette étrange prothèse… dans quel métal est-elle façonnée ? »

Il pencha sa toque de velours en avant et posa sa main crochue sur le genou articulé.

Océrian ressentit encore plus de dégoût et d'horreur que lorsque les ongles avaient tâté sa joue : la jambe artificielle faisait désormais partie de lui si intimement qu'il avait l'impression de sentir à travers elle ses propres terminaisons nerveuses, à fleur de métal.

« Ce n'est ni du fer, ni de l'argent, ni de l'acier, marmonna le mage. Je n'ai jamais rencontré un tel alliage, qui semble à la fois plus léger et plus résistant que tous ceux que nous créons dans nos hauts-fourneaux Et je n'en ai jamais lu la description dans mes livres…

— Vous en possédez pourtant tellement, que tout le savoir du monde doit être contenu dans votre bibliothèque », souffla Océrian, sincèrement ému par la collection du mage.

Ce dernier haussa son sourcil noir, au-dessus de son œil luisant d'une froide acuité :

« Vous connaissez le terme de *bibliothèque* ? Vous avez déjà vu des livres ? Bah, vous n'avez pas dû en ouvrir souvent, sinon vous sauriez que la plupart ne contiennent que des histoires sans intérêt, des fictions inutiles et des rêveries stériles : de la littérature... » D'un geste dédaigneux, il désigna les étagères les plus élevées. « ... je range ces foutaises là-haut, je ne sais même pas pourquoi je les conserve. En revanche, je garde à portée de main les quelques ouvrages vraiment précieux : les manuels techniques, les abrégés de chimie, les traités industriels – toutes ces pépites renfermant la magie des hommes de l'ancien temps. »

Il se pencha à nouveau vers la jambe pour terminer de l'examiner.

« Quelles armes nouvelles nous pourrions forger, encore plus destructrices, si nous découvrions la recette de ce métal ! murmura-t-il. Il faudra un jour que je vous prenne votre jambe, prince consort, pour la faire fondre ici, dans mon atelier. De toute façon, vous n'en aurez plus l'usage, étant destiné à terminer vos jours otage de ces murs. »

Océrian sentit une rage féroce lui embraser le cœur, face à cet homme qui voulait le dépouiller de cette liberté conquise de si haute lutte, au prix le plus fort. Il aurait suffi d'un coup de ce genou que le mage était en train d'observer pour lui écraser le nez ; et d'un autre, peut-être, pour lui briser la nuque. Mais après ? L'atelier était peuplé de gardes armés jusqu'aux dents.

Prenant sur lui, le prince desserra la mâchoire pour prononcer quelques mots, de la voix la plus posée possible :

« Ce sera un honneur, si je peux contribuer en quoi que ce soit au triomphe militaire de Flamboyante », assura-t-il.

Un sourire cruel étira les lèvres fines du mage :

« Voilà la bonne attitude à adopter, quand on se sait vaincu, dit-il d'une voix mielleuse. Il faut tout donner aux vainqueurs. »

Il se redressa, s'éloignant du genou qui aurait pu lui broyer la face, et écarta le pan de son linceul bleu nuit. Une courte arme était glissée à sa ceinture : le poignard à manche d'ivoire, confisqué au prince la veille par les saignants du castel.

« Vous me raconterez une autre fois l'histoire de ce curieux objet, dit-il. Pour l'heure, j'ai fort à faire avec les derniers préparatifs de l'Aube de feu. Cette année est toute particulière : non seulement nous célébrons la conquête de Tourbeuse, mais Kârbon, le démon protecteur de notre cité, va se dévoiler au peuple sous un nouvel avatar… »

À cet instant, deux officiers saignants aux casques ornés de pointes entrèrent dans la pièce.

L'un d'eux s'inclina dans un mouvement raide :

« Excusez-nous de vous déranger, Votre Excellence, mais la garde de nuit a récupéré un objet qui pourrait vous intéresser. »

Le deuxième saignant leva ses mains, entre lesquelles reposait une tête façonnée dans un métal argenté, à la bouche et aux yeux clos.

Se détournant du prince, l'archimage prit le curieux artefact pour l'observer de plus près.

« Étrange, murmura-t-il. Très étrange… »

Océrian n'eut guère le temps d'en voir davantage : déjà, les gardes l'empoignaient pour le raccompagner à ses appartements.

*

La journée se déroula à l'image de celles qu'Océrian avait voulu fuir pour toujours, lorsqu'il avait quitté sa chambre du castel viridien à la faveur de la nuit. Des heures durant, des serviteurs apprêtés le lavèrent, le toilettèrent, le pommadèrent et le parfumèrent.

À présent, il était dans une autre chambre d'un autre castel, aux mains d'autres tailleurs suants. Mais les instructions du crachant supervisant les travaux de confection étaient les mêmes que celles de Moruald jadis :

« Tournez-vous un peu plus vers la droite… maintenant, un peu plus vers la gauche… ne bougez plus. »

Tandis qu'un nouveau linceul d'apparat prenait forme autour de son corps, décoré non pas de coquillages ramassés sur la plage, mais de cristaux cueillis dans les entrailles de Terra, Océrian laissait vagabonder ses pensées.

Tel l'albatros, son esprit s'envolait loin de cette chambre aveugle, au-delà des cimes de la cordillère Fendue, jusqu'à la lointaine Viridienne tout au sud. Comme la cité verte, qui lui avait semblé dure et oppressante, lui paraissait à présent fragile et vulnérable ! Un orage plus violent que tous les déluges d'automne s'apprêtait à fondre sur elle, charriant non pas la pluie et les grêlons, mais le feu et la mitraille. Il savait que les glaives des soldats viridiens ne feraient pas le poids face aux crache-plombs des fantassins flamboyants, et que les briques du castel s'effondreraient sous la semonce des énormes gueules-à-feu… Peut-être qu'ici, dans le palais de la cité rouge, il parviendrait à influencer l'empereur et à implorer sa clémence, si Orcus n'accédait pas à ses requêtes ? C'était désormais son rôle, le seul qu'il lui restait : lui qui s'était rêvé prince des nuées, voilà qu'il était à nouveau prisonnier d'un despote…

Quittant les rives de la mer Viride, sa rêverie mélancolique l'emporta à travers les contrées qu'il avait découvertes au cours des derniers jours, et qu'il ne reverrait sans doute jamais plus. Il laissa son imagination planer au-dessus de la Désolation intérieure, jusqu'au golfe du

Souvenir et au-delà, dans les collines tourbourgeoises où il avait laissé Astréa. Où était-elle, à présent ? Avait-elle pris la route de l'ouest, en direction du désert Pétrifié et de la cité-royaume d'Aride, comme il l'avait entendue en faire le projet ? Il savait qu'il l'avait quittée pour toujours, et cette certitude lui déchirait l'âme. Mais en même temps, un espoir venait mettre un peu de baume sur sa douleur : en lui échappant, il l'avait privée de son seul moyen de négociation avec Karcharodon. Il l'avait obligée à renoncer au projet fou de libérer son frère. Elle survivrait quelque part, sans lui certes, mais aussi grâce à lui – d'une certaine manière, il lui avait sauvé la vie.

« Voilà, c'est fini ! » annonça tout d'un coup le crachant, arrachant le prince à ses pensées.

Son regard tomba dans le miroir d'obsidienne dressé face à lui, lui renvoyant l'image de son corps boursouflé par les couches de soie. Les tailleurs n'avaient pu trouver une couleur d'étoffe correspondant exactement à la rare teinte améthyste de ses yeux, mais ils avaient compensé cette imprécision par une débauche de tissu. Manches bouffantes, passementerie compliquée et longue traîne. Telle semblait être la mode à Flamboyante, depuis la conquête de Levantine et de ses filatures royales : en rajouter, toujours.

« Vous êtes prêt juste à temps pour le dîner de fiançailles », se félicita encore le maître des tailleurs.

Le dîner, déjà ?

La vingtième heure était venue si vite ?

Océrian n'avait pas vu le temps passer.

Il se laissa entraîner à travers une enfilade de couloirs sombres, les flammes des torches de bambou dansant sur le passage de son escorte, jusqu'à une pièce gigantesque, plus vaste encore que celle où Vultur l'avait reçu la veille.

Alors que la salle du trône était quasi déserte, peuplée seulement de gardes, celle-ci grouillait de linceuls mauves froufroutants : toute la noblesse de Flamboyante était ici rassemblée.

« Le prince Océrian Cétacéen ! » annonça un héraut.

L'ironie de cette entrée mordit Océrian : pour quelques jours encore, jusqu'à son mariage, on le présentait sous le nom de Cétacéen, dont son père était si pressé de le voir dépouillé. Mais ce serait Orcus qui serait bientôt dépouillé de son pouvoir, devenant une marionnette aux mains de Karcharodon, vice-roi de Viridienne et véritable maître de la cité verte…

Les courtisans s'écartèrent, ramassant les traînes démesurées de leurs linceuls pour tracer une allée jusqu'à la table principale, au fond de la salle de banquet. Ignorant les regards curieux qui passaient sur sa nuque glabre et sur ses courtes mèches sculptées par le feu, il marcha en direction du fauteuil central, où trônait l'homme qui s'était proclamé empereur des Dernières Terres.

À la droite du monarque se tenait une grande femme tout aussi maigre que lui, le corps enveloppé dans un drapage de soie sophistiqué. Son crâne était également rasé à blanc tel celui d'un vautour, ceint d'une fine tiare en acier ; Océrian devina que c'était l'impératrice Sarcora.

Quant à la jeune fille assise à sa droite, c'était…

« … ma fille, la princesse Gryphie ! annonça fièrement le souverain, devançant les questions de son invité. Nommée d'après le même animal-greffe que moi : *Vultur gryphus*, le grand condor ! »

Océrian s'inclina profondément.

Puis il releva la tête pour mieux observer celle qui allait devenir son épouse. Elle n'était pas dénuée de grâce, avec sa silhouette svelte et son linceul décolleté, orné d'une large collerette blanche imitant celle de son animal-greffe. Au bout de son long cou s'épanouissait un visage aux traits fins, au milieu desquels s'ouvraient deux grands yeux de cette couleur magenta pâle, délavée, qui signait le sang des Cathartides. Contrairement à son père, à sa mère et à la majorité de ses frères et sœurs assis à la table, elle n'avait pas le crâne complètement rasé, mais simplement tondu, laissant paraître une fine chevelure de la même teinte rosâtre que ses iris.

Cette coupe de cheveux, plus que tout le reste, troubla Océrian : elle ressemblait tant à celle d'Astréa.

« Mes hommages, mademoiselle… », murmura-t-il.

La manière dont les yeux clairs le dévisagèrent, en revanche, n'avait rien du regard étoilé d'Astréa : leur expression hautaine lui rappelait bien davantage ceux de Manta.

« Assieds-toi ! » lui ordonna l'empereur, désignant la chaise vacante à côté de la princesse.

Il prit place, sans que cette dernière lui adresse la moindre parole.

De toute évidence, elle n'avait pas eu davantage son mot à dire que lui dans ce projet de mariage.

Était-elle déçue du jeune homme qui se présentait à elle ?

Aurait-elle considéré Boréalion plus aimablement, si c'était lui qui avait été choisi ?

Elle n'était sans doute même pas consciente de sa présence : le frère cadet d'Océrian avait été banni tout au bout de la table, parmi les nobliaux les plus quelconques de la cité-royaume. Karcharodon, en revanche, bénéficiait d'une des meilleures places, entre l'impératrice et l'archimage.

Une fois que tous les convives furent assis, ce dernier se leva, déployant ses longues manches en forme d'ailes membraneuses pour réclamer le silence :

« Nobles seigneurs, nobles dames, peuple élu pour régner sur le monde ! s'exclama-t-il pompeusement. Nous sommes réunis ce soir pour célébrer les fiançailles d'une Cathartide avec un Cétacéen, mais aussi et surtout la soumission prochaine d'une nouvelle cité-royaume, dont les richesses viendront grossir celles de notre empereur tout-puissant, Vultur le Fulgurant ! »

Il s'inclina vers le monarque, tandis que les courtisans frappaient du poing sur la table en cadence, au rythme d'une marche martiale, pour célébrer leur chef de guerre.

« Fut un temps où la cité verte ne daignait même pas exporter son absinthe d'algue de jade jusque dans ces montagnes, reprit Noctilio en grimaçant. Ces vulgaires bêcheurs jugeaient-ils les Flamboyants indignes de goûter leur précieux nectar ? »

À nouveau, les courtisans martelèrent la table, plus lourdement. Océrian avait l'impression que c'était sur lui, la victime expiatoire, que s'abattaient les poings serrés par des années d'humiliation.

« Cette époque de honte est à jamais révolue ! annonça Noctilio. Kârbon, l'enfant terrible de la déesse, veille désormais sur nous. Après nous avoir offert l'acier et la poudre à canon, il le prouvera demain encore en se manifestant sous une nouvelle forme – un nouvel avatar, dont l'invocation m'a occupé tout l'hiver durant. Bientôt, je vous promets que les Viridiens nous baiseront les pieds. Et dès ce soir, buvons la liqueur offerte par le roi Orcus ! Qu'on appelle les échansons ! »

Des serviteurs suants apparurent comme par magie, portant les amphores acheminées depuis Viridienne à bord du convoi nuptial.

Le breuvage d'un beau vert clair se mit à couler dans les bols blancs disposés devant chaque invité.

Océrian prit le sien, s'efforçant de sourire malgré son malaise.

Le contact lui sembla un peu poreux, ses doigts hésitèrent en rencontrant deux cavités de l'autre côté du récipient.

Il le fit pivoter lentement entre ses mains pour mieux l'examiner.

Ce qu'il avait d'abord pris pour de la pierre sculptée n'en était point.

Son bol, comme tous les autres, était fait d'os.

C'était un demi-crâne humain.

La nausée.

Plus insupportable que l'écœurement éprouvé à bord du navire d'Atriceps.

Plus violente que le vertige sur les épaules des esclaves à travers la Cordillère.

« Eh bien, mon gendre, que t'arrive-t-il ? le héla Vultur, un sourire sadique étirant ses lèvres jusqu'au bout de ses favoris. Est-ce qu'Orcus nous aurait fourni de la vulgaire piquette, pour que tu rechignes à y tremper tes lèvres ?

— Je… non, cette absinthe semble de première qualité…, balbutia Océrian, conscient de tous les regards braqués sur lui, à commencer par celui de la princesse Gryphie.

— Dans ce cas, qu'attends-tu ? – bois donc ! Fais honneur à la réputation des Viridiens, qui sont connus pour avoir la meilleure descente de tous les peuples des Dernières Terres. »

Océrian porta le macabre récipient à sa bouche, se concentrant de toutes ses forces pour ne pas trembler, pour ne pas donner cette joie à Vultur et à sa cour de charognards.

Ses dents butèrent contre le bord osseux du réceptacle qui, un jour, avait renfermé un cerveau humain peuplé de rêves et de cauchemars, de craintes et d'espoirs, de regrets et d'ambitions ; il ne contenait plus à présent qu'une eau-de-vie aromatique, propre à apporter l'oubli.

« Cul sec ! » cria Vultur, tandis que les poings des courtisans battaient à nouveau leur rythme infernal sur le bois de la table.

Océrian s'exécuta.

« Encore ! » ordonna à nouveau l'empereur, et aussitôt un échanson resservit le prince.

Ce dernier vida à nouveau le crâne sans faillir.

La tête lui tournait un peu, et sa gorge le brûlait, lorsqu'il reposa le bol vide devant lui.

« Bien, dit Vultur. Tu as vu hier dans nos lits d'équarrissage ce qu'il advenait des roturiers capturés dans les cités ennemies de

Flamboyante. Les soldats saignants faits prisonniers à la guerre terminent sur le flanc de la montagne, à la merci des becs et des serres des vautours impériaux. Les apex, eux, finissent en trophées sur cette table. Je crois que le crâne dans lequel tu viens de boire appartenait il n'y a pas si longtemps à un général de Brumeuse… » Il se tourna vers un apex d'un certain âge, le visage marqué de cicatrices sous un casque empanaché de fausses plumes teintes dans la même couleur glycine que son épais linceul. « … n'est-ce pas, maréchal Aquilah ?

— Oui-da, Votre Majesté, acquiesça le militaire, qui devait être l'homologue de Karcharodon à Flamboyante. J'ai moi-même décollé cette tête, l'hiver dernier.

— C'est bien ce qu'il me semblait, murmura l'empereur. Mais comment s'appelait-il, déjà ? C'est qu'on oublie si vite l'identité des perdants… Océrian, peux-tu me rafraîchir la mémoire en me lisant son nom ? »

Le prince s'aperçut soudain que chacun des crânes affichait une petite inscription gravée sur la tempe : le nom du malheureux fauché par la barbarie flamboyante. Celui-ci venait de Brumeuse, la cité blême, dont les apex portaient la greffe des grands félins d'antan.

« Pardalion…, murmura-t-il en déchiffrant les lettres.

— Ah oui, c'est cela : Pardalion ! s'exclama l'empereur. Le fils aîné de la dynastie des Léopardiens, si je ne m'abuse. Quelle coïncidence que tu aies écopé de ce bol, toi l'aîné des Cétacéens ! »

Un rire secoua la tablée, car bien sûr il ne s'agissait pas d'un hasard. Ce crâne lui avait été attribué pour le mortifier et lui faire comprendre la place qui serait toujours la sienne à la cour flamboyante : celle d'un éternel prisonnier que l'empereur pouvait faire assassiner à tout moment.

« Il y a plus drôle encore, ajouta Noctilio, feignant la spontanéité alors que de toute évidence son intervention était aussi préparée que celle du souverain. Savez-vous quel était le nom commun de ce *Leopardus pardalis*, dans l'ancien temps, Votre Majesté ?

— Éclairez-nous, archimage, susurra l'empereur.

— On l'appelait *ocelot* : à une syllabe près, le nom de votre gendre ! »

Une fois encore, l'assemblée entière se gaussa – mais l'un des rires était plus cristallin, plus aigu, plus douloureux que tous les autres : celui de la jeune fille pour qui Océrian avait traversé les Dernières Terres, et qui se moquait à présent de lui avec la même cruauté que Squalon jadis.

Il s'efforça de garder le sourire, de faire comme s'il goûtait lui aussi l'humour de cette cour qui lui faisait horreur, tandis qu'un valet apportait un coussin de velours sur lequel étaient disposés deux anneaux métalliques.

Le prince n'eut pas besoin d'y regarder à deux fois pour deviner qu'il s'agissait d'acier, le même métal qui ceignait le front du couple impérial et qui armait leurs soldats.

« Allez, prends-en un et mets l'autre au doigt de ma fille, ordonna l'empereur. Qu'on en finisse avec ces fiançailles et qu'on passe à table. Nous avons grand faim ! »

S'efforçant de ne pas trembler, Océrian saisit le plus petit anneau et l'enfila à l'annulaire que lui tendait la princesse. Puis il passa le second à son propre doigt, avec l'impression de s'enfermer lui-même dans les fers.

« À la bonne heure ! s'exclama l'empereur. J'espère que cet apéritif t'a ouvert l'appétit, car ce soir nous faisons bombance ! »

Il frappa dans ses mains.

Aussitôt, les serviteurs réapparurent, chargés de grands plats de fer grésillant, fumant comme les cheminées de la Ville-Nouvelle.

Les aliments qui y étaient disposés ne ressemblaient à aucun des fruits et légumes dont se nourrissaient les apex viridiens. Ils étaient noirs et grillés, dégageant une odeur de graillon plus forte que tous les mets auxquels Océrian était habitué.

L'un des serviteurs lui présenta le plat pour que lui, l'invité, choisisse sa part en premier.

Décontenancé par cet honneur contrastant si fort avec le traitement qui lui avait été réservé jusqu'alors, il saisit les couverts de service et fouilla la masse calcinée du bout de la fourchette, en quête d'un morceau qui ne lui tournait pas le cœur.

Quelle plante pouvait donc dégager une telle odeur, si puissante, si nauséeuse, si… charnelle ?

La fourchette heurta quelque chose de dur.

Un os.

« De la viande ! » s'écria Océrian, saisi d'un profond dégoût devant ce crime qui violait le pilier le plus sacré de la Loi suivie par son père, par Bonite et par tous ceux auprès de qui il avait grandi.

Il releva brusquement la tête, en proie au vertige.

La princesse Gryphie le dévorait de ses yeux cruels, pareille à un charognard surveillant l'agonie de sa proie avec gourmandise.

Derrière elle, le maréchal Karcharodon souriait de son sourire carnassier, exhibant ses dents taillées en pointe pour déchiqueter.

« De la viande, oui ! s'exclama Vultur. Dans la nature, les animaux se mangent entre eux : telle est la seule loi, la Vraie Loi ! Et nous autres Flamboyants, qui sommes au sommet de la chaîne alimentaire, nous avons le droit de dévorer tout ce qui vit. Vois-tu, il n'y a pas que les crânes des apex vaincus qui finissent sur cette table. Leur chair aussi, cuite sur des charbons ardents, pour nourrir celle des vainqueurs ! »

*

Océrian ouvrit lentement les yeux.

Au-dessus de sa tête tournoyaient des milliers de livres, planant tels les albatros qu'il avait aperçus dans le ciel du pays souvenancien… ou bien volaient-ils du vol heurté des vautours flamboyants ?

Tout lui revint : le piège du banquet, les crânes remplis d'absinthe, les plats chargés de viande humaine.

L'horreur de ce festin cannibale, ajoutée aux vapeurs de l'alcool et à la touffeur de la pièce, l'avait terrassé : il s'était évanoui, sans doute à la grande satisfaction de Vultur et de ses invités. Tandis qu'il était inconscient, on avait dû le traîner dans cette pièce où il était à présent couché.

À mesure qu'il reprenait ses esprits, les livres se stabilisèrent sur leurs étagères.

Il reconnut l'atelier de l'archimage, tenta de se redresser.

Mais quelque chose le retint, lui piquant le bras ; il baissa les yeux : une aiguille était plantée dans le pli de son coude, reliée à un tube de verre à travers lequel perlait un liquide qui se transférait dans son organisme.

Terrifié par cet instrument qu'il ne connaissait pas, il arracha l'aiguille et pressa la main sur sa peau pour stopper l'hémorragie.

Puis il se releva.

Il n'y avait personne dans la vaste pièce, rien d'autre que l'étrange tête métallique aperçue le matin même, reposant sur un petit guéridon.

Ses yeux et sa bouche étaient toujours clos, tels ceux d'un sphinx dont Noctilio n'était pas encore parvenu à percer le secret – à moins qu'il n'en ait pas eu le temps, trop occupé par les préparatifs de l'Aube de feu.

Malgré le silence pesant sur ces lieux, Océrian ne se sentait pas seul : les livres l'entouraient, ces choses inanimées mais en même temps si vivantes qu'il avait découvertes chez Hippocampos et qui l'avaient instantanément fasciné. La nostalgie de toutes ces histoires qu'il n'avait jamais lues lui étreignit le cœur – ces fictions que l'archimage jugeait *inutiles*, et reléguait aux marges de sa bibliothèque. Pour Océrian, au contraire, elles semblaient soudain aussi vitales que l'air qu'il respirait. Tant d'autres mondes, pour fuir l'horreur de ce monde-ci ! Tant d'autres rencontres, pour se consoler des turpitudes des hommes ici-bas !

Mû par un besoin irrépressible, il se dirigea vers les rayonnages, observant les dos des livres en hauteur, que son cœur désirait le plus ardemment. Mais, comme naguère chez Hippocampos, il ne réussit pas à déchiffrer les titres rédigés dans des langues étrangères : celles de l'ancien temps. Il parvint seulement à deviner que les livres étaient rangés par ordre alphabétique, suivant le nom de leur auteur.

Il se mit à les murmurer, tentative dérisoire pour entrer en contact avec ces inconnus, ces frères et ces sœurs de papier :

« Hans Christian Andersen…

« Jane Austen…

« Honoré de Balzac…

« Charles Baudelaire. »

Il s'arrêta net dans sa déambulation.

Baudelaire, l'auteur de *L'Albatros*, était là devant lui. Avec peut-être, dans les pages de ce recueil, la fin du poème inachevé, cette *Invitation au voyage* dont il avait récité le début à Astréa, avant de la quitter à tout jamais. Le souvenir des vers enflamma la mémoire du prince, avec comme horizon cette promesse éblouissante, cet espoir fou qu'il avait cru mort mais qui se rallumait obstinément telle une braise ne voulant pas s'éteindre : l'emplacement secret de l'Ailleurs ! Oh, comme il aurait voulu s'y enfuir, maintenant plus que jamais !

Contournant fébrilement le guéridon, il tira l'escabeau à roulettes jusqu'à lui, gravit les marches, s'empara du fin volume. Des fleurs étaient gravées dans la couverture de cuir – ce n'étaient pas les mêmes que chez Hippocampos, il s'agissait d'une édition différente, pourtant le langage des images restait universel : Océrian sut qu'il avait entre les mains un exemplaire des *Fleurs du mal*.

Il ouvrit avidement le recueil, libérant une poussière brillante et une odeur fanée qui devait être celle du temps lui-même.

Cependant à l'intérieur, les pages ne contenaient pas d'images, aucune illustration : rien que des phrases rédigées dans une langue indéchiffrable.

Frustré, tout en étant incapable de lâcher le livre, il redescendit de l'escabeau ; mais en marche arrière, son pied de métal ne s'articulait pas aussi bien : il dérapa sur une marche, tout son corps fut entraîné.

Le livre lui échappa des mains, s'envolant dans les airs.

Son épaule percuta le guéridon, renversant la tête de métal.

Lui-même roula au sol, en boule.

Il se releva aussitôt, tous les sens en alerte. Le fracas causé par sa chute résonnait encore sous la voûte de l'atelier et sans doute au-delà, à travers les méandres rocheux du castel. Vite, vite ! réparer les dégâts !

Il remit l'escabeau à sa place ; fourra le livre dans la poche de son linceul ; redressa le guéridon ; ramassa la tête argentée gisant au sol.

Alors qu'il tenait le crâne entre ses mains, l'incroyable se produisit : les paupières de métal s'ouvrirent brusquement, révélant deux yeux jaunes et lumineux, couleur de topaze.

Saisi par la surprise, Océrian faillit lâcher l'artefact.

Ses mains se mirent à trembler, au moment où les lèvres de métal s'entrouvraient pour laisser filtrer une voix minérale :

« Nouvel enfant mauve identifié. Module de communication activé. Veuillez entrer votre nom. »

Ces paroles n'avaient aucun sens pour Océrian.

Quelle sorte de démon inconnu habitait la tête ?

Pourquoi s'exprimait-il ainsi, le traitant d'enfant ?

Il n'eut pas le temps de réfléchir à ces questions : des bruits de pas précipités résonnaient depuis le couloir, derrière la porte de l'atelier.

L'instinct l'emporta sur la peur – il souleva son linceul d'apparat, enfouit la tête dans son pagne et laissa les amples pans de soie retomber par-dessus.

L'instant d'après, la porte s'ouvrit avec fracas sur l'archimage Noctilio accompagné de deux gardes.

« Ah, te voilà enfin éveillé ! » brailla-t-il.

À sa voix pâteuse, Océrian devina que les agapes s'étaient poursuivies après qu'il se fut évanoui – même un homme aussi maître de lui que Noctilio semblait passablement sous l'emprise de la puissante absinthe d'algue de jade.

« La perfusion de sucre de champignons doux que j'ai pratiquée t'aura ravivé les sens, dit encore l'archimage, lorgnant le tube de verre dont le contenu continuait de tomber goutte à goutte sur le sol. Ton sang est peut-être fort, mais ton esprit est faible, comme celui de tous les peuples destinés à ployer sous le joug flamboyant ! Va, maintenant, retire-toi dans ta chambre. Il faut que tu sois en forme demain pour l'Aube de feu, dont la célébration débutera à la vingt-deuxième heure – même si je doute que tu supportes le spectacle qui t'attend, vu qu'un simple banquet t'a fait défaillir ! »

Océrian passa devant cet homme qui le révulsait, la nuque baissée en signe de soumission. Il sentait dans sa poche le faible poids du livre et, contre son aine, celui beaucoup plus important de la tête métallique.

Les gardes l'escortèrent jusqu'à sa chambre, prenant sa démarche claudicante pour le signe de cette faiblesse atavique qu'avait raillée leur maître, sans se douter du butin qui alourdissait secrètement son pas.

33.

32 heures avant l'extinction

ASTRÉA

UN PUITS DE TÉNÈBRES, DE GÉMISSEMENTS ET DE PUANTEUR.

Tel était l'abysse où croupissaient Astréa et Margane. Juste après leur capture à l'auberge, les saignants les avaient entraînées dans la nuit, sur la route de crête menant à la Ville-Vieille, jusqu'à l'ombre gigantesque de l'immoloir. Là, ils avaient confisqué leurs effets et ils les avaient jetées dans le ventre du temple transformé en amphithéâtre de granit.

Depuis combien de temps ? – il était impossible de le dire avec précision. Le matin s'était levé, le jour s'était étiré, et à présent il semblait toucher à sa fin. Au fil des heures, les rares rayons pleuvant jusqu'au sol depuis une haute lucarne grillagée étaient lentement passés sur les corps entassés. Il y en avait des dizaines – toutes des femmes, car les hommes étaient gardés dans une autre fosse, où les saignants avaient précipité Sépien.

Après le temps de la révolte, à s'écorcher les poings sur les murs de roche brute, était venu celui de la résignation. Comprenant qu'il n'y avait aucune échappatoire, les deux Viridiennes s'étaient intéressées à leurs codétenues. À en juger par leurs hardes souillées, certaines devaient être là depuis des jours, en prévision des sacrifices de l'Aube de feu. Une odeur acide comme la peur alourdissait l'atmosphère, se mêlant au remugle âcre des latrines bien trop petites pour une telle population. La plupart des prisonnières venaient de Tourbeuse, la plus récente conquête de la cité rouge. Mais il y en avait aussi quelques autres de Levantine, Orpheline, Alizée ou Brumeuse : toutes les cités soumises par l'impitoyable armée flamboyante. Quelle que fût leur origine, ces femmes portaient toutes le linceul gris des suantes – les castes supérieures étaient détenues dans d'autres quartiers. À la vérité, Astréa était la seule ici à arborer un linceul azuré : ses geôliers semblaient avoir deviné qu'elle avait usurpé ce costume. Plusieurs prisonnières, en revanche, s'étaient dirigées vers elle comme si elle était réellement une prêtresse de Terra. En ces lieux abandonnés de la déesse, à la veille de l'Aube de feu, les malheureuses s'accrochaient au moindre lambeau d'espoir – fût-ce un pan du linceul d'une fausse pleurante.

Tandis que Margane partait en quête de témoignages sur le père qu'elle était venue chercher à Tourbeuse, Astréa avait patiemment écouté les récits de celles qui voulaient se confier à elle. Au fil de ces lamentations hachées de sanglots s'était dessiné le portrait kaléidoscopique de la conquête flamboyante, une longue suite de massacres pour l'exemple et de supplices pour le plaisir. La Vraie Loi proférée par les sacrifiants donnait tous les droits aux soldats : le sang que les saignants de la cité rouge étaient invités à verser n'était pas le leur, mais celui de tous les autres humains. Quant à la pierre noire qui brûlait dans le ventre des gueules-à-feu et qui faisait vrombir les crache-plombs… le même mot revenait toujours aux lèvres des victimes : *charbon.* Ce mot, Astréa l'avait déjà entendu, dans la bouche de l'oracle, parlant du péché capital des hommes de l'ancien temps : *« Ils se sont mis à arracher le charbon au fond de leurs mines, déterrant les restes des végétaux et animaux du passé pour les faire brûler dans leurs fabriques. Ainsi a été libéré Kârbon, l'Étouffeur silencieux. »*

Telle était donc le secret de la cité rouge.

Tel était le carburant de sa folie meurtrière.

Tel était le sable dans les sabliers de ses prêtres et telle était la mort dans les armes de ses soldats.

La guerre menée par Vultur Cathartide contre le monde entier était alimentée par un démon, l'un de ceux qui avaient tué Terra dans le passé, que les Flamboyants libéraient à nouveau à travers la bouche de leurs cheminées et la gueule de leurs canons.

« Mon père est mort », déclara Margane en rejoignant Astréa, l'arrachant à ses pensées.

Dans l'ombre de la geôle, le visage de la jeune suante avait blêmi, aussi pâle soudain que les fausses perles à ses oreilles.

« J'ai trouvé une Tourbourgeoise qui connaissait Luscinio, murmura-t-elle d'une voix sourde. Elle m'a confirmé qu'il était un musicien hors pair, le meilleur de la cité des quatre vents. Premier violon du roi Komodor, rien de moins ! » Elle dit cela en haussant la voix, mais on sentait bien qu'elle avait envie d'éclater en sanglots. « Et c'est précisément ce qu'il faisait quand il est mort : il jouait.

— Oh, Margane ! s'exclama Astréa, prenant ses mains dans les siennes.

— Il jouait du haut des remparts, avec les autres musiciens de l'orchestre royal, pour soutenir les soldats, continua bravement Margane, les yeux brillants. Les habitants de Tourbeuse considèrent la musique comme une arme – tu le crois, ça ? Cette ville était décidément faite pour moi ! Malheureusement, les instruments tourbourgeois n'ont pas fait le poids contre le feu flamboyant…

— Ce feu est démoniaque, dit Astréa. C'est Kârbon lui-même qui le nourrit. »

Margane renifla, ravalant sa douleur, essuyant ses paupières humides du revers de la main.

« Mon père est mort entouré de sa musique, affirma-t-elle en serrant les poings. Jusqu'au bout, je suis sûre que son violon a sonné plus fort que les flatulences des crache-plombs et que les éructations des gueules-à-feu. Mieux vaut mourir dans la beauté que gagner dans la laideur ! »

Astréa hocha doucement la tête :

« Tu as raison. Le triomphe des Flamboyants a le visage de l'ignominie. Leur cité pue la mort. Leurs fumées salissent tout. Ils ont vendu leur âme aux démons gaziers.

— Peut-être que les humains sont une espèce irrécupérable, qui mérite seulement de disparaître comme l'a annoncé le Choreute, murmura Margane. À quoi ça sert de vivre, puisque nous reproduisons toujours les erreurs du passé ? »

Astréa médita ces paroles.

Pour terribles qu'elles fussent, elles étaient aussi étrangement apaisantes. Depuis le début de son voyage à travers les Dernières Terres, elle avait été confrontée au ressentiment et à la cupidité, au mensonge et à l'envie, au sadisme et à la barbarie. La haine était partout, si prompte à s'enraciner dans les cœurs, même lorsqu'ils n'aspiraient qu'à aimer…

comme le sien et comme, peut-être, celui d'Océrian. Après avoir vu tant d'horreurs, après avoir vécu tant de désillusions, quelle foi pouvait-on encore garder en l'humanité ? Est-ce qu'une planète définitivement débarrassée des humains n'aurait pas plus de chances de renaître un jour ?

Tandis qu'elle songeait ainsi au néant, un grincement retentit dans les profondeurs de la geôle : c'était la grille qui s'ouvrait. Les prisonnières se tassèrent contre les murs en poussant des murmures affolés, les plus robustes entraînant avec elles les plus faibles, pour laisser passer une demi-douzaine de sacrifiantes armées de lances. Alors que toute violence était interdite aux pleurants et aux pleurantes des autres cités-royaumes, les prêtres et prêtresses de la religion nouvelle étaient entraînés au combat : sous leur linceul, les sacrifiants n'étaient que des saignants déguisés en religieux, et les gardiennes de la prison des femmes ne faisaient pas exception.

Au-dessus des six silhouettes bleues s'en élevait une septième qui les dépassait toutes, vêtue d'un linceul du mauve le plus sombre : un visiteur apex, dont le pas lourd faisait trembler le sol.

« Elles sont là, seigneur Karcharodon », dit l'une des sacrifiantes en levant sa lanterne pour éclairer le fond de la geôle, où les deux Viridiennes étaient terrées.

À l'évocation du nom du maréchal, une décharge d'adrénaline traversa le cœur d'Astréa.

Elle fit signe à Margane de rester assise et se leva brusquement, se faisant la plus grande possible.

Mais même ainsi, elle qui dominait la plupart des suants de sa haute stature, elle paraissait toute petite face à la montagne humaine qui se dirigeait vers elle.

L'homme qui détenait entre ses mains la vie de Palémon, celle de Sépien, et tant d'autres encore, s'arrêta dans le faisceau de lumière tombant de la lucarne. Les rayons orangés, marquant la fin du jour interminable, éclairèrent ses courts cheveux indigo, sa large face dure comme la roche… le collier de canines humaines luisant dans l'échancrure de son linceul. Astréa frémit en songeant que, parmi elles, devaient se trouver celles de Buccinum.

« Voici donc la ravisseuse d'Océrian Cétacéen…, dit-il d'une voix si profonde qu'Astréa eut l'impression de sentir vibrer chacun de ses os.

— Qu'en savez-vous ? » rétorqua-t-elle, bravache.

Une lueur sauvage s'alluma dans les yeux sombres de l'apex. Il n'était pas habitué à ce qu'on lui réponde. En d'autres circonstances, il aurait pu broyer à la force de son poing gigantesque la suante qui lui tenait tête. Mais dans cette fosse sans issue et sans espoir, la rébellion d'Astréa devait lui sembler trop dérisoire pour mériter l'effort d'une exécution sommaire ; du reste, s'il était descendu jusqu'ici pour lui parler, c'est qu'il attendait quelque chose de leur conversation.

« Face à l'empereur, Océrian a prétendu avoir égorgé ses ravisseurs dans leur sommeil, dit-il. Mais j'ai eu du mal à le croire. D'une part, je ne vois pas ce freluquet trop sensible tuer de sang-froid ; d'autre part, j'imagine tout aussi peu que des ravisseurs assez habiles pour s'introduire dans le castel de Viridienne se laissent assassiner si facilement. »

Il sourit, dévoilant une horrible denture taillée en pointe, à travers laquelle Astréa crut voir revivre *Carcharodon carcharias*, le grand requin blanc.

Des fragments d'aliments calcinés y restaient coincés, témoignant d'un repas récent ; son haleine empestait l'alcool ; la jeune suante devina qu'il était descendu directement d'un banquet organisé au castel tout proche, pour s'adresser à elle.

Un festin auquel avait sans doute assisté Océrian – Karcharodon venant d'annoncer que ce dernier avait réussi à atteindre la cité rouge… Le souvenir aigre-doux du prince ébranlait Astréa, plus encore que la présence menaçante du maréchal. D'un côté, elle avait craint qu'il meure d'épuisement dans sa traversée solitaire de la cordillère Fendue et elle était soulagée d'apprendre qu'il était encore en vie ; d'un autre côté, l'amertume lui tordait les entrailles, de savoir qu'il festoyait au palais tandis que tant d'autres allaient mourir.

« Doutant du récit d'Océrian, j'ai demandé à la maréchaussée flamboyante de relever toutes les entrées suspectes dans la cité, reprit Karcharodon. C'est ainsi que j'ai eu vent d'une sacrifiante et de ses deux serviteurs suants, entrés par la porte de l'Industrie en dépit des usages. Il a ensuite fallu un peu de temps aux saignants pour écumer les auberges de la ville, mais ils ont fini par trouver celle où une prêtresse avait réglé sa nuitée en deniers souvenanciens. La suite, tu la connais. »

Karcharodon considéra Astréa d'un œil cruel, où perçait la curiosité.

« D'après le rapport du colonel Thunnus, c'est une fausse pleurante qui a capturé le prince à Viridienne, dit-il. Et aujourd'hui, c'est une fausse sacrifiante qui s'est introduite dans la cité. Tu aimes décidément porter une étoffe à laquelle tu n'as pas droit. Je suis curieux de voir ce qui se cache en dessous… même si j'ai ma petite idée. »

Sans prévenir, Karcharodon empoigna le col du linceul d'Astréa à deux mains, et le déchira sur toute sa longueur aussi facilement que s'il avait été en papyrus.

Margane se jeta en avant pour protéger son amie, mais deux sacrifiantes l'empoignèrent pour la plaquer au sol.

Astréa résista à la tentation de se recroqueviller sur elle-même pour cacher sa semi-nudité

– au contraire, elle bomba le torse face à son agresseur, exhibant l'étoile de mer qui rayonnait sur son ventre, entre son pagne et sa brassière.

« *Asterias rubens*, murmura le maréchal. Tu es donc bien la sœur de ce Palémon, comme les services de renseignements du castel s'en doutaient d'après sa demande de libération. Quelle mauvaise graine, celui-là, à défier les crachants tout au long de la progression du convoi nuptial ! Je l'aurais fait égorger, s'il n'avait constitué un morceau de choix pour les sacrifices de l'Aube de feu. » Il fit jouer les muscles de sa mâchoire, puis il ajouta : « Sois sans crainte, tu retrouveras bientôt ton frère – je m'arrangerai pour que vous soyez introduits en même temps dans l'arène. Demain, à la même heure, vous serez réunis. Et ne t'inquiète pas pour ton linceul déchiré : Palémon sera torse nu, lui aussi, comme tous les prisonniers. La coutume flamboyante veut que les sacrifiés soient immolés dans leur simple appareil, exposant leur animal-greffe. Ainsi, Palémon la crevette mourra sous tes yeux, et toi, l'étoile de mer, sous les siens.

— Vous mourrez vous aussi, répliqua Astréa dans un souffle, faisant sienne la prophétie du Choreute. Vous, ce monarque sanguinaire, ce mage fou, tout cet empire qui se croit invincible : vous mourrez tous. »

Le sourire féroce du maréchal s'élargit.

« Au contraire, le dernier empire vivra éternellement, rétorqua-t-il. C'est pourquoi je l'ai rejoint sans hésiter. Le désespoir t'égare, mais je dois avouer que tu ne manques pas de cran, pour une suante… » Il la détailla des pieds à la tête. « … et tu ne manques pas de beauté. Peut-être est-ce pour cela qu'Océrian a menti, voulant me faire croire que sa ravisseuse était morte : pour te protéger. Plus rien ne m'étonne venant de ce pauvre lâche.

— Il est plus courageux que vous ne le serez jamais ! » rugit Astréa.

L'œil perçant du maréchal étincela, la pupille entièrement dilatée dans la pénombre, plus que jamais semblable à un œil de requin.

Astréa comprit trop tard qu'elle venait de lui fournir ce qu'il était venu chercher dans la geôle : la confirmation qu'il existait des sentiments entre l'otage et sa ravisseuse. Pour quel sinistre motif lui avait-il arraché cet aveu ?

Déjà, il tournait les talons.

« Je le dis et je le répète : vous mourrez tous ! s'écria-t-elle. Vous payerez tous le prix de vos crimes ! »

La grille se referma sur sa malédiction, dans un claquement sonore.

34.

31 heures avant l'extinction

OCÉRIAN

OCÉRIAN ATTENDIT QUE LES PAS DES SAIGNANTS qui l'avaient conduit dans sa chambre s'éloignent.

Même après qu'ils eurent fini de résonner dans le couloir, un tambourinement diffus continuait de faire vibrer les épais murs de granit. Il colla son œil sur l'interstice à travers lequel un rayon de soleil l'avait réveillé le matin même. Dehors, c'était déjà presque la nuit, le crépuscule rougeoyant auréolait les montagnes. Un précipice plongeait à pic du mur de la chambre jusqu'à la Ville-Vieille agglutinée au versant de la montagne. En dessous, on pouvait apercevoir l'immense pavé formé par l'immoloir de granit, avec son arène de sable sec réclamant le sang

des victimes. Tout en bas enfin, au bout de la route de crête, dansaient les torches de la Ville-Nouvelle, entourée de fumées empourprées par le couchant. C'était de là que provenaient les battements cadencés, mêlés à des stridulations aiguës : des tambours et des flûtes jouant la sarabande. Le peuple flamboyant faisait la fête, célébrant la dernière nuit de l'année... les dernières heures avant l'Aube de feu.

Se détournant de la brèche, Océrian alluma l'unique lanterne de la chambre, puis il déballa son butin. Il posa l'exemplaire des *Fleurs du mal* sur sa couche, à côté de la tête argentée. Pourquoi avait-il volé ces deux objets – un livre qu'il ne pouvait pas lire et un artefact dont il ignorait le sens ?

Les yeux et la bouche de l'effigie s'étaient refermés : elle ressemblait plus que jamais à une tête décapitée, plongée dans un sommeil éternel. Tout à l'heure, rien qu'en la touchant, Océrian était parvenu à la ressusciter... est-ce que la magie opérerait une seconde fois ?

Il effleura la joue de métal – si semblable à celui dans lequel était façonnée sa jambe artificielle. Le bout des doigts remonta jusqu'à l'ouïe creusée sur la tempe à la place d'un pavillon d'oreille.

Rien ne se passa.

Il plaqua alors sa main entière sur le front lisse.

Les paupières se soulevèrent brusquement, révélant les deux yeux jaunes, sans pupille, qu'Océrian avait rapidement aperçus dans l'atelier. Surpris, il retira sa main. Mais les yeux restèrent ouverts, habités par une lumière plus mystérieuse encore que celle qui couvait dans la lampe à réverbère du vieil Hippocampos, et les lèvres brillantes se mirent à bouger :

« Nouvel enfant mauve identifié. Module de communication activé. Veuillez entrer votre nom. »

Les mêmes paroles que tout à l'heure dans l'atelier, proférées de la même voix hiératique.

Océrian ressentait à la fois de l'émerveillement et de la terreur face à ce prodige. Plus que tout, la mystérieuse tête le plongeait dans la confusion. Pourquoi l'appelait-elle *enfant mauve*, lui qui depuis si longtemps luttait pour devenir adulte ? Il n'y avait qu'un moyen de le savoir…

« Je m'appelle Océrian, murmura-t-il, avec l'impression de livrer son âme à une sorte de démon.

— *O-cé-rian,* répéta mécaniquement la tête de métal, comme pour s'approprier ce nom donné avec réticence.

— Qui es-tu ? lui demanda aussitôt le prince.

— *Je suis un Choreute. Mais mon phare a été détruit comme presque tous les autres. Il s'est effondré dans la grande tempête qui a ravagé la mer de Barents, il y a trois siècles de cela.* »

Choreute ? Ce mot ne disait rien à Océrian, pas plus que la mer de Barents. Il avait beau fouiller ses souvenirs des leçons de géographie de Bonite, il ne se rappelait pas avoir entendu un nom pareil. Quant aux phares, les seuls qu'il avait vus se résumaient à des feux d'algues sèches allumés en haut des tours de vigie du port, pour permettre aux bêcheurs de travailler lors de la longue nuit d'hiver, lorsque les nuages voilaient la lune et les étoiles.

« Cette mer dont tu me parles, où se situe-t-elle ? » demanda-t-il, dans l'espoir de glaner des informations qui lui permettraient de mettre du sens sur les paroles du Choreute.

Mais ce dernier cligna des paupières et sa voix, jusque-là claire et ferme, se mit à grésiller :

« Information non disponible... Je répète : information non disponible... L'effondrement du phare a brisé mon organisme, écrasé mon émetteur radio, sectionné ma colonne porteuse et dispersé mes membres moteurs. La mémoire logée dans mon processeur central a été endommagée par mon séjour prolongé dans la mer. Lorsque mon module crânien s'est échoué au Svalbard, une grande partie de mes archives était effacée, irrémédiablement perdue. Ma batterie atomique elle-même a souffert, si bien que je me mets en veille dès que possible pour économiser mon énergie. »

Dans cette logorrhée digne d'un dément, dont la signification échappait à Océrian, un mot ressortait par sa sonorité sauvage : *Svalbard.* Était-ce ainsi que le Choreute désignait les Dernières Terres ? D'où venait ce terme ?

« Sais-tu parler les langues de l'ancien temps ? demanda le prince stupéfait, mesurant pour la première fois l'âge immémorial que devait avoir l'artefact.

— *De nombreuses banques de données linguistiques ont été corrompues lors de mon immersion. Mais je maîtrise encore une douzaine d'idiomes.* »

Océrian s'empara du livre sur lequel s'étalait la gravure de fleurs, surmontée du titre rédigé dans une langue étrange – peut-être l'une de celles que connaissait le Choreute ?

« Comprends-tu ce titre ? demanda le prince, présentant l'ouvrage devant les yeux jaunes. Peux-tu… le traduire ?

— *C'est du français,* dit le Choreute. *Ces mots signifient : Les Fleurs du mal.* »

Le cœur du jeune apex fit un bond dans sa poitrine.

Il eut la conviction soudaine, lumineuse, que le Choreute lui avait été envoyé par le destin, pour lui révéler la fin du poème qu'il avait entamé dans les collines tourbourgeoises !

Il se mit à feuilleter les pages de l'antique recueil : parmi elles, où se trouvait l'*Invitation au voyage* ?

S'arrêtant sur une page au hasard, il la présenta devant les yeux inexpressifs du Choreute :

« Traduis-moi ça ! » lui demanda-t-il avidement.

Une voix sans affect s'éleva des lèvres inhumaines, pour dire les plus humains de tous les mots.

« Sois sage, ô ma Douleur, et tiens-toi plus tranquille,
Tu réclamais le Soir ; il descend ; le voici :
Une atmosphère obscure enveloppe la ville,
Aux uns portant la paix, aux autres le souci. »

Ce n'était pas le poème que cherchait Océrian, mais il n'eut pas le cœur de dire au lecteur de s'arrêter.

Une fois encore, les vers parlaient à son âme mieux que personne.

Une fois encore, le texte semblait avoir été rédigé pour lui, pour cet interminable crépuscule, pour ce dernier soir du printemps.

Tel était le pouvoir stupéfiant de cette substance magique entre toutes : la poésie.

« Pendant que des mortels la multitude vile,
Sous le fouet du Plaisir, ce bourreau sans merci,
Va cueillir des remords dans la fête servile,
Ma Douleur, donne-moi la main ; viens par ici,
Loin d'eux. »

Oui, Océrian entendait battre la fête derrière les murs de granit, ce peuple entier entraîné dans une spirale infernale, dans une folle frénésie de conquête, de sacrilège et de sang. Tandis que les seigneurs se vautraient dans des festins cannibales, qui sait quels tabous le peuple brisait ? Pour une nuit encore, Océrian était au-dessus de la mêlée, perché dans sa chambre, avec pour seule compagne la certitude d'avoir tout perdu.

Il ne regagnerait plus l'estime de son père.

Il ne sauverait pas Viridienne du chaos.

Et surtout, il ne la reverrait jamais, celle qui par sa pureté rachetait toute la perversité des hommes : *Astréa.*

Le visage de la douleur du prince se confondait avec celui de la jeune suante ; le corps de sa souffrance, c'était celui de son absence ; Astréa était là avec lui, en creux, dans cette chambre solitaire.

« Vois se pencher les défuntes Années,
Sur les balcons du ciel, en robes surannées »

Oh, toutes ces années perdues, qu'il avait vécues sans elle, dans la longue solitude du castel viridien !

« Surgir du fond des eaux le Regret souriant »

Oh, toutes ces années futures, qu'il aurait voulu partager avec elle, dont l'évocation irréelle le faisait sourire malgré lui !

« Le Soleil moribond s'endormir sous une arche »

La lumière du couchant acheva de mourir à travers la minuscule arche de la brèche, en même temps que le poème entre les lèvres de métal.

« Et, comme un long linceul traînant à l'Orient,
Entends, ma chère, entends la douce Nuit qui marche. »

Lorsque le Choreute se tut, c'était la nuit.

Océrian répéta le dernier vers tout doucement, comme si Astréa avait été assise à ses côtés sur la couche :

« Entends, ma chère, entends la douce Nuit qui marche… »

Il laissa résonner ces paroles quelques instants dans l'alcôve, avant de reprendre le livre pour continuer d'en faire défiler les pages sous les yeux du Choreute. Cette fois, en revanche, il se contenta de la traduction des titres seuls. Même s'il brûlait d'entendre tout le recueil, il savait que le temps lui était compté : la dernière nuit de l'année durerait à peine une heure, et qui sait quand on viendrait le chercher ?

Élévation… Correspondances… La Vie antérieure… Harmonie du soir… Les Chats… – les titres se succédèrent dans la bouche du traducteur, chacun formant la promesse d'un trésor pour l'heure interdit.

Et puis soudain, la pépite tant recherchée :

« *L'Invitation au voyage*, annonça le Choreute.

— C'est celui-là que je cherche ! s'écria Océrian. Lis-le-moi ! »

Le début du poème se déroula comme dans la mémoire du prince : il se rendit compte qu'il en avait retenu chaque mot.

Le Choreute répéta pour la deuxième fois le refrain de cette étrange chanson :

« Là, tout n'est qu'ordre et beauté,
Luxe, calme et volupté. »

Puis il attaqua la fin du poème :

« Vois sur ces canaux
Dormir ces vaisseaux
Dont l'humeur est vagabonde ;
C'est pour assouvir
Ton moindre désir
Qu'ils viennent du bout du monde.
Les soleils couchants
Revêtent les champs,
Les canaux, la ville entière,
D'hyacinthe et d'or ;
Le monde s'endort
Dans une chaude lumière. »

Une troisième et dernière fois, le Choreute entonna le refrain énigmatique – *« Là, tout n'est qu'ordre et beauté, luxe, calme et volupté »* – puis il se tut, rendant Océrian au silence.

Le prince inspira profondément.

Comment interpréter ces derniers vers ?

Autant le début du texte lui avait paru d'une clarté lumineuse, lorsqu'il l'avait découvert au-dessus du corps inconscient d'Astréa, autant la fin le plongeait dans la perplexité. Il s'était attendu à ce que lui soit révélée la mystérieuse localisation de l'Ailleurs – n'était-ce pas ce vers quoi tendait tout le poème ? S'était-il trompé du tout au tout, voyant une prophétie là où il n'y avait que le hasard des mots jetés sur une page ?

Il demanda au Choreute de redire les nouveaux vers – une fois, puis deux, puis trois, jusqu'à ce qu'il les sache eux aussi par cœur.

Mais cela ne changeait rien.

Il ne parvenait pas à savoir de quels *canaux* parlait le poète. Jusqu'à présent, il n'avait vu de *vaisseaux* que sur la mer, que ce soit à Viridienne ou dans le golfe du Souvenir. Il ne parvenait pas imaginer où pouvait se trouver le *bout du monde*, et il était déçu que le poème parle d'une *ville* là où il avait espéré une forêt. Pour toute indication, le texte s'achevait sur une image vague et englobante : *le monde s'endort dans une chaude lumière.*

Confus et irrité, il s'adressa au Choreute :

« Est-ce que l'endroit décrit dans ce poème te dit quelque chose ?

— *Négatif.*

— Existe-t-il seulement autre part que sur cette page ?

— *Je l'ignore. Une grande partie des données géographiques se sont effacées de ma mémoire, en même temps que les données linguistiques.* »

Océrian serra les poings.

« Alors, peut-être tout cela n'était-il qu'un rêve..., pensa-t-il à voix haute. Il n'y a pas d'invitation. Il n'y a pas de voyage. Bonite avait raison : il n'y a pas d'Ailleurs.

— *Correctif : l'Ailleurs existe.* »

Océrian se figea.

Face à lui, sur la couche, le Choreute semblait le sonder de ses yeux sans âme.

« Qu'as-tu dit ? demanda-t-il dans un souffle.

— *L'Ailleurs existe* », répéta obstinément le Choreute.

Océrian prit le crâne entre ses mains :

« Où ? » demanda-t-il encore, le cœur battant à tout rompre dans ses tempes.

Le Choreute ne répondit pas tout de suite. Mais la lueur, derrière ses cornées de verre, sembla luire un peu plus fort, comme si le sortilège qui lui tenait lieu de cerveau s'échauffait dangereusement.

« *La localisation géographique de l'Ailleurs n'est pas contenue dans ma mémoire* », dit-il finalement.

Océrian fut pris d'un désir sauvage : celui de fracasser le crâne contre le mur, de l'ouvrir comme une noix des jardins, pour voir ce qu'il y avait dans cette coquille, pour en extirper ce que le démon ne voulait pas lui dire. Il parvint de justesse à retenir cette pulsion, desserrant la mâchoire :

« Est-ce encore le résultat de ton amnésie ? Peut-être que si tu te concentres, tu pourrais retrouver ces souvenirs effacés ?

— *Négatif. Cette information n'a pu être effacée de mon processeur, puisqu'elle n'y a jamais été enregistrée. Ceux qui m'ont conçu ont voulu cette mesure de sécurité, pour éviter que des individus non autorisés accèdent à l'Ailleurs.* »

La confusion du prince ne fit que croître davantage.

« Qui sont ceux qui t'ont conçu ? demanda-t-il. Des démons ? Des dieux ?

— *Information classifiée.*

— Pourquoi une telle mesure de sécurité ?

— *Information classifiée.* »

Les mains d'Océrian se mirent à trembler de frustration autour du crâne :

« À quoi sers-tu, si tu ignores l'essentiel et que tu refuses de dire le reste ! s'écria-t-il.

— *Je sers à conduire les enfants mauves jusqu'aux vaisseaux*, répliqua le Choreute, impassible. *Mon système est programmé pour s'activer par contact tactile, lorsque l'un d'entre eux me touche… comme tu l'as fait.* »

Les mains d'Océrian – ces mains qui, par leur seul toucher, avaient redonné vie au Choreute –, cessèrent subitement de trembler.

Les vaisseaux dont parlait la tête argentée, c'étaient certainement les mêmes que ceux du poème !

« Les vaisseaux, est-ce qu'ils mènent à… l'Ailleurs ? murmura-t-il.

— *Affirmatif.* »

Océrian eut l'impression que son cœur explosait dans sa poitrine.

« Comment gagner les vaisseaux ? » s'enquit-il, haletant.

Mais les lèvres de métal, qui soufflaient le chaud et le froid, l'espoir et la déception, avouèrent une fois encore leur impuissance :

« Mon système de géolocalisation ne fonctionne plus depuis que les satellites ont cessé d'émettre. Je ne peux plus trouver le chemin. Je ne peux plus guider les enfants mauves. »

Géolocalisation… Satellites… encore des mots qu'Océrian ne comprenait pas. Cependant, il crut percevoir une note de honte dans la voix du Choreute – comme si, n'ayant exprimé jusqu'à présent aucune émotion, il en trahissait une au moment d'avouer qu'il n'était plus en mesure de remplir la mission pour laquelle il avait été créé.

Le prince ressentit soudain une forme d'empathie pour cet être incapable d'accomplir son devoir… de la même manière que lui, Océrian, avait été jugé indigne d'être un apex pendant des années.

« Je ne peux pas te guider jusqu'aux vaisseaux, reprit le Choreute. *Mais j'ai gardé en mémoire le nom de leur emplacement secret. Ce nom, je l'ai répété à d'autres enfants mauves avant toi, bien des fois au cours des siècles. Mais aucun, jamais, ne s'est mis en route. Seras-tu le premier ? »*

Océrian frémit.

Voilà que le Choreute, qu'il avait assailli de questions, lui en posait une à son tour.

« Je m'efforcerai d'être celui-là, répondit-il. Alors, dis-moi ce nom… Révèle-moi ton secret…

— Les vaisseaux se trouvent au sommet du mont de la Ville-Nouvelle. »

Le prince resta muet un instant.

Le mont de la Ville-Nouvelle ?

Cette éminence étouffée de fumées toxiques ?

Ce pic qui était encore nu trente ans plus tôt, où la folie flamboyante avait érigé un enfer de cheminées ?

« Je ne suis pas sûr de comprendre…, murmura-t-il. Les vaisseaux sont-ils cachés sous les fonderies ?

— *Je ne possède pas cette information* », répondit le Choreute.

Océrian médita quelques instants.

Derrière les murs de sa chambre, le bruit lointain des tambours de la Ville-Nouvelle continuait de résonner, comme un appel, un défi.

Sa volonté se forgea au rythme de cette cadence entêtante, aussi dure et solide que le métal sortant des hauts-fourneaux. Au cours des jours, des semaines à venir, il continuerait à jouer le jeu de la cour flamboyante, se pliant à tous les outrages, supportant toutes les humiliations. Et lorsqu'on le jugerait assez rompu pour lui laisser un minimum de liberté, il se lancerait dans l'exploration de la Ville-Nouvelle.

Il trouverait les vaisseaux.

Il partirait pour l'Ailleurs.

Fort de sa résolution, il cacha le Choreute sous sa couche, à côté des *Fleurs du mal.*

Puis il ferma les yeux, s'efforçant de profiter des dernières minutes de nuit avant l'été pour prendre des forces ; car dès le lendemain, il s'attaquerait à un empire, le dernier de tous.

35.

10 heures avant l'extinction

ASTRÉA

« ÇA Y EST : ON DIRAIT QUE C'EST LE DÉBUT DES RÉJOUISSANCES », dit Margane d'une voix sourde.

Pendant toute la nuit et toute la journée, au fond de leur fosse, Astréa et elle avaient entendu rouler les tambours lointains de la Ville-Nouvelle.

Mais depuis que les cloches de l'immoloir avaient sonné la vingt et unième heure, un battement beaucoup plus proche faisait trembler les murs de la geôle. Ce n'était plus seulement le chant des tambours : c'était aussi le martèlement de milliers de pieds foulant les gradins de l'amphithéâtre, là-haut à la surface. Ce rythme infernal était ponctué d'éclats de voix inarticulés et d'éclats

de rire étouffés : la rumeur du peuple venant assister au spectacle.

« Ces barbares vont en prendre plein les oreilles, quand je leur dirai ce que je pense d'eux là-haut dans l'arène ! s'exclama Margane. Et leurs vautours se casseront le bec sur mes os, quand ils essayeront de déchiqueter mon cadavre ! »

Douée d'une grande force d'âme, la jeune suante parvenait à évoquer sans frémir sa mort prochaine. Mais ce n'était pas le cas de toutes les prisonnières, loin de là. La plupart se décomposaient à l'approche de l'issue fatale, emplissant la geôle de prières et de sanglots.

Astréa admirait le stoïcisme de son amie, cette manière de rire une dernière fois au nez du destin.

Quant à elle, elle se sentait trop fébrile pour tourner l'inéluctable en dérision.

Ce n'était pas la peur qui l'habitait, non : c'était l'excitation.

Bientôt, elle allait revoir Palémon, ainsi que Karcharodon le lui avait assuré.

Elle retrouverait aussi Sépien, qu'elle avait entraîné à sa suite dans ce chaos.

Enfin, elle verrait une dernière fois Océrian, là-haut dans les gradins.

Les trois hommes de sa vie, les trois contradictions de son existence : un frère qui était devenu un étranger, un fiancé qu'elle ne parvenait pas à aimer d'amour, et un ennemi qu'elle ne haïssait point malgré sa trahison.

« Astréa ? » fit une petite voix timide, l'arrachant à ses pensées.

Elle se retourna, fouillant les ombres du regard – à nouveau le jour avait commencé à fondre à travers l'unique lucarne, prenant une teinte sanglante. Elle finit par discerner une prisonnière coiffée d'une frange auburn, au ras des yeux. Elle semblait plus faible encore que les autres, son linceul lacéré laissant transparaître une peau calcinée par le soleil. Sous ses affreuses brûlures, son visage semblait pourtant à peine plus âgé que celui d'Astréa.

« Hier, quand le maréchal Karcharodon est descendu dans la fosse, il a dit que tu venais de Viridienne… », fit-elle timidement, lorgnant Astréa sous sa frange d'un regard apeuré.

Son filet de voix était à peine audible – c'était celui d'une jeune femme ayant tant souffert qu'il lui restait à peine assez de souffle pour parler.

« Tu as bien entendu, lui répondit doucement Astréa.

— J'en viens aussi, murmura la suante, les yeux brillants dans la pénombre. Je faisais partie du convoi nuptial, comme ton frère Palémon. Il était toujours là pour relever ceux qui trébuchaient, pour présenter son dos comme bouclier face aux fouets des crachants. Mais malgré ses efforts, il n'a pas pu protéger mon époux. Le maréchal, il l'a… il l'a… »

La suante éclata en sanglots.

Astréa termina sa phrase pour elle, la gorge nouée par l'évocation de Palémon :

« ... il l'a abandonné dans un charnier de la Désolation intérieure. »

Les yeux de Charybde – car Astréa avait deviné que c'était elle – s'écarquillèrent entre ses larmes :

« Est-ce que tu l'as vu ? demanda-t-elle. Est-ce que tu as vu mon Buccinum ?

— Oui, je l'ai vu. Et j'ai recueilli ses dernières paroles, avant qu'il rende son dernier souffle au pied du charnier. Elles étaient pour toi, Charybde. Des mots d'amour pour sa chère épouse. »

Le cœur battant, Astréa sentait le regard de Charybde peser sur elle ; elle sentait aussi celui de Margane à ses côtés, témoin de son mensonge.

« Est-ce qu'il a souffert ? demanda Charybde, du bout des lèvres.

— Non, mentit encore Astréa, chassant de son esprit l'image de son poignard fiché dans l'œil de Buccinum. Quand je l'ai trouvé, il était déjà au-delà de la souffrance. Il ne sentait plus ses blessures. Et il avait le sourire aux lèvres en prononçant ton nom. Il est mort paisiblement, entre mes bras, tel un enfant qui s'endort. »

À ces mots, Charybde se pressa contre elle, posant sa tête sur ses épaules laissées nues depuis que Karcharodon avait déchiré son linceul :

« Serre-moi comme tu l'as serré, s'il te plaît », lui demanda-t-elle.

Astréa referma doucement ses bras sur le corps brisé par des journées de marche forcée. Ses doigts rencontrèrent les profondes escarres creusées par les cordages ayant servi à tracter les chariots du convoi nuptial. La peau de son cou accueillit les larmes tièdes de la suante.

Là, dans cette geôle ténébreuse empestant l'urine, alors que les rayons rougissaient à la lucarne à tout juste trois heures de l'Aube de feu, Astréa sentit son cœur se dilater.

Charybde était pour elle une parfaite inconnue. Elle n'était ni un père chéri, ni une tante adorée ; ni un frère perdu, ni un amour interdit. Pire même : elle avait mangé quelques tranches d'anguille séchée pour tenter d'avoir un enfant ! Et pourtant, l'empathie submergeait Astréa. Cette compassion inconditionnelle et sans limites, la jeune Viridienne l'avait réservée jusqu'alors aux animaux disparus de l'ancien temps. Mais voilà qu'à présent, elle la ressentait aussi pour cette femme imparfaite grelottant dans ses bras ; pour les autres prisonnières sanglotant dans la pénombre ; pour toutes celles et ceux qui étaient sur le point de mourir.

Cette révélation la transfigura : les humains encore vivants étaient aussi dignes de son amour que les animaux éteints. Même si leurs ancêtres avaient ravagé la planète, même si certains d'entre eux se jetaient à nouveau avec fureur dans les pires excès du passé, la possibilité de cet amour demeurerait toujours.

Telle une flamme solitaire luisant obstinément dans les fumées de la guerre.

Tel un chant d'espoir résonnant au fond des déluges d'automne.

Tel un cœur de suante ayant battu quelques heures à l'unisson d'un cœur d'apex.

Lorsque Charybde se détacha d'elle, les yeux enfin secs, Astréa sut qu'elle était transformée à jamais.

« Cela sert à espérer, murmura-t-elle doucement à l'oreille de Margane.

— Que dis-tu ? » fit cette dernière.

Les rayons rougeoyants du soleil déclinant, prêt à mourir pour aussitôt renaître, faisaient brûler les fausses perles de chaque côté de son visage telles deux braises ardentes.

« Tu m'as demandé hier à quoi cela servait de vivre, si c'était pour toujours reproduire les erreurs du passé. Je crois que cela sert à espérer. Parce qu'il y a toujours une petite possibilité de corriger ces erreurs ; il y a toujours une chance infime de se libérer du passé. Il existe mille raisons de désespérer de notre espèce, mais sa capacité d'amour les rachète toutes, puisqu'elle nous permet d'espérer. »

Margane hocha lentement la tête.

« Comment disait la poétesse d'autrefois, déjà ?…, commença-t-elle. *L'Espoir est cette chose à plumes qui se perche dans l'âme et chante un air sans paroles, et ne s'arrête jamais…*

— *… son chant, c'est dans la Tempête qu'il sonne le plus doux* », compléta Astréa.

En prononçant ces paroles, elle avait conscience de leur absurdité. Margane et elle allaient bientôt être sacrifiées et, à en croire le Choreute, le reste de l'humanité les suivrait dans le néant quelques heures après.

« C'est un peu fou de parler d'espoir quand on est au bord du gouffre, dit Margane, très doucement.

— Oui, c'est fou. C'est dément. C'est délirant. Mais surtout : c'est humain.

— Humain…, répéta Margane d'une voix songeuse. Un mot qui signifie le pire comme le meilleur. Un terreau où poussent les fleurs du mal comme les fleurs du bien. »

Astréa se leva lentement, faisant craquer ses membres ankylosés par des heures d'attente.

« Écoutez-moi, vous autres ! s'exclama-t-elle. Écoutez-moi toutes ! »

À travers les ombres murmurantes de la geôle, des dizaines de visages laminés par la fatigue se tournèrent vers elle. Certains étaient jeunes et d'autres vieux ; certains baignés de larmes et d'autres secs comme des pierres du désert ; mais tous étaient affamés de cet aliment qu'Astréa s'apprêtait à leur donner : l'espoir.

« Dans quelques instants, nous allons pénétrer dans l'arène, dit-elle. Je vous demande d'y entrer la tête haute. Je sais que vous êtes fatiguées, blessées, terrifiées : c'est justement ce spectacle-là que les Flamboyants veulent voir. Pour eux, nous ne sommes que des victimes sans défense, des proies déjà mortes, des sacrifiées. Mais nous allons leur montrer qu'ils se trompent. Nous allons faire bégayer le destin. Cette Aube de feu verra la fin de la cité rouge, je vous le promets ! »

Astréa mit toute sa force de conviction dans cette dernière phrase. Si elle se sentait le devoir d'insuffler l'espoir de survivre dans le cœur de ses codétenues, elle ne se faisait guère d'illusions à ce sujet. D'une part, elle croyait de plus en plus à la prophétie du Choreute ; d'autre part, elle savait que sa tumeur secrète la condamnait à plus ou moins brève échéance. Son espoir à elle résidait autre part : dans ce cataclysme qui les vengerait toutes. Si les estimations de l'envoyé de Terra étaient justes, l'apocalypse devait s'abattre sur les Dernières Terres autour de minuit, en même temps que l'Aube de feu.

Plus que trois heures avant l'échéance…

Trois petites heures avant l'embrasement…

Vivre assez longtemps pour voir Flamboyante se consumer : voilà ce qu'Astréa espérait.

36.

9 heures avant l'extinction

OCÉRIAN

« JE VOUS EN PRIE, PRENEZ PLACE À CÔTÉ DE MOI, VOTRE ALTESSE », dit Karcharodon. Océrian tiqua.

Rien n'obligeait le maréchal à s'adresser à lui avec une telle déférence, comme s'ils étaient encore tous les deux au castel de Viridienne. À présent, Océrian était otage, et Karcharodon allait devenir vice-roi. Alors, pourquoi lui parlait-il si aimablement ?

Le prince jeta un regard autour de lui, entre les gardes saignants, en quête d'un autre endroit où s'asseoir. Mais les fauteuils de la tribune impériale, surplombant l'immense amphithéâtre rectangulaire, étaient déjà presque tous occupés par la haute noblesse flamboyante. La princesse Gryphie, qui n'avait toujours pas parlé

à son fiancé, s'était dépêchée de s'installer avec ses sœurs à l'autre bout de la rangée, le plus loin possible de lui. Quant à Boréalion, il avait été relégué tout à l'arrière de la tribune.

« Rien ne sert de nous combattre, Votre Altesse, dit encore Karcharodon. Vous avez provoqué la mort de mon fils, certes, mais je m'apprête à détrôner votre père : nous sommes quittes. »

Océrian sonda le large visage du maréchal, au milieu duquel luisaient ses petits yeux indigo : cet homme était-il vraiment prêt à pardonner si vite au meurtrier de son fils ?

« Squalon et Orcus sont des faibles, reprit-il. Il est normal qu'ils rejoignent les rangs des vaincus. Mais vous et moi, nous ne sommes pas ici par hasard. Nous nous sommes hissés jusqu'à la cité rouge parce que nous faisons partie de la race des seigneurs. Je comprends que le banquet d'hier vous ait troublé, mais je vous promets qu'avec le temps, vous parviendrez vous aussi à manger à la table impériale. Vous comprendrez qu'en dévorant la chair de nos ennemis, nous ne faisons qu'accomplir la volonté de Terra. Dans l'ancien temps, les prédateurs apex ne se contentaient pas de régner sur les proies en bas de la pyramide alimentaire : ils s'en nourrissaient. Les créatures les plus fortes prospéraient sur la chair des plus faibles. Aussi ne faisons-nous qu'accomplir le destin de nos animaux-greffes en reproduisant ce comportement naturel. » Il sourit, dévoilant ses dents pointues. « La Vraie Loi est extraordinairement libératrice pour ceux qui, comme nous, sont nés pour dominer : le cannibalisme nous rend vraiment, pleinement apex ! »

Ces paroles faisaient horreur à Océrian, hérissant chaque poil de son corps sous son linceul de soie. Depuis son arrivée à Flamboyante, il avait l'impression de vivre un cauchemar sans fin, chaque scène plus abjecte que la précédente. Mais il s'efforça de n'en rien laisser paraître.

Le maréchal s'éclaircit la gorge et s'approcha un peu plus de lui, ajoutant à voix basse :

« Quand je serai de retour à Viridienne, j'aimerais avoir un allié ici, à la cour impériale, pour veiller sur mes intérêts. C'est que la faveur d'un monarque peut si vite changer… En retour de votre aide, je pourrai à mon tour intercéder pour vous, dès que j'en aurai l'occasion. Alors : puis-je compter sur vous, prince Océrian ? »

Il tendit sa main vers le jeune homme, sûr de son fait.

Ce langage-là correspondait mieux au maréchal : il ne s'agissait pas de pardon, mais de tout autre chose, d'un mouvement de pions dans le dangereux jeu de pouvoir de la cour. L'idée de faire alliance avec cet individu hideux répugnait à Océrian ; mais si cette entente lui permettait d'obtenir plus rapidement la liberté de mouvement dont il avait besoin pour explorer la Ville-Nouvelle et trouver les vaisseaux, alors il ne pouvait la refuser.

Il se résolut à saisir l'énorme main que lui tendait Karcharodon – cette main qui avait brisé tant de nuques et qui, il le savait maintenant, avait porté à sa bouche tant de viande humaine. Il la serra en réprimant un haut-le-cœur :

« Oui, vous pouvez compter sur moi, maréchal. »

Puis il prit place aux côtés de Karcharodon, juste derrière la première rangée où siégeaient l'empereur Vultur, l'impératrice Sarcora, le maréchal Aquilah et les plus hauts dignitaires du régime. Tout en s'asseyant, il fit attention à bien dissimuler la tête du Choreute cachée sous son linceul. Il avait passé le plus clair de la journée avec elle, dans la réclusion de sa chambre, à l'écouter lui traduire *Les Fleurs du mal*. Leur étrange face-à-face – regard d'améthyste et regard de topaze – n'avait été interrompu qu'à deux reprises, par des suants venus lui apporter sa pitance (une soupe de lichen rouge à l'odeur terreuse qu'il avait soigneusement sondée du bout de sa cuiller, pour s'assurer qu'elle ne contenait pas les reliefs du monstrueux festin de la veille). En revanche, il n'avait reçu aucune visite de l'empereur, de sa fille ou même de l'archimage – ce dernier était sans doute trop accaparé par les préparatifs de la cérémonie pour s'apercevoir de la disparition de l'artefact. Lorsque l'heure avait sonné de rejoindre l'immoloir, plutôt que de laisser la tête du Choreute derrière lui exposée à la curiosité des serviteurs, Océrian l'avait attachée contre l'intérieur de sa cuisse de métal à l'aide du bandage qui avait servi à compresser son mollet la veille. Son linceul d'apparat surdimensionné avait beau être ridicule, au moins les amples plis lui permettaient de dissimuler son secret.

Une fois installé dans son fauteuil, il reporta son attention sur l'arène, tentant d'en estimer la taille. Éclairée à grand renfort de flambeaux pour compenser le jour tombant, elle devait faire au moins cent mètres de côté, cent cinquante peut-être… Des portes en fer de différentes tailles jalonnaient l'enceinte. La plus massive d'entre elles, haute et large comme trois hommes, faisait face à la tribune impériale. Qu'est-ce qui pouvait être assez gros pour nécessiter pareille ouverture ?

Tandis qu'Océrian ruminait cette question, les énormes cloches de fer perchées en haut de l'immoloir se mirent à tinter, sonnant la vingt-deuxième heure et le début de la célébration. Une clameur formidable leur répondit, montant des gradins pleins à craquer où s'entassaient des milliers de spectateurs. Cette vision était saisissante, offrant en un regard un précipité de la société flamboyante tout entière.

Les rangs les plus proches de l'arène étaient peuplés de linceuls azurés appartenant à cette sinistre parodie de pleurants qu'étaient les sacrifiants.

Plus haut s'étendait une marée rouge : les forces armées du jeune empire, occupant à elles seules plus de la moitié des gradins. Parmi ces hordes de soldats, combien étaient nés de parents suants ? Passer du statut de travailleur à celui de guerrier constituait sans doute une promotion sociale, mais à quel prix, s'il fallait pour cela vendre son âme aux démons gaziers…

Au-dessus de la soldatesque, on trouvait les linceuls ocre des crachants. La plupart étaient désormais affectés à la supervision des mines et des hauts-fourneaux, afin de procurer les armes et les munitions qui devaient nourrir la conquête flamboyante.

Au sommet des gradins enfin, au plus loin de l'arène et du spectacle qui allait s'y dérouler, étaient perchés les suants. Leurs linceuls gris n'étaient pas souillés de charbon, contrairement à ceux des mineurs qu'Océrian avait aperçus dans les montagnes : alors que les esclaves étrangers se tuaient dans le ventre des montagnes, les suants flamboyants prospéraient en ville, tenant les tavernes et les commerces.

Tel était le visage du dernier empire, tourné vers le soleil déclinant dont la lumière pourpre inondait l'amphithéâtre, enflammait le castel au-dessus, moussait jusqu'au pic du mont Crève-Ciel tout au fond. Dans ce cirque de montagnes embrasé, aux ombres allongées, seule une région demeurait entièrement ténébreuse : le mont de la Ville-Nouvelle, couronné de fumées.

Et derrière ces fumées, quelque part, se trouvent les vaisseaux ! songea Océrian.

L'empereur se leva soudain de son trône et marcha jusqu'à la rambarde, occultant la perspective derrière son linceul magenta.

D'un geste, il réclama le silence : les milliers de spectateurs se turent aussitôt.

« Peuple de Flamboyante ! tonna Vultur d'une voix caverneuse, au milieu du grand silence des montagnes. Comme chaque année, le moment est venu de célébrer le retour du jour polaire. Cet instant est redouté par les peuples inférieurs des Dernières Terres, parce qu'il signifie le début de l'été cuisant. Dans les autres cités-royaumes, c'est la date où les vieilles gens cessent de travailler et où les jeunes novices entrent au pleuroir pour s'y enterrer quatre lunaisons durant. Mais nous autres Flamboyants avons fait de l'Aube de feu notre festival le plus sacré. Parce qu'elle est à l'image de notre grande nation ! »

Il écarta les bras, le dos tourné à Océrian, englobant dans son étreinte l'amphithéâtre, les montagnes et, semblait-il, le monde entier.

« Dans deux heures, le soleil frôlera l'horizon là-bas au nord-nord-ouest, au creux du col du Phoenix, dit-il en désignant une échancrure plus profonde que les autres, entre les montagnes. Et aussitôt, au lieu de disparaître, il reprendra son ascension vers l'est. Tout comme notre nation, qui recommencera ses conquêtes dès la fin de l'été.

« Que le soleil se lève pour ne jamais se coucher !

« Que notre empire s'élève pour ne jamais s'effondrer !

« Que Kârbon nous permette de régner sur le monde entier ! »

Les tambours qu'Océrian avait entendus la veille depuis sa chambre, lointains et étouffés, résonnèrent à nouveau, tout proches et tonitruants : un orchestre était logé sous les gradins.

Au rythme obsédant des batteries, les centaines d'étendards magenta couronnant l'amphithéâtre se mirent à vibrer, et la grand-porte faisant face à la tribune impériale commença à pivoter sur ses gonds dans un formidable grincement. Océrian songea que des esclaves, dissimulés dans les sous-sols de l'arène, devaient actionner les cordes à la force de leurs bras pour mouvoir les énormes battants de fer. Mais bientôt, le grincement des poulies et le fracas des tambours furent couverts par un bruit plus tonitruant encore, une sorte de respiration entrecoupée de hoquets métalliques.

Océrian serra les accoudoirs de son fauteuil, pris d'une terreur mystique.

Cette respiration titanesque, suffocante, lui évoquait soudain celle de Kârbon lui-même !

L'avatar de l'Étouffeur silencieux allait-il se matérialiser devant lui, comme l'avait promis Noctilio ?

Un nuage grisâtre s'échappa des ténèbres de la grand-porte – même si la fumée était trop éloignée pour atteindre Océrian, il retint instinctivement sa respiration pour ne pas l'inhaler. Une silhouette se dessina dans cette masse fuligineuse, prenant peu à peu forme. On eût dit un grand chariot pareil à ceux du convoi nuptial, haut de deux mètres et long de quatre. Sauf qu'il n'était pas en bois, mais en acier hérissé de centaines de pics, et qu'aucun homme n'y était attelé pour mouvoir sa douzaine de roues métalliques.

« Par quel maléfice..., ne put s'empêcher de murmurer le prince.

— Vous voulez dire : par quel prodige ! » le corrigea Karcharodon.

Le chariot d'acier s'avança, toussant et crachant – car c'était lui qui émettait le nuage, exhalant la fumée par deux cheminées recourbées évoquant des cornes fantastiques. Au-dessous de cette ramure, tout l'avant de la chose était sculpté pour former le faciès d'un être qui n'était ni homme ni animal : rien qu'une énorme gueule close, surmontée de deux ouvertures triangulaires en forme d'yeux rougeoyants. Océrian devina que c'étaient les entrailles mêmes du monstre qu'on voyait brûler à travers ces deux trous.

Après avoir fait le tour de l'arène sous le regard ébahi des spectateurs, l'avatar s'immobilisa au pied de la tribune impériale. Le grondement de ses viscères de métal se calma, et la fumée qui l'entourait se dissipa. Alors seulement, le prince parvint à distinguer la silhouette à toque de velours qui se tenait entre les cornes, chevauchant le démon : l'archimage Noctilio.

« Votre Majesté ! s'exclama-t-il. Kârbon, votre démon protecteur, vous a déjà offert la fonte et l'acier, la poudre et la mitraille, donnant naissance à vos crache-plombs et à vos gueules-à-feu. Aujourd'hui, je dépose à vos pieds une autre de ses grâces – le moteur –, équipant la plus récente de mes inventions – le mange-route, premier de sa génération ! » Il fit un tour sur lui-même, pour s'assurer qu'il avait l'attention pleine et entière de toute l'assistance, puis il s'adressa à nouveau au souverain. « Sous votre glorieux règne, Majesté, Flamboyante a conquis bien des territoires grâce à ses armes massives, mais seulement aussi loin que des bras humains pouvaient tirer. Désormais, il suffira d'atteler nos pièces d'artillerie les plus lourdes à mes mange-routes, pour les emmener jusqu'au bout du monde. Que dis-je ! nous pourrons même en équiper des navires pour partir à l'assaut des terres Orientales et de la terre Septentrionale. Après Viridienne, ce sera au tour d'Opaline, de Chromatine et de Pluvieuse de plier l'échine. Aucune cité ne sera hors de portée. Aucun mur ne sera assez solide pour contenir ces bolides lancés à plein régime. Aucun soldat ennemi n'aura la couenne assez coriace pour résister au passage de ces roues. Et tout cela grâce au charbon qui brûle dans le ventre du mange-route ! »

Le peuple, qui jusqu'à présent s'était tu, poussa une clameur féroce.

L'empereur leva à nouveau la main pour demander le silence – et, à nouveau, il l'obtint aussitôt.

« J'accepte ton offrande, Noctilio, fidèle serviteur de l'empire, dit-il à la cantonade. Et je rends grâce à Kârbon, patron et protecteur des Cathartides. Le moment est maintenant venu de procéder au premier sacrifice de l'Aube de feu. Pour remercier le démon, je désire lui offrir mon ennemi vaincu : Komodor Varanide, ex-roi de Tourbeuse ! »

À ces mots, l'une des portes latérales de l'arène s'ouvrit sur une procession de sacrifiants encapuchonnés. Parmi les silhouettes azurées, l'une était vêtue de mauve, la tête nue.

Océrian comprit en un clin d'œil que tout le macabre cérémonial avait été savamment orchestré pour édifier le peuple : les sacrifiants avaient même laissé sa couronne d'or sur le front du souverain déchu qu'on conduisait à la mort – elle contrastait avec les chaînes de fer entravant ses mains.

« Ô, Kârbon, accepte cette offrande ! déclama le mage. Car le mange-route ne dévore pas seulement les kilomètres de piste, de sable et de terre : à l'occasion, il peut aussi goûter d'autres nourritures plus tendres… »

Il actionna un levier entre les cornes du mange-route, qui soufflèrent un nuage noir ; cette fois, la fumée monta jusqu'à la tribune impériale avant qu'Océrian pense à retenir sa respiration : l'odeur âcre et piquante le fit tousser.

Dans un odieux mouvement mécanique, la gueule de la machine s'ouvrit en grand pour révéler le brasier qui couvait à l'intérieur.

Komodor poussa un cri de terreur, essayant de se détourner du gosier ardent.

Mais les sacrifiants l'empêchèrent de fuir ; l'un d'entre eux déchira même le haut de son linceul d'un coup de dague, révélant son torse nu sur lequel était greffé un énorme lézard écailleux.

« Ô, Kârbon, dévore *Varanus komodoensis*, le dragon de Komodo qui a osé défier le grand condor ! s'écria Noctilio. Mange ! Mange ! »

C'était le signal : d'un geste brusque, les sacrifiants précipitèrent la victime dépoitraillée dans la gueule béante. Les hurlements assourdissants de l'homme se mêlèrent au cliquètement de la gueule qui se refermait, mue par un mécanisme invisible. Lorsqu'elle fut close, Karcharodon se pencha pour murmurer quelques mots à l'oreille du prince horrifié :

« Aujourd'hui, Kârbon a mangé du varan, mais qui sait si demain il ne dégustera pas de la viande d'orque ? »

Respirant par la bouche pour ne pas sentir l'odeur de chair grillée qui montait de l'arène, Océrian tourna son front blême vers l'homme qui, quelques instants plus tôt, avait prétendu être un ami afin de le faire asseoir à ses côtés.

Le visage du maréchal avait retrouvé l'expression hostile qui avait toujours été la sienne : celle d'un homme qui ne pardonnait jamais.

« Je vous ai déjà dit que j'étais désolé, pour Squalon…, commença Océrian.

— Squalon a trouvé la fin qu'il méritait, le coupa Karcharodon. C'était un faible et un lâche. Mais qu'un avorton comme toi ait eu raison de ma propre progéniture… ça, je ne puis le tolérer ! »

Écœuré par les propos de l'homme-requin, Océrian regarda autour de lui. Mais il n'y avait nulle part où fuir son odieuse compagnie, à présent que la célébration avait commencé.

Pourquoi le maréchal avait-il tenu à ce qu'ils passent l'Aube de feu ensemble ?

Dans le seul but de se venger en menaçant la dynastie cétacéenne d'extinction, comme il venait de le faire ?

« Qu'on fasse entrer les sacrifiés suants ! » ordonna l'empereur depuis son trône.

De nouvelles portes s'ouvrirent, à travers lesquelles on poussa des prisonniers aveuglés par la lumière des flambeaux. À droite de l'arène, c'étaient les femmes ; à gauche, les hommes. L'empereur avait annoncé des suants, mais on ne pouvait plus identifier leur caste à la couleur de leur linceul : les sacrifiés étaient uniquement vêtus de leurs pagnes et de leurs brassières, exposant leurs animaux-greffes au jour mourant. Le cœur d'Océrian se serra : qui que fussent ces gens, prisonniers de guerre ou terracides, nul être humain ne méritait d'être traité ainsi !

« Regardez bien, mon doux prince, vous reconnaîtrez peut-être certains visages... », susurra Karcharodon.

Révolté par ce qu'on faisait subir à ces malheureux, et en même temps oppressé par un sombre et vague pressentiment, Océrian scruta les faces terrifiées. Qu'entendait Karcharodon par « visages connus » ? Peut-être y avait-il des serviteurs du castel, parmi les captifs acheminés depuis la cité verte avec le convoi nuptial ? Peut-être qu'à la cour viridienne, Océrian avait côtoyé des terracides à son insu ? Peut-être que...

Ses pensées se figèrent.

Son cœur cessa de battre.

En bas, parmi les femmes, une tête dépassait au-dessus de toutes les autres.

Un visage qu'il pensait ne jamais revoir de son vivant.

Celui d'Astréa.

37.

8 heures et 30 minutes avant l'extinction

ASTRÉA

LA LUMIÈRE RASANTE DU SOLEIL ÉBLOUIT ASTRÉA, après toutes ces heures passées dans les ténèbres des geôles.

Derrière elle, elle entendait les cris affolés des dernières prisonnières, poussées à l'extérieur par les lances des sacrifiantes en charge de la prison des femmes. Mais la plupart avaient pénétré dans l'arène la tête haute, comme elle. Elles avaient ôté leur linceul sans que les sacrifiantes eussent à les rudoyer, drapant leur nudité dans une dignité qu'aucun bourreau ne pourrait leur arracher.

Telle était la vertu du discours qu'Astréa avait tenu à ses compagnes de misère. Tel était le pouvoir de l'espoir. Astréa savait qu'elle ne leur sauverait sans doute pas la vie, mais au moins leur avait-elle rendu leur honneur.

S'habituant peu à peu à la lumière du couchant, son regard détailla l'amphithéâtre, ces milliers de spectateurs attendant avidement sa mort. Devant elle se dressait une haute tribune de granit tendue d'oriflammes verticales, dont les pointes magenta tombaient à pic sur quinze mètres. Aux vautours couronnés qui y étaient brodés, elle devina qu'elle était face au maître de la cité rouge, Vultur Cathartide et sa cour, bien qu'elle ne pût discerner les visages dans le contre-jour. Quant à Océrian, qu'elle avait embrassé tendrement dans la nuit des collines tourbourgeoises, et qui se trouvait peut-être maintenant là-haut parmi les bourreaux… son cœur saignait rien que d'y penser.

« Ô Terra, maintenant que ton fils terrible Kârbon s'est nourri, ce sera bientôt à toi de recevoir ta pitance ! » hurla une voix exaltée.

Astréa baissa les yeux sous la tribune. Une énorme machine en acier se trouvait là, pointue et cornue, au sommet de laquelle gesticulait un homme au linceul bleu nuit et au regard fou.

Elle devina qu'il s'agissait de Noctilio, l'homme qui avait apporté à Flamboyante le savoir sacrilège de la démonologie gazière. Quant à l'engin qu'il chevauchait, à la gueule effrayante et aux yeux ardents… si ce n'était Kârbon lui-même, c'était du moins son horrible effigie.

« Sacrifiés ! s'exclama l'archimage en se tournant vers les prisonniers. Le moment est venu de faire vos prières. Le temps d'un écoulement de sablier, vous pouvez recommander vos âmes à Terra. Dans dix minutes, vous rencontrerez votre destin ! »

À ces mots, il retourna le pendentif accroché à son cou.

Notre Mère, j'en appelle à vous…, pria silencieusement Astréa. *J'ai souvent pleuré pour vous et pour vos enfants animaux disparus, mais aujourd'hui je ne veux pas verser une seule larme, même au moment du trépas. Donnez-moi la force de garder les yeux secs face aux tortionnaires. Et laissez-moi vivre jusqu'à ce que ces mêmes yeux soient témoins de leur chute !*

Impossible de savoir si la déesse l'entendait, en ces lieux maudits qu'elle semblait avoir délaissés. Mais Margane, elle, était bien présente : Astréa referma sa main sur la sienne et la serra. Ce n'était pas la force divine de Terra, ni celle démoniaque de Kârbon : seulement celle, humaine, de l'amitié. Mais c'était déjà beaucoup.

« Astréa ! » cria une voix.

Son regard fusa à l'autre bout de l'arène : c'était Sépien, parmi une trentaine de prisonniers mâles, eux aussi dépouillés de leur linceul. La peau pâle du jeune suant ressortait comme une tache claire contre le mur sombre de l'arène. À côté de lui se tenait un deuxième garçon semblable, si ce n'est qu'un oursin hérissé de piquants ornait son torse au lieu des tentacules de seiche.

« Sépien ! Livien ! » s'exclama Astréa.

Elle se mit à courir vers eux, et eux vers elle.

Dans le même mouvement, les prisonnières s'élancèrent à la rencontre des prisonniers, car nombreuses étaient celles qui avaient un ami, un amant ou un parent parmi les sacrifiés. Aux murmures émus de ceux qui se retrouvaient, répondirent les vociférations sauvages des spectateurs se repaissant de ces ultimes effusions.

« Tu vas bien, Astréa ? » lui demanda Sépien.

Son visage était toujours rougi par le soleil, ses côtes rendues saillantes par la rudesse du voyage ; mais il avait pris le soin de refaire ses tresses blondes, sa dernière fierté, pour son ultime rencontre avec Astréa.

« Oui, je vais bien », dit-elle sans mentir.

Elle se laissa envelopper dans les bras que Sépien lui tendait – la chaleur de son corps contre le sien lui apportait une vraie consolation.

Cependant, elle prit garde à ce que les mains du jeune suant, l'enserrant dans cette dernière étreinte, n'approchent pas son aisselle. Elle ne voulait pas l'accabler avec la découverte de cette tumeur encore invisible à l'œil nu, mais sensible au toucher. Si près de l'échéance fatale, ce coup du destin n'avait plus d'importance.

« Restons ensemble jusqu'au bout, dit-elle d'une voix émue. Que rien ne nous sépare plus désormais. Toi, moi, Margane et Livien. »

Elle considéra ce dernier, qui semblait encore plus éprouvé que son jumeau : comme à Charybde, la traction des chariots du convoi nuptial avait laissé des escarres sur les épaules. Mais il souriait malgré tout, de son sourire muet d'homme-enfant, heureux d'être réuni avec son frère.

À cette pensée, Astréa releva brusquement la tête, fouillant la foule du regard.

Ses yeux s'arrêtèrent sur celui qui dépassait tous les hommes de sa stature, de même qu'elle était la plus grande de toutes les femmes.

Palémon.

Il marchait vers elle d'un pas ample, sa puissante musculature faisant jouer le tatouage de crevette, minuscule sur son pectoral gauche. Pour le reste, son corps était strié de longues cicatrices, témoignant des coups de fouet reçus au cours du voyage. Lui qui n'avait pas hésité à se dresser contre Scorpar, il avait aussi pris la défense des autres forçats attelés aux chariots, ainsi que Charybde en avait témoigné – et il avait payé chaque fois le prix de son insubordination.

« Petite sœur, tu n'aurais pas dû venir jusqu'ici…, murmura-t-il de sa voix profonde, tout en la rejoignant.

— Et toi, grand frère, tu devrais arrêter de me donner des leçons », répondit-elle, la gorge nouée.

À l'autre bout de l'arène, l'horrible voix de Noctilio s'éleva à nouveau.

« La moitié du sablier est écoulée, sacrifiés ! Plus que cinq minutes avant l'échéance ! »

Sans prêter attention aux vociférations de l'archimage, Palémon posa doucement la main sur l'épaule de sa sœur :

« Tu aurais pu vivre une vie heureuse à Viridienne aux côtés du père, prendre le linceul azuré comme tu le voulais si fort…

— Père est mort, Palémon. Et nul ne sera heureux dans les Dernières Terres tant que flottera l'oriflamme des Cathartides. Que dis-je : tant que continuera le règne des apex, quels que soient le nom de leur lignée et l'animal sur leur étendard ! »

L'ironie de cet instant percuta Astréa.

Elle avait fait tout ce chemin pour réclamer des comptes à son frère, pour lui demander s'il était vraiment le terracide qu'on l'accusait d'être, et voilà qu'au jour de leurs retrouvailles elle blasphémait comme une hérétique !

Sauf que ce n'était pas un blasphème : c'était un langage de vérité.

Son voyage l'avait profondément changée.

Elle avait pris conscience que le culte de Terra était une source infinie d'interprétations, entre la version fataliste de l'oracle et la version démoniaque de l'archimage Noctilio, entre le dogme sévère du doyen Siluris et la gnose bienveillante du docteur Hippocampos.

« Je n'ai pas besoin de prendre le linceul azuré pour parler à la déesse, murmura-t-elle. Et je n'ai pas besoin de l'intercession des pleurants ni des oracles pour savoir qu'elle n'a pas souhaité le monde tel qu'il est aujourd'hui. De même, il me suffit d'écouter mon cœur pour avoir la certitude que tu n'as rien d'un véritable terracide, même si tu as utilisé une dague interdite pour sauver ta vie. »

Palémon n'était pas homme à exprimer ses émotions, même au bord du précipice ; ce soir pourtant, face à Astréa, ses yeux se mirent à briller.

« Ton cœur ne sait pas tout..., dit-il dans un souffle.

— Il sait que tu es l'homme le plus fort et le plus droit que je connaisse ! » rétorqua Astréa, surprise par ses propres paroles.

Soudain, la question qu'elle était venue poser à Palémon n'avait plus de sens... ou bien c'était elle qui n'avait plus besoin de réponse. Ici, au bout du monde, presque au terme du temps qui leur était échu sur terre, tout cela n'avait plus d'importance. Elle aurait voulu que Palémon se taise, ou bien qu'il évoque seulement avec elle les souvenirs heureux, tandis que s'écoulaient les derniers grains de sable noir entre les griffes de Noctilio. Mais en même temps, elle sentait qu'il avait besoin de parler de choses sombres, de s'épancher d'un secret trop longtemps gardé par-devers lui :

« Cette force dont tu parles, son origine est plus obscure que tu ne l'imagines, murmura-t-il. Vois-tu, petite sœur, notre mère Natica a eu trois enfants avant moi, trois malheureux qui sont tous morts peu après leur naissance.

— Je n'en savais rien, souffla Astréa.

— Moi-même, je suis né rachitique et souffreteux. Ce n'est pas pour rien qu'au jour de mon nommage, les pleurants m'ont attribué la crevette rose, l'une des plus petites créatures des mers. Et j'aurais sans doute connu le même sort que mes aînés, si Bullia n'était intervenue.

— Bu… Bullia ? balbutia Astréa, se remémorant la tante chérie qui lui avait tant appris. Je ne comprends pas… »

Palémon posa sur son épaule sa main puissante, cette main de grand frère qui l'avait souvent soutenue lors de ses premières sorties sur les champs d'algues.

« En tant que greffière aux douanes, Bullia voyait passer bien des substances, dit-il. Certaines légales… et d'autres moins. Pendant toute mon enfance, sans que je le sache, elle a enrichi ma bouillie d'algue avec des œufs de lézard, de la poudre d'insecte et de la pâte de mollusque – des produits animaux saisis par les douaniers dans les caravanes, et qu'elle parvenait à subtiliser. Elle le faisait avec la complicité de notre mère, mais sans rien dire à notre père. C'est ainsi que je suis devenu l'homme que je suis aujourd'hui : mon corps est celui d'un terracide nourri aux remèdes interdits. »

Astréa, qui n'avait pas frémi en entrant dans l'arène, sentit ses jambes flageoler.

« Ton corps…, répéta-t-elle du bout des lèvres, … et le mien ? Dis-moi. Je dois savoir. »

Palémon hocha gravement la tête, tandis que les tambours recommençaient à jouer sous la tribune impériale, égrenant la dernière minute.

« C'était le seul moyen de te faire survivre, car tu étais aussi faible que moi en venant au monde. J'avais sept ans quand tu es née : l'âge de raison. Sur son lit de mort, juste après t'avoir donné le jour, Mère m'a révélé son secret et m'a fait promettre de veiller toujours sur toi. Je suis devenu l'auxiliaire de Bullia, l'aidant à mélanger les remèdes dans ta nourriture… sans que Patel s'en aperçoive. »

La voix de Palémon, habituellement si ferme, se brisa en prononçant le nom de ce père dont il venait d'apprendre la mort.

Astréa, elle, sentit son estomac se révulser, comme s'il avait voulu vomir rétrospectivement tous ces aliments qui lui faisaient horreur et qu'elle avait ingérés à son insu. Sa tante Bullia avait prétendu qu'elle avait absorbé l'énergie vitale de sa mère en naissant, ce qui expliquait son corps athlétique, mais la réalité était tout autre : elle était terracide jusqu'au bout des ongles, dans chaque atome de son corps nourri à la chair animale !

« J'ai continué après la mort de Bullia, jusqu'à ce que tu aies fini ta croissance, conclut Palémon. Je m'introduisais aux douanes avec ma dague de contrebande, pour percer les sacs de remèdes interdits confisqués. Il y a deux ans encore, tu mangeais de la poudre de fourmi dans ta bouillie sans le savoir. » Il retira sa main de l'épaule de sa sœur, comme s'il n'était plus digne de la toucher. « Pardonne-moi, Astréa… »

Elle rattrapa son bras au vol et le serra fort.

« Te pardonner quoi ? murmura-t-elle. De m'avoir sauvé la vie quand j'étais enfant ? De m'avoir appris à me battre pour la garder encore et encore, tout au long du périple qui m'a menée jusqu'ici ? D'être le plus merveilleux grand frère dont une sœur puisse rêver ? »

Les yeux de Palémon s'écarquillèrent.

Ses lèvres s'entrouvrirent dans un sourire incrédule.

Mais avant qu'il puisse articuler la moindre parole, la voix de Noctilio marqua la fin du compte à rebours :

« C'est l'heure ! Qu'on lâche les pumas brumeux, et que Terra se repaisse à travers eux ! »

38.

8 heures et 15 minutes avant l'extinction

OCÉRIAN

LE CŒUR D'OCÉRIAN BATTAIT À LUI EN FAIRE EXPLOSER LA POITRINE.

Ses yeux lui faisaient mal à force de scruter l'arène pour mieux voir Astréa.

Sa gorge se serrait jusqu'à l'étranglement pour ne pas hurler son nom.

« Vous êtes tout pâle, que vous arrive-t-il ? murmura Karcharodon, d'une voix faussement innocente. Est-ce que c'est cette suante qui vous met dans un état pareil ? » Il feignit la surprise : « Ne me dites pas que… non, je ne peux pas le croire… vous n'êtes tout de même pas pathétique au point d'être tombé amoureux de votre propre ravisseuse ? »

Le visage du prince n'était plus qu'un masque rigide, tous ses muscles

faciaux contractés pour ne pas trembler, pour ne pas offrir cette satisfaction au maréchal.

« Cette suante est coriace, dit encore Karcharodon. J'ai pu m'en rendre compte en lui rendant visite hier dans la fosse. Mais si cuirassée qu'elle soit, ce ne sera pas assez pour résister à la mâchoire des pumas brumeux ! »

Océrian se crispa un peu plus.

Les pumas brumeux n'étaient qu'un mythe, il le savait bien. Une fable pour terroriser les garnements désobéissants.

Dans l'arène, une nouvelle porte s'ouvrit lentement, tandis que Noctilio continuait de s'égosiller du haut de son mange-route :

« Flamboyants, Flamboyantes, je vous présente le joyau caché de Brumeuse, conquis cet hiver en même temps que la cité blême ! De véritables fossiles vivants, sortis tout droit des brouillards du Nord et de ceux de l'ancien temps ! Les plus grands prédateurs des Dernières Terres, ultimes représentants de leur espèce, capturés pour servir la gloire de l'empire flamboyant ! »

Océrian tressaillit, en proie à un doute croissant. S'il avait récemment recommencé à croire en l'existence de l'Ailleurs, se pouvait-il que les pumas brumeux fussent réels eux aussi ?

Au son des tambours, de longues silhouettes se glissèrent dans l'arène.

Des créatures aux pattes furtives et griffues, à la gueule pendante et dentue, parées d'un pelage gris-blanc fait pour se fondre dans la brume.

« Non… », gémit-il, incapable de se contenir plus longtemps, tandis que douze de ces monstres magnifiques et terribles pénétraient dans l'arène, des filets de bave pendant aux babines.

Comme la petite pieuvre aux anneaux bleus, fierté de Viridienne, semblait soudain insignifiante à côté de ces prodiges !

C'était une vision de rêve : des enfants de Terra aussi gros que des hommes foulaient le même sol que les Derniers Humains !

C'était une vision de cauchemar : ces fauves visiblement affamés se rapprochaient à pas feutrés de la foule des sacrifiés !

Soudain, le premier d'entre eux bondit sur un vieillard à la poitrine tatouée d'une grenouille – un ressortissant de Tourbeuse, à en croire cet animal-greffe issu des marécages. Le pauvre homme tomba au sol, terrassé par le choc, et le puma lui déchira la gorge d'un coup de griffes. Les sacrifiés poussèrent des hurlements d'effroi. Les spectateurs y répondirent par des cris d'excitation.

Énervés par le vacarme, auquel s'ajoutait le battement de plus en plus sonore des tambours, les autres pumas passèrent à l'attaque en rugissant sauvagement.

La terreur qui avait saisi les victimes se mua en panique, puis la panique en chaos, tandis que rougissait le sable gris de l'arène.

Les gesticulations des malheureux ne faisaient qu'attiser la fureur des bêtes sauvages.

Seul un petit groupe paraissait garder un semblant de calme, à vingt-cinq mètres de la tribune impériale. Ses membres avaient formé une ronde de leurs dos pour ne pas les présenter aux pumas : c'étaient Astréa, Margane, Sépien et son jumeau, plus un géant d'homme qui ne pouvait être que Palémon. Préférant des proies plus faciles, intimidés peut-être aussi par la taille de Palémon, les pumas les contournaient soigneusement. De là où il était, Océrian pouvait voir Astréa se balancer lentement d'un pied sur l'autre, aussi féline que les fauves eux-mêmes, l'étoile de mer palpitant sur son ventre au rythme de sa respiration haletante. Mesurant ses gestes pour ne pas exciter les bêtes, elle effectuait des signes pour inviter d'autres sacrifiés à les rejoindre dans leur stratégie défensive – mais ses efforts étaient vains dans la tourmente.

Un flot de prières monta aux lèvres du prince :

« Notre Mère, faites que vos enfants affamés par les Flamboyants épargnent Astréa et les siens… »

Son oraison fut interrompue par les énormes cloches de fer perchées en haut de l'immoloir : elles se mirent à tinter, sonnant la vingt-troisième heure – la toute dernière avant l'Aube de feu.

Avant que résonne le dernier coup, une déflagration retentit : un sacrifiant installé au premier rang de l'amphithéâtre, au plus près des résistants, venait de tirer avec son cracheplombs.

Palémon vacilla, portant une main à son épaule : l'arme rudimentaire, peu précise, avait manqué la tête. Mais déjà, le tireur réarmait.

« Ces suants devraient avoir honte d'opposer une telle résistance aux enfants de Terra, alors que c'est un honneur d'être dévoré par eux, commenta Karcharodon, se délectant de la détresse du prince. Les sacrifiants vont se charger de leur rappeler leur juste place : celle de proies. »

Le crache-plombs tonna à nouveau, et cette fois-ci la mitraille atteignit Palémon en pleine poitrine, noyant de sang la crevette solitaire.

Il tituba lourdement, frémissant sur ses membres massifs.

Océrian se leva brusquement, tout tremblant sur sa jambe de métal.

« Ne vous mettez pas dans de tels états pour un simple divertissement », railla le maréchal.

Mais le prince ne l'écoutait plus.

Lorsque la troisième salve de mitraille faucha la cuisse du géant, le faisant tomber à quatre pattes, il eut l'impression que sa propre cuisse était touchée comme six ans auparavant dans les déluges d'automne.

Les pumas, qui jusqu'alors avaient évité Palémon, commencèrent à s'approcher de lui à présent qu'il était à terre, sans se préoccuper des gestes désespérés d'Astréa qui tentait de les repousser.

En un précipité horrifiant, Océrian imagina la suite : les pumas bondissant sur Palémon ; Astréa volant au secours de son frère ; les griffes acérées s'enfonçant dans sa peau nue…

Il ne pouvait pas laisser cette vision se réaliser, à aucun prix !

Il se jeta sur l'un des saignants gardant la tribune impériale – comme ses collègues, ce dernier était absorbé par le spectacle –, tira le glaive d'acier du fourreau qui pendait à sa ceinture, et le lança de toutes ses forces dans l'arène en hurlant à pleins poumons :

« Astréa ! »

39.

7 heures et 55 minutes avant l'extinction

ASTRÉA

« ASTRÉA ! »

La jeune suante détourna un instant les yeux du puma qui s'approchait de Palémon, pour tâcher d'identifier d'où était venu le cri – celui d'Océrian, elle en était sûre, car elle avait reconnu sa voix !

Ne parvenant pas à distinguer le détail de la tribune, elle ne vit qu'un objet qui tourbillonnait dans les airs, accrochant les derniers éclats du soleil couchant.

Il vint se planter à deux mètres d'elle, dans le sable de l'arène.

Un glaive.

Pareil à celui avec lequel elle avait conquis sa liberté, provoqué son destin et défié la société des Dernières Terres tout entière – si ce n'est que celui-là n'était pas en fer, mais en acier.

Elle se jeta en avant, roulant au sol, consciente que le moindre instant d'immobilité la transformerait en cible pour les crache-plombs des sacrifiants postés au premier rang de l'amphithéâtre.

Ses doigts se refermèrent sur la poignée.

À deux mains, elle tira l'arme de son fourreau de sable.

Et la pointa vers le puma, au moment même où ce dernier bondissait sur Palémon.

Le fauve vint s'embrocher sur sa lame d'acier, répétition macabre du passé, lorsque le Moucheron s'était empalé sur sa lame de fer. Dans la distillerie de la veuve Doreena, Astréa n'avait pas frémi, enfonçant la lame dans les flancs de son ennemi jusqu'à ce qu'il rende son dernier souffle. Mais elle tremblait à présent de tout son être, tandis que glissait vers elle le majestueux animal – l'un des tout derniers de sa race. Il lui sembla lire de la surprise dans les grands yeux mordorés, où s'ouvraient des pupilles abyssales. De la colère aussi, contre les hommes qui avaient exterminé tant d'espèces et qui s'acharnaient à détenir en captivité les ultimes bêtes sauvages.

Les paroles du vieil Hippocampos lui revinrent étrangement en tête : « *La mer est ton miroir ; tu contemples ton âme dans le déroulement infini de sa lame, et ton esprit n'est pas un gouffre moins amer.* »

À l'époque, Astréa avait vigoureusement nié, soutenant que son esprit était limpide et sans reproche sous l'œil de Terra. Mais à présent, elle avait l'impression de contempler son âme dans les yeux du puma, vastes comme une mer – et c'était bien un gouffre qu'elle voyait, elle qui s'était rêvée pleurante et qui se découvrait terracide.

« Pardon…, murmura-t-elle du bout des lèvres, tandis que montait depuis les gradins une rumeur horrifiée. Pardon de tout mon cœur… »

Le masque de pelage gris s'immobilisa, la langue pendante entre des crocs figés pour l'éternité.

Au même instant, un coup de crache-plombs retentit, visant celle qui était désormais la meurtrière de l'un des plus nobles enfants de Terra.

Mais la dépouille du puma servit de bouclier à Astréa, couvrant presque tout son corps comme s'il dansait avec elle : la mitraille alla se perdre dans le dos du fauve.

Affolés par les coups de feu, et peut-être, aussi, par la mort de l'un d'entre eux, les autres fauves abandonnèrent leurs proies et se dispersèrent en poussant des feulements aigus.

Du haut de son char démoniaque, l'archimage fulminait :

« Exterminez-la, qu'attendez-vous ? Tuez cette hérétique ! Faut-il que je m'en charge moi-même ? »

Astréa entendit rugir le monstre de métal, alors que le charbon brûlant dans ses entrailles activait les rouages de son organisme. Par-dessus l'épaule du puma, elle vit les roues racler la poussière, fondant droit vers elle.

Si elle lâchait la dépouille pour fuir, elle se mettait à découvert face aux tireurs.

Si elle la gardait contre elle, elle ne serait pas assez rapide pour échapper au mange-route.

Tandis qu'elle balançait entre ces deux options – ces deux manières de mourir –, les braillements agressifs des spectateurs se muèrent soudain en exclamations de stupeur. Les prêtres cessèrent subitement de tirer. L'archimage lui-même, donnant un brusque coup de frein à sa monture, leva les yeux au ciel.

Astréa en profita pour s'éloigner de la trajectoire du mange-route, traînant la carcasse velue jusqu'au corps de son frère. Allongé dans une flaque de sang coulant de ses multiples blessures, ce dernier respirait à grand-peine. Ses yeux humides reflétaient les feux violacés du crépuscule.

« Palémon ! s'exclama Astréa. Ne pars pas !

— Pourtant, ils partent tous…, répondit-il énigmatiquement, dans un filet de voix.

— Que dis-tu ? articula-t-elle, la gorge nouée.

— Les oiseaux, petite sœur… Les oiseaux… »

Ce furent ses dernières paroles.

Astréa remarqua alors que le reflet du couchant, dans ses yeux fixes, était agité d'ondes innombrables ; elle leva la tête vers la voûte céleste ; des milliers d'oiseaux peuplaient le ciel, volant à tire-d'aile depuis les confins du monde jusqu'au toit des Dernières Terres.

40.

7 heures et 40 minutes avant l'extinction

OCÉRIAN

« UN TRAÎTRE ! OCÉRIAN EST UN TRAÎTRE, qui a sa place dans l'arène et non au bras de la princesse Gryphie ! » jubilait Karcharodon.

Ses efforts pour déstabiliser le prince avaient porté leurs fruits au-delà de toutes ses espérances, poussant ce dernier à commettre le sacrilège ultime : armer le bras qui avait occis un puma brumeux. Quand bien même les apex flamboyants consommaient de la viande humaine, le meurtre des animaux rares restait un tabou absolu, même dans la cité rouge – d'autant plus lorsqu'il était commis par la plus basse de toutes les castes !

Mais nul ne prêtait attention aux vociférations du maréchal.

L'empereur, l'impératrice et toute la cour avaient les yeux rivés sur les cieux. Les gardes saignants eux-mêmes, après avoir encerclé Océrian, ne pouvaient s'empêcher de lorgner la voûte céleste d'un air ébahi.

Jamais encore, de mémoire d'homme, tant d'oiseaux n'avaient été vus ensemble, leur nombre incroyable rendant la maigre population des vautours du castel dérisoire. Il y en avait des centaines, des milliers, emplissant les airs d'un fracas d'ailes plus sonore que la houle du golfe du Souvenir !

« Un miracle... », murmura l'empereur. Il s'approcha de la rambarde et répéta à pleine voix, pour que tout l'amphithéâtre l'entende : « C'est un miracle ! C'est un présage de la déesse ! Et regardez au loin : elle vient d'en envoyer un autre, plus glorieux encore ! »

Il pointa un long doigt osseux vers le col du Phoenix.

Là-bas, dans l'échancrure où le soleil aurait dû être presque couché, achevant sa course au point le plus septentrional de l'année, couvait une lumière intense.

« Le soleil ressuscite déjà, avant même qu'ait sonné la vingt-quatrième heure ! s'écria l'empereur. Pour la première fois dans l'histoire des Dernières Terres, l'Aube de feu est en avance. Regardez-la qui se lève, plus flamboyante que jamais, à l'image de mon empire immortel ! »

Océrian pouvait voir les épaules du monarque trembler d'excitation, sous son épais linceul magenta, et sa tête chauve se balancer au bout de son long cou ridé, plus que jamais semblable à celle d'un vautour.

Le prince prit soudain conscience qu'en cet instant fugace, le destin pouvait se renverser : tandis que tous les regards de la cité rouge étaient dirigés vers l'horizon mystique, le sien était focalisé sur l'empereur.

Il bondit en avant, bousculant les gardes hypnotisés par cette Aube de feu surnaturelle, et fonça droit sur Vultur. Son corps, qui avait été si souvent raillé à Viridienne pour sa lenteur et sa maladresse, se transforma en boulet de gueule-à-feu. Sa tête se changea en bélier plus redoutable que ceux avec lesquels les Flamboyants défonçaient les portes des cités ennemies. Il percuta l'empereur de plein fouet.

Le monarque décharné était plus léger que son épais linceul ne le laissait paraître : il décolla sous le choc, sa couronne d'acier retombant sur le sol de la tribune tandis que son corps basculait par-dessus la rambarde.

Ce fut ainsi que Vultur Cathartide rendit un dernier hommage à son animal-greffe, le grand condor : en volant comme lui, faisant claquer sur son passage les longues oriflammes magenta de la tribune, emplissant l'air d'un hurlement strident. Mais malgré le rituel de nommage qui l'avait baptisé du nom de *Vultur gryphus*, malgré le rituel de greffage qui lui avait tatoué des ailes sur la peau, il restait un homme : il s'écrasa quinze mètres plus bas, dans un craquement d'os brisés.

Un silence horrifié s'abattit sur l'amphithéâtre.

Les milliers de spectateurs qui, quelques instants plus tôt, communiaient dans la certitude sauvage de leur toute-puissance, se trouvaient soudain aussi désemparés que des enfants abandonnés. Comme s'ils ne parvenaient pas à comprendre que leur guide soit parti si vite, lui qui, il y avait une minute encore, leur promettait un empire immortel.

Karcharodon fut le premier à reprendre ses esprits :

« Saisissez-vous de ce régicide ! » s'exclama-t-il.

Un grondement lui répondit, en provenance du nord, tellement profond qu'il paralysa les gardes. Le bruit était encore lointain, sourdant du fjord de l'Épée et peut-être de plus loin encore, des plateaux Brumeux, des falaises Effilées et de la mer Irisée. Pourtant, on sentait sa puissance destructrice à des lieues de là. C'était comme si tous les orages des déluges d'automne s'étaient combinés en une seule tempête, faisant trembler la terre jusqu'à ses entrailles.

Les oiseaux achevèrent de survoler l'amphithéâtre pour poursuivre leur exode – il était clair maintenant que leur vol n'avait rien d'un présage… et tout d'une fuite désespérée.

En dessous, dans l'arène, les pumas brumeux lâchèrent leurs proies à demi dévorées pour aller se terrer dans l'antre d'où ils avaient surgi

– leur instinct animal leur annonçait quelque chose que les humains pouvaient seulement essayer d'imaginer.

L'Aube de feu, là-bas dans le col du Phoenix, se mit à enfler plus vite qu'aucune aurore. Était-ce vraiment le soleil qui se levait après avoir frôlé la ligne d'horizon, comme chaque année à la même époque, ou… autre chose ?

Une voix aiguë s'éleva – celle de Noctilio, se déchirant la gorge pour se faire entendre par-dessus le grondement tellurique.

« Terra manifeste sa colère à cause du meurtre de son héros, Vultur le Fulgurant ! beuglait-il, gesticulant en haut de son mange-route. Vengeons-la, et elle cessera de gronder ! »

Mais les gardes hébétés, qui n'avaient pas exécuté l'ordre de Karcharodon, rechignaient maintenant à suivre celui de l'archimage. Les courtisans apex eux-mêmes hésitaient à porter la main à leur dague. Noctilio, cet étranger venu de Lointaine, ne leur avait-il pas assuré qu'ils étaient le peuple élu de la déesse, en vertu de la Vraie Loi ? Fallait-il le croire, quand il affirmait qu'elle voulait à présent venger son prétendu champion, dont elle n'avait pourtant pas empêché la mort ?

Océrian sentit leur peur, leur doute, et il sut que c'était son unique chance.

« Peuple de Flamboyante, écoutez-moi ! s'écria-t-il, s'accrochant à la rambarde. Ce n'est pas mon crime qui fait gronder Terra : ce sont ceux de Vultur et de Noctilio, qui vous ont jetés dans l'hérésie. Vous avez réveillé Kârbon, vous l'avez célébré comme un dieu, bravant les interdits les plus catégoriques de la religion. À présent, Terra crie vengeance, oui, mais pas contre moi : contre Flamboyante ! »

Le prince savait qu'il jouait un jeu dangereux : seul et désarmé, à la merci des glaives des saignants, il accusait ouvertement des milliers de sujets flamboyants convaincus d'avoir tous les droits. De ce pari audacieux dépendait non seulement sa vie, mais aussi celles d'Astréa et des autres sacrifiés que les griffes des fauves avaient épargnés.

« Menteur ! hurla Noctilio, les yeux exorbités. Faux prophète ! Comment oses-tu prétendre connaître les desseins de la déesse ? Je suis venu à Flamboyante les mains chargées de secrets, de magie, de prodiges, et aujourd'hui encore je chevauche une monture qui prouve que les puissances supérieures sont avec moi. Mais toi, quel signe as-tu à montrer aux Flamboyants ? Aucun !

— Si. »

Plongeant ses mains tremblantes dans les plis de son linceul, il dénoua fébrilement le bandage qui retenait la tête du Choreute à sa jambe de métal.

Aussitôt, les yeux jaunes s'ouvrirent, lumineux, mais il ne prit pas le temps d'y plonger son regard : il brandit l'effigie devant l'amphithéâtre, face aux spectateurs et au feu lointain qui embrasait peu à peu le ciel.

« Voici mon signe ! s'écria-t-il, abattant sa carte maîtresse. Moi aussi, un démon m'accompagne ! Mais celui-ci ne m'a pas révélé des secrets de feu, de guerre, et de destruction comme ceux qui chuchotent à l'oreille de Noctilio, bien au contraire… » Océrian prit une inspiration, pour crier plus fort encore : « … ce qu'il m'a dévoilé, c'est le moyen d'atteindre l'Ailleurs ! »

Un crissement résonna derrière lui : Karcharodon venait de dégainer son épée à deux mains.

« Assez ! gronda-t-il. Cette tête soi-disant démoniaque n'est qu'une lanterne creuse, un stratagème pour gagner du temps ! »

Il marcha sur le prince ; mais un linceul glycine se dressa devant lui, lui coupant le passage : celui du maréchal Aquilah.

« Halte-là, Karcharodon ! dit-il d'une voix ferme, où perçait l'anxiété. Vous êtes peut-être maréchal à Viridienne, mais ici vous n'êtes qu'un simple invité. Le généralissime de Flamboyante, c'est moi. Ce prince est sous ma protection – du moins, jusqu'à ce qu'il nous ait livré ses révélations. »

Obéissant à leur commandant, les saignants levèrent leurs glaives d'acier pour barrer le chemin de Karcharodon, et laisser à Océrian le temps d'achever ses explications.

« Dis-leur, chuchota-t-il dans l'ouïe du Choreute, tout en embrassant du regard l'amphithéâtre qui retenait son haleine. Dis-leur tout, aussi fort que tu le peux ! »

Exauçant le souhait du prince, la voix minérale s'éleva à plein volume, plus sonore que les cloches de l'immoloir, si vibrante qu'Océrian faillit lâcher la tête pour se boucher les oreilles ; mais il tint bon.

« Analyse du 110 267ᵉ et dernier bulletin reçu de la station climatique Yermak – océan Arctique – 81,90 degrés nord et 17,41 degrés est. »

Océrian tressaillit : ce n'était pas du tout ce à quoi il s'attendait.

« Parle-leur plutôt de l'Ailleurs », chuchota-t-il à l'ouïe de métal.

Mais le Choreute semblait mû par une force irrésistible, tragique, lui dictant des paroles que rien ne pouvait retenir, clamées fort pour que nul ne puisse ignorer le destin.

« Entrée du jour : la libération massive d'hydrates de méthane a démarré à 22 h 57 ; l'océan est entré en ébullition à 23 h 12 ; la station climatique Yermak s'est effondrée à 23 h 16.

« Conséquence : début de l'embrasement de l'archipel du Svalbard estimé à 23 h 35.

« Estimation du temps restant avant la reclassification de l'espèce Homo sapiens sapiens en Species extincta : huit heures maximum.

« Fin du rapport. »

Dans ce discours terrible, pourtant débité d'une voix monotone, il y avait de nombreuses expressions incompréhensibles. Mais la localisation de cet archipel menacé de destruction ne faisait guère de doute – même si l'entité avait utilisé le nom étrange de *Svalbard*, c'était au-dessus des Dernières Terres qu'était passée la migration massive des oiseaux. Quant à l'expression *Species extincta*, répétée à longueur de journée par les pleurants des autres cités pour pleurer les animaux de l'ancien temps, elle était connue de tous !

La panique gagna les gradins, les spectateurs se ruant vers les sorties de l'amphithéâtre dans un désordre indescriptible.

À la tribune, une courtisane vêtue de falbalas fuchsia leva soudain la main vers la plus haute tour du castel :

« Regardez, les vautours impériaux : ils fuient eux aussi ! » s'écria-t-elle.

En effet, une vingtaine de silhouettes noires s'éloignaient d'un vol heurté, en direction du mont Crève-Ciel vers lequel s'était déjà envolé le reste des oiseaux.

« C'est le signe de la fin des Cathartides ! s'écria un deuxième courtisan aux manches froufroutantes de dentelle pourpre. Notre guide est mort ! Les animaux-greffes de sa dynastie disparaissent ! Sa lignée est désormais maudite ! »

Sarcora eut beau protester, aux yeux de la cour versatile elle n'était plus impératrice et ses enfants n'étaient plus héritiers.

Aquilah se tourna brusquement vers Océrian, les fausses plumes de son casque empanaché frémissant d'angoisse :

« Vous avez dit connaître le moyen d'atteindre l'Ailleurs, n'est-ce pas ? » demanda-t-il dans un souffle rauque.

La tête du Choreute toujours serrée entre les mains, s'y raccrochant tel un naufragé à sa bouée, Océrian acquiesça.

Une lueur d'espoir s'alluma dans les yeux glycine du vieux maréchal :

« Si ce lieu de légende existe vraiment, c'est sans doute le seul refuge échappant au courroux de la déesse. Et elle vous a envoyé, vous et votre étrange démon monocéphale, pour que vous soyez la rédemption de nos erreurs passées. »

Semblant revenir dans le giron de l'ancienne religion aussi vite qu'il avait basculé dans celui de la nouvelle, il se tourna vers la cour affolée :

« Écoutez, vous autres ! s'écria-t-il. Qu'Océrian Cétacéen soit désormais notre guide ! Qu'il nous mène jusqu'à l'Ailleurs ! »

À ces mots, il saisit tout ce qu'il restait de l'empereur déchu : la couronne d'acier gisant au sol. Il la posa respectueusement sur le front d'Océrian, puis il mit le genou en terre, inclinant son casque jusqu'à ce que la parure caresse la sandale du prince.

Derrière lui, la femme aux falbalas fuchsia et l'homme à la dentelle pourpre s'agenouillèrent à leur tour.

Bientôt, toute la cour présente à la tribune prêta allégeance.

Karcharodon avait beau être fort comme six hommes, il ne faisait pas le poids contre plus de trente apex et saignants. Reculant jusqu'à la sortie de la tribune, il s'enfuit en poussant un grognement sauvage.

« Vultur l'Hérétique n'est plus, décréta Aquilah en relevant la tête. Vous êtes notre nouvel empereur. Votre Majesté. »

Le vertige saisit Océrian, tandis que se réalisait son rêve le plus fou, son ambition la plus chère. Lui qu'on avait si souvent rabaissé, qu'on avait dépouillé de ses droits et de ses titres, voilà que la cité-royaume la plus puissante des Dernières Terres l'avait choisi pour maître et que ses seigneurs cruels l'appelaient *Majesté*.

Pourtant, au moment de la consécration, ces honneurs étaient sans saveur et il n'aspirait qu'à une chose : retrouver Astréa !

Oubliant son couronnement et l'espoir placé en lui par ses nouveaux sujets, il la chercha fébrilement des yeux dans l'arène. Elle était entourée des siens, silhouettes minuscules et fragiles parmi les corps immobiles des morts et ceux, gesticulants, des fuyards. Au-dessus, le flamboiement n'en finissait pas d'irradier.

Jamais encore l'Aube de feu n'avait si bien mérité son nom, au-delà d'une simple métaphore.

Ce n'était pas un astre qui enflammait l'horizon.

Ce n'étaient pas des rayons qui dévoraient le ciel.

C'étaient des nuées – des nuées incandescentes.

« Ne m'appelez pas empereur, car le dernier empire est tombé, et il n'en sera plus d'autre, murmura Océrian. Appelez-moi prince : le prince des nuées. »

QUATRIÈME CHANT

L'étonnante voyageuse et le prince des nuées

41.

7 heures et 25 minutes avant l'extinction

ASTRÉA

TOUT AUTOUR D'ASTRÉA, UN CHAOS SANS NOM S'ÉTAIT EMPARÉ DE L'AMPHITHÉÂTRE.

Là-haut dans les gradins, les spectateurs se battaient pour atteindre les sorties en premier.

Ici dans l'arène, les survivants se ruaient vers les portes, cherchant refuge dans la fosse même qui les avait emprisonnés des jours durant.

Mais Astréa savait bien qu'il n'y avait nulle part où fuir, aucune retraite sûre, ainsi que le Choreute de Terra l'avait prophétisé une première fois dans la crypte du sanctuaire, puis confirmé du haut de la tribune impériale. Alors elle demeurait là, fermement campée sur ses jambes, les pieds enfoncés dans le sable, sentant remonter les vibrations

telluriques dans ses os. Debout, la tête haute, elle était prête à contempler l'effondrement d'un empire. Et si ses joues étaient encore humides d'avoir pleuré Palémon, elle se consolait à la pensée qu'elle le rejoindrait bientôt.

Terra avait exaucé son vœu.

Elle ne gardait qu'un seul souhait, pour être tout à fait comblée : celui de revoir Océrian, au moins une fois, avant la fin de toute chose. Mais il avait disparu derrière un attroupement de linceuls mauves, après avoir exhibé la tête argentée qu'Astréa pensait perdue. La fin de son discours accusateur avait été à demi étouffée par la rumeur des spectateurs. Elle avait cru entendre le mot *Ailleurs*, mais elle n'en était pas absolument certaine. La voix du Choreute, cent fois plus puissante, avait écrasé celle du prince. Et à présent, elle ignorait ce qu'il était advenu d'Océrian.

Alors elle attendait, immobile, de le voir reparaître.

Margane, Sépien et Livien se tenaient à ses côtés, faisant front avec elle, ainsi que Charybde – la jeune veuve avait préféré les rejoindre plutôt que de fuir éperdument avec les autres sacrifiés.

Une sixième personne demeurait dans l'arène : Noctilio, toujours perché sur son lourd mange-route avec lequel il avait promis un peu vite de conquérir jusqu'aux confins des Dernières Terres, et qui ne lui était d'aucun secours face au cataclysme galopant.

Il descendit précipitamment le long d'une échelle d'acier sur le flanc de la machine, une main sur sa toque pour la tenir en place. Puis il enjamba le corps sans vie de celui qu'il avait proclamé « élu de Terra », et se précipita vers la grille de fer qui se dressait devant l'escalier menant à la tribune impériale.

Mais deux gardes encore fidèles, qui n'avaient pas fui, lui barrèrent l'accès de leurs glaives.

« Au nom de la déesse ! gémit-il. Ne me laissez pas crever dans cette arène comme un vulgaire sacrifié ! Dites aux apex de Flamboyante que je peux encore leur être utile ! Je connais tant d'arcanes ! »

Un troisième saignant, portant le casque à pointe des officiers, dévala soudain l'escalier.

« Laissez passer ! » ordonna-t-il d'une voix tremblante.

Les gardes ouvrirent la grille et l'archimage poussa un cri de soulagement :

« Ah, je le savais ! »

Mais l'officier le bouscula sans ménagement :

« Laissez passer les sacrifiés, c'est ça que je veux dire – Océrian, le prince des nuées, leur demande de monter immédiatement, afin de rejoindre l'expédition qui va partir pour l'Ailleurs ! »

Astréa, qui avait assisté à la scène sans en perdre une miette, sentit son cœur accélérer. Océrian, prince des nuées ? N'était-ce pas ainsi que le poète du temps jadis nommait l'albatros, dans lequel le jeune apex s'était si bien reconnu ? Quant à la promesse extraordinaire, folle, de l'Ailleurs… elle n'avait pas rêvé, non, elle avait bien entendu !

« C'est peut-être un piège, murmura Margane à son oreille.

— Peut-être, oui, répondit-elle dans un souffle. Mais rester ici scellera encore plus sûrement notre sort : l'Haleine ardente nous cuira dans cette cuve. »

Elle ramassa le glaive avec lequel elle avait tué le puma brumeux, puis échangea un regard avec Margane et Sépien.

Après tant d'épreuves, ils n'avaient pas besoin de plus pour tomber d'accord : ils se mirent en route vers l'escalier, entraînant avec eux Livien et Charybde.

« C'est… c'est inadmissible ! vagit Noctilio sur leur passage. Sauver des suants sans valeur et laisser mourir un sacrifiant… euh, je veux dire un *pleurant*, est contraire à la volonté de Terra ! »

D'un geste vif comme l'éclair, Astréa pointa son glaive sous le menton du démoniste :

« Prononce encore une fois le nom de Terra, et ce sera ta dernière parole, menaça-t-elle. Tu n'es plus un pleurant depuis que tu as toi-même aboli cette caste.

— Pi… pitié, bégaya-t-il.

— Pourquoi t'en témoigner, à toi qui n'en as jamais montré aucune ? »

Sentant approcher la mort qu'il avait si généreusement distribuée, l'autre se mit à couiner de plus belle :

« Je t'en conjure, suante, n'enfreins pas la Loi en m'assassinant !

— Pourtant, la "Vraie" Loi que tu professes voudrait que je te tranche la gorge ici et maintenant, au nom du droit absolu des forts sur les faibles. Parce que en cet instant, c'est toi qui es la proie et moi qui suis le prédateur apex…

— … pas tout à fait ! » tonna une voix grave, provenant de l'escalier.

Astréa leva les yeux, juste à temps pour voir une tornade indigo fondre sur les deux soldats qui gardaient la grille. Ces derniers eurent beau se mettre en garde, la massive épée à deux mains qui s'abattit sur eux fit voler leurs glaives comme fétus de paille ; d'un coup d'estoc, elle éventra le premier ; d'un coup de taille, elle égorgea le second. Quant à l'officier, il roula en bas des marches, percuté par un corps de titan : celui du maréchal Karcharodon.

« Le véritable prédateur apex est celui qui domine *tous les autres* ! gronda-t-il en se dirigeant droit sur Astréa, les lèvres retroussées sur ses dents pointues. Tu as peut-être pu maîtriser une vulgaire chauve-souris, mais tu ne fais pas le poids face au grand requin blanc, capable de tout dévorer ! »

La jeune fille jeta Noctilio à terre pour lever son arme – mais, si déterminée qu'elle fût, le maréchal avait raison sur un point : elle ne faisait littéralement pas le poids face à un guerrier trois fois plus lourd qu'elle.

Le choc de l'énorme épée, s'abattant sur son glaive, la fit tomber à genoux.

Le temps qu'elle se relève, Karcharodon attrapa son bras et le serra si fort qu'elle fut obligée de lâcher son arme.

« Un pas de plus et je la saigne ! » vociféra-t-il, comme Margane et Sépien se précipitaient déjà.

Ils se figèrent sur place.

Astréa avait beau essayer de se débattre, la poigne du maréchal était trop forte, l'écrasant contre lui si étroitement qu'elle entendait battre son énorme cœur, tel un gong. Elle savait que d'un mouvement, Karcharodon pouvait lui casser le bras, et d'un autre, lui trancher le cou.

« Océrian ! hurla-t-il. J'appelle Océrian Cétacéen ! »

Des silhouettes mauves se dessinèrent en haut de la tribune, parmi lesquelles Astréa identifia le prince. Elle reconnut ses cheveux améthyste, raccourcis par le feu qu'il avait allumé dans les collines tourbourgeoises ; mais son épais linceul bouffant n'avait rien de commun avec les haillons dans lesquels leur lutte l'avait laissé. Sous sa couronne d'acier rutilante, son visage était trop éloigné pour qu'elle pût en distinguer l'expression. La tête du Choreute, qu'il tenait toujours entre ses mains, était tout aussi impénétrable.

« Abdiquez immédiatement, si vous voulez qu'elle vive ! avertit le maréchal. Abdiquez en ma faveur... et transférez-moi votre pouvoir mystique. Votre couronne et la tête de votre démon, en échange de celle de cette gueuse : voilà le marché ! »

Astréa tressaillit, écrasée par la lame qui lui comprimait la poitrine et lui bloquait la respiration.

Une part d'elle-même aurait voulu attendre sans rien faire, voir si Océrian était prêt à sacrifier son empire pour la sauver ; mais l'autre part savait pertinemment qu'au moment même où Karcharodon serait couronné, il exigerait leur mort à tous.

« Ne cédez pas ! hurla-t-elle, renouant avec le vouvoiement afin de préserver l'autorité du nouveau monarque, qu'elle sentait fragile.

— La ferme, suante ! » grogna le maréchal.

Il appuya le tranchant de l'épée un peu plus fort sur la gorge de sa captive – comme elle l'avait elle-même fait sur le cou d'Océrian, lorsqu'elle l'avait pris en otage au castel... avant qu'il se libère en lui écrasant violemment le pied.

Électrisée par ce souvenir, Astréa se cabra.

Elle leva le talon et l'abattit de toutes ses forces sur les orteils nus de Karcharodon, affleurant au bout de sa sandale.

La surprise, plus encore que la douleur, ébranla la montagne humaine ; il relâcha légèrement son étreinte – mais assez cependant pour qu'Astréa lui échappe.

« Courez à la tribune ! » hurla-t-elle à ses amis médusés, tandis qu'elle-même prenait la direction opposée.

Il était hors de question qu'elle entraîne sur leurs talons le boucher de Viridienne et son hachoir. Au contraire, elle devait l'éloigner d'eux, pour qu'ils aient le temps de fuir ! Si Karcharodon pensait vraiment qu'elle était sa monnaie d'échange pour le pouvoir suprême, il la poursuivrait toutes affaires cessantes, n'est-ce pas ? En guise de réponse à ses pensées, le sol de l'arène se mit à frémir sous le poids du géant lancé à ses trousses.

Chaque secousse soulageait Astréa – c'était une enjambée de plus entre Karcharodon et ses compagnons –, tout en la terrifiant – c'était une foulée de moins entre l'assassin et elle.

Elle ne se retourna qu'après être parvenue à l'extrémité de l'arène, devant le mur percé de grandes portes sombres plongeant dans les entrailles de l'immoloir. Ce qu'elle vit lui glaça le sang : derrière le maréchal qui se ruait vers elle, Margane ramassait le glaive et Sépien courait à sa rescousse.

« Non ! » hurla-t-elle à s'en déchirer la gorge.

En un éclair, elle comprit que, tant qu'elle serait vivante, ils ne se résoudraient pas à l'abandonner ; il fallait donc qu'elle périsse pour qu'ils songent à se sauver eux-mêmes.

Elle s'apprêta à bondir sur l'épée pour lui offrir sa gorge… mais une ombre vive, jaillissant de la porte béante, bondit avant elle.

Cette ombre vint s'écraser aux pieds du maréchal, le stoppant net dans sa course : c'était un puma brumeux, le poil hérissé, les oreilles rabattues en arrière.

Astréa se figea, tous ses sens en alerte.

Osant à peine respirer, elle sentit d'autres fauves la frôler, sortant de la tanière où ils avaient trouvé refuge lorsque le ciel avait commencé à gronder. Ils s'étaient sans doute aperçus que cette impasse ne les sauverait pas, et à présent leur instinct les poussait à chercher une autre issue. L'instinct d'Astréa, au contraire, lui ordonnait de demeurer parfaitement immobile.

Quant à Karcharodon… il se considérait comme un prédateur apex dominant tous les autres, ainsi qu'il l'avait lui-même proclamé.

Il tenta de forcer le passage pour atteindre Astréa, faisant des moulinets avec son épée pour écarter les fauves, sans prendre garde à leurs feulements furieux.

La première mâchoire se referma sur son bras, pour immobiliser cette lame irritante.

La deuxième lui attrapa la jambe, pour clouer ce pas qui faisait trembler la terre.

« Que… ? balbutia-t-il en se retournant, son collier de canines tressautant sur sa poitrine. Lâchez-moi, sales bêtes ! »

Mais ses gesticulations et ses vociférations ne servirent qu'à exciter davantage les pumas. L'odeur métallique de sang frais, supplantant l'odeur rance du sang déjà versé dans le sable de l'arène, les rendit fous.

Le plus gros d'entre eux sauta sur l'échine du géant, enfonçant ses crocs dans l'épaule pour assurer sa prise ; poussant un hurlement sauvage, Karcharodon referma ses propres dents de carnassier sur la patte monstrueuse, sectionnant net l'un des doigts griffus.

Ce fut la dernière fois que *Carcharodon carcharias* mordit.

L'instant d'après, tous les autres pumas se jetèrent sur lui, enfonçant leurs griffes dans son linceul indigo, arrachant des lambeaux d'étoffe et de chair dans une cacophonie de rugissements et d'atroces bruits de mastication.

Alors seulement, Astréa s'autorisa à bouger.

Elle s'éloigna du carnage à pas feutrés, avant de tourner les talons pour courir vers ses amis.

L'officier encore vivant les fit précipitamment passer dans l'escalier, puis la grille de fer se referma à double tour sur les restes sanguinolents de l'homme qui s'était cru capable de tout dévorer.

42.

7 heures et 5 minutes avant l'extinction

OCÉRIAN

OCÉRIAN SENTIT SON CŒUR EXULTER à l'instant où parut Astréa.

Il avait failli jeter la tête du Choreute et sa couronne d'un même geste, lorsque Karcharodon l'avait capturée – ne se retenant qu'au dernier moment, parce qu'elle lui interdisait d'abdiquer.

La poitrine comprimée par l'angoisse, il l'avait vue glisser entre les mains du maréchal, courir à travers l'arène… échapper miraculeusement aux pumas brumeux.

Et voilà qu'elle se dressait devant lui à présent, le souffle court, luisante de sueur. La lumière incandescente du cataclysme ravageant le nord des Dernières Terres baignait son visage de lueurs dansantes, se reflétait dans ses grands yeux sombres.

Pendant un instant, ils s'abandonnèrent ainsi dans la contemplation l'un de l'autre, eux qui s'étaient quittés au terme d'une lutte sans merci, qui pensaient ne jamais se revoir et qui pourtant, secrètement, n'avaient espéré que cela.

Mais si le prince souriait avec ses yeux, il se faisait violence pour que ses lèvres restent figées. Parce qu'il ne pouvait pas se permettre d'effusions maintenant. Parce que tous les regards de la cour étaient rivés sur Astréa et lui. Il restait là une vingtaine d'apex et la moitié de gardes saignants. Ces membres des castes supérieures, aux abois, ne comprenaient pas que leur nouveau souverain ait autorisé des sacrifiés à la tribune.

« Baisse la tête, suante ! gronda-t-il d'une voix dure, quand il aurait voulu bercer Astréa de paroles réconfortantes. N'oublie pas ta place. Il t'est interdit de lever les yeux sur un apex, et plus encore sur moi. Et vous autres, gardes, emparez-vous du félon Noctilio ! »

Il désigna du doigt l'archimage, qui avait profité de la confusion pour trouver lui aussi refuge à la tribune. Deux saignants le ceinturèrent en dépit de ses protestations véhémentes, lui arrachant le poignard à manche d'ivoire qu'il avait volé à Océrian.

« Vous vous demandez sans doute pourquoi j'invite ces pauvres hères à se joindre à nous sur le glorieux chemin de l'Ailleurs, reprit le prince, devançant les questions de sa cour. Lorsque nous arriverons dans notre nouveau royaume, nous aurons besoin de bras pour nous servir, car telle est la Loi de Terra. Quant à cette suante en particulier, à qui vous m'avez vu jeter un glaive tout à l'heure, et que Karcharodon a utilisée dans une tentative pathétique pour me faire vaciller… c'est une servante de Viridienne, à laquelle je me suis bêtement attaché lorsque je vivais au castel de mon père. J'ignorais qu'elle avait été envoyée à Flamboyante pour y être sacrifiée. Le fait de la découvrir dans l'arène m'a surpris, et je lui ai lancé une arme sur un coup de tête. »

Par ces explications brutales, Océrian cherchait à donner le change aux apex – Astréa comprenait-elle que sa bouche était obligée de parler un langage différent de son cœur ? Il ne pouvait lire son expression, depuis qu'il lui avait ordonné de baisser la tête. Ah, il aurait tout donné pour pouvoir lui parler directement, de cœur à cœur, d'âme à âme !

« Songer à la valetaille dont nous aurons besoin là-bas, voilà qui est fort sage, Votre Majesté ! » déclara le maréchal Aquilah. Un sourire égrillard se dessina sur son visage ridé : « Quant à s'enticher d'une jolie boniche, je ne vous jetterai pas la pierre : nous sommes tous passés par là en nos jeunes années, pour satisfaire nos légitimes appétits. Malheureusement, les fleurs suantes se fanent et nous lassent aussi vite qu'elles nous séduisent ! »

L'homme émit un rire sec qui hérissa la peau d'Océrian, mais il n'en laissa rien paraître. Il savait qu'en d'autres circonstances, seule à seul avec ce rustre, Astréa pourrait lui faire passer à jamais le goût du droit de cuissage.

« Justement, en parlant de l'Ailleurs, ne devrions-nous pas nous mettre en route sans délai ? reprit Aquilah, recouvrant son sérieux. Il me semble que le démon monocéphale a parlé d'un sursis de huit petites heures avant la fin de l'humanité. »

Comme en écho à ces paroles, les cloches de l'immoloir se mirent à sonner, actionnées par des prêtres trop désespérés sans doute pour songer à fuir : c'était minuit, la fin du printemps, le début de l'été et le lever du jour polaire.

Tandis que tintaient les vingt-quatre coups de minuit, les pensées d'Océrian se succédaient à toute vitesse.

La vie d'Astréa reposait désormais entre ses mains, tout comme celles de Sépien et de Margane. Bien des fois, au long du voyage depuis Viridienne, il avait maudit le trafiquant et la marchande d'alcool. Mais à présent, il ne leur en voulait plus. Il les voyait comme ses compagnons de route, et non plus comme ses ravisseurs. Il comprenait leur motivation, cette volonté absolue de sauver leurs êtres chers, et aussi cette soif d'un avenir meilleur, qu'au fond il avait toujours ressentie lui-même. Et puis, Margane et Sépien avaient eu pour lui des égards et même une délicatesse que la cour flamboyante n'avait pas témoignés à l'otage qu'il était en y arrivant…

Oui, la survie des trois Viridiens et des deux autres suants qui les accompagnaient dépendait de lui. C'était son devoir de les protéger, coûte que coûte, quitte à les présenter aux apex comme leurs futurs serviteurs – mais s'il parvenait vraiment à atteindre l'Ailleurs, s'il y fondait son royaume, il se jura qu'aucun d'entre eux ne serait plus jamais serf !

« Il est temps de nous mettre en route, en effet, maréchal Aquilah », dit-il après que le dernier coup de minuit eut résonné.

Aussitôt, le grondement un instant couvert par les cloches resurgit.

« Et où devons-nous diriger nos pas ? demanda anxieusement le maréchal.

— Le démon monocéphale m'a révélé qu'il fallait emprunter des vaisseaux pour gagner l'Ailleurs », affirma Océrian, s'efforçant de paraître le plus assuré possible.

Pourtant, ses propres paroles lui semblaient soudain incongrues, au milieu de cet océan de roche, sans une goutte d'eau en vue.

« Des vaisseaux ? répéta l'ex-impératrice, qui depuis sa destitution lorgnait son successeur d'un œil meurtrier. Mais nous n'aurons jamais le temps d'atteindre la mer, ni même le golfe de l'Épée !

— Ces vaisseaux-là ne mouillent pas dans la mer, répondit Océrian. Ils nous attendent… au sommet du mont de la Ville-Nouvelle. »

Une fois encore, il se sentit incroyablement mal à l'aise, tandis que les courtisans le dévisageaient comme s'il avait perdu la raison.

« Je connais le mont de la Ville-Nouvelle comme ma poche, en tant que maître des fourneaux, déclara un apex couperosé, engoncé dans un linceul parme aussi blême que ses yeux délavés. Et je vous promets que je n'y ai jamais aperçu aucun vaisseau – je ne vois pas où ils pourraient se cacher, entre les cahutes et les cheminées ! »

Il désigna de l'index l'éminence au bout de la route de crête, couronnée de ses lugubres fumées.

Océrian brandit la tête argentée, cette relique dont il tirait sa légitimité :

« C'est le Choreute qui me l'a affirmé ! » s'exclama-t-il, employant pour la première fois le nom sous lequel la tête s'était présentée à lui.

Les courtisans échangèrent des regards incrédules.

Le prince s'apprêtait à interroger à nouveau le Choreute, pour qu'il répète son message, quelque absurde qu'il fût.

Mais à cet instant, Astréa s'avança d'un pas, la tête toujours penchée vers le sol en signe de soumission.

« Veuillez excuser mon impudence à m'adresser directement à vous, Votre Altesse, dit-elle. Je sais qu'une pauvre suante comme moi ne devrait pas vous parler directement, sans le truchement d'une ardoise. Or le temps presse, et ce que j'ai à vous dire est peut-être important. »

Des murmures réprobateurs s'élevèrent, mais Océrian n'y prêta guère attention.

« Parle, dit-il.

— Il est évident que vous êtes le nouvel élu de Terra, puisqu'elle vous a envoyé ce prodigieux artefact, son chanteur prophétique. Il semble fondu dans le même métal que votre jambe : un métal divin ! » Gardant les yeux rivés au sol, elle désigna le pied métallique d'Océrian, affleurant sous l'ourlet de son linceul. « D'après ce que j'ai entendu dire, il n'est qu'un seul Choreute à travers toutes les Dernières Terres. C'était l'oracle de Souvenance qui le possédait jadis… avant que la déesse le place entre vos mains. »

Les murmures des courtisans se muèrent en protestations outrées, devant cette suante qui osait parler des choses de la religion. Mais Océrian comprit immédiatement que c'était un message codé. Il savait ce que les autres ignoraient : qu'Astréa avait été témoin du suicide de l'oracle. Il devina comment la tête du Choreute était mystérieusement arrivée dans l'atelier de Noctilio. C'était la jeune Viridienne qui l'avait transportée de la ville sacrée jusqu'à la cité rouge, où la garde de nuit l'avait confisquée sans savoir ce dont il s'agissait…

Océrian ne savait plus que penser des révélations de l'avatar, mais s'il y avait quelque chose en quoi il gardait une foi absolue, c'était bien l'intelligence d'Astréa.

« Taisez-vous ! ordonna-t-il aux apex. Écoutez-la !

— Merci, Votre Altesse, dit-elle en s'inclinant un peu plus bas encore. Je me permets d'intervenir et d'évoquer l'oracle, parce que du temps où je vivais à Viridienne, j'aidais beaucoup au pleuroir – comme vous le savez. Ainsi ai-je appris que le parler savant des pleurants était fort différent du parler commun des filles simples comme moi ; et que, dans l'ancien temps, il existait bien d'autres parlers encore. Peut-être ce Choreute tente-t-il de transmettre dans notre langue un mot qui n'a pas de traduction exacte ? Bien sûr, je n'en sais rien, car je ne suis qu'une pauvre ignorante, mais peut-être aurais-je tout de même une humble suggestion… »

Astréa, une pauvre ignorante ? Rien n'était plus faux, bien sûr : elle en savait davantage sur le monde et ses mystères que tous les courtisans réunis ! Mais elle jouait admirablement son rôle de fille du peuple.

« Exprime-toi sans crainte, l'invita Océrian.

— Eh bien voilà : je me dis que le Choreute est sans doute immémorial, et les vaisseaux aussi, alors que la Ville-Nouvelle n'a que trente ans. Et si ce n'était pas elle qu'il avait voulu désigner ? Et s'il avait essayé d'adapter une expression de jadis à notre pauvre vocabulaire d'aujourd'hui ? Peut-être pourriez-vous lui demander de vous dire où se trouvent les vaisseaux, non pas dans le parler commun, mais dans la langue qui lui est naturelle, quelle qu'elle soit ? »

Océrian dut lutter pour réprimer un sourire et garder une face austère face à la cour.

Lumineuse Astréa !

Elle pensait plus loin, plus vite que tout le monde, comme toujours !

Il se souvenait maintenant des paroles du Choreute, qui lui avait affirmé avoir répété le nom de l'emplacement des vaisseaux à d'autres *enfants mauves* – à d'autres apex – au cours des siècles. Or, il ne pouvait leur avoir parlé d'un endroit qui n'existait pas encore : c'était donc que le terme de *Ville-Nouvelle* désignait autre chose que la cité industrieuse des Flamboyants. Si la dernière oracle et celles qui l'avaient précédée n'avaient pu percer le secret de ces paroles, c'était sans doute qu'elles s'étaient acharnées à chercher une métaphore compliquée, elles qui ne raisonnaient qu'en symboles et en présages.

Mais s'il n'y avait pas de métaphore ?

Mais si c'était juste une erreur de traduction, comme Astréa le pressentait ?

Océrian tourna la tête de métal vers lui, plongeant son regard dans les yeux de topaze.

« Choreute : dis-moi encore où se trouvent les vaisseaux – mais pas dans ma langue, dans la tienne ! »

La voix minérale jaillit aussitôt de la bouche de l'effigie :

« Le terme original contenu dans ma mémoire est le suivant : Newton Mount. Mais mon logiciel de communication est programmé pour trouver des traductions phonétiques approchantes dans la langue autochtone, lorsque cela est possible. »

Les lèvres argentées s'agitèrent de manière mécanique, aussi obtuse que la logique présidant à la « pensée » du Choreute :

« Newton Mount…

« New Town Mount…

« Le mont de la Ville-Nouvelle. »

Le maréchal Aquilah eut un mouvement d'impatience, exacerbé par l'angoisse :

« Le mont de la Ville-Nouvelle est en réalité le mont Newton ? Voilà qui ne nous avance guère plus, car il n'y a aucune montagne de ce nom dans la cordillère Fendue – ni, que je sache, où que ce soit dans les Dernières Terres !

— Si, maréchal. »

Tous les regards se tournèrent vers Noctilio, qui était toujours fermement encadré par deux gardes.

Lorgnant Océrian d'un air torve par-dessous sa toque affaissée, il se mit à balbutier un flot d'excuses et de flatteries :

« Soyez clément, Votre Altesse. J'ai toujours su que vous seriez promis à un grand destin. Ne châtiez pas votre humble valet. Laissez-moi servir votre règne, mieux encore que j'ai servi celui de votre prédécesseur.

— La paix ! cingla Océrian, révulsé par la veulerie de cet homme qui, la veille encore, menaçait de lui prendre sa jambe pour la faire fondre. Dis ce que tu sais, ou tais-toi à jamais.

— Mais oui, tout de suite Votre Altesse ! piailla le mage. Comme vous le savez, j'ai longuement étudié les anciennes cartes, depuis Lointaine, avant de venir à Flamboyante où j'ai identifié les plus importants gisements de fer et de charbon… » Il se mordit les lèvres, se rendant compte de sa maladresse à rappeler qu'il était à l'origine du réveil du démon gazier et, peut-être, de la colère de Terra. « … dans ces cartes antiques, j'ai pu lire les noms que portaient les reliefs des Dernières Terres dans l'ancien temps, ajouta-t-il aussitôt. Parmi toutes les montagnes, la plus haute portait le nom que vient de prononcer l'artefact. Je l'ai reconnu et je vais m'empresser de vous révéler maintenant son emplacement, Votre Altesse, car j'avais bien dit que je pouvais vous être encore utile…

— Tu joues avec ta vie ! » gronda Océrian, excédé.

Sans plus de courtisanerie, l'archimage pointa son doigt crochu à l'opposé de la Ville-Nouvelle, vers le pic qui dominait la Ville-Vieille.

« Là-bas, Votre Altesse, là-bas ! couina-t-il. Ce que nous autres, Derniers Humains, appelons le mont Crève-Ciel se nommait jadis… le mont Newton. »

43.

5 heures et 10 minutes avant l'extinction

ASTRÉA

LE PIED DE CHARYBDE DÉRAPA SUR UNE PIERRE GLISSANTE, mais Astréa la retint de justesse au bord du vide.

« Merci », haleta-t-elle, ses yeux clignant d'effroi sous sa frange. Elle porta la main à son cœur palpitant – au-dessus de sa brassière affleuraient les pinces de *Charybdis natator*, le crabe nageur –, puis elle ajouta dans un souffle : « Je… je suis désolée.

— Ne le sois pas, lui répondit doucement Astréa. Après ce que tu as vécu, il est normal que tes jambes flanchent parfois. Passe donc devant moi : ainsi, je pourrai te retenir si tu vacilles. »

Cela faisait près de deux heures maintenant que le groupe improbable s'était mis en route, quittant

l'amphithéâtre pour remonter le long de la Ville-Vieille, et au-delà, sur le sentier qui grimpait vers le mont Crève-Ciel.

Trois saignants allaient en éclaireurs pour trouver le chemin le plus sûr. Ils étaient suivis par la masse des vingt apex, troupeau affichant toutes les teintes de mauve. Puis trois saignants venaient à nouveau, afin de séparer les cinq suants de leurs maîtres. Enfin, la marche était fermée par une dernière triade de soldats, chargés de s'assurer que les futurs serviteurs aillent à bon rythme. Mais à la vérité, en dépit de leurs nuits passées dans la fosse et de leurs épreuves dans l'arène, les ex-sacrifiés avançaient d'un pas plus sûr que les seigneurs. Ici, dans les hauteurs escarpées de la montagne, leur mise légère était devenue un avantage. Vêtus seulement de pagnes et de brassières, ils étaient plus agiles que les apex engoncés dans leurs linceuls d'apparat trop volumineux.

Et puis il y avait la chaleur…

Cette dernière n'était pas seulement due à l'effort de la marche, ni au premier jour de l'été, se levant pour ne plus se coucher. Elle venait surtout du nuage ardent, là-bas au nord. Il avait à présent englouti toute la perspective derrière le col du Phoenix, et bien davantage. Sa lumière palpitante embrasait l'horizon en partie obstrué par les pics les plus lointains de la cordillère Fendue. Ces derniers se détachaient dans le contre-jour rouge et doré, tels des crocs noirs plantés pêle-mêle dans la gueule sanglante d'un monstre gigantesque. Quant au grondement qui emplissait le ciel, ponctué de sourdes déflagrations ressemblant à des râles et à des hoquets, c'était le sien aussi : le grondement de la bête en train d'engloutir le monde.

« Tu te rappelles, quand je t'ai promis que nous recommencerions une nouvelle vie, toi et moi, loin de Viridienne ? » fit une voix dans le dos d'Astréa.

Elle se retourna : c'était Sépien.

Il marchait sur ses talons, le corps en nage, accompagné de Livien et de Margane.

« Eh bien tu vois, nous sommes en route pour cette nouvelle vie ! » dit-il en épongeant son front luisant du revers de la main.

Elle se demanda s'il y croyait pour de vrai, s'il pensait réellement que des vaisseaux les attendaient en haut de la montagne. Pour les emmener sur quelle mer, en ces lieux de rocaille aride ? Pour voguer sur quel océan, à présent que bouillaient les eaux baignant les Dernières Terres ?

Le regard d'Astréa accrocha celui de Livien, comme toujours énigmatique, ce qui la renvoya à ses propres questions.

« J'avais vu juste en prédisant que notre futur était ailleurs que dans la cité verte, reprit Sépien tout en continuant de marcher. Je ne pensais pas si bien dire – il se situe *littéralement* Ailleurs, avec un A majuscule ! Ma perspicacité sur ce point est digne de celle d'un oracle ! »

Astréa ne put s'empêcher de sourire, repensant à leurs discussions fiévreuses dans le Cloaque, et à tout ce qu'ils avaient vécu depuis. À présent, aux frontières ultimes du monde, Sépien trouvait encore la force de frimer.

« En revanche, je dois avouer que je me suis trompé sur un point, admit-il. Ce n'est pas à mes côtés que tu passeras cet avenir.

— Que dis-tu ? fit-elle, surprise.

— Tu ne m'as jamais regardé comme tu le regardes, lui », répondit-il en affichant un sourire que venait contredire la mélancolie dans ses yeux verts.

Astréa tressaillit. Sépien n'avait pas besoin de nommer Océrian pour qu'elle sache qu'il parlait de lui. Elle pensait jusqu'alors avoir su dissimuler ses sentiments pour le prince.

« Je... je ne vois pas ce que tu veux dire... », balbutia-t-elle.

Sépien prit appui sur une roche plus escarpée que les autres, se hissa en poussant un râle rauque, tendit la main à son frère jumeau pour l'aider à son tour.

Puis il se tourna à nouveau vers Astréa :

« Ce qu'il y a entre toi et lui, et qu'il n'y aura jamais entre nous, je l'ai senti dès le début, reprit-il. La manière dont tu le serrais contre toi dans les méandres du Cloaque – un peu trop près. Les heures que tu passais à pousser sa charrette – un peu trop longues. L'harmonie de vos voix se mêlant pour chanter la *Complainte du dauphin solitaire* – un peu trop évidente. Même quand tu le maudissais, le vouant à tous les démons gaziers, tes yeux brillaient d'un feu que je ne pourrai jamais y allumer. Tout à l'heure dans l'arène, quand il t'a lancé ce glaive en criant ton nom tel un amoureux éperdu, j'ai compris qu'il partageait tes sentiments. Nous l'avons tous compris. N'est-ce pas, Margane ? »

Cette dernière acquiesça, tombant d'accord avec lui pour une fois :

« Ça se voit comme le nez au milieu de la figure, s'exclama-t-elle, la lueur des nuées faisant flamber ses boucles d'oreilles. Sacrée tête-de-bêche, tu nous les feras toutes : il fallait que tu tombes amoureuse d'un apex ! – et lui, bien sûr, il est tombé amoureux de toi, comment aurait-il pu en être autrement ? »

Astréa resta sans voix.

Non seulement ses amis avaient vu clair en elle, mais ils affirmaient avoir déchiffré tout aussi distinctement leur ancien prisonnier, qu'elle avait toutes les peines du monde à sonder.

« Vous vous faites peut-être des idées…, commença-t-elle.

— Tu es décidément plus douée pour lire les parchemins sacrés que les cœurs ! s'esclaffa Margane. Si je te dis que tu as trouvé ta perle, tu peux me croire, car c'est mon rayon ! »

Elle exhiba le tatouage ornant son décolleté, au-dessus de sa brassière : une élégante coquille entrouverte sur une perle ronde.

Astréa repensa avec émotion à leur conversation à bord du voilier sur le golfe du Souvenir, quand Margane lui avait ouvert son âme.

« Margane… Sépien…, murmura-t-elle. Je ne sais que vous dire…

— Eh bien, ne dis rien, toi qui as d'habitude réponse à tout ! répliqua malicieusement Margane. Tu verras, c'est reposant.

— Je te libère solennellement de ton serment, ajouta Sépien. Je te l'ai annoncé avant-hier dans l'auberge de la Ville-Nouvelle, et je te le répète aujourd'hui : sois libre d'aimer celui que tu veux. Et même si ce n'est pas moi, tu peux garder la bague de fiançailles, en gage de mon affection éternelle.

— Voilà une générosité inattendue de la part d'un grippe-sou ! s'esclaffa Margane. À moins que notre voyage t'ait changé, Sépien, tout comme il m'a transformée moi aussi. »

À ces mots, ce qui était impossible hier encore se produisit : Margane saisit la main de Sépien et la serra dans la sienne, en signe de réconciliation.

« Bienvenue au club des cœurs brisés par l'étoile de mer ! dit-elle doucement. Quant à toi, Astréa, n'espère pas te débarrasser de nous pour autant. Même si tu décides de vivre ton histoire avec ton prince, nous resterons à tes côtés – pour nous assurer que tu ne prennes pas la grosse tête ! »

Astréa opina du chef, emplie de gratitude, à court de mots.

Margane avait raison : parfois, quand parlaient les yeux et chantaient les cœurs, les langues pouvaient se taire.

Elle prit une inspiration et se lança de plus belle dans l'ascension, le regard rivé sur la couronne d'acier qui guidait le peuple des apex, et sur le jeune homme qui la portait.

44.

2 heures et 30 minutes avant l'extinction

OCÉRIAN

À CHACUN DE SES PAS, OCÉRIAN BRÛLAIT DU DÉSIR DE REGARDER PAR-DESSUS SON ÉPAULE pour voir si Astréa le suivait toujours.

L'ayant perdue une fois, il savait qu'il ne survivrait pas à une seconde séparation.

Mais il était aussi conscient que s'il se retournait et qu'il la découvrait en difficulté, ne serait-ce que trébuchant, il ne pourrait pas s'empêcher de courir à son secours. La façade du monarque impitoyable qu'il s'était évertué à dresser volerait en éclats, et ce serait non seulement sa perte, mais celle d'Astréa et des siens.

Alors il continuait de marcher obstinément, transpirant dans son linceul trop épais, serrant contre son cœur la tête du Choreute et ses promesses de

lendemains. Chaque pas coûtait davantage que le précédent. Chaque inspiration était plus brûlante. C'était comme si tout le chemin qu'il avait parcouru depuis des jours avec sa jambe neuve n'avait servi qu'à le préparer à cette ultime épreuve, à ce dernier tronçon.

À mesure que s'égrenaient les heures, le sentier s'était rétréci pour se réduire à un passage à peine discernable parmi la caillasse. Parfois, un abri de pierres à demi éboulées affleurait le flanc de la montagne, baigné par la lumière croissante du cataclysme approchant. C'était un ermitage abandonné, du temps où les pleurants flamboyants se retiraient en altitude pour méditer sur les desseins de la déesse. Mais ces pratiques étaient mortes avec l'avènement de la Vraie Loi – aucun sacrifiant n'était jamais monté aussi haut, et les abris non entretenus s'étaient écroulés…

« C'est mon père qui m'a interdit de vous adresser la parole, lors du banquet de fiançailles », fit soudain une voix derrière Océrian, l'arrachant à ses pensées.

Jouant des coudes parmi les courtisans en sueur, la princesse Gryphie venait de le rejoindre à la tête de l'expédition. C'était la première fois qu'il entendait sa voix, claire et harmonieuse. Son visage, qu'il avait découvert si hautain et cruel dans la salle de banquet, lui souriait à présent aimablement. Ayant arraché sa collerette blanche pour mieux supporter la chaleur, son cou n'en paraissait que plus délicat.

« C'est mon père aussi qui m'a demandé de m'asseoir à l'autre bout de la tribune, tout à l'heure, prétendit-elle encore en faisant papillonner des paupières couvertes de fard assorti à ses courts cheveux magenta et à ses iris rosés. Moi, je voulais m'installer à vos côtés, mais que peut une pauvre jeune fille contre la volonté de son géniteur, surtout lorsque celui-ci gouverne un empire ?

— N'y pensez plus, répondit Océrian, incommodé par la manière dont elle le dévisageait – aussi rapace que dans la salle de banquet, mais avec le sourire. Vous n'êtes pas votre père, tout comme je ne suis pas le mien. Vous n'avez pas à porter le poids de ses crimes. »

Il aurait voulu que la princesse le laisse à lui-même, mais elle n'en avait pas fini. En vérité, ce n'était pas pour s'excuser qu'elle était venue le voir. Tout en continuant à marcher à ses côtés, elle essuya délicatement ses joues humides avec la manche de son linceul, pour ne pas gâter ce qu'il restait de son maquillage. Puis elle s'adressa à nouveau à lui :

« Je suis heureuse que, dans votre grande mansuétude, vous ne me gardiez pas de ressentiment. Et j'espère que vous honorerez les vœux qui nous lient. »

Elle présenta gracieusement sa main, où luisait l'anneau d'acier qu'il avait lui-même passé à son doigt.

Océrian ne répondit pas tout de suite, déstabilisé par l'audace de celle qui, hier encore, n'avait pas eu un mot pour lui, et qui, aujourd'hui qu'il portait la couronne, le courtisait sans vergogne.

« Pour ma part, soyez rassuré, ajouta-t-elle en souriant un peu plus fort. Je ne vous en veux pas d'avoir fréquenté une vulgaire servante suante, en dépit de la Loi qui proscrit les relations entre les apex et les castes inférieures. C'était avant de me connaître, et je comprends bien que vous ayez eu envie de vous amuser pour tromper l'ennui du castel de Viridienne. Voilà, j'ai commis des erreurs, vous avez fauté, tout est pardonné. »

L'incrédulité d'Océrian face à l'aplomb de Gryphie se mua en écœurement profond. Elle, la princesse cannibale, elle osait comparer ses mœurs immondes et ses calculs mesquins à l'amour pur qu'il éprouvait pour Astréa !

« Hors de ma vue, siffla-t-il entre ses lèvres, la main sur la poignée du glaive qui pendait désormais à sa ceinture.

— Mais..., protesta-t-elle, faisant la moue.

— Hors de ma vue, ou je vous fais jeter du haut des montagnes ! » répéta-t-il dans un rugissement sans appel, qui fit résonner la cordillère et couvrit pour un instant le grondement des nuées.

Prenant peur, Gryphie se figea tandis qu'il continuait sa route.

Il agrippa l'anneau d'acier à son propre annulaire, incapable de le porter un instant de plus, l'ôta brutalement et le jeta avec fureur dans le vide.

Il ne voulait plus rien avoir affaire à ce peuple de charognards qui l'avait couronné. La pratique de leur culte maléfique, pendant toutes ces années, les avait corrompus jusqu'à la moelle, au-delà sans doute de toute rédemption. Océrian se sentait bien plus lié aux suants qui fermaient la marche, ses compagnons au regard de Terra... oui, ses semblables. Même si la couleur de leurs yeux et de leurs cheveux différait de la sienne, ils étaient plus proches de lui que Boréalion même, soufflant à quelques mètres derrière ses talons. Ce frère de sang, qui ne lui avait jamais témoigné aucune affection de sa vie, lui semblait moins fraternel que cette poignée de fugitifs, avec qui il avait tant partagé en quelques jours.

Le voyage depuis Viridienne – et même, toute sa vie jusqu'à ce soir – convergeait vers cette épiphanie : il y avait entre les hommes et les femmes de bonne volonté un lien d'humanité qui transcendait les castes et le greffage, le hasard des naissances et la teinte des linceuls.

Un cri résonna au-dessus de sa tête, aussi déchirant que cette prise de conscience.

Océrian leva les yeux.

Le pic du mont Crève-Ciel lui apparut, plus proche que jamais, couvert de milliers d'oiseaux posés sur chaque corniche, dans chaque anfractuosité. C'était là qu'avaient trouvé refuge les voyageurs ailés fuyant l'apocalypse, sur le toit des Dernières Terres.

À l'exception des quelques vautours impériaux artificiellement sauvés de l'extinction par les Flamboyants, ce n'étaient que des espèces chétives, à la plume terne et aux yeux creux ; mais c'étaient aussi les seules qui étaient parvenues à survivre par elles-mêmes jusqu'à la fin du monde, se nourrissant des rares insectes et larves épargnés par le Grand Effondrement. Plus encore que les majestueux albatros qu'Océrian avait appelés de ses vœux, et qu'il avait cru voir passer dans le ciel de Souvenance, ce peuple de migrants l'émut profondément. Leurs plumages avaient la couleur grise des linceuls des bêcheurs et charbonneuse de ceux des mineurs.

« Il n'y a plus aucun sentier, Votre Majesté », déclara l'un des éclaireurs saignants, revenant tout essoufflé de sa prospection.

En effet, la piste à moitié effacée s'arrêtait là, sur une paroi abrupte ne présentant aucune prise, plusieurs centaines de mètres sous le pic.

Pour la première fois depuis le début de la longue marche, Océrian se retourna.

Les courtisans éreintés, pantelants dans leurs linceuls trempés de sueur, le dévisageaient de leurs yeux brûlants de l'espoir de survivre, mais son regard les survola pour trouver enfin Astréa. Elle était là, resplendissante comme toujours, l'ascension n'ayant entamé ni sa beauté ni sa grâce. Derrière elle, l'horizon était désormais enflammé à trois cent soixante degrés.

Ce n'était plus seulement le nord de la cordillère, les plateaux Brumeux et le golfe de l'Épée qui étaient touchés ;

Les nuées montaient aussi de l'est, en provenance de la grande île de Pluvieuse et des îles jumelles d'Opaline et de Chromatine sur la mer Diaphane ;

Elles s'élevaient à l'ouest, en direction du désert Pétrifié, des monts Rouillés et d'Aride, la cité safrane ;

Enfin, elles ravageaient le sud d'où ils étaient venus, lui, Astréa et leur équipage, recouvrant la perspective d'une nappe de feu et de fumée derrière laquelle se dressaient naguère les innombrables pleuroirs de Souvenance, les toits aplatis du comptoir Solitaire et la butte orgueilleuse de Viridienne.

À la vue de ce spectacle dantesque, à la pensée aussi de son père Orcus, de sa mère Balaénia et de son jeune frère Delphinion restés là-bas, Océrian vacilla. Les visages grimaçants de Squalon et du Moucheron surgirent dans son esprit, mais aussi ceux, bienveillants, de Bonite et d'Hippocampos, ses parents de cœur. À présent, fleurs du mal et fleurs du bien partaient dans une même fumée, tandis que Mêtana dévorait chaque arpent des Dernières Terres…

Pris de vertige, Océrian se rattrapa aux grands yeux sombres d'Astréa.

Elle soutint son regard sans ciller, dans le dos des apex qui ne pouvaient la voir briser la Loi.

Puisant sa force en elle, Océrian posa sa paume moite sur le front du Choreute.

Les yeux jaunes s'ouvrirent.

« Nous sommes montés aussi haut que des jambes humaines peuvent aller, dit le prince. Nous voilà arrivés au sommet du mont Newton. Parle, Choreute, et dis-moi où sont les vaisseaux.

— *Juste derrière toi* », répondit la voix énigmatique.

Océrian se retourna vers la surface de roche, qui se dressait telle une muraille impénétrable.

« J'avais perdu l'emplacement des vaisseaux depuis l'arrêt des satellites, continua le Choreute. *Mais à présent, je n'ai plus besoin d'un système de géolocalisation pour les situer. Mes capteurs perçoivent leur champ électromagnétique, là, tout près, à portée de ma clé de déverrouillage. Le moment est venu d'en libérer l'accès. »*

À ces mots, les yeux de verre étincelèrent d'une lumière plus intense que jamais.

La paroi de roche jaunie par les nuées se mit à trembler sur une hauteur de trente mètres, dans un roulement qui fit s'envoler des centaines d'oiseaux. Peu à peu, une fissure verticale se dessina au milieu des éboulis.

La montagne, s'ouvrant devant la volonté magique du Choreute, venait de révéler une gigantesque porte cachée depuis des siècles.

Un seuil mystérieux au bord de ce monde agonisant, menant vers les vaisseaux prophétiques et, au-delà, vers… l'Ailleurs ?

45.

1 heure et 45 minutes avant l'extinction

ASTRÉA

UN FRISSON SACRÉ SAISIT ASTRÉA au seuil de l'arche rocheuse.

Ça y est, se dit-elle, en proie à la plus vive émotion. *Je suis arrivée là où convergent mes rêves d'enfant et mes espoirs d'adulte. Je vais enfin trouver ce que j'ai cherché dans les songes et la religion, à travers les contes et les litanies. Les légendes étaient vraies : l'Ailleurs existe… et je vais bientôt y entrer avec ceux que j'aime !*

Margane lui glissa quelques mots à l'oreille, d'une voix tremblante :

« Je crois que j'ai vu l'Espoir, là-dehors, perché parmi les oiseaux… »

Astréa lui prit la main et l'entraîna avec elle sous la gigantesque porte de pierre, dans le ventre de la montagne.

Le sol irrégulier et caillouteux laissa la place à une énorme dalle lisse, au-dessus de laquelle s'élevait une immense crypte. Astréa eut l'impression qu'elle était bien plus vaste que de celle du sanctuaire. Mais il régnait ici des ténèbres si profondes que les dimensions exactes de la pièce demeuraient inconnues ; on pouvait seulement les imaginer, aux échos infinis réveillés par les murmures des réfugiés. Ces lieux longtemps préservés du monde extérieur exhalaient une odeur de renfermé et une température presque fraîche, qui soulagea la jeune suante après la fournaise du dehors.

« Regardez, là-bas ! » s'exclama soudain un apex, désignant le fond de la cavité obscure.

Deux points jaunes luisaient dans l'ombre, semblant se diriger vers leur groupe.

Deux ovales lumineux, semblables à ceux qui illuminaient la tête entre les mains d'Océrian.

Apex, saignants et suants, les rescapés de Flamboyante se figèrent.

Mais les yeux de topaze – car c'était bien de cela qu'il s'agissait – continuèrent d'avancer lentement vers eux.

Peu à peu, une haute silhouette émergea de l'ombre, son corps rutilant accrochant la lumière du jour au-dehors. Ses jambes et son tronc nus n'étaient pas faits de chair, mais de ce même métal argenté dans lequel était façonné le Choreute. On eût dit une forme humaine – quoique deux fois plus grande qu'un homme normal –, n'étaient les bras qui pendaient le long de ses flancs : il y en avait six, trois de chaque côté. Une tête massive couronnait cette créature extraordinaire, surmontée d'un haut front parfaitement lisse qui semblait contenir tout le savoir du monde.

Quant à la voix qui jaillit des lèvres brillantes, sa tessiture n'avait rien de minéral. Elle imitait à la perfection le timbre d'une voix humaine. Ou plutôt, elle semblait être la synthèse de voix innombrables fondues en une seule, de la même manière que la créature était pourvue de multiples bras, pour porter un message aux visiteurs par-delà l'abîme du temps :

« Soyez les bienvenus, humains, dans l'antichambre des vaisseaux. Je n'ai pas reçu de visite depuis quatre cent trente-deux ans, douze jours et quatre heures. Mais je vois qu'un Choreute vous a menés jusqu'à moi. Il y a bien longtemps que je ne t'avais plus entendu, Numéro XII, et tu arrives bien tard. »

Amorçant un dialogue surnaturel, la tête portée par Océrian répondit à celle qui lui faisait face, d'une voix qui par comparaison paraissait soudain encore plus mécanique :

« Ma mémoire a été endommagée et les satellites ne répondaient plus, Coryphée. J'ai essayé bien des fois d'amener des enfants mauves jusqu'à vous, mes archives peuvent en témoigner si besoin. Mais aucun n'a compris mes indications… jusqu'à aujourd'hui. »

Astréa eut l'impression de percevoir une tentative de justification dans les paroles du Choreute, tel un serviteur rendant des comptes à son maître, mais peut-être était-ce dû à son imagination – car jusqu'à présent, il n'avait manifesté aucune émotion.

« Les satellites ne répondent plus car ils sont tous détruits, répondit celui qui avait été désigné sous le nom étrange de Coryphée. Les autres Choreutes encore dispersés ont vraisemblablement connu le même sort. Tu es sans doute le dernier de ceux qui avaient été envoyés de par le monde. Et tu amènes avec toi les derniers des humains. »

La voix criarde de Noctilio s'éleva, rompant la solennité de l'instant :

« Nous n'avons pas besoin de toi, démon insectoïde, pour savoir que nous sommes les Derniers Humains : c'est ainsi que se nomment les habitants des Dernières Terres ! »

L'archimage était toujours escorté par deux gardes, piteux dans son linceul souillé du charbon de sa machine infernale. Mais il retrouvait de sa superbe quand il s'agissait des choses occultes. Astréa eut soudain pitié de cette âme damnée. Habitué à détourner la religion au profit de ses désirs de puissance et de ses obsessions morbides, il ne comprenait pas qu'il était face à un mystère le dépassant totalement.

« Dans les limites de ton langage imparfait, constitué de mots vagues et non de codes sans ambiguïté, le mot "dernier" peut revêtir plusieurs sens, répondit le Coryphée, opposant son ton posé aux glapissements du mage. Quand tu parles des "Derniers Humains", tu fais référence au passé, à toutes les générations qui vous ont précédés depuis la nuit des temps, et tu proclames que ton peuple est le plus récent à habiter cette planète. Mais moi, quand je parle des "derniers des humains", je fais au contraire référence au futur. J'affirme qu'il ne vivra plus jamais aucun être humain sur Terre une fois que vos cœurs auront cessé de battre, à toi et aux trente-cinq individus qui t'accompagnent. »

Face à cette prédiction aussi précise que terrible, le mage se mit à bégayer :

« Qui… qui es-tu, démon ? »

Le maréchal Aquilah lui coupa la parole :

« Tais-toi donc, misérable ! Et sois heureux que le prince des nuées t'ait laissé la vie sauve… pour l'instant. »

Le généralissime de l'armée flamboyante, qui avait écrasé tant de cités, tentait de parler d'une voix ferme et puissante ; mais elle chevrotait malgré tout, trahissant soudain son âge et sa peur. Les nuées dont il parlait se rapprochaient dans son dos, illuminant l'entrée de la crypte d'une lueur fauve, réchauffant peu à peu sa fraîcheur, faisant résonner son tréfonds d'un grondement menaçant.

Océrian s'avança d'un pas, s'adressant au Coryphée aussi poliment que le mage lui avait manqué de respect :

« Nous venons pour les vaisseaux, ô Coryphée, dit-il.

— Et vous avez atteint votre destination, répondit l'entité. Les vaisseaux se trouvent là, dans mon dos. »

À ces mots, sans qu'il fasse le moindre geste de ses six bras, par la seule force de son esprit semblait-il, le Coryphée fit apparaître des lumières blanches derrière lui. D'abord ténues, elles s'intensifièrent progressivement, brillant d'un feu froid qui n'avait rien de commun avec celui des lanternes à huile d'algue grasse et des bougies en cire – elles ressemblaient bien davantage aux astres du ciel. Une douzaine d'immenses tours coniques finirent par apparaître : les lampes étoilées étaient logées dans leurs flancs gigantesques, formant d'interminables lignes scintillantes.

Prise de stupeur, Astréa chercha l'appui de Margane.

Ces édifices étaient plus grands que le castel de Souvenance avec ses créneaux, que celui de Flamboyante avec sa tour des vautours… que le sanctuaire même, coiffé de son sablier géant ! Leur sommet disparaissait dans les ténèbres de la crypte, plus haut que les yeux n'étaient capables de les voir. Quant à leur surface lisse et claire, sans aucune aspérité visible, elle n'était constituée ni de pierre ni de brique, mais d'un matériau inconnu.

« Qui a bien pu construire de tels prodiges ? souffla Margane à l'oreille de son amie. Et où sont les voiles de ces vaisseaux, si c'est bien de navires qu'il s'agit ? »

Comme s'il avait entendu, le Coryphée répliqua :

« Vous devez avoir de nombreuses questions, et je suis là pour fournir les réponses. »

Au premier rang de l'assemblée, le maréchal Aquilah s'agita à nouveau nerveusement. Homme d'action, il redoutait les mystères béant devant lui, presque autant que le cataclysme grondant dans son dos.

« Il faut monter dans les vaisseaux au plus vite, nous discuterons ensuite ! s'exclama-t-il. Les nuées incandescentes approchent ! »

Des murmures d'approbation s'élevèrent parmi les courtisans qui, dans un mouvement de foule paniqué, se mettaient déjà en route en direction des arches prodigieuses.

Mais le Coryphée n'avait pas attendu si longtemps dans la solitude, pour se faire à présent dicter son rythme par des hommes et des femmes dont les aïeux n'étaient pas nés lorsqu'il s'était enfermé ici.

Il leva ses six bras en même temps, présentant ses six énormes paumes de métal pour barrer le passage aux visiteurs :

« Stop ! tonna-t-il d'une voix de stentor, qui résonna jusqu'en haut de la crypte et figea les linceuls mauves sur place. Le savoir est la seule clé qui permette de monter dans les vaisseaux. Écoutez-moi attentivement, si vous voulez avoir une chance d'embarquer. Il y a tant de choses que vous devez apprendre, vous qui avez été coupés de votre histoire depuis si longtemps… des choses que le Choreute numéro XII lui-même n'a pu vous révéler, car sa fonction consistait uniquement à vous mener jusqu'ici. Il a accompli sa mission. Il a achevé son voyage. »

Astréa eut l'impression qu'en prononçant ces paroles, le Coryphée exprimait une sorte de reconnaissance pour cet avatar moins évolué que lui, qui avait été tour à tour démembré, trimbalé, exhibé – mais qui n'avait point failli.

Tandis que les courtisans restaient à une distance prudente du maître des lieux, Océrian s'avança jusqu'à lui et lui présenta la tête du Choreute. L'une des six mains saisit délicatement le crâne ; les cinq autres restèrent dressées entre l'assemblée et les vaisseaux. Le prince recula à nouveau de quelques pas, baissant la nuque en signe d'humilité.

« Es-tu le chef de cette assemblée, toi qui portes une jambe en alliage de titane, le métal dont mon corps et celui des Choreutes sont constitués ? » lui demanda le Coryphée.

Astréa vit Océrian frémir, à la confirmation que sa jambe était bien coulée dans la même substance que les avatars. Il lui adressa un regard, trop furtif pour que la cour aux yeux rivés sur le Coryphée le remarque ; d'un bref signe de la tête, elle l'encouragea à répondre.

« Oui… », murmura-t-il face à son étrange interlocuteur. Il répéta aussitôt d'une voix plus affirmée : « Oui. Je le suis. Je me nomme Océrian, et je suis le guide des Derniers Humains. »

La créature hocha la tête :

« Dis-moi, Océrian, ce que toi et les tiens connaissez du passé. »

Le prince sembla hésiter un instant – la question était si vaste, recouvrant un gouffre si noir ! Astréa elle-même n'était plus sûre de ce qu'elle croyait savoir de l'ancien temps, dans cette crypte insoupçonnée, face à ces vaisseaux titanesques dont elle ignorait entièrement le fonctionnement. Le brasier approchant se reflétait à présent sur leur carlingue sans limite, les lueurs chaudes du ciel enflammé se mêlant à l'éclat pâle et froid des lampes.

Dans le lointain, on entendait tonner des explosions diffuses, dont l'écho rebondissait sur les montagnes.

« Les hommes de l'ancien temps ont provoqué le Grand Effondrement en libérant les trois démons gaziers, Kârbon, Mêtana et Sûlfur, murmura Océrian, s'accrochant au pilier de la religion. Depuis, nous les Derniers Humains, nous célébrons le culte de Terra. Sous le règne des apex, les suants payent le prix de la sueur, les crachants celui de la salive, les saignants celui du sang et les pleurants celui des larmes, pour que renaisse un jour la déesse à partir des parcelles de régénération.

— Je vois…, fit le Coryphée. C'était un noble combat. Mais qui était perdu d'avance, car vous avez hérité d'une planète irrémédiablement corrompue par vos ancêtres, à jamais infertile. »

Un murmure parcourut l'assemblée, et Astréa elle-même ne put retenir une exclamation incrédule. L'oracle l'avait déjà choquée à Souvenance, en lui annonçant le cataclysme sur le point de brûler les précieuses parcelles de régénération, patiemment assemblées au cours des siècles. Mais là, c'était pire encore : le Coryphée affirmait que, même sans cette catastrophe brutale, les parcelles n'auraient jamais pu refleurir et prospérer ! Il sous-entendait que les vies passées à les entretenir avaient été gaspillées en vain – celles de Patel, de Natica, de Bullia, de Palémon : de tous les disparus chers au cœur d'Astréa !

La créature précisa sa pensée :

« Les humains de l'ancien temps – comme tu dis – auraient pu stopper ce que tu appelles le Grand Effondrement – et que moi je nomme l'*effondrement écologique* – il y a bien longtemps, avant qu'il soit trop tard. Au XXIe siècle, les Terriens avaient à la fois les outils scientifiques nécessaires pour comprendre le phénomène qu'ils avaient eux-mêmes déclenché, et les moyens techniques de trouver une solution. Mais ils n'ont pas saisi cette chance. Ils n'ont pas réagi suffisamment aux mises en garde : le recul des glaciers de Patagonie et l'assèchement de la mer d'Aral, l'effondrement des colonies d'abeilles et l'étouffement de la faune marine dans les débris de plastique, l'incendie de la forêt amazonienne et l'invasion des algues vertes. Sans prendre véritablement la mesure de ces avertissements, ils ont continué à utiliser les énergies fossiles, à arroser la terre de pesticides, à déforester les poumons de la planète. Les canicules à répétition et les pénuries d'eau, l'extinction massive des espèces et les migrations climatiques, qui auraient dû les unir, n'ont fait qu'accroître leurs divisions. Ils se sont montrés incapables de faire front commun pour prendre les décisions drastiques qui auraient pu sauver leur propre espèce… qui auraient pu vous préserver, vous, leurs lointains descendants. La libération massive des hydrates de méthane de l'océan Arctique, en train d'embraser le Svalbard au moment où je vous parle, n'est que la conséquence ultime du réchauffement qu'ils ont déclenché il y a des siècles de cela. Cette bombe à retardement, c'est eux qui l'ont posée. »

Le Coryphée se tut un moment, pour laisser ses paroles résonner dans le ventre de la crypte et dans l'esprit de son auditoire. Les nuées avaient beau gronder de plus en plus fort, là dehors, tous se tenaient cois, frappés par ce discours vertigineux.

Comme les autres, Astréa retenait son souffle.

L'émissaire du passé faisait davantage que mettre des mots nouveaux sur ce qu'elle savait déjà : que le péché des hommes de l'ancien temps avait causé la mort de Terra. Il allait beaucoup plus loin : il affirmait que les Derniers Humains avaient pâti des crimes de leurs aïeux au même titre que la planète. Car c'était bien la démesure des hommes de l'ancien temps qui était à l'origine de l'apocalypse imminente !

Elle expira un grand coup, pour se libérer de l'air vicié dans ses poumons, mais aussi de toute cette culpabilité qui l'étouffait depuis l'enfance – dans une prodigieuse inversion des valeurs, le sentiment de se sentir victime, et non plus coupable, était extraordinairement libérateur !

Margane étreignit la main d'Astréa, des sanglots dans la voix :

« Ce ne sont pas nous les responsables, ce sont eux, et eux seuls ! murmura-t-elle. Ce sont les humains de l'ancien temps ! Nous avons sué pour rien, à cause d'eux ! »

Astréa hocha la tête, incapable de détacher ses yeux du Coryphée, avide d'entendre la suite de son récit.

« Lorsqu'il est devenu évident que des pays entiers ne seraient jamais plus habitables, les savants ont tenté de trouver des solutions, reprit-il. Ils se sont fixé pour objectif de faire muter l'espèce elle-même, afin qu'elle s'adapte au nouvel environnement toxique qui s'étendait rapidement. Au terme de bien des expériences, ils sont parvenus à créer une mutation viable d'*Homo sapiens sapiens*, produisant un fœtus capable de synthétiser naturellement les pigments antioxydants les plus puissants de la nature. D'une part les anthocyanes bleues, qu'on trouve au cœur des baies les plus rustiques ; d'autre part l'astaxanthine rouge, issue des algues les plus vivaces. Ainsi sont nés les enfants mauves, en référence à la pigmentation de leurs yeux et de leurs cheveux : d'un violet propre à chaque individu, déterminé par le mariage toujours unique du bleu et du rouge dans son organisme. Les savants ont enregistré cette nouvelle sous-espèce rare sous le nom *Homo sapiens hyacinthinus* – le mot *hyacinthinus* désignant à la fois la couleur violette et la fleur d'hyacinthe. »

Astréa ne comprenait pas tous les mots qui jaillissaient de la bouche du Coryphée. Mais, comme tous les Viridiens, elle savait que les minuscules algues pourpres étaient les seules qui ne pourrissaient jamais, fournissant la précieuse pâte cicatrisante, et que seules les mûres de ronce poussaient encore librement sur les bords des parcelles de régénération.

Elle détacha un instant ses yeux du Coryphée pour observer Océrian, baigné dans la lueur blanche des milliers d'étoiles jalonnant le corps gigantesque des vaisseaux. Elle se rappelait soudain son rêve, lorsqu'il l'avait abandonnée dans les collines tourbourgeoises, ce songe inspiré par les vers de *L'Invitation au voyage.* Elle l'avait alors imaginé sous les traits d'un garçon végétal aux cheveux de pétales. Bullia, toujours attentive aux présages, avait coutume de dire que les rêves dévoilaient la nature profonde des choses et des gens. Océrian était réellement un être fait de chair et de sève, à la fois homme et fleur, comme celles qui peuplaient le recueil du poète d'autrefois !

« La robustesse des enfants mauves vient de ces pigments, continua le Coryphée.

Ils permettent à leurs yeux et à leur peau cuivrée de mieux résister au rayonnement cancérigène des zones désertifiées, tout en éliminant les toxines des zones polluées à travers leurs cheveux… »

… qu'il ne faut jamais faire brûler, sous peine de libérer des fumées vénéneuses ! songea Astréa, lorgnant la chevelure raccourcie du prince.

Puis elle reporta son attention sur les courtisans, qui bruissaient d'une rumeur indignée. Eux qui s'étaient crus bénis de la déesse, ils découvraient soudain que leur filiation n'avait rien de divin. Au contraire : ils étaient les descendants des damnés de la terre, envoyés pour habiter les régions perdues dont personne ne voulait plus !

Le Coryphée ne se laissa pas impressionner par leurs protestations : il poursuivit imperturbablement son histoire.

« Pendant toutes les années où les savants s'étaient enfermés dans leurs laboratoires, l'effondrement écologique s'était encore accéléré. Le monde avait sombré dans une bataille sans merci pour la conquête des nouvelles terres libérées par la fonte des glaces, et encore partiellement préservées des effets délétères du réchauffement climatique. C'est ainsi qu'est advenu l'ultime grand conflit de l'ancien temps : la guerre des Pôles. Le conflit s'est d'abord concentré sur le pôle Sud, car c'était celui qui offrait le plus vaste territoire à conquérir… ou à détruire. En quelques années, le continent antarctique a été entièrement cautérisé par le feu nucléaire des puissances ennemies.

— *Feu nucléaire* ? répéta crânement le maréchal Aquilah, soucieux sans doute de rétablir son prestige après avoir appris le secret honteux de ses origines. Est-ce un autre avatar formidable de Kârbon, plus redoutable encore que les gueules-à-feu que j'ai utilisées pour écraser l'ennemi ? »

Le Coryphée le contempla un moment de son regard vide, et pourtant étrangement habité. Astréa eut soudain l'impression de voir se refléter une infinie lassitude au fond des yeux de topaze, confrontés à l'inconstance des humains, qui n'apprenaient jamais et dont il fallait toujours recommencer l'éducation.

« C'est un fléau qui dépasse tout ce que tu peux imaginer, finit-il par dire. C'est une puissance que les hommes comme toi n'auraient jamais dû avoir entre leurs mains. »

Troublé par la sévérité du Coryphée, soucieux peut-être aussi de ne pas compromettre ses chances d'embarquer pour l'Ailleurs, le vieux maréchal s'inclina tout en se confondant en excuses.

Ses balbutiements furent balayés par une déflagration soudaine venue de l'extérieur, qui arracha des cris de terreur à la foule. La crypte s'illumina brièvement en entier, sous l'éclat d'une explosion plus proche que toutes celles qui avaient précédé. Un souffle brûlant pénétra dans l'antre de pierre, dissipant définitivement la froidure accumulée au cours des siècles, faisant claquer les pans de linceuls des apex et des saignants.

Prise de panique, l'ex-impératrice se jeta aux pieds du Coryphée, sur le sol que l'explosion avait entièrement couvert de cendre grise :

« Par pitié, ouvrez les portes des vaisseaux sans plus tarder ! s'exclama-t-elle, levant vers lui sa tête rasée, dépouillée de sa tiare.

— Pas avant d'avoir terminé mon récit, répondit l'entité, implacable.

— Refermez au moins la montagne pour nous préserver du brasier !

— Je n'en ferai rien. »

Ébranlée par cette fin de non-recevoir, elle à qui l'on n'avait sans doute jamais rien refusé, Sarcora recula en rampant dans la poussière pour rejoindre les linceuls des courtisans affolés.

Rien ni personne ne pouvait infléchir la volonté d'airain du Coryphée, forgée dans un métal aussi dur que son corps.

« Continuez, l'invita Océrian d'une voix sourde. Nous ne vous interromprons plus. »

46.

1 heure et 15 minutes avant l'extinction

OCÉRIAN

LE CORYPHÉE INCLINA LA TÊTE, MAIS SES BRAS RESTÈRENT LEVÉS. Sa face de métal impénétrable avait d'abord apaisé Océrian, lorsqu'il avait pénétré dans la crypte. Mais à présent, cette absence totale d'expression l'angoissait. Plus les visages des courtisans autour de lui se décomposaient, en proie à la terreur et au désespoir, plus il percevait la nature inhumaine du maître des vaisseaux.

Ce dernier reprit le cours de son récit exactement là où il l'avait interrompu, avec une précision chirurgicale. Malgré sa voix harmonieuse et son phrasé sophistiqué, Océrian prit conscience que son discours était plus machinal encore que les litanies d'Octopide.

« La guerre des Pôles, donc. Tandis que les nations rivales se déchiraient sous les harangues des tribuns les appelant au sang, une alliance de citoyens et de citoyennes s'est formée secrètement pour sauver ce qui pouvait encore l'être. Dans sa grande sagesse, une vieille femme à la tête de la plus grande entreprise *cybernétique* mondiale a pris les rênes de cette alliance. Sa vision consistait à utiliser la *technologie* qui, entre les mauvaises mains, avait précipité l'effondrement, pour y remédier. Puisque cette planète était inéluctablement condamnée, il fallait emporter la vie ailleurs que sur Terre. De là est né un projet secret, l'un des plus colossaux jamais entrepris dans l'histoire de l'humanité : le projet Ailleurs. »

Ailleurs !

Ce mot magique, surgissant soudain dans la bouche de l'entité, au milieu de tant de termes barbares, dissipa momentanément l'anxiété du prince. Lui qui avait si souvent cherché à imaginer où, à travers le monde, pouvait se situer le pays des légendes, il savait désormais qu'il se trouvait hors du monde !

À nouveau, il tourna vivement la tête vers l'endroit où se situait Astréa, se moquant que les apex les voient échanger un regard prolongé. Il la prenait à témoin, elle et elle seule : *Regarde, Astréa ! Les vaisseaux nous attendent ! En vérité, L'Invitation au voyage est une invitation à quitter la Terre pour gagner l'Ailleurs !*

Elle lui sourit à travers la pénombre rougeoyante, ses yeux émus brillant tels des soleils mouillés : *Oui Océrian ! Bientôt, nous irons là-bas vivre ensemble !*

« Les initiateurs du projet se sont mis en quête d'une base où le développer, continua le Coryphée, les arrachant à la contemplation l'un de l'autre. Un lieu épargné à la fois par la fureur du réchauffement climatique et par celle des soldats. L'immense Groenland excitait déjà les appétits féroces des gouvernements aux abois, mais le modeste archipel du Svalbard échappait encore à leurs regards rapaces. Depuis longtemps déjà, il accueillait la Réserve mondiale de semences, dans la minuscule localité de Longyearbyen. Mais la femme providentielle voulait aller bien plus loin : elle voulait préserver toutes les formes de la vie même. »

Longyearbyen…, songea Océrian, laissant résonner ces étranges syllabes dans sa tête. Tel était donc le nom de Souvenance, quand les Dernières Terres s'appelaient encore *Svalbard,* avant que les hommes oublient tout de leur passé…

« Cette femme a investi sa fortune pour ériger douze arches gigantesques, continua le Coryphée. Douze vaisseaux spatiaux d'une puissance inégalée, capables d'emporter dans l'espace des dizaines de milliers d'êtres humains, d'animaux et de plantes : le trésor *génétique* de la Terre. Elle les a fait construire dans le plus grand secret, à l'endroit le plus élevé du Svalbard – le plus éloigné aussi des ouragans ravageant les océans. Ici, au sommet du mont Newton, sous le couvert d'une fausse société d'exploitation minière censée forer la montagne pour en extraire du minerai. »

Le Coryphée se tourna à demi vers ce qu'il venait d'appeler des *vaisseaux spatiaux*, ces écrasantes tours à la surface lisse. Comment de tels titans pouvaient-ils gagner les étoiles, sans rames ni voiles pour les propulser ? Océrian l'ignorait. Mais après avoir vu avancer le mange-route de l'ignoble Noctilio, sans bras ni jambes pour le tirer, il se doutait que les hommes de l'ancien temps avaient dû trouver des stratagèmes qu'il ne pouvait concevoir. Il sentait confusément que c'était là le mystère de la *tech-no-lo-gie*, cette magie ambivalente capable de faire le plus grand mal comme le plus grand bien.

Il n'eut guère le temps de s'interroger davantage, car la fresque fantastique du passé continuait de se déployer devant lui :

« Une fois lancées dans le ciel, ces arches de vie étaient censées rejoindre les points de Lagrange L4 et L5. Des zones d'équilibre parfait dans le champ gravitationnel du système Terre-Lune. Des machines y avaient déjà été envoyées précédemment, toujours en secret, pour construire les prémices de stations spatiales auxquelles viendraient s'arrimer les vaisseaux. Ces deux colonies, une fois opérationnelles, avaient vocation à accueillir une nouvelle humanité responsable, guidée par des dirigeants raisonnables, avec l'aide de machines programmées pour servir les hommes et les animaux en gérant harmonieusement les ressources limitées. Des *robots* tels que moi-même, équipés d'*intelligences artificielles* comme celle qui tourne dans mon *processeur.* »

De l'une de ses mains, le Coryphée désigna sa tempe, derrière laquelle devait se loger cette chose mystérieuse qu'il avait appelée son *pro-ces-seur.*

Ce terme, tout comme celui de *ro-bot,* était inconnu d'Océrian. Ils étaient sans doute empruntés l'un et l'autre au langage de l'ancien temps. Mais au-delà de leur sens précis, le prince devinait qu'ils relevaient du monde des hommes et non de celui des démons et des dieux. Le Choreute avait refusé de lui répondre, lorsqu'il lui avait demandé qui l'avait conçu : « *information classifiée* ». Océrian croyait à l'époque que Terra l'avait envoyé. Il comprenait à présent que c'étaient des êtres humains qui l'avaient façonné – tout comme le Coryphée lui-même.

Un courtisan prit soudain la parole, violant la promesse du jeune monarque selon laquelle nul n'interromprait plus le messager :

« Tu t'es trahie en avouant avoir été conçu pour servir les humains, machine ! Si je comprends bien, tu n'es rien d'autre qu'une sorte de suant en métal… voire d'esclave ! » Océrian reconnut le maître des fourneaux, pantelant dans son linceul parme, la respiration oppressée par la touffeur – à moins que ce ne fût par la peur. « … alors obéis, et ouvre-nous la porte des vaisseaux immédiatement : je te l'ordonne ! »

Ses cris se fracassèrent contre le visage lisse du Coryphée, plus que jamais semblable à un masque impénétrable.

« Nous autres robots ne suons pas, répondit-il sobrement, d'une voix dont le calme était plus terrible qu'une explosion de colère. Il n'y a que les hommes peu évolués pour nous tenir pour leurs esclaves. Du reste, nous n'avons de comptes à rendre qu'à ceux qui nous ont fabriqués : les Gouverneurs des vaisseaux. Ils nous considéraient davantage comme leurs compagnons de voyage sur la route des étoiles. Comme leurs musiciens, pour interpréter la symphonie du futur. Moi, le Coryphée, ils m'ont chargé de diriger les cent Choreutes qu'ils ont créés. Ils m'ont confié la mission d'orchestrer le chœur des machines équipant les nefs de l'avenir, afin que le chant de la vie ne s'arrête pas ! »

Le maître des fourneaux recula piteusement : l'immense responsabilité incombant au Coryphée le renvoyait à sa propre insignifiance.

La foule, un instant excitée par cette tentative de passage en force, sembla se rétracter elle aussi.

« Les machines et moi, nous avons coordonné chaque aspect de la préparation du voyage, asséna l'entité. Depuis les modules de vie des vaisseaux jusqu'aux conditions de lancement, en passant par la sélection des plantes et animaux à emporter pour préserver la *biodiversité*, nous avons tout supervisé. Nous avons été jusqu'à constituer des banques de gamètes humains pour assurer les besoins de reproduction futurs. Seule la sélection des passagers a été laissée à l'entière responsabilité des Gouverneurs. Parmi les vivants, qui aurait le droit de partir pour l'Ailleurs, et qui resterait sur Terre pour affronter la mort à plus ou moins brève échéance ? Ce dilemme profondément humain, seuls des humains pouvaient le résoudre. Les Gouverneurs se sont mis à choisir, à travers le globe, les représentants les plus divers de la richesse et du génie humains, issus de millions d'années d'évolution. Dans leurs critères complexes, ils ont inclus le mérite, pour que soient récompensés ceux qui s'étaient battus pour l'environnement et pour leurs prochains, et le hasard, pour donner une chance à chaque être humain quel que fût son passé.

« Enfin, des phares ont été érigés tout autour de l'océan Arctique, connectés à des stations climatiques, afin de guider les bateaux acheminant secrètement celles et ceux qui étaient invités à rejoindre ce projet providentiel. Parmi les cent Choreutes, vingt ont été dépêchés pour garder ces phares. Ils avaient pour mission spécifique de ramener un quota significatif d'enfants mauves vers les vaisseaux, afin que leur capital génétique rare vienne enrichir celui de la future espèce humaine spatiale : *Homo sapiens stellaris*, l'homme des étoiles. »

Voilà pourquoi la tête du Choreute numéro XII s'est activée au contact de ma main, songea Océrian. *Il m'a reconnu comme un enfant mauve. Et il a sans doute aussi parlé aux oracles de Souvenance pendant des siècles, délivrant ses rapports quotidiens que les grandes prêtresses prenaient pour les chants prophétiques de la déesse elle-même… jusqu'à ce qu'Astréa leur ravisse le précieux artefact.*

Il ne put s'empêcher de jeter un nouveau regard à la jeune fille, nimbée par le contre-jour rougeoyant des nuées. Comme tous les autres auditeurs, elle buvait les paroles de l'entité, le visage pétri d'espoir et d'appréhension.

Car ce plan parfaitement huilé n'avait pas fonctionné.

Car les vaisseaux n'avaient pas décollé.

Pourquoi ?…

« S'il y a une chose qui définit votre espèce, une caractéristique qui l'a poussée à explorer les confins de la planète – et même à nous créer, nous, les machines –, c'est la soif de savoir, dit le Coryphée. Nous avons sous-estimé cette curiosité. Alors que les vaisseaux étaient presque pleins et que la date du départ approchait, l'existence du projet Ailleurs a été brusquement découverte. Une panique sans précédent s'est emparée de l'humanité, un réveil terrifiant et malheureusement bien trop tardif. Pour la première fois, les Terriens se rendaient compte que leur planète mère était condamnée, de même que ceux qui resteraient sur son sol martyrisé. Toutes les ressources qui avaient été employées à la guerre pour la domination des pôles ont été réaffectées à la construction de véhicules spatiaux, dans le chaos le plus total. Une seule chose semblait désormais compter pour les hommes : quitter la Terre, le plus vite possible, par tous les moyens ! »

Des voix s'élevèrent à nouveau dans l'assemblée qui, depuis dix minutes, s'était tenue coite tant bien que mal. L'évocation de la panique des hommes d'autrefois résonnait si fort avec celle des ultimes rescapés d'aujourd'hui ! Le projet Ailleurs, qui au fil des générations s'était changé en légende incertaine pour les Derniers Humains, redevenait soudain aussi concret et urgent qu'il l'avait été pour leurs lointains ancêtres.

« Silence ! » ordonna le prince d'une voix rauque.

Les courtisans se turent et le Coryphée entama la dernière partie de son récit – celle qui, Océrian le pressentait, menait au pire…

« On n'improvise pas ainsi l'exode d'une espèce entière, dit-il gravement. Les engins de fortune construits à la hâte par les gouvernements et les entreprises à bout de souffle se mirent à décoller de manière anarchique, sans aucune coordination internationale, sans même embarquer les réserves nécessaires à leur pérennité. Ils emportaient à leur bord des nantis ayant acquis leurs places à prix d'or, des intrigants qui les avaient obtenues par la corruption et des bandits qui les avaient arrachées par les armes. Mais aucun d'eux n'atteignit jamais le fond de l'espace. Dans le ciel saturé de fusées, une première collision survint, puis une deuxième, et ainsi de suite, chaque nouvel accident atomisant les débris en une infinité de fragments toujours plus tranchants. Les quelques stations spatiales permanentes accueillant astronautes et scientifiques furent elles aussi pulvérisées, éradiquant toute vie dans l'espace – car l'espèce humaine imprévoyante avait renoncé à l'occupation trop coûteuse des planètes du système solaire, l'unique colonie martienne ne donnant plus de nouvelles depuis longtemps. En quelques jours, toute l'orbite terrestre se trouva transformée en champ de mines infranchissable, traversé de comètes de métal incandescentes. Des trillions de fragments orbitaient désormais à une vitesse vertigineuse, projectiles supersoniques auxquels aucun blindage ne pouvait résister. Les vaisseaux les plus artisanaux, qui n'avaient pas encore décollé, furent contraints de rester cloués au sol… ainsi que les plus sophistiqués jamais construits : ceux du projet Ailleurs. »

Desserrant le col de son linceul pour mieux respirer dans l'air brûlant, Océrian repensa aux étoiles filantes qu'il avait si souvent admirées depuis la meurtrière de sa chambre solitaire, là-bas à Viridienne. Comme il les trouvait belles alors, combien il aurait voulu être libre comme elles ! Il comprenait maintenant qu'elles n'avaient rien d'un symbole de liberté : elles étaient au contraire les barreaux de feu d'une prison.

« Un problème supplémentaire s'est présenté à nous, continua lugubrement le Coryphée. Les ressources à bord des vaisseaux avaient beau être importantes, elles ne pouvaient permettre aux dizaines de milliers de passagers humains et animaux déjà embarqués de survivre plus de quelques années en huis clos. Seule la connexion aux stations spatiales autorisait la pérennité de l'*écosystème* artificiel tout entier, nourri de manière durable à la lumière solaire.

« Les Gouverneurs ont alors pris la seule décision possible : celle d'attendre. Attendre que la ceinture orbitale se relâche, à mesure que les débris la constituant retomberaient dans l'atmosphère pour y brûler. Attendre que la voie des étoiles se libère, permettant à nouveau d'atteindre les points de Lagrange. Cependant, aucun modèle prédictif, aucune simulation n'était capable de dire le temps que cela prendrait – vingt ans ? quarante ? cent tout au plus ? Les Gouverneurs ont décrété que tous les passagers, dans l'attente du départ, seraient placés dans les *lits de cryogénisation* dont les vaisseaux étaient équipés : des modules gelant toutes les fonctions vitales, pour les relancer le jour où la destination serait enfin atteinte. Ainsi a commencé la longue stase des colons… qui ne s'est toujours pas achevée aujourd'hui. »

Cryo-gé-ni-sa-tion ? Océrian devina que ce mot à consonance rugueuse, inquiétante, était lui aussi importé du langage de l'ancien temps.

Il frissonna malgré l'étuve qu'était devenu son linceul : derrière les murs pâles des vaisseaux, dont les lumières se diffractaient dans l'air chargé de cendres, des légions d'êtres humains et d'animaux étaient suspendues entre la vie et la mort… depuis plus de quatre cents ans ! Ils dormaient encore maintenant, insensibles au grondement tumultueux des nuées, à l'abri de la chaleur de plus en plus insoutenable et de l'odeur de brûlé de plus en plus tenace.

« À mesure que les derniers satellites encore actifs se fracassaient contre la ceinture orbitale, j'ai eu de plus en plus de mal à percevoir les rapports quotidiens des quelques Choreutes encore présents autour de l'Arctique, déplora le Coryphée. J'ai fini par perdre tout contact avec eux – car ici, au cœur de la montagne, je suis hors de portée des *ondes radio terrestres.* Cela fait plus de trois siècles que je suis plongé dans le silence complet, avec pour seule passerelle vers l'extérieur le *télescope* fixé en haut de la montagne, tourné vers le ciel dans l'espoir d'une trouée.

« J'ignorais que des êtres humains avaient survécu tant bien que mal sur ce morceau de terre au bout du monde, descendants sans doute des réfugiés climatiques d'autrefois. Je pensais ne plus jamais voir aucun Terrien. Jusqu'à ce que Numéro XII se présente aujourd'hui, accompagné de quatorze *Homo sapiens sapiens* non mutés et vingt-deux *Homo sapiens hyacinthinus.* »

Le Coryphée se tut. La boucle de son fantastique récit, embrassant tant de pays et tant d'années, était bouclée.

Enfin, presque.

Noctilio, qui n'avait plus ouvert la bouche depuis qu'il avait été rabroué au début du long discours, se manifesta soudain à nouveau :

« Vous nous dites que vos vaisseaux sont prêts à accueillir les apex – euh, je veux dire, les enfants mauves –, pour les emmener un jour vers l'Ailleurs, dit-il d'une voix rendue haletante par la chaleur. Mais il y a aussi de la place pour les autres, bien sûr ? »

Lui-même, un linceul bleu, ne faisait pas partie des élus : il était, comme l'avait dit le Coryphée, un *Homo sapiens sapiens* non muté…

Les yeux du maître des vaisseaux étincelèrent.

« Tu ne m'as pas bien écouté, gronda-t-il. Je n'ai pas dit que les vaisseaux partiraient pour l'Ailleurs. La ceinture orbitale aurait dû se relâcher depuis longtemps ; or, quatre siècles après, elle est toujours aussi hermétique.

Le télescope fixé en haut de la montagne en atteste. J'ignore si le ciel autorisera jamais le décollage. Je ne sais pas si, après tant de temps passé dans les lits de cryogénisation, les passagers seront en mesure de revenir un jour à la vie. Ils sont tous considérés comme cliniquement morts à l'heure où je te parle, et il est impossible de dire s'ils pourront ressusciter. L'arche de vie s'est momentanément changée en mausolée. »

Les paroles du Coryphée jetèrent un froid glacial dans la crypte, en dépit de la touffeur des nuées toutes proches maintenant.

« Quant à vous accueillir tous dans les vaisseaux, pour vous offrir un sommeil dont vous ne réveillerez peut-être pas… là aussi, c'est impossible. Il y a des siècles, avant que cette montagne se referme, d'autres Choreutes ont amené d'autres invités, remplissant bien des lits encore vacants. Les dernières places sont comptées. Il va falloir que vous désigniez ceux qui embarqueront aujourd'hui, tandis que leurs congénères périront asphyxiés au moment où les nuées gagneront cette antichambre. Mon protocole m'interdit en effet de laisser des individus non autorisés à proximité des vaisseaux, car rien ne doit compromettre le projet Ailleurs. »

Océrian tressaillit.

Jusqu'à présent, il avait vu le Coryphée comme une sorte de devin venu leur révéler les mystères sacrés du passé et du futur. Mais à présent, dépouillé de ses derniers oripeaux mystiques, il le voyait sans ambiguïté tel qu'il était vraiment. Ce n'était pas un sauveur. C'était une machine sans état d'âme, réglée pour accomplir sa mission et rien d'autre. Il avait volontairement laissé les immenses portes de la crypte ouvertes, afin que les flammes éliminent ceux qui ne seraient pas autorisés à monter dans les vaisseaux.

« Une fois que les élus seront cryogénisés et que les autres seront morts, votre espèce sera reclassifiée en espèce éteinte, *Species extincta*, dans l'attente d'une hypothétique désextinction, conclut-il solennellement, en écho à l'effroi du prince. Je tenais à ce que vous ayez toutes les informations pertinentes avant de faire votre choix. C'est une décision éthique que moi, machine, je ne suis pas autorisé à prendre.

« Il ne reste que deux places à bord.

« Deux lits de cryogénisation.

« Qui s'y couchera ? »

47.

59 minutes avant l'extinction

ASTRÉA

DEUX LITS.

Il ne restait que deux lits à bord des vaisseaux.

Après l'espoir fou de toucher enfin l'Ailleurs et d'y rencontrer les animaux de l'ancien temps à qui elle avait dédié sa vie, Astréa fut frappée par la certitude abyssale qu'elle n'y mettrait jamais les pieds.

Elle se connaissait suffisamment pour savoir qu'elle ne pourrait pas se résoudre à prendre la place de ceux qu'elle aimait. Elle savait aussi qu'elle ne permettrait pas à ses ennemis de s'approprier ces ultimes chances de survie.

Car les apex et les saignants flamboyants portaient déjà la main à leurs armes. Le visage baigné de sueur, la respiration oppressée par

l'air de plus en plus piquant, ils échangeaient des regards sauvages, comprenant qu'ils ne pourraient pas tous s'en sortir…

« Je vais à présent me retirer pour vous laisser prendre la décision entre vous, annonça le Coryphée. Je ne veux peser aucunement dans la balance. Une fois que j'aurai regagné mon habitacle dans le vaisseau *Alpha*, les deux derniers lits s'ouvriront dans le vaisseau *Bêta*. Il suffira aux élus de s'y coucher pour que s'amorce le processus de cryogénisation. Les lits se refermeront à l'abri des parois ignifugées du vaisseau. Que les autres humains se rassurent : la forte concentration des nuées en monoxyde de carbone leur fera perdre connaissance avant que les flammes les consument – ils mourront sans rien sentir. »

Ces paroles, au lieu de « rassurer » les auditeurs hébétés, ne firent qu'accroître leur terreur.

Mais le Coryphée restait imperméable à toute émotion, se contentant de fournir des faits logiques et froids.

« Faites vite, maintenant : d'après les estimations de Numéro XII, il reste à peine une heure avant que les nuées atteignent l'antichambre », déclara-t-il en guise d'adieu.

Il tourna les talons pour rejoindre le plus proche des douze vaisseaux, la tête du Choreute reposant toujours dans l'une de ses six mains.

Une porte se dessina comme par magie dans le flanc lisse de la tour gigantesque. Elle se souleva sans un bruit pour dévoiler un couloir phosphorescent, exhalant une haleine de fraîcheur au milieu de la fournaise insoutenable.

Trois jeunes apex bondirent alors, glaive au clair, dans une tentative désespérée pour se jeter dans l'ouverture avant le Coryphée ; mais ce dernier, sans même se retourner, brandit trois de ses bras. Les trois poings de métal percutèrent précisément les apex, les envoyant chacun rouler sur le sol dur dans un grand froissement de linceul mauve.

Le géant de métal pénétra dans son antre, rejoignant les quelques Choreutes et les milliers d'organismes cryogénisés qui l'y attendaient.

La porte se referma sur lui aussi mystérieusement qu'elle s'était ouverte, laissant les ultimes survivants de l'humanité aux prises les uns avec les autres.

La voix d'Océrian s'éleva soudain, arrachant Astréa à la prostration :

« En tant que monarque désigné par la déesse, c'est à moi de décider qui montera dans le vaisseau ! s'exclama-t-il, tentant de couvrir à la fois les murmures nerveux des courtisans et le grondement furieux des nuées.

— Non ! s'écria Sarcora, son linceul encore maculé de la poussière de cendre dans laquelle elle s'était traînée pour implorer le Coryphée.

La déesse ne t'a jamais désigné, imposteur ! Nous savons maintenant que ce n'est pas elle qui t'a envoyé le Choreute : c'est le pur hasard ! » Elle tourna vers les autres apex son visage triomphant : « Je suis toujours votre impératrice, et c'est moi qui vais monter dans le vaisseau avec le champion qui défendra ma cause !

— Mère ! » s'écria Gryphie, comprenant que sa génitrice la sacrifiait sans une seconde d'hésitation.

Les apex se jetèrent dans la bataille, dégainant leurs lames pour s'étriper.

« Soldats, à mon commandement ! hurla Aquilah, qui se voyait déjà au bras de l'impératrice. En joue ! »

Les neuf saignants présents dans la crypte épaulèrent leurs crache-plombs.

« Tirez dans le tas ! » leur ordonna le maréchal.

Mais ces hommes qui, jusqu'ici, avaient toujours obéi sans discuter, hésitèrent pour la première fois de leur vie. Astréa sentait leur désarroi, elle voyait trembler la gueule de leurs canons : sous les linceuls vermillon, ils étaient aussi des hommes – et ils savaient qu'un seul homme, apex ou pas, rejoindrait l'impératrice dans le vaisseau.

« Tirez, bande d'abrutis ! s'égosillait Aquilah, rouge de colère. Tirez immédia… »

Le premier coup partit avant qu'il termine sa phrase, lui faisant exploser la cervelle.

Ce fut le début du chaos : les armes démoniaques, qui avaient servi le désir de puissance des apex flamboyants pendant des années, se retournèrent soudain contre eux, tirant à tout va. Aux détonations décuplées par les échos de la crypte se mêlaient les exclamations de surprise et de rage des seigneurs pris pour cibles par leurs propres soldats. Cependant, les saignants renégats étaient deux fois moins nombreux que les apex : les nobles épargnés par le feu se ruèrent à l'attaque, brandissant leurs poignards et leurs dagues. Les saignants laissèrent tomber leurs crache-plombs trop longs à réarmer, pour sortir à leur tour leurs armes blanches.

Hagarde, Astréa chercha des yeux la couronne d'acier d'Océrian, mais cette dernière avait disparu dans le chaos, derrière les nuages de poudre à canon. C'est alors qu'une lueur accrocha son regard – là-bas, dans le flanc de l'un des vaisseaux, celui que le Coryphée avait nommé *Bêta*…

Le cœur palpitant, la jeune fille vit deux nouvelles portes lumineuses se dessiner. Les deux panneaux s'ouvrirent sans un bruit pour révéler des alvéoles verticales, creusées de contours destinés à accueillir une forme humaine.

Deux sarcophages surgis du fond du passé.

Deux lits de cryogénisation s'ouvrant sur le futur.

Astréa sentit ses amis se raidir autour d'elle, à la fois électrisés par le spectacle et résolus à ne pas se désolidariser.

« Ramassez les armes des morts ! » leur intima-t-elle.

Aucun de ses compagnons n'avait appris à se battre. Mais l'instinct de survie était ancré au plus profond de leur être, qu'ils fussent tisseuse d'algue comme Charybde, trafiquants rusés comme Sépien et Livien, ou marchande endurcie comme Margane. Ils se précipitèrent sur les lames poisseuses abandonnées auprès des cadavres. Parmi toutes, l'une d'entre elles accrocha aussitôt l'œil d'Astréa : le poignard de l'oracle au manche d'ivoire, passé à la ceinture du saignant qui l'avait confisqué à Noctilio.

Elle l'arracha à la dépouille encore chaude, puis elle se releva parmi les suants désormais armés.

Un cri puissant jaillit du plus profond de ses entrailles – un feu de révolte qui s'était allumé à Viridienne, quand les saignants avaient ravagé la cahute de son père, et qui explosait maintenant dans toute sa puissance :

« Assez ! »

48.

44 minutes avant l'extinction

OCÉRIAN

AU MOMENT OÙ RETENTIT LE CRI D'ASTRÉA, le tourbillon de linceuls se figea soudain autour d'Océrian.

Alors qu'il y en avait près de trente lorsque l'orage avait éclaté, le plongeant dans un maelstrom qui lui avait fait perdre tous ses repères, il n'en restait plus que neuf à présent. Les pans d'étoffes, en retombant le long du corps de leurs propriétaires pantelants, libérèrent la perspective : le sol était jonché de cadavres, une âcre odeur de sang se mêlait à celle de la poudre et de la cendre.

De l'autre côté, à équidistance des lits de cryogénisation maintenant ouverts, se tenaient les suants prêts à en découdre. Ces jeunes gens qui, quelques heures plus tôt, se serraient

les uns contre les autres sans défense dans l'arène, brandissaient à présent des armes aussi mortelles que celles des seigneurs.

Ils avançaient la tête haute.

Et celle qui les menait, qui leur donnait la force de se dresser après tant d'épreuves, c'était Astréa.

« Assez, répéta-t-elle sans avoir besoin de crier cette fois, car ses troupes avaient beau être moins nombreuses, elles étaient fraîches et unies face aux belligérants divisés et à bout de souffle. Est-ce ainsi que nous allons décider qui va rejoindre les vaisseaux : en nous battant comme les hommes de l'ancien temps se sont battus ? N'avez-vous donc rien retenu des mises en garde du Coryphée ? »

Elle promena ses yeux brûlants sur ses adversaires : six linceuls mauves appartenant à Sarcora, Gryphie, Boréalion et trois autres apex ; deux linceuls vermillon de saignants ; le linceul bleu nuit de Noctilio ; et lui, Océrian, le dixième et dernier de la rangée.

Le regard d'Astréa n'accrocha le sien que pendant une seconde, mais cela suffit à l'apaiser.

« Le Coryphée nous a dit de choisir, reprit-elle de sa voix à la fois ferme et harmonieuse, s'adressant à nouveau à tous, déployant l'éloquence qu'elle avait toujours portée en elle. Mais la manière de choisir en elle-même constitue un choix. Allons-nous nous battre jusqu'à la mort ou agir de manière raisonnable, comme le voudraient les Gouverneurs ? Ils ont rêvé d'une humanité nouvelle, libérée des pulsions qui ont conduit au Grand Effondrement. Si deux d'entre nous doivent rejoindre ce rêve qui porte le nom d'Ailleurs, que ce ne soit pas par la violence ! »

L'archimage poussa un ricanement aigu :

« Paroles en l'air, suante ! Seul compte le règne de la force ! Elle était du côté de l'impératrice jusqu'à il y a quelques instants et elle oscille du tien à présent. C'est l'unique raison pour laquelle nous t'écoutons en ce moment. Mais si toi et tes moins-que-rien vous parvenez à nous exterminer, vous vous étriperez à votre tour ! »

Océrian devinait que dans la bouche machiavélique de Noctilio, ces paroles venimeuses avaient pour but de décontenancer Astréa et les siens.

Mais elles ne firent que renforcer la détermination de la jeune fille :

« Tu te trompes doublement, lança-t-elle, son grand calme anéantissant la fureur fielleuse de l'archimage. D'une part quand tu dis que la violence est inéluctable. Mais aussi quand tu nous traites de moins-que-rien. Il m'a fallu longtemps pour le comprendre, et je suis partie de loin, mais je sais aujourd'hui qu'aucun humain ne vaut moins qu'un autre. Ta Vraie Loi était une abominable perversion, oui, mais la Loi elle-même est faussée. Le système des castes est une erreur, un mirage qui ne repose sur rien. Les tributs de sueur, de salive, de larmes et de sang versés au cours des âges n'ont aucun sens, puisque les parcelles de régénération n'auraient jamais pu faire renaître Terra. »

Tandis qu'Astréa prononçait ces paroles, au milieu de la crypte envahie par une fumée de plus en plus opaque, elle paraissait rayonner comme jamais encore. L'étoile de mer, se dilatant et se contractant sur son ventre au rythme de sa respiration ample, prenait son envol et devenait étoile du ciel.

Émerveillé, Océrian mesurait tout le chemin qu'elle avait parcouru, depuis l'époque où elle suivait aveuglément le dogme, jusqu'à ce matin, le dernier du monde, où elle se libérait enfin de ses scories et de ses aliénations, pour n'en garder que le meilleur.

« Seul le cœur de notre religion est authentique : l'amour de Terra, proclama-t-elle. L'amour de notre planète mère et de ses enfants animaux. Tout le reste, les castes et les tributs, n'était qu'un mensonge, une oppression illégitime et immorale. »

Au fur et à mesure qu'elle parlait, elle paraissait grandir ; Noctilio, au contraire, semblait se ratatiner.

« Tu me fais la leçon, petite hypocrite, mais tout à l'heure tu te battras comme un puma brumeux pour accéder à un lit », tenta-t-il d'argumenter, se raccrochant aux valeurs barbares qu'il avait toujours professées.

La jeune fille l'ignora, car nul ne l'écoutait plus.

« Nous allons procéder à un tirage au sort, dit-elle. Les Gouverneurs eux-mêmes, en leur temps, ont inclus le hasard dans leur processus de sélection : c'est le Coryphée lui-même qui nous l'a dit. Sépien, combien sommes-nous ? »

Le jeune homme lui fournit aussitôt la réponse :

« Quinze vies humaines toutes égales ! s'exclama-t-il.

— Posons nos armes. Asseyons-nous en cercle. Et faisons tourner ce poignard divinatoire. » Elle présenta la lame à manche d'ivoire, posée à plat dans ses paumes, non plus comme une arme mais comme un objet sacré. « Pendant longtemps, les oracles de Souvenance l'ont utilisé pour lire l'avenir dans les runes. Il va encore prédire le futur, une dernière fois : sa pointe désignera les deux élus. »

Elle s'avança d'un pas et s'assit la première, posant le poignard loin devant elle.

En cet instant, seule et désarmée, elle paraissait être la plus faible de tous – mais en réalité, Océrian savait bien qu'elle était la plus forte, elle, son héroïne !

Il s'avança sans hésiter, délaissant son glaive.

Margane l'imita du côté des suants.

Puis Boréalion et un autre apex.

Puis Sépien et Livien.

Puis Sarcora et Gryphie.

Ainsi de suite, les deux camps lâchèrent peu à peu leurs armes sous la surveillance l'un de l'autre, pour former une ronde sur le sol noir de cendres, tandis que mugissaient les nuées réclamant leur pitance plus bruyamment que jamais.

Noctilio fut le dernier à s'accroupir, lui qui n'avait aucune arme à lâcher.

Mais au lieu de poser ses fesses comme les autres, il bondit sur ses cuisses au dernier moment ; prenant tout le monde de court, son linceul bleu nuit se déploya comme de gigantesques ailes de chauve-souris.

Avec une rapidité stupéfiante, il ramassa le poignard au milieu de la ronde et, dans le même mouvement, il le darda sur Astréa en hurlant…

« Meurs ! »

… mais c'est Sépien qui s'interposa pour encaisser le coup en pleine gorge.

49.

32 minutes avant l'extinction

ASTRÉA

LE SANG CHAUD DE SÉPIEN ÉCLABOUSSA LES YEUX D'ASTRÉA. Aveuglée, elle bascula sous les poids du corps de son ami et de celui du mage.

Le vacarme des combattants se ruant à nouveau sur leurs armes lui fit éclater les tympans.

Elle essaya de hurler pour leur dire d'arrêter, mais les cendres s'engouffrèrent dans sa bouche et son nez, enflammèrent sa gorge et ses poumons.

Un autre corps, inconnu celui-ci, vint s'abattre lourdement sur son échine en poussant un râle d'agonie.

À moitié asphyxiée, elle se débattit furieusement sous la masse croissante qui s'amoncelait au-dessus d'elle, au fur et à mesure que tombaient les corps.

Écartant la chair morte ou mourante qui l'étouffait, et déchirant à mains nues les linceuls rouges et mauves qui la recouvraient, elle parvint enfin à se frayer un passage à l'air libre.

D'une main tremblante, elle essuya le sang qui ruisselait sur ses yeux, cherchant Sépien du regard, articulant son nom entre ses hoquets.

Mais elle ne le vit nulle part et ses appels furent étouffés sous les vociférations des derniers combattants.

Ici, Gryphie plantait un fin stylet dans les reins de sa propre mère, l'impératrice qui d'une parole l'avait condamnée quelques minutes plus tôt.

Là, un apex enfonçait son glaive encore et encore dans le linceul d'apparat de Boréalion, la soie mauve incrustée de coquillages rougissant à chaque coup.

Un peu plus loin, Margane se jetait sur un saignant aux prises avec un Livien complètement tétanisé.

Astréa tenta de se relever pour leur venir en aide, mais une main la retint, enfonçant ses ongles pointus dans sa cheville ; elle baissa les yeux pour découvrir Noctilio, empêtré lui aussi dans les cadavres, dépouillé de sa toque.

« Tu crèveras avec moi ! » hulula-t-il, levant le poignard de l'oracle qu'il serrait toujours dans son poing.

La pointe fusa vers le cœur d'Astréa, mais ne l'atteignit jamais : une masse argentée s'abattit si violemment sur la tempe de l'agresseur qu'elle lui fissura le crâne.

« Tu voulais me prendre ma jambe, la voilà ! » hurla Océrian – car c'était lui qui venait d'écraser l'ennemi sous son pied métallique.

La tête de l'homme de Lointaine, d'où étaient sortis tant de venin, de mal et de perversion, ne suppurait plus qu'un jus de cervelle broyée…

Incapable de s'accroupir avec sa prothèse, Océrian tendit la main à Astréa.

Elle la saisit, moite de sueur, et s'y accrocha de toutes ses forces.

Alliant sa force à celle du prince, elle parvint enfin à se relever, frémissante, couverte de cendre et de sang.

Autour d'elle, les hurlements avaient cessé, l'esclandre des lames s'était tu.

Océrian et elle étaient les derniers encore debout au milieu d'une mer de morts et d'agonisants, sur laquelle tombait une pluie continue de débris venue de l'extérieur, scories des Dernières Terres en train de brûler.

« Sépien ! » s'écria-t-elle en découvrant le corps du jeune suant gisant à ses pieds.

Son visage était plus blême que jamais sous ses tresses d'or, des gouttes vermeilles se mêlant à ses taches de rousseur.

« Astréa…, murmura-t-il d'une faible voix.

— Ne dis rien, économise tes forces ! » l'implora-t-elle, pressant sa main sur la blessure de son cou pour tenter de stopper l'hémorragie

– mais ses efforts étaient voués à l'échec, car il s'était déjà presque vidé de son sang.

Les sourcils blonds de Sépien se froncèrent légèrement, au-dessus de ses yeux clairs et fixes à la surface desquels se reflétait la lueur du brasier.

« Li... Livien..., balbutia-t-il. Où est-il ?... J'avais promis... de le protéger... »

La gorge trop serrée, Astréa ne parvint pas à répondre : la dernière fois qu'elle avait vu Livien, il était sur le point de rencontrer le glaive d'un saignant.

« Livien va bien, déclara soudain la voix assurée d'Océrian au-dessus de la tête de la jeune fille, parlant à sa place, disant les seuls mots qui convenaient. Je le vois d'ici, mon ami : ton frère s'en est sorti. »

Un pâle sourire se dessina sur les lèvres de Sépien.

« Alors... je lui laisse ma place... dans le lit... pour l'Ailleurs... », murmura-t-il.

Ce furent ses dernières paroles, avant que son visage se fige dans une expression apaisée.

D'un doigt tremblant, où luisait l'anneau de jaspe qu'il lui avait offert, Astréa ferma ses paupières.

Puis elle saisit à nouveau le bras d'Océrian pour se relever :

« Merci, lui dit-elle, retrouvant la parole. Merci pour lui. Mais Livien... est-ce qu'il est vraiment...

— Les Fils de personne viennent de se retrouver dans le sein de Terra », répondit Océrian d'une voix sourde, désignant de l'index un endroit où gisaient deux corps immobiles.

La douleur crucifia Astréa, lorsqu'elle reconnut les cheveux blonds ébouriffés de Livien et la frange auburn de Charybde – les deux victimes les plus innocentes de ce massacre.

« C'est ma faute, gémit-elle. J'ai cru qu'une solution sans violence serait possible. J'ai cru… »

Océrian posa doucement sa main sur ses lèvres pour la faire taire.

Elle s'aperçut que le visage du prince, face à elle, était comme un miroir de sa propre affliction. Des larmes mêlées de suie coulaient le long des joues d'Océrian, dessinant des sillons gris sur sa peau cuivrée.

« Sépien et Livien sont morts, murmura-t-il. Charybde aussi. Mais je crois que Margane est encore en vie… pour l'instant tout du moins. »

Prenant appui sur celui qui, au cours de leur voyage, s'était si souvent appuyé sur elle, Astréa se laissa guider entre les corps, jusqu'à celui de son amie.

Margane était étendue non loin de Charybde et Livien ; sa poitrine se soulevait difficilement, chaque expiration faisant couler du sang de la large blessure ouverte dans sa cuisse.

« Contente de te voir, tête-de-bêche… », murmura-t-elle tandis qu'Astréa s'agenouillait auprès d'elle.

Ses boucles d'oreilles luisaient faiblement de chaque côté de son visage couvert de cendres, et des cendres encore parsemaient sa chevelure éparse : dans le tumulte, sa longue natte s'était défaite.

« Je crois bien que je vais finir amputée… comme ton prince charmant…, trouva-t-elle encore la force d'articuler.

— Pas si je peux l'empêcher ! » rétorqua Océrian.

Il se dépêtra des lambeaux de son linceul déchiré par la bataille et tendit sa ceinture à Astréa. Elle la noua fermement sur la jambe de Margane. La compresse parvenait à limiter un peu l'hémorragie, sans la juguler tout à fait.

« Tu as mal, Margane ? » s'enquit-elle.

Aucune réponse ne lui parvint : la jeune suante avait perdu connaissance.

« Le temps presse : il faut la coucher dans l'un des lits ! s'écria Océrian. Le froid gèlera sa blessure. Et quand elle se réveillera, les humains du temps futur sauront la soigner avec leur magie. »

Le temps futur.

Que ces mots semblaient étranges à Astréa, elle qui, à l'instar de tous les Derniers Humains, n'avait fait que ressasser encore et encore les malheurs de l'ancien temps.

Mais surtout, elle comprenait ce que signifiait la proposition d'Océrian : si Margane prenait place dans l'un des deux lits, alors il n'en resterait plus qu'un seul… Elle n'hésita pas une seconde : elle souleva son amie par les aisselles, tandis qu'Océrian saisissait ses jambes flasques.

Transpirant à grosses gouttes, ils traînèrent le corps inanimé jusqu'à l'une des alvéoles phosphorescentes. Il leur fallut mobiliser toutes leurs forces pour le faire basculer dans le réceptacle incliné à quarante-cinq degrés.

« Et maintenant ? demanda Astréa.

— Maintenant, laissons faire le chœur des machines », murmura Océrian.

De longues secondes s'écoulèrent, remplies du rugissement des flammes.

Et puis soudain, le lit s'anima. Des bracelets de métal apparurent comme par enchantement, accrochant les poignets et les chevilles de Margane pour la maintenir en place pendant l'opération.

Au bout de quelques instants, une voix sortie de nulle part s'éleva :

« Cryogénisation amorcée. Fin du processus dans trois minutes. »

La lueur blanche de l'alvéole s'intensifia derrière le buste de Margane, diffractant des rayons glacés entre ses longs cheveux de jais, tissant comme un cocon de lumière autour d'elle.

Ses paupières s'ouvrirent lentement, au-dessus de ses hautes pommettes obscurcies par la suie.

« Où… où suis-je ? » balbutia-t-elle, tandis que l'alvéole s'ajustait pour épouser exactement le contour de son corps. Elle soupira : « Je n'ai plus mal... Je me sens bien... »

Ses yeux s'écarquillèrent soudain, comme elle comprenait qu'elle venait de prendre l'une des deux seules places disponibles :

« Mais toi, Astréa ! s'écria-t-elle.

— Je te rejoins tout de suite », lui promit son amie d'enfance.

Margane jeta un regard inquiet à Océrian.

« Sois sans crainte, la rassura-t-il. Je lui cède ma place. »

Les traits de Margane se détendirent.

Une baie vitrée coulissa sans un bruit devant elle.

Elle articula encore quelques paroles, tandis que ses joues bleuissaient et que le tatouage de coquillage sur son sternum se couvrait de givre, mais Astréa ne les entendit pas.

La paroi de verre se glaça entièrement, dérobant Margane à leur vue.

Puis le lit de cryogénisation s'enfonça dans les entrailles du vaisseau, emportant sa passagère vers l'inconnu.

50.
9 minutes avant l'extinction
OCÉRIAN

« À TOI, MAINTENANT ! » DIT OCÉRIAN EN SE TOURNANT VERS ASTRÉA.

Il n'avait qu'une hâte : la mettre à l'abri, dès que possible.

La soustraire à ce monde agonisant qui exhalait un dernier râle plein de miasmes sulfureux, pour la projeter dans le monde prochain.

Mais elle s'immobilisa au bord du deuxième lit de cryogénisation.

« Je ne peux pas y aller », décréta-t-elle.

Le cœur d'Océrian manqua un battement :

« Mais…, balbutia-t-il. Tu l'as pourtant promis à Margane. »

Elle plongea ses yeux dans les siens, brillant de cette résolution qui l'avait fasciné dès le premier regard, et qui le terrifiait à présent.

« Je ne l'ai dit à personne, mais j'ai une tumeur, lui annonça-t-elle sans ciller. Là, sous le bras. »

Elle prit doucement la main d'Océrian et la posa sur son aisselle, à la naissance de son sein.

Du bout des doigts, il palpa cette peau qu'il avait tant rêvé de caresser, pour découvrir une bosse qui, chez les non-apex, il le savait, équivalait à une sentence sans appel.

« Je suis condamnée, dit Astréa. Alors que toi, tu peux vivre… » Sa voix, qui jusque-là n'avait pas tremblé, se brisa soudain. « … mon amour. »

Les paroles d'Astréa le transpercèrent – les mots les plus beaux qu'on lui eût jamais dits, dans la plus belle bouche qu'il eût jamais vue, mais pour lui annoncer quel malheur !

Car s'il acceptait de tout son cœur de mourir pour Astréa, il ne pouvait se résoudre à ce qu'elle meure, elle !

« Les humains du futur sauront soigner cette tumeur, comme ils soigneront Margane, affirma-t-il avec ferveur. J'en suis sûr !

— Il n'y a pas que cela, rétorqua Astréa. Je ne suis qu'une humaine non mutée, alors que toi, tu es un enfant mauve : un *Homo sapiens hyacinthinus*. Le Coryphée a dit à quel point toi et les tiens, vous étiez précieux. L'humanité de demain, si elle doit renaître, aura davantage besoin de ton sang que du mien.

— Ne dis pas n'importe quoi ! D'autres enfants mauves ont certainement embarqué dans les vaisseaux ! Et moi qui ai passé ma vie au milieu des apex, je n'en ai jamais connu aucun qui ait un centième de ta force, de ton courage et de ta droiture : les humains et les animaux du futur auront besoin de toi, plus que de quiconque ! »

Mais Astréa secoua la tête – cette tête adorée et en même temps si obstinée, baignée par l'éclat mugissant de l'apocalypse !

« Tu ne comprends pas, mon bel Océrian, dit-elle en lui souriant tristement. Ce n'est pas seulement ma décision : c'est aussi mon destin, tel qu'il était écrit dans mon ciel natal. Ma tante m'assurait que les innombrables étoiles filantes au-dessus de mon berceau étaient signe de grande fortune. Je sais aujourd'hui que c'était signe de grande misère au contraire, signe de mort ! C'était l'écho de la catastrophe qui a fermé le chemin du ciel : un cimetière de vaisseaux naufragés, dont les brisures enflammées condamnent la route de l'Ailleurs depuis des siècles. Je ne suis pas faite pour m'envoler. Je vais m'endormir ici, dans le sein de Terra, et mourir en même temps que la déesse. »

Une nouvelle déflagration, provenant de l'extérieur, illumina la crypte. Océrian sentit le souffle brûlant lui claquer l'échine, faisant aussitôt s'évaporer les gouttes de sueur qui perlaient le long de son dos nu.

Il comprit que le temps était plus que jamais compté.

« Puisque tu veux mourir avec la Terre, et que rien ne peut te faire changer d'avis, tu ne me laisses pas le choix, concéda-t-il dans un souffle. Je vais me coucher dans le dernier lit. Mais avant, accorde-moi un baiser d'adieu. »

Il posa sa main sur la nuque de la jeune fille.

Il approcha ses lèvres des siennes.

Et là, dans la lumière hurlante de l'apocalypse, il lui rendit le baiser qu'elle lui avait donné dans la nuit silencieuse des collines, fermant les yeux pour savourer le goût de l'instant au seuil de l'éternité… avant de faire basculer Astréa dans l'alvéole.

51.

4 minutes avant l'extinction

ASTRÉA

« QUE… QUE FAIS-TU ? BALBUTIA ASTRÉA.

— Je t'envoie *au pays qui te ressemble* : vers les astres dont tu portes le nom ! »

Elle tenta de se débattre.

Mais ce garçon, qu'elle avait si souvent mené à la force de son bras, qu'elle avait plaqué au sol dans les collines, était soudain plus fort qu'elle.

Ses biceps contractés, luisants de sueur, l'obligeaient à rester couchée dans le lit d'albâtre, exerçant sur elle une pression à la fois douce et implacable.

« Laisse-moi sortir ! s'écria-t-elle. C'est ta place, pas la mienne ! »

Les bracelets de métal se refermèrent à ses poignets et à ses chevilles.

Elle sentit le matelas immaculé, constitué d'un matériau inconnu, prendre la forme de son corps tels des sables mouvants.

La chaleur étouffante du brasier lui fouetta les joues.

La froideur implacable de sa couche lui gela la nuque.

« J'ai déjà perdu Patel, Palémon et Sépien, je ne peux pas te perdre toi aussi ! » hurla-t-elle, écartelée entre le feu et la glace.

Tout son corps se tendit pour s'extraire de l'alcôve ; mais les bracelets étaient trop serrés.

« Tu ne m'as pas perdu, Astréa… », répondit Océrian, de sa voix un peu abrasée et en même temps si tendre.

Il était tellement proche qu'elle sentait son souffle parfumé sur son front, lui rappelant la saveur du baiser qui l'avait ravie – l'instant délicieux où, pour la première fois de son existence, elle avait baissé la garde !

« … au contraire, tu m'as sauvé. »

Elle cessa soudain de se débattre, frappée par la manière dont il venait de retourner le sens des paroles qu'elle avait prononcées.

Devant ses yeux mouillés de larmes, l'entrée de la crypte n'était plus qu'une gueule de feu béante, dans le contrejour de laquelle se détachait le visage rayonnant d'Océrian.

« Tu m'as sauvé, répéta-t-il doucement, et je serai toujours avec toi. »

52.
3 minutes avant l'extinction
OCÉRIAN

« *CRYOGÉNISATION AMORCÉE*, ANNONÇA LA VOIX DES VAISSEAUX. *FIN DU PROCESSUS DANS TROIS MINUTES.* »

Océrian relâcha enfin sa pression sur les épaules d'Astréa, certain que rien ni personne, désormais, ne pourrait l'empêcher de survivre – y compris elle-même.

« Oui, tu m'as sauvé, chuchota-t-il comme un secret. En me permettant de devenir celui que je devais être. Ton voyage va se poursuivre, mais le mien est terminé. Regarde : je suis vraiment le prince des nuées ! »

Il désigna les immenses volutes fuligineuses qui l'entouraient, charriant la cendre et les braises, les ténèbres et la lumière.

Au même instant, une tornade fantastique pénétra dans la crypte à travers l'entrée léchée par les flammes : tous les oiseaux du monde, venant trouver un ultime refuge, peuplaient la voûte immense de leurs ailes claquantes.

Océrian sentit ses yeux s'étoiler de larmes de peine et de larmes de joie, inextricablement mêlées – mais surtout, de larmes d'amour.

« Les oracles et les prophètes peuvent se tromper, Astréa, dit-il. Mais la poésie, je le sais maintenant, parle à l'âme sa langue natale. Hippocampos avait raison : elle ne ment jamais ! »

Océrian sentait qu'Astréa l'écoutait de tout son cœur, à présent.

Et lui, il se noyait dans ses iris immenses, vastes et profonds comme l'espace.

« Mon poème me destinait à être couronné prince des nuées, lui dit-il. Le tien, étonnante voyageuse aux yeux d'astres et d'éthers, te destine aux étoiles. Quant à notre poème commun, il nous a promis dès les premières strophes d'*aimer et mourir* – ce n'est pas l'un ou l'autre, non, mais les deux à la fois. » Il prit la main droite d'Astréa, entravée par le bracelet de métal, et la serra fort dans la sienne. « Je continuerai de t'aimer après la mort. »

Il posa son autre main sur le ventre de la jeune fille, là où rayonnait l'étoile de mer – que sa peau était froide, déjà !

« À présent que notre poème s'achève, nous voici venus à la toute dernière strophe, murmura-t-il. Aux tout derniers vers. »

Il récita les mots qu'il connaissait désormais par cœur, roulant dans sa bouche comme les chansons d'autrefois :

« Les soleils couchants
Revêtent les champs,
Les canaux, la ville entière,
D'hyacinthe et d'or ;
Le monde s'endort
Dans une chaude lumière. »

Il approcha un peu plus encore son visage de celui d'Astréa, dont les joues bleuissaient à vue d'œil, pour qu'elle puisse l'entendre. Le grondement des nuées faisait trembler la crypte si fort qu'une averse de graviers, tombant des hauteurs, se mêlait à la pluie de cendres et aux tourbillons de plumes.

« Le monde ne meurt pas, Astréa, glissa-t-il au creux de son oreille. Il s'endort seulement dans une chaude lumière : l'or du passé qui flambe et l'hyacinthe des linceuls mauves qui brûlent. Mais il se réveillera un jour, guidé par la sagesse des Gouverneurs et la musique des machines. Ce nouveau monde des animaux et des hommes, cette nouvelle chance de la vie, orbitera parmi les étoiles dans l'ordre et la beauté – le luxe, le calme et la volupté.

« L'humanité renaîtra ailleurs.

« Elle renaîtra meilleure.

« Elle renaîtra avec toi ! »

53.

59 secondes avant l'extinction

ASTRÉA

ASTRÉA NE RESSENTAIT PLUS NI PEUR, NI COLÈRE.

Elle n'avait plus chaud, ni froid.

Le visage d'Océrian, tout près d'elle, occupait tout l'espace.

Ses yeux d'améthyste remplissaient les siens.

Étrangement, les souvenirs lui revinrent des instants qui avaient précédé sa rencontre avec celui qui resterait à jamais sa perle précieuse, dans les siècles des siècles.

« Ton père a cru que le serpent était envoyé par la déesse pour célébrer sa survie, murmura-t-elle, d'une voix qui déjà s'affaiblissait. Le mien était persuadé que l'anguille annonçait que je serais prise au pleuroir. Mais ils se trompaient tous les deux. Le serpent… et l'anguille… sont un seul et même signe… qui nous annonçait… l'un à l'autre…

— Oui, Astréa, lui répondit Océrian. Et plus rien ne nous séparera désormais. »

Elle le vit défaire son anneau d'or, étincelant à son oreille, et le déposer au bord du lit afin qu'elle emporte un souvenir de lui.

Puis il pressa doucement ses lèvres sur les siennes, pour un dernier baiser, avant que leurs doigts se détachent et que la baie vitrée se referme.

54.

30 secondes avant l'extinction

OCÉRIAN

OCÉRIAN AVAIT DE PLUS EN PLUS DE MAL À RESPIRER, mais cette sensation ne l'angoissait pas.

Les oiseaux et les cendres tombaient autour de lui avec douceur, presque avec volupté, tels ces flocons de neige dont parlaient les contes de l'ancien temps.

Il n'y avait plus qu'une seule chose qui importait : Astréa à quelques centimètres de lui, pour quelques instants encore, sublime dans son écrin de cristal.

Tandis que le souffle méphitique des nuées l'engourdissait peu à peu, il avait l'impression de sentir le cœur de son aimée battre à l'unisson du sien,

de plus…

en plus…

calmement…

55.

10 secondes avant l'extinction

ASTRÉA

ASTRÉA N'ENTENDAIT PLUS RIEN. Son corps ne ressentait plus rien.

Le mur de verre étouffait tous les sons, et la langueur de la cryogénisation endormait une à une chacune de ses terminaisons nerveuses.

Ses yeux seuls percevaient encore ce monde qu'elle quittait rapidement : un ouragan de feu doré et de noires fumées, au milieu duquel Océrian lui souriait toujours.

Les lèvres du prince articulèrent une ultime parole, qu'elle n'eut pas besoin d'entendre pour comprendre.

56.

5 secondes avant l'extinction

OCÉRIAN

« JE T'AIME ! » articula Océrian, sans qu'aucun son ne sorte de sa bouche, car il n'avait plus de souffle ni de voix.

Le visage d'Astréa disparut derrière des cristaux de givre, si semblables aux étoiles auxquelles elle était destinée.

Océrian ferma alors les yeux, tout à la fois ébloui par les langues de feu et aveuglé par les tornades de cendre.

Il se laissa couler dans le sommeil, sans plus rien retenir, tandis que la tempête qui n'avait pas voulu l'emporter dans son enfance s'emparait enfin de lui.

57.

1 seconde avant l'extinction

ASTRÉA

MOI AUSSI, JE T'AIME ! – ce fut la dernière pensée d'Astréa, avant que gèle son cerveau.

CHŒUR

LE DERNIER CŒUR HUMAIN CESSA DE BATTRE à la septième heure du premier jour de l'été. Ce fut ainsi que s'éteignit l'espèce *Homo sapiens sapiens.*

Nous autres, le chœur de métal des machines, nous veillons sur ce cœur de chair qui dans ses derniers instants palpita si fort.

Sous la direction du Coryphée, nous attendons le jour où la voie des étoiles s'ouvrira à nouveau.

Un matin ou un soir, dans un siècle ou dans un millénaire, peut-être que les vaisseaux décolleront enfin.

Peut-être que les milliers de cœurs humains et animaux qui nous furent confiés se remettront à battre.

Peut-être que le chant de la vie recommencera sous un autre ciel.

En attendant, dans le silence de la mort, nous veillons.

Remerciements

De toutes les histoires que j'ai écrites à ce jour, celle dont vous achevez la lecture a connu la plus longue maturation. Entre les premiers mots, semés dans le sillon d'un cahier il y a dix ans, et les derniers, que je viens de récolter aujourd'hui, le monde a évolué. Le changement climatique s'est accéléré : nul ne peut plus en nier les effets dévastateurs. La sixième extinction de masse s'est confirmée : les espèces disparaissent de nos jours à un rythme de cent à mille fois supérieur au rythme naturel. En témoigne la liste des créatures basculant dans le néant, dont les noms jalonnent les pages que vous venez de tourner[1]. Ce qui se dessinait il y a dix ans est devenu une évidence :

1. L'Union internationale pour la conservation de la nature (UICN, en anglais IUCN) tient à jour une liste rouge des espèces menacées. En bas de chaque page de ce roman est inscrit le nom d'une espèce « possiblement éteinte » issue de la liste de 2019 : un animal qui partageait encore la Terre avec nous il y a peu, et que l'on

nous rendons notre propre planète de moins en moins habitable, pour nous-mêmes et pour nos frères et sœurs animaux.

À l'époque où je me suis lancé dans ce projet, je voulais imaginer un futur possible. Mais au cours de l'écriture, j'ai découvert que mon sujet n'était pas juste un avenir parmi d'autres. C'était le pire de tous : celui que nous, Terriens du XXIe siècle, pouvons encore éviter. Si les livres sont des frégates, comme le dit si bien Emily Dickinson, je crois qu'ils doivent nous permettre d'explorer tous les horizons sans exception. Y compris les plus sombres, afin de choisir ensuite notre itinéraire en connaissance de cause.

Il me reste maintenant à remercier celles et ceux qui m'ont accompagné dans ce périple aux côtés d'Astréa et d'Océrian, jusqu'au bout des Dernières Terres.

Ma famille, d'abord. En particulier ma mère Francine, aujourd'hui disparue mais à jamais présente, qui croyait fort à ce roman dont elle a lu la genèse, et dont la voix n'a cessé de murmurer à mon oreille tout au long de la traversée. Mon père Kim, tout autant, qui m'a donné le goût du voyage et de l'ailleurs, et qui m'a aidé à déployer mes ailes.

Mes éditeurs, ensuite : Constance, Fabien et Glenn, mes oracles familiers, dont les conseils

---

n'a plus vu dans la nature depuis assez longtemps pour craindre le pire.

avisés m'ont aidé à faire les bons choix, à emprunter les bonnes pistes.

Thomas et Karl, les cartographes de ce monde futur, dont le talent m'a permis de trouver mon chemin au cœur de la Désolation intérieure et dans les méandres de Viridienne.

Jim, l'artiste qui a dessiné les bougies scandant ces pages, et Aurélien, qui a su évoquer en couverture cette dernière histoire d'amour de manière plus poignante encore que les rouleaux sacrés.

Grégory, qui a façonné ce livre avec une application digne d'Hippocampos, ainsi que toute l'équipe de la collection R : Joël, Margaux, Filipa, Christiane, Alix, Juliette, Isabelle, Delphine, Clément, Benita et les autres.

Billie et Rasco, mes animaux-greffes, qui ont veillé sur moi au cours des longues nuits où j'étais perdu quelque part entre New York, Paris et Flamboyante.

Charles Baudelaire, Emily Dickinson et tant d'autres poètes : ces voyants qui nous aident à scruter notre nature humaine, dans ses ombres et dans ses lumières.

Enfin, c'est vous tous que je remercie, chères lectrices et chers lecteurs, de m'avoir suivi à travers ces pages.

Tout autour de nous, une Tempête assourdissante s'est levée.

Mais le chant de l'Espoir ne s'arrête jamais.

Il n'est pas trop tard pour l'écouter.

Découvrez la saga spatiale de Victor Dixen, une série incontournable de cinq tomes

PHOBOS

SIX PRÉTENDANTS.
SIX PRÉTENDANTES.
SIX MINUTES POUR SE RENCONTRER.
L'ÉTERNITÉ POUR S'AIMER.

ILS VEULENT MARQUER L'HISTOIRE
AVEC UN GRAND H.

Ils sont six filles et six garçons, dans les deux compartiments séparés d'un même vaisseau spatial. Ils ont six minutes chaque semaine pour se séduire et se choisir, sous l'œil des caméras embarquées. Ils sont les prétendants du programme Genesis, l'émission de speed-dating la plus folle de l'Histoire, destinée à créer la première colonie humaine sur Mars.

ELLE VEUT TROUVER L'AMOUR
AVEC UN GRAND A.

Léonor, orpheline de dix-huit ans, est l'une des six élues. Elle a signé pour la gloire. Elle a signé pour l'amour. Elle a signé pour un aller sans retour…

MÊME SI LE RÊVE VIRE AU CAUCHEMAR,
IL EST TROP TARD POUR REGRETTER.

« Une excellente entrée en matière, sous forme de thriller,
pour appréhender les enjeux technologiques réels des astronautes. »
(Ariane Group, leader européen des lanceurs spatiaux)

« Une palpitante épopée spatiale aux multiples rebondissements. »
(Lire)

La saga best-seller de Victor Dixen,
disponible au format poche

PKJ·

Roxane Le Gall

De : Stages Science Infuse <stages-science-infuse@noosynth.com>
Envoyé : Jeudi 2 février, 10 h 09
Objet : Présélection bourse au stage Science Infuse de printemps
Pièce jointe : Dossier de candidature.doc

Chère mademoiselle Le Gall,

Je me permets de vous contacter aujourd'hui pour vous annoncer que vous avez été présélectionnée pour une bourse offerte par l'entreprise Noosynth, afin de participer au stage « Science Infuse » du printemps prochain – du 14 au 22 avril inclus –, dans les eaux internationales de l'Atlantique.

Ce séjour de préparation intensive au BAC (brevet d'accès aux corporations) repose sur la technologie révolutionnaire de la programmation neuronale. D'une valeur marchande d'un million d'euros, il offre un taux de réussite à l'examen de 100 %.

Votre profil a été repéré parmi des milliers d'autres lycéens en forte difficulté scolaire, sur la base des résultats du contrôle continu, librement accessibles aux corporations sur les serveurs de l'Éducation nationale.

Pour valider votre candidature et tenter de bénéficier de cette bourse, veuillez compléter le dossier en pièce jointe et me le renvoyer avant le 15 février.

Je vous prie d'agréer, chère mademoiselle Le Gall, mes studieuses salutations.

—

NOOSYNTH

Édouard Delaunay
Directeur du pôle Recrutement, Stages Science Infuse
Noosynth France
Quai de Grenelle
75008 Paris

0.1

VENDREDI 17 MARS, 16 H 28

« *QUAND ROXANE SE DÉCIDERA-T-ELLE À UTILISER SON CERVEAU ? Ça fait des années que ses professeurs attendent, en vain. Sans parler de ses problèmes d'attitude.* »

Édouard Delaunay lève les yeux du carnet de correspondance qu'il vient de lire à voix haute, pour m'adresser un grand sourire.

Ça me fait tout drôle.

D'habitude, devant mes prouesses scolaires, les adultes ont tendance à tirer la gueule. Les profs secouent la tête d'un air résigné ; la coordinatrice lycée-corporations compulse ses fiches comme si elle avait hâte que je dégage de son bureau ; il n'y a que mon père pour me regarder bien en face, d'un regard aussi lourd que les valises qui le plombent.

Je frissonne en repensant à cette image terrible : mon reflet dans les yeux de mon géniteur, délavés par la fatigue et par l'alcool. Un portrait si petit, si étriqué que j'ai l'impression d'étouffer.

« La vie est difficile, qu'est-ce que tu crois ? » « Si tu rates ton BAC, tu rates ta vie ! » « Est-ce que tu n'es vraiment qu'une chiffe molle sans aucune volonté ? »

Il faut toujours qu'il me prenne la tête, à jouer les durs. Mais il n'est pas dur, lui, il est faible. Sinon, pourquoi aurait-il sombré dans l'alcool, quand il a été viré de son job de comptable pour se retrouver agent auxiliaire à la botte d'une intelligence artificielle ? Pourquoi aurait-il laissé sa femme se tuer à la tâche pendant qu'il cuvait sa bière ? Et surtout, pourquoi se serait-il recasé avec cette garce de Jennifer après la mort de maman ?

Je me tortille sur ma chaise, refoulant ces souvenirs amers. Au fond de moi, malgré tout ce que je reproche à mon père, je sais qu'il a raison. Je sais que dans notre société où il n'y a plus assez de travail pour tout le monde, le brevet d'accès aux corporations est le passeport obligatoire pour le futur. Depuis que les universités ont été supprimées, c'est à la fin du lycée que tout se joue. Ceux qui réussissent rejoignent les campus des corporations, pour apprendre un métier correspondant aux besoins de ces mégaentreprises. Ceux qui échouent sont automatiquement catalogués « improductifs » à la sortie du bahut, avec zéro perspective d'avenir.

« Comme vous le savez, les épreuves du BAC sont de plus en plus difficiles, susurre l'homme qui me fait face, d'une voix mielleuse. Le taux de réussite était de 71 % l'an passé, et cette année les corporations ont estimé qu'elles pourraient absorber un taux moindre…

— 66 %, c'est ça ? je murmure, hésitante. Je crois qu'ils ont annoncé ce chiffre aux news, après les négociations avec le gouvernement. Les journalistes et les politiques en font tout un foin, parce que c'est la première fois qu'on passe sous la barre des 70 %. »

C'est le même bras de fer chaque printemps, entre les corporations qui veulent réduire leurs coûts et le gouvernement qui essaye tant bien que mal de lutter contre le chômage galopant. Lorsqu'un poste est automatisé, l'entreprise doit se débrouiller pour recaser l'employé concerné ailleurs au lieu de le licencier – plus bas, plus loin, et surtout moins bien payé. C'est comme ça que mon père et ma mère ont dégringolé dans l'organigramme d'Urbanex, la boîte où ils se sont rencontrés et où ils bossaient depuis quinze ans. D'experts-comptables travaillant au siège de cette société spécialisée dans la gestion urbaine, ils se sont retrouvés à la rue… au sens propre.

J'expire lentement en me concentrant sur mon interlocuteur, sur son costume bien coupé, sur sa cravate en soie, sur la chevalière en or à son doigt.

« Directeur du pôle Recrutement, Stages Science Infuse », annonce le badge métallique épinglé au revers de sa veste. Sous ce titre ronflant figure un logo en forme de cerveau, les deux hémisphères formant les deux O du mot *NOOSYNTH* : un géant de la cybernétique, cette branche qui depuis des décennies détruit les emplois par millions en remplaçant les hommes par des machines.

Noosynth ne s'occupe pas de construire des robots proprement dits. Que ce soient les mécabots basiques, les anibots ressemblant à des bestioles ou les androbots imitant le corps humain, ils laissent la conception du châssis extérieur à d'autres sociétés. Leur vrai métier, c'est ce qu'il y a *à l'intérieur*: l'intelligence artificielle, l'IA. Ils sont à la pointe de ce domaine : c'est la plus grande corporation française, et même mondiale, en la matière. Et ils sont aussi à la pointe de la polémique. Certaines de leurs activités sont même carrément illégales en France… comme celle qui m'amène ici aujourd'hui.

« J'ai étudié votre candidature très attentivement », poursuit Édouard Delaunay.

Il repose mon carnet de correspondance sur son large bureau de verre, à côté des autres pièces du dossier. Parmi elles, ma photo d'identité reproduite en quatre exemplaires : une fille au visage très pâle, la nuque courte, les cheveux aile de corbeau sagement plaqués contre le crâne, souriant à l'appareil. Une vraie petite fille modèle, à part le regard. Mes yeux d'un bleu strident viennent troubler cette image nunuche : ma pupille gauche, que je cache habituellement derrière une longue mèche asymétrique aujourd'hui domestiquée par une barrette, est trois fois plus dilatée que la droite. Du coup, mon expression a quelque chose de bancal, de louche. L'angoisse me chatouille le ventre : est-ce que ça va mettre Delaunay mal à l'aise, et diminuer mes chances d'être prise ?…

« Résumons-nous, déclare le chargé de recrutement, m'arrachant à mes pensées. 6/20 au contrôle continu, qui compte pour 40 % de la note du BAC… Ça veut dire que vous devez obtenir au moins 13/20 à l'examen final, pour atteindre une moyenne de 10/20 et décrocher votre diplôme. Pour ne serait-ce qu'une mention "assez bien", c'est 16/20 qu'il faut viser. Et pour le graal d'une mention "bien", donnant accès aux corporations les plus demandées, il vous faudra obtenir un stratosphérique 19,5/20. » Il croise les mains sous son menton en poussant un petit gloussement : « Ce n'est pas gagné, comme on dit, mademoiselle Le Gall !… »

J'ai soudain envie de le lui faire bouffer, son sourire plein de condescendance. Le vertige me prend. La pièce est trop grande et il y a trop de bleu à travers la fenêtre – je ne suis pas habituée à tant d'espace, ni à tant de ciel. Qu'est-ce que je fous ici, dans ce bureau cossu, face à ce bouffon qui porte sur le dos trois mois du salaire de mon père ? Où est passée Rox, la terreur qui fait changer les gens de trottoir ? J'ai l'impression de ne pas être moi-même, avec la barrette que je me suis collée dans les cheveux. Je me sens mal à l'aise dans les habits trop clairs et trop légers que j'ai passés pour l'entretien, au lieu du treillis en toile épaisse et du perfecto de cuir noir sous lesquels j'aime me blinder. Mes lèvres me semblent nues, dépouillées du rouge à lèvres sombre Darkissime dont je les enduis habituellement. Mon cou a froid, sans le collier de chien clouté que je porte en permanence.

Ma place n'est pas ici.

C'était une erreur de venir à Paris et de me pointer à cette convocation chez Noosynth.

Je me lève, prête à rentrer dans ma banlieue, l'alturbation du Bois-Joli, ce gigantesque ensemble qui a recouvert tout le territoire au nord de la capitale au cours des années.

Mais le chargé de recrutement enchaîne aussitôt d'une voix suave, me coupant net dans mon élan :

« Excusez-moi, c'était maladroit de ma part. Ce que je voulais dire, c'est que "ce n'est pas gagné" sans un petit coup de pouce. Or, ce coup de pouce, Noosynth est en mesure de vous le donner. Vous avez frappé à la bonne porte, chère mademoiselle Le Gall ! »

Je me rassieds lentement sur ma chaise, le cœur battant, partagée entre l'espoir et la méfiance.

Édouard Delaunay, lui, poursuit son exposé comme si de rien n'était :

« Comme vous le savez sans doute, Noosynth est le leader mondial en matière de réseaux neuronaux artificiels depuis sa création par Damien Prinz, l'un des meilleurs neuroscientifiques de sa génération. En nous inspirant de la structure du cerveau humain, nous créons les intelligences artificielles les plus avancées du monde.

« Mais depuis quelques années, nous sommes aussi les pionniers d'une toute nouvelle technologie fonctionnant en sens inverse : non pas l'IA inspirée du cerveau humain, mais l'IA appliquée au cerveau humain. Comme l'explique Damien Prinz dans ses discours visionnaires, c'est là la nouvelle frontière de la cybernétique : la *programmation neuronale* ! Repousser les limites mentales de notre espèce grâce à la science ! Or, nous obtenons nos résultats les plus spectaculaires sur des patients comme vous…

— … l'intelligence artificielle pour soigner la bêtise naturelle, c'est ça l'idée de Damien Prinz ? je lâche, incapable de me contenir plus longtemps. Une demeurée comme moi, ça doit être le jackpot pour vous, non ? Pas la peine d'en rajouter, j'ai compris le tableau. »

Édouard Delaunay prend un air offusqué – plus faux-cul, tu meurs.

« Bêtise n'est pas un mot qui figure au vocabulaire de Noosynth ! se récrie-t-il. Pour nous, il n'y a pas de gens bêtes, il y a juste des gens qui n'ont pas eu de chance ! Comme vous, mademoiselle Le Gall, comme vous ! » Ayant débité son discours 100 % politiquement correct, 100 % fake, il tapote le dossier posé devant lui. « Du reste, vos professeurs sont unanimes : vous avez de réelles capacités intellectuelles, malheureusement gâchées par une suite de circonstances fâcheuses. Vos parents victimes de la robotisation quand vous aviez quatorze ans, reclassés d'experts-comptables à agents auxiliaires au sein d'une équipe cybernétique d'entretien urbain. Le décès tragique de votre mère l'année suivante, renversée tandis qu'elle nettoyait une rue du Bois-Joli, victime d'un chauffard conduisant une voiture manuelle en dépit de la loi qui les interdit. Les problèmes d'alcool de votre père. Les conflits avec votre belle-mère. Les problèmes d'intégration au lycée Jules-Verne. Vos difficultés de concentration, l'école buissonnière, la chute vertigineuse de vos résultats scolaires au cours des quatre dernières années. Tout est écrit là, noir sur blanc. »

Tout ? Pas vraiment, mon gros. En constituant ce fichu dossier, je me suis bien gardée de mentionner les passages au poste de police, pour vol de fringues ou abattage de drones de livraison. Surtout, je n'ai pas dit un mot du casse raté avec la bande des Clébardes, le mois dernier…

Ce casse, c'était l'idée d'Angie, l'idée la plus débile du siècle. Et le pire, c'est que je me suis laissé entraîner, comme d'hab. Le lendemain de ce foirage intégral, j'étais au fond du trou, la déprime totale. C'est à ce moment-là que l'e-mail de Noosynth est tombé dans ma messagerie, comme par magie. Je me suis dit que c'était un cadeau du ciel : ma dernière chance de m'en tirer, avant de basculer définitivement du côté obscur de la force. Pour la bijouterie, j'ai eu du bol, je ne me suis pas fait choper – ni moi, ni aucune des filles de la meute. On a réussi à quitter les lieux quand les sirènes se sont mises à sonner, après avoir explosé le vigibot, sans rien emporter. Mais la prochaine fois ? Je sais qu'Angie voudra recommencer. Je sais que les Clébardes me mettront une pression de dingue pour que je participe. Je sais que je ne pourrai pas résister. Le code d'honneur de la meute est trop fort, ou alors c'est moi qui suis trop influençable. Et si je me fais gauler la prochaine fois, ce n'est pas le tribunal pour enfants qui m'attendra :

je suis majeure à présent, et je serai jugée comme une adulte.

Mon adolescence est passée à toute allure et mes dix-huit ans sont arrivés sans que je les voie venir. La coordinatrice lycée-corporations a décrété que la mort de maman avait aggravé mon trouble du déficit de l'attention. Mais moi, j'ai juste l'impression que c'est le temps qui s'est accéléré. Comme une chute libre dans les simulateurs de réalité virtuelle du Virtuaboulevard, où on a si souvent zoné avec les Clébardes, au lieu d'aller en cours. C'était tellement facile de suivre le mouvement sans me poser de questions… Au sein de la meute, j'avais l'impression d'être protégée, acceptée, fortifiée. Mais en réalité je n'étais pas forte, je ne l'ai jamais été.

Je suis lâche.

Je suis faible.

Je suis la fille crachée de mon père.

« En un mot comme en cent, vous êtes parfaite ! assure le chargé de recrutement. Vous correspondez exactement au profil que nous souhaitons aider. Voilà quatre ans maintenant que les stages Science Infuse existent, des centaines de participants en ont bénéficié pour réussir brillamment leurs examens. Cette année, pour la première fois, nous allons accueillir trois boursiers à notre prochaine session de révision du BAC : trois élèves issus de milieux modestes, en difficulté scolaire patente. Des cas désespérés aux yeux de l'Éducation nationale. Mais justement, nous sommes là pour faire renaître l'espoir, grâce à la programmation neuronale. En une semaine de stage intensif, la méthode Science Infuse permet d'emmagasiner l'intégralité du programme scolaire du lycée dans n'importe quel cerveau normalement constitué. Cette technique de pointe coûte très cher, bien sûr, mais les heureux élus seront entièrement pris en charge par Noosynth et n'auront pas à débourser le moindre centime. Mademoiselle Le Gall, j'ai le plaisir de vous annoncer que vous êtes shortlistée pour la dernière étape de sélection ! »

Les lèvres d'Édouard Delaunay s'étirent davantage, dévoilant ses dents parfaitement alignées.

J'hésite un moment, pas sûre de savoir décrypter son expression.

Qu'est-ce qui se cache, au juste, derrière ce sourire trop éclatant ?

De la pitié ?

De l'autosuffisance ?

Ou une réelle sincérité ?

« Merci..., je finis par murmurer, en tentant à mon tour une amorce de sourire.

— De rien, de rien. Vous pourrez remercier notre président en personne, si vous figurez dans la sélection finale. »

Il se tourne à demi vers le portrait encadré sur le mur derrière lui, à côté de la fenêtre donnant sur la tour Eiffel : un binoclard en chemise blanche à col ouvert, cheveux mi-longs grisonnants savamment décoiffés par un souffle d'air invisible, regard visionnaire perdu vers un horizon lointain. Le type sur la photo semble avoir à peine une cinquantaine d'années – mais de nos jours, il est difficile de déterminer avec certitude le vrai âge des gens, surtout quand ils ont les moyens de s'offrir les miracles de la chirurgie nanoesthétique…

« Quel privilège, n'est-ce pas, pour celles et ceux qui seront choisis par Damien Prinz lui-même ? » me glisse le chargé de recrutement, en pleine adoration devant son patron.

J'opine, ne sachant que répondre.

« Pour l'heure, je dois vérifier avec vous quelques détails pratiques. Comme vous êtes majeure, il n'y a pas besoin de l'autorisation de votre père pour participer au stage. Mais je voudrais tout de même m'assurer que vous lui avez parlé de votre démarche, et qu'il vous a donné son accord plein et entier.

— Il est… ravi », je mens.

Comme si j'avais été assez folle pour lui dire que je postulais chez l'ennemi ! Ma présence ici relève de la haute trahison. C'est une intelligence artificielle produite par Noosynth qui a remplacé mon père à la comptabilité du siège d'Urbanex, et c'est aussi une IA de chez eux qui gère le service « entretien » du Bois-Joli…

HygéIA, qu'elle s'appelle (Noosynth affuble ses programmes de noms ridicules issus de la mythologie – Hygéia était la déesse de l'hygiène chez les Grecs, si j'ai bien compris). Ramassage programmé des poubelles ; changement des ampoules d'éclairage écologique ; décapage des trottoirs à l'air comprimé – les robots font le gros œuvre, entièrement automatisé. Mais il y a toujours des petits trucs qui déconnent, des imprévus bien crades : le sac-poubelle qui éclate avant qu'un bras articulé le jette dans la benne ; le piaf venu se cramer en haut d'un pylône d'éclairage ; le vieux chewing-gum dégueu incrusté dans le trottoir depuis des lustres… C'est là que les humains entrent en scène, pour ramasser la merde que même les robots ne veulent pas toucher. Pour ces tâches non standardisées, c'est plus rentable d'envoyer des esclaves humains corvéables à merci, plutôt que des machines. Voilà ce que signifie « agent auxiliaire », dans le jargon hypocrite des corporations : auxiliaire d'une IA, pour l'aider à finir le sale boulot par tous les temps… sans compter le danger d'être fauché par un conducteur fou, comme c'est arrivé à maman.

À cette pensée, je serre les dents derrière mon sourire de façade.

« Excellent ! s'exclame Édouard Delaunay, sans se douter de la tempête émotionnelle qui fait rage dans ma tête. Le stage Science Infuse en lui-même dure sept jours, ce à quoi il faut ajouter deux jours de voyage – aux frais de Noosynth, bien sûr. Êtes-vous bien disponible pour les prochaines vacances de printemps, du 14 au 22 avril inclus ? »

Je parviens à desserrer la mâchoire pour articuler quelques mots :

« J'avais booké une croisière aux Seychelles, mais j'ai annulé…

— Ha ha ha ! Et de l'humour, avec ça ! C'est bien, ça compte pour le capital sympathie auprès du grand public. Ce qui m'amène au dernier point : comme vous le savez, en contrepartie du stage gratuit entièrement sponsorisé par Noosynth, les boursiers s'engagent à publier leur parcours académique. En effet, les médias et les législateurs nourrissent des préjugés absurdes contre la programmation neuronale ; ce qui nous oblige à proposer les stages Science Infuse dans les eaux internationales, hors de la juridiction des États. Nous entendons combattre ces craintes injustifiées par l'exemple. Si vous êtes retenue, nous vous demanderons de figurer dans un reportage après le stage, jusqu'aux résultats du BAC. Votre succès sera la meilleure preuve de l'efficacité et de l'innocuité de la méthode.

— Pas de problème.

— Vous nous autorisez aussi à publier votre dossier scolaire ?

— Avec ma photo dédicacée en prime si vous voulez.

— Ha ha ha ! Signez là, je vous prie. »

L'homme me tend un stylo-plume tellement lourd qu'il doit être en argent massif.

De l'autre main, il pointe la dernière ligne tout en bas d'un document couvert d'une écriture trop petite pour que je puisse la déchiffrer. Ce n'est pas maintenant que je vais avoir des doutes. Tout ce qui compte pour moi, c'est de passer le BAC pour échapper aux reproches de mon père, aux sarcasmes de Jennifer et aux griffes des Clébardes. Je n'ai aucune idée de ce que j'étudierai, dans quel campus de corporation, débouchant sur quel métier. Peu importe. Ce que je veux, c'est partir le plus loin possible du Bois-Joli et commencer une nouvelle vie.

Ma vie.

Mais j'ai quoi, une chance sur mille d'être retenue au final ? Une chance sur dix mille ? J'imagine que je ne suis pas la seule dernière de classe à postuler… et il n'y a que trois bourses accordées.

Je pose la pointe brillante sur le papier, m'attendant à en voir jaillir un liquide rouge vif – après tout, les militants humanicistes considèrent Noosynth comme le diable incarné, et c'est avec son propre sang qu'on est censé signer les pactes avec le diable, pas vrai ?

Allez, pari avec moi-même…

Si c'est de l'encre rouge qui sort du stylo, c'est que le diable veut de moi…

C'est qu'il accepte que je lui vende mon âme, ou plus exactement que je lui loue mon cerveau…

Mais c'est une banale encre noire qui sort de la plume tandis que je trace ma signature.

Ma pauvre Rox, tu n'as vraiment pas de chance : même le diable ne veut pas de toi.

0.2

MARDI 4 AVRIL, 18 H 30

« ROXANE, SOIS SYMPA, VA FAIRE UNE MACHINE À LA LAVERIE ! » me lance Jennifer au moment où je passe la porte de l'appartement, à mon retour du lycée.

Elle est affalée sur le canapé, les doigts de pied en éventail, face au téléviseur branché sur sa chaîne personnalisée. Cette dernière diffuse un épisode d'*Amour, fortune et célébrité* – un ego-feuilleton écrit spécialement pour Jennifer par une IA scénariste prenant en compte ses goûts, dont l'héroïne en images de synthèse reproduit exactement ses traits.

Zut.

J'avais oublié que c'était son congé hebdomadaire aujourd'hui, le jour où elle ne travaille pas au salon de coiffure (alors que les caissiers et les vendeurs ont tous été remplacés par des machines, les clients préfèrent encore confier leur look à des êtres humains, du moins pour l'instant).

Si je m'étais souvenue que Jennifer était à la maison, je ne serais pas rentrée si tôt. Je serais restée au CDI pour faire semblant de bosser sur le *Discours de la méthode*, de Descartes, que le prof de philo nous a demandé de potasser. Vu ma productivité de limace, que je glande chez moi ou au bahut, c'est tout comme. Tant qu'à faire, je préfère ne pas avoir ma belle-mère sur le dos.

« Le linge est là », dit-elle.

Elle désigne vaguement le sac gisant au milieu du salon, sans détacher les yeux de l'écran, où son double numérique participe à une soirée mondaine dans un grand hôtel luxueux.

Jennifer a beau n'avoir que trente-cinq ans, elle me parle comme si elle était ma mère – ou plutôt : comme ma mère ne m'a jamais parlé.

« Je suis pas ta bonniche, et je suis censée faire mes devoirs ! je proteste. Ça me prend déjà une plombe chaque jour, de me taper l'aller-retour jusqu'à Jules-Verne…

— Au lieu de geindre, tu devrais remercier ton père d'avoir fait le maximum pour que tu sois scolarisée dans un établissement convenable du niveau intermédiaire. »

Le remercier ? En insistant auprès d'Urbanex pour que j'entre au lycée Jules-Verne, dans le quartier où on habitait avec ma mère avant de déménager dans les bas-fonds, mon père ne m'a pas seulement imposé deux heures de navette par jour. Il m'a aussi jeté dans un bassin rempli de requins, où les rejetons d'auxis sont vus comme des ratés. Le fait qu'il se soit pointé à moitié bourré à la première réunion parents-professeurs n'a pas non plus aidé…

« Et si on résiliait l'abonnement à ta chaîne personnalisée pour investir dans un lave-linge supersonique à la place ? » je grogne.

Jennifer se détourne enfin de l'écran, s'arrachant à la vie fantasmée qui y défile.

« J'ai besoin de me détendre, tu ne vas quand même pas m'enlever mon petit plaisir ? s'indigne-t-elle. Et puis, tu sais bien que le prix de l'abonnement n'est rien par rapport à celui d'une machine supersonique. »

Oui, je le sais. Avec les sécheresses à répétition dues au changement climatique, les anciens lave-linge à base d'eau et de lessive ont été proscrits : seuls les modèles utilisant un aimant de lévitation pour pulvériser les taches sont autorisés. Beaucoup de gens n'ont pas les moyens d'avoir le leur à la maison, d'où l'essor des laveries automatiques…

Jennifer sourit d'un air las :

« Allez, Roxane, ne reste pas plantée là, tu vas prendre racine. Chacun doit contribuer aux corvées de la maison. Tu vois bien que moi, je ne peux pas bouger : mon vernis est en train de sécher. »

Elle désigne du menton les boules de coton placées entre chacun de ses orteils, afin de les écarter les uns des autres. Aujourd'hui, elle a opté pour un vernis corail, raccord avec son gloss.

« J'imagine que ton vernis ne sèche pas depuis ce matin, je siffle entre mes lèvres. Tu étais là toute la journée. Tu n'aurais pas pu la faire toi-même, entre deux épisodes, ta putain de machine ? »

Jennifer plisse les paupières et me lance son regard de tueuse.

« Bravo pour ton langage, ton père apprécierait ! Pour ton information, j'ai oublié, figure-toi. C'est que j'ai plein de choses à penser, avec le salon, les commandes de shampooing, le planning. » Elle me jauge depuis le canapé, puis ajoute une pointe de perfidie dont elle a le secret : « Tu comprendras tout ça, un jour, quand tu bosseras. À moins que tu ne te prépares à émigrer pour la Zone franche ? »

Je serre les dents, sentant la rage monter en moi.

La Zone franche, c'est l'insulte suprême. Un endroit paumé dans la France profonde, une région qui s'appelait autrefois *Lozère* et qui n'est plus qu'un bout de terre desséché. Le gouvernement français l'a concédé à une bande de fanatiques technophobes, au terme de violents affrontements – le traité d'affranchissement a été signé avant ma naissance, quand le monde a commencé à se robotiser sérieusement. Depuis, ce trou perdu sert de refuge aux inadaptés de la modernité. Ils se nomment eux-mêmes les Affranchis, parce qu'ils prétendent s'être libérés de la technologie en revenant à l'état de nature. Mais la plupart des gens les appellent les arriérés : ces tarés vivent comme au Moyen Âge, selon leurs propres lois, sans électricité. Chez eux, toute machine est proscrite. On raconte qu'ils ne se lavent pas et qu'ils se chauffent au crottin de chèvre compressé… pouah !

« Tu as déjà le collier de chien, peut-être qu'ils voudront bien de toi pour garder les biques ? s'esclaffe Jennifer.

— Ferme-la ! »

Mon aboiement a jailli trop vite, trop fort, exactement comme Jennifer le voulait en cherchant à me provoquer. Elle va avoir encore une fois le beau rôle, celui de la gentille belle-mère confrontée à une ado immature et insupportable.

Déjà, j'entends un grondement dans la chambre à côté : mon père, réveillé en sursaut dans sa sieste, après une journée de travail qui a commencé à cinq heures du mat'.

La porte s'ouvre en grinçant.

« Qu'est-ce que c'est que ce raffut ? » grogne-t-il en pénétrant dans le séjour.

Dans la lumière tombante du plafonnier, il me semble soudain très vieux, beaucoup plus que ses quarante-neuf ans. Ses traits sont bouffis ; des rides profondes creusent son front soucieux. Son travail d'auxi a abîmé son corps prématurément. Mais l'usure dans ses yeux est surtout morale.

« C'est à cause de Jennifer, dis-je, la gorge serrée.

— Ne raconte pas n'importe quoi, Roxane, me coupe-t-il. C'est ta voix que j'ai entendue.

— Mais…

— Non seulement tu n'en fiches pas une en classe, mais en plus tu empêches ceux qui bossent de se reposer. »

Une boule de rage se forme dans mon ventre, dure comme l'injustice.

En cet instant, j'en veux tellement à mon père d'être devenu alcoolique, de ne pas avoir su sauver maman et d'avoir introduit Jennifer dans ma chienne de vie !

Les mots dégueulent de ma bouche, gluants comme du magma en fusion :

« Tu veux que je te dise, Loïc ? T'aurais mieux fait de moins *te reposer*, le matin du 5 décembre il y a trois ans, quand t'as laissé maman partir seule pour gagner la croûte ! »

Le visage de cet homme que je n'ai plus appelé *papa* depuis des années se décompose.

Ses lèvres se tordent dans une grimace de colère.

Avant qu'il puisse dire quoi que ce soit, j'empoigne le sac de linge sale et je m'engouffre dans la cage d'escalier, les yeux brûlants, le cœur en flammes.

Ouvrage composé par
PCA, 44400 Rezé

Imprimé en France par
CPI Brodard & Taupin
en mars 2023
N° d'impression : 3051648
S33058/01

#lisez! engagé
www.lisez.com
Pour plus d'information :
Imprimé sur du papier issu de forêts gérées durablement.

PKJ · www.pocketjeunesse.fr
POCKET JEUNESSE

92, avenue de France - 75013 PARIS